– III –
ANNA KARENINA

안나 카레니나 Ⅲ

펴 낸 날 | 2022년 1월 15일 초판 1쇄

지 은 이 | 레프 톨스토이
옮 긴 이 | 이은연
펴 낸 이 | 이태권

책임편집 | 지은정
북디자인 | 박은정

펴 낸 곳 | 소담출판사
　　　　　서울특별시 성북구 성북로5길 12 소담빌딩 301호 (우)02880
　　　　　전화 | 02-745-8566　　팩스 | 02-747-3238
　　　　　등록번호 | 1979년 11월 14일 제2-42호
　　　　　e-mail | sodambooks@naver.com
　　　　　홈페이지 | www.dreamsodam.co.kr

ISBN　　　979-11-6027-274-1 (04890)
　　　　　979-11-6027-271-0 (전3권 세트)

안나 카레니나

III

레프 톨스토이 지음 | 이은연 옮김

ANNA KARENINA

LEV NICOLAYEVICH TOLSTOY

소담출판사

∽ **차례** ∽

1권

2권

· 3권 ·

주요 등장인물

- **안나 아르카디예브나 카레니나**: 스테판 오블론스키의 누이, 카레닌의 아내, 브론스키의 연인.
- **알렉세이 알렉산드로비치 카레닌**: 고위 관리, 안나의 남편.
- **알렉세이 키릴로비치 브론스키**: 백작, 안나 카레니나의 연인.
- **콘스탄틴(코스챠) 드미트리예비치(드미트리치) 레빈**: 키티를 사랑하는 귀족, 키티와 결혼.
- **세르게이 이바노비치(이바니치) 코즈니셰프**: 콘스탄틴 레빈의 이부형제.
- **니콜라이 드미트리예비치(드미트리치) 레빈**: 콘스탄틴 레빈의 친형.
- **스테판(스티바) 아르카디예비치(아르카디치) 오블론스키**: 안나 카레니나의 오빠, 돌리의 남편.
- **다리야(돌리, 돌린카, 다쉔카) 알렉산드로브나 오블론스카야**: 스테판 오블론스키의 아내, 키티의 언니.
- **예카테리나(카챠, 카첸카, 키티) 알렉산드로브나 셰르바츠카야**: 돌리의 여동생, 콘스탄틴 레빈과 결혼.
- **알렉산드르 드미트리예비치(드미트리치) 셰르바츠키**: 노공작, 키티의 아버지.
- **세르게이(세료자) 알렉세예비치 카레닌**: 안나와 알렉세이 알렉산드로비치의 아들.

일러두기

1. 이 책은 톨스토이 전집 총 20권(Л.Н.Толстой, Собрание сочинений в 20 томах, Государственное издательство художественной литературы, Москва, 1963)중에 8, 9권에 수록된 안나 카레니나(Анна Каренина)를 저본으로 번역한 것이다.

2. 러시아어 발음은 영어식으로 표기하였고, 본문 중에 나오는 외국어(프랑스어, 영어, 독일어 등)는 원음 발음을 한글 표기에 가깝게 적고 뜻을 각주에 넣거나 뜻을 풀어 적은 뒤 원어를 각주에 달았다.

3. 중요하다고 생각되는 인물이나 사건에 대해서는 독자의 이해를 돕기 위해 각주에 간략한 설명을 붙였다.

6부

1

다리야 알렉산드로브나는 아이들과 함께 포크로프스코예에 있는 동생 키티 레비나의 집에서 여름을 보냈다. 그녀의 영지에 있는 집은 완전히 폐허가 되어 있었기 때문에 레빈 부부는 자기들에게로 와서 여름을 보내도록 그녀를 설득했던 것이다. 스테판 아르카디치도 이러한 생각에 기꺼이 동의했다. 그는 가족과 함께 여름을 시골에서 보내면 더할 나위 없이 좋겠지만 근무 때문에 함께 갈 수 없는 것을 매우 유감스럽다고 말했다. 그리고 그는 모스크바에 머물면서 가끔 하루나 이틀 시골로 내려오곤 했다. 아이들 전부와 가정교사까지 함께 온 오블론스키네 이외에도, 그 여름 레빈의 집에는 노공작 부인도 와 있었는데 그녀는 그런 상황에 놓인 딸을, 즉 첫 임신으로 경험이 없는 딸을 돌보는 게 자신의 의무라고 여기고 있었다. 그 밖에도 키티가 외국에서 사귄 바렌카도 키티가 결혼하면 방문하겠다고 한 약속을 지켜 그녀의 손님으로 와 있었다. 이들은 모두 아내의 친지와 친구들이었다. 그는 비록 이들 모두를 사랑했지만, 그가 자신에게 말하는 것처럼 '셰르바츠키 요소'가 몰려들어와 레빈식 세계와 질서가 압도당하는 게 다소 아쉬웠다. 이번 여름에는 그의 친지들 중 세르게이 이바노비치가 유일한 그의 손님이었지만, 그도 역시 레빈식 사람이 아니라 코즈니셰프식 사람이었으므로 레빈적인 정신은 완전히 전멸한 상태였다.

오랫동안 텅 비어 있던 레빈의 집은 이제 사람들이 너무 많아서 거의 모든 방이 꽉 차 있었다. 노공작 부인은 거의 매일 식탁에 앉아 사람의 머릿수를 세어 보고는 열세 번째 손자나 손녀를 위해 따로 작은 식탁을 마련해야만 했다. 그리고 살림에 열중하고 있는 키티도 손님과 아이들의 여름철 식욕을 돋우기 위해 상당량의 닭이며 칠면조며 오리를 구하느라 고심해야만 했다.

온 가족이 식탁에 둘러앉아 있었다. 돌리의 아이들은 가정교사와 바렌카와 함께 어디로 버섯을 따러갈지 얘기하고 있었다. 손님들 사이에서 그 지식과 학문으로 거의 숭배에 가까운 존경을 받고 있던 세르게이 이바노비치가 버섯 따는 얘기에 끼어들어 모두를 놀라게 했다.

"나도 데려가 주세요. 난 버섯 따기를 무척 좋아해요." 그는 바렌카를 보며 말했다. "정말 재미있는 일이라고 생각해요."

"물론이죠. 저희야 무척 기쁘죠." 바렌카는 얼굴을 붉히며 대답했다.

키티는 돌리와 의미심장한 눈빛을 주고받았다. 바렌카와 함게 버섯을 따러가겠다는 세르게이 이바노비치의 학자적이고도 총명한 제안은 최근 키티의 마음을 사로잡고 있던 몇몇 추측을 확인시켜주는 것이었다. 그녀는 시선을 들키지 않도록 얼른 어머니와 이야기를 나누기 시작했다.

식사가 끝나자 세르게이 이바노비치는 동생과 시작했던 대화를 계속하면서, 다른 한편으로는 버섯을 따러 가려고 준비하는 아이들이 나올 문 쪽을 바라보면서 응접실 창가에 앉아 커피잔을 들고 앉았다. 레빈도 형 옆의 창가에 앉았다.

키티는 남편 옆에 섰다. 그리고 무언가 말하기 위해 자기에겐 아무런 재미도 없는 대화가 끝나기를 기다리고 있었다.

"넌 결혼하더니 많이 변한 것 같구나, 좋은 쪽으로 말이야." 세르게이 이바노비치는 키티에게 웃어 보이며 자기가 꺼낸 말에는 별다른 흥미가 없어 보이는 태도로 말했다. "하지만 역설적인 주제를 변호하는 열정은 그대로더구나."

"카챠, 서 있는 건 당신에게 좋지 않아요." 레빈은 그녀에게 의자를 밀어주고는 의미심장한 눈빛으로 쳐다보며 말했다.

"아, 그렇지. 이러고 있을 때가 아니지." 세르게이 이바노비치는 뛰어나오는 아이들을 보고는 덧붙였다.

맨 앞에는 꼭 끼는 양말을 신은 타냐가 바구니와 세르게이 이바노비치의 모자를 흔들며 옆으로 깡충깡충 뛰면서 곧장 그가 있는 쪽으로 왔다.

소녀는 세르게이 이바노비치 쪽으로 힘차게 뛰어와서는 아버지와 닮은 아름다운 눈을 반짝이며 그에게 모자를 내밀었다. 그러고는 수줍은 듯 부드러운 미소로 자신의 버릇없어 보이는 행동을 무마시키려 하면서 그에게 그것을 씌워주고 싶다는 표정을 지어 보였다.

"바렌카가 기다리고 있어요." 그녀는 세르게이 이비노비치의 미소에서 그렇게 해도 좋다는 것을 느끼고는 그의 머리에 조심스럽게 모자를 씌워주며 말했다.

노란색 사라사 원피스를 갈아입은 바렌카는 머리에 하얀 머릿수건을 쓰고 문가에 서 있었다.

"갑니다, 지금 가요. 바르바라 안드레예브나!" 세르게이 이바노비치는 남은 커피를 마시고는 주머니에 손수건과 담뱃갑을 집어넣으며 말했다.

"바렌카는 정말 매력적인 사람이에요! 그렇죠?" 키티는 세르게이 이바노비치가 일어나자마자 남편에게 말했다. 그녀는 세르게이 이바노비치가 들을 수 있도록 일부러 크게 말했다. "어쩌면 저렇게 아름다울까요! 정말 단아하게 아름다워요! 바렌카!" 키티가 소리쳤다. "당신은 숲속의 물방앗간이 있는 곳에 계실 거죠? 우리도 뒤따라갈게요."

"넌 네 몸 상태를 완전히 잊은 게로구나, 키티!" 노공작 부인이 문에서 서둘러 나오며 소리를 질렀다. "넌 그렇게 소리 지르면 안 돼."

바렌카는 키티의 목소리와 그녀의 어머니가 꾸짖는 소리를 들고는 경쾌한 걸음으로 재빨리 키티에게로 다가왔다. 그 민첩한 움직임과 생기 있는 얼굴에 물든 홍조는 어떤 의미심장한 일이 그녀에게 일어나고 있음을 보여주고 있었다. 키티는 그 의미심장한 일을 이미 알고는 주의 깊게 그녀를 살피고 있었다. 그녀가 지금 바렌카를 부른 이유는, 키티의 생각에, 오늘 점심 식사 후에 숲속에서 일어나야만 하는 중요한 사건에 대해 마음으로 그녀를 축복하기 위해서였다.

"바렌카, 만약 어떤 한 가지 일이 일어난다면 난 정말 행복할 거예요." 그녀는 바렌카에게 키스하며 속삭여 말했다.

"그런데 당신도 우리와 함께 가는 거죠?" 당황한 바렌카는 키티의 말을 못 들은 척하며 레빈에게 말했다.

"네, 저도 갈 거예요. 하지만 난 탈곡장까지만 가고, 거기에 있을 거예요."

"어머, 거기에 무슨 볼일이 있으세요?" 키티가 말했다.

"새 짐수레도 살피고, 정산도 해야만 해서!" 레빈이 말했다.
"그럼, 당신은 어디에 있겠소?"

"테라스에 있을게요."

2

테라스에 여자들이 전부 모여 있었다. 그녀들은 점심 식사 후에는 늘 거기에 앉아 있는 것을 좋아했다. 더욱이 이날은 그곳에서 할 일이 있었다. 모두들 단추가 없는 아이의 옷을 깁거나 기저귀 끈을 뜨는 일 외에도, 아가피야 미하일로브나에게는 새로운 방법인, 물을 넣지 않고 잼을 만들기도 했다. 키티가 친정에서 사용하던 새로운 방법을 도입한 것이다. 그런데 예전부터 이 일을 맡아 오던 아가피야 미하일로브나는 레빈의 집에서 해 오던 방법이 나쁠 리가 없고, 또 그런 방법으로는 잼이 만들어지지 않을 것이라고 생각하고는 딸기와 산딸기에 물을 부었다. 그러다 그 모습을 들키게 되어, 지금 모두들 보는 가운데 잼을 조리게 된 것이다. 아가피야 미하일로브나는 물 없이도 잼이 잘 만들어진다는 것을 인정하지 않을 수 없게 되었다.

아가피야 미하일로브나는 헝클어진 머리에 침울하고 화난 얼굴로 팔꿈치까지 앙상한 두 팔을 드러낸 채 화로 위의 냄비를 둥

글게 휘젓고 있었다. 그녀는 딸기가 굳어서 잘 조려지지 않기만을 간절히 바라며 울적하게 지켜보고 있었다. 공작 부인은 아가피야 미하일로브나의 노여움이 딸기를 조리는 데 중요한 조언자인 자기를 향해 있을 것이라고 느끼면서, 딸기에는 관심이 없는 것처럼 다른 것에 신경을 쓰고 있는 듯한 태도를 애써 보이며 전혀 상관없는 얘기를 하고 있었지만 이따금 곁눈질로 화로를 보곤 했다.

"난 하녀들의 옷은 늘 할인 매장에 직접 사오곤 해." 공작 부인은 시작된 얘기를 계속하면서 말했다. "이제 위쪽 거품을 걷이 내야 하시 않나, 할멈?" 그녀는 아가피야 미하일로브나를 돌아보며 말했다. "네가 직접 손댈 필요 없어, 뜨거워." 그녀는 키티를 말렸다.

"내가 할게요." 돌리가 말했다. 그녀는 일어나 숟가락으로 조심스럽게 거품을 걷어 내기 시작했다. 그리고 이따금 숟가락에 달라붙은 것을 떼기 위해 숟가락을 접시에 탁탁 두드렸다. 접시는 이미 고여 있는 선홍색 시럽 위로 노르스름한 분홍빛의 다양한 색채의 거품이 뒤덮여 있었다. '모두들 차와 함께 이것을 핥아 먹으며 얼마나 즐거워할까!' 돌리는 자기가 어렸을 때 어른들이 가장 맛있는 거품을 먹지 않는 것에 대해 이상하게 여겼던 것을 회상하며 자기 아이들에 대해 생각했다.

"스티바는 돈으로 주는 게 훨씬 낫다고 하던데요!" 돌리는 그런 생각을 하면서도 조금 전에 시작했던 흥미로운 대화, 즉 하인들에게 무엇을 주는 게 가장 좋을지에 대한 이야기를 이어 나갔다. "그렇지만……."

"어떻게 돈을 줘요!" 공작 부인과 키티가 한목소리로 말했다. "그들은 선물을 더 좋아해요."

"예를 들어, 작년에 내가 우리 마트료나 세묘노브나에게 끄플린은 아닌데 그와 비슷한 걸 사줬거든요." 공작 부인이 말했다.

"네, 기억나요. 그녀가 어머니의 명명일에 그것을 입고 있었잖아요."

"무늬가 정말 예뻤어. 단순하고도 고상했지. 만약 그녀의 것이 아니었으면 내가 만들어 입고 싶었으니까. 바렌카가 입고 있는 것과 비슷했어. 멋스럽기도 하고, 값도 싸고."

"자, 이세 다 된 것 같네요." 돌리는 숟가락으로 잼을 떠서 흘려 보이며 말했다.

"크렌델'처럼 되면 다 된 거야. 좀 더 끓여, 아가피야 미하일로브나."

"이놈의 파리들!" 아가피야 미하일로브나는 화난 어조로 말했다. "더 끓여도 마찬가지일걸요." 그녀는 이렇게 덧붙였다.

"어머, 귀여워라! 놀라지 않게 해요!" 키티는 난간에 앉아 산딸기 줄기를 뒤적이며 쪼아 먹고 있는 참새 한 마리를 보면서 말했다.

---

1   8자형 모양으로 꼬아 만든 빵

"그렇구나, 그런데 넌 불에서 좀 비켜서렴." 어머니가 말했다.

"그건 그렇고, 바렌카 말이에요." 키티는 아가피야 미하일로브나에게 알리고 싶지 않을 때는 늘 그랬던 것처럼 프랑스어로 말했다. "어머니도 아시겠지만, 전 오늘 중요한 결정을 기다리고 있어요. 무슨 말인지 아실 거예요. 그렇게 되면 정말 좋을 텐데 말이에요!"

"그런데 대단한 중매쟁이던데!" 돌리가 말했다. "얼마나 신중하고 교묘하게 두 사람을 엮어놓던지……."

"어머니, 어머니는 어떻게 생각하시는지 말씀해주세요."

"아휴, 내가 뭘 생각하겠니? 그분이라면(그분은 세르게이 이바노비치를 가리키는 말이었다) 언제든 러시아에서 제일 좋은 짝을 찾을 수 있을 텐데. 물론 이제는 그리 젊다고 할 수는 없지만 말이야. 그래도 그분에게라면 지금이라도 많은 처녀들이 시집가려고 할 거야……. 바렌카도 꽤 괜찮은 처녀이지만 그래도 좀 더……."

"아니요, 어머니도 아셔야 해요. 그와 그녀는 서로에게 더 이상 좋은 짝을 찾을 수 없을 거예요. 첫째, 그녀는 귀엽죠!" 키티는 손가락을 하나 꼽으며 말했다.

"그분은 그녀가 상당히 마음에 들었나 봐요, 확실해요." 돌리가 거들며 말했다.

"게다가 그분은 사회적으로도 상당한 지위에 있으니 아내의 재산이나 지위도 필요하지 않잖아요. 그분에게 필요한 건, 오직 아름답고 귀엽고 온순한 아내예요."

“그래, 그녀와 함께라면 안정되게 살 수 있을 거야.” 돌리도 그 말에 동의했다.

“셋째, 그녀가 그분을 사랑해야겠지요. 그리고 실제 사랑도 있고요…… 그렇게 되면 얼마나 좋겠어요. 그래서 그분들이 숲에서 돌아올 때 모든 게 결정되기를 기다리고 있어요. 그들의 눈을 보면 알 수 있어요. 난 정말 기쁠 거예요! 돌리 언니는 어떻게 생각해요?”

“그런데 흥분하지는 마라. 네가 흥분할 필요는 전혀 없어.” 어머니가 말했다.

“흥분한 거 아니에요, 어머니. 제 생각에 오늘 그분이 청혼할 것 같아요.”

“아, 그건 정말 이상한 느낌이야. 남자들이 언제 어떻게 청혼을 하는가 하는 거 말이야. 어떤 장애물이 있다가 그게 갑자기 허물어지잖아.” 돌리는 스테판 아르카디치와의 과거를 떠올리면서 깊은 생각에 잠긴 듯한 미소를 지으며 말했다.

“어머니, 아버지는 어머니께 어떻게 청혼하셨어요?” 키티가 갑자기 물었다.

“조금도 특별할 게 없었어. 아주 단순했거든.” 공작 부인은 이렇게 대답했지만, 그녀의 얼굴은 온통 추억으로 밝게 빛났다.

“아니, 그래서 어떻게 하셨는데요? 어머니도 정식으로 교제를 하시기 전부터 아버지를 사랑하고 계셨나요?”

키티는 여자의 인생에서 가장 중요한 문제에 관해 지금 어머니와 동등한 처지에서 얘기할 수 있다는 것에 대해 특별한 즐거움을 느꼈다.

"물론 사랑했었지. 아버지가 우리 시골에 놀러오곤 하셨거든,"

"그런데 어떻게 결심한 거예요, 어머니?"

"너는 정말 너희들만이 어떤 새로운 것을 생각해 냈다고 여기는 거니? 모든 게 똑같아. 눈빛이나 미소로 말이야."

"정말 좋은 말씀이에요, 어머니! 바로 눈빛과 미소로 말이죠." 돌리가 그 말에 동의했다.

"아버지께서는 무슨 말씀을 하셨어요?"

"코스챠는 네게 무슨 말을 했니?"

"그이는 백묵으로 썼는데, 그건 경이로운 경험이었어요……. 이제는 오래전 일처럼 느껴져요!" 그녀가 말했다.

그리고 세 여자는 똑같은 것을 놓고 생각에 잠겼다. 키티가 먼저 침묵을 깨뜨렸다. 그녀는 결혼 전의 마지막 겨울과 브론스키에게 마음이 끌렸던 일들이 떠올랐다.

"한 가지……, 바렌카의 옛사랑 말이에요." 그녀의 머릿속에는 자연스럽게 생각이 꼬리를 물면서 그것에 관해 떠올랐다. "전 어떻게 하든 세르게이 이바노비치에게 말해서 마음의 준비를 시키고 싶어요. 남자들은 모두……." 그녀는 덧붙였다. "우리들의 과거에 대해선 무서울 정도로 질투를 하거든요."

"모두가 그런 건 아니야." 돌리가 말했다. "너는 네 남편을 보고 판단하는 거야. 그분은 지금도 브론스키에 대한 기억으로 괴로워하고 있지? 그렇지?"

"맞아." 키티는 미소를 머금은 채 생각에 잠긴 듯한 표정을 지으며 대답했다.

"나는 모르겠구나." 공작 부인은 딸을 지켜본 어머니로서 염려하는 마음으로 말했다. "대체 너의 어떤 과거가 그를 괴롭힌다는 거니? 브론스키가 네게 구애한 것을 말하는 거니? 그건 어떤 처녀에게도 있을 수 있는 일이야."

"네, 그런데 그것에 관해 말하는 게 아니에요." 키티는 얼굴을 붉히며 말했다.

"아니, 들어 봐라." 어머니는 계속 말했다. "게다가 네 스스로가 브론스키에 대해 대화를 나누는 걸 원하지 않았잖니, 기억하지?"

"아, 어머니!" 키티는 곤혹스러운 표정을 지으며 말했다.

"요즘에는 처녀들을 그냥 붙잡아 둘 수는 없어……. 너희들의 관계가 마땅히 진행되었던 것도 아니었으니 말이다. 그랬다면 내가 직접 그를 불렀을 게다. 그건 그렇고, 흥분하면 좋지 않아. 그렇게 알고 제발 마음을 편안히 가지렴."

"전 지극히 평온한걸요, 어머니."

"키티에게는 그때 안나가 온 게 얼마나 다행이었는지 몰라요." 돌리가 말했다. "그리고 그녀에게는 얼마나 불행한 일이었는지. 완전히 뒤바뀐 거잖아요." 그녀는 자기의 생각에 놀라며 덧붙였다. "안나가 너무도 행복해할 때 키티는 스스로 불행하다고 생각했었지요. 이제 완전히 반대가 되어버렸어요! 전 그녀에 대해 종종 생각해요."

"생각할 사람이 그렇게도 없니? 그런 심장도 없는 역겹고 혐오스러운 여자를 생각하다니 말이야." 키티가 브론스키가 아닌 레빈과 결혼한 것을 아직도 마음에 담고 있던 어머니가 말했다.

"왜 그런 말씀을 하세요?" 키티는 서운하다는 듯이 말했다. "전 그것에 관해 생각하지도 않고 또 생각하고 싶지도 않아요……. 그래요, 정말 생각하고 싶지 않아요." 그녀는 테라스의 계단을 올라오는, 귀에 익은 남편의 발소리에 귀를 기울이며 말했다.

"무슨 말들을 하고 있었어요, 생각하고 싶지 않다니?" 레빈은 테라스로 들어오며 물었다.

그러나 어느 누구도 그에게 대답하지 않았다. 그도 더 이상 묻지 않았다.

"여성들만의 세계에 혼란을 주어 죄송하게 됐습니다." 그는 불만스럽게 모두를 둘러보고는, 무언가 자기 앞에서는 말하지 못하는 얘기를 하고 있었다는 것을 눈치챘다.

순간 그는 물을 넣지 않고 잼을 끓이는 것에 대한 아가피야 미하일로브나의 불만 같은 감정을 자신도 느끼고 있음을 깨달았다. 셰르바츠키 가의 영향 아래에 놓여 있는 것이 불만스러웠던 것이다. 그러나 그는 미소를 지어 보이고는 키티의 옆으로 다가갔다.

“그래, 어떻소?” 그는 요즘 모두들 그녀에게 보이는 것과 같은 표정으로 그녀를 바라보며 물었다.

“괜찮아요. 좋아요.” 키티는 미소를 지으며 말했다. “그런데 당신 일은 어때요?”

“아, 그게 짐수레보다 세 배는 더 나르더군. 그럼 아이들을 데리러 갈까? 말을 매라고 일러뒀소.”

“뭐라고? 키티를 리네이카[2]에 태워서 데려가겠다는 건가?” 어머니가 책망하듯 말했다.

“네, 천천히 갈 겁니다, 공작 부인.”

레빈은 공작 부인을 여느 사위들이 그러는 것처럼 결코 어머니라고 부르지 않았고, 공작 부인은 그런 그의 태도가 마음에 들지 않았다. 그러나 레빈은 공작 부인을 진심으로 사랑하고 존경하고 있었지만 돌아가신 자기 어머니에 대한 생각 때문에 그녀를 어머니라고 부를 수 없었던 것이다.

“어머니, 함께 가요!” 키티가 말했다.

“난 그런 무분별한 모습은 보고 싶지 않다.”

“그럼, 전 걸어갈래요. 몸 상태가 정말 좋아요.” 키티는 일어서서 남편에게 다가가 그의 손을 잡았다.

“건강하다니 좋구나. 하지만 모든 일에는 정도가 있는 거다.” 공작 부인이 말했다.

---

2 좌석이 옆으로 긴 경輕 사륜마차

"그런데 아가피야 미하일로브나, 잼은 다 만든 거야?" 레빈은 아가피야 미하일로브나의 기분을 달래주고 싶은 마음에 그녀를 향해 미소를 지으며 말했다. "새로운 방법으로 만드니 잘되나?"

"그야 뭐 좋을 거예요. 우리 식으로 보자면 조금 많이 조린 것 같기는 하지만요."

"그것도 괜찮아요, 아가피야 미하일로브나. 상하지 않을 테니까요. 우리 집에 있는 얼음도 이제 다 녹아서 보관해 둘 곳도 없잖아요." 키티는 남편의 생각을 이해하고는 곧바로 할멈에게 얼굴을 돌리며 말했다. "그 대신 할멈이 만든 소금 절임은 어머니도 처음 먹어 봤을 정도로 맛있다고 말씀하시던걸요." 키티는 웃는 얼굴로 할멈의 머릿수건을 고쳐주며 말했다.

아가피야 미하일로브나는 성난 얼굴로 키티를 바라보았다.

"위로 안 하셔도 돼요, 마님. 전 마님께서 그와 함께 있는 것만 봐도 즐거워요." 할멈이 말했다. 그분과 함께가 아니라 그와 함께라는 거친 표현이 키티에게 감동을 주었다.

"우리랑 버섯 따러 함께 가요. 좋은 장소도 좀 알려주고요."

아가피야 미하일로브나는 미소를 지으며 '당신한텐 아무리 화를 내려 해도 도무지 그게 안 되네요.'라고 말하듯 고개를 저었다.

"자, 내가 알려주는 대로 해요." 노공작 부인이 말했다. "잼 위에 종이를 씌우고 럼주로 적셔 둬요. 그러면 얼음 없이도 절대 곰팡이가 피지 않을 거예요."

3

키티는 남편과 단둘이 시간을 보내게 되어 특히 기뻤다. 왜냐하면 조금 전 그가 테라스에 들어와 무슨 말을 하는지 물었을 때 아무도 대답을 하지 않자, 그 순간 그의 얼굴에 확연히 드러났던 슬픈 빛을 보았기 때문이다.

두 사람은 다른 사람들보다 먼저 출발했다. 그리고 집에서 멀어져 수레바퀴 자국에 먼지가 뿌옇고 호밀의 이삭과 낟알이 여기저기 흩어져 있는 길로 걸어 나왔을 때, 그녀는 더욱 강하게 남편의 팔에 의지하며 그의 팔을 자기 몸에 갖다 붙였다. 그는 이미 조금 전의 불쾌한 감정은 잊어버렸다. 그리고 그녀와 단둘이 있고 그녀의 임신에 대한 생각이 잠시도 머릿속을 떠나지 않는 지금, 사랑하는 여인과 몸을 가까이 대고 있어도 육감적인 기분을 초월한 완전히 순수한 기쁨을 느끼고 있다는 것이 그로서는 새롭고 즐거웠다. 특별히 할 얘기는 없었지만, 임신하면서 변한 그녀의 시선과 그녀의 목소리를 듣고 싶었다. 그녀의 눈빛과 목소리에는 언제나 어떤 한 가지 일을 좋아해서 푹 빠져 있는 사람에게서 보이는 부드러움과 진지함이 있었다.

"피곤하지 않소? 좀 더 바짝 기대요." 그가 말했다.

"아니요, 이렇게 당신과 단둘이 있는 게 정말 기뻐요. 솔직히 다른 사람들과 함께 있는 것도 좋지만 당신과 단둘이 보냈던 겨울밤이 그리워요."

"그것도 좋았지만, 지금은 더욱 좋군. 어느 쪽이든 다 좋소." 그는 그녀의 손을 꼭 쥐며 말했다.

"아까 당신이 들어오셨을 때 무슨 얘기를 하고 있었는지 알아요?"

"잼에 관한 얘기였겠지?"

"물론 잼 이야기도 했지만, 나중엔 남자들이 어떻게 청혼했는지 얘기하고 있었어요."

"아하!" 레빈은 그녀가 말하는 내용보다도 그녀의 목소리에 귀를 기울이며 말했다. 그는 걷는 내내 숲으로 이어지는 길을 생각하며 그녀가 발을 헛디딜 수 있을 만한 곳을 피하면서 걷고 있었다.

"그리고 세르게이 이바노비치와 바렌카의 얘기도 했어요. 눈치채고 계셨죠……? 난 정말 꼭 그렇게 되었으면 좋겠어요." 그녀는 계속 말을 이었다. "당신은 어떻게 생각하세요?" 그녀는 남편의 얼굴을 힐끗 쳐다보았다.

"글쎄, 어떻게 생각해야 할지 모르겠군." 레빈은 웃으며 대답했다. "이런 문제에서 세르게이 형님은 정말 특별한 구석이 있거든. 내가 말한 적이 있잖소……."

"그래요. 그분이 이미 고인이 된 어떤 처녀를 사랑했었다고 했지요?"

"내가 아직 어렸을 때 일이고, 사람들한테 전해 들은 게 전부이기는 하지만, 난 당시의 형님 모습을 기억하거든. 형님은 꽤나 매력적인 사람이었어. 하지만 그 이후에 나는 여자에게 대하는 형님의 태도를 지켜보았소. 그는 친절했고 그의 마음에 드는 여성도 더러 있기는 했지만, 형님에게 그 여자들은 여자가 아닌 단순히 인간으로 느껴졌던 것 같소."

"그렇군요. 그런데 지금 바렌카와는……, 무언가 있는 것 같이요……."

"그럴지도 모르지……. 하지만 형님을 잘 알아야만 해요……. 그는 특별하고도 경이로운 사람이거든. 그는 오직 정신적인 생활만을 하고 있어. 어떻게 보면 그는 과하다 할 만큼 순수하고 고상한 분이지."

"그게 왜요? 사랑한다고 해서 그분의 인격에 흠집을 내는 것도 아닌데요?"

"그렇지. 하지만 형님은 정신적인 생활에만 익숙해서 현실과 타협하지 못한다는 거요. 그런데 바렌카도 역시 현실이 아닌가 말이오."

레빈은 이제 자기의 생각을 표현하기 위해 정확한 말을 사용하려고 애쓰지 않고 과감하게 말하는 데 익숙해져 있었다. 그는 지금과 같이 사랑이 충만한 순간에는 자기가 말하고 싶어 하는 것을 암시만 해도 아내가 이해한다는 것을 알고 있었다. 그리고 그녀는 그렇게 그의 말을 깨달았다.

"그래요, 하지만 그녀는 나만큼 현실적이지는 못해요. 이해해요. 그분은 절대 나 같은 여자를 사랑하지 않으셨을 테죠. 그녀는 존재 자체가 온통 정신적이에요……."

"아니, 그게 무슨 말이오? 그렇지 않소. 형님은 당신을 무척 사랑하는걸. 난 그래서 얼마나 기쁜지 모르오. 친척들이 당신을 사랑하고 있는 것 말이오……."

"그래요, 그분은 내게 늘 친절하시죠. 그렇지만……."

"그런데 돌아가신 니콜라이 형님 같진 않다는 말이군……. 당신과 니콜라이 형님은 서로 정말 사랑했으니까." 레빈은 하던 말을 마저 했다. "이런 얘기를 하면 안 된다는 법은 없소!" 그는 덧붙였다. "난 가끔 나 자신을 스스로 질책하곤 한다오. 결국 잊게 될 거라고 말이오. 아, 형님은 정말로 무섭고도 매력적인 분이었지……. 그런데 지금 우리가 무슨 얘기를 하고 있었던 거지?" 레빈은 잠시 머뭇거리다가 말했다.

"형님은 사랑에 빠지실 분이 아니라고 생각하시는군요." 키티는 그냥 생각한 대로 말해버렸다.

"사랑에 빠지는 게 불가능하다는 말을 하는 게 아니오." 레빈은 웃으며 말했다. "형님한테는 사랑하기 위해 인간에게 필요한 나약한 점이 없다는 것이지……. 난 항상 형님의 그런 점을 부러워했었지. 이렇게 행복한 지금도 난 여전히 형님한테 부러움을 느끼기도 하거든."

"그분이 사랑할 수 없다는 게 부럽다는 말씀이세요?"

"난 형님이 나보다 나은 점을 부러워한다는 것이오." 레빈은 웃으며 말했다. "형님은 자기를 위해서 사는 게 아니오. 형님의 삶이라는 것은 온통 의무에 바쳐졌다고 할 수 있을 거요. 그렇기 때문에 형님은 그렇게 평화롭고 만족한 삶을 살 수 있는 건지도 모르지."

"그럼, 당신은요……?" 키티는 애정이 깃든 장난 섞인 미소를 지으며 말했다.

그녀는 자신을 웃음 짓게 만든 꼬리를 무는 생각들을 말로 표현할 수 없었다. 그러나 그녀는 형에게 감탄하고 형 앞에서 자신을 낮추고 있는 남편이 솔직하지 못하다는 결론을 내렸다. 키티는 남편의 이러한 태도는 형에 대한 애정과 자기가 너무나 행복한 것을 부끄러워하는 마음에서, 특히 나은 삶을 살고 싶다는 끊임없는 욕망에서 그런 겸손이 생겨난 것임을 알고 있었다. 그리고 그녀는 그의 그런 점을 사랑했기에 미소를 지었던 것이다.

"그럼, 당신은요? 당신의 불만은 어떤 거예요?" 그녀는 똑같은 미소를 지으며 물었다.

그는 자기가 불만을 가지고 있은 것에 대해 아내가 믿지 않는 것이 즐겁게 느껴졌다. 그래서 그는 무의식적으로 그녀가 자신이 불신하는 이유를 말하도록 유도했다.

"난 행복하오. 하지만 나 자신에게는 늘 불만이지⋯⋯." 그가 말했다.

"어떻게 불만스러울 수가 있어요? 행복하시다면서요."

"글쎄, 당신에게 어떻게 얘기해야 할까⋯⋯⋯? 나는 오직 당신이 넘어지지 않는 것 외에는 아무것도 바라는 게 없소. 어허, 그렇게 뛰면 안 된다는 거요!" 그는 오솔길에 가로놓여 있는 나뭇가지를 너무 재빠른 동작으로 넘는 그녀를 나무라느라 하던 말을 중단했다. "하지만 나 자신에 대해 스스로 생각해 봐도 그렇고 다른 사람들과, 특히 형님과 비교해 봐도 나는 참으로 보잘것없는 인간이라는 느낌을 지을 수 없어."

"아니, 그건 왜요?" 키티는 여전히 미소를 미금은 채 물었다. "당신도 다른 사람들을 위해서 일을 하지 않나요? 농가도, 농장일도, 저술도 역시 마찬가지고요."

"그렇지 않소, 난 요즘 특히 그런 느낌이 들어. 그건 당신 잘못이라고 할 수 있어." 그는 그녀의 손을 쥐며 말했다. "난 그 일을 제대로 하는 게 아니지. 내가 당신을 사랑하는 것만큼 그 일들도 모두 사랑할 수 있었으면 좋을 텐데 말이야⋯⋯. 난 요즘 마치 과제를 수행하듯이 그 일들을 그냥 하고 있거든."

"그럼 우리 아버지에 대해서는 뭐라고 말할 건가요?" 키티가 물었다. "사회를 위해 하신 일이 아무것도 없으시니, 아버지도 쓸모없는 분인가요?"

"장인어른? 물론 아니지. 우리들은 당신의 아버지처럼 바로 그 단순함과 명백함과 선량함을 가져야만 하는데, 내게 그런 점이 있을까? 난 일은 하지 않고 괴로워만 하고 있거든. 그건 모두 당신이 그렇게 만든 거요. 당신이 내게 없었을 때는, 그리고 아직 '요것'이 없었을 때는……." 그는 그녀의 배를 흘끗 쳐다보며 말했고, 그녀도 금방 그 의미를 알아챘다. "난 온 힘을 다해 일에 몰두하고 있었소. 하지만 지금은 그렇게 못하니, 그것이 부끄럽다는 것이지. 나는 주어진 과제를 수행하는 것 같은 기분으로 일을 하고 있어. 그저 흉내만 내고 있다는 거요……."

"그럼 당신은 지금이라도 당장 세르게이 이바노비치하고 바뀌었으면 좋겠어요?" 키티가 물었다. "형님처럼 사회를 위해 일하고 그 주어진 과제를 사랑하기만 하면 된다는 건가요?"

"물론 그건 아니오." 레빈이 말했다. "하지만 난 너무도 행복해서 아무것도 이해하지 못하겠소. 그건 그렇고, 당신 생각에 형님이 오늘 청혼을 할 것 같다는 말이오?" 그는 잠시 잠자코 있다가 물었다.

"그럴 것 같기도 하고, 아닐 것 같기도 해요. 단지 그렇게 되었으면 하고 간절히 바랄 뿐이에요. 잠깐만요." 그녀는 허리를 구부리고 길가에 피어 있는 들국화를 꺾었다. "자, 세어보세요. 청혼을 하실지 안 하실지." 그녀는 그에게 꽃을 건네며 말했다.

"한다, 안 한다." 레빈은 오목 들어간 하얗고 가는 꽃잎을 하나씩 뜯으며 말했다.

"아니, 아니에요." 키티는 불안한 마음으로 남편의 손가락을 지켜보다가는 그의 손을 붙잡고 세는 것을 멈추게 했다. "두 잎을 한꺼번에 뜯었잖아요."

"그럼, 그 대신 이 작은 잎은 세지 않으면 되지." 레빈은 아직 다 자라지 않은 작은 꽃잎을 뜯으며 말했다. "저기 마차가 우릴 따라잡았군."

"얘야, 피곤하지 않니, 키티?" 공작 부인이 큰 소리로 외쳤다.

"아니요, 조금도요."

"아니면 여기에 올라타렴. 말이 온순해서 천천히 가면 되니까."

그러나 이젠 마차를 탈 필요가 없었다. 거의 다 도착했기 때문에 모두들 걸어서 갔다.

4

검은 머리에 흰 머릿수건을 쓰고 아이들에게 둘러싸인 채 밝고 명랑하게 아이들과 놀아주고 있는 바렌카는 좋아하는 남자와 서로의 마음을 고백하게 될지도 모른다는 들뜬 마음 때문에 더욱 매력적으로 보였다. 세르게이 이바노비치는 그녀의 옆을 거닐며 그녀에게서 눈을 떼지 못하고 넋을 잃고 바라보고 있었다. 그는 그녀를 바라보며 그녀에게 들은 모든 다정한 말과 그녀에 대해서 이미 알고 있던 모든 장점을 떠올렸다. 그리고 지금 자기가 그녀에게 느끼는 감정이 아주 오래전 그 청년 시절에 단한 번 경험했던 그 특별한 감정과 똑같다는 것을 더욱 분명히 깨닫게 되었다. 그녀와 함께 가까이 있다는 기쁨은 더욱 강해져만 갔다. 그리고 마침내 그는 가는 뿌리 위에 가장자리가 말려 올라간 커다란 자작나무 버섯을 발견하여 그녀의 바구니 속에 넣으면서 그녀의 눈을 흘끗 쳐다보았는데, 그때 그녀의 얼굴이 기쁨과 놀람으로 붉게 물든 것을 알아채고는 그 자신도 당황하여 너무도 많은 말을 담고 있는 듯한 미소를 말없이 지어 보였다.

'만약 그렇다면…….' 그는 스스로에게 말했다. '신중하게 생각해서 결심해야만 한다. 어린 시절, 한때 느낄 수 있는 그런 장난스러운 감정처럼 보여서는 안 된다.'

"이제 다른 사람들과 떨어져서 따 봐야겠어요. 별로 딴 것 같아 보이질 않으니 말입니다." 그는 그렇게 말하고는, 그들이 돌아다니던 자작나무 노목이 듬성듬성 서 있고 명주처럼 부드러운 키 작은 풀이 무성한 숲 가장자리를 혼자 벗어나, 흰 자작나무 줄기 사이로 잿빛 미루나무 가지와 거무스름한 호두나무가 보이는 숲 한가운데로 들어갔다. 마흔 걸음쯤 지나 장밋빛 붉은 꽃이 만발한 회나무 숲 뒤로 들어서자, 세르게이 이바노비치는 이제 아무도 보는 사람이 없다는 걸 알고는 그 자리에 멈춰 섰다. 사방은 쥐 죽은 듯 고요했다. 다만 머리 위의 자작나무 우듬지에서 파리들이 벌떼처럼 끊임없이 윙윙거렸고, 아이들의 목소리가 간간히 들려올 뿐이었다. 그러다 갑자기 숲 주변의 그다지 멀지 않은 곳에서 그리샤를 부르는 바렌카의 낮은 목소리가 울려왔다. 그러자 세르게이 이바노비치의 얼굴에 기쁨의 미소가 번졌다. 그 미소를 의식한 세르게이 이바노비치는 자신의 상태가 못마땅하다는 듯 머리를 흔들고는 시가를 꺼내 불을 붙이려고 했다. 그는 자작나무의 줄기에 성냥을 그었지만 오랫동안 불을 붙일 수가 없었다. 흰 껍질의 부드러운 막이 성냥의 인에 달라붙어서 불이 계속 꺼져버리곤 했다. 마침내 한 개비의 성냥에 불이 붙었고, 향기로운 시가 연기가 흔들리며 폭 넓은 식탁보처럼 덤불 위로, 늘어진 자작나무 가지 밑으로, 앞으로, 위로 길게 떠돌았다. 세르게이 이바노비치는 연기의 띠를 눈으로 쫓았다. 그리고 자신의 마음 상태를 곰곰이 생각하며 조용히 걸었다.

'도대체 왜 안 되는 거지?' 그는 생각했다. '만약 이것이 일시적인 감정이라든지 또는 단순한 욕망이라면, 만약 내가 단순한 애착을, 다시 말해 상호적인 애착을(나는 상호적이라고 말할 수 있어) 느끼고 있는 거라면, 그래서 그것을 내 생활의 모든 상황에 맞지 않는다고 느끼고 있는 거라면, 그리고 이런 감정에 마음을 맡기는 것은 자신의 사명과 의무에 거역하는 일이라고 느낀다면……. 하지만 그런 일은 있을 수 없어. 내가 나의 감정을 거역할 수 있는 오직 한 가지는, 미리를 잃었을 때 영원히 그녀를 추억 속에 담고 살겠다고 맹세했던 그것뿐이야. 그것이 나 자신의 감정에 거역할 수 있는 유일한 것이지……. 그건 중요해.' 세르게이 이바노비치는 이런 생각이 그 자신을 위해서도 전혀 중요하지 않을 뿐만 아니라, 다른 사람의 눈에도 그런 서정적인 역할을 망친다는 것을 느끼며 혼자 중얼거렸다. '하지만 그 이외에는 아무리 찾아봐도 나 자신의 감정에 거역할 만한 것은 찾아낼 수 없을 거야. 이성으로만 선택한다면, 그보다 더 나은 경우는 찾아낼 수 없을 테니까!'

그는 자기가 알고 있는 부인들이나 처녀들을 떠올리며 냉정하게 판단해보았다. 하지만 아무리 생각해 봐도 그녀만큼 아내

로서 자기가 바라고 있는 모든 자질을 갖추고 있는 여자는 없었
다. 그녀는 젊음의 매력과 싱그러움을 발산하고 있었지만, 어린
아이는 아니었기 때문에 그녀가 만약 그를 사랑하고 있다면, 그
것은 한 여자가 사랑하는 것처럼 그녀도 어른으로서 의식하고
그를 사랑하는 것이다. 이것이 그가 바라는 첫 번째 자질이었다.
다음으로는, 그녀는 사교적인 깃과는 거리가 멀 뿐만 아니라 사
교계에 대해 확실히 거부감을 가지고 있는 듯했지만, 동시에 사
교계를 알고 있어서 상류사회 부인으로서 갖춰야 하는 예의범
절 또한 알고 있었다. 세르게이 이바노비치는 그런 것이 없이는
삶의 반려자로 생각할 수 없었다. 셋째로, 그녀는 신앙을 가지고
있었다. 그러나 키티와 같이, 어린아이처럼 분별없이 종교적이
고 착한 것이 아니라 그녀의 생활 자체가 종교적인 신념에 기반
을 두고 있었다. 세르게이 이바노비치는 자기의 아내가 될 사람
이 갖추기를 바라던 모든 자질을 사소한 부분에 이르기까지 그
녀에게서 모두 찾아냈다. 그녀는 가난하고 외로운 여자였기 때
문에 키티의 경우처럼 남편의 집에 데려와서 영향을 줄 친척도
없을 것이며 모든 점에서 남편에게 감사함을 느낄 것이다. 그것
또한 그가 언제나 미래의 가정생활을 위해 바라고 있었던 것이
었다. 그런데 지금 이런 모든 기질을 갖춘 처녀가 그를 사랑하고
있는 것이다. 그는 겸손한 사내였지만 그 점이 보이지 않을 수
없었다. 그리고 그도 역시 그녀를 사랑하고 있었다. 다만 한 가
지 신경 쓰이는 문제는 그의 나이였다. 하지만 그의 집안은 장수

하는 집안이었고 그에게는 흰 머리카락 한 올도 없어서, 누구도 그를 마흔 살이라고는 생각하지 않았다. 게다가 그는 바렌카가 러시아에서는 쉰 살의 사람들이 자기를 스스로 늙은이라고 생각하지만, 프랑스에서 쉰 살의 사람들은 스스로 '한창때'라 여기고 마흔 살인 사람들은 스스로 아직 '청년'이라고 생각한다고 한 말을 기억하고 있었다. 더욱이 그는 20년 전이나 다름없이 자신을 젊다고 여기고 있는데, 그에게 나이라는 숫자가 무슨 의미가 있단 말인가? 그가 다른 방향에서 다시 숲의 가장자리로 나와 노란 원피스에 바구니를 들고 비스듬히 비추는 햇살을 받으며 가벼운 걸음으로 늙은 자작나무의 옆을 걷고 있는 바렌카의 우아한 모습을 보았을 때, 바렌카의 모습을 보고 받은 감흥이 비스듬히 햇살을 받고 있는 누렇게 익은 귀리 밭과 그 너머 파릇파릇한 들에 녹아드는 듯한 노란빛으로 얼룩진 오래된 숲의 경이로운 풍경과 하나로 겹쳐졌을 때, 그가 경험한 그 감정이 과연 젊음이 아니었을까? 그의 심장은 기쁨으로 죄어들었다. 감격의 감정이 그를 사로잡았다. 그는 비로소 자신이 마음의 결정을 내렸음을 느꼈다. 버섯을 따려고 막 몸을 구부렸던 바렌카는 유연한 몸짓으로 일어서서 뒤를 돌아다봤다. 세르게이 이바노비치는 시가를 버리고 결연한 걸음걸이로 그녀를 향해 걸어갔다.

5

'바르바라 안드레예브나, 나는 아주 젊었을 때 내가 사랑하게 될 거고, 또 아내라고 부르면 행복하겠다고 생각하는 이상적인 여인을 마음에 그려놓고 있었습니다. 오랜 세월을 보낸 지금에서야 난 당신에게서 내가 찾고 있던 그것을 발견했습니다. 당신을 사랑합니다. 당신에게 청혼합니다.'

세르게이 이바노비치는 바렌카로부터 열 걸음 정도 떨어진 곳에 이르렀을 때, 이렇게 마음속으로 중얼거렸다. 그녀는 무릎을 꿇고 버섯을 두 손으로 감싸 그리샤에게 빼앗기지 않으려고 하면서 어린 마샤를 부르고 있었다.

"여기, 이리로 와! 얘들아, 여기 많아!" 그녀는 가슴에서 우러나오는 듯한 사랑스러운 목소리로 말했다.

그녀는 세르게이 이바노비치가 다가오는 것을 보면서도 일어서려고도, 자세를 바꾸려고도 하지 않았다. 하지만 모든 것이 그가 다가오는 것을 그녀가 느끼고 있고, 그것을 기뻐하고 있음을 그에게 말해주고 있었다.

"어떠세요, 좀 따셨어요?" 그녀는 흰 머릿수건 아래로 조용히 미소 짓고 있는 자신의 아름다운 얼굴을 그에게 돌리며 물었다.

"하나도 못 땄어요." 세르게이 이바노비치가 말했다. "당신은 어때요?"

그녀는 자신을 둘러싸고 있는 아이들에게 신경을 쓰느라 그 말에는 대답하지 않았다.

"여기 또 있네. 나뭇가지 옆에 있어!" 그녀는 어린 마샤에게 마른 풀 사이로 나온 탄력 있는 장밋빛 갓이 갈라진 채 고개를 내밀고 있는 어린 버섯을 가리켰다. 그리고 그녀는 마샤가 그 하얀 버섯을 둘로 갈라서 집어 들었을 때야 비로소 일어섰다. "어린 시절을 띠올리게 하네요." 그녀는 아이들괴 조금 떨어저 세르게이 이바노비치와 나란히 걸으며 말했다.

그들 두 사람은 아무런 말없이 몇 걸음 걸었다. 바렌카는 그가 무언가를 말하려 한다는 것을 알았다. 그녀는 그 말이 무엇인지 짐작하고는 기쁨과 두려움에 심장이 멎을 것만 같았다. 그들은 이제 아무도 그들의 말을 들을 수 없을 만큼 멀리 떨어져 있었지만, 그는 여전히 아무런 말도 하지 않았다. 바렌카에게는 말없는 편이 더 나았다. 서로가 하고 싶었던 얘기는 버섯에 관한 얘기를 하고 난 후보다는 침묵이 흐른 뒤에 하는 게 마음이 가벼울 것 같았다. 하지만 바렌카는 자신의 의지에 반하여 이렇게 말해버렸다.

"그럼, 버섯을 전혀 못 따셨어요? 하긴 숲 한가운데에는 버섯이 없긴 하지요."

세르게이 이바노비치는 한숨을 몰아쉴 뿐 아무런 대답도 하지 않았다. 그녀가 버섯에 관한 이야기를 시작한 것이 그로서는 유감이었다. 그는 그녀가 처음에 꺼냈던 어린 시절에 관한 얘기를 하고 싶었지만, 그도 역시 말없이 있다가 자기도 모르게 그녀의 마지막 말에 대꾸했다.

"흰 버섯은 주로 숲 가장자리에 있다고들 하더군요. 그런데 흰 버섯을 구별할 줄 몰라서요."

몇 분이 더 지났다. 두 사람은 아이들로부터 더욱 멀리 떨어져서 이젠 완전히 단둘만 있게 되었다. 바렌카의 심장은 자신에게도 들릴 만큼 고동치고 있었다. 그녀는 자신의 얼굴이 붉어졌다 창백해졌다, 또다시 붉어지는 것을 느낄 수 있었다.

슈탈 부인과 함께 지냈던 그 힘든 세월을 겪은 그녀로서는 코즈니셰프와 같은 사람의 아내가 된다는 것이 최고의 행복으로 여겨졌다. 그뿐만 아니라 그녀는 자기가 그에게 빠져 있는 것에 대해서 거의 확신하고 있었다. 그리고 그것은 지금 결정되어야만 했다. 그녀는 그것이 두려웠다. 그녀에게는 그가 그것을 말할까 봐 두렵기도 하고, 혹은 말하지 않을까 봐 두렵기도 했다.

지금 하지 않으면 영원히 말할 기회가 없을지도 모른다. 세르게이 이바노비치도 역시 그것을 느꼈다. 바렌카의 시선에서도, 홍조를 띤 얼굴에서도, 내리감은 그녀의 눈동자 속에서 온통 기대의 빛을 병적으로 드러내고 있었던 것이다. 세르게이 이바노 비치도 그것을 느끼며 그녀가 애처롭게 여겨졌다. 그리고 그는 지금 아무 말도 하지 않는다면 그녀를 모욕하는 것이라는 생각에 이르렀다. 그는 마음속으로 자기의 결심을 합리화시켜 줄 온갖 이유를 빠르게 되뇌어 보았다. 그는 청혼하면서 하려고 마음먹었던 말들도 마음속으로 되뇌어 보았다. 그런데 그런 말 대신 문득 머리를 스친 어떤 생각에 그는 갑자기 이렇게 물었다.

"흰 버섯과 자작나무 버섯은 무슨 차이가 있는 거죠?"

그 말에 대답하던 바렌카의 입술이 흥분으로 가늘게 떨렸다.

"갓을 봐서는 별반 차이가 없어요. 단지 뿌리 부분에……."

그런 말들이 입에서 나오자마자, 그도 그녀도 모든 것이 끝났으며, 해야 할 말들을 끝내 말하지 못할 것이리는 사실을 깨달았다. 그러자 극도에 다다랐던 그들의 흥분도 가라앉고 있었다.

"자작나무 버섯의 뿌리는 이틀 정도 면도하지 않은 갈색 수염의 남자를 떠올리게 해요." 세르게이 이바노비치는 이제 차분한 어조로 말했다.

"네, 맞아요." 바렌카는 웃으며 대답했다. 그리고 자연스럽게 산책 방향이 바뀌어 그들은 아이들 쪽으로 다가가기 시작했다. 바렌카는 고통스럽고 부끄러웠지만 그와 동시에 마음이 가벼워지는 것을 느꼈다.

집으로 돌아온 세르게이 이바노비치는 모든 이유들을 되새겨 보고는 자기가 잘못 판단했다는 것을 깨달았다. 그는 마리에 대한 기억을 지울 수가 없었던 것이다.

"조용히! 얘들아, 조용히 해라!" 레빈은 한 무리의 아이들이 환성을 지르며 그들 쪽으로 달려오자, 아내를 보호하기 위해 그녀 앞에 버티고 서서 화난 듯 고함을 질렀다.

아이들 뒤로 세르게이 이바노비치가 바렌카와 함께 숲에서 나왔다. 키티는 바렌카에게 물어볼 필요도 없었다. 그녀는 두 사람의 얼굴에 나타난 차분하면서도 다소 어색한 표정에서 자기의 계획이 이루어지지 않았다는 것을 깨달았다.

"그래, 어떻게 됐소?" 그들이 집으로 돌아가는 길에 남편이 그녀에게 물었다.

"안 됐어요." 키티는 아버지를 연상케 하는 미소와 어조로 말했다. 레빈은 때때로 그녀의 그런 모습에서 만족감을 느끼곤 했다.

"왜 안 됐다는 거요?"

"그건 말이에요." 그녀는 남편의 손을 잡고 자기 입으로 가져가서는 꼭 다문 입술에 대며 말했다. "마치 주교님 손에 입을 맞추는 것과 같아요."

"어느 쪽이 아닌 걸까?" 그는 웃으며 말했다.

"양쪽 다요. 그런데 그래야만 했었나 봐요……."

"농부들이 오는군……."

"아니에요, 그들은 우릴 못 봤어요."

6

아이들이 차를 마시는 동안, 어른들은 발코니에 앉아서 마치 아무 일도 없었다는 듯 이야기를 주고받고 있었다. 그러나 모두들, 특히 세르게이 이바노비치와 바렌카는 비록 부정적이긴 하지만 매우 중대한 일이 있었다는 것을 매우 잘 알고 있었다. 두 사람 모두 시험을 망쳐 유급되었거나 아니면 학교에서 영원히 제적당한 학생이 경험할 법한 그런 감정을 느꼈다. 그 자리에 있던 다른 사람들도 무슨 사건이 있었다는 것을 느끼면서도 그것과 관계없는 다른 주제에 관해 열띤 대화를 나누었다. 레빈과 키티는 이날 밤, 특별히 행복하고도 사랑받고 있는 기분을 느꼈다. 그리고 그들은 자신들의 사랑으로 행복하다는 사실이 똑같은 행복을 원했지만 그것을 이룰 수 없었던 사람들에게 불쾌감을 줄 수 있다는 것에 마음이 불편했다.

"내 말이 맞을 거다. 아버지는 오시지 않을 거야." 노공작 부인이 말했다.

이날 저녁, 모두들 기차로 온다는 스테판 아르카디치를 기다리고 있었는데, 노공작도 어쩌면 올지도 모르겠다고 편지를 보내왔던 것이다.

"나는 그 이유를 알고 있지." 공작 부인은 계속해서 말했다. "네 아버지는 젊은 사람들은 처음 한동안은 둘만 있게 내버려둬야 한다고 말하거든."

"그래서 아버지가 우리를 그냥 내버려두신 거군요. 근래 아버지를 뵙지 못했잖아요." 키티가 말했다. "그런데 우리가 무슨 젊은 사람이에요? 우리도 벌써 이렇게 나이를 먹었는걸요."

"아버지가 오시지 않으면 나도 너희들과 이별해야 하는데 말이다, 얘들아." 공작 부인은 서글프게 한숨을 내쉬며 말했다.

"아니, 무슨 말씀이세요, 어머니?" 두 딸이 어머니에게 한목소리로 말했다.

"너도 생각해보렴, 아버지가 어떠실지! 정말 지금은……."

그런데 갑자기 정말 뜻밖에도 노공작 부인의 목소리가 떨리기 시작했다. 딸들은 잠자코 서로 눈짓을 했다. '어머니는 언제나 슬픈 생각을 찾아내신다니까.' 그녀들은 눈짓으로 이런 말을 주고받았다. 하지만 그녀들은 공작 부인이 아무리 딸네 집에서 즐겁고 자신이 그곳에서 아무리 필요한 존재로 느껴져도, 사랑하는 막내딸을 시집보낸 후 가정의 보금자리가 텅 빈 느낌이 들었을 때부터 어머니가 자기 자신이나 남편 때문에 극도로 우울해했다는 사실을 알지 못했다.

"무슨 일이에요, 아가피야 미하일로브나?" 키티는 갑자기 비밀스럽고도 의미심장한 표정을 짓고 서 있는 아가피야 미하일로브나를 향해 물었다.

"저녁 식사 때문에요."

"아, 마침 잘됐네." 돌리가 말했다. "너는 가서 저녁 식사를 준비시키도록 해. 난 가서 그리샤에게 학과 복습을 좀 시켜야겠어. 그렇지 않으면 오늘 온종일 아무것도 하지 않을 애라니까."

"그건 내 일이에요. 아니에요, 돌리, 내가 갈게요." 레빈이 자리를 박차고 일어서며 말했다.

벌써 중학교에 입학한 그리샤는 여름 동안 학과를 복습해야만 했다. 모스크바에 있을 때 아들과 함께 라틴어를 배우고 있던 다리야 알렉산드로브나는 레빈의 집에 와서 최소한 하루에 한 번 수학과 라틴어 중 가장 어려운 부분을 아들과 함께 복습한다는 규칙을 세워놓고 있었다. 레빈은 그녀를 대신하여 돕겠다고 나섰지만, 그녀는 레빈의 수업을 한 번 듣고는 모스크바의 교사가 가르치는 방법과 다르다는 것을 깨닫고 매우 당황했다. 그녀는 레빈의 기분이 상하지 않도록 애쓰며, 교사가 가르치듯이 교과서대로 가르쳐야 하기 때문에 자신이 가르치는 게 좋겠다고 단호하게 말했다. 레빈은 스테판 아르카디치가 아버지로서 무관심 태도를 보임으로써 교육에 대해서 아무것도 모르는 아이의 어머니가 교육을 감독하는 것과 교사들이 아이들을 잘못 가르치고 있다는 것에 대해 화가 났다. 그러나 그는 처형에게 그녀가 원하는 대로 가르치겠다고 약속했다. 그리고 그는 그리샤를 계속 가르쳤지만 자기 방식대로가 아닌 교과서대로 가르쳤기 때문에, 당연히 그 점이 마음에 들지 않아서 공부하는 시간을 자주 잊곤 했다. 오늘도 역시 그랬다.

"아니, 내가 갈게요. 돌리, 당신은 앉아 계세요." 레빈이 말했다. "걱정하지 말아요, 교과서대로 가르칠 거예요. 스티바가 와서 사냥하러 갈 때만 수업을 쉴게요."

그리고 레빈은 그리샤한테로 갔다.

바렌카도 키티에게 똑같은 말을 했다. 바렌카는 행복하면서도 잘 정돈된 레빈의 집에서 도움이 되고 있었다.

"저녁 준비는 내가 시킬게요. 당신은 앉아 계세요." 바렌카는 일어나서 아가피야 미하일로브나에게로 갔다.

"그래요, 그래. 오늘은 닭을 구하지 못했을 거예요. 그러면 우리 집 것으로……." 키티가 말했다.

"아가피야 미하일로브나와 상의할게요." 바렌카는 그녀와 함께 시야에서 사라졌다.

"정말 사랑스러운 처녀로구나!" 공작 부인이 말했다.

"사랑스럽기만 한 게 아니에요, 어머니. 대단한 매력을 가지고 있어요."

"그럼 오늘, 스테판 아르카디치를 기다리고 계시는 거죠?" 세르게이 이바노비치는 분명히 바렌카에 대한 얘기가 이어지는 것을 피하고 싶은 듯 말했다. "댁의 두 사위는 정말 보기 드물게 닮은 데가 없는 것 같습니다." 그는 엷은 미소를 지으며 말했다.

"한쪽은 물 만난 물고기처럼 사회생활에 대해서만 활동적인 사람이고, 다른 한 사람인 내 아우 코스챠는 생기 있고 민첩하며 모든 일에 민감하지만 정작 사회생활에서는 마치 육지에 올라온 물고기처럼 정신을 잃거나 아니면 무턱대고 펄떡거리기만 하니 말이에요."

"그래요, 저 사람이 아주 경솔한 데가 있어요." 공작 부인이 세르게이 이바노비치에게로 얼굴을 돌리며 말했다. "바로 그 점을 당신에게 부탁하려고 했어요. 저 사람에게 말씀 좀 해주시면 어떨까 하고요. 저 애는(그녀는 키티를 가리켰다) 여기에 있으면 안 돼요. 모스크바로 꼭 가야만 해요. 저 사람은 의사를 불러올 것이리고 말하지만······."

"어머니, 저이는 모든지 할 거예요. 어떤 일에도 동의할 텐데요." 키티는 어머니가 이 일에 세르게이 이바노비치를 끌어들이는 것을 못마땅해하며 말했다.

그들이 한창 대화하고 있을 때, 가로수 길에서 말이 콧김을 내뿜는 소리와 자갈길 위를 구르는 수레바퀴 소리가 들려왔다.

돌리가 남편을 맞이하려고 미처 일어나기도 전에, 그리샤가 공부하고 있던 아래층의 방 창문에서 레빈이 뛰어나와 그리샤를 안아 내려주었다.

"스티바예요!" 레빈이 발코니 아래에서 소리쳤다. "공부는 끝냈어요, 돌리, 걱정 마세요!" 그는 이렇게 덧붙이고는 어린애처럼 마차 쪽으로 뛰어갔다.

"이즈, 에아, 이드, 에쥐스, 에쥐스, 에쥐스."[3] 그리샤는 가로수 길을 따라 달려가며 소리쳤다.

"누군가 다른 사람이 있는데요. 틀림없이 아버님일 거예요!" 레빈은 가로수 길의 입구에 멈춰 서서 소리쳤다. "키티, 가파른 계단으로 내려오지 말고 돌아서 와요!"

그러나 레빈은 마차 안에 오블론스키와 함께 있는 사람이 노공작일 것이라고 잘못 생각했다. 마차로 다가갔을 때, 그는 스테판 아르카디치와 함께 앉아 있는 사람이 공작이 아니라 긴 리본을 뒤로 늘어뜨린 스코틀랜드식 모자를 쓴 뚱뚱하고 잘생긴 청년이라는 것을 알았다. 그는 셰르바츠키네 육촌 형제인 바센카 베슬로프스키였다. 그는 페테르부르크와 모스크바 사교계에서 인기를 한몸에 받고 있었으며, 스테판 아르카디치가 소개한 것처럼 '훌륭하고 열정적인 최고의 사냥꾼'이었다.

베슬로프스키는 노공작 대신에 자기가 등장한 것에 대한 실망 어린 분위기에 조금도 개의치 않고, 예전에 인사를 나누었던 것을 상기시키며 유쾌하게 레빈과 인사를 나누었다. 그리고 그리샤를 마차 안으로 안아 올려 스테판 아르카디치가 데리고 온 포인터 사냥개 너머로 들어 옮겼다.

레빈은 마차에 타지 않고 마차 뒤를 따라 걸었다. 레빈은 마

---

3   Is, ea, id, ejus, ejus, ejus.(라틴어 3인칭 주격과 소유격)

음이 상해 있었다. 알면 알수록 좋아지는 노공작이 오는 대신에, 알지도 못할 뿐만 아니라 필요도 없는 바센카 베슬로프스키가 왔기 때문이다. 더욱이 어른과 아이들이 떠들썩하게 모여 있는 현관 계단으로 다가갔을 때, 바센카 베슬로프스키가 유난히 상냥하고 정중하게 키티의 손에 입을 맞추는 모습을 보게 된 레빈은 이 청년이 더욱 낯설고 불필요한 사람으로 생각되었다.

"부인과는 친척지간이기도 하고 또 오랜 친구입니다." 바센카 베슬로프스키는 또다시 레빈의 손을 꼭 쥐며 말했다.

"어때, 새는 좀 있나?" 스테판 아르카디치는 사람들과 서둘러 인사를 대충 마치고는 레빈에게로 얼굴을 돌리며 말했다. "우리는 아주 잔인한 계획을 가지고 왔네. 아, 어머니, 이들은 그 이후로는 모스크바엔 오지 않았어요. 자, 타냐, 네게 선물이 있지! 마차 뒤에서 짐을 가져와줄래?" 그는 주위의 모든 사람들을 둘러보며 말했다. "정말 좋아 보이는군, 돌렌카." 그는 다시 한 번 그녀의 손에 입을 맞추며 자신의 손으로 그녀의 손을 쥐고 다른 한쪽 손으로 그녀의 손등을 가볍게 토닥이며 말했다.

조금 전까지만 해도 상당히 유쾌했던 레빈은 이제는 침울한 얼굴로 사람들을 바라보았다. 그에게는 모든 것이 못마땅하게 여겨졌던 것이다.

'저 사람은 저 입술로 어제는 누구와 키스했을까?' 그는 아내를 부드러운 눈빛으로 바라보고 있는 스테판 아르카디치를 보며 생각했다. 그는 돌리를 바라보았다. 그녀 역시 마음에 들지 않았다.

'돌리는 남편의 사랑을 믿지도 않으면서 뭐가 저렇게 기쁘단 말인가? 정말 역겨운 일이군!' 레빈은 생각했다.

그는 조금 전까지 그토록 다정다감했던 공작 부인을 쳐다보았다. 그러자 마치 자기 집에서 손님을 맞이하는 것처럼 리본을 두른 바센카를 환영하고 있는 그녀의 태도도 마음에 들지 않았다.

레빈은 세르게이 이바노비치마저 현관 계단까지 나와 가장된 친절로 스테판 아르카디치를 맞이하자, 형이 오블론스키를 좋아하지도 존경하지도 않는다는 것을 알고 있었기 때문에 더욱 불쾌한 느낌이 들었다.

그리고 속으로는 어떻게든 시집갈 생각으로 위선적인 표정을 지으며 이 신사와 인사하는 바렌카의 모습 역시도 그에게는 역겹게만 여겨졌다.

하지만 그 누구보다도 거부감이 생기는 것은 키티였다. 이 신사는 자신의 시골 방문이 본인에게도, 모든 사람들에게도 축제와 같은 것이라는 듯이 쾌활한 태도를 보이고 있었는데 그것에 대해 키티가 호응하고 있기 때문이었다. 특히 그녀가 그의 미소에 응답할 때 보인 그녀 특유의 미소 때문에 더욱 불쾌하게 여겨졌다.

모두들 떠들썩하게 대화를 나누며 집 안으로 들어갔다. 그러나 모두들 자리에 앉자마자 레빈은 돌아서서 나가버렸다.

키티는 남편에게 무슨 일이 있다는 것을 알아차렸다. 그녀는

남편과 단둘이 이야기할 기회를 찾으려고 했지만, 그는 사무실
에 볼일이 있다고 말하고는 서둘러 그녀의 곁을 떠나버렸다. 그
에게 농사가 오늘처럼 중대하게 여겨졌던 적은 오랜만이었다.
'저 사람들은 언제나 축제 기분이지.' 그는 생각했다. '하지만 여
기는 축제 기분으로 되는 게 아니야. 기다려주지도 않고, 또 그
것 없이는 살아갈 수도 없으니 말이야.'

7

레빈은 저녁 식사 준비가 되었다는 전갈을 받고서야 집으로 돌아왔다. 키티와 아가피야 미하일로브나가 계단에 서서 저녁 식사에 곁들일 포도주에 대해 의논하고 있었다.

"뭘 그렇게 요란을 떠는 거요? 늘 하던 대로 하면 되지."

"안 돼요. 스티바는 아무거나 마시지 않는걸요……. 코스챠, 잠깐만요. 당신, 무슨 일 있어요?" 키티는 남편의 뒤를 따르며 말을 걸었으나, 그는 아내를 기다리지도 않고 매정하게 큰 걸음으로 식당에 들어가서는 곧바로 바센카 베슬로프스키와 스테판 아르카디치의 활기찬 대화에 끼어들었다.

"그래, 내일 사냥에 함께 가지 않겠나?" 스테판 아르카디치가 말했다.

"함께 가시면 좋을 텐데요." 베슬로프스키가 옆의 다른 의자로 옮겨 앉으며, 그 굵은 다리를 다른 허벅지 위에 얹으면서 말했다.

"물론 가면 좋지요. 올해 사냥하러 다녀오셨나요?" 레빈은 유심히 베슬로프스키의 다리를 바라보며 키티가 익히 알고 있는, 그에게는 전혀 어울리지 않는 가장된 어색한 친절을 보이며 베슬로프스키에게 말했다. "멧도요를 찾을 수 있을지는 모르겠습니다만, 아무튼 도요새는 많아요. 단지 이른 아침에 나가야 하는데 피곤하지 않으시겠어요? 스티바, 자네는 피곤하지 않은가?"

"피곤하냐고? 난 피로란 걸 모르는 사람이네. 오늘 밤을 새워 보지 뭐! 산책이나 가자고!"

"정말 밤을 새워 볼까요? 훌륭한 생각인데요!" 베슬로프스키가 맞장구를 쳤다.

"물론이죠. 당신은 본인은 물론, 다른 사람도 자도록 가만두지 않을 테지요." 돌리는 요즘 들어 자기가 남편을 대할 때면 늘 그렇듯 거의 눈치채지 못할 정도로 살짝 비아냥거리며 남편에게 말했다. "그나저나 이제 잘 시간이 된 것 같군요……. 전 먼저 물러날게요, 저녁 식사는 못하겠어요."

"아니, 조금만 더 앉아 있어요, 돌렌카." 스테판 아르카디치는 모두가 저녁 식사를 하고 있는 커다란 식탁을 돌아 넘어 그녀 쪽으로 자리를 옮기면서 말했다. "아직 당신한테 할 얘기가 많소."

"그래요? 좋아요."

"그런데 당신, 베슬로프스키가 안나한테 갔었던 거 알고 있소? 그리고 그 집에 다시 갈 거야. 지금 그들은 여기에서 70베르스타 떨어진 곳에 있다고 하는군. 나도 필히 다녀올까 하는데.

베슬로프스키, 이리 좀 와보게."

바센카는 부인들이 있는 곳으로 자리를 옮겨 키티 옆에 앉았
다.

"어서 말씀해주세요, 안나한테 다녀오셨다고요? 그녀는 어떻
게 지내고 있던가요?" 다리야 알렉산드로브나가 그를 향해 말했
다.

레빈은 탁자의 다른 쪽 끝에 떨어져서 공작 부인과 바렌카와
이야기를 주고받으면서도 스테판 아르카디치와 돌리, 키티와
베슬로프스키 사이에 비밀스럽고 활기찬 대화가 오가는 것을
지켜보고 있었다. 그런데 거기에는 비밀스러운 대화가 오갈 뿐
만 아니라, 무언가 활기차게 얘기하고 있는 바센카의 잘생긴 얼
굴에서 눈을 떼지 못하는 아내의 얼굴에 진지한 표정이 나타나
있었다.

"그들의 집에 있으면 꽤나 즐거워요." 바센카는 브론스키와
안나에 대해서 말했다. "물론 남의 일에 이러쿵저러쿵 판단할
생각은 없습니다만, 그 집에 가 있으면 내 집에 있는 것 같이 편
안해요."

"대체 그들은 어떻게 하려는 거래요?"

"겨울에는 모스크바에 가 있으려고 하는 것 같았습니다."

"우리 모두 함께 안나의 집에 다녀오면 좋을 것 같은데! 자넨
언제 갈 생각인가?" 스테판 아르카디치가 바센카에게 물었다.

"난 7월을 거기에서 보내려고요."

"그럼 당신도 갈 테요?" 스테판 아르카디치는 아내를 향해 물었다.

"오래전부터 다녀오려고 했으니, 꼭 가 봐야죠." 돌리가 말했다. "안나가 가여워요. 난 안나를 잘 알아요. 훌륭한 여자인데. 당신이 떠나고 나면, 혼자 다녀올게요. 아무도 귀찮게 하기 싫어요. 당신이 없는 편이 오히려 나아요."

"좋아." 스테판 아르카디치가 말했다. "그럼 키티는?"

"저요? 제가 왜 가요?" 키티는 얼굴을 붉히며 말했다. 그러고는 남편을 돌아보았다.

"그럼, 당신도 안나 아르카디예브나와 아시는 사이인가요?" 베슬로프스키가 그녀에게 물었다. "그분은 정말 매력적인 부인이에요."

"네." 그녀는 한층 더 얼굴을 붉히며 베슬로프스키에게 대답하고는 자리에서 일어나 남편에게 다가갔다.

"그럼, 당신은 내일 사냥하러 가는 거예요?" 키티가 말했다.

그의 질투는 그 몇 분 동안에, 특히 그녀가 베슬로프스키와 이야기를 나누며 그녀의 얼굴에 번진 홍조로 인해 이미 극에 달하고 있었다. 이제 그는 아내의 말을 들으며 그것을 모두 자기 식대로 해석하고 있었다. 나중에 이 일을 기억해 냈을 때 아무리 이상하게 생각될지언정, 지금 그는 그녀가 사냥을 갈 것인지 아닌지를 묻는 것도 그녀가 단지, 그의 생각에, 이미 반해버린 바센카 베슬로프스키에게 만족을 줄 수 있을지에 대한 여부에만 관심이 있는 거라고 생각하기에 이르렀다.

"물론, 갈 거요." 그는 어색하여 자기 스스로도 불쾌하게 느껴지는 목소리로 대답했다.

"안 돼요, 내일은 집에 있는 게 좋을 것 같아요. 그렇지 않으면 돌리 언니가 남편을 거의 못 보잖아요. 사냥은 모레 가세요." 키티가 말했다.

레빈에게 키티의 말은 다음과 같이 해석되었다. '나와 저분을 떼어놓지 마세요. 당신이야 가든 말든 나와는 상관은 없지만, 저 젊고 아름다운 분과의 교제를 즐기게 해주세요.'

"그래, 당신이 원한다면 내일은 집에 있기로 하지." 레빈은 유난히 유쾌한 척하며 대답했다.

한편, 자신의 등장으로 야기된 이런 고통에 대해서는 전혀 상상도 못한 바센카는 식탁에서 일어나 미소를 머금은 부드러운 눈길로 그녀의 모습을 뒤쫓으면서 그녀의 뒤를 따라갔다.

레빈은 그 시선을 보고 있었다. 그는 얼굴이 창백해지면서 한순간 숨을 쉴 수가 없었다. '어떻게 내 아내를 저런 눈빛으로 바라볼 수 있지!' 그의 마음속은 끓어올랐다.

"그럼 내일이죠? 그렇게 하시죠." 바센카는 습관적으로 한쪽 다리를 접고 의자에 앉으며 말했다.

레빈의 질투는 한층 더 심해졌다. 그는 어느새 자신을 아내와 그 정부가 오직 자기들의 삶을 편안하고 만족하게 영위하기 위해 필요로 하는 배신당한 남편인 것처럼 생각하고 있었다. 하지만 그럼에도 불구하고 그는 상냥하고 친절하게 바센카의 사냥과 엽총과 장화에 대해 묻고는 내일 사냥을 가기로 약속했다.

레빈에게는 다행스럽게도 노공작 부인이 일어나 키티에게 자러 가도록 조언함으로써 그의 고통이 끝났다. 그러나 그때도 레빈은 새로운 고통 없이 지나치지 못했다. 키티와 작별 인사를 나누면서 바센카는 또다시 그녀의 손에 입을 맞추려고 했다. 그러자 키티는 얼굴을 붉히고 손을 빼내며 순진하고도 교양 없는 말투로—나중에 그녀는 자기 어머니로부터 그런 말투에 대해 꾸중을 들었다— 이렇게 말했다.

"이건 우리 집에서는 안 통해요."

레빈의 눈에는 그러한 태도를 허용한 그녀에게 잘못이 있었으며, 그보다 더 큰 잘못은 그러한 태도를 좋아하지 않는다는 것을 그녀가 너무도 서툴게 표현했다는 것이다.

"어떻게 다들 잘 수 있지!" 저녁 식사 때 포도주 몇 잔을 마시고 유쾌하고도 시적인 기분에 빠져든 스테판 아르카디치가 말했다. "저기 좀 봐요, 키티." 그는 보리수 너머로 올라오는 달을 가리키며 말했다. "참으로 아름답군! 베슬로프스키, 세레나데를 연주하기에 알맞은 밤이야. 베슬로프스키가 얼마나 좋은 목소리를 가졌는지 모를 거야. 오는 내내 같이 노래를 부르면서 왔거든. 이 친구가 아름다운 새 로망스 두 곡을 가지고 왔는데, 바르바라 안드레예브나하고 같이 부르면 좋겠군."

모두들 헤어지고 난 뒤에도 스테판 아르카디치는 오랫동안 베슬로프스키와 가로수 길을 거닐었고, 그들이 부르는 새 로망스 노래가 들려왔다.

레빈은 그들의 노랫소리를 들으며 심통 난 듯한 얼굴로 아내의 침실에 있는 안락의자에 앉아 무슨 일이 있느냐고 묻는 아내의 물음에 고집스럽게 입을 디물고 있었다. 그러다가 결국 그녀가 수줍게 웃으며 "혹시 베슬로프스키의 일로 불쾌했던 게 있었어요?" 하고 묻자, 그는 더 이상 참지 못하고 모든 것을 내뱉어 버렸다. 그는 자신이 털어놓은 것에 대해 스스로 모욕감을 느끼고는 그 때문에 더욱더 화가 났다.

그는 잔뜩 찌푸린 눈썹 밑으로 매서운 눈빛을 반짝이며, 자신의 감정을 억제하기 위해 온 힘을 다히는 듯 강한 팔로 가슴을 굳게 누르고 아내 앞에 서 있었다. 만약 그녀의 마음을 움직이게 한 고통의 빛이 없었다면, 그의 얼굴 표정은 혹독하고 잔인하게까지 보였을 것이다. 그의 광대뼈는 덜덜 떨렸고 목소리는 간헐적으로 끊어지곤 했다.

"내가 지금 질투하고 있는 게 아니라는 걸 당신이 이해해줬으면 하오. 그건 정말 혐오스러운 단어요. 난 질투 따위는 하지도 않을뿐더러 믿을 수도 없소……. 내가 지금 느끼는 감정을 설명할 수는 없지만, 이건 너무도 끔찍한 일이야……. 난 질투를 하는 게 아니오. 누구든 상관없이 당신을 그런 눈빛으로 바라볼 수 있고, 당신에 대해 그런 식으로 생각할 수 있다는 그 자체만으로도 내겐 모욕적이고 굴욕적이란 말이오…….”

“어머, 어떤 눈빛을 말씀하시는 거예요?” 키티는 오늘 저녁에 있었던 모든 말과 몸짓, 그 뉘앙스를 가능한 모두 기억해 내려고 애쓰며 물었다.

키티는 베슬로프스키가 식탁의 반대편 쪽으로 자기의 뒤를 따라왔던 바로 그 순간, 마음속 깊은 곳에서 어떤 것을 느낄 수 있었다. 그러나 자기 스스로도 인정할 용기가 나지 않는 느낌을 남편에게 털어놓아서 그의 고통을 가중시킬 수는 없는 노릇이었다.

“대체 내게 무슨 매력이 있다는 거예요? 내가 지금 어떤데요?”

“아아!” 레빈은 머리를 감싸며 외쳤다. “그런 말은 하지 말았어야 해……. 만약 당신이 매력적이 사람이라면…….”

“그게 아니에요, 코스챠. 잠깐만요. 제발 내 말 좀 들어 봐요!” 키티는 괴로운 듯한 동정 어린 표정으로 남편을 바라보며 말했다. “어떻게 그런 생각을 하실 수 있어요? 내게는 아무도 없는데 말이에요. 아무도 없다고요. 그럼, 당신은 내가 아무도 만나지 않길 바라는 거예요?”

처음에 그녀는 남편의 질투에 모욕감마저 들었다. 잘못이라고 할 것도 없을 지극히 사소한 기분전환마저도 허락되지 않는다는 생각에 화가 치밀었다. 그러나 지금 키티는 남편이 겪고 있는 괴로움을 없애고 그의 마음을 편안하게 해주는 것이라면, 그런 하찮은 것은 기꺼이 희생해도 상관없다는 마음이었다.

"지금 내가 얼마나 끔찍하고 우스꽝스러운 처지에 있는지 이해해달라는 말이오." 그는 겨우 들릴 듯한 절망적인 목소리로 말을 이었다. "물론 그는 우리 집에 온 손님이기도 하고, 허물없이 다리를 꼬아 앉거나 하는 것 외에는 특별히 무례한 행동은 안 했소. 저자가 그렇게 행동하는 걸 최고의 품행으로 생각하고 있으니, 나도 저자에게 친절히 대해주어야만 한다는 말이오."

"하지만 코스챠, 당신은 좀 과장하고 있어요." 키티는 질투 속에서 표현된 자신에 대한 남편의 강렬한 사랑에 대해 내심 기뻐하며 말했다.

"가장 두려운 건, 당신은 언제나 변함없는 당신이고 내게는 더없이 신성하고 또 우리는 참으로 정말로 이렇게 행복한데, 그런데 갑자기 저런 쓰레기……, 아니 쓰레기는 아니지. 내가 왜 저자를 욕하고 있는 거지? 저자와는 아무런 상관이 없는데. 하지만 나와 당신의 행복은 어떻단 말이오?"

"아하, 왜 이런 일이 일어났는지 이제야 이해가 되네요." 키티가 말했다.

"어떻게 말이오? 어떻게 그렇다는 거요?"

"저녁 식사 때 우리가 얘기하고 있는 걸 당신이 지켜보고 있더군요."

"그게, 그래. 그랬다는 거군!" 레빈은 놀라서 말했다.

그녀는 둘이 무슨 얘기를 나눴는지 말해주었다. 그리고 그녀는 그 얘기를 하면서 흥분한 나머지 숨을 가쁘게 몰아쉬었다. 레빈은 잠자코 있다가, 창백하고 겁먹은 듯한 그녀의 표정을 주시하고는 갑자기 머리를 감싸쥐었다.

"카챠, 내가 당신을 괴롭히고 있군! 내 사랑, 용서해주시오! 무슨 미친 짓이란 말이오! 카챠, 모든 게 내 잘못이오. 그런 하찮은 일로 이렇게까지 괴로워하다니, 말이 되느냐 말이오."

"아니에요, 당신이 가엾어요."

"내가? 내가 말이오? 내가 뭔데! 나는 미치광이요……! 그런데 당신에게 무슨 잘못이 있다고? 누구든 우리와 상관없는 타인이 우리들의 행복을 파괴할 수도 있다니, 생각만 해도 끔찍한 일이오."

"물론이에요. 끔찍하고 모욕적인 일이에요."

"좋아. 그렇다면 반대로, 나는 저자를 여름 내내 우리 집에 머물도록 하고 온갖 친절을 베풀어야겠소." 레빈은 아내의 손에 입을 맞추며 말했다. "어디 두고 봐. 내일은……. 그래, 정말로 내일은 사냥하러 갈 거요."

8

    다음 날 아침, 부인들이 아직 일어나기도 전에 사냥용 마차와 작은 마차와 짐마차가 현관 입구에서 대기하고 있었다. 이미 아침부터 사냥하러 가는 것을 눈치챈 라스카는 흥분해서 소리 내어 짖어대기도 하고 이리저리 뛰어다니기도 하다가, 작은 마차의 마부 옆에 올라앉아서는 사냥꾼들이 꾸물거리며 나타나지 않는 출입문 쪽을 못마땅하다는 듯 바라보고 있었다. 맨 처음 모습을 보인 사람은 넓적다리의 절반까지 올라오는 커다란 새 장화를 신고 초록색 상의에 가죽 냄새가 풍기는 새 탄대를 허리에 찬 바센카 베슬로프스키였다. 그는 리본이 달린 모자에 어깨 끈이 없는 영국식 신형 총을 갖고 있었다. 라스카는 그에게로 달려가서 껑충 뛰어올라 반가운 듯 맞이하더니, 이젠 모두들 곧 나오는 거냐고 자기 방식대로 물어보고는 그에게서 대답을 듣지 못하자, 다시 자기 자리로 돌아가서 고개를 옆구리로 돌리고 한쪽 귀를 쫑긋 세우고는 조용히 앉아 있었다. 마침내 문이 요란한 소리를 내며 열리더니, 먼저 스테판 아르카디치의 담황색 얼룩무늬 포인터 크라크가 튀어나와서는 공중에서 빙글빙글 돌고 껑충껑충 뛰었고, 뒤이어 손에는 총을 들고 시가를 입에 문 채로 스테판 아르카디치가 나왔다. "가만, 가만히 있어, 크라크!" 그는 사냥 자루에 매달리며 자기의 배와 가슴에 앞다리를 갖다 대는 개를 향해 부드럽게 외쳤다. 스테판 아르카디치는 가죽 샌들에 각반을 감고, 찢어진 바지에 짧은 외투를 입고 있었다. 머리에는 무슨 모자 같은 게 얹혀 있었지만, 최신식 총은 장난감 같았고 사냥 자루나 탄약함도 낡긴 했지만 최고품이었다.

바센카 베슬로프스키는 예전에는 진짜 사냥꾼다운 멋이라고 할 수 있는, 즉 누더기를 걸치기는 하지만 사냥 도구만큼은 최고급품을 갖추고 있는 기분을 이해할 수 없었다. 그런데 지금은 허름한 옷을 입었음에도 불구하고 자신만의 우아하고도 쾌활한 살집 있는 귀족적인 풍채를 가진 스테판 아르카디치의 모습을 보고서야 비로소 그 멋을 이해했다. 그는 다음에 사냥 갈 때는 자기도 꼭 그렇게 입어야겠다고 결심했다.

"그런데 집 주인은 어떻게 된 거예요?" 그가 물었다.

"젊은 아내가 있으니 말이야." 스테판 아르카디치는 웃으며 말했다.

"그렇지요. 대단한 미인이시죠."

"옷은 다 입었던데, 틀림없이 또다시 아내한테 달려간 모양이군."

스테판 아르카디치의 짐작 대로였다. 레빈은 또다시 아내에게 달려가서 어제 저녁에 그가 저지른 어리석은 행동을 용서했는지 다시 한 번 물어 본 뒤, 몸조심할 것을 간곡히 일렀다. 또한 아이들은 언제 어디서 부딪쳐 올지 모르기 때문에 그는 무엇보다도 아이들한테서 거리를 두고 떨어져 있으라고 말했다. 그러고는 이틀 동안 집을 비우는 것에 대해 화내지 않겠다는 아내의 다짐을 받은 후, 그녀가 잘 있는지 알 수 있도록 한두 마디라도 적은 메모를 내일 아침 꼭 말을 태워 하인 편에 보내달라고 당부했다.

늘 그렇듯 키티 역시 이틀이나 남편과 떨어져 지내야 하는 것이 마음 아팠다. 그러나 사냥용 장화를 신고 흰색 상의를 입어서 유난히 크고 건장해 보이는 늠름한 남편의 모습과 자기로서는 이해할 수 없는, 남편의 사냥꾼적인 얼굴에서 빛나는 기쁨을 보면서 그녀는 자신의 서운함을 뒤로하고 즐겁게 작별 인사를 나누었다.

"미안합니다, 여러분!" 그는 현관 계단으로 뛰어나오며 말했다. "도시락은 넣었겠지? 왜 구렁말을 오른쪽에 맸나? 뭐 상관은 없네만. 라스카, 안 돼. 저리 가 앉아!"

"그건 양들의 무리에 넣어 두게." 그는 거세한 양을 어떻게 할지 물어보기 위해 현관 계단에 나와 그를 기다리고 있는 가축지기에게 말했다. "미안하네. 방해꾼이 또 왔군."

이미 올라앉아 있던 레빈은 작은 마차에서 뛰어내려, 자를 들고 현관 계단 쪽으로 오고 있는 목수에게 다가갔다.

"어제는 사무실에 나오지도 않더니, 이제 와서 가는 길을 방해하고 있으면 어쩌자는 건가?"

"나선형 계단을 더 만들도록 해주십시오. 모두 세 단만 더 늘리면 됩니다. 그러면 보기도 좋고 훨씬 편할 겁니다."

"그러게 내 말을 들었으면 좋았을 것 아닌가!" 레빈은 짜증 섞인 목소리로 대답했다. "먼저 계단 양옆에 판자를 세우고, 그다음에 계단을 끼워 넣으라고 하지 않았나. 이제는 어쩔 도리가 없어. 내가 지시한 대로 하게. 새로 잘라."

그 내용인즉, 현재 별채를 공사하면서 계단을 망쳐놓은 것이었다. 목수가 높이도 재 보지도 않고 재료를 각각 따로따로 자른 탓에 그것을 제자리에 대어 보았을 때는 계단의 기울기가 틀어져버린 것이다. 그런데 목수는 이제 와서 그 계단에 세 단을 덧붙이는 방법으로 공사를 마무리하려는 것이었다.

"그렇게 하는 게 훨씬 좋을 겁니다."

"도대체 계단을 세 단이나 늘리면 계단 모양이 어떻게 되겠는가?"

"모양이 나올 겁니다." 목수는 무시하는 듯한 미소를 지으며 말했다. "밑에서부터 이렇게 올라가면······." 그는 확신에 찬 몸짓으로 말했다. "이렇게 올리고 올리면 맞게 됩니다."

"세 단이나 길이를 늘이면······, 도대체 어디까지 올라가겠나?"

"그건, 다시 말해서, 밑에서 이렇게 올라가면 꼭 맞게 되지요."
목수는 자신감 있게 말했다.

"천장 밑의 벽에 닿을걸."

"아닙니다. 밑에서부터 이렇게 올라가고 올라가면 들어맞게
됩니다."

레빈은 총의 꽂을대를 꺼내 들고 흙먼지 위에 계단을 그리더
니 목수에게 보여주었다.

"어때, 보이나?"

"말씀대로 하겠습니다." 목수는 마침내 이해했다는 듯이 갑자
기 눈을 반짝이며 말했다. "새로 잘라야 할 것 같군요."

"그렇다니까. 시키는 대로 하게!" 레빈은 작은 마차에 올라타
며 소리쳤다. "출발하세! 필립, 개를 꼭 붙들게!"

가정과 농장의 번거로운 모든 일을 뒤에 남겨 두고 떠나온 지
금, 레빈은 삶의 기쁨과 기대를 강렬하게 느낀 나머지 말도 하고
싶지 않았다. 게다가 사냥꾼이라면 모두 그렇듯 목적 장소에 가
까워지면서 집중된 흥분을 느끼고 있었다. 만약 그의 마음을 사
로잡고 있는 어떤 것이 있다면, 그것은 단지 콜펜스키 늪에서 어
떤 사냥감을 발견할 수 있을지, 라스카는 크라크와 비교해서 어
떤 활약을 하게 될지, 오늘 자기의 사냥 성적은 어느 정도일지에
대한 것이었다. 어떻게 해야 새로 온 손님 앞에서 망신을 당하지
않을지, 또 어떻게 해야 오블론스키보다 총을 잘 쏠 것인지에 대
한 생각도 머릿속에 떠올랐다.

오블론스키도 이와 비슷한 기분을 느끼고 있었기 때문에 역시 말수가 적었다. 바센카 베슬로프스키 혼자서 끊임없이 쾌활하게 떠들어 대고 있었다. 레빈은 지금 그의 말을 들으면서 어젯밤 그에 대해 자기가 오해했던 것을 기억해 내고는 부끄러운 생각이 들었다. 바센카는 정말로 솔직하고 착하며 상당히 쾌활하고 훌륭한 젊은이였다. 레빈은 만약 자신이 독신이었다면 이 젊은이와 친해졌을 거라는 생각이 들었다. 다만 레빈은 삶에 대해 태만해 보이는 듯한 그의 태도와 우아한 채 거들먹거리는 듯한 그의 행동이 조금 거슬렸다. 그는 길게 기른 손톱과 모자, 그리고 그 밖에 그에 상응하는 것을 지닌 것에 대해 더할 나위 없는 가치로 자부하고 있는 듯했다. 그러나 그의 선량함과 성실성으로 그런 모습조차 용서되었다. 레빈은 교육도 잘 받고 프랑스어와 영어도 능통하며, 더욱이 자기와 같은 세계에 속한 그가 마음에 들었다.

바센카는 돈 강 유역의 대초원에서 온 왼쪽에 매인 말이 무척 마음에 들었다. 그는 계속 그 말을 칭찬했다.

"초원에서 자란 말을 타고 초원을 달리면 얼마나 기분이 좋을까요! 그렇죠? 정말 그렇겠죠?" 그가 말했다.

그는 초원 지대에서 자란 말을 타고 다닌다는 그 자체가 야생적이고 시적일 것이라고 생각했으나 그렇게 되지는 않았다. 그러나 그의 순진함, 특히 그의 잘생긴 외모와 귀여운 미소 그리고 그 우아한 움직임은 한데 어울려 대단한 매력을 발산했다. 그의 천성이 레빈에게 호감을 주었던 것인지, 아니면 레빈이 어제 저지른 잘못에 대한 보상 심리로 그에게서 좋은 점을 발견하려고 애썼기 때문인지, 레빈은 그와 함께 있는 것이 즐거웠다.

3베르스타쯤 갔을 때, 베슬로프스키는 갑자기 담배와 지갑이 없다는 것을 알아차렸는데, 잃어버린 것인지 아니면 탁자 위에 놓아둔 것인지 알 수 없었다. 지갑에는 370루블이나 들어 있었기 때문에 그대로 있을 수가 없었다.

"그게 말이죠, 레빈, 저는 이 돈 강에서 온 말을 타고 집에 다녀와야겠습니다. 그게 좋겠어요, 그렇죠?" 그는 벌써 말에 올라탈 준비를 하면서 말했다.

"아니, 뭣 때문에요?" 레빈은 바센카의 몸무게가 6푸드 이상은 되리라고 생각했기 이렇게 말했다. "마부를 보내겠습니다."

마부는 곁마를 타고 출발했고, 레빈은 직접 쌍두마차를 몰기 시작했다.

9

　"그런데, 우리는 어느 길로 갈 건가? 어디 상세히 말 좀 해주게." 스테판 아르카디치가 말했다.

　"계획은 이렇다네. 우선 그보즈제보까지 가는 거야. 그보즈제보에는 멧도요가 많이 사는 늪이 있어. 그리고 그보즈제보 너머에 환상적인 도요새 늪이 여러 군데 있거든. 멧도요도 있고. 지금은 더우니까 저녁때까지 도착해서(20베르스타쯤 되네) 저녁 들판에 자리를 잡을 거야. 거기서 하룻밤을 보내고 내일이면 큰 늪지대로 가는 거야."

　"가는 도중에는 아무것도 없나?"

　"있기는 한데, 지체되기만 하고 날씨도 덥지 않은가. 두어 군데 좋은 곳이 있기는 하네만, 거의 없을 것 같은데."

　레빈도 그곳에 들르고는 싶었지만 그곳은 집에서도 그다지 멀지 않은 곳에 있어서 마음만 먹으면 언제든 갈 수 있었고, 더욱이 셋이서 총을 쏘기에는 좁았다. 그래서 그는 거기에는 사냥감이 거의 없을 거라고 둘러대며 그 작은 늪지대를 그냥 지나치려 했는데, 사냥 경험이 풍부한 스테판 아르카디치의 눈은 어느새 길에서 보이는 갈대밭을 알아보았다.

"둘러보지 않겠나?" 그는 작은 늪을 가리키며 말했다.

"레빈, 그러시지요! 얼마나 멋집니까!" 베슬로프스키도 청하고 나서자 레빈은 동의하지 않을 수 없었다.

그들의 마차가 멈춰서기도 전에 개들은 서로 쫓고 쫓으면서 벌써 늪을 향해 달려가고 있었다.

"크라크! 라스카!"

개들이 되돌아왔다.

"셋이서 사냥하기에는 비좁을 거야. 나는 여기 남아 있겠네." 레빈은 두 사람이 개들 때문에 놀라서 날아올라 늪 위에서 구슬프게 우는 댕기물떼새 외에는 아무것도 발견하지 못하기를 바라며 말했다.

"아닙니다. 함께 가시죠, 레빈! 같이 갑시다!" 베슬로프스키가 불렀다.

"정말 좁아요. 라스카, 이리 와! 라스카! 개가 두 마리 다 필요하진 않겠죠?"

레빈은 마차 옆에 남아 두 사냥꾼을 부러운 듯이 바라보고 있었다. 사냥꾼들은 온 늪을 돌았다. 늪에는 한 마리 작은 도요새와 댕기물떼새 외에는 아무것도 없었다. 그중 한 마리는 바센카가 쏘아 잡았다.

"그거 보게나. 내가 이 늪이 아까워서 그런 게 아니라니까 그러네." 레빈이 말했다. "시간만 낭비할 뿐이라고."

"아니에요, 그래도 재밌었어요. 보셨어요?" 바센카 베슬로프스키는 양손에 총과 댕기물떼새를 들고 작은 마차에 어색하게 올라타며 말했다. "내가 이놈을 얼마나 멋지게 쏘아 잡았는지 말이에요! 그렇지 않았어요? 그런데 우리의 진짜 목적지에 거의 도착하지 않았나요?"

갑자기 말이 전속력을 내자, 레빈은 누군가의 총신에 머리를 부딪쳤고 곧 요란한 총소리가 울려 퍼졌다. 사실 총소리는 그 전에 났는데 레빈에게는 지금 울린 것처럼 느껴졌다. 바센카 베슬로프스키가 방아쇠를 당기면서 한쪽의 안전장치만 내리고 다른 한쪽은 그대로 두었던 것이다. 아무도 다치지 않고 총알은 땅속에 박혔다. 스테판 아르카디치는 고개를 내두르며 베슬로프스키를 책망하듯 비웃었다. 그러나 레빈은 그를 비난하고 싶은 마음이 없었다. 첫 번째로, 지금은 어떤 비난을 하더라도 이미 지나가버린 위험이고, 레빈 자신의 이마에 생긴 혹 때문에 그러는 걸로 보일 것 같았기 때문이다. 두 번째로, 처음에는 너무도 순진하게 낙심하던 베슬로프스키가 나중에는 모두들 허둥거리는 모습에 선량하고도 매력적으로 웃어버린 바람에 레빈 자신도 웃지 않을 수 없었기 때문이다.

그들이 상당히 넓고 시간이 많이 걸릴 것 같은 두 번째 늪지에 다다랐을 때, 레빈은 마차에서 내리지 말자고 설득했지만 베슬로프스키가 또다시 간청했다. 이번에도 늪이 좁아서 레빈은 손님에 대한 예우로 마차에 남았다.

목적지에 도착하자마자 크라크는 곧바로 흙이 쌓여 있는 둔덕을 향해 달려갔다. 베슬로프스키가 제일 먼저 개의 뒤를 따라 달려갔다. 스테판 아르카디치가 다가가기도 전에 벌써 멧도요 한 마리가 날아올랐다. 베슬로프스키가 잘못 쏘았기 때문에 멧도요는 베지 않은 풀밭으로 날아가 버렸다. 베슬로프스키가 이 멧도요를 맡았다. 크라크가 또다시 이 새를 발견하고 몰자, 마침내 베슬로프스키는 새를 잡아서 마차로 돌아왔다.

"이제는 당신이 다녀오세요. 제가 말들을 지키고 있겠습니다." 그가 말했다.

레빈은 사냥꾼적인 질투심이 일기 시작했기 때문에 고삐를 베슬로프스키에게 넘겨주고는 늪으로 향했다.

벌써부터 불만스러운 듯 킁킁거리며 부당함을 호소하고 있던 라스카가 아직 크라크도 밟아보지 않은, 레빈에게는 친숙하고도 믿을 만한 흙더미가 쌓여 있는 둔덕을 향해 곧장 달려갔다.

"대체 왜 저 녀석을 말리지 않는 거야?" 스테판 아르카디치가 소리쳤다.

"녀석이 새를 놀라게 하지 않을 걸세." 레빈은 라스카의 모습에 즐거워하면서 서둘러 개 뒤를 쫓아가며 대답했다.

라스카의 수색은 낮익은 흙더미에 가까워질수록 점점 더 신중해졌다. 늪의 조그만 새 한 마리가 그의 주의를 분산시킨 건 아주 잠깐뿐이었다. 라스카는 흙더미 앞에서 한 바퀴 돌고는, 다시 한 바퀴 돌다가 갑자기 몸을 부르르 떨더니 얼어버린 듯 그대로 멈춰 있었다.

"이리 와 봐! 이쪽으로, 스티바!" 레빈은 심장이 점점 더 강하게 고동치는 것을 느끼며 소리쳤다. 그러자 마치 긴장한 그의 귀에서 마개가 떨어지기라도 한 것처럼 모든 소리가 거리감을 잃고 엉킨 듯하면서도 분명하게 그의 귀에 들리기 시작했다. 그는 스테판 아르카디치의 발소리를 멀리서 나는 말발굽 소리라고 착각하기도 하고, 자신이 밟은 흙더미의 언저리가 풀뿌리와 함께 뽑히는 소리를 멧도요의 날아오르는 소리로 잘못 듣기도 했다. 또한 그리 멀지 않은 뒤쪽에서는 뭔가 물이 찰싹거리는 소리가 들려왔는데, 그게 무슨 소리인지는 알 수 없었다.

그는 발 디딜 곳을 찾으며 개가 있는 쪽으로 다가갔다.

"잡아!"

개의 발밑에서 멧도요가 아니라 진짜 도요새가 날아올랐다. 레빈이 총을 들고 겨냥하려던 그 순간, 물이 찰싹거리는 소리가 점점 더 크고 가까이에서 들리더니, 뭔가 기이하고 크게 외치는 베슬로프스키의 목소리가 그 속에 뒤섞여 들려왔다. 레빈은 그가 뒤쪽에서 도요새를 총으로 겨누고 있는 것을 보았지만 그냥 총을 쏘았다.

레빈은 빗맞은 것으로 확신하고 주위를 둘러보았다. 그때 작은 마차를 끄는 말이 길이 아닌 늪지대에 들어와 있는 것을 보았다.

베슬로프스키가 사격하는 것을 구경하려고 늪지대로 말들을 몰고 들어와 수렁에 빠뜨린 것이다.

'저런, 젠장!' 레빈은 수렁에 빠진 마차 쪽으로 되돌아가며 혼자 중얼거렸다. "이쪽으로 왜 들어온 겁니까?" 레빈은 쌀쌀맞게 말하고는 마부를 불러서 말을 끌어내기 시작했다.

레빈은 사격을 방해받은 것과 말이 수렁에 빠진 것도 화가 나는 일이었지만, 무엇보다 그를 화나게 한 건, 스테판 아르카디치도 베슬로프스키도 마구에 대해 아는 게 조금도 없어서 말을 끌어내고 마차에서 풀 때 자기와 마부를 도와주지 못했다는 것이다. 레빈은 그곳이 완전히 마른 땅이었다는 바센카의 확언에도 아무런 대꾸 없이 입을 꼭 다물고는 마부와 함께 말을 끌어내는 일에 몰두했다. 그러나 잠시 후 작업으로 인해 몸에서 열도 나고, 베슬로프스키가 온 힘을 다해 흙받기를 잡아당기다 부러뜨리는 광경을 본 레빈은 자기가 어젯밤의 감정에 영향을 받아 베슬로프스키에게 지나치게 냉담하게 굴었다는 자책감이 들면서 자신의 냉담했던 태도를 무마시키려 각별히 상냥하게 대하려고 애썼다. 모든 일이 정리되어 마차가 길 위로 끌어올려졌을 때, 레빈은 도시락을 꺼내 오라고 지시했다.

"식욕이 왕성한 건 양심이 결백하다는 겁니다! 이 영계가 내 마음 깊숙한 곳까지 스며드는 느낌이에요.⁴" 다시 유쾌해진 바

---

4   Bon appétit – bonne conscience! Ce poulet va tomber jusqu'au fond de

센카가 두 마리째 영계를 다 먹어치우면서 프랑스어로 재치 있게 말했다. "자, 이제 우리의 재앙도 끝났으니 이제부터는 모든 게 잘 풀릴 겁니다. 저는 잘못을 속죄하는 차원에서 마부석에 앉아야겠지요. 그렇죠, 네? 아니, 아니지. 난 아우토메돈[5]입니다. 자, 제가 어떻게 모셔다 드리는지 잘 지켜보십시오!" 레빈이 마부에게 고삐를 넘겨주라고 그에게 말했지만 그는 고삐를 놓지 않고 대답했다. "아니에요, 저는 죗값을 치러야 해요. 게다가 마부석에 있으니 기분도 아주 좋습니다." 그는 이렇게 말하고 마차를 몰기 시작했다.

레빈은 그가 말들을, 특히 그가 다룰 줄 모르는 왼쪽 구렁말을 지치게 할까 봐 좀 걱정되기는 했지만, 마부석에 앉은 베슬로프스키의 쾌활한 태도에 자기도 모르게 이끌려 그가 길을 가는 내내 부르던 로망스와 사두마차를 영국식으로는 어떻게 몰아야 하는지 표정을 지어 가며 하는 이야기를 들었다. 그리고 그들은 모두 아침 식사를 마친 후 최상의 기분으로 그보즈제보 늪에 도착했다.

<hr>

mes bottes,(프랑스어)

5 그리스 신화에 나오는 아킬레우스의 전차를 몰던 마부.

10

바센카가 말을 빨리 모는 바람에 늪에 도착했을 땐 너무 이른 시간이어서 여전히 무더웠다.

이번 사냥 여행의 주목적지인 늪에 다가가자, 레빈은 자기도 모르게 어떻게 하면 바센카의 방해를 피해 다닐 수 있을지를 생각하고 있었다. 스테판 아르카디치도 분명 그와 같은 생각을 하고 있었는지, 레빈은 사냥을 앞둔 진짜 사냥꾼에게서 나타나는 근심 어린 표정과 그에게서만 볼 수 있는 특유의 악의 없는 교활함을 그의 얼굴에서 보았다.

"어때, 이제 갈까? 멋진 늪이군. 매도 보이는데." 스테판 아르카디치는 갈대 수풀 상공을 맴돌고 있는 커다란 새 두 마리를 가리키며 말했다. "매가 있는 곳에는 반드시 들새가 있는 법이거든."

"자, 여러분, 저기 보이나요?" 레빈은 약간 침울한 표정으로 장화를 잡아당기고 총의 격발 장치를 살피며 말했다. "저기 갈대숲이 보이죠?" 그는 강의 오른쪽으로 풀이 반쯤 넓게 베어진 습한 풀밭 속에 있는 어두컴컴한 암녹색의 작은 섬을 가리켰다. "늪은 바로 저기서부터 시작돼요. 저기, 바로 우리 앞에 있는데, 보이죠? 저기 초록빛이 짙어지는 곳 말입니다. 저기서부터 오른쪽으로 말들이 돌아다니고 있잖아요. 저 늪에는 흙더미들이 있는데, 거기에 늘 멧도요가 있습니다. 그리고 저기 갈대 수풀 주위를 돌아 저기 오리나무숲과 저 물방앗간이 있는 데까지, 저기 안으로 들어간 곳이 보이죠? 저기가 가장 좋은 장소입니다. 한번은 저기서 도요새를 열일곱 마리나 잡았다니까요. 자, 그럼 여기서 개를 데리고 두 갈래로 흩어졌다가 저 물방앗간에서 다시 모이기로 합시다."

"그럼, 누가 오른쪽으로 가고 누가 왼쪽으로 가지?" 스테판 아르카디치가 물었다. "오른쪽이 넓으니 자네들 둘이 그쪽으로 가고, 나는 왼쪽으로 가지." 그는 별로 신경 쓰지 않는다는 듯이 말했다.

"좋아요! 우리가 더 많이 잡읍시다. 자, 갑시다. 가자고요!" 바센카가 맞장구를 쳤다.

레빈은 그의 말에 동의하지 않을 수 없었고, 그렇게 그들은 각자 흩어졌다.

그들이 늪에 들어가자마자 두 마리의 개는 한꺼번에 사냥감을 찾아 흙탕물로 향했다. 레빈은 신중하고도 일정하지 않은 라스카의 탐색 방법을 알고 있었다. 그는 이곳을 잘 알고 있었기 때문에 도요새 떼를 기다리고 있었다.

"베슬로프스키, 내 옆에서 나란히 걷도록 해요!" 레빈은 첨벙 거리며 뒤따라오는 그에게 숨죽여 말했다. 레빈은 콜펜스코예 늪에서 있었던 불의의 발사 사고 이후로, 그의 총구 방향에 무의식적으로 신경이 쓰였다.

"아닙니다. 방해하지 않을 테니, 제 걱정은 마십시오."

그러나 레빈은 자기도 모르게 그린 생각을 하면서, 집을 떠나올 때 키티가 한 말이 떠올랐다. "서로를 향해 쏘지 않도록 조심하세요." 개들은 서로 앞서거니 뒤서거니 하면서 각자 자기의 길을 따라 목적지에 가까이 다가가고 있었다. 도요새에 대한 기대가 너무 강했던 탓에, 레빈은 진창에서 발을 뗄 때마다 구두의 뒤축에서 나는 소리를 매번 도요새의 울음소리로 착각하여 총의 개머리판을 움켜쥐곤 했다.

"탕! 탕!" 그의 귓가에 총성이 울려 퍼졌다. 바센카가 오리 떼를 향해 총을 쏘았던 것이다. 오리 떼는 늪 위를 돌다가, 마침 그때 사냥꾼들 쪽으로 날아오던 참이었다. 레빈이 미처 돌아다볼 겨를도 없이 도요새 한 마리가 마치 혀를 차는 듯한 소리를 내자, 두 마리, 세 마리, 줄지어 도요새 여덟 마리 정도가 차례로 날아올랐다.

스테판 아르카디치는 그중 한 마리가 지그재그를 그리며 날려고 하던 순간 총을 쏘아 그 새를 잡았다. 그러자 도요새는 작은 덩어리처럼 소택지로 떨어졌다. 오블론스키는 여유 있게 갈대밭을 향해 낮게 날아가고 있던 다른 새를 겨냥하였고, 곧 총성이 들리더니 그 도요새가 떨어졌다. 도요새가 베어진 갈대밭에서 빠져나오려고 상처 입지 않은 아래쪽 흰 날개를 파닥거리는 것이 보였다.

레빈에게는 그다지 운이 따르지 않았다. 그는 첫 번째 도요새를 너무 가까운 거리에서 쏘는 바람에 실패하고 말았다. 그는 새가 날아오르려 할 때 다시 겨냥했지만, 바로 그때 다른 한 마리가 발밑에서 날아올라 그의 주의를 분산시키는 바람에 또다시 실패하고 말았다.

그들이 총알을 장전하고 있는 사이에 또다시 한 마리가 날아올랐다. 그때 이미 두 번째 총알을 장전한 베슬로프스키는 산탄을 두 발이나 더 물에 쏘아댔다. 스테판 아르카디치는 자기가 쏘아 잡은 도요새를 주워 모으며 반짝이는 눈빛으로 레빈을 힐긋 바라보았다.

"자, 이제는 흩어지도록 하지." 스테판 아르카디치는 언제든 쏠 수 있도록 총을 들고, 휘파람을 불어 개를 부르고는 왼발을 가볍게 절룩이며 한쪽 방향으로 걷기 시작했다. 레빈은 베슬로프스키와 함께 다른 쪽으로 갔다.

레빈은 첫 번째 사격을 실패하면 열을 올리고 화를 내서, 온종일 잘 안 되는 경향이 있었다. 오늘이 바로 그랬다. 도요새는 대단히 많았다. 사냥개 발밑에서도, 사냥꾼들의 발밑에서도 끊임없이 날아올랐기 때문에 레빈은 실패를 만회할 수 있었다. 그런데 레빈은 총을 쏘면 쏠수록, 베슬로프스키 앞에서 수치스러움을 느꼈다. 그는 총을 쏴도 되는 거리인지 아닌지 관계없이 총을 쏘아대며 한 마리도 잡지 못하는 것에 전혀 개의치 않았다. 레빈은 서두르면서 자제력을 잃었고, 점점 더 흥분한 나머지 총을 쏘면서도 새를 잡을 것이라는 기대를 접어버린 지경에 이르렀다. 라스카도 이를 알아챘는지 탐색을 게을리하며, 이해할 수 없다는 듯한 눈빛으로, 혹은 비난하는 듯한 눈빛으로 사냥꾼들을 돌아보곤 했다. 연이어 총성이 울려 퍼졌다. 화약 연기가 사냥꾼들 주위에 자욱했으나, 큼직한 사냥 자루의 그물 속에는 작고 가벼운 도요새 세 마리만이 들어 있을 뿐이었다. 더욱이 그중 한 마리는 베슬로프스키가 잡은 것이고, 한 마리는 둘이서 같이 잡은 것이었다. 반면에 늪의 다른 한편에서는 총성이 자주 들리지는 않았지만, 레빈이 느끼기에 스테판 아르카디치의 총소리는 의미가 있는 사격이었고, 거의 그럴 때마다 "크라크, 크라크, 가져와!" 하는 목소리가 들려왔다.

그리고 그런 소리는 레빈을 한층 더 흥분시켰다. 도요새들은 쉬지 않고 갈대숲의 상공을 날아다녔다. 지상에서는 혀를 차는 듯한 날갯짓하는 소리가 들려왔고, 높은 하늘에서는 까마귀 울음 같은 소리가 사방에서 끊임없이 들려왔다. 조금 전에 날아올라 하늘을 날고 있던 도요새들이 사냥꾼들 앞으로 내려앉았다. 이제는 두 마리가 아니라 수십 마리가 되어 날카로운 소리를 내며 늪 위를 맴돌았다.

레빈과 베슬로프스키는 늪의 반 이상을 지난 다음, 갈대숲까지 긴 띠를 이루고 있는 농부들의 목초지로 나왔다. 그 목초지는 줄 대로 고르게 밟아 다져진 곳도 있었고, 줄을 지어 풀을 베어 낸 자국이 있는 곳도 있었다. 목초지의 절반은 이미 풀이 다 베어진 상태였다.

아직 풀을 베지 않은 곳에서 풀을 베어 낸 곳만큼 사냥감을 기대할 수는 없었지만, 레빈은 스테판 아르카디치와 합류하기로 약속했기 때문에 풀을 베어 낸 곳이든 베어 내지 않은 곳이든 상관없이 동행인과 함께 계속 걸어 나갔다.

"어이, 사냥하시는 양반들!" 말을 풀어놓은 짐마차 옆에 앉아 있던 농부 중 한 사람이 외쳤다. "자, 이리 와서 잠깐 쉬었다 가지요. 술이나 한잔합시다."

레빈이 뒤돌아보았다.

"자, 이리들 오세요. 괜찮아요!" 수염이 텁수룩하고 쾌활해 보이는 농부가 불그레한 얼굴에 하얀 이를 드러낸 채 햇빛에 반사되어 푸르스름하게 빛나는 술병을 들어 올리며 소리쳤다.

"저 사람들이 뭐라고 하는 겁니까?" 베슬로프스키가 물었다.

"보드카나 한잔하고 가라는군요. 목초지를 가르는 농부들일 테지요. 나도 한잔했으면 좋겠는데." 레빈은 베슬로프스키가 보드카의 유혹에 이끌려 농부들한테로 갔으면 하는 마음을 슬쩍 내비치며 말했다.

"어째서 우리를 대접하겠다는 겁니까?"

"그냥 뭐 즐기자는 거겠죠. 가보세요. 재미있을 텐데요."

"함께 가시죠, 재미있을 것 같군요."

"가세요, 갔다 오세요. 물방앗간으로 가는 길을 찾기는 쉬울 거예요!" 레빈이 소리쳤다. 레빈은 베슬로프스키가 허리를 구부리고 지친 다리를 넘어질 듯 이끌며 늘어진 한쪽 손에 총을 들고 늪에서 벗어나 농부들한테로 가는 모습을 만족스럽게 쳐다보았다.

"나리도 오십시오." 한 농부가 레빈에게 외쳤다. "사양하지 마세요. 피로시키[6]라도 좀 드세요!"

레빈은 보드카 한 잔과 빵 한 조각을 먹고 싶은 마음이 간절했다. 지칠 대로 지친 그는 휘청거리는 다리를 수렁에서 빼내는 것도 힘든 지경임을 깨닫고는 잠시 망설였다. 그런데 그때 개가 걸음을 멈추었다. 그러자 피로감은 사라져버렸고, 그는 수렁을 따라 개가 있는 곳으로 가볍게 걸음을 옮겼다. 그의 발밑에서 도요새 한마리가 날아올랐다. 그는 방아쇠를 당겨 명중시켰다. 개는 여전히 그대로 있었다. "물어 와!" 개의 다리 밑에서 또 한 마리가 날아올랐다. 레빈은 총을 쏘았다. 그러나 운이 나쁜 날이었다. 총알이 빗나가고 말았다. 게다가 방금 잡은 새도 어디 떨어졌는지 찾을 수가 없었다. 그는 온 갈대 수풀 속을 뒤졌지만, 라스카는 마치 주인이 새를 명중시켰다는 사실을 믿지 않는 것처럼, 찾아오라고 보내도 찾는 시늉만 할 뿐 찾아오지 못했다.

레빈은 자신의 실패를 바센카의 탓으로 돌렸으나, 그가 없어

---

[6] 치즈, 고기, 야채 등 다양한 소를 넣어 기름이나 오븐에 굽는 빵의 일종

도 결과는 마찬가지였다. 거기에도 도요새는 많았지만, 레빈은 연이어 실패를 하고 있었다.

저물어 가는 햇살은 여전히 뜨거웠다. 옷은 땀에 흠뻑 젖어 몸에 달라붙었고, 왼발의 장화는 물이 가득 들어차서 무거운 발걸음을 옮길 때마다 철벅철벅 소리가 났다. 화약 연기로 더럽혀진 얼굴에는 땀방울이 흐르고, 입 안은 온통 쓴 맛이 났다. 또한 코 속에서는 화약 냄새와 녹물 냄새가 났고, 귀에는 끊임없이 혀를 차는 듯한 도요새의 날갯짓 소리가 들려왔다. 총신은 달아오를 대로 달아올라 만질 수도 없을 만큼 뜨거웠다. 그의 심장은 아주 빠르고 짧게 고동쳤다. 손은 흥분으로 떨리고, 지친 다리는 흙무더기와 흙탕을 밟으며 자꾸 꼬이고 뒤뚱거렸다. 그럼에도 불구하고 그는 여진히 돌아다니면서 총을 쏘아댔다. 마침내 자기가 봐도 부끄러운 실수를 하게 되자, 그는 총과 모자를 땅바닥에 내동댕이쳤다.

'안 돼, 정신을 차려야 해!' 그는 자신에게 말했다. 그는 총과 모자를 주워 들고 라스카를 불러 늪에서 빠져나왔다. 마른 땅으로 나오자, 그는 흙더미 위에 앉아 장화를 벗어 그곳에 가득 고인 물을 쏟아 냈다. 그러고는 다시 늪으로 다가가서 녹 냄새가 물씬 풍기는 물을 들이마시고 뜨거워진 총신을 물로 식힌 후 얼굴과 손을 씻었다. 한결 상쾌해진 그는 흥분해서는 안 된다고 굳게 다짐하면서 도요새가 옮겨간 장소로 다시 이동했다.

그는 마음을 가라앉히려고 애를 썼지만 마찬가지였다. 새를 겨냥하기도 전에 그의 손가락은 벌써 방아쇠를 당기고 말았던 것이다. 상황은 점점 더 나쁜 쪽으로 흘러가고 있었다.

그가 늪에서 나와 스테판 아르카디치와 만나기로 했던 오리나무 숲에 도착했을 때, 그의 사냥 자루 속에는 겨우 새 다섯 마리뿐이었다.

그는 스테판 아르카디치를 보기 전에 그의 개를 먼저 보았다. 악취가 풍기는 늪의 흙탕물을 뒤집어써서 온통 더러워진 크라크가 뽑혀진 오리나무 밑동 뒤에서 튀어나와 승리자 같은 표정을 지으며 라스카와 서로 냄새를 맡으며 킁킁거렸다. 그리고 크라크의 뒤로 오리나무 그늘에서 스테판 아르카디치의 균형 잡힌 모습이 나타났다. 얼굴이 붉게 상기된 그는 온통 땀에 젖어 옷깃의 단추를 풀어 헤치고 여전히 다리를 절면서 다가왔다.

"그래, 어떤가? 엄청 쏘던데!" 그는 유쾌하게 미소를 지으며 말했다.

"자네는 어때?" 레빈이 물었다. 하지만 더 이상 물어볼 필요가 없었다. 이미 가득 차서 불룩한 사냥 자루를 보았기 때문이다.

"그냥 그렇지 뭐."

그는 열네 마리를 잡았다.

"훌륭한 늪이야! 틀림없이 베슬로프스키가 자네를 방해했겠지. 더욱이 둘이서 개 한 마리로는 어려운 일이지." 스테판 아르카디치는 자신의 승리감을 자제하며 말했다.

11

레빈과 스테판 아르카디치가 레빈이 항상 머물곤 하던 농가에 도착했을 때, 베슬로프스키는 이미 거기에 와 있었다. 그는 오두막 한가운데에 있는 긴 의자를 양손으로 붙잡고 앉아서 군인 출신의 여주인 오빠에게 흙탕물로 뒤넢인 자기의 장화를 잡아당기도록 하면서 주변 사람들을 전염시킬 만큼 쾌활하게 웃고 있었다.

"나도 지금 막 왔어요. 그들은 정말 경이로운 사람들이었어요.[7] 어찌나 먹이고 마시게 하던지 상상도 못하실 거예요. 빵 맛이 얼마나 환상적이던지! 정말 맛있어요![8] 그렇게 맛있는 보드카는 처음 마셔 봤다니까요. 그런데도 돈을 한 푼도 받지 않는 거예요. 그저 '괜찮습니다. 신경 쓰지 마세요.'라고만 말하는 겁

---

7   Ils ont été charmants.(프랑스어)

8   Délicieux!(프랑스어)

니다."

"돈을 받을 이유가 없지요. 그냥 대접한 건데. 그 사람들에게
파는 보드카가 있을 리가 만무하지요." 군인은 마침내 더러워진
양말과 젖은 장화를 벗기고는 이렇게 말했다.

오두막 안은 사냥꾼들의 더럽혀진 장화와 제 온몸을 핥아 대
고 있는 더러운 개들로 온통 엉망이었고 늪과 화약 냄새가 진동
하는 데다 나이프도 포크도 없었지만, 사냥꾼들은 사냥에서만
먹어볼 수 있는 그런 맛으로 저녁을 먹고 차를 마셨다. 몸을 씻
어 깨끗해진 그들은 마부들이 마른 풀로 잠자리를 준비해놓은
헛간으로 갔다.

이미 날은 저물었지만, 사냥꾼들 가운데 자려고 하는 사람은
아무도 없었다.

사격, 개, 이전에 사냥했던 이야기와 추억이 담긴 대화가 오가
다가 대화는 모두에게 관심 있는 주제로 옮겨갔다. 바센카가 이
런 숙박과 건초 냄새, 부서진 짐마차의 멋진 모양(그는 앞바퀴가
빠져 있었기 때문에 부서진 것이라고 생각했다)에 대해, 자기에게 보드
카를 대접했던 농부들의 선량함에 대해, 각자 자기 주인의 발밑
에 누워 있는 개들에 대해 반복해서 감탄을 연발하자 오블론스
키도 지난해 여름 말투스네 집에 갔을 때 사냥했던 놀라운 경험
을 들려주었다. 말투스는 철도 사업으로 돈을 번 유명한 부자였
다. 스테판 아르카디치는 말투스가 트베리 현에 어떤 늪지대를
구입했는지, 그것을 어떻게 관리하고 있는지, 어떤 마차가 사냥

꾼들을 태우고 갔는지, 늪 주변의 어떤 막사에 식사가 준비되어
있었는지 얘기해주었다.

"자네를 이해할 수가 없군." 레빈은 건초 더미에서 일어나며
말했다. "어떻게 그런 사람들에게 거부감이 없을 수 있나? 물론
라피트주[9]가 곁들여진 식사가 훌륭하긴 하지. 하지만 아무리 그
래도 그런 지나친 사치에는 거부감이 들어야 마땅한 거 아닌가?
그런 인간들은 모두 예전에 우리 나라의 전매 상인들처럼 돈을
벌어 모으거든. 사람들의 경멸을 감수하면서 말이야. 그들에게
사람들의 경멸 정도는 아무것도 아니지. 나중에 가서 그렇게 번
돈으로 이전에 받았던 경멸을 보상받으면 된다고 생각하니까
말이야."

"전적으로 옳으신 말씀입니다." 바센카 베슬로프스키가 맞장
구를 쳤다. "옳고말고요! 물론 오블론스키는 선의의 마음으로
그렇게 한 일이겠지만, 사람들은 '오블론스키가 그 집에 들락거
린대……'라고 말하겠지요."

"전혀 그렇지 않아." 레빈은 오블론스키가 이렇게 말하면서
실쭉 웃는 것을 느꼈다. "난 그 사람이 돈 많은 상인이나 귀족들
보다도 덜 양심적이라고 생각하지 않네. 이 사람이나 저 사람이
나 똑같이 노동과 머리로 돈을 번 것 아닌가?"

"그래. 그럼 어떤 노동을 말하는 건가? 이권을 얻어서 전매하

---

9 붉은 포도주의 일종

는 것도 노동이라고 할 수 있나?"

"물론이지. 그것도 노동이지. 만일 그자나 혹은 그와 같은 자들이 없었더라면 당초 철도도 부설되지 못했을 거라는 의미에서 말이야."

"그렇지만 그런 노동은 농부나 학자의 노동과는 다른 성질의 것이 아닌가?"

"그렇다 치세. 그런데 말이야, 그의 활동이 철도라는 결과를 가져온 점에서는 노동이라고 할 수 있을 거야. 하지만 자네는 철도가 쓸모없다고 생각하잖아."

"아니, 그건 다른 문제야. 난 철도가 유익하다는 것에 대해서는 인정해. 하지만 투입된 노동에 합당하지 않은 이익이 부정하다는 거야."

"그러면 도대체 합당한지 아닌지는 누가 판단하는 건가?"

"부정하거나 교활한 방법으로 얻어진 이득은……." 레빈은 자신도 정직과 부정에 대한 정확한 구분을 지을 수 없다는 것을 느끼면서 말했다. "은행의 이자와 같은 거라고." 그는 계속해서 말했다. "그건 악이야. 노동 없이 거대한 부를 축적하는 건 전매인의 경우와 마찬가지니까. 형태만 바뀌었을 뿐이지. '선왕은 죽었네, 신왕 만세!'[10] 이제 막 전매를 폐지했는가 싶었는데 이번에는 철도와 은행이 나타났잖아. 그것 역시 노동 없는 돈벌이지."

---

10 Le roi est mort, vive le roi!(프랑스어)

"그래, 어쩌면 자네 말이 모두 맞고 중요한 지적인지도 모르지……. 누워 있어, 크라크!" 스테판 아르카디치는 몸뚱이를 긁어대면서 주위의 건초를 흩뜨려놓는 개에게 소리를 질렀다. 그는 분명히 자기 의견이 옳다고 확신하는 듯 조금도 서두르지 않고 침착하게 말했다. "그렇지만 자네는 정직한 노동과 부정한 방법의 노동에 대한 성격을 정확히 규정짓지 못했네. 그렇다면 업무에 있어서 우리 서기장이 나보다 더 잘 알고 있는데도 내가 우리 서기장보다 봉급을 더 많이 받고 있는 건 어떤가, 부정한 건가?"

"글쎄."

"그럼 내가 말해보겠네. 자네가 농장에서 노동한 대가로 5천 루블을 벌었다고 가정해보세. 그런데 이 십수인인 농부는 아무리 일을 해도 50루블 이상은 벌 수가 없거든. 그렇다면 내가 우리 서기장보다 봉급을 더 많이 받거나 말투스가 철도 기사보다 더 많이 버는 게 그것과 뭐가 다르냐는 말이지. 오히려 그 반대로 사회가 그런 사람들에 대해 근거 없는 적의를 드러내고 있는 것처럼 보이더군. 선망의 감정이 아닐까 하는 생각이 들기도 하고……."

"아니, 그건 부당한 말씀입니다." 베슬로프스키가 말했다. "선망일 수 없어요. 거기에는 불순한 뭔가가 있거든요."

"아니, 잠깐만." 레빈이 말을 이었다. "자네는 내가 5천 루블을 버는데 농민이 50루블밖에 못 버는 건 부당하다는 말이지. 그건 맞는 말이네. 그게 부당하다는 건 나 자신도 느끼고 있으니까. 하지만……."

"사실 그렇긴 하지요. 우리는 먹고 마시고 사냥하고 아무 일도 하지 않는데, 농민들은 평생 노동에서 벗어나질 못하니까요." 바셴카 베슬로프스키가 말했다. 그의 진실된 태도로 보아 그는 난생 처음 이런 문제에 대해 심각하게 생각한 것이 틀림없었다.

"그래, 자네는 그걸 느끼면서도 자신의 영지를 농민에게 주지는 않는군." 스테판 아르카디치는 마치 일부러 시비를 거는 것처럼 말했다.

최근 이들 두 동서 사이에는 뭔가 은밀한 적대적 기류가 흐르고 있는 듯했다. 두 사람은 서로 동서지간이 된 이후로 누가 더 나은 생활을 꾸려 나가는지에 대해 경쟁이라도 하는 사람들처럼 행동했다. 그래서 시작된 대화가 개인적인 성격을 갖게 되자 이런 적대감이 드러났던 것이다.

"내게 요구한 사람이 아무도 없었기 때문에 내주지 않았던 거네. 설령 내가 내주고 싶다고 해도 그럴 수가 없어." 레빈이 대꾸했다. "줄 사람이 없으니 말이야."

"이곳 농부에게 내주게. 사양하지 않을 텐데."

"그래, 하지만 어떻게 내줘야 하지? 그들과 함께 가서 등기라도 해줘야 하나?"

"그야 나도 모르지. 하지만 만약 자네가 그럴 권리가 없다고 확신하고만 있다면……."

“나는 전혀 확신하고 있지 않아. 오히려 그 반대라네. 내겐 그럴 권리가 없다고 느끼거든. 내겐 토지와 가족에 대한 의무가 있으니까.”

“아니, 내 말 좀 들어보게. 하지만 만약 자네가 불평등한 게 부당하다고 여긴다면, 왜 그렇게 행동하지 않느냐는 거지.”

“나도 행동하고 있다고. 단지 소극적일 뿐이지. 나와 그들 사이에 존재하는 현재 상태의 격차가 커지지 않도록 노력하고 있다는 의미에서 말이야.”

“아니, 미안하지만, 그건 궤변이라는 생각이 드는군.”

“그래요. 그건 어딘지 모르게 궤변적인 변명 같은데요.” 베슬로프스키가 그의 말을 거들었다. “아, 주인장이군!” 그는 문을 삐걱거리며 헛간으로 들어오는 농부를 보며 밀했다. “웬일인가? 아직 자지 않고 있었나?”

“아니, 잠이라니요! 전 나리들께서 주무시는 줄 알았는데 말씀하시는 소리가 들려와서요. 갈고랑이를 가져가려고요. 이 개는 물지 않나요?” 그는 맨발로 조심스럽게 디디면서 덧붙여 말했다.

“그럼 주인장은 대체 어디서 잘 거요?”

“우린 번番을 서러 갑니다.”

“아아, 참으로 멋진 밤이군요!” 베슬로프스키는 방금 열린 문이 마치 커다란 액자인 양 석양의 희미한 빛 속에서 농가와 말을 풀어낸 마차의 끝자락을 바라보면서 말했다. “저 소리 좀 들어

보세요. 아낙네들이 노래를 부르는군요. 잘 부르는데요. 주인장, 누가 부르는 겁니까?"

"저택에서 일하는 처녀들이요. 저기 바로 이웃집에서 부르는 거예요."

"나가서 산책이나 좀 하시죠! 잠은 못 잘 것 같은데요. 오브론스키, 갑시다!"

"이렇게 누워서 갈 수 있으면 좋겠는데." 오블론스키가 기지개를 켜면서 말했다. "누워 있는 게 정말 좋군."

"그럼, 저 혼자 갑니다." 베슬로프스키는 벌떡 일어나 구두를 신으며 말했다. "그럼, 안녕히 계십시오, 여러분. 만일 재미있으면 모시러 오겠습니다. 당신들이 제게 들새로 대접해주셨으니, 그 은혜는 잊지 않겠습니다."

"훌륭한 청년 아닌가?" 베슬로프스키가 나가고 농부가 그의 뒤를 따라 나가며 문을 닫자 오블론스키가 말했다.

"그래 훌륭한 청년이군." 레빈은 바로 조금 전에 했던 대화를 여전히 생각하면서 대답했다. 그는 자신의 사상과 감정을 분명하게 밝혔던 것인데, 우둔하지도 않고 성실한 그들 두 사람이 한목소리로 그에게 궤변을 늘어놓고 있다고 말한 것이다. 그 말은 그를 당혹스럽게 했다.

"그래, 그런 게 아니겠나, 친구. 우리는 둘 중 택해야만 해. 현재의 사회제도가 정당하다고 인정하고 자신의 권리를 보호하든지, 아니면 나처럼 자신이 부당한 특권을 가지고 있다는 것을 인정하고 그것을 기꺼이 이용하든지 말일세.”

“아니, 만일 그것이 부당한 것이라면 자네는 그 혜택을 기꺼이 누리지는 못할 거야. 적어도 나는 그럴 수 없을 거네. 내게 중요한 건, 내가 잘못한 게 아니라고 스스로 느껴야 하거든.”

“그건 그렇고, 가보지 않겠나?” 스테판 아르카디치는 많은 생각으로 긴장한 탓에 피곤한지 이렇게 말했다. “어차피 잠이 올 것 같지 않으니 말이야. 함께 가보세.”

레빈은 아무런 대답도 하지 않았다. 그들의 대화 도중에 자기가 소극적인 의미에서만 공정하게 행동한다고 했던 말이 머릿속을 떠나지 않았다. ‘정당한 행동은 정말로 소극적일 수밖에 없단 말인가?’ 그는 스스로에게 물었다.

“그런데 새 건초는 냄새가 정말 진하군!” 스테핀 아르가디치는 몸을 조금 일으키며 말했다. “도무지 잠을 잘 수가 없겠어. 바센카가 저기서 뭔가 시작한 모양이군. 저 웃음소리와 그의 목소리가 들리지? 가보지 않겠나? 가세!”

“아니, 난 안 가겠네.” 레빈이 대답했다.

“자네, 이것도 원칙 때문인가?” 스테판 아르카디치는 어둠 속에서 모자를 찾으며 미소를 머금고 말했다.

“원칙 때문이 아니야. 내가 왜 가야만 하나?”

“이봐, 자네 스스로 불행을 자초하고 있는 거 알아?” 스테판 아르카디치는 모자를 찾아 일어나면서 말했다.

“어째서?”

"자네가 자네 아내와의 관계에서 어떤 태도를 취하고 있는지 내가 모른다고 생각하는 건가? 자네가 이틀 동안 사냥하러 가느냐, 가지 않느냐 하는 것이 자네 부부에게 대단히 중요한 문제였다고 들었네. 이 모든 게 물론 목가적인 생활로서는 좋겠지만, 평생을 위해서는 충분하지가 않지. 남자는 구속을 받아서는 안되네. 남자에겐 남자만의 고유한 관심거리가 따로 있단 말일세. 남자는 남자다워야 한다고." 오블론스키가 문을 열며 말했다.

"그러니까 무슨 말인가? 농장 처녀들의 비위라도 맞추러 나가자는 건가?" 레빈이 물었다.

"즐거운 곳이라면 못 갈 이유도 없지. 그 어떤 문제도 없을 테고. 내 아내가 그것 때문에 나빠질 일도 없고, 난 즐거울 테니까 말이야. 중요한 건 가정의 신성함을 지키는 거야. 가정에는 아무 일이 없도록 해야지. 그런데 자신의 손을 묶어 두지는 말게."

"그럴지도 모르지." 레빈은 무뚝뚝하게 말하고는 옆으로 몸을 돌렸다. "내일은 아침 일찍 나가야 해. 아무도 깨우지 않고 새벽에 나가겠네."

"신사 여러분, 빨리 오세요." 되돌아온 베슬로프스키의 목소리가 들렸다. "정말 환상적이에요! 저 아가씨는 내가 찾아냈어요. 완벽한 그레트헨[11]이에요. 저 아가씨와 벌써 친해졌어요. 정말 굉장한 미인이지요!" 그는 마치 그녀가 바로 자기를 위해 그

---

11 괴테의 '파우스트'에 등장하는 여주인공

토록 아름답게 만들어지기라도 한 것처럼, 누군가 자기를 위해 그것을 준비해 두기라도 한 것처럼 만족해하며 흡족한 표정을 지으면서 말했다.

레빈은 잠자는 척했고, 오블론스키는 신발을 신고 궐련에 불을 붙이고는 헛간을 나갔다. 곧 그들의 목소리가 잠잠해졌다.

레빈은 오랫동안 잠들지 못했다. 그는 자기의 말들이 건초를 씹는 소리와 집주인이 맏아들과 함께 말을 지키기 위해 준비를 하고 떠나는 소리를 들었다. 그런 다음, 군인이 주인집 막내아들인 조카와 헛간의 반대쪽 끝에 잠자리를 펴는 소리를 들었다. 사냥개가 굉장히 크고 무서웠다며 자기의 느낌을 삼촌에게 이야기하는 가냘픈 소년의 목소리도 들렸다. 소년이 그 개들은 무엇을 잡느냐고 묻자, 군인은 졸음이 가득한 쉰 목소리로 사냥꾼들이 내일 늦에 나가서 사냥을 할 것이라고 말하고는 소년의 질문에서 벗어나기 위해 "이제 자거라, 바시카. 자라. 혼난다." 하고 말했다. 그리고 곧바로 그가 코를 골기 시작하자, 모든 게 고요해졌다. 오직 말의 울음소리와 도요새의 울음소리만 들려올 뿐이었다. '정말 소극적일 수밖에 없는 걸까?' 그는 또다시 스스로에게 물었다. '그게 어쨌다는 거야? 내 탓은 아니잖아.' 그는 내일 일에 대해 생각하기 시작했다.

'내일은 아침 일찍 나가야지. 흥분해서는 안 돼. 도요새 천지잖아. 멧도요도 있고 말이야. 그리고 숙소로 돌아오면 키티가 보낸 편지도 와 있겠지. 그래, 어쩌면 스티바 말이 옳아. 나는 그녀

와 함께 있을 때 남자답지 못해. 너무 약해진단 말이야……. 하지만 어쩌란 말인가? 또다시 소극적이군!'

그는 잠결에 베슬로프스키와 스테판 아르카디치 사이에 오가는 웃음소리와 유쾌한 대화를 들었다. 그는 한순간 눈을 떴다. 달이 떠올라 있었고, 그들은 활짝 열린 문가에 서서 환한 달빛을 받으며 이야기를 하고 있었다. 스테판 아르카디치는 어떤 처녀의 싱싱한 모습을 금방 깐 호두와 비교하면서 무언가 말하고 있었고, 베슬로프스키도 자신의 그 전염성 강한 웃음이 뒤섞인 목소리로 어느 농부가 그에게 말한 듯한 말을 되풀이하고 있었다. "마음에 들면 들이대보세요."

레빈은 잠결에 "이보게들, 내일은 새벽에 나갈 거야." 하고 말하고는 다시 잠이 들었다.

12

이른 새벽에 잠에서 깬 레빈은 동료들을 깨워보려고 했으나 바센카는 엎드린 채 양말도 벗지 않고 한쪽 발을 밖으로 뻗고는 대답을 기대하는 게 불가능할 정도로 너무 깊은 잠에 빠져 있었고, 오블론스키는 잠결에 일찍 나가기 싫다고 거절했다. 봄을 동그랗게 말고 건초 언저리에서 자고 있던 라스카도 귀찮다는 듯 일어나서는 뒷다리를 번갈아 쭉 뻗었다. 장화를 신고 총을 든 레빈은 삐걱거리는 헛간 문을 조심스럽게 열고 밖으로 나왔다. 마부들은 마차 옆에서 자고 있었고, 말들도 졸고 있었다. 단 한 마리만이 콧등으로 사료통 속을 뒤적거리면서 게으르게 귀리를 먹고 있었다. 밖은 아직도 옅은 어둠이 깔려 있었다.

"왜 이렇게 일찍 일어나셨어요, 나리?" 오두막에서 나온 늙은 안주인이 마치 좋은 옛 지인을 대하듯 다정하게 말했다.

"사냥을 가려고요, 아주머니. 이리로 가면 늪이지요?"

"뒷길을 따라서 곧장 우리 집 탈곡장을 거쳐 삼밭까지 가면 거기에 오솔길이 있어요."

노파는 햇볕에 그을린 맨발로 조심스럽게 걸으며 레빈을 데리고 가서 탈곡장 옆에 있는 울타리 문을 열어주었다.

"이리로 곧장 가면 늪이 나올 겁니다. 우리 집 애들도 어제 저녁에 그리로 갔어요."

라스카는 오솔길을 따라 앞에서 힘차게 달렸다. 레빈은 끊임없이 하늘을 쳐다보며 가벼운 잰걸음으로 그 뒤를 따라갔다. 그는 해가 떠오르기 전에 자기가 먼저 늪에 도착하려고 했다. 하지만 해는 지체함이 없었다. 그가 밖으로 나왔을 때 환하게 비추던 달이 이제는 한 조각의 수은처럼 희미하게 빛날 뿐이었다. 조금 전까지도 금세 눈에 띄었던 아침노을이 이제는 거의 분간할 수 없을 정도였다. 그리고 어렴풋이 보이던 먼 들판의 얼룩도 이제는 뚜렷하게 보였다. 그것은 호밀 더미였다. 이미 꽃가루가 떨어진 향기롭고 키 큰 대마에 맺힌 이슬은 아직 햇빛이 없어서 보이지 않았지만, 레빈의 다리와 허리띠 위에 윗옷까지 적셨다. 아침의 청아한 정적 속에서는 아주 작은 소리까지 선명하게 들려왔다. 꿀벌 한 마리가 총알 소리를 내며 레빈의 귓가를 스쳐 날아갔다. 그는 가만히 살펴보다가 또 한 마리, 그리고 또 다른 한 마리를 발견했다. 그것들은 모두 양봉장의 바자울에서 날아와서는 삼밭 위를 지나 늪 쪽으로 사라졌다. 오솔길은 곧장 늪으로 나 있었다. 늪은 피어오르는 물안개로 금방 알 수 있었다. 물안개는 어떤 곳에서는 좀 더 짙게, 또 어떤 곳에서는 좀 더 옅게 피어올라 마치 작은 섬처럼 갈대와 버드나무 수풀이 물안개 속에서 흔들리고 있었다. 늪가와 길가에는 말을 지키기 위해 나온 사내아이들과 농부들이 카프탄을 덮고 누워서 먼동이 트기 전까지 새벽잠을 자고 있었다. 그들로부터 그다지 멀지 않은 곳에 다리가 묶인 말 세 마리가 돌아다니고 있었다. 그 가운데 한 마리는 족쇄를 덜그럭거리고 있었다. 라스카는 주인과 나란히 걸으면서도 앞장서겠다고 조르기라도 하는 듯 사방을 두리번거렸다. 잠들어 있는 농부들 옆을 지나서 첫 번째 수렁에 들어서자, 레빈은 격발 장치를 살피고 개를 풀어주었다. 세 필 가운데 하나인 통통한 세 살배기 구렁말이 개를 보고는 옆으로 뒷걸음질치면서 꼬리를 올리고 콧김을 불어댔다. 나미지 말들도 놀라서 낡여 있는 다리로 물에서 첨벙거렸고, 진흙탕 속에서 발굽을 빼낼 때마다 철썩거리는 소리를 내며 늪에서 뛰어나오기 시작했다. 라스카는 멈춰 선 채 비웃는 듯 말들을 바라보고는 의아해하는 시선으로 레빈을 바라보았다. 레빈은 라스카를 쓰다듬고는 이제 시작해도 좋다는 신호로 휘파람을 불었다.

라스카는 경쾌하지만 조심스럽게 발밑의 질퍽거리는 진흙탕 위를 밟으며 달려갔다.

늪지 안쪽으로 달려간 라스카는 풀뿌리, 물풀, 흙탕물 같이 친숙한 냄새와 익숙하지 않은 말똥 냄새 사이에서 주변에 온통 퍼져 있는 새 냄새, 그 어떤 새보다도 자신을 강하게 흥분시키는 바로 그 새의 냄새를 맡았다. 이끼가 낀 곳과 우엉이 자란 곳에서는 이 냄새가 더욱 강렬하게 느껴졌다. 그러나 냄새가 어느 방향에서 더하고, 어느 방향에서 덜한지 분명하게 구분할 수 없었다. 그 방향을 알기 위해서는 멀리 바람이 불어오는 쪽으로 가 봐야만 했다. 라스카는 자기 발의 움직임도 느끼지 못하면서 필요할 땐 언제든 멈춰 설 수 있도록 긴장하며 달리다가, 동쪽에서 불어오는 여명이 트기 전의 새벽바람을 피해 오른쪽으로 달리더니 바람이 부는 쪽을 향해 몸을 돌렸다. 라스카는 콧구멍을 크게 벌려 숨을 들이마셨다. 바로 그때 눈앞에 새 흔적만이 아니라 바로 새 자체가 있다는 것을, 그것도 한 마리가 아니라 여러 마리가 있다는 것을 깨달았다. 라스카는 속도를 줄였다. 새들은 바로 거기 있었지만 정확히 어디에 있는지는 아직 가늠할 수 없었다. 라스카는 이미 그 장소를 찾아내기 위해 원을 그리며 돌기 시작했다. 그때 갑자기 주인의 목소리가 들려왔다. "라스카! 저쪽이다!" 주인은 다른 방향을 가리키며 라스카에게 말했다. 라스카는 자기가 시작한 대로 하는게 더 낫지 않겠느냐고 묻기라도 하는 듯 잠깐 멈춰 섰다. 그런데 주인은 아무것도 있을 리가 없는, 물만 가득 머금은 흙무더기를 가리키며 성난 목소리로 같은 명령을 되풀이했다. 라스카는 단지 주인을 만족시키려는 듯 그의 말에 따라 찾아보는 척하면서 흙더미를 한 바퀴 돌고 나서는 다시 원래 자리로 돌아왔다. 그러자 이내 또다시 새들의 존재가 느껴졌다. 주인의 방

해를 받지 않아도 되는 지금, 무엇을 해야 할지 알게 된 라스카
는 발밑을 내려다보지 않아 높은 흙더미에 발이 걸려 넘어지기
도 하고 물웅덩이에 발이 빠지기도 했지만 그때마다 유연하고
강한 다리로 일어서서 모든 것을 설명해주는 원을 그리기 시작
했다. 그들의 냄새가 더욱 강렬하게 느껴졌다. 라스카는 한 마
리가 바로 거기, 불과 다섯 발짝 거리의 흙더미 뒤쪽에 있다는
것을 분명히 알았다. 라스카는 그 자리에 멈춰 서서 꼼짝도 하
지 않았다. 라스카는 다리가 짧아서 제 눈앞에 무엇이 있는지
아무것도 보지 못했지만, 새가 다섯 걸음도 떨어지지 않은 곳
에 있다는 것을 냄새로 알아냈던 것이다. 새가 있다는 것을 점
점 더 강하게 느끼면서 라스카는 기대에 부풀어 서 있었다. 꼿
꼿하게 긴장된 꼬리는 뻗어 올라 그 끝만 바르르 떨리고 있었
다. 입은 살짝 벌어져 있고 귀는 쫑긋 서 있었다. 달리는 동안
뒤집어졌던 한쪽 귀는 아직도 그대로였다. 라스카는 무겁고도
조심스럽게 숨을 쉬면서 고개를 돌리기보다는 눈으로만 주인
의 얼굴을 돌아보았다. 주인은 라스카에게 익숙한 표정을 짓고
내내 무서운 눈초리로 흙더미에 발이 걸려 비틀거리며 유난히
조심스럽게 걸어오고 있었다. 라스카에게는 걸어오는 것처럼
보였지만, 사실 그는 달려오고 있었다.

레빈은 라스카가 입을 살짝 벌린 채 뒷다리로 땅을 파헤치
려는 듯 커다란 동작을 하며 온몸을 땅바닥에 납작하게 붙이고
특유의 탐색을 벌이자, 라스카가 멧도요를 노리고 있다는 것을

알아챘다. 그는 마음속으로 성공하기를, 특히 첫 번째 새를 잡을 수 있기를 신에게 기도하고는 개에게로 달려갔다. 라스카에게 다가선 그는 자신의 키 높이에서 눈앞에 펼쳐진 광경을 바라보다가 라스카가 코로 감지한 것을 눈으로 보게 되었다. 흙더미 사이에서 멧도요의 모습이 보였다. 멧도요는 머리를 돌린 채 귀를 기울이고 있었다. 그리고 날개를 조금 펼치는가 싶더니 다시 접고는 서툴게 꽁지를 한 번 흔들며 뒤쪽으로 숨어버렸다.

"가서 잡아!" 레빈은 라스카의 궁둥이를 떠밀며 소리쳤다.

'하지만 난 갈 수 없어.' 라스카는 생각했다. '어디로 가야 하지? 여기서는 느껴지지만 앞으로 나가면 새들이 어디에 있는지, 어떤 새들인지 전혀 알 수 없을 거야.' 그런데 레빈은 또다시 무릎으로 라스카를 떠밀면서 들뜬 목소리로 속삭였다. "잡아, 라스카, 어서!"

'그래요, 원하신다면 할게요. 하지만 전 책임질 수 없어요.' 라스카는 이렇게 생각하고 흙더미 사이로 전력 질주했다. 이제 라스카는 아무 냄새도 맡지 못했고, 아무것도 이해하지 못하면서 다만 보고 들을 뿐이었다.

이전 장소로부터 열 발짝 정도 떨어진 곳에서 기름진 울음소리와 특유의 날갯짓 소리를 내면서 멧도요 한 마리가 날아올랐다. 그 순간 한 방의 총소리와 함께 새는 젖은 진창에 흰 가슴을 무겁게 부딪쳤다. 다른 한 마리는 기다릴 새도 없이 개도 오기 전에 레빈의 등 뒤에서 날아올랐다.

레빈이 돌아보았을 때 그 새는 이미 멀리 날아가 버렸다. 그러나 총알은 명중했다. 두 번째 새는 스무 걸음쯤 되는 거리를 날아가서는 팽이처럼 위로 치솟았으나 어느새 던져진 공처럼 땅바닥에 무겁게 떨어졌다.

'이대로 가면 잘될 것 같은데!' 레빈은 아직도 온기가 남아 있는 살찐 멧도요를 사냥 자루에 집어넣으면서 생각했다. "그래, 라스카, 잘될 것 같지?"

레빈이 장전을 하고 앞으로 계속 걸어가기 시작했을 때, 구름에 가려 보이지는 않았지만 해가 이미 떠올라 있었다. 달은 완전히 빛을 잃고 마치 한 조각의 구름처럼 하늘에 하얗게 떠 있었다. 별은 이제 보이지 않았다. 소금 전까지만 해도 이슬에 은빛으로 빛나던 습지도 이제는 황금빛으로 반짝였고, 흙탕물은 온통 호박색으로 물들었다. 푸르스름한 풀은 노란빛이 감도는 초록색으로 변해 있었다. 늪의 새들은 이슬에 반짝거리며 긴 그림자를 드리운 강가의 풀숲을 맴돌았다. 잠에서 깬 매 한 마리가 건초 더미에 앉아 머리를 좌우로 돌리며 불만스러운 듯 늪을 바라보고 있었다. 갈까마귀들은 들판을 날고 있었고, 맨발의 사내아이들은 카프탄 밑에서 몸을 긁으며 일어난 노인 쪽으로 벌써 말을 몰고 있었다. 사격으로 나온 연기가 초록색 풀밭 위로 우유처럼 하얗게 피어올랐다.

사내아이 하나가 레빈에게로 달려왔다.

"아저씨, 어제 저기에 오리가 많았어요!" 사내아이는 큰 소리로 말하고는 그의 뒤쪽에서 멀리 떨어져 따라왔다.

레빈은 자신의 솜씨에 감탄하는 이 사내아이 앞에서 도요새 세 마리를 잇달아 쏘아 잡아서 그 즐거움이 한층 더했다.

13

　사냥꾼들의 입에 오르는 말, '첫 번째 만난 짐승이나 새를 놓치지 않으면 그날의 사냥운이 좋다'라는 말은 역시 옳았다.

　30베르스타 정도를 걸어 다녀서 피곤하고 배는 고팠지만, 레빈은 행복한 기분으로 10시가 되어갈 무렵 도요새 열아홉 마리와 사냥 자루에 더 이상 들어가지 않아서 허리춤에 매단 오리 한 마리를 가지고 숙소로 돌아왔다. 이미 오래전에 일어난 두 친구는 배가 고파서 아침 식사를 마친 상태였다.

　"잠깐, 기다려 봐. 열아홉 마리일 텐데." 레빈은 하늘을 날아오를 때의 그 훌륭한 모습은 사라지고 몸뚱이가 뒤틀리고 피가 엉겨 말라붙은 채 모가지가 옆으로 비틀어진 도요새와 멧도요를 다시 세어보면서 말했다.

　계산은 정확했다. 레빈은 스테판 아르카디치의 부러워하는 모습에 기분이 좋았다. 그리고 그는 숙소로 돌아왔을 때 키티의 편지를 가지고 온 심부름꾼을 만나서 더욱 기뻤다.

‘저는 아주 건강하고 즐겁게 지내고 있어요. 당신이 제 건강을 염려하고 계셨다면, 이제는 이전보다 더 안심하셔도 돼요. 마리야 블라시예브나란 하녀가 새로 왔어요(그녀는 산파로서 레빈의 가정생활에 새로 등장한 중요한 인물이었다). 그녀는 저를 보러 왔는데, 제가 지극히 건강하다고 했어요. 우리는 당신이 돌아오실 때까지 집에 있어달라고 그녀에게 부탁했어요. 모두들 즐겁고 건강하게 잘 지내고 있으니 당신도 너무 서두르지 마세요. 만약 사냥이 재미있으시면 하루쯤 더 계시다 오셔도 괜찮아요.’

행운의 사냥과 아내의 편지, 이 두 가지 기쁨이 너무나 커서 레빈은 사냥 뒤에 일어난 두 가지 사소한 불쾌한 일도 그다지 신경 쓰지 않고 넘겼다. 그 한 가지는 적갈색의 부마가 어제 너무 과로했던 탓인지 사료도 먹지 않고 기운이 떨어졌다는 것이었다. 마부는 무리한 탓이라고 말했다.

“어제는 좀 지나치게 달렸어요, 콘스탄틴 드미트리치.” 그가 말했다. “10베르스타나 되는 길을 몰았으니까요!”

그리고 처음에는 그의 즐거운 기분을 망쳐놓았지만 나중에는 웃어서 넘길 수 있었던 또 다른 한 가지 불쾌했던 일은, 키티가 일주일 넘게 먹을 수 있도록 장만해준 음식이 전혀 남아 있지 않은 것이었다. 사냥에서 녹초가 된 레빈은 허기진 배를 안고 돌아오면서 얼마나 생생하게 피로시키를 상상했는지, 숙소에 다다르면서부터는 마치 라스카가 들새의 냄새를 맡듯이 그 냄새와 맛이 느껴질 정도였다. 그는 곧장 식사 준비를 하라고 필립에게 일렀다. 그러나 그는 피로시키만 없는 게 아니라 영계조차 남아 있지 않다는 것을 알게 되었다.

"정말 대단한 식욕이야!" 스테판 아르카디치는 웃으면서 바센카 베슬로프스키를 가리키며 말했다. "나도 식욕이 부진해서 걱정인 적은 없지만, 저 친구는 정말 감탄할 정도야……."

"그럼, 할 수 없지!" 레빈은 우울한 표정으로 베슬로프스키를 보며 말했다. "필립, 그럼 쇠고기라도 가져와."

"쇠고기도 다 드셔서 뼈는 개한테 줘버렸는데요." 필립이 대답했다.

레빈은 너무 화가 나서 짜증 섞인 목소리로 말했다. "내게 뭐라도 남겨놓아야 하는 거 아닌가!" 그는 울고 싶은 심정이었다.

"그럼 새의 내장을 꺼내지." 그는 바센카를 처다보지 않으려고 애쓰며 떨리는 목소리로 필립에게 말했다. "거기에 쐐기풀을 채워 넣게. 그리고 우유라도 있는지 물어보게."

그는 우유를 배불리 마시고 난 다음에야 남에게 짜증 낸 것이 부끄럽게 느껴졌다. 그것도 배고파서 짜증을 낸 것이 자기 스스로도 우스꽝스러웠다.

그날 저녁 그들은 또 사냥을 나갔고, 베슬로프스키도 몇 마리를 잡았다. 그리고 그들은 밤중에 숙소로 돌아왔다.

돌아오는 길도 가던 길만큼이나 즐거웠다. 베슬로프스키는 노래를 부르기도 하고, 그에게 "신경 쓰지 마세요."라고 말하며 보드카를 대접했던 농부들에 대한 얘기를 즐겁게 늘어놓기도 했다. 또한 저택에서 일하는 까놓은 호두알 같은 처녀와 밤놀이를 했던 얘기도 했다. 한 농부가 결혼했는지 그에게 묻고는 그가 결혼하지 않은 사실을 알게 되자 "남의 아내를 탐하지 말고 어떻게든 자신의 아내를 얻으려고 하십시오."라고 말했는데, 그 말은 특히 베슬로프스키를 웃게 했다.

"여하튼 나는 이번 여행이 정말 즐거웠어요. 당신은요, 레빈?"

"나도 대단히 만족스럽습니다." 레빈은 솔직하게 대답했다. 그는 자기 집에서 품었던 바센카 베슬로프스키에 대한 적대적인 감정을 더 이상 느끼지 않을 뿐만 아니라 오히려 그 반대로 그에게 더할 나위 없는 친근한 감정을 갖게 된 것이 기뻤다.

14

다음 날 아침 10시, 레빈은 일찍 농장을 돌아보고는 바센카가 묵고 있는 방의 문을 두드렸다.

"들어오세요." 베슬로프스키가 그에게 소리쳤다. "이해해주십시오. 방금 목욕을 마친 터라." 그는 속옷만 입은 채 레빈 앞에 서서 웃으며 말했다.

"아니, 괜찮아요." 레빈은 창가에 앉았다. "잘 잤습니까?"

"죽은 듯이 잘 잤습니다. 오늘도 사냥하기 알맞은 날씨군요!"

"뭘 마시겠습니까? 차를 드릴까요, 아니면 커피?"

"괜찮습니다. 아침 식사를 해야죠. 정말 부끄럽군요. 부인네들은 벌써 일어나셨지요? 지금 산책하면 훌륭하겠군요. 말 좀 보여주시겠어요?"

레빈은 정원을 지나 마구간에 들르고 평행봉에서 같이 체조까지 한 뒤에야 손님과 함께 집으로 돌아와 응접실로 들어갔다.

"정말 멋진 사냥이었어요. 얼마나 인상적인 사냥이었는지 모릅니다." 베슬로프스키는 사모바르 옆에 앉아 있는 키티에게 다가가며 말했다. "부인들은 사냥의 재미를 모르시니 정말 안타까운 일입니다."

'그래. 저 친구도 안주인에게 뭔가 말을 해야만 하겠지.' 레빈은 혼자서 중얼거렸다. 그는 손님이 키티에게 얘기할 때 엿보이는 그 미소와 승리자 같은 표정에 또다시 뭔가 있는 듯한 느낌이 들었다……

마리야 블라시예브나와 스테판 아르카디치와 함께 식탁의 반대편에 앉아 있던 공작 부인은 레빈을 곁에 불러 키티의 해산을 위해 모스크바로 옮겨 그곳에 거처를 마련해야 한다며 이야기하기 시작했다. 결혼식 때도 그랬지만, 완성되어 가는 위대함을 손상시키는 쓸데없는 모든 준비 과정이 레빈에게는 불쾌하게 느껴졌다. 더욱이 출산을 위한 준비가 더욱 모욕적으로 다가왔다. 어쩐지 출산 시기를 손꼽아 기다려 온 것 같은 느낌이 들었기 때문이다. 그는 태어날 갓난아기의 기저귀에 관한 얘기는 듣지 않으려고 애썼다. 또한 뭔가 신비롭고 끝없이 긴 붕대며, 돌리가 특히 중요한 의미를 두고 있는 삼각 모양의 아마포 같은 것은 쳐다보려고 하지도 않았다. 그에게 약속되어 있는, 그 자신은 여전히 믿을 수 없는 아들의 탄생(그는 사내아이가 태어날 것이라고 확신하고 있었다)이라는 사건은 역시 그에게 예사로운 일이 아니었다. 그 사건은 한편으로는 너무도 거대해서 도무지 불가능하다고까지 여겨지는 행복인 동시에, 또 다른 한편으로는 너무나 신비로운 사건이어서 장차 일어날 일에 대해 상상에 기반을 두고 사람들이 어떤 평범한 것에 대해 준비하듯이 행동하는 것이 그에게는 매우 언짢고 모욕적으로 여겨졌다.

그러나 공작 부인은 그의 기분을 이해할 수 없었고, 그가 그런 일들을 생각하거나 말하지 않는 것은 경솔하고 냉담하기 때문이라며 그를 가만히 두지 않았다. 부인은 스테판 아르카디치에게 집을 찾아보도록 지시한 후, 지금 레빈을 불렀던 것이다.

"저는 아무것도 모릅니다, 공작 부인. 원하는 대로 하십시오." 레빈이 말했다.

"언제 이사할 건지 결정해야만 해."

"정말 저는 모릅니다. 제가 아는 건 모스크바나 의사가 없어도 수백만 명의 아이들이 태어난다는 겁니다……. 무엇 때문에……."

"그래, 그렇게 말한다면……."

"아니, 아닙니다. 키티가 원하는 대로 해주십시오."

"키티와 어떻게 이런 얘기를 할 수 있겠나! 자네는 내가 저 아이를 놀라게 하길 바라나? 올봄에 나탈리 골리치나가 형편없는 산파 때문에 죽은 걸 모르는가?"

"저는 하자는 대로 하겠습니다." 레빈은 침울한 얼굴로 대답했다.

공작 부인은 말을 늘어놓기 시작했지만 그는 듣고 있지 않았다. 비록 공작 부인과의 대화가 그의 기분을 망쳐놓았지만, 그의 기분이 우울해진 건 그것 때문이 아니라 그가 사모바르 옆의 광경을 보았기 때문이었다.

'아니야, 저건 있을 수 없는 일이야.' 그는 키티 쪽으로 허리를 구부린 채 그만의 매력적인 미소를 지으며 뭔가 이야기하고 있는 바센카와 얼굴이 발그레하게 달아오른 들뜬 아내를 이따금 흘끗 바라보며 생각했다.

바센카의 태도와 시선과 미소 속에는 어딘지 모르게 불순한 점이 있었다. 더욱이 레빈은 키티의 자태와 시선 속에서도 어떤 불순한 것을 보았다. 그러자 또다시 그의 눈에서 빛이 사라졌다. 그리고 전날처럼 갑자기 아무런 이유도 없이 그는 행복과 평안과 만족의 절정에서 절망과 증오와 굴욕의 밑바닥으로 내던져진 기분이 들었다. 또다시 모든 사람들과 모든 것이 혐오스러워지기 시작했다.

"공작 부인, 그냥 하고 싶으신 대로 하십시오." 그는 또다시 주위를 둘러보며 말했다.

"모노마흐의 왕관은 참으로 무겁군!" 스테판 아르카디치는 분명히 레빈의 흥분을 눈치채고, 공작 부인과의 대화뿐만 아니라 그가 흥분한 원인까지도 암시하며 농담조로 말했다. "돌리, 오늘은 늦었군."

모두들 다리야 알렉산드로브나를 맞이하려고 일어섰다. 그러나 바센카는 잠시 일어선 듯하더니 부인네들을 대하는 요즘 젊은이들 특유의 무례한 태도로 고개만 살짝 끄덕이고는 무언가에 웃음을 터트리며 다시 이야기를 계속했다.

"마샤가 애를 먹이잖아요. 잠을 자지 못해서 오늘은 어찌나 보채는지." 돌리가 말했다.

바센카와 키티 사이에 오간 대화의 주제는 다시 어제와 마찬가지로 안나에 관한 것과 사랑은 사회적인 조건을 초월할 수 있는가에 대한 것이었다. 키티는 이런 대화가 불쾌했다. 대화의 내용도, 바센카의 말투도 그녀를 불편하게 했다. 특히 이것이 남편에게 어떻게 작용할지 알고 있었기 때문에 그녀로서는 한층 더 불안했다. 더욱이 그녀는 지나칠 정도로 단순하고 순진했기 때문에 그 대화를 중단시킬 줄도 몰랐고, 이 젊은이가 자기에게 보이는 노골적인 관심에 대한 만족스러움을 숨기지도 못했다. 키디는 이 대화를 끝내고 싶었지만 어떻게 해야 할지 몰랐다. 키티는 자기가 무슨 일을 하든 남편은 눈치를 챌 것이고, 모든 것은 나쁜 쪽으로 해석될 것이라는 것을 알고 있었다. 그리고 실제로 그녀가 마샤에게 무슨 일이 있냐고 돌리에게 물었을 때, 바센카가 자기에게는 따분한 이 대화가 끝나기를 기다리며 무심한 표정으로 돌리를 쳐다보았을 때, 레빈에게는 아내의 질문이 부자연스럽고 혐오스러운 간교함으로 느껴졌다.

"그럼, 오늘도 버섯을 따러 갈까?" 돌리가 물었다.

"그래요, 가요. 나도 갈게요." 키티는 이렇게 말하며 얼굴을 붉혔다. 그녀는 예의상 바센카에게도 갈 것인지 묻고 싶었지만 묻지 않았다. "코스챠, 어디 가세요?" 그녀는 남편이 결연한 걸음으로 곁을 지나가자 미안한 듯한 표정으로 물었다. 그 미안해하는 표정이 레빈의 의심을 더욱 굳히고 있었다.

"내가 없는 사이에 기계 기사가 찾아왔다는데 아직 못 봤소." 그는 아내의 얼굴을 쳐다보지도 않고 말했다.

그는 아래층으로 내려갔다. 그런데 그가 미처 서재에서 나가기도 전에 조심성 없는 잰걸음으로 그에게 다가오는 귀에 익은 아내의 발소리가 들렸다.

"무슨 일이오?" 그는 차가운 목소리로 말했다. "우리는 바쁜데."

"실례할게요." 키티는 독일인 기사에게 말했다. "남편에게 잠시 할 말이 있어서요."

독일인이 나가려 하자 레빈이 말했다. "아니, 괜찮아요."

"기차가 3시에 있나요?" 독일인이 물었다. "늦으면 안 되거든요."

레빈은 그 말에는 대답하지 않고 아내와 함께 서재를 나갔다.

"그래, 무슨 말을 하려는 거요?" 그는 프랑스어로 말했다.

그는 아내의 얼굴을 보지 않았다. 보고 싶지도 않았다. 무거운 몸을 한 그녀는 온 얼굴에 경련을 일으키면서 가련하고 처질한 표정을 짓고 있었다.

"난…… 내가 하고 싶은 말은, 도무지 이렇게 살 수 없다는 거예요. 이건 고문이에요……." 키티가 말했다.

"저기 식당에 사람들이 있소." 그는 성난 목소리로 말했다.

"큰 소리를 내지 않았으면 좋겠소."

"그럼, 이쪽으로 가요!"

그들은 통로 방에 서 있었다. 키티는 옆방으로 가려고 했다. 하지만 그곳에서는 영국인 여자 가정교사가 타냐를 가르치고 있었다.

"그럼, 정원으로 나가요."

그들은 정원에서 길을 청소하고 있던 정원사와 마주쳤다. 하지만 그들은 정원사가 눈물에 젖은 그녀의 얼굴과 흥분한 그의 얼굴을 보고 있다는 것을 상관하지 않았고, 또한 자기들이 어떤 불행으로부터 벗어나려고 하는 사람과 같은 표정을 짓고 있다는 것도 생각하지 않았다. 그들은 마음속에 있는 것을 털어놓고 서로의 오해를 풀이야만 히고, 단둘이 함께 하면서 자기들이 겪은 고통에서 빠져나와야 한다고 느끼며 잰걸음으로 앞으로 걸어 나갔다.

"이렇게는 살 수 없어요. 이건 고문이에요! 저도 괴롭고 당신도 괴로운 일이에요. 무엇 때문이죠?" 그녀는 마침내 보리수 가로수 길의 모퉁이에 떨어져 있는 벤치에 다다랐을 때 말했다.

"그러면 한 가지만 말해 봐요. 그 친구의 태도에 뭔가 무례하고 불손하고 모욕적일 만큼 불쾌한 점이 없었소?" 그는 또다시 그녀 앞에서 그날 밤 가슴에 주먹을 얹었던 것과 같은 자세로 그녀 앞에 서서 말했다.

"네, 있었어요." 그녀는 떨리는 목소리로 말했다. "하지만 코스챠, 제게 아무런 잘못이 없다는 걸 모르시겠어요? 저도 아침부터 단아한 모습으로 있으려고 했어요. 그런데 그 사람들이……, 그 사람은 여기 왜 온 거예요? 우리가 얼마나 행복했는데요." 키티는 흐느낌으로 숨을 헐떡거리며 임신으로 뚱뚱해진 몸을 들썩거렸다.

정원사는 놀라서 바라보았다. 그들을 뒤쫓는 게 아무것도 없었고 피해서 도망쳐야 할 것도 전혀 없었는데도, 벤치에서 무언가 특별한 즐거움을 찾았을 리가 없었음에도, 그들이 평온하고 환하게 빛나는 얼굴로 자기 옆을 지나 집으로 돌아가는 것을 보았기 때문이다.

15

레빈은 아내를 2층으로 올려 보낸 후 돌리의 방으로 갔다. 다리야 알렉산드로브나 역시 이날은 나름대로 깊은 상심에 빠져 있었다. 그녀는 방 안을 왔다 갔다 하면서 한쪽 구석에 서서 울고 있는 딸에게 성난 목소리로 말하고 있었다.

"오늘은 온종일 그렇게 구석에 서 있어. 식사도 혼자서 해야 해. 인형도 못 볼 줄 알아. 새 옷도 지어주지 않을 거야." 그녀는 딸에게 무슨 벌을 줘야 할지 몰라 이렇게 말했다.

"아니, 얘는 정말 못됐다니까요." 돌리는 레빈을 향해 말했다. "도대체 어디서 저런 못된 성질이 나오는 걸까요?"

"대체 무슨 짓을 했는데요?" 레빈은 아주 냉담하게 물었다. 레빈은 자신의 문제를 의논하려고 들어왔기 때문에 생각지도 못한 일과 마주치자 언짢았던 것이다.

"저 애가 그리샤와 함께 딸기 덤불에 가서, 거기서……, 저 애가 무슨 짓을 했는지 도저히 말할 수가 없네요. 미스 엘리어트가 없는 게 정말 너무나 아쉬워요. 이번 가정교사는 아이들을 돌보지 못해요. 기계 같다니까요……. 생각 좀 해보세요. 저 조그만 여자아이가…….”

그리고 다리야 알렉산드로브나는 마샤가 저지른 잘못을 얘기했다.

“그건 별거 아니에요. 그건 전혀 성질이 나빠서가 아니에요. 단순한 장난인걸요.” 레빈은 그녀를 진정시키려 했다.

“그런데 당신에게 무슨 안 좋은 일이 있군요? 무슨 일로 오셨어요?” 돌리가 물었다. “저기에서는 무엇을 하고 있어요?”

이런 질문을 들은 레빈은 자기가 하려고 했던 말을 쉽게 할 수 있을 것 같았다.

“난 저기에 있지 않았어요. 키티와 함께 정원에 있었어요. 그녀와 싸운 게 벌써 두 번째예요. 스티바가 온 후로…….”

돌리는 현명하고도 이해심 많은 눈빛으로 그를 바라보았다.

“그럼, 가슴에 손을 얹고 솔직히 말해주세요. 키티가 아니라 저 친구의 태도에 불쾌한, 아니 불쾌하다기보다는 남편으로서 소름끼치게 느낄 만한 모욕적인 부분이 있지 않았나요?”

“글쎄, 어떻게 말해야 할까요……. 서 있어. 구석에 서 있으라고!” 돌리는 엄마의 얼굴에 옅은 미소가 떠오르는 것을 보고 몸을 움직이려고 하는 마샤를 보며 말했다. “사교계의 관점에서 보자면 저 친구의 태도는 다른 젊은이들의 태도에서도 나타나는 것일지도 모르죠. 저 친구는 젊고 아름다운 부인의 비위를 맞추고 있는 거잖아요. 사교계의 남편이라면 그냥 그걸 기뻐해야 할지도 모르죠."

"네, 그렇기도 하겠군요." 레빈은 침울하게 말했다. "그런데 당신도 그걸 눈치채고 있었던 거예요?"

"저만 그런 게 아니에요. 스티바도 알고 있는걸요. 그이는 차를 마시고 난 직후에 '내 생각에 베슬로프스키가 키티에게 조금 마음이 있는 거 같아.'라고 말했어요."

"그럼 잘됐네요. 이제야 마음이 놓이는군요. 저 친구를 쫓아버려야겠어요." 레빈이 말했다.

"무슨 말씀이에요? 제정신이에요?" 돌리가 놀라서 소리쳤다. "무슨 소리예요, 코스챠? 정신 차려요!" 그녀가 웃으며 말했다. "사, 이젠 파니에게 가도 좋아." 돌리는 마사에게 말했다. "안 돼요. 하지만 당신이 정말 원한다면, 제가 스티바에게 말할게요. 그이가 데리고 나갈 거예요. 손님이 또 오실 거라고 해도 되는 거고요. 어차피 저분은 이 집에 어울리지 않잖아요."

"아니, 아니에요, 내가 직접 할게요."

"하지만 당신이 나서면 다툴 수 있어요."

"천만에요. 상당히 재미있을 것 같아요." 레빈은 정말로 두 눈을 쾌활하게 반짝이며 말했다. "자, 저 애를 용서해주세요, 돌리! 이젠 안 그럴 거예요." 그는 파니한테 가지 않고 어머니 앞에 머뭇거리고 서서 눈을 치뜬 채 어머니의 시선을 붙잡으려 애쓰고 있는 꼬마 죄인을 위해 말했다.

어머니는 딸을 쳐다보았다. 그러자 아이는 울음을 터뜨리며 어머니의 무릎에 얼굴을 묻었다. 돌리는 딸의 머리에 야위고 부드러운 손을 올려놓았다.

'그래, 우리와 저 친구 사이에 무슨 공통점이 있겠어?' 레빈은 이렇게 생각하고 베슬로프스키를 찾으러 갔다.

그는 현관을 지나면서 역에 나갈 포장마차를 준비하라고 지시했다.

"어제 스프링이 망가졌어요." 하인이 말했다.

"그럼 여행용 마차라도 준비해놓게. 그런데 서두르게. 손님들은 어디 계시나?"

"방으로 들어가시던데요."

레빈이 바센카를 찾았을 때, 그는 트렁크에서 자기 물건들을 꺼내 정리하고 새로운 로맨스 악보를 펼쳐놓고는 승마를 위해 가죽 각반을 다리에 차 보고 있었다.

레빈의 표정에서 어떤 특별한 것이 있었던 것인지, 아니면 바센카 자신도 자기가 시도한 작은 연애놀이[12]가 이 가정에서는 적절하지 않았다고 느꼈던 탓인지, 아무튼 그는 레빈의 등장에 조금(사교계의 사람이라면 있을 수 있을 만큼) 당황하는 듯했다.

"가죽 각반을 차고 말을 탈 겁니까?"

"예, 이게 훨씬 낫거든요." 바센카는 살찐 다리를 의자 위에 올

---

12 petit brin de cour(프랑스어)

려놓고 아래 고리를 끼우면서 선량하고 쾌활한 미소를 지으며 말했다.

그는 틀림없이 좋은 청년이었다. 레빈은 바센카의 눈빛에서 소심한 기색을 발견하고는 그가 가엽다는 생각이 들면서 집주인으로서 미안한 마음마저 들었다.

탁자 위에는 오늘 아침 레빈과 바센카가 함께 체조할 때 휘어진 평행봉을 들어올리려고 하다가 부러뜨린 막대 조각이 놓여 있었다. 레빈은 어떻게 말을 시작해야 할지 몰라서 그 막대 조각을 집어 들고는 갈라진 끄트머리를 부러뜨리기 시작했다.

"할 말이……." 그는 입을 다물었다. 그러다 갑자기 키티와 그동안 있었던 모든 일들을 떠올리고는 결심한 듯 그의 눈을 바라보며 말했다. "딩신을 위해 마차를 준비시켜놓았어요."

"무슨 말씀이십니까?" 바센카가 깜짝 놀라며 물었다. "어딜 가는 겁니까?"

"당신은 역으로 갈 겁니다." 레빈은 막대 끝을 뜯으면서 침울하게 말했다.

"어디 떠나십니까, 아니면 무슨 일이 일어난 겁니까?"

"손님들이 오시기로 해서요." 레빈은 손가락에 힘을 주어 갈라진 막대 끝을 점점 더 빨리 뜯으면서 말했다. "손님을 기다리는 것도 아니고, 무슨 일이 일어난 것도 아닙니다. 하지만 당신은 떠나주셨으면 합니다. 나의 무례한 행동을 마음대로 해석하십시오."

바센카는 자세를 바로 세웠다.

"제게 이유를 설명해주십시오……." 그는 마침내 상황을 파악하고 위엄 있게 말했다.

"설명할 수 없어요." 레빈은 광대뼈가 떨리는 것을 숨기려고 애쓰면서 조용히, 그리고 천천히 말했다. "이유를 묻지 않는 편이 나으실 겁니다."

이제 갈라진 막대 끝이 이미 다 뜯겼기 때문에 레빈은 굵은 쪽의 끝을 손가락으로 걸어 막대를 쪼개고는 떨어지는 한쪽 끝을 잽싸게 잡았다.

그의 긴장된 손의 움직임과 아침에 체조하면서 만져본 바로 그 근육, 빛나는 눈빛, 낮은 목소리와 떨리는 광대뼈가 그 어떤 말로 표현하는 것보다 바센키를 더 잘 이해시킨 게 분명했다. 그는 어깨를 으쓱하더니 경멸하는 듯한 미소를 짓고는 고개를 끄덕였다.

"오블론스키를 보면 안 되겠습니까?"

그는 어깨를 으쓱거리며 조롱하는 듯한 미소를 지었지만 그것이 레빈의 마음을 상하게 하지는 않았다. '그가 할 수 있는 게 뭐가 더 남아 있겠어?' 그는 이렇게 생각했다.

"지금 당신에게 보내겠습니다."

"대체 이게 무슨 무분별한 짓인가!" 스테판 아르카디치는 바센카로부터 이 집에서 쫓겨나게 되었다는 말을 듣고는 손님의 출발을 기다리며 정원을 거닐고 있는 레빈을 찾아가 말했다.

"정말 우스꽝스럽군. 도대체 자네한테 무슨 일이 생긴 건가? 정말이지 참으로 우스꽝스러워. 자네는 무슨 생각이 들었던 건가, 만일 젊은 친구가……."

그러나 레빈은 이상한 짓을 하게 된 그 원인이 그 자신에게 여전히 고통을 주는 것 같았다. 스테판 아르카디치가 그 까닭을 설명하려고 하자 그의 얼굴이 다시 창백해지면서 그의 말을 가로막았다.

"제발 그 이유를 설명하려 하지 말게. 달리 방법이 없었네. 물론 나는 자네에게도, 저 친구에게도 매우 부끄러운 생각이 드네. 하지만 이곳을 떠나는 게 저 친구한테는 그다지 힘든 일이 아닐 걸세. 하지만 나와 내 아내에게 저 친구가 여기 있는 건 불쾌한 일이야."

"그렇지만 저 친구에게는 모욕적이지 않은가. 더욱이 이건 어리석은 짓이야."

"내게도 이건 모욕이고 고통일세. 난 아무런 잘못도 없는데, 고통을 받아야 할 이유가 없지 않은가."

"자네가 이런 짓을 할 줄은 상상도 못했네. 질투야 할 수 있는 일이지만 이 정도라면 이보다 더 우스꽝스러울 수는 없을 거야."

레빈은 홱 돌아서더니 그의 곁을 떠나 가로수 길 깊숙이 들어갔다. 그리고 그곳에서 혼자 서성이며 왔다 갔다 걸었다. 잠시 후 여행용 마차의 덜컹거리는 소리가 들려왔고, 그는 나무들 뒤에서 스코틀랜드풍의 모자를 쓴 베슬로프스키가 건초 위에 앉아(불행히도 그 마차에는 좌석이 없었다) 마차가 덜컹거릴 때마다 몸을 흔들며 가로수 길을 지나가는 것을 보았다.

'저건 또 무슨 일이지?' 하인이 집에서 뛰어나와 마차를 멈춰 세우자, 레빈은 잠시 생각했다. 그는 레빈이 까맣게 잊고 있던 기사였다. 기사는 허리를 굽실거리며 바센카에게 무슨 말을 하더니 마차를 타고 함께 떠났다.

스테판 아르카디치와 공작 부인은 레빈의 행동에 분개했다. 레빈도 스스로 매우 우스꽝스럽게 느껴졌고 모든 게 자기 잘못이라는 생각에 망신스러웠다. 그러나 자기와 아내가 겪은 괴로움을 생각하면, 이런 일이 또다시 생기면 어떻게 할 것인지 자문해보아도 똑같이 행동했을 것이라고 스스로 대답했다.

이런 모든 일이 있었음에도 불구하고, 그날이 끝나갈 무렵에는 레빈의 행동을 용서하지 못한 공작 부인을 제외한 나머지 사람들은 마치 벌을 받은 후의 어린아이들이나 공식적인 무거운 접대를 끝낸 어른들처럼 유난히 생기 있고 쾌활한 기분이 되었다. 그리고 저녁에 공작 부인이 자리를 비우자 바센카가 쫓겨난 사건에 대해 마치 이미 오래전에 일었던 일인 양 얘기를 주고받았다. 그리고 아버지로부터 재미있게 말하는 재능을 물려받은 돌리는 새로운 우스꽝스러운 이야기를 덧붙여 가며 서너 번씩 얘기를 하여 바렌카가 포복절도하게 만들었다. 그녀의 말은 자기가 손님을 위해 새 나비 리본을 달려고 응접실로 나오다, 순간

덜커덕거리는 마차 소리가 들려서 저 마차에는 누가 타고 있을까 하고 내다 보니 스코틀랜드풍의 모자를 쓴 바센카가 가죽 각반을 차고 로맨스 악보를 끼고서 건초 위에 앉아 있더라는 것이었다.

"사륜마차라도 준비하라고 지시했으면 좋았을걸! 그런데 잠시 후에 '잠깐만요!' 하는 목소리가 들리기에 '그래, 불쌍했나 보군.' 하고 생각했지요. 내다 보니, 뚱뚱한 독일인을 거기에 함께 태우고 가버리잖아요. 그 바람에 내 나비 리본도 망가져버렸어요……."

16

다리야 알렉산드로브나는 자신의 계획대로 안나를 찾아갔다. 그녀는 동생을 괴롭히고 동생의 남편을 불쾌하게 하는 게 마음 아팠다. 그녀는 레빈 부부가 브론스키와는 그 어떤 관계도 맺고 싶어 하지 않는 마음을 이해하고 있었다. 그러나 그녀는 안나를 찾아가 변화된 그녀의 처지와 상관없이 자신의 마음이 한결같다는 것을 보여주는 것이 자신의 의무라고 생각했다.

다리야 알렉산드로브나는 이번 여행에서 레빈 부부의 신세를 지지 않으려는 마음에 마차를 세내려고 마을로 사람을 보냈다. 그러나 레빈은 그러한 사실을 알고 질책하러 그녀를 찾아왔다.

"당신은 왜 내가 당신의 여행을 불쾌하게 여길 거라고 생각하십니까? 설령 그것이 내게 불쾌한 일일지라도 당신이 내 말을 타지 않는 게 난 더욱 불쾌할 겁니다." 그는 말했다. "당신은 여행을 떠날 것이라는 확실한 말을 내게 한 번도 한 적이 없습니다. 마을에서 말을 빌리는 건 우선 내게 불쾌한 일입니다. 그러나 무엇보다도 그들은 일을 한다고 해도 목적지까지 태워다 주지 않을 겁니다. 우리 집에 말이 많이 있으니, 만약 내게 실망을 주고 싶지 않으시면 우리 집 말을 타고 가십시오."

다리야 알렉산드로브나는 승낙해야만 하는 상황이었다. 그래서 떠나기로 한 날에 레빈은 처형을 위해 사두마차를 준비하고 짐말과 타는 말 가운데 멋지게 생기지는 않았지만 하루 안에 다리야 알렉산드로브나를 목적지까지 태워다 줄 좋은 놈을 골라 교체할 여벌의 말로 준비했다. 이렇게 준비하는 것도 이제 떠날 채비를 하고 있는 공작 부인을 위해, 또 산파를 위해 말이 필요했기 때문에 레빈으로서는 쉬운 일이 아니었다. 그러나 그는 손님을 접대해야 하는 의무를 가진 주인으로서 다리야 알렉산드로브나가 다른 곳에서 말을 세내는 것을 두고 볼 수는 없었다. 더욱이 이번 여행을 위해 다리야 알렉산드로브나에게 청구될 20루블은 그녀에게 매우 큰돈이라는 것을 그는 알고 있었다. 레빈 부부는 다리야 알렉산드로브나의 어려운 재정 상태를 자기 일처럼 생각했다.

다리야 알렉산드로브나는 레빈의 조언에 따라 먼동이 트기 전에 출발했다. 길도 좋고 마차도 편안했으며 말도 경쾌하게 달렸다. 마부석에는 마부 외에 레빈이 안전을 위해 하인 대신 보낸 사무원이 앉아 있었다. 다리야 알렉산드로브나가 잠시 졸다가 깨어 보니 마차는 벌써 말을 교체하기 위해 여인숙으로 가고 있었다.

다리야 알렉산드로브나는 레빈이 스비야쥐스키를 찾아가던 길에 들렀던 그 부유한 농부의 집에서 차를 실컷 마시고 아낙네들과는 아이들에 관한 얘기를, 브론스키에 대해 칭찬을 아끼지 않던 노인과는 브론스키 백작에 대한 얘기를 나눈 뒤, 10시에 다시 말을 몰고 떠났다. 집에서 그녀는 아이들을 돌보느라 생각할 시간이 없었다. 그런데 지금 네 시간 정도 여행하는 동안 그때까지 억눌렸던 온갖 생각들이 머릿속에 한꺼번에 몰려들어, 그녀는 전에 없이 자신의 온 삶을 다양한 측면에서 곰곰이 생각해보게 되었다. 그 같은 생각들은 그녀 자신에게도 이상하게 느껴졌다. 처음에 그녀는 아이들을 생각했다. 아이들은 공작 부인이, 특히 키티가(그녀는 여동생을 더 믿었다) 보살피겠다고 약속했지만 여전히 걱정스러웠다. '마샤가 또다시 그런 장난을 치면 안 될 텐데. 그리샤가 말에 채면 어떻게 하지. 릴리의 위가 더 이상 나빠지면 안 되는데.' 그러나 그다음에는 현재의 문제들이 가까운 장래의 문제들로 바뀌었다. 그녀는 올 겨울에 모스크바에 새로 집을 얻어야 한다는 것, 응접실의 가구를 갈아야 한다는 것, 큰딸을 위해 외투를 마련해야 한다는 것에 대해 생각하기 시작했다. 그다음에는 좀 더 먼 장래의 문제들이 그녀의 머릿속에 떠올랐다. '아이들을 세상에 어떻게 내보내야 할까? 딸아이들은 아직 괜찮지만…….' 다리야 알렉산드로브나는 생각했다. '사내아이들은?

'지금은 내가 그리샤의 공부를 봐 주니 괜찮지만, 그건 단지 내가 임신하지 않은 자유의 몸이니까 가능한 일이야. 물론 스티바에게 기대해서는 안 될 일이야. 그러니 내가 좋은 사람들의 도움을 받아서 저 아이들을 키울 수밖에 없는 거야. 그런데 또다시 임신이라도 하면…….' 그런 생각이 문득 그녀의 머릿속에 떠올랐다. 그녀는 여자들이 산고를 겪는 저주를 받았다는 말은 잘못된 것이라는 생각이 들었다. 아이를 낳는 건 아무것도 아니야. 임신 상태에 있는 게 얼마나 괴로운데.' 그녀는 자신의 마지막 임신과 그 아이의 죽음을 떠올리며 이렇게 생각했다. 그러자 그녀는 여인숙에서 젊은 아낙과 나누던 대화가 떠올랐다. 아이가 있냐고 묻자, 그 아름답고 젊은 아낙은 명랑하게 이렇게 대답했다.

"딸이 하나 있었는데 하느님께서 데려가셨습니다. 사순절 때 묻었어요."

"저런, 그 아이가 얼마나 가여웠어요?" 다리야 알렉산드로브나가 물었다.

"가엽기는요? 그 아이 말고도 할아버지에게는 손자가 많은걸요. 걱정거리일 뿐이지요. 일이고 뭐고 아무것도 못해요. 짐이 될 뿐이에요."

선하고 귀엽게 생긴 그 아낙의 대답은 다리야 알렉산드로브나에게 혐오감을 주었다. 그런데 지금은 그 말이 저절로 떠올랐다. 그런 파렴치한 말 속에도 진실이 있었기 때문이다.

'그래, 그렇지.' 다리야 알렉산드로브나는 지난 15년 동안의 결혼 생활을 돌아보며 생각했다. '임신, 입덧, 지능의 쇠퇴, 모든 것에 대한 무관심, 무엇보다 추해지는 모습. 키티도, 그 젊고 아름다운 키티도 망가져버렸잖아. 내가 임신한 모습은 추하지. 나도 알아. 분만, 산고, 그 끔찍한 고통, 그 최후의 순간……, 수유, 그 잠 못 이루는 밤들, 그 끔찍한 고통…….'

다리야 알렉산드로브나는 아이를 낳아 기를 때마다 겪었던, 유두가 갈라지는 듯한 고통을 떠올리는 것만으로도 몸서리를 쳤다. '그리고 아이들의 병, 끊임없는 걱정, 그다음엔 양육, 못된 성격(그녀는 어린 마샤가 딸기밭에서 저지른 나쁜 짓을 떠올렸다), 공부, 라틴어, 그 모든 것은 이해할 수도 없고 힘든 일이야. 그리고 가장 힘든 건 아이들의 죽음이야.' 또다시 그녀의 머릿속에는 어머니로서의 마음을 끊임없이 괴롭히는, 크루프[13]로 죽은 젖먹이 막내아들에 대한 끔찍한 기억이 떠올랐다. 장례식, 조그만 장밋빛 관 앞에 있던 사람들의 무관심, 금몰 십자가 장식이 달린 장밋빛 관 뚜껑을 닫으려고 하던 순간 보였던 귀밑머리가 곱슬거리는 창백한 작은 이마와 놀란 듯이 벌어져 있던 조그만 입은 그녀에게 가슴을 찢는 듯한 고통을 주었다.

'그런데 이 모든 것들은 무엇 때문일까? 이 모든 것에서 무엇이 얻어지는 것일까? 난 한순간도 쉬지 못하고 때론 임신해서,

---

13　후두 기관에 섬유소성의 가막(假膜)이 생겨 목소리가 쉬고 호흡 곤란을 일으키는 급성 염증

때론 아이들을 키우느라 끊임없이 화를 내고 불평하며 나 자신은 물론 남들도 괴롭히고 남편에게는 혐오감까지 주면서 일생을 보낼 거야. 내 아이들은 제대로 교육도 받지 못한 채 가난하고 불행한 아이들로 자라게 될 거야. 현재도 만약 레빈 부부의 집에서 여름을 보내지 않았다면 어떻게 살았을지 알 수 없는 일이야. 물론 코스챠와 키티가 티 나지 않게 매우 세심한 배려를 하고 있지만, 계속 이렇게 살 수는 없어. 그들에게 아이들이 생기면 우리를 도와줄 수 없을 테지. 지금도 그들은 우리를 부담스러워하고 있는데. 거의 아무것도 남겨 두지 않은 아버지가 도움을 주실 수 있을까? 그렇다면 난 혼자서 아이들을 양육할 수는 없으니 스스로 낮추면서 다른 사람의 도움을 받아야 한다는 거야. 그래, 가령 가장 운이 좋은 경우라면, 아이들이 더 이상 죽지 않고 어떻게 해서든 내가 아이들을 잘 키우는 거겠지. 최상의 경우라 할지라도 아이들이 불량배가 되지 않는 것뿐이야. 내가 바랄 수 있는 건 이게 전부야. 그 모든 걸 위해 얼마나 큰 노력과 고통이……. 내 일생은 엉망이 되겠지.' 그녀의 머릿속에 또다시 그 젊은 아낙의 말이 떠올랐고, 그 기억은 다시 꺼림칙한 기분을 느끼게 했다. 그래도 그 말 속에 투박한 진실이 있다는 것에 동의하지 않을 수 없었다.

"그래, 아직 멀었어요, 미하일?" 다리야 알렉산드로브나는 무서운 생각이 들어 자신의 생각을 떨쳐버리기 위해 사무원에게 물었다.

"이 마을에서 7베르스타 정도 된다고 합니다."

마차는 마을 길을 지나 조그만 다리로 내려갔다. 다리 위에는 꼰 새끼줄을 어깨에 짊어진 명랑한 아낙네들이 큰 소리로 쾌활하게 이야기하며 걸어가고 있었다. 아낙네들은 호기심 어린 눈으로 마차를 돌아보면서 다리 위에 멈춰 섰다. 다리야 알렉산드로브나에게는 자신을 향한 얼굴들이 모두 건강하고 즐거워 보이고 삶의 기쁨으로 가득하여 자신을 비웃는 것 같았다. '모두들 살아가는구나. 모두들 삶을 즐기고 있어.' 아낙네들 곁을 지나 산길로 들어선 그녀는 이렇게 생각했다. 낡은 마차의 부드러운 스프링에 기분 좋게 그녀의 몸이 흔들거렸다. '나는 마치 감옥에서 나온 사람처럼 내 생명을 죽이고 있는 근심의 세계에서 해방되어 이제야 겨우 잠시 제정신을 차린 거야. 모두들 살아가고 있어. 저 아낙네들도, 여동생 나탈리와 바렌카도, 지금 찾아가는 안나도 그래. 오직 나만 그렇지 못한 거야.'

'그런데 세상 사람들은 안나를 공격하고 있어. 이유가 뭘까? 그럼 내가 더 나은 거란 말인가? 내겐 적어도 내가 사랑하는 남편이 있어. 내가 원하던 것과 같은 사랑은 아니지만, 난 그를 사랑해. 하지만 안나는 남편을 사랑하지 않았어. 그렇다면 도대체 그녀의 잘못이 무엇이란 말인가? 그녀는 살고 싶을 뿐이야. 그건 하느님이 우리들의 영혼에 심어 준 거잖아. 나 역시 어쩌면 그녀와 똑같이 행동했을 게 분명해. 그 끔찍한 시기에 그녀가 모스크바로 내게 찾아와 해주던 충고를 들은 게, 과연 잘한 일이었는지 난 지금도 이해할 수가 없어. 그때 나는 남편을 버리고 새로운 인생을 시작했어야만 했어. 그랬다면 난 사랑하고 진심으로 사랑받을 수 있었을 거야. 지금이 더 낫다고 할 수 있을까? 나는 남편을 존경하지 않아. 단지 그 사람이 내게 필요할 뿐이야.' 그녀는 남편을 생각했다. '난 참고 있어. 그런데 그러는 게 더 나은 걸까? 당시엔 나도 사랑받았을 수 있었을 텐데. 내게도 아직 아름다움이 남아 있었으니까.' 다리야 알렉산드로브나는 생각을 이어 가다가 문득 거울이 보고 싶어졌다. 그녀는 가방에 들어 있는 여행용 거울을 꺼내려 했다. 그러나 마부와 흔들리고 있는 사무원의 등을 보자, 혹시 그들 중 누군가 뒤를 돌아본다면 부끄러울 거라는 생각이 들어 거울을 꺼내지 않았다.

그러나 굳이 거울을 보지 않아도 그녀는 지금도 아직 늦지 않다고 생각했다. 그래서 그녀는 특히 자신에게 다정했던 세르게이 이바노비치와 아이가 성홍열에 걸렸을 때 같이 간호를 해주고 그녀에게 반했던 스티바의 친구 투로프친을 떠올렸다. 그리고 아직 한참 젊은 또 한 사람이 떠올랐는데, 남편이 농담조로 말해준 바에 따르면, 그는 그녀가 자매들 가운데 제일 아름답다고 말했다는 것이다. 그러자 상당히 열정적이고 불가능한 로맨스가 그녀의 머릿속에 떠올랐다. '안나는 아주 잘한 거야. 난 그녀를 절대 비난하지 않을 거야. 그녀는 자기도 행복하지만 다른 사람도 행복하게 해주고 있잖아. 그리고 나처럼 지치지도 않았어. 그녀는 분명히 늘 그랬던 것처럼 생기와 총명함을 잃지 않았을 거야. 모든 것에 열린 마음으로 살아가겠지.' 다리야 알렉산드로브나는 생각했다. 그러자 교활한 미소가 그녀의 입가를 주름지게 했다. 그녀는 안나의 로맨스를 생각하며, 동시에 자기를 사랑해주는 상상 속의 남성과 안나의 경우와 거의 똑같은 로맨스를 상상해보았던 것이다. 상상 속에서 그녀도 안나처럼 남편에게 모든 걸 고백해버렸다. 그리고 그 말을 듣고 놀라서 어쩔 줄 몰라 하는 스테판 아르카디치의 모습이 그녀의 웃음을 자아냈다.

그런 공상을 하고 있는 사이에 그녀는 큰길에서 보즈드비젠스코예 마을로 이어지는 모퉁이로 접어들었다.

17

마부는 사두마차를 세우고 오른쪽의 호밀밭을 흘끗 둘러보았다. 거기에는 농부들이 짐마차 옆에 앉아 있었다. 마차에서 뛰어내리려고 하던 사무원은 생각을 바꾸었는지 한 농부에게 손짓을 하며 자기에게 오라고 명령조로 외쳤다. 마차가 달리는 동안 일었던 미풍은 마차가 멈춰 서자 멎었다. 등에들은 신경질적으로 떨쳐내려고 하는 온통 땀에 젖은 말에 달라붙어 떨어지지 않았다. 짐마차에서 들려오던 낫 가는 금속 소리도 그쳤다. 농부들 가운데 한 사람이 마차를 향해 걸어왔다.

"이런, 뭘 그리 꾸물거리는가!" 사무원은 마차가 잘 다니지 않아 울퉁불퉁하고 메마른 길을 맨발로 천천히 걸어오는 농부를 향해 성난 목소리로 외쳤다. "빨리 오라고!"

보리수 껍질로 머리를 동여매고 온통 땀으로 거무스름하게 적신 등이 굽은 곱슬머리 노인이 걸음을 재촉하며 마차에 다가와서는 햇볕에 그을린 손으로 마차의 흙받기를 잡았다.

"보즈드비젠스코예에 있는 저택 말씀이군요? 백작님 댁 말씀
이지요?" 노인은 말을 되풀이했다. "저기 언덕을 넘어 왼쪽으로
돈 다음에 똑바로 가면 됩니다. 누구를 찾으시는데요, 백작님인
가요?"

"그런데 할아범, 모두들 댁에 계실까요?" 다리야 알렉산드로
브나는 농부에게조차 안나에 대해 어떻게 물어야 할지 몰라서
애매한 말로 물었다.

"댁에 계실 겁니다." 농부가 말했다. 농부가 맨발을 번갈아가
며 디디자 먼지 위에 다섯 개의 발가락 자국이 뚜렷이 남았다.
"댁에 계실 겁니다." 농부는 얘기를 더 하고 싶다는 듯 반복해서
말했다.

"어제도 손님이 오셨거든요. 늘 손님이 많아요. 무슨 일이신
지……?"

농부는 짐마차에서 자기에게 뭐라고 소리치고 있는 젊은이
쪽을 돌아보았다. "아, 맞다! 조금 전에 모두들 말을 타고 탈곡기
를 구경하려고 이곳으로 지나갔습니다. 지금쯤은 틀림없이 댁
에 계실 거예요. 그런데 댁들은 뉘신지요?"

"우리는 멀리서 왔소." 마부는 마부석에 오르며 말했다. "그럼
얼마 안 남았군요?"

"저기라니까요. 저기를 넘어가면……." 농부는 마차의 흙받기
를 만지작거리며 말했다.

건강하고 작달막하고 다부지게 생긴 청년도 그들에게 다가

왔다.

"뭐 거두어들일 일거리라도 있으신가요?" 농부가 물었다.

"모르겠군."

"저기 왼쪽으로 가시면 보일 겁니다." 농부는 그들과 얘기를 더 하고 싶은 듯 마지못해 보내며 말했다.

마부는 마차를 몰았다. 그리고 마차가 막 모퉁이를 돌기 시작했을 때 농부가 소리치기 시작했다.

"잠깐만요! 여보시오, 좀 멈춰 봐요!" 두 사람이 소리쳤다.

마부가 마차를 세웠다.

"그분들이 직접 오고 계세요! 저기 오시네요!" 농부가 소리쳤다. "보세요, 저기 오시잖아요." 그는 길을 따라 달려오는 이륜마차 안의 두 사람과 말을 탄 네 사람을 가리키며 소리쳤다.

기수를 거느린 브론스키가 베슬로프스키와 안나와 함께 말을 타고 오고 있었고, 바르바라 공작 영애와 스비야쥐스키가 이륜마차에 타고 있었다. 그들은 말도 탈 겸 새로 들여온 탈곡기의 성능을 살펴보러 나왔던 것이었다.

마차가 멈춰 서자, 말을 탄 사람들이 천천히 말을 몰고 다가왔다. 앞에는 안나가 베슬로프스키와 함께 나란히 다가오고 있었다. 안나는 다듬어진 갈기에 꼬리가 짧고 키가 크지 않은, 다부져 보이는 영국산 말을 타고 편안한 자세로 천천히 오고 있었다. 높은 모자 밑으로 흘러내린 아름다운 검은 머리, 통통한 어깨, 검은 승마복에 싸인 가는 허리, 전체적으로 단아하고 우아한 승마 자세는 돌리의 감탄을 자아냈다.

처음에는 안나가 말을 타고 있는 게 무례하게 느껴졌다. 다리야 알렉산드로브나에게 있어서 부인이 말을 탄다는 생각은 젊은 처녀의 경박한 교태와 결부되어 있어서, 그녀의 생각에는 안나의 상황과 어울리지 않는 것으로 여겨졌다. 그러나 돌리는 안나를 가까이에서 보자, 이내 그녀가 말을 타는 것을 인정했다. 안나는 우아하면서도, 그 자세며 복장이며 동작이 모두 너무도 단순하고 단아하고 기품이 있어서 더할 나위 없이 자연스러웠다.

잿빛의 열이 올라 있는 기병대 말에 앉아 있는 바센카 베슬로프스키는 살찐 양다리를 앞으로 쑥 내밀고 스코틀랜드풍의 모자에 달린 리본을 나부끼며 마치 자기 자신에게 도취된 듯한 모습으로 안나와 나란히 다가왔다. 그를 알아본 다리야 알렉산드로브나는 즐거운 미소를 참을 수 없었다. 그들 뒤에서 브론스키는 달려와서인지 기운이 넘치는 듯한 짙은 갈색의 순종 말을 타고 있었다. 그는 말을 제어하면서 고삐를 다루고 있었다.

그의 뒤에는 기수복 차림의 자그마한 사내가 따라왔다. 스비야쥐스키와 공작 영애는 커다란 검정말이 끄는 신형 이륜마차를 타고 말을 탄 사람들을 따라오고 있었다.

낡은 포장마차의 한구석에 기대앉아 있는 작은 몸집의 부인이 돌리임을 알아본 순간, 안나의 얼굴은 돌연 기쁜 미소로 빛났다. 그녀는 환성을 지르며 안장에서 움찔하더니 말을 구보로 달리게 했다. 포장마차로 다가선 그녀는 다른 사람의 도움 없이 말에서 뛰어내려 승마복의 옷자락을 잡고 돌리를 향해 달려왔다.

"그럴 거라고 생각은 했지만 진짜일 줄은 몰랐어요. 정말 반가워요! 얼마나 반가운지 언니는 상상도 못 할 거예요!" 안나는 돌리의 얼굴에 자기 얼굴을 대고 입을 맞추기도 하고 조금 몸을 떼고 웃으며 살펴보기도 하면서 말했다.

"여기 반가운 손님이 왔어요, 알렉세이!" 안나는 말에서 내려 그들에게로 다가오는 브론스키를 돌아보며 말했다.

브론스키는 잿빛의 높은 모자를 벗고 돌리에게 다가섰다.

"당신의 방문으로 우리가 얼마나 기쁜지 믿지 못하실 겁니다." 그는 자기가 한 말에 특별한 의미를 부여하며 희고 튼튼한 이를 드러낸 채 미소를 머금고 말했다.

바센카 베슬로프스키는 말에서 내리지 않고 모자를 벗었다. 그리고 머리 위의 리본을 기쁜 듯이 흔들면서 손님에게 인사를 했다.

"여기 계신 분은 바르바라 공작 영애예요." 안나는 이륜마차가 다가왔을 때, 궁금해하는 돌리의 시선에 이렇게 말했다.

"아!" 다리야 알렉산드로브나가 말했다. 그러나 그녀의 얼굴에는 무의식중에 불만의 빛이 엿보였다.

돌리는 바르바라 공작 영애가 남편의 친척 아주머니여서 오래전부터 알고 있었지만 그녀를 존경하지는 않았다. 그녀는 바르바라 공작 영애가 평생 부유한 친척들의 식객으로 사는 것을 알고 있었다. 그런데 지금은 그녀가 그녀에게는 완전히 남인 브론스키의 집에서 지내고 있는 것을 보자, 돌리는 그녀가 남편의 가족이라는 것이 모욕적으로 느껴졌다. 안나는 돌리의 표정을 알아차리고는 당황하여 얼굴을 붉혔는데, 그때 손에서 놓친 승마복 자락에 걸려 넘어지고 말았다.

다리야 알렉산드로브나는 세워 둔 이륜마차로 다가서서 바르바라 공작 영애와 싸늘하게 인사를 나누었다. 스비야쥐스키도 역시 아는 사람이었다. 그는 괴짜 친구가 젊은 아내와 어떻게 지내는지 묻고는, 서로 어울리지 않는 말들과 헝겊을 대고 기운 흙받기를 붙인 포장마차를 힐끗 쳐다보고는 부인들에게 이륜마차를 타고 가도록 제안했다.

"제가 저걸 타고 갈게요." 그가 말했다. "저 말은 온순한 데다 공작 영애는 마차를 잘 몰거든요."

"아니에요, 그냥 그대로 계세요." 안나가 곁으로 다가오며 말했다. "우리가 이 마차로 갈게요." 그녀는 돌리의 팔짱을 끼고는 그녀를 데리고 떠났다.

다리야 알렉산드로브나는 본 적도 없는 우아한 마차와 훌륭한 말들, 그리고 자신을 둘러싸고 있는 환하게 빛나는 우아한 사람들을 보고는 눈이 휘둥그레졌다. 그러나 무엇보다도 그녀를 놀라게 한 건, 그녀가 잘 알고 있는 사랑하는 안나에게 일어난 변화였다. 만약 주의력이 덜하거나 예전의 안나를 모르던 여자라면, 특히 다리야 알렉산드로브나가 오는 도중에 생각했던 것과 같은 것을 생각해 본 적이 없는 여자였다면 안나에게 특별한 어떤 점도 알아채지 못했을 것이었다. 그러나 돌리는 지금 여자가 오직 사랑에 빠진 순간에만 나타나는 그 일시적인 아름다움을 그녀의 얼굴에서 발견하고 놀랐다. 그녀의 온 얼굴, 즉 볼에 드러난 선명한 보조개와 턱, 다물고 있는 입술, 얼굴 주위에 감도는 미소, 눈동자의 반짝거림, 우아하고 민첩한 동작, 그윽한 음성, 그리고 오른발부터 구보를 가르치기 위해 그녀의 코브[14]를 타게 해달라고 허락을 구하던 베슬로프스키에게 화를 내는 듯하면서도 부드럽게 대답한 그녀의 태도조차 모든 게 다 유난히 매력적이었다. 안나 자신도 그걸 알고 있었고 그것에 대해 기뻐하는 듯했다.

마차에 올리탄 두 여인은 갑지기 어쩔 줄 몰라 했다. 안나가 당황했던 건 돌리가 무언가 묻는 듯한 표정으로 자신을 빤히 쳐다보고 있었기 때문이었고, 돌리가 당황했던 건 자신의 마차를 탈 것이라는 스비야쥐스키의 말 다음에 자신과 안나가 함께 탄 더럽고 낡은 마차가 무의식중에 부끄럽게 여겨졌기 때문이었다. 마부 필립과 사무원도 그녀와 같은 느낌을 받았다. 사무원은 당혹감을 감추며 부인들을 앉히느라 분주했다. 그러나 마부 필립은 우울한 기분이 되어 저런 우월한 외형에 굴복하지 말자고 미리 마음의 준비를 했다. 그는 검정 경주마를 보고는 비웃듯이

웃었다. 그건 이륜마차를 끄는 검정말이 산책하기에는 적격이
지만 무더위 속에서 40베르스타나 되는 거리를 단번에 달릴 수
는 없을 거라고 이미 판단했기 때문이었다.

농부들은 모두 짐마차 옆에서 일어나 손님들의 만남을 호기
심 어린 눈으로 즐겁게 지켜보며 저마다 한마디씩 거들었다.

"역시 기뻐하는군. 오랜만에 만난 모양이네." 보리수 껍질로
곱슬머리를 동여맨 노인이 말했다.

"저기 보세요, 게라심 아저씨, 저 검은 종마로 곡식 다발을 나
르면 빠르겠어요!"

"저기 좀 봐! 저기 바지 입고 있는 사람이 여자야?" 그들 가운
데 한 사람이 여자용 안장에 앉아 탄 바셴카 베슬로프스키를 가
리키며 말했다.

"아니, 남자네. 좀 봐, 잘도 달리는군."

"자, 다들 낮잠은 안 잘 건가?"

"이제 무슨 낮잠이야!" 노인은 곁눈질로 해를 쳐다보고 말했
다. "보게, 벌써 반나절은 지났는걸! 낫을 들게나. 일해야지!"

18

안나는 돌리의 야위고 지친, 먼지로 뒤덮인 주름진 얼굴을 보면서 자신의 생각, 즉 돌리가 야위었다는 말을 하고 싶었다. 그러나 그녀는 자기가 더 예뻐졌다는 생각과 돌리의 시선도 그렇게 말했었다는 것을 떠올리고는 그저 한숨을 내쉬며 자신에 관한 얘기를 시작했다.

"언니는 나를 보고……." 그녀가 말했다. "나 같은 처지에서도 행복할 수 있을까 생각하겠죠? 그런데 어쩌겠어요. 인정하기는 부끄럽지만, 난……, 나는 용서받을 수 없을 만큼 행복해요. 내게 마치 어떤 마법과도 같은 일이 일어났어요. 마치 꿈처럼 무섭고 섬뜩한 느낌으로 문득 잠에서 깨면 그 모든 공포가 사라지고 없는 거예요. 난 꿈에서 깬 기분이에요. 난 괴롭고 힘겨운 시간을 보냈어요. 그리고 이제는 이미 오래전부터, 특히 이곳으로 온 이후부터 너무 행복해요……." 그녀는 돌리를 바라보며 묻는 듯한 소심한 미소를 머금고 말했다.

"나도 기뻐요!" 돌리도 미소를 지으며 말했지만, 무의식중에 자기가 바라던 것보다 더 차갑게 말했다. "당신이 행복하다니 정말 기뻐요. 왜 편지하지 않았어요?"

"왜긴요? 용기가 없었기 때문이죠……. 내 처지를 잊은 거예요?"

"나한테요? 용기가 없었다고요? 나를 알았다면, 내가 얼마나……. 내 생각에는……."

다리야 알렉산드로브나는 오늘 아침에 자기가 생각했던 것을 말하려고 했지만, 왠지 지금은 시기적절하지 않은 것 같았다.

"아무튼 그 얘기는 나중에 해요. 대체 저건 무슨 건물이에요?" 그녀는 화제를 바꾸려는 마음에 아카시아와 라일락의 초록색 산울타리 너머로 보이는 붉고 푸른 지붕들을 가리키며 물었다. "작은 마을 같군요."

그러나 안나는 그녀의 말에 대답하지 않았다.

"아니, 아니요! 언니는 내 처지를 어떻게 생각해요? 어떻게 생각하는데요, 네?" 안나가 물었다.

"난……." 돌리는 말하기 시작했으나, 그때 마침 코브를 타고 오른발부터 구보하는 데 성공한 바센카 베슬로프스키가 짧은 재킷을 입고 여성용 안장의 가죽에 앉아 철퍼덕 소리를 내면서 두 사람 곁을 질주했다.

"됐어요, 안나 아르카디예브나!" 그가 소리쳤다.

그러나 안나는 그를 돌아보려고도 하지 않았다. 다리야 알렉산드로브나는 마차 안에서 그런 긴 얘기를 하는 게 불편하게 느껴졌으므로 자신의 생각을 간단히 줄여 말했다.

"난 아무 생각도 하고 있지 않아요." 그녀가 말했다. "난 당신이 늘 좋았어요. 사람을 사랑한다는 건, 그 사람의 있는 그대로를 사랑하는 것이지 그 사람에게 대해 내가 원하는 모습을 사랑하는 것은 아니잖아요."

돌리의 얼굴에서 시선을 뗀 안나는 가늘게 실눈을 뜨고(이것은 돌리가 본 적이 없는 안나의 새로운 버릇이었다) 그 말의 의미를 확실히 이해하려는 듯 생각에 잠겼다. 그리고 자기 뜻대로 그 말을 이해한 그녀는 돌리를 바라보았다.

"만약 언니에게 죄가 있다고 해도……." 안나가 말했다. "언니가 와준 것과 지금 한 말 때문에 모든 걸 용서받게 될 거예요."

이때 돌리는 그녀의 눈에 눈물이 글썽이는 것을 보았다. 돌리는 말없이 안나의 손을 잡았다.

"그런데 저 건물은 뭐예요? 상당히 많은데!" 잠시 침묵이 흐른 뒤, 돌리가 조금 전 자신의 질문을 되풀이했다.

"저건 일하는 사람들의 집, 공장, 마구간들이에요." 안나가 대답했다. "그리고 여기서 공원이 시작돼요. 완전히 황폐했었는데 알렉세이가 전부 다 복구시켰어요. 저이는 이 영지를 정말 사랑해요. 전혀 예상치 못한 일인데, 저이는 농장 경영에 열정적으로 매달리고 있어요. 아무튼 재능이 많은 사람이에요! 무슨 일이든 척척 해내거든요. 저이는 따분해하지 않을 정도가 아니라 열정적으로 일하고 있어요. 내가 아는 바로, 저이는 계산이 빠른 훌륭한 농장주예요. 농장을 운영하는 데 있어서는 인색하기까지 하다니까요. 물론 농장 경영에서만 그렇다는 거예요. 수만 루블과 관련되는 일에 대해서는 계산하지 않거든요." 안나는 여자들이 사랑하는 사람에 대한 자기들만이 아는 비밀을 얘기할 때 나타나는 그런 즐겁고도 교활한 미소를 보이며 말했다. "저기 커다란 건물 보이죠? 저건 새 병원이에요. 아마 저건 10만 루블 이상은 들었을 거예요. 지금은 저게 저이의 애인이라니까요. 저 일이 어떻게 시작되었는지 아세요? 농부들이 그에게 목초지를 좀 더 싸게 양보해달라고 부탁했는데, 저이는 그것을 거절했거든요. 그래서 난 저이에게 인색하다고 비난했어요. 물론 그 이유 때문만은 아니고, 복합적인 여러 가지 문제가 있었어요. 아무튼 저이는 자기가 인색하지 않다는 것을 보여주기 위해 저 병원을 짓기 시작한 거예요. 물론 '그건 사소한 일'이지요. 하지만 난 그 일로 저이를 전보다도 더 사랑하게 되었어요. 이제 곧 집이 보일 거예요. 할아버지 때부터 있던 집인데 외관은 전혀 변하지 않았어요."

"어머, 멋져요!" 돌리는 정원에 있는 고목의 다채로운 초록색 사이로 보이는 기둥들이 서 있는 멋진 저택을 보고 자신도 모르게 감탄하며 말했다.

"정말 훌륭하죠? 저 집의 2층에서 보는 전망은 경이로울 정도예요."

그들은 두 사람의 일꾼이 허물어지려는 화단 둘레를 구멍투성이의 자연석으로 둘러싸고 있는, 자갈을 깔아놓은 화단으로 장식된 마당으로 마차를 타고 들어갔다. 그리고 차양이 있는 현관 앞에 멈춰 섰다.

"어머, 벌써 와 있네요." 안나는 이제 막 현관 층계에서 끌려가는 말을 보고 말했다. "저 말 정말 훌륭하지 않아요? 이게 코브라는 말이에요. 내 애마지요. 이리 끌고 와서 설탕 좀 주게. 백작께서는 어디 계시지?" 안나는 뛰어나온 하인에게 물었다. "아, 저기 계시네!" 안나는 베슬로프스키와 함께 자기들을 향해 걸어오는 브론스키를 보며 말했다.

"공작 부인을 어디로 모실 거요?" 브론스키는 프랑스어로 안나에게 말했다. 그러나 대답을 기다리지 않고 다리야 알레산드로브나와 다시 한 번 인사를 나누며 그녀의 손에 입을 맞췄다. "발코니가 있는 큰 방이 좋겠지?"

"오, 아니에요. 거긴 멀어요! 모퉁이 방이 좋겠어요. 좀 더 볼 수 있거든요. 그럼, 가요." 안나는 하인이 가져온 설탕을 애마에게 주며 말했다.

"당신은 자신의 의무를 잊으셨군요."[15] 안나는 역시 현관 층계로 나온 베슬로프스키에게 말했다.

---

15 Et vous oubliez votre devoir.(프랑스어)

"죄송합니다, 제 주머니에 그것이 가득합니다."[16] 그는 웃는 얼굴로 손가락을 조끼 주머니에 집어넣으며 대답했다.

"하지만 너무 늦게 오셨네요."[17] 안나는 설탕을 받아먹던 말이 묻힌 침을 손수건으로 닦으며 말했다. 그러고는 돌리를 향해 말했다. "언니는 오래 있을 건가요? 하룻밤이에요? 그건 안 돼요!"

"그렇게 약속은 했어요. 아이들도 있어서……." 돌리는 당황하여 말했다. 그 이유는 마차에서 가방을 가져와야 한다는 것과 자신의 얼굴이 먼지를 덮어쓰고 있다는 것을 알고 있었기 때문이었다.

"안 돼요, 돌리……. 그럼 나중에 봐요, 어서 가요, 어서!" 안나는 돌리를 방으로 안내했다.

그 방은 브론스키가 권했던 화려한 방이 아니라 돌리가 양해할 거라고 안나가 말했던 방이었다. 그런데 양해를 구해야 하다는 그 방은 돌리에게는 지금까지 한 번도 살아본 적 없는 호화로운 가구들로 넘치는 외국의 호텔을 연상시켰다.

"언니, 난 행복해요!" 안나는 승마복을 입고 잠시 돌리 옆에 앉으며 말했다. "아이들 이야기 좀 해줘요. 스티바를 잠깐 보긴 했는데, 아이들 얘기는 할 수 없었어요. 내 사랑 타냐는요? 이젠 많이 컸지요?"

---

16 Pardon, j'en ai tout plein les poches.(프랑스어)
17 Mais vous venez trop tard.(프랑스어)

“네, 많이 컸어요.” 돌리는 아이들의 얘기를 너무도 냉담하게 대답하는 자신에 대해 스스로 놀라며 짧게 대답했다. “우리는 지금 레빈의 집에서 잘 지내고 있어요.” 그녀가 덧붙였다.

“어머! 내가 알았다면…….” 안나가 말했다. “언니가 나를 경멸하지 않는 걸 알았다면……, 모두들 함께 왔으면 좋았을걸요. 스티바는 옛날부터 알렉세이의 좋은 친구거든요.” 안나는 이렇게 덧붙여 말하고는 갑자기 얼굴을 붉혔다.

“네, 하지만 우리는 너무도 잘 지내고 있어요…….” 돌리는 당황해하며 대답했다.

“네, 그런데 내가 너무 기뻐서 바보 같은 소리를 하고 있네요. 언니를 봐서 정말 반가울 뿐이에요.” 안나는 다시 돌리에게 입을 맞추며 말했나. “그런데 언니는 나에 대해 이렇게 생각하는지 아직 말하지 않았어요. 난 다 알고 싶어요. 하지만 난 언니가 있는 그대로의 나를 볼 수 있어서 기뻐요. 무엇보다 난 사람들이 내가 뭔가를 입증하고 싶어 한다고 생각하는 게 싫어요. 나는 어떤 입증도 하고 싶지 않아요. 그냥 살고 싶어요. 나 자신 외에 그 누구도 불행하게 하고 싶지 않아요. 내게도 그럴 권리는 있어요, 그렇지 않아요? 하지만 이 얘기는 길어질 것 같네요. 나중에 모든 걸 말하기로 해요. 이제 옷을 갈아입고 올게요. 언니한테도 하녀를 보내드릴게요.”

19

혼자 남은 다리야 알렉산드로브나는 주부의 눈으로 방을 둘러보았다. 그녀가 이 저택의 영지를 통과하여 이 저택으로 다가오면서, 그리고 지금 자신이 묵을 방에서 본 모든 것은 영국 소설에서나 읽었던 새로운 유럽풍의 풍요롭고 호화로운 인상을 주었다. 그건 러시아에서는, 특히 시골에서는 본 적이 없는 것이었다. 프랑스제 새 벽지에서부터 방마다 깔려 있는 양탄자에 이르기까지 모든 게 새로웠다. 침대에는 스프링이 있는 매트리스가 깔려 있었고, 침대 헤드도 독특했다. 작은 베개에는 비단 실크 커버가 씌워져 있었다. 대리석 세면대와 화장대, 작은 소파와 탁자, 벽난로 위의 청동시계, 얇은 커튼, 두꺼운 커튼, 그 모든 게 값비싼 새것이었다.

시중들러 온 멋쟁이 하녀는 옷에서부터 머리 모양까지 돌리보다 더 현대적이었고, 방 전체의 느낌처럼 신식이고 값비싸 보였다. 다리야 알렉산드로브나는 하녀의 공손하고 정갈하고 친절한 태도에 기분은 좋았지만 왠지 불편하기도 했다. 그녀는 실수로 넣어 가져 온, 자기 집에서는 그토록 자랑스럽게 여겨지던, 천을 대고 꿰맨 블라우스 때문에 하녀 앞에서 창피했다. 집에서는 블라우스 여섯 벌을 만드는 데 1아르신당 65코페이카 하는 천이 24아르신 정도 필요했다. 그러므로 장식이나 바느질삯을 제외해도 15루블 이상 필요했기 때문에 결국 15루블을 아끼는 건 당연히 자랑스러운 일이었지만, 하녀 앞에서는 부끄러운 건 아니더라도 마음이 불편한 건 어쩔 수 없었다.

다리야 알렉산드로브나는 오래전부터 알던 안누쉬카가 들어오자 커다란 안도감을 느꼈다. 안나가 멋쟁이 하녀를 불러서, 안누쉬카는 다리야 알렉산드로브나와 단둘이 남게 되었다.

안누쉬카는 돌리의 방문이 무척 반가운 듯 끊임없이 재잘거렸다. 돌리는 그녀가 마님의 처지에 대해, 특히 안나 아르카디예브나에 대한 백작의 사랑과 헌신에 대해 자신의 의견을 말하고 싶어 한다는 것을 알았으나 돌리는 그녀가 그 얘기를 시작하려고 하면 말을 피하려고 노력했다.

"전 안나 아르카디예브나 마님과 함께 자랐기 때문에 그분은 제게 누구보다 소중한 분이세요. 물론 저희 같은 사람이 판단할 일은 아니지만요. 저렇게 사랑하시는 것 같으니……."

"그러면, 이걸 좀 세탁하라고 건네주겠나?" 다리야 알렉산드로브나는 그녀의 말을 가로막았다.

"네, 알겠어요. 저희 집에서는 빨래하는 여자가 두 명이나 있어요. 게다가 흰 빨래는 모두 기계로 하거든요. 백작님이 모든 일을 직접 시키세요. 얼마나 훌륭한 남편인지…….”

안나가 들어와 안누쉬카의 수다를 멈췄을 때 돌리는 기뻤다.

안나는 무척 평범한 무명 원피스로 갈아입었다. 돌리는 그 평범한 원피스를 유심히 바라보았다. 그녀는 그 단순함이 어떤 의미이고, 그것을 얻기 위해 얼마나 돈이 드는지 잘 알고 있었다.

“오랜 친구지요.” 안나는 안누쉬카에 대해 말했다.

안나는 이제 당황하지 않았다. 그녀는 지극히 차분하고 자유스러웠다. 돌리는 자신의 방문으로 생긴 인상으로부터 완전히 벗어난 안나가 감정과 생각의 빗장을 잠근 듯 표면적이고 무관심한 태도를 취하는 느낌을 받았다.

“그런데 딸은 어때요, 안나?” 돌리가 물었다.

“아니(그녀는 자신의 딸 안나를 그렇게 불렀다) 말이에요? 건강해요. 얼마나 포동포동한지 몰라요. 보실래요? 가요, 보여드릴게요. 여간 귀찮은 게 아니에요.” 안나가 이야기하기 시작했다. “유모 때문에요. 우리는 이탈리아인 유모를 두었거든요. 좋은 여자이기는 한데 사람이 어찌나 우둔한지! 벌써 내보내고 싶어도 아니가 그녀에게 너무 익숙해져서 그냥 둘 수밖에 없어요.”

“그런데 그건 어떻게 했어요……?” 돌리는 딸이 누구 성을 따를 건지 물어보려고 했다. 그러나 안나의 얼굴이 갑자기 찌푸려지는 것을 알아채고는 질문의 의미를 바꾸었다. “어떻게 했어요? 벌써 젖을 뗐어요?”

그러나 안나는 눈치를 채버렸다.

"언니가 묻고 싶었던 건 그게 아니죠? 아이의 성에 대해 묻고 싶었던 거잖아요, 맞죠? 그 문제 때문에 알렉세이도 고민하고 있어요. 지금 아이에게는 성이 없어요. 다시 말해, 카레니나라는 거죠." 안나는 속눈썹만 보일만큼 눈을 가늘게 뜨고 말했다. "하지만……." 갑자기 그녀의 표정이 밝게 변했다. "그 얘기는 나중에 해요. 가요, 그 애를 보여드릴게요. 얼마나 귀여운지 몰라요.[18] 벌써 기어 다녀요."

집 안 어디를 가도 다리야 알렉산드로브나를 놀라게 하는 그 사치스러움은 아이의 방에서 한층 더 그녀를 놀라게 했다. 그곳에는 영국에서 들여온 장난감 수레, 걷기를 가르치기 위한 기구들, 기어 다니기 편리하도록 제작한 당구대 같이 생긴 소파, 요람, 특이한 신식 욕조 등이 있었다. 그것들은 모두 영국에서 들여온 것으로 튼튼하고 고급스러웠으며 분명히 꽤나 비싸 보였다. 방도 크고 천장이 높고 밝았다.

그들이 방으로 들어갔을 때, 여자아이는 속옷 차림으로 탁자 옆의 안락의자에 앉아 앞가슴을 온통 적시며 고깃국을 받아먹고 있었다. 어린애 방에서 시중을 드는 러시아인 하녀는 여자아이를 먹이면서 자기도 같이 먹고 있는 듯 보였다. 유모도, 보모도 없었다. 그들은 옆방에 있었는데, 거기에서 자기들만이 이해

---

18 Elle est trés gentille.(프랑스어)

할 수 있는 이상한 프랑스어로 얘기하는 소리가 들려왔다.

안나의 목소리가 들리자, 잘 차려입은 키 큰 영국인 여자가 불쾌하고 불손한 표정을 짓고 금발의 곱슬머리를 흔들며 서둘러 들어와서는 안나가 아무런 질책을 하지 않았음에도 불구하고 변명을 늘어놓기 시작했다. 안나가 하는 모든 말에 영국인 여자는 재빨리 "네, 마님" 하고 몇 번이고 반복했다.

선홍빛 볼, 닭고기 살 같이 탄력 있는 건강한 피부, 발그레한 몸을 가진 검은 눈썹과 검은 머리의 여자아이는 낯선 얼굴을 보고 굳은 표정을 지었지만, 다리야 알렉산드로브나는 아이가 무척 마음에 들었다. 그녀는 아이의 건강해 보이는 모습이 부러웠다. 아이가 기어 다니는 모습 역시 무척 사랑스러웠다. 그녀의 아이들 가운데 이렇게 기어 다니는 아이는 없었다. 아이를 양탄자 위에 앉히고 옷자락을 뒤로 걷어 젖히자, 아이는 형언할 수 없을 정도로 사랑스러웠다. 아이는 마치 아기 동물처럼 크고 반짝이는 검은 눈동자로 어른들을 둘러보며, 어른들이 자기를 감탄의 눈으로 바라보는 것이 기쁜 듯 싱긋 웃으며 다리를 옆으로 벌리고 양손으로 힘차게 바닥을 짚더니 재빨리 몸을 당기고 또다시 두 손으로 앞쪽을 잡았다.

전체적인 아이방의 분위기와 특히 영국인 여자는 다리야 알렉산드로브나의 마음에 썩 들지 않았다. 하지만 나름 사람을 보는 눈이 있는 안나가 그토록 비호감에 천박해 보이는 영국인 여자를 자기 아이를 위해 고용한 것은, 안나의 가정과 같은 비정상적인 가정에서는 제대로 된 부인이 오려고 하지 않기 때문일 거라고 다리야 알렉산드로브나는 이해했다. 게다가 그들이 나누던 대화를 통해, 다리야 알렉산드로브나는 안나와 유모와 보모와 아기가 서로 가까이 지내지 않는다는 것과 어머니가 아이의 방을 드물게 찾아온다는 것을 알아차릴 수 있었다. 안나는 딸아이에게 장난감을 주려고 했지만 어디에 있는지 찾지 못했다.

가장 놀란 건, 아이의 이가 몇 개 났냐는 물음에 안나는 틀린 대답을 했을 뿐만 아니라 최근에 난 두 개의 이에 대해서는 전혀 알지 못하는 것이었다.

"난 내가 여기에 필요 없는 것처럼 느껴져서 때때로 괴로워요." 안나는 이이의 방을 나가면서 문가에 있는 장난감을 피해 옷자락을 들며 말했다. "첫 아이 때는 이렇지 않았거든요."

"난 그 반대라고 생각했는데요." 다리야 알렉산드로브나는 조심스럽게 말했다.

"어머, 아니에요! 언니도 내가 그 아이, 세료쟈를 만난 걸 알죠?" 안나는 마치 먼 곳을 바라보듯 실눈을 뜨고 말했다. "아무튼 그 얘긴 나중에 해요. 언니는 못 믿겠지만, 난 지금 갑자기 잘 차려진 상을 마주하고 앉아 무엇부터 먹어야 할지 모르는 사람처럼 허기져 있어요. 그 잘 차려진 상이라는 건 언니와 앞으로 할 얘기들이에요. 그 얘긴 내가 그 누구와도 말할 수 없었던 것들이에요. 그런데 어떤 얘기부터 시작해야 할지 모르겠어요. 하지만 언니를 봐주지 않을 거예요.[19] 난 전부 다 털어놓아야 하거든요. 그럼, 언니가 여기서 알게 될 사람들에 대해 우선 아셔야 하겠군요." 안나는 이야기하기 시작했다. "여자부터 할게요. 바르바라 공작 영애에 대해서는 언니도 알지요. 그리고 그분에 대한 언니와 스티바의 생각도 알고 있어요. 스티바는 그녀의 삶의 목적이 카테리나 파블로브나 고모보다 더 훌륭하다는 것을 증명하는 일이라고 말하더군요. 모두 맞는 말이에요. 하지만 그녀는 좋은 사람이고, 난 그녀에게 정말 감사하고 있어요. 페테르부르크에 있을 때 샤프롱[20]이 필요한 적이 있었어요. 그때 그분을 만났어요. 하지만 그분은 정말 좋은 분이에요. 그분 덕분에 내 처지에 많은 위안이 되었어요. 언니는 아마도 어려운 내 처지를 이해하지 못하실 테죠……. 거기, 페테르부르크에서요." 안나는 덧붙였다. "여기서는 아주 편안하고 행복해요. 이 얘기는 나중에 해요. 열거해야 할 사람이 많거든요. 다음은 스비야쥐스키예요. 그분은 귀족 단장이고 매우 훌륭한 사람이에요. 지금은 알렉세이에게 부탁할 일이 있나 봐요. 언니도 알다시피, 우리가 이 마을에 정착한 후 알렉세이는 재산 덕분에 커다란 영향력을 갖게 되었잖아요. 그리고 다음은 투쉬케비치인데, 언니도 그를 본 적이 있을 거예요. 벳시를 따라다녔잖아요. 지금은 버림받고 우리 집에 와 있

---

19 Mais je ne vous ferai grâce de rien.(프랑스어)
20 젊은 여성과 사교계에 동행하는 여자

어요. 알렉세이의 말에 따르면, 그는 자기가 보이고 싶은 모습 그대로 상대가 받아주는 걸 매우 좋아하는 부류에 속하는 사람이라고 하더군요. 게다가 그는 점잖은 사람이에요.[21] 바르바라 공작 영애가 그렇게 말하더군요. 그리고 베슬로프스키……, 그분에 대해서는 언니도 알죠? 정말 귀여운 젊은이에요." 이렇게 말한 그녀가 장난기 어린 미소를 짓자 그녀의 입술에 주름이 잡혔다. "그런데 레빈의 집에서 있었던 그 말도 안 되는 얘기는 뭐예요? 베슬로프스키가 알렉세이에게 말해주었지만, 우린 아직도 믿지 않아요. 그는 무척 사랑스럽고 순진한 사람이에요.[22]" 이렇게 말한 그녀의 입가에 또다시 그 장난기 어린 미소가 번졌다. "남자들에게는 기분 전환이 필요하잖아요. 알렉세이에게도 사람들이 필요하기 때문에 나는 이 손님들을 소중히 모시고 있어요, 일렉세이가 새로운 것을 바라지 않도록 집 안을 활기차고 즐겁게 만들어야 하니까요. 그리고 독일인 집사가 있는데 정말 좋은 사람이고 자기 일을 잘 알아요. 알렉세이는 그를 높이 평가해요. 그리고 젊은 의사가 있는데, 그는 완전히 허무주의자는 아닌데 나이프로 음식을 먹더라고요……. 그래도 좋은 의사이기는 해요. 그리고 건축가가 있어요. 작은 궁전 같죠."[23]

---

21 Et puis, comme il faut.(프랑스어)

22 Il est très gentil et naïf.(프랑스어)

23 Une petite cour.(프랑스어)

20

“자, 돌리를 데려왔어요. 무척 만나고 싶어 하셨잖아요.” 안나는 다리야 알렉산드로브나와 함께 커다란 돌이 깔린 테라스로 나가며 말했다. 그곳에는 바르바라 공작 영애가 그늘의 자수대 앞에 앉아 알렉세이 키릴로비치 백작을 위한 안락의자의 커버에 수를 놓고 있었다. “이분은 정찬 전까지 아무것도 안 드시겠다고 하네요. 그래도 식사 좀 드리도록 해주세요. 저는 알렉세이를 찾아 모두 데리고 올게요.”

바르바라 공작 영애는 친절하면서도, 어떤 면에서는 보호자 같은 태도로 돌리를 맞이했다. 그리고 곧바로 자기가 안나의 집에 와 있는 이유는 안나를 길러 온 그녀의 언니 카테리나 파블로브나보다 자기가 안나를 항상 더 사랑했기 때문이라며 자신의 입장을 설명해주었다. 그리고 지금은 모든 사람이 안나를 저버렸기 때문에 가장 힘든 시기에 그녀를 돕는 것이 자신의 의무라고 생각한다고 말했다.

"안나의 남편이 이혼해줄 때가 되면 난 다시 혼자 살 거예요. 하지만 지금은 내가 도움이 되고 있으니 어떤 힘든 일이 있을지 언정 다른 사람들과 달리 난 내 의무를 다할 거예요. 당신은 친절하고 좋은 사람이군요. 정말 잘 왔어요! 저 두 사람은 지극히 사이좋은 부부처럼 잘 살고 있어요. 그들을 판단하는 건 하느님의 영역이지 우리들이 아니지요. 비류조프스키와 아베니예바도 그렇고……, 저 니칸드로프도, 바실리예프와 마모노바도 그렇죠. 리자 네프투노바도 역시 그래요……. 어느 누구도 아무런 말을 하지 않았잖아요? 결국 모두 저들을 받아들였어요. 게다가 이곳은 대단히 사랑스럽고 점잖은 집이에요. 모든 게 영국식이죠. 모두 함께 모여 아침 식사를 하고 난 다음에는 각자 흩어져요.[24] 정찬 전까지는 모두들 하고 싶은 일을 하면 되고요. 성찬은 7시에 해요. 스티바가 당신을 여기로 보낸 건 정말 잘한 일이에요. 그도 이곳 사람들과의 관계를 유지해야만 해요. 당신도 알다시피, 그는 자기 어머니나 형님을 통해서 모든 할 수 있거든요. 게다가 저들은 좋은 일을 많이 하고 있어요. 그가 병원에 대해 얘기하지 않던가요? 정말 훌륭할 거예요.[25] 전부 파리에서 들여온다는군요."

그들의 대화는 안나가 당구장에서 남자들을 찾아 모두 함께

---

24 c'est un intérieur si joli, si comme il faut. Toutâfait à l'anglaise. On se réunit le matin au breakfast et puis on se sépare.(프랑스어)

25 Ce sera admirable.(프랑스어)

테라스로 돌아오면서 중단되었다. 저녁 식사까지는 시간도 아직 많이 남아 있었고 날씨도 좋았기 때문에 남은 두 시간을 보내기 위한 몇 가지 다양한 방법이 제시되었다. 보즈드비젠스코예에서 시간을 보내는 방법은 상당히 많았지만 그것들은 모두 포크로프스코예에서 하던 것과는 다른 것들이었다.

"테니스 한 게임 치지요."[26] 베슬로프스키가 특유의 아름다운 미소를 지으며 제안했다. "안나 아르카디예브나, 우리 다시 한 조를 하시죠."

"아니에요, 더워서요. 정원을 산책하거나 보트를 타는 편이 더 나을 거예요. 다리야 알렉산드로브나에게 강변도 구경시켜 주고요." 브론스키가 말했다.

"나는 뭐든 좋아요." 스비야쥐스키가 말했다.

"돌리에게는 산책이 가장 좋지 않을까요? 안 그래요? 그런 다음 보트를 타도록 해요." 안나가 말했다.

그렇게 결정되었다. 베슬로프스키와 투쉬케비치는 강가의 욕장에 가서 보트를 준비하고 기다리기로 약속했다.

안나와 스비야쥐스키, 돌리와 브론스키, 이렇게 둘씩 짝이 되이 오솔길을 따라 거닐기 시작했다. 돌리는 자기가 처한 새로운 환경에 조금 당황스럽기도 하고 걱정스럽기도 했다. 추상적으로든, 이론적으로든, 돌리는 안나의 행위를 합리화시켰을 뿐만

---

26 Une partie de lawn tennis.(프랑스어)

아니라 오히려 그것을 인정하기까지 했다. 일반적으로 나무랄 데 없는 도덕적으로 정숙한 여인이 단조로운 도덕적인 생활에 지쳐, 그녀도 불륜의 사랑을 멀리서 바라보며 용서했을 뿐만 아니라 부러워하기까지 하는 것이다. 더욱이 그녀는 진심으로 안나를 사랑했다. 그런데 다리야 알렉산드로브나는 자기 앞에서 품위를 지키며 여기 낯선 사람들 사이에 둘러싸여 있는 안나를 보는 게 거북했다. 특히 자기가 저택에서 누리고 있는 편리함 때문에 그들의 모든 것을 용서하고 있는 것 같은 바르바라 공작 영애를 보는 것이 불쾌했다.

대체로, 추상적으로 보면, 돌리도 안나의 행동을 인정하고 있었지만 그런 행동의 원인이 된 사람을 보는 건 그녀로서는 불쾌한 일이었다. 게다가 그녀는 한 번도 브론스키를 좋아한 적이 없었다. 그녀는 브론스키를 매우 교만한 사람이라고 생각했고, 그에게서 재산을 빼고는 자랑할 만한 것을 발견하지 못했다. 그런데 그는 자기 의지와 상관없이 이곳 자기 집에서 그녀에게 전보다 더 위압적이었고, 그녀로서는 불편할 수밖에 없었다. 그녀는 브론스키와 함께 있으면서 블라우스 때문에 하녀 앞에서 느꼈던 것과 비슷한 기분이었다. 돌리는 하녀 앞에서 천을 댄 블라우스 때문에 창피하다기보다는 꺼림칙했는데, 그와 마찬가지로 브론스키와 함께 있으면서도 창피한 게 아니라 왠지 거북한 느낌이 들었다.

돌리는 자신이 어쩔 줄 몰라 하는 것을 스스로 느꼈기 때문에

화젯거리를 찾아보려고 했다. 저택이나 정원을 칭찬하는 건 그
의 오만한 성격으로 보아 불쾌할 일이었지만, 다른 화젯거리를
찾을 수 없었던 그녀는 저택이 마음에 든다고 그에게 그냥 말해
버렸다.

"그렇죠, 상당히 아름다운 건물입니다. 고풍스러운 양식으로
지은 아름다운 건물이죠." 그가 말했다.

"현관 앞의 마당이 더욱 마음에 들었어요. 저건 원래 그랬던
건가요?"

"오, 아닙니다!" 이렇게 말하는 그의 얼굴은 만족스러움으로
밝게 빛났다. "올봄에 저 정원을 보셨더라면 좋았을 텐데요."

그리고 처음에는 조심스럽게 시작한 그는 점점 더 빠져들어
저택과 정원을 꾸미는 것에 대해 세세한 부분을 설명하며 그녀
의 관심을 끌었다. 자신의 영지를 개선하고 꾸미는 데 많은 노력
을 기울인 브론스키는 새 손님 앞에서 그것을 자랑할 필요성을
느꼈기 때문에 달리야 알렉산드로브나의 찬사를 진심으로 기뻐
했다.

"병원을 둘러보고 싶으시면, 물론 피곤하지 않으시면요, 여기
서 그리 멀지 않은데 가보시겠어요?" 그는 그녀가 정말 지루해
하는 건 아닌지 알기 위해 그녀의 안색을 살피며 말했다.

"당신도 가겠소, 안나?" 그는 안나를 향해 말했다.

"함께 가요. 괜찮으시죠?" 안나는 스비야쥐스키에게 말했다.
"하지만 불쌍한 베슬로프스키와 투쉬케비치를 보트에서 기다

리다 지치게 하면 안 되죠.[27] 사람을 보내서 말해줘야겠어요. 여기 이건 저이가 이곳에 세우려고 하는 기념비예요." 안나는 전에 병원에 대해 말하던 때와 똑같은, 모든 것을 알고 있다는 듯한 그 능글맞은 미소를 지으며 돌리에게 말했다.

"오호, 굉장한 사업인걸요!" 스비야쥐스키가 말했다. 그러나 그는 브론스키에게 맞장구치는 것처럼 보이지 않기 위해 다소 비판적인 듯한 어조로 덧붙였다. "하지만 백작, 난 놀라지 않을 수 없어요." 그가 말했다. "당신은 농민을 위한 보건 관련 일에 대해서는 많은 일을 하면서 학교에 대해서는 그토록 무심하니 말이에요."

"학교는 너무 평범한 일이 되었거든요."[28] 브론스키가 말했다. "사실은 그런 이유 때문이 아니라, 이 일에 빠져 있다 보니 그린 거예요. 병원은 이쪽이에요." 그는 가로수 길에서 옆으로 나가는 길을 가리키며 다리야 알렉산드로브나를 향해 말했다.

부인들은 양산을 펴고 옆길로 들어섰다. 모퉁이 몇 개를 돌고 작은 문을 나간 후, 다리야 알렉산드로브나는 눈앞의 높은 곳에서 이미 거의 준공을 바라보는, 잘 지어진 크고 붉은 건물이 서 있는 것을 보았다. 아직 칠하지 않은 철제 지붕은 밝은 햇빛 아래 눈부시게 빛나고 있었다. 그 건물 옆에는 또 다른 건물이 공

---

27 Mais il ne faut pas laisser le pauvre Весловский et Тушкевич se morfondre là dans le bateau.(프랑스어)

28 C'est devenu tellement commun, les écoles.(프랑스어)

사 중이어서 주위에 목재가 있었다. 앞치마를 두른 일꾼들은 판자 위에서 벽돌을 쌓고, 통 속의 회반죽을 붓고는 그것을 흙손으로 고르게 다듬고 있었다.

"작업이 빠르게 진행되는군요!" 스비야쥐스키가 말했다. "지난번에 왔을 때는 지붕도 없었는데 말입니다."

"가을까지는 전부 끝내야지요. 내부 공사는 벌써 거의 다 끝냈거든요." 안나가 말했다.

"그럼 저기 새 건물은 뭐예요?"

"저건 의사들과 약국이 있을 곳입니다." 이렇게 대답한 브론스키는 짧은 외부 차림의 건축기사가 다가오는 것을 보고 부인들에게 양해를 구한 뒤 그를 향해 걸어갔다.

일꾼들이 석회를 꺼내 오는 갱을 돌아서 간 그는 건축기사와 함께 멈춰 서서 뭔가 열띤 대화를 나누기 시작했다.

"박공이 아직도 낮아." 그는 무슨 일이냐고 묻는 안나에게 이렇게 대답했다.

"그러게 기초를 올려야 한다고 내가 말했잖아요." 안나가 말했다.

"물론 그랬으면 좋았을 테지만요, 안나 아르카디예브나." 건축기사가 말했다. "이미 놓쳐버렸으니 말입니다."

"그럼요, 저는 이런 일에 무척 흥미가 있거든요." 안나는 자기의 건축 지식을 보고 놀라워하는 스비야쥐스키에게 말했다. "저 새 건물은 병원과 조화를 이루어야만 해요. 저건 계획도 없이 나중에 생각하고 시작했거든요."

건축기사와 얘기를 마친 브론스키는 부인들에게로 돌아와서
는 병원 내부를 그들에게 보여주었다.

바깥쪽에는 아직 처마 장식을 마무리하는 중이었고 아래층에
서는 페인트칠을 하고 있었지만, 위층은 벌써 거의 다 완성되어
있었다. 넓은 주철 계단을 따라 올라가서 홀을 지나 첫 번째 큰
방으로 들어갔다. 벽은 대리석처럼 보이도록 회반죽으로 칠해
져 있었고, 커다란 창문에는 이미 창이 끼워져 있었다. 오직 나
무 바닥만이 완성되지 않은 상태였다. 들어 올린 각재를 대패질
하던 목수들은 주인들과 인사를 나누기 위해 머리에 동여맨 끈
을 풀고 일손을 멈췄다.

"여기가 대기실입니다." 브론스키가 말했다. "여기에는 악보대
와 책상과 장 이외에는 아무것도 놓지 않을 겁니다."

"자, 이쪽으로 가시죠. 창 쪽으로 가시지 말고요." 안나는 페인
트가 말랐는지 확인하면서 말했다. "알렉세이, 페인트는 벌써 다
말랐군요." 그녀는 덧붙여 말했다.

모두들 대기실에서 복도로 나왔다. 거기서 브론스키는 설치
된 신식 환기장치를 보여주었다. 그러고는 대리석 욕조와 특별
한 스프링이 달린 침대를 보여주었다. 그리고 병실과 창고, 빨랫
감을 보관하는 방을 차례로 보여주었고, 그다음엔 신식 난로를,
그다음엔 필요한 물품을 복도를 통해 소음 없이 운반할 수 있는
손수레 등 많은 것을 보여주었다. 스비야쥐스키는 신식 개량품

에 대해 잘 아는 사람으로서 이 모든 것에 대해 높이 평가했다. 돌리는 이제까지 본 적 없는 물건들을 지켜보며 경탄을 금치 못할 뿐이었다. 모든 걸 이해하고 싶은 마음에 이것저것 상세히 묻는 돌리의 태도가 브론스키에게 만족감을 준 것이 분명했다.

"제 생각에 이 병원은 러시아에서 하나밖에 없는 시설로 가장 훌륭한 병원이 될 겁니다." 스비야쥐스키가 말했다.

"그런데 이곳에 산부인과는 없나요?" 돌리가 물었다. "그건 시골에서 정말 필요할 텐데요. 저도 때때로……."

그러자 브론스키는 평소 정중한 태도와 다르게 그녀의 말을 끊었다.

"여긴 조산원이 아니고 병원입니다. 전염병을 제외한 모든 병을 치료하게 될 겁니다." 그는 말했다. "이걸 한번 보시면……." 그는 새로 주문한 회복기 환자용 의자를 다리야 알렉산드로브나 쪽으로 밀면서 말했다. "자, 보세요." 그는 그 의자에 앉아 움직이기 시작했다. "환자는 걸을 수 없지요. 아직 허약하거나 또는 다리가 불편해서요. 그래도 환자에게는 신선한 공기가 필요하거든요. 환자는 의자에 앉아 다닐 수 있어요……."

다리야 알렉산드로브나는 모든 게 흥미롭고 모든 게 다 무척 마음에 들었지만, 무엇보다 마음에 든 건 이처럼 자연스럽고도 순수하게 일에 몰두하고 있는 브론스키 자체였다. '그래, 이 사람은 이토록 사랑스럽고 좋은 사람이구나.' 그녀는 이따금 그의 말을 듣지 않고 생각했다. 그녀는 그의 얼굴을 쳐다보고 그의 표정을 주의 깊게 바라보면서 마음속으로 안나의 처지로 들어가 보았다. 돌리는 이제 그의 활기찬 모습이 너무 마음에 들어서 안나가 그를 왜 사랑하게 되었는지 이해하게 되었다.

21

"아니요, 공작 부인은 피곤하실 거예요. 또 말에는 흥미도 없으실 테고요." 브론스키는 스비야쥐스키가 보고 싶어 하는 새로운 수말이 있는 마구간에 갈 것을 제안하는 안나에게 말했다.

"두 분이서 다녀오시죠. 나는 공작 부인을 집까지 모셔다 드리고 얘기나 하고 있을 테니까." 그가 말했다. "괜찮으시다면 말입니다." 그는 돌리를 향해 말했다.

"말에 대해서는 전혀 모르니 저야 기쁘죠." 다리야 알렉산드로브나는 조금 놀란 듯 대답했다.

그녀는 브론스키의 표정을 보고, 그가 그녀에게 무언가 필요한 게 있다는 것을 눈치챘다. 그녀는 틀리지 않았다. 두 사람이 쪽문을 통해 다시 정원으로 들어서자, 그는 안나가 떠난 쪽을 쳐다보았다. 그리고 그는 그녀에게 자기들이 하는 이야기 소리도 들리지 않고, 자기들이 보이지도 않는다는 것을 확인한 후에야 말을 꺼냈다.

"아마도 당신은 제가 당신과 이야기를 나누고 싶어 한다는 것을 아셨을 겁니다." 그는 웃음 띤 시선으로 돌리를 바라보며 말했다. "제가 잘못 생각한 게 아니라면 당신은 안나의 친구시죠?" 그는 모자를 벗고 손수건을 꺼내 벗겨지기 시작한 머리를 닦았다.

다리야 알렉산드로브나는 아무런 대답도 하지 않고, 놀란 듯한 표정으로 그를 바라볼 뿐이었다. 그와 단둘이 있게 된 그녀는 갑자기 무서운 생각이 들었다. 웃음 띤 그의 시선과 엄숙한 표정이 그녀를 놀라게 했다.

그가 무슨 얘기를 하려는 건지 그녀의 머릿속에는 온갖 다양한 예측이 분주히 돌아다녔다. '아이들과 함께 이 집으로 옮기라고 내게 부탁하려는 건가? 그럼 거절해야만 하겠지. 아니야, 안나를 위해 모스크바에 사교 모임을 부탁하려는 건가……? 그것도 아니면 안나와 바셴카 베슬로프스키의 관계 때문에? 어쩌면 키티에 대한 것일지도 모르지. 키티에 대한 미안한 마음을 얘기하려고?' 돌리는 오직 불쾌한 일만을 추측해보았으나 그가 얘기하고 싶어 하는 말이 무엇인지는 짐작하지 못했다.

"실은 당신이 안나에게 커다란 영향을 주고 있고, 그 사람 역시 당신을 매우 사랑한다는 것을 알고 있습니다." 그가 말했다. "좀 도와주십시오."

다리야 알렉산드로브나는 무슨 영문인지 모르겠다는 소심한 표정으로, 보리수 그늘로 스며드는 햇살에 때로는 부분적으로, 때로는 전부 드러났다가 어두워지곤 하는 그의 활기 넘치는 얼

굴을 쳐다보며 그가 할 다음 얘기를 기다리고 있었다. 그러나 그
는 지팡이로 자갈을 툭툭 건드리며 묵묵히 그녀 옆에서 걸었다.

"당신은 안나의 이전 친구들 가운데 이곳을 방문한 유일한 분
이십니다. 바르바라 공작 영애는 예외고요. 당신이 그렇게 하신
건, 우리들의 처지가 정상적인 거라고 생각하셨기 때문이 아니
라는 것을 잘 알고 있습니다. 단지 이런 처지에서 오는 극심한
고통을 이해하시고 여전히 저 사람을 사랑하고 도와주고 싶은
마음에 오셨다는 것을 압니다. 내 생각이 옳은가요?" 그는 돌리
를 돌아보며 물었다.

"네, 맞아요." 다리야 알렉산드로브나는 양산을 접으며 대답
했다. "하지만……."

"아닙니다." 그는 그녀의 말을 자르고는 자신의 이런 행동이
상대를 불편하게 만든다는 것을 잊은 채 무의식적으로 멈춰 섰
다. 그래서 그녀도 걸음을 멈추지 않을 수 없었다. "안나의 처지
에 대한 고통을 나보다 더 강하고 절실하게 느끼는 사람은 없을
겁니다. 만약 당신이 나를 심장을 가진 인간으로 생각해주신다
면 말입니다. 어쨌든 난 이런 처지를 만든 장본인으로서 그렇게
느끼는 건 당연한 일이지요."

"이해해요." 다리야 알렉산드로브나는 그가 진정성을 갖고 단
호하게 말하자, 자신도 모르게 빠져들며 대답했다. "하지만 당신
은 자신이 원인을 제공했다고 느끼기 때문에 과장되게 생각하
시는 건 아닌지 모르겠네요." 그녀가 말했다. "물론 사교계에서

안나의 처지가 괴로운 건 이해돼요."

"사교계에서는 지옥 그 자체입니다!" 그는 눈살을 찌푸리며 우울한 표정으로 말했다. "그 사람이 2주간 페테르부르크에서 겪은 고통보다 더한 정신적 괴로움은 상상조차 할 수 없을 겁니다. 믿어주십시오."

"그래요. 하지만 이곳에서는, 안나도 그렇고……, 당신도 사교계의 필요성을 느끼지 않는 한……."

"사교계라고요!" 그는 경멸하듯 말했다. "제게 사교계가 왜 필요하겠습니까?"

"그러니까 그동안에는, 아니, 어쩌면 평생일 수도 있을 테지요. 당신들은 행복하고 평온하실 거예요. 안나를 보니, 그녀는 행복해요. 정말 행복해 보여요. 그녀도 나한테 그렇게 말했어요." 다리야 알렉산드로브나는 미소를 지으며 말했다. 하지만 그렇게 말하면서 그녀는 문득 자신도 모르게 안나가 정말 행복한 건지 의심이 들었다.

그러나 브론스키는 그것을 의심하지 않는 듯했다.

"네, 그래요." 그는 말했다. "그 온갖 고통을 겪고 난 다음에 그 사람은 생기를 찾았어요. 그 사람은 행복합니다. 정말 행복해합니다. 하지만 저는요……? 우리 앞에 무엇이 기다리고 있을지 걱정입니다……. 미안합니다. 걸으시겠어요?"

"아니요, 아무래도 괜찮아요."

"그럼, 여기에 앉으시죠."

다리야 알렉산드로브나는 가로수 길 모퉁이에 있는 벤치에 앉았다. 그는 그녀 앞에 멈춰 섰다.

"그녀가 행복한 게 눈에 보입니다." 그는 반복해 말했다. 그러자 안나가 정말 행복할까 하는 의문이 다리야 알렉산드로브나의 마음속에 더욱 강하게 다가왔다. "하지만 이 상황이 언제까지 지속될 수 있을까요? 우리가 행한 일이 옳은 일이었는지 아닌지 하는 것은 또 다른 문제입니다. 어쨌든 운명의 주사위는 던져졌으니까요." 그는 러시아어에서 프랑스어로 바꿔 말했다. "더욱이 우리는 평생 연결되어 있습니다. 우리는 우리들에게 가장 신성한 사랑의 고리로 결합되어 있습니다. 우리에게는 아기도 있고, 앞으로 더 낳을지도 모르죠. 하지만 법적으로도, 우리가 처한 모든 조건으로도 수천 가지 복잡한 일들이 발생하지요. 그런데 그 사람은 온갖 시련과 고통을 겪고 난 후 마음의 휴식을 취하면서 그런 문제를 보지도 못하고, 보려고 하지도 않습니다. 그건 이해가 되는 부분입니다만, 전 보지 않을 수 없습니다. 제 딸이 법적으로는 내 딸이 아니고 카레닌의 딸이니까요. 난 이런 거짓을 원하지 않습니다." 그는 부정하는 듯한 강한 동작을 취하며 우울한 표정으로 묻는 듯이 다리야 알렉산드로브나를 바라보았다.

그녀는 아무런 대답도 하지 않고 그의 얼굴을 바라볼 뿐이었다. 그는 말을 계속 이어 나갔다.

"내일이라도 사내아이가 태어날지 모릅니다. 하지만 제 아들이 법적으로 카레닌의 자식이 되는 겁니다. 그 아이는 제 성도, 재산도 상속받을 수 없습니다. 그러니 우리가 가정에서 아무리 행복하고, 우리에게 아무리 자식이 많다고 해도 나와 자식들 사이에는 아무런 법적인 관계가 없는 겁니다. 아이들은 카레닌의 자식들이니까요. 제발 이런 제 처지의 괴로움과 무게감을 헤아려주십시오. 전 이 문제에 관해 안나에게 말하려고 했습니다만, 이 얘기가 그 사람을 자극하는 꼴이 되는 겁니다. 그 사람이 이해를 못하기 때문에 저로서는 그녀에게 털어놓을 수가 없는 겁니다. 그럼, 이제 다른 측면에서 생각해보십시오. 전 그 사람의 사랑으로 행복합니다. 하지만 전 일을 해야 합니다. 전 이 일을 찾아냈고, 자랑스럽게 여기고 있습니다. 그리고 전 이 일을 궁전이나 군대에 있는 예전 친구들의 일보다 더 고귀한 일이라고 생각합니다. 그리고 제 일과 동료들의 일을 바꾸고 싶은 생각이 추호도 없습니다. 전 이곳에서 자리를 잡고 일하고 있으니 행복하고 만족스럽습니다. 우리의 행복을 위해 이젠 더 이상 아무것도 필요 없습니다. 전 이 일을 사랑합니다. 더 나은 일이 없어서가 아닙니다.[29] 오히려……."

다리야 알렉산드로브나는 그가 여기까지 설명하다 이야기가 꼬인 것을 알아차렸으나, 이야기가 왜 다른 곳으로 흘렀는지는 이해하지 못했다. 그러나 그녀는 그가 안나와도 말할 수 없었던

속마음을 털어놓기 시작한 것으로 보아 이제 모든 걸 다 말해버렸고, 시골에서의 일도 안나와의 관계와 마찬가지로 마음속에 숨겨 두었던 비밀일 것이라고 느꼈다.

"그럼 이야기를 계속하겠습니다," 그는 정신을 가다듬고 말했다. "일을 하면서 가장 중요한 건, 자기 일이 자신과 함께 죽는 게 아니라 후계자가 있을 거라는 신념을 갖는 것입니다. 그런데 제게는 그게 없습니다. 사랑하는 여자와의 사이에서 낳은 아이들이 제 자식이 아니라 그들을 증오하고, 알고 싶어 하지도 않는 사람의 자식이 된다는 것을 이미 알고 있는 사람의 처지를 한번 상상해보십시오. 정말 너무 끔찍한 일 아닙니까!"

그는 격한 흥분에 사로잡힌 듯 입을 다물어버렸다.

"네, 물론 이해하고말고요. 하지만 안나가 대체 뭘 할 수 있지요?" 다리야 알렉산드로브나는 물었다.

"그래요. 제가 말씀드리는 이유가 거기에 있습니다." 그는 애써 마음을 추스르며 말했다. "안나는 할 수 있어요. 그건 그 사람의 마음에 달려 있거든요……. 양자로 삼기 위해 황제에게 청원한다 해도 이혼이 필요합니다. 그런데 그건 안나의 결심에 달려 있어요. 그 사람의 남편은 이혼에 동의했습니다. 그때 당신의 남편이 모든 일을 잘 처리해주었거든요. 지금도 거절하는 일은 없을 거라고 생각해요. 그녀의 남편에게 편지 한 통만 써 보내면 됩니다. 실제로 그녀의 남편은 그녀가 의사 표시를 하면 자기는 거절하지 않겠다고 직접 대답한 적도 있습니다. 그야 물론……."

그는 어두운 표정으로 말했다. "그런 일은 심장이 없는 인간들만이 할 수 있는 위선자들의 잔혹한 행동 중 하나예요. 그분은 자기에 대한 모든 기억이 그녀에게 어떤 고통을 가져다주는지 잘 알고 있으면서 그녀에게 편지를 요구하고 있어요. 그게 그녀에게 얼마나 괴로운 일인지 저도 알고 있습니다. 하지만 너무도 중요한 일이기 때문에 그녀는 사소한 감정에 얽매여 있으면 안 됩니다. 안나와 그녀의 아이들의 행복과 운명이 달린 문제이니까요.[30] 제 얘기는 하지 않겠습니다. 물론 저도 괴롭습니다, 몹시 괴롭습니다." 그는 자기가 괴로운 것에 대해 누군가를 위협하는 듯한 표정으로 말했다. "자, 공작 부인. 전 부끄럽게도 구원의 닻을 잡듯 당신에게 매달리고 있습니다. 그녀를 설득해서 남편에게 이혼을 요구하는 편지를 쓰도록 도와주십시오."

"네, 물론이에요." 다리야 알렉산드로브나는 알렉세이 알렉산드로비치와의 최근 만남을 생생하게 떠올리며 생각에 잠긴 듯 말했다. "그래요, 물론이지요." 그녀는 안나를 떠올리며 단호하게 반복해 말했다.

"그 사람에 대한 당신의 영향력을 이용하여 그 사람이 편지를 쓰도록 해주십시오. 전 이 문제로 그 사람과 얘기하고 싶지 않지만, 그렇게 하는 것도 거의 불가능합니다."

---

30 passer par-dessus toutes ces finesses de sentiment. Il y va du bonheur et de l'existence d'Anne et de ses enfants.(프랑스어)

"알겠어요. 내가 말해 볼게요. 그런데 안나는 왜 자기 스스로 그런 것을 생각하지 않는 거죠?" 다리야 알렉산드로브나는 말하면서 문득 어쩐 일인지 눈을 가늘게 뜨는 안나의 기묘한 새 버릇을 떠올렸다. 그녀의 기억 속에 안나는 생활의 비밀스러운 부분과 관련된 경우에 눈을 가늘게 뜨곤 했었다. '그녀는 바로 그 모든 자신의 삶을 바라보지 않으려고 눈을 가늘게 뜨는 것 같았어.' 돌리는 생각했다. "나 자신을 위해서도, 그녀를 위해서도 꼭 얘기해볼게요." 다리야 알렉산드로브나는 감사의 표정을 짓고 있는 그에게 대답했다.

그들은 일어나서 저택으로 향했다.

22

안나는 벌써 집으로 돌아온 돌리를 보며 그녀가 브론스키와 나눈 대화에 대해 물어보고 싶은 눈빛으로 주의 깊게 그녀를 바라보았지만, 입 밖으로는 아무런 말도 하지 않았다.

"벌써 식사 시긴인기 봐요." 안나가 말했다. "우리는 아직 얼굴도 제대로 못 봤군요. 저녁을 기대하고 있어요. 이제 옷을 갈아입으러 가야 해요. 당신도 그래야지요. 공사장에서 모두들 먼지를 뒤집어썼을 거예요."

방으로 돌아온 돌리는 우스운 생각이 들었다. 이미 가장 좋은 옷을 입고 있었기 때문에 그녀에게는 갈아입을 옷이 없었다. 하지만 그녀는 만찬을 위해 준비한 모습을 보여주려고 하녀를 불러 원피스를 깨끗이 손질하고 소매와 리본을 바꾸고 머리에는 레이스 장식을 달았다.

"이게 내가 할 수 있는 전부예요." 돌리는 세 번째로 갈아입고 온 안나에게 미소를 지으며 말했다. 안나는 이번에도 지극히 간소한 차림이었다.

"네, 여기서 우리가 지나치게 격식을 따지는 거죠." 안나는 자기가 화려하게 차려입은 것에 대해 미안해하는 듯이 말했다. "알렉세이는 당신이 와준 것에 대해 기뻐하고 있어요. 그에게는 흔치 않은 일이죠. 그이는 당신에게 확실히 반해버렸어요." 그녀는 덧붙였다. "그런데 피곤하지 않으세요?"

식사 전까지 무언가를 이야기 나눌 시간이 없었다. 그들이 응접실로 들어갔을 때, 바르바라 공작 영애와 검정 프록코트를 입은 사내들이 이미 그곳에 와 있었다. 건축기사는 연미복을 입고 있었다. 브론스키는 돌리에게 의사와 관리인을 소개했다. 건축기사와는 이미 병원에서 인사를 나누었다.

살집 좋은 집사가 둥근 얼굴에 깨끗이 면도를 하고 풀을 먹인 하얀 나비넥타이를 반짝이며 식사 준비가 되었음을 알리자, 부인들이 자리에서 일어났다. 브론스키는 스비야쥐스키에게 안나 아르카디예브나의 손을 잡아주라고 부탁하고 나서 자기는 돌리에게로 다가갔다. 베슬로프스키가 투쉬케비치보다 먼저 바르바라 공작 영애에게 손을 내밀었기 때문에 투쉬케비치는 관리인과 의사들과 함께 갔다.

만찬, 식당, 식기, 급사, 포도주, 요리는 이 저택의 새롭고 호화로운 전반적인 분위기에 어울렸을 뿐만 아니라 그보다도 훨씬 더 호화롭고 새롭게 보였다. 다리야 알렉산드로브나는 자신의 생활양식과는 너무 거리가 멀어서 그것들 중 어느 하나도 자신의 집에 적용해보려는 기대는 하지 않았지만, 살림하는 주부의 눈으로 이 새롭고 호화로운 광경을 관찰하고 있었다. 그녀는 자기도 모르게 세세한 것까지 눈여겨보며 도대체 이런 것들은 누가, 어떻게 만들었는지 자문해보았다. 바센카 베슬로프스키, 그녀의 남편, 스비야쥐스키를 비롯해 그녀가 알고 있는 많은 사람들은 이전에 한 번도 이런 생각을 해 본 적이 없었다. 그들은 점잖은 집주인이 손님들에게 느끼게 하려는 것, 즉 그들의 집에 훌륭하게 정돈되어 있는 모든 것은 주인의 특별한 노력 없이 저절로 된 것이라는 말을 믿었다. 그러나 다리야 알렉산드로브나는 아침에 아이들에게 죽을 주는 일조차 저절로 되는 건 없기 때문에 이런 복잡하고 훌륭한 가구 배치며 설비는 누군가의 세심한 주의기 있어야만 한다는 것을 잘 알고 있었다. 그런데 식탁을 둘러보는 알렉세이 키릴로비치의 시선과, 집사에게 고개로 신호를 보내는 모습과, 다리야 알렉산드로브나에게 차가운 수프와 따듯한 수프 중에 어떤 것을 고를지 물어보는 것을 보자, 그녀는 이 모든 게 주인의 직접적인 배려로 이루어지고 유지되고 있다는 것을 알 수 있었다. 분명히 안나는 이런 모든 일에 베슬로프스키보다 더 관심이 있어 보이지는 않았다. 안나도, 스비야쥐스키도, 공작 영애도, 베슬로프스키도, 자기들을 위해 준비된 것을 즐겁게 이용한다는 점에서는 모두들 똑같은 손님이었다.

안나는 대화를 잘 이끌어 나간다는 점에서만 안주인이었다.

안주인으로서 그다지 크지 않은 식탁에서의 대화는 쉽지 않은 일이었다. 관리인이나 건축기사 같은 사람들, 즉 평소에 익숙해지지 않은 호화로움에 압도당하지 않으려고 애쓰며 공동의 대화에 오랫동안 참여할 수 없는 전혀 다른 세계에 속하는 사람들과의 대화가 안주인으로서 지극히 힘든 일이었지만 안나는 그 어려운 대화를 평소 그녀의 능숙하고 자연스러운 솜씨로, 다리야 알렉산드로브나가 눈치챈 바로는, 만족감마저 느끼며 잘 이끌어 가고 있었다.

화제는 투쉬케비치와 베슬로프스키가 둘이서만 보트를 탄 얘기로 이어졌다. 그때 투쉬케비치가 페테르부르크의 요트 클럽에서 열린 최근 경주에 대해 이야기하기 시작했다. 그러나 안나는 그 이야기가 중단되기를 기다리고 있다가 건축기사를 침묵에서 끌어내기 위해 그에게 말을 걸었다.

"니콜라이 이바니치가 정말 놀라시더군요." 그녀는 스비야쥐스키에 관한 얘기를 꺼냈다. "최근에 그분이 이곳에 다녀가신 이후로 새 건물이 많이 진척되었다고 하셨거든요. 나만 해도 매일 보러 다니면서도 공사가 빨리 진행되는 것을 보면 놀라곤 한다니까요."

"이 집 주인어른과는 일하기가 여간 수월한 게 아닙니다." 건축기사는 미소를 지으며 말했다(그는 자신의 가치를 인식하고 있는 정중하고 침착한 사람이었다). "현청의 관리와 공사하는 것과는 다르죠. 그들과 일을 하면 서류를 산더미처럼 적어야 하는데, 백작님에게는 보고하고 의논하면 세 마디로 일이 끝나거든요.”

“미국식 방법이군요.” 스비야쥐스키가 미소를 지으며 말했다.

“네, 미국에서는 건물을 합리적으로 지어요.”

화제는 미국의 권력 남용의 문제로 옮겨갔으나 안나는 이내 관리인을 침묵에서 끌어내기 위해서 화제를 다른 것으로 돌렸다.

“돌리, 언니는 탈곡기를 본 적이 있어요?” 그녀는 다리야 알렉산드로브나에게 말했다. “언니를 만났을 때 우리는 그걸 보러 갔다 오던 길이었어요. 나 역시 처음 봤어요.”

“어떻게 작동하는 거예요?” 돌리가 물었다.

“가위와 똑같아요. 널빤지와 작은 가위들이 많아요. 이런 식으로요.”

안나는 반지들을 낀 아름답고 하얀 손으로 나이프와 포크를 집어 들고 모양을 만들어 보여주기 시작했다. 그녀는 자기 설명으로는 아무것도 이해할 수 없다는 것을 분명히 알고 있었지만, 자기의 말이 호감을 주고 자기의 손이 아름답다는 것을 알고 있었기 때문에 설명을 계속 이어 나갔다.

“차라리 팬 나이프라고 하는 편이 낫겠군요.” 그녀에게서 눈을 떼지 못하던 베슬로프스키가 장난스럽게 말했다.

안나는 희미한 미소를 지을 뿐 대답하지는 않았다.

“가위 같지 않아요, 카를 표도로비치?” 안나는 관리인을 보며 말했다.

"네, 그렇습니다."[31] 독일인 관리인이 대답했다. "그건 정말 단순합니다."[32] 그는 그렇게 기계의 구조를 설명하기 시작했다.

"그 기계가 묶지 못한 게 유감이군요." 스비야쥐스키가 말했다. "저는 빈 박람회에서 철사로 다발을 묶는 기계를 본 적이 있거든요. 그게 훨씬 유용할 텐데요."

"모든 것은…… 철사 값도 계산해야 하는 겁니다."[33] 침묵을 깬 독일인은 브론스키를 돌아보며 말했다. "그것을 계산해 볼 수 있습니다, 백작님."[34] 독일인은 연필이 끼워져 있는, 모든 걸 계산하여 적어 둔 수첩이 든 주머니에 이미 손을 넣었으나, 순간 자기가 만찬의 자리에 있다는 사실과 브론스키의 차가운 시선을 알아채고는 행동을 멈췄다. "너무 복잡하고 귀찮은 일이 될 겁니다."[35] 그는 이렇게 말을 맺었다.

"돈이 된다면 귀찮은 일은 감수해야죠."[36] 바센카 베슬로프스키는 독일인을 놀리며 말했다. "난 독일어를 너무 좋아해요."[37] 그는 똑같은 미소를 지으며 안나를 향해 말했다.

31　O ja.(독일어)

32　Es ist ein ganz einfaches Ding.(독일어)

33　Es kommt drauf an…… Der Preis vom Draht muss ausgerechnet werden. (독일어)

34　Das lässet sich ausrechnen, Erlaucht.(독일어)

35　Zu complicirt, macht zu viel Klopot.(독일어)

36　Wünscht man Dochots, so hat man auch Klopots.(독일어)

37　J'adore l'allemand.(프랑스어)

"그만하세요."[38] 그녀는 농담조이기는 하지만 엄격하게 말했다.

"우리는 당신을 밭에서 만날 줄 알았어요, 바실리 세묘니치." 안나는 병자처럼 보이는 의사에게 말했다. "당신도 거기에 다녀오셨나요?"

"다녀오긴 했는데 재빨리 사라졌죠." 의사는 우울한 농담조로 대답했다.

"훌륭한 산보가 되셨겠네요."

"굉장했어요!"

"그런데 할머니의 건강은 어떠세요? 티푸스는 아니겠지요?"

"아니요, 티푸스는 아닌데 그다지 좋지는 않아요."

"가엾어라!" 안나는 그런 식으로 집안사람들에게 친절한 말을 건넨 후, 손님들에게 이야기하기 시작했다.

"그런데 역시 안나 아르카디예브나, 당신의 얘기대로라면 기계를 조립하는 게 어렵겠군요." 스비야쥐스키가 농담조로 말했다.

"아니, 어째서요?" 안나는 미소를 지으며 말했다. 그 미소는 기계 구조에 대한 자신의 설명에 스바야쥐스키도 인정할 만한 매력적인 부분이 있다는 것을 알고 있다는 듯한 미소였다. 이전에 그녀에게서 볼 수 없었던 이와 같은 젊음이 넘친 교태는 돌리에게 불쾌감을 불러일으켰다.

"하지만 그 대신 건축에 대한 안나 아르카디예브나의 지식은

놀랍습니다." 투쉬케비치가 말했다.

"물론이죠. 전 어제 안나 아르카디예브나가 기둥과 주춧돌을 얘기하는 걸 들었거든요." 베슬로프스키가 말했다. "그렇죠?"

"주변에서 보고 듣는 게 그런 일인데, 전혀 놀랄 일도 아니죠." 안나가 말했다. "당신은 혹시 무엇으로 집을 짓는지도 모르는 거 아니에요?"

다리야 알렉산드로브나는 안나가 베슬로프스키와의 대화에서 그의 진지하지 못한 말투에 불만스러워하면서도, 그녀 자신도 모르게 빠져들고 있다는 사실을 알았다.

이런 경우 브론스키는 레빈과는 전혀 다르게 행동했다. 그는 분명히 베슬로프스키의 수다에 전혀 중요성을 두지 않았고, 오히려 그런 농담을 부추기고 있는 것 같았다.

"그럼, 말씀해보세요, 베슬로프스키, 돌은 무엇으로 붙이죠?"

"물론 시멘트지요."

"브라보! 그럼 시멘트는 무엇이죠?"

"그건 걸쭉한 곤죽 같은……, 아니, 회반죽 같은 거지요." 베슬로프스키가 이렇게 말하자 모두가 폭소를 터뜨렸다.

우울하게 입을 다물고 있는 의사와 건축기사와 관리인을 제외하고, 식사를 하면서 오가는 대화는 때로는 누군가를 건드리기도 하고 아픈 곳을 찌르기도 하면서 쉬지 않고 계속 이어졌다. 한번은 다리야 알렉산드로브나가 아픈 곳을 찔려 흥분하는 바람에 얼굴을 붉히기까지 했다. 나중에 그녀는 자기가 혹시 쓸데

없는 불쾌한 말을 하지 않았는지 기억해 내려고 했다. 스비야쥐
스키가 러시아 농업에서 기계는 해가 될 뿐이라고 말한 레빈의
이상한 의견을 말하며 레빈의 얘기를 시작했다.

"저는 아직 유감스럽게도 레빈 씨를 알 기회를 갖지 못했습니
다," 브론스키는 미소를 지으며 말했다. "하지만 그는 아마도 자
기가 비난하고 있는 기계를 한 번도 본 적이 없을 것 같군요. 설
령 직접 보고 경험을 했다고 하더라도 아마 외제가 아니라 러시
아제 기계일 겁니다. 그런 조건에서 제대로 된 의견을 기대할 수
없겠죠."

"요컨대 터키식 견해인 거군요." 베슬로프스키가 미소를 머금
고 안나를 향해 말했다.

"제게 그의 견해를 변호할 능력은 없습니다만……." 나리야
알렉산드로브나는 흥분하며 말했다. "그분은 상당한 교양을 갖
춘 분이에요. 만약 그가 이 자리에 계셨더라면 적절한 대답을 했
을 테지만, 전 그럴 수가 없네요."

"저도 그 친구를 매우 좋아합니다. 우린 좋은 친구 사이지요."
스비야쥐스키가 선한 미소를 지으며 말했다. "하지만 용서하십
시오. 그 친구는 괴팍한 면이 있긴 해요."[39] 예를 들면, 지방자치
단체도 치안재판소도 모두 필요 없다고 주장하면서 그중 어느
곳에도 참여하지 않거든요."

---

39 Mais pardon, il est un petit peu toqué.(프랑스어)

"그건 우리 러시아식 무관심입니다." 브론스키는 얼음이 든 유리병에 든 물을 다리가 달린 얇은 유리컵에 따르며 말했다. "우리들의 권리에 주어진 의무를 느끼지 않기 때문에 그 의무를 부정해버리는 겁니다."

"전 그분만큼 자신의 의무를 엄격히 수행하는 사람을 본 적이 없어요." 브론스키의 우월감에 찬 태도에 언짢아진 다리야 알렉산드로브나가 이렇게 말했다.

"전 그 반대로……." 브론스키는 어쩐 일인지 이런 말에 자극을 받고 말을 계속 이었다. "전 그와 반대로, 부인께서 저를 어떻게 보시건, 니콜라이 이바니치(그는 스비야쥐스키를 가리켰다) 덕분에 제가 명예 치안판사로 선출된 건 영광스럽고도 매우 감사한 일입니다. 지는 법정에 나가 말을 놓고 벌이는 농민들의 사건을 재판하는 의무도 제가 할 수 있는 모든 일과 마찬가지로 제게는 매우 중요한 일이라고 생각합니다. 그렇기 때문에 만약 제가 단체장으로 선출된다면 그건 명예로운 일이 될 겁니다. 오직 그것으로 지주로서 누리고 있는 이익을 돌려줄 수 있을 테니까요. 불행히도 많은 사람들은 대지주들이 국가에 대해 가져야만 하는 의무의 의미를 이해하지 못한다는 겁니다."

다리야 알렉산드로브나는 그가 자기 집 식탁에서 자신의 정당성에 대해 침착하게 말하는 것이 무척 이상하게 들렸다. 그녀는 그와 정반대의 의견을 가지고 있는 레빈 역시 자기 집 식탁에서 자신의 의견을 말할 때 똑같이 단호했던 모습이 떠올랐다. 그러나 그녀는 레빈을 사랑했기 때문에 그의 편을 들었다.

"그럼, 백작님, 다음 회의에서는 당신을 믿어도 되겠군요?" 스비야쥐스키가 말했다. "8일에는 그곳에 도착해야 하니 조금 일찍 떠나셔야 할 겁니다. 저희 집에 들러주시면 영광이겠습니다."

"저도 언니의 제부 의견에 다소 찬성하는 부분이 있어요." 안나가 말했다. "물론 그분처럼은 아니지만요." 그녀는 미소 지으며 덧붙였다. "최근 러시아에는 그 같은 사회적 의무가 지나치게 많은 게 아닌가 하는 생각이 들어요. 이전에는 관리가 많아서 무슨 일이든 관리가 필요했지만, 이제는 모든 걸 사회활동가들이 하거든요. 알렉세이는 이곳에 온 지 이제 6개월밖에 안 됐는데도, 벌써 대여섯 개의 다양한 공공 단체의 일원이잖아요. 후견인, 판사, 지역정, 배심원, 무슨 미사회 일원이기도 해요. 이런 생활을 하다가는[40], 모든 시간이 흘러갈 거예요. 그리고 이런 일들이 많아지면 형식적으로 되어버리진 않을까 하는 염려도 있고요. 당신은 몇 개 기관의 구성원이죠, 니콜라이 이바니치?" 안나는 스비야쥐스키에게 말했다. "스무 군데도 넘을 것 같은데요?"

안나는 농담조로 말했지만 그녀의 어투에는 예민함이 느껴졌다. 다리야 알렉산드로브나는 안나와 브론스키를 유심히 관찰하고 있었기 때문에 이내 그것을 알아차렸다. 그녀는 이런 대화가 오가던 가운데 브론스키의 얼굴에서도 이내 진지하고 완고

---

40 Du train que cela va(프랑스어)

한 표정이 나타나는 것을 보았다. 또한 바르바라 공작 영애가 화제를 바꾸기 위해 서둘러 페테르부르크에 있는 친지들에 관한 얘기를 꺼낸 것을 눈치채고, 정원에서 조금 전에 브론스키가 불현듯 자신의 사회 활동에 관해 얘기한 것을 떠올리고는, 돌리는 사회활동과 관련된 문제에 대해 안나와 브론스키 사이에 어떤 미묘한 갈등이 있다는 것을 깨달았다.

식사도, 포도주도, 식기도, 모든 게 매우 훌륭했다. 그러나 그 모든 것은 다리야 알렉산드로브나가 거리를 두고 있던 초대연이나 무도회에서 보았던 것과 같은 것으로 개성도 없이 긴장감만이 흐르는 그런 성격을 띠고 있었다. 그 때문에 평범한 날의 이 작은 모임은 그녀에게 불쾌한 인상을 심어주었다.

식사를 마치고 모두들 테라스에 앉아 한동안 휴식을 취했다. 그러고 나서 테니스를 치기 시작했다. 두 조로 나뉘어, 고르게 다져지고 정돈된 크로켓그라운드의 황금색 칠을 한 기둥에 팽팽하게 쳐져 있는 네트의 양쪽에 자리를 잡았다. 다리야 알렉산드로브나는 게임을 시도해보았으나 어떻게 하는지 한참 이해할 수 없었고, 게임을 이해했을 때는 이미 너무 지쳐서 바르바라 공작 영애와 함께 앉아 경기하는 사람들을 구경할 수밖에 없었다. 돌리의 파트너인 투쉬케비치도 역시 그만두었지만, 나머지 사람들은 오랫동안 계속 테니스를 쳤다. 스비야쥐스키와 브론스키는 둘 다 매우 진지하고도 능숙하게 잘 쳤다. 두 사람은 자기에게 날아오는 공을 잘 지켜보다가, 서두르거나 우물쭈물하지 않고 민첩하게 공쪽으로 달려가 공이 튀어 오르기를 기다렸다가 라켓으로 정확하게 쳐서 네트 너머로 넘겼다. 베슬로프스키가 가장 서툴렀다. 그는 지나치게 흥분하기는 했지만 그 대신 자신의 쾌활함으로 경기자들에게 활력을 불어넣었다. 그의 웃음과 고함 소리가 쉴 새 없이 들렸다. 그도 다른 남성들과 마찬가지로 부인들에게 양해를 구한 뒤 프록코트를 벗었다. 그러자 새하얀 셔츠에 드러난 우람하고 아름다운 몸매와 땀에 젖은 상기된 얼굴과 그 힘찬 동작은 사람들의 기억 속에 강하게 새겨졌다.

그날 밤, 다리야 알렉산드로브나는 잠자리에 누워 막 눈을 감았을 때 크로켓 그라운드를 뛰어다니는 바센카 베슬로프스키를 보았다.

다리야 알렉산드로브나는 경기 중에도 즐거운 기분이 아니었다. 경기 중에도 이어지던 베슬로프스키와 안나 사이의 장난스러운 관계와, 아이들도 없는 어른들의 모임에서 아이들의 놀이를 하고 있는 듯한 전반적인 부자연스러운 분위기가 그녀의 마음에 들지 않았다. 그러나 다른 사람들의 기분을 상하게 하지 않고, 또 자기 자신도 어떻게든 시간을 보내야 했기 때문에 그녀는 조금 쉬고 난 후 놀이에 다시 합류하여 즐거운 척했다. 그녀는 그날 온종일 자기보다 월등한 배우들과 연극을 하면서 자신의 서툰 연기가 모든 걸 망치고 있는 듯한 기분이 들었다.

그녀는 마음이 편하면 이틀 정도 머물 예정으로 왔다. 그러나 그날 저녁 경기를 하는 동안 내일은 집으로 돌아가야겠다고 결심했다. 이곳에 오는 동안 그토록 증오했던 아이들에 대한 어머니로서의 괴로운 걱정들이 아이들 없이 하루를 보낸 지금, 다른 세상이 되어 그녀를 이끌었다.

저녁에 차를 마시고 밤의 뱃놀이를 하고 난 후, 혼자 자기 방으로 돌아와서 옷을 벗고 잠자리에 들기 전에 성긴 머리를 빗으려고 앉았을 때에야 다리야 알렉산드로브나는 비로소 커다란 안도감이 느껴졌다.

이제 곧 안나가 자기를 보러올 거라고 생각하니 마음마저 불편했다. 그녀는 혼자서 자신의 생각들을 정리하고 싶었다.

23

안나가 잠옷 차림으로 그녀의 방에 들어왔을 때, 돌리는 이미 잠자리에 들려고 했다.

그날 내내 안나는 몇 번이고 마음에 담아 두었던 얘기를 꺼내려 하다가, 매번 몇 마디 던지고는 그만두곤 했다. "나중에 단둘이 있을 때 얘기하기로 해요. 언니에게 하고 싶은 말이 너무 많아요." 그녀는 이렇게 말했었다.

이제야 단둘이 있게 되었지만, 안나는 무슨 얘기를 해야 할지 몰랐다. 그녀는 창가에 앉아 돌리를 바라보며 끝이 없을 것만 같았던 비밀스러운 얘기를 기억 속에서 헤아려보았지만 아무것도 찾아내지 못했다. 그 순간 그녀는 모든 걸 다 말해버린 것처럼 생각되었다.

"그런데 키티는 잘 있어요?" 그녀는 무거운 한숨을 내쉬고는 미안한 표정으로 돌리를 바라보며 얘기했다. "솔직히 말해줘요, 돌리. 그녀는 내게 화나 있지 않나요?"

“화나 있냐고요? 천만에요!” 다리야 알렉산드로브나는 미소를 지으며 말했다.

“하지만 증오하고, 경멸하겠죠?”

“어머, 아니에요! 하지만 알다시피, 용서할 수 있는 일은 아니잖아요.”

“네, 그래요.” 안나는 고개를 돌려 열려 있는 창문을 바라보며 말했다. “하지만 내 잘못이 아니에요. 그럼 누구의 잘못일까요? 잘못이라는 건 도대체 뭘까요? 달리 방법이 있었을까요? 언니는 어떻게 생각해요? 언니가 스티바의 아내가 되지 않았을 수도 있었을까요?”

“정말 모르겠어요. 그럼 안나가 내게 말해 봐요…….”

“네, 그래요. 그런데 우리는 아직 키티에 대한 얘기를 끝내지 않았어요. 그녀는 행복한가요? 레빈은 훌륭한 사람이라고들 말하더군요.”

“훌륭하다는 말로는 부족해요. 그분보다 훌륭한 사람은 못 봤으니까요.”

“어머, 정말 기뻐요. 정말이에요! 훌륭하다는 말로는 부족하다는 거죠!” 안나는 말을 되풀이했다.

돌리는 미소를 지었다.

“그럼 안나, 당신의 얘기를 해줘요. 우린 긴 얘기가 남아 있잖아요. 그리고 나도 의논을 했는데…….” 돌리는 브론스키를 어떻게 불러야 할지 몰랐다. 백작이나 알렉세이 키릴로비치라고 부르는 건 어색했다.

"알렉세이하고 말이죠." 안나가 말했다. "언니와 그이가 얘기 했다는 건 알고 있어요. 하지만 난 언니에게 직접 듣고 싶어요. 언니는 나에 대해, 내 인생에 대해 어떻게 생각하는지 말이에 요."

"어떻게 갑자기 대답할 수 있겠어요? 사실 난 정말 몰라요."

"안 돼요. 그래도 뭔가 말해주세요……. 언니는 내 생활을 보 고 있잖아요. 하지만 언니가 여름에 와서 본 건, 우리끼리만 있 을 때가 아니라는 것을 잊어서는 안 돼요……. 우리는 이곳에 초봄에 왔어요. 정말 우리 단둘이서 살았어요. 앞으로도 그렇 게 살겠죠. 난 그 이상의 것은 바라지도 않아요. 하지만 내가 그 이 없이 혼자 지내는 걸 상상해 봐요. 혼자서요. 그린 일이 생기 겠죠……. 여러모로 보아 생활의 절반은 집 밖에서 지내게 될 거 고, 그런 일은 자주 반복될 거예요." 그녀는 일어나 돌리 곁으로 다가앉으며 말했다.

"물론이에요." 안나는 반박하려던 돌리의 말을 가로막았다. "물론 난 강제로 그를 붙잡아 두지는 않을 거예요. 실제로 붙잡 지도 않아요. 곧 경마가 있어요. 그이의 말도 나갈 거예요. 그러 니 그도 나가겠죠. 나도 무척 기뻐요. 하지만 내 생각 좀 해보세 요. 내 처지에 대해 생각해 본다면……. 하긴 무슨 말을 더 하겠 어요." 안나는 생긋 웃었다. "그런데 그이는 언니와 무슨 말을 한 거예요?"

"그분은 내가 역시 하고 싶었던 얘기를 했어요. 그래서 그런지 그 사람의 대변인이 되는 게 어렵지 않네요. 그분은 그게 가능성이 있는지 없는지, 그래도 되는 건지⋯⋯." 다리야 알렉산드로브나는 머뭇거렸다. "안나의 처지를 바로잡고 좋게 할 수는 없는지⋯⋯. 내가 어떻게 생각하는지 안나도 알잖아요⋯⋯. 하지만 그래도 가능하다면, 결혼하는 게⋯⋯."

"결국 이혼을 말하는 거군요." 안나가 말했다. "페테르부르크에서 나를 찾아온 유일한 여자가 벳시 트베르스카야인 거 아세요? 언니도 그녀를 아시죠? 사실 그녀는 세상에서 가장 방탕한 여자예요.⁴¹ 그녀는 정말 역겨운 방법으로 남편을 속이고 투쉬케비치와 관계를 맺고 있었어요. 그런데 벳시조차도 내 처지가 정상적으로 되지 않는 한 나와 더 이상 연락을 하고 싶지 않다고 하더군요. 내가 비교하는 건 절대 아니에요⋯⋯. 나야 언니를 잘 알지요. 그런데 무심코 생각이 났어요.⋯⋯ 그래, 도대체 그이가 무슨 말을 하던가요? 그녀는 되풀이해서 물었다.

"그분은 안나를 위해 그리고 자기 자신을 위해 고민하고 있다고 말했어요. 안나는 그것을 이기주의라고 할지도 모르지만, 그건 당연하고 고귀한 이기주의예요! 그분은 우선 자신의 딸을 합법적인 자기 자식으로 만들고, 안나의 남편이 되어 아가씨에 대한 권리를 갖고 싶어 해요."

---

41 Au fond c'est la femme la plus dépravée qui existe.(프랑스어)

"대체 어떤 아내가, 어떤 노예가 이런 처지에 있는 나만큼 노예 생활을 하겠어요!" 안나는 침울한 표정으로 그녀의 말을 가로막았다.

"그가 가장 바라는 건……, 안나가 괴로워하지 않는 거예요."

"그건 불가능해요! 그리고요?"

"그리고 합법적인 것을 원해요. 당신네 아이들이 성을 갖는 거죠."

"대체 어떤 아이들을 말하는 거예요?" 안나는 돌리를 보지 않고 실눈을 뜨며 말했다.

"아니와 앞으로 태어날……."

"그 일이라면 그이도 걱정할 거 없어요. 내겐 더 이상 아이는 없을 테니까요."

"어떻게 더 이상 아이가 없을 거라는 말을 해요?"

"없을 거예요. 내가 원치 않으니까요."

안나는 몹시 흥분해 있었지만 돌리의 얼굴에 나타난 호기심과 놀라움과 두려움이 섞인 순진한 표정을 보고는 미소를 지었다.

"병을 앓고 난 후에 의사가 내게 말했어요……………………………………………………………………………………."

"그럴 리가요!" 돌리는 눈을 휘둥그레 뜨며 말했다. 돌리에게 그것은 그 결과와 결론이 너무나 엄청나서 처음에는 모든 걸 이해할 수 없을 것 같이 느껴지면서도 그 점에 대해 신중하게 생각해 봐야만 할 것 같은 이상한 발견 가운데 하나였다.

　자녀를 하나나 둘밖에 두지 않는 가정에 대해, 전에는 이해할 수 없었던 일이 갑자기 설명되면서 너무도 많은 생각과 상상과 모순된 감정들이 그녀의 마음을 뒤흔들었다. 그래서 그녀는 아무런 말없이 휘둥그레진 놀란 눈으로 안나를 바라볼 뿐이었다. 그녀는 이곳으로 오는 도중에 자기가 상상했던 바로 그것이 이제 가능한 일이라는 사실을 알게 되자 소름이 끼쳤다. 그녀는 그것이 지나치게 복잡한 문제에 대해 지나치게 간단한 해결이라는 생각이 들었다.

　"그건 부도덕한 거 아닌가요?"[42] 그녀는 잠시 침묵하다가 그 말만 했다.

　"왜죠? 생각해보세요. 내가 선택할 수 있는 방법은 둘 중에 하나예요. 임신을 하든지, 다시 말해 병이 나든지, 아니면 내 남편의 친구나 동료가 되는 거예요. 아무튼 남편이지요." 안나는 일부러 가볍고 경박한 어조로 말했다.

　"네, 그래요. 그건 그렇죠." 다리야 알렉산드로브나는 자기도 생각해 본 적이 있는 논리에 경청했지만 거기서 예전의 주장보다 더한 것을 발견하지 못하고 그냥 이렇게 말했다.

　"그야 언니에게나 다른 여자에게는……." 안나는 마치 그녀의 생각을 짐작한 듯 말했다. "아직 의심할 여지가 있을지 몰라요. 하지만 내게는……. 이해해줘요. 난 아내가 아니잖아요. 그이는

42　N'est ce pas immoral?(프랑스어)

내게 사랑을 느끼는 동안에만 나를 사랑하겠지요. 그럼 난 그이의 사랑을 어떻게 붙잡아 두죠? 여기 이런 모습으로요?”

안나는 하얀 두 손을 자신의 배 앞으로 뻗었다.

흥분하는 순간에 흔히 그렇듯 다리야 알렉산드로브나의 머릿속에 온갖 생각과 추억이 엄청난 속도로 스쳐지나갔다. ‘나는…….’ 그녀는 생각했다. ‘스티바를 내 옆으로 끌어당기지 못했어. 그이는 나를 떠나 다른 여자에게 가버렸어. 그이가 나를 버리고 떠난 첫 번째 여자는 늘 명랑하고 아름다웠지만 그녀도 그이를 잡아 두지 못했어. 그는 그 여자를 버리고 다른 여자를 만났지. 그런데 과연 안나는 그것으로 브론스키 백작의 마음을 붙잡아 둘 수 있을까? 만약 그가 그런 것을 찾으려고 한다면 분명히 화상이나 행동에서 좀 디 매력적이고 쾌활한 것을 찾아낼 거야. 아무리 그녀의 드러난 손이 희고 아름다워도, 그녀의 몸매가 아무리 아름다워도, 검은 머리 밑으로 보이는 흥분한 그녀의 얼굴이 아무리 아름다워도, 그는 혐오스럽고 불쌍하고 사랑스러운 내 남편이 찾아 헤매다 발견하는 것처럼 더욱 아름다운 여인을 찾아낼 것이 틀림없어.’

돌리는 아무런 대답도 하지 않고 한숨만 내쉴 뿐이었다. 안나는 동의하지 않는 것을 보여주는 그녀의 한숨을 알아차렸지만 계속 말을 이었다. 그녀에게는 아직 여러 주장할 거리들이 있었고, 그것들은 너무나 강력해서 아무런 대답도 할 수 없는 것들이었다.

"언니는 그런 건 좋지 않다는 거죠? 하지만 잘 생각해 봐요."
안나는 말을 계속했다. "언니는 내 처지를 잊고 있어요. 내가 어
떻게 아이를 바라겠어요. 난 고통을 말하는 게 아니에요. 그건
무섭지 않아요. 생각해보세요. 내 아이들이 어떤 사람이 되겠어
요? 딴 사람의 성을 갖게 될 불행한 아이들이에요. 태어나는 순
간부터 그 애들은 부모와 자기의 출생을 부끄럽게 여기는 처지
에 놓이게 되는 거예요."

"그래서 이혼이 필요한 게 아니겠어요?"

하지만 안나는 그녀의 말을 듣고 있지 않았다. 안나는 수없이
자신을 설득해온 그 주장을 끝까지 말하고 싶었던 것이다.

"만약 제가 불행한 아이를 낳지 않는 것에 이성을 사용하지
않는다면, 대체 내게 이성이 왜 주어졌겠어요?"

그녀는 돌리를 쳐다보고는 대답도 기다리지 않고 말을 계속
이었다.

"난 그런 불행한 아이들에 대해 항상 죄책감을 느꼈을 거예
요." 안나는 말했다. "만약 그들이 이 세상에 없다면 적어도 불행
해지진 않았을 테죠. 만약 그 아이들이 불행하다면, 그건 나 한
사람의 잘못인 거예요."

그것은 다리야 알렉산드로브나 자신이 끌어낸 바로 그 논리
였다. 그런데 지금 그녀는 그런 말을 들으면서도 무슨 말인지 이
해할 수 없었다. '현재 존재하지도 않는 존재에 대해 어떤 죄책
감을 느낀다는 거지?' 그녀는 생각했다. 그때 문득 이런 생각이

머릿속에 떠올랐다. '가령, 내 사랑 그리샤가 이 세상에 태어나지 않은 편이 어떤 경우든 그 아이에게 행복한 것이었을까?' 그런 생각은 너무도 상스럽고 기괴하게 느껴져서, 그녀는 그 복잡하게 엉켜 있는 정신을 혼란스럽게 하는 생각을 몰아내기 위해 고개를 내저었다.

"아니에요. 모르긴 몰라도, 그건 좋은 일이 아니에요." 그녀는 얼굴에 혐오감을 나타내며 이렇게만 말했다.

"그래요, 하지만 잊지 말아줘요. 언니는 언니고, 나는 나라는 걸 말이에요. 게다가⋯⋯." 안나는 자기의 풍부한 논리와 돌리의 빈약한 논리에도 불구하고 그것이 좋지 않다는 것을 인정하듯 이렇게 덧붙였다. "아무튼 무엇보다 지금 내가 언니와 같은 처지에 있지 않다는 건 잊지 말아줘요. 언니에게 문제는 이이를 더 가질 건지 아닌지 하는 것이지만, 내 문제는 아이를 갖고 싶어 하는지 아닌지 하는 거예요. 그건 큰 차이거든요. 내가 지금과 같은 처지에서는 그럴 수 없다는 걸 이해해주세요."

다리야 알렉산드로브나는 반박하지 않았다. 그녀는 문득 자기와 안나가 이미 서로에게서 너무 멀리 떨어져 있어서 두 사람 사이에는 절대 의견의 일치를 볼 수 없고, 그것에 대해서는 더 이상 말하지 않는 게 좋을 것 같다는 느낌을 받았다.

24

"그렇다면 더욱더 자기의 상황을 제대로 세워놓아야죠. 가능하다면 말이에요." 돌리가 말했다.

"네, 그럴 수만 있다면요." 안나는 갑자기 전혀 다른, 우울하고도 조용한 목소리로 말했다.

"그럼 이혼은 불가능하다는 거예요? 남편이 동의했다면서요."

"돌리! 난 그 얘긴 하고 싶지 않아요."

"그럼 그만둘게요." 다리야 알렉산드로브나는 안나의 표정에서 고통스러워하는 기색을 보고는 얼른 말했다. "내가 보기에 안나는 지나치게 비관적으로 보는 것 같아요."

"내가요? 전혀 그렇지 않아요. 난 무척 즐겁고 만족스러워요. 언니가 보고 있는 것처럼 난 열정적인 사람이에요.[43] 베슬로프스

키는…….”

“네, 그런데 솔직히 말해서 난 그 베슬로프스키의 태도가 마음에 안 들어요.” 다리야 알렉산드로브나는 화제를 바꾸기 위해 이렇게 말했다.

“아휴, 전혀 그렇지 않아요! 그 사람은 알렉세이를 즐겁게 자극할 뿐 그 이상은 하지 않아요. 그는 아직 어려서 내 손아귀에 잡혀 있는 거예요. 나는 원하는 대로 그 사람을 조종하거든요, 아시겠지요. 그런 사람은 언니의 그리샤와 마찬가지예요……, 돌리!” 안나는 갑자기 화제를 바꾸었다. “언니는 내가 비관적으로 생각한다고 했죠? 언니는 이해할 수 없어요. 그건 너무 무서운 일이에요. 나는 아예 보지 않으려고 애쓰고 있어요.”

“하지만 나는 역시 해야만 한다고 생각해요. 가능한 뭐든 해야 해요.”

“그렇지만 뭘 할 수 있겠어요? 아무것도 할 수 없어요. 언니는 내가 알렉세이와의 결혼에 대해, 그것에 대해 생각하지 않는다고 말하고 있어요. 내가 그것에 대해 생각하지 않는다고요!” 그녀는 되풀이하며 말했다. 붉은 빛이 그녀의 얼굴에 나타났다. 안나는 일어나서 가슴을 활짝 펴고 무겁게 한숨을 쉬었다. 그리고 가벼운 발걸음으로 방 안을 앞뒤로 왔다갔다 거닐다 이따금 멈춰 섰다. “내가 생각하고 있지 않다고요! 아니요, 단 하루도, 한 시간도 생각하지 않은 때는 없어요. 그런 생각을 하는 나 자신을 질책하지 않은 때가 없는걸요……. 그런 생각은 미치게 만들어요. 정말 미칠 것 같아요." 안나는 되풀이했다. "그런 생각을 하면 모르핀 없이는 잠들 수가 없어요. 하지만 괜찮아요. 차분히 얘기하기로 해요. 모두들 내게 이혼을 얘기해요. 첫째, **그 사람**은 이혼해주지 않을 거예요. **그 사람**은 지금 리디야 이바노브나 백작 부인의 영향을 받고 있으니까요."

다리야 알렉산드로브나는 의자 위에서 몸을 쭉 편 채 괴로우면서도 공감한다는 듯한 표정으로 고개를 돌리며 이리저리 거닐고 있는 안나를 눈으로 쫓았다.

"시도는 해 봐야지요." 그녀가 조용히 말했다.

"가령 시도한다고 해요. 그게 무슨 의미가 있을까요?" 안나는 분명히 천 번도 더 곱씹어 생각하여 외우다시피 한 생각을 말했다. "그건 그를 증오하면서도 그의 앞에서는 여전히 죄인임을 인정하는 내가, 물론 나는 그를 관대한 사람이라고 생각하고 있어요, 편지를 쓰기 위해 비굴해져야 한다는 거예요……. 가령 내가 힘겹게 편지를 쓴다고 해요. 나는 모욕적인 답신을 받든지 아니면 동의를 얻겠죠. 그래요 내가 동의를 얻었다고 해요……." 이때 안나는 방 안의 맨 끝에서 창문 커튼으로 무언가를 하면서 멈춰 서 있었다. "동의를 얻고 나면, 내 아들……, 내 아들은요? 내게 아이를 절대 내주지 않을 거예요, 그렇게 되면 아이는 내가 버린 아버지 밑에서 나를 멸시하면서 자랄 거예요. 이해해주세요. 난 두 사람을 똑같이, 나 자신보다 더 사랑하는 것 같아요. 세료쟈와 알렉세이를 말이에요."

그녀는 방 한가운데로 와서 두 손으로 가슴을 누르며 돌리 앞에 멈춰 섰다. 하얀 가운을 입은 그 모습이 유난히 크고 풍만해 보였다. 그녀는 고개를 숙인 채 눈물이 고인 반짝이는 눈으로, 나이트캡과 바대를 댄 블라우스를 입은, 흥분으로 온 몸을 떨고 있는 돌리의 작고 야위고 가련한 모습을 바라보고 있었다.

"오직 그 두 존재만을 사랑하지만, 그 둘은 함께 할 수 없어요. 난 그들을 결합시킬 수 없어요. 그런데 내게 필요한 건 단 하나 그것뿐이에요. 만약 그게 불가능하다면 난 아무래도 상관없어요. 정말 어떻게 되든 상관없어요. 어떻게든 끝나겠죠. 그래서 그 일에 관해서는 말할 수도 없고, 말하고 싶지도 않아요. 그러니 날 비난하지도, 그 무엇도 판단하지 말아줘요. 당신의 순수한 마음으로는 내가 괴로워하는 그 모든 이유를 이해할 수 없을 거예요."

그녀는 돌리 옆으로 다가가 나란히 앉았다. 그리고 미안해하는 표정으로 그녀의 얼굴을 들여다보며 그녀의 손을 잡았다.

"무슨 생각을 하세요? 내 생각을 하는 거예요? 제발 날 경멸하지 말아요. 난 경멸받을 만한 가치도 없어요. 난 불행해요. 만약 누군가 불행하다고 한다면 그건 바로 나를 두고 하는 말이에요." 안나는 이렇게 말하고는 얼굴을 돌리고 울음을 터뜨렸다.

혼자 남은 돌리는 기도를 드리고 잠자리에 들었다. 안나와 얘기를 하는 동안에는 진심으로 안나가 불쌍하게 느껴졌지만, 지금은 안나에 대한 생각에 집중할 수가 없었다. 집과 아이들에 대한 생각이 특별한 매력과 함께 어떤 새로운 광채와 아우러져 그녀의 마음속에 깨어났기 때문이었다. 그녀는 자신의 그러한 세계가 너무도 귀중하고 사랑스러운 것으로 여겨져서, 이제 무슨 일이 있어도 집 밖에서 단 하루도 헛되이 보내고 싶지 않았다. 그래서 그녀는 내일 꼭 떠나야겠다고 결심했다.

한편 자기 방으로 돌아온 안나는 유리잔을 들고 거기에 모르핀 성분의 약 몇 방울을 떨어뜨렸다. 그녀는 그것을 마시고 한동안 꼼짝 않고 앉아 있다가 편안하고 즐거운 마음으로 침실로 들어갔다.

그녀가 침실로 들어가자, 브론스키는 유심히 그녀를 바라보았다. 그는 그녀가 그토록 오랫동안 돌리 방에 머물면서 그녀와 틀림없이 주고받았을 그 대화의 흔적을 살폈다. 그러나 흥분과 억제가 교차된, 무언가 숨기는 듯한 그녀의 표정에는, 그에게 익숙하지만 여전히 그를 매혹시키는 아름다움과 그 아름다움에 대한 자각과 그 아름다움으로 그에게 영향을 주고 싶어 하는 그녀의 욕망만이 엿보일 뿐 아무것도 발견할 수 없었다. 그는 두 사람이 무슨 얘기를 했는지 그녀에게 묻고 싶지 않았다. 그녀 자신이 스스로 무슨 말을 할 거라 기대하고 있었다. 그런데 그녀는 이렇게 말할 뿐이었다.

"돌리가 당신 마음에 들어서 기뻐요, 그렇죠?"

"예전부터 그녀에 대해서는 알고 있었어요. 정말 좋은 사람이

더군요. 지극히 평범하지만 말이죠.[44] 그래도 그녀가 온 건 정말 기뻐요."

그는 안나의 손을 붙잡고 묻는 듯한 표정으로 그녀의 눈을 바라보았다.

그녀는 그의 그런 시선을 달리 해석하고 그에게 미소를 지어 보였다.

다음날 아침, 다리야 알렉산드로브나는 주인들의 만류에도 불구하고 떠날 준비를 시작했다. 낡은 카프탄에 역마차 마부 같은 모자를 쓴 레빈의 마부는 기운 흙받기가 달린, 서로 색깔이 다른 얼룩덜룩한 말들이 끄는 마차를 타고 우울하지만 의연한 표정으로 모래가 뿌려져 있는 입구로 들이왔다.

바르바라 공작 영애와 남자 손님들과의 작별 인사는 다리야 알렉산드로브나에게 불쾌감을 주었다. 하루를 보내고 난 뒤, 그녀도 주인도 서로 어울리지 않으며 헤어지는 편이 낫다고 확실히 느끼고 있었다. 오직 안나만이 슬퍼했다. 돌리가 떠나면, 그녀는 이번 만남으로 자기 마음속에 일었던 그런 감정을 자기의 마음속에 그 누구도 다시 불러일으켜 줄 수 없다는 것을 알고 있었다. 그 같은 감정을 자극하는 건 그녀에게 괴로운 일이었지만, 그래도 그녀는 그것이 자신의 정신을 위해 가장 훌륭한 부분이

---

44 Mais excessivement terre-à-terre.(프랑스어)

고, 그런 정신을 위한 부분도 지금처럼 살다보면 곧 사라질 거라 는 것을 알고 있었다.

들녘으로 나가자 다리야 알렉산드로브나는 기분 좋은 안도감 을 느꼈다. 그녀는 마부들에게 브론스키의 저택에서 좋았는지 물어보고 싶었는데, 그때 마부 필립이 불현듯 먼저 말을 했다.

"부자는 부자입니다만, 귀리는 3메라[45]밖에 안 주던걸요. 닭이 울 때까지 전부 먹어 치웠다니까요. 3메라가 뭡니까? 간식거리 나 될까요. 요즘에는 여인숙에서도 귀리는 45코페이카밖에 안 하거든요. 우리 집에서는 오시는 손님의 말한테는 먹을 수 있는 만큼 주고 있죠."

"인색한 주인이에요." 사무원도 거들어 말했다.

"그럼, 그 집의 말들은 마음에 들던가?" 돌리가 물었다.

"한마디로 흠잡을 데가 없던데요. 먹이도 훌륭하고. 그런데 마님은 어떠셨는지 모르겠지만, 저는 어쩐지 지루하게 느껴졌 습니다, 다리야 알렉산드로브나." 그는 선하고 잘생긴 얼굴을 그 녀에게로 돌리며 말했다.

"나도 마찬가지였네. 어떤가, 저녁때까지는 도착할 수 있겠 나?"

"도착해야지요."

---

45 러시아의 옛날 곡물 계량 단위로 약1푸드에 해당되며, 1푸드는 약16.38 킬로그램이다.

집으로 돌아와 모두들 너무나 건강하고, 특히 사랑스러운 모습을 보며 다리야 알렉산드로브나는 생기에 찬 모습으로 자신의 여행에 대해, 얼마나 멋진 대접을 받았는지에 대해, 브론스키 가의 화려하고도 훌륭한 취향에 대해, 그들의 놀이에 대해 이야기를 늘어놓으며 누구도 그들에 대한 험담을 하지 못하도록 했다.

"안나와 브론스키가 얼마나 사랑스럽고 감동을 주는 사람들인지 이해하기 위해서는 그 두 사람을 알아야만 해요. 난 이번 여행을 통해 그를 더 많이 알게 되었어요." 그녀는 거기서 느꼈던 확실히 표현할 수 없는 불만과 거북했던 일을 잊은 채 정말 진심으로 말했다.

25

브론스키와 안나는 이혼을 위한 어떤 조치도 취하지 않은 채 똑같은 환경에서 온 여름과 초가을을 시골에서 보냈다. 두 사람은 서로 아무 데도 가지 말자고 약속했지만 자기들끼리만 지내는 날이 길어질수록, 특히 가을에 손님의 방문이 없어지자 두 사람 모두 이런 생활을 견딜 수 없을 거라는 생각에 생활을 바꿔야겠다고 느끼게 되었다.

생활은 더 이상 바랄 수 없을 만큼 최고인 듯 보였다. 생활은 풍요로웠고, 건강한 데다 아이도 있었고, 두 사람 모두에게 소일 거리가 있었다. 안나는 손님이 없을 때도 여전히 치장하는 일과 소설이든 진지한 책이든 유행하는 책들로 독서하며 시간을 보냈다. 안나는 자기가 구독하고 있는 외국 신문이나 잡지에 호평을 받은 책들을 모두 사들이고, 고독한 생활에서만 찾아오는 그 집중력으로 책을 읽었다. 게다가 안나는 브론스키가 하는 일과 관련된 분야에 대해서는 책으로든 잡지로든 모두 다 공부했다.

그래서 그는 때때로 농업이나 건축에 관한 것뿐만 아니라 말 사육이나 스포츠에 관한 것까지 그녀에게 직적 묻곤 했다. 그는 그녀의 지식에 놀라곤 했다. 처음에 그는 그녀의 기억력을 의심하면서 맞는지 확인해보려고 했었다. 그러자 안나는 그가 질문한 내용에 관한 것을 책 속에서 찾아내 그에게 보여주는 것이었다.

　병원의 설비에도 그녀는 흥미가 있었다. 그녀는 단순히 도와주는 데 머물지 않고 많은 것에 대해 스스로 정리하고 궁리했다. 그러나 무엇보다 신경 쓰는 건 자기 자신에 대한 것이었다. 즉 브론스키에게 그녀 자신이 얼마나 귀중한 존재이며, 그가 버린 모든 것에 대해 얼마만큼 보상해줄 수 있을까 하는 부분에 관한 것이었다. 브론스키는 그녀의 삶의 유일한 목적이 되어버린 욕망, 다시 말해 단지 그의 마음에 들려고 할 뿐민 아니라 그에게 헌신하려는 욕망에 대해 높이 평가하면서도, 그와 동시에 사랑의 그물로 옭아매려고 하는 그녀의 마음이 부담으로 느껴지기도 했다. 시간이 지날수록, 자신이 그런 그물에 매어져 있다는 것을 느끼면 느낄수록, 그는 그 속에서 빠져나가고 싶다기보다는 그것이 자신의 자유를 방해하고 있는 것은 아닌지 시험해보고 싶은 마음이 더욱 간절해졌다. 만약 점점 더 강해져 가는 이런 자유롭고 싶다는 욕망이 없었더라면, 회의나 경마 때문에 도시로 가야할 때마다 매번 생기는 말썽이 없었더라면, 브론스키는 자신의 생활에 완전히 만족했을 것이다. 그가 선택한 역할, 즉 러시아 귀족의 핵을 이루는 돈 많은 지주의 역할은 그의 취향에 맞았을 뿐만 아니라 이렇게 반년을 살아온 지금에 와서는 그에게 만족감을 증대시켜주고 있었다. 그리고 그의 일은 점점 더 그의 마음을 사로잡으며, 그를 끌어들였다. 그렇게 일은 순조롭게 진행되었다. 병원과 기계와 스위스에서 들여온 암소와 다른 수많은 것에 들인 비용은 막대했지만, 그는 재산을 탕진한 것이 아니라 재산을 늘렸다고 확신하고 있었다. 소득이나 숲, 곡물, 양털 판매, 토지 대여와 같은 문제에 대해 브론스키는 돌처럼 완고해서 원래 가격을 절대 고수했다. 대규모 농장 경영에 있어서 이곳이나 다른 영지에서도 그는 가장 단순하고도 위험성이 적은 방법을 채택하여, 절약을 최고로 여기며 소소한 돈까지 철저히 계산했다. 영악하고 빈틈없는 독일인은 그를 구매로 끌어들이며 훨씬 비싼 값을 제시하고는, 처음엔 훨씬 더 많은 돈이 필요해도 신중하게 생각해보면 더 싸질 수도 있기 때문에 즉시 이득을 취할 수 있다고 말했지만 브론스키는 그의 그런 말에 넘어가지 않았다. 그는 관리인의 말에 귀를 기울이고 이것저것 상세히 캐물은 뒤, 주문하거나 설치되는 것이 러시아에서 아직 알려져 있지 않아 사람들을 놀라게 할 만한 경우에만 동의했다. 그뿐만 아니라 그는 여분의 돈이 있을 때만 큰 지출을 결심했고, 그런 지출을 할 때도 상세하게 알아본 후에 자신의 돈으로 최상의 물건을 구입하는 것을 고집했다. 일을 처리하는 형태를 보면 그가 재산을 탕진하는 게 아니라 증식시키고 있는 게 분명해 보였다.

10월에 카신 현에서 귀족 선거가 있었다. 이 현에는 브론스키, 스비야쥐스키, 코즈니셰프, 오블론스키의 영지와 레빈의 영지도 조금 있었다.

이 선거는 여러 사정과 선거에 참여하는 사람들의 얼굴로 세상 사람들의 관심을 모았다. 선거에 관한 많은 얘기가 오가고 사람들도 선거를 위한 준비를 하고 있었다. 선거에 한 번도 참여하지 않았던 모스크바와 페테르부르크, 그리고 해외에 거주하는 사람들도 이 선거를 위해 모여들었다.

브론스키는 이미 오래전부터 선거에 참여하겠다고 스비야쥐스키에게 약속했었다.

선거를 앞두고 보즈드비젠스코예를 자주 오가던 스비야쥐스키가 브론스키를 데리러 찾아왔나.

그 전날 브론스키와 안나는 예정되어 있었던 이번 여행으로 거의 싸움 직전까지 갔었다. 마침 시골에서는 가장 지루하고 괴로운 가을철이었으므로, 브론스키는 싸울 마음으로 예전에는 한 번도 얘기한 적 없는 단호하고 냉정한 표정으로 여행을 떠나겠다고 선언했던 것이다. 그런데 놀랍게도 안나는 그 소식을 매우 침착하게 듣고는 언제 돌아오는지만 물을 뿐이었다. 그는 그런 침착함이 이해되지 않아서 유심히 그녀를 살펴보았다. 그러자 그녀는 그의 시선에 미소를 지어 보였다. 그는 자기 안에 숨어버리는 그녀의 능력을 잘 알고 있었다. 그녀가 그러는 것은 자신의 계획을 알리지 않고 뭔가 은밀히 결심했을 때만 있는 일이라는 것도 알고 있었다. 그는 그것을 두려워했지만 싸움을 피하고 싶은 마음에 자기가 믿고 싶어 하는 것, 즉 그녀의 분별력을 믿는 듯한 태도를 보였고, 어느 정도는 진심으로 믿는 마음도 있었다.

"심심하지 않았으면 좋겠어요."

"그러게요." 안나가 말했다. "어제 고티에[46]에서 책이 한 상자 왔으니 심심하진 않을 거예요."

'평소와 똑같은 말투로군. 그게 더 낫지.' 그는 생각했다. '그렇지 않으면 늘 똑같은 일이 생길 테니까.'

그렇게 그는 그녀와 솔직하게 마음을 털어놓지 못하고 선거를 위해 떠났다. 그들이 관계를 맺은 이래로 서로의 마음을 솔직히 털어놓지 않고 헤어진 것은 이번이 처음이었다. 한편으로는 그 부분이 걱정스러웠지만, 다른 한편으로는 그게 더 낫다고 생각했다. '처음에는 지금처럼 뭔가 불분명하고 비밀이라도 있는 것처럼 느껴지겠지. 하지만 그 사람도 익숙해질 거야. 난 그 사람에게 모든 걸 주겠지만, 남자로서의 독립만은 줄 수 없어.' 그는 생각했다.

---

46 모스크바 쿠즈네스키 다리에 있었던 서점으로 V.I.고티에(Gauthier-Dyufaye)가 운영한다.

26

9월에 레빈은 키티의 해산 때문에 모스크바로 거처를 옮겼다. 그는 벌써 한 달 내내 하는 일 없이 모스크바에서 살고 있었다. 그때 카신 현에 영지를 가지고 있던 세르게이 이바노비치는 다가오는 선거 문제에 지대한 관심을 갖고 선거에 갈 준비를 하고 있었다. 그는 셀레즈네프 군의 선거권을 갖고 있는 동생에게 동행하기를 권했다. 그 외에도 레빈은 외국에 살고 있는 누이를 위한 후견 문제와 상환금 수취 문제로 카신 현에 가야만 했다.

레빈은 여전히 결정을 내리지 못하고 있었다. 그러나 남편이 모스크바에서 심심해하는 것을 지켜본 키티는 그에게 다녀오라고 권하면서 남편에게 말하지 않고 80루블 하는 귀족단의 제복을 주문했다. 제복을 위해 지불된 이 80루블은 레빈으로 하여금 떠나게 만든 중요한 요인이 되었다. 그는 카신 현으로 떠났다.

레빈은 카신에 온 지 벌써 엿새째가 되었는데도 매일같이 집회에 나가거나, 좀처럼 해결이 되지 않는 누이의 일 때문에 분주

하게 돌아다녀야만 했다. 귀족 단장들이 모두들 선거로 몹시 분
주했기 때문에 후견에 관한 간단한 사건도 전혀 해결되지 않고
있었다. 또 다른 문제, 즉 상환금 수취 문제도 마찬가지였다. 지
불 금지를 풀기 위해 오랫동안 돌아다니고 나서야 겨우 돈을 받
을 수 있었지만, 매우 친절한 공증인은 지불 명령서를 교부해주
지 못했다. 거기에는 의장의 서명이 필요했는데, 의장은 직무를
인계하지도 않은 채 회의에 참석하러 갔기 때문이었다. 이와 같
은 귀찮은 일, 이곳에서 저곳으로 쫓아다니는 번거로움, 청원자
의 곤란한 처지를 잘 알고 있지만 그에게 도움을 줄 수 없는 매
우 착하고 친절한 사람들과의 대화, 아무런 결과도 가져다주지
못하는 이 모든 긴장은, 꿈속에서 물리적인 힘을 행사하려고 할
때 경험하게 되는 화가 난 무력감과 흡사한 괴로움을 느끼게 했
다. 그는 매우 착한 자신의 대리인과 대화를 나눌 때 자주 이런
기분을 느꼈다. 그 대리인은 레빈을 곤란한 처지로부터 구하기
위해 자기가 할 수 있는 모든 일을 다 하면서 자신의 지적 능력
을 쏟아붓고 있는 듯 보였다. "그럼 이렇게 한번 해보십시오." 그
는 수차례 이렇게 말했다. "이곳에 가보십시오, 저곳에 가보십
시오." 대리인은 모든 장애가 되고 있는 근원을 제거하기 위해
엄청난 계획을 세웠다. 하지만 그렇게 말하면서도 "그래도 역
시 빨리 되지는 않을 겁니다. 하지만 한번 해보십시오." 하고 덧
붙였다. 그래서 레빈도 여기저기 뛰어다니고 돌아다니면서 여
러 시도를 해 보았다. 모두들 선량하고 친절한 사람들이었지만,

결국 피했다 싶었던 것들이 마지막에 또다시 장애가 되어 길을 가로막았다. 레빈을 가장 화나게 했던 것은 자기가 누구와 싸우고 있는지, 그의 일이 해결되지 않음으로써 누구에게 이익이 돌아가는 건지 전혀 이해할 수 없다는 점이었다. 이 점에 대해서는 아무도 모르는 것 같았다. 대리인도 알지 못했다. 만약 레빈이 왜 줄을 서지 않으면 기차역의 매표구에 다다를 수 없는지 이해한 것처럼 그것을 이해할 수 있었다면, 짜증이 나거나 화가 나지는 않았을 것이다. 그런데 일과 관련해서 그가 만난 이 장애물에 대해서는 그것이 무엇 때문인지, 그에게 설명해줄 수 있는 사람이 아무도 없었다.

그런데 레빈은 결혼과 함께 많이 변했다. 그에게는 참을성이 생겼다. 그는 왜 그렇게 되었는지 이해할 수 없는 때에는 자신이 모든 것을 아는 것은 아니므로 섣부른 판단을 내리지 않고, 아마 그럴 만한 이유가 있겠지 하며 화를 가라앉히려고 애썼다.

지금도 그는 선거에 참석하고 그것에 관여하면서 역시 비판하거나 논쟁하지 않으려고 애를 썼고, 자기가 존경하는 정직하고 훌륭한 사람들이 그토록 진지하게 몰두하는 일을 가능한 이해하려고 노력했다. 결혼한 후부터 레빈은 예전에는 경솔하여 하찮게 여겼던 것들에 대해 새롭고 진지한 면이 있음을 발견했고, 이 선거에서도 진지한 의미가 있을 거라고 생각하며 그것을 찾아내려고 했다.

세르게이 이바노비치는 이번 선거에서 예상되는 개혁의 의미와 중요성을 그에게 설명했다. 현의 귀족 단장은 법에 의거한 수많은 중요한 사회사업, 즉 후견 문제(지금 레빈의 속을 썩이고 있는 바로 그 문제), 귀족회의 막대한 예산 문제, 남녀 중등학교와 군사학교, 새 조례에 의한 국민교육 문제, 그리고 마지막으로 지방자치회까지 관장하고 있었다. 그러나 현의 귀족 단장인 스네트코프는 막대한 재산을 탕진한 사람으로 나름 선량하고 정직한 인물이라고는 하지만 새 시대의 요구를 전혀 이해하지 못하는 구시대적인 귀족이었다. 그는 모든 면에서 귀족의 편이어서 국민교육의 보급에 대해서는 정면으로 반대했고, 지극히 중요한 의미를 갖는 지방자치회에 계급적인 성격을 부여했다. 그래서 그 자리에는 참신하고 현대적이며 활동적인, 완전히 새로운 사람을 앉혀 귀족 계급에게 주어진 모든 권리로부터 자치상의 이익을 가능한 최대한 끌어내도록 업무를 진행시켜야만 했다. 다른 현에 비해 모든 면에서 앞서 있는 부유한 카신 현에는 지금까지 거대한 힘이 축적되어 있기 때문에 진행되고 있는 일들은 다른 현이나 러시아 전체를 위해 모범이 될 것이었다. 그렇기 때문에 모든 일은 중요한 의미를 갖고 있었다. 스네트코프의 후임자으로 오는 귀족 단장 자리에는 스비야쥐스키나, 더 나은 인물인 네베도프스키를 내세울 것으로 예상되었다. 네베도프스키는 전직 교수로서 매우 총명했으며 세르게이 이바노비치의 절친한 친구였다.

회의는 지사의 개회사로 시작되었다. 그는 귀족들에게 외모를 보고 판단하지 말고 조국의 이익과 공로에 따라서 임원을 뽑을 것을 말하고, 카신 현의 고결한 귀족들은 이전의 선거와 마찬가지로 자신의 의무를 신성하게 수행하여 반드시 군주의 두터운 신임에 보답하길 기대한다고 연설했다.

연설을 마친 후, 지사는 회의장을 나갔다. 귀족들은 활기차고 떠들썩하게, 심지어 그들 가운에 몇몇은 열광하며 그의 뒤를 따랐다. 외투를 입고 현의 귀족 단장과 다정하게 이야기를 나누고 있는 지사의 주위를 사람들이 둘러싸고 있었다. 모든 걸 놓치지 않고 확인하고 싶었던 레빈은 군중 사이에 끼어 지사가 "마리야 이바노브나에게 전해주십시오. 그녀가 고아원에 가게 돼서 아내가 유감스러워하고 있습니다."라고 말하는 소리를 들었다. 뒤를 이어 귀족들은 쾌활하게 각자 외투를 받아 입고 대사원으로 마차를 몰았다.

대사원에서 레빈은 다른 사람들과 함께 한 손을 들고 사제장의 말을 따라하며 지사가 바라는 모든 것을 수행하겠다는 엄격한 서약에 맹세했다. 교회의 예배는 항상 레빈에게 영향을 주었으므로 "십자가에 입을 맞춥니다."라는 말을 한 후, 그와 똑같은 말을 반복하고 있는 노인들과 젊은이들의 무리를 돌아보며 감동을 받았다.

둘째 날과 셋째 날에는 귀족회의 회계와 세르게이 이바노비치가 설명한 것처럼 조금도 중요하지 않은 여학교에 관한 문제가 의제였다. 레빈은 자신의 일 때문에 돌아다니느라 바빴기 때문에 그 일에 신경을 쓸 수 없었다. 넷째 날에는 현 귀족 단장의 테이블에서 현의 회계 감사가 있었다. 그때 처음으로 신구 양당 사이에 충돌이 일어났다. 회계 감사를 위임받은 위원회는 자금이 온전히 있다고 본회의에 보고했다. 현의 귀족 단장은 일어나서 귀족들의 신임에 대해 감사하며 눈물을 흘렸다. 귀족들은 큰 소리로 인사를 하고는 그의 손을 잡아주었다. 하지만 그때 세르게이 이바노비치파에 속하는 귀족 중 한 사람이 위원회가 감사를 현 귀족 단장에 대한 모욕으로 간주하며 회계 감사를 하지 않았다는 얘기를 들었다고 말했다. 위원회의 위원 가운데 한 사람이 신중하지 못하게 그 말을 확인해주었다. 그러자 외견상으로는 상당히 젊으나 독설가로 보이는 작은 체구의 귀족이 회계 보고를 하는 게 귀족 단장에게도 기분 좋은 일일 것이고, 위원회의 위원들의 지나친 정중함은 귀족 단장에게서 이러한 정신적 만족감을 박탈하는 것이라고 말하기 시작했다. 그러자 위원회의 위원들은 그 성명을 철회했다. 세르게이 이바노비치도 위원회에 의한 회계 감사가 이루어졌는지, 이루어지지 않았는지 확실히 해야 한다는 것을 논리적으로 입증하기 시작하면서 그 모순을 상세히 설명했다. 반대파의 요설가가 세르게이 이바노비치의 말에 대해 반박했다. 그러고 나서 스비야쥐스키가 말하고, 다시 그 독설가가 말했다. 논쟁은 오랜 시간 계속 이어졌지만 끝날 기미가 보이지 않았다. 레빈은 어째서 이런 문제로 이렇게 장시간을 논쟁하는지 놀라지 않을 수 없었다. 특히 그는 세르게이 이바노비치에게 예산이 낭비되었다고 생각하느냐고 물었을 때 세르게이 이바노비치가 다음과 같이 대답해서 더욱 놀랐다.

"아니, 천만에. 그는 정직한 사람이오. 하지만 귀족회의의 구태의연하고 가부장적인 업무관리는 좀 흔들어 놓아야만 하거든."

다섯째 날에는 각 군의 귀족 단장 선거가 실시되었다. 이날 몇몇 군에서는 상당히 소란스러웠다. 셀레즈네프 군에서는 스비야쥐스키가 무투표의 만장일치로 선출되었고, 그날 그의 집에서는 만찬이 벌어졌다.

<h1 style="text-align:center">27</h1>

여섯째 날에는 현의 귀족 단장 선거가 예정되어 있었다. 크고 작은 홀은 다양한 제복을 입은 귀족들로 가득 차 있었다. 많은 사람들이 오직 이날을 위해 모여들었던 것이다. 오랫동안 만나지 못했던 지인들은 크림에서, 혹은 페테르부르크에서, 혹은 외국에서 들어와 홀에서 인사를 나누었다. 황제의 초상화 아래, 현 귀족 단장 테이블 옆에서는 논쟁이 벌어지고 있었다.

귀족들은 크고 작은 홀에서 각자의 진영에 모여 있었다. 적대감과 불신의 시선으로 보아, 타 진영 사람들이 다가올 때마다 하던 말을 멈추거나 또는 몇몇 사람들이 소곤거리며 멀리 복도 쪽으로 피하는 모습으로 보아, 양 진영 모두 서로에게 비밀이 있는 게 분명했다. 겉으로 보기에도 귀족들은 신구 두 파로 극명히 나누어져 있었다. 구파에 속한 사람들은 대부분 단추를 채우는 구식 귀족 예복에 칼을 차고 모자를 쓰고 있거나 또는 해군이나 기병이나 보병의 예장을 하고 있었다. 늙은 귀족의 제복은 어깨가 올라간 구식으로 지어진 것이었다. 그 제복은 작은 데다 허리가 짧고 죄어서 그것을 입은 사람이 옷을 지어 입은 후에 갑자기 커버린 듯 보였다. 반면 젊은 귀족들은 허릿단이 길고 어깨가 넓으며 단추를 채우지 않는 귀족 제복에 하얀 조끼를 입든지 아니면 법무성의 기장인 월계관을 수놓은 검은 깃이 달린 제복을 입고 있었다. 젊은이들 가운데에는 궁정 복장을 갖춘 사람들도 군중들 사이에 섞여 있었다.

그러나 노소의 구분은 당파의 구분과 일치하지는 않았다. 레빈의 관찰에 따르면 젊은이들 가운데 몇몇은 구파에 속해 있었고, 반대로 나이가 지긋한 귀족들 몇몇은 스비야쥐스키와 소곤거리고 있었는데 아마도 신파의 열렬한 지지자임이 분명했다.

담배를 피우거나 가벼운 식사를 하는 조그만 홀에서, 레빈은 자기편 사람들의 옆에 서서 그들이 말하는 것을 경청하면서 그 내용을 이해하려고 헛되이 정신을 집중시키고 있었다. 세르게이 이바노비치는 그 주변에 모인 다른 그룹의 중심이 되어 있었다. 그는 지금 스비야쥐스키와 흘류스토프의 이야기를 듣고 있었다. 흘류스토프는 같은 당에 속해 있는 다른 군의 귀족 단장이었다. 흘류스토프는 스네트코프를 후보로 출마시키려는 자기 군의 뜻에 동의하지 않았고, 스비야쥐스키는 그렇게 하도록 설득하고 있었다. 세르게이 이바노비치는 그 계획에 찬성하고 있었는데, 레빈은 어째서 반대당이 낙선시키고 싶어 하는 그 귀족 단장에게 출마할 것을 간청하는지 이해하지 못했다.

시종 제복 차림의 스테판 아르카디치는 방금 막 술 한잔을 곁들여 요기를 하고는 가장자리를 장식한 향기로운 하얀 삼베 손수건으로 입을 닦으며 그들 곁으로 다가갔다.

"진지陣地를 구축하고 계시는군요. 세르게이 이바니치!" 그는 양볼의 구레나룻을 쓰다듬으며 말했다.

그리고 그는 얘기에 귀를 기울이다가 스비야쥐스키의 의견을 거들었다.

"한 군만으로 충분합니다. 스비야쥐스키는 이미 반대파인 것이 확실하군요." 그는 레빈을 제외한 모두가 알고 있는 말을 했다.

"어떤가, 코스챠? 자네도 이런 재미를 알게 된 것 같군." 그는 레빈을 향해 이렇게 덧붙이고는 팔짱을 꼈다. 레빈도 그 재미를 알았으면 기뻤을 테지만 무슨 일인지 이해되지 않았다. 그는 얘기하고 있는 사람들로부터 몇 발짝 물러선 다음, 스테판 아르카디치에게 어째서 귀족 단장을 추천하는지 자신의 의혹을 털어놓았다.

"오, 거룩한 단순함이여!"[47] 스테판 아르카디치는 어떻게 된 일인지 간단명료하게 레빈에게 설명해주었다.

만약 지난 선거처럼 모든 군이 현 귀족 단장에게 출마를 요청한다면 그는 만장일치로 선출될 것이다. 그런 일은 있어서는 안 된다. 지금 여덟 개 군이 요청하는 데 동의하고 있으나, 만약 두

개 군이 그걸 거부한다면 스네트코프는 출마를 포기할지도 모른다. 그러면 구파는 자기네 당에서 다른 사람을 선출하겠지만, 그렇게 되면 모든 기대는 어긋날 것이다. 그러나 만약 스비야쥐스키의 군만 요청하지 않는다면 스네트코프는 출마할 것이다. 그러면 그에게 투표하는 척한다. 그러면 반대파는 계산에 혼선을 빚을 것이고, 그때 이쪽에서 후보자를 내면 그 후보자에게 투표할 것이다.

레빈은 이해는 했지만 완전히는 아니었기 때문에 몇 가지 질문을 더 하려고 했다. 그때 갑자기 모두들 웅성거리기 시작하면서 큰 홀 쪽으로 움직였다.

"무슨 일이야? 뭐라고? 누굴?" "위임이라니? 누구에게? 뭐라고?" "빈박하고 있다고?" "위임이 아니야." "플레로프를 인징하지 않아." "어때서, 재판 중인 게 뭐?" "그렇게 되면 아무도 없지. 그건 비열한 짓이야." "법이 그런데!" 레빈은 사방에서 말하는 소리를 듣고 있었다. 그는 어딘가 서둘러 가면서 무언가 놓칠까 두려워하는 사람들과 함께 큰 홀로 향했다. 그리고 귀족들에게 떠밀려 귀족 단장의 테이블로 다가갔다. 그곳에서는 현의 귀족 단장과 스비야쥐스키와 다른 지도자들이 열띤 논쟁을 벌이고 있었다.

28

레빈은 상당히 멀리 떨어져 서 있었다. 그의 옆에서 힘겹게 씩씩거리며 쉰 숨소리를 내는 한 귀족과 두꺼운 구두 바닥으로 삐걱거리는 소리를 내는 또 한 귀족 때문에, 레빈은 분명하게 알아들을 수가 없었다. 멀리서 그에게 들려오는 소리는 귀족 단장의 부드러운 목소리, 그 독설가 귀족의 날카로운 목소리, 스비야쥐스키의 목소리뿐이었다. 그가 이해한 대로라면, 그들은 법조항의 의미와 '심리 중인 자'라는 어구의 의미에 대해 논쟁하고 있는 듯했다.

그때 탁자 쪽으로 다가가려고 하는 세르게이 이바노비치에게 길을 내어주기 위해 군중은 양쪽으로 갈라졌다. 세르게이 이바노비치는 그 독설가 귀족의 얘기가 끝나기를 기다렸다가, 가장 옳은 건 법조항을 살펴보면 될 것 같다고 말하며 비서에게 그 조항을 찾아오도록 부탁했다. 그 조항에는 의견 불일치의 경우 투표를 해야 한다고 적혀 있었다.

세르게이 이바노비치는 조항을 읽고 그 의미를 설명하기 시작했다. 그때 키가 크고 뚱뚱하고 등이 굽고 콧수염을 염색한 어느 지주가 목덜미 뒤에서 떠받친 깃이 달린 꽉 끼는 제복을 입고 나타나서 그의 말을 가로막았다. 그는 탁자로 다가가서 반지 낀 손으로 탁자를 두드리고는 큰 소리로 외쳤다.

"투표합시다! 투표! 무슨 말이 필요해요! 투표해요!"

그때 갑자기 몇몇 사람의 목소리가 웅성거리기 시작하더니 반지를 낀 그 키 큰 귀족이 점점 더 신경질적으로 더욱더 큰 소리로 외쳤다. 그러나 그가 무슨 말을 하는지 알아들을 수 없었다.

그는 세르게이 이바노비치가 제안한 것과 똑같은 말을 하고 있었지만, 분명히 그는 그와 그의 당파 전체를 증오하고 있는 것 같았다. 그리고 그 증오감은 당파 전체에 퍼졌는데, 비록 다른 편에서는 좀 더 예의를 갖춰 분노를 표출했지만 역시 똑같은 저항이 일어났다. 소리를 질러대는 바람에, 순간 모든 게 뒤엉켜서 현의 귀족 단장은 질서를 촉구해야만 했다.

"투표, 투표합시다! 귀족이라면 이해할 거요. 우리는 피를 흘리고 있어……. 황제의 신임을…… 현의 귀족 단장은 생각하지 마시오. 그는 집사가 아니지……. 그런 문제가 아니지 않나……. 그럼 투표하도록 합시다! 이 무슨 추태야……!" 사방에서 적의에 찬 광포한 외침들이 들려왔다. 사람들의 얼굴과 시선은 독설보다 더욱 악의적이고 광포했다. 그들은 화해가 불가능해 보이는 증오를 표출해 내고 있었다. 레빈은 무슨 일인지 전혀 이해할 수 없었고, 플레로프에 관한 문제를 투표에 붙일 것인지 말 것인지를 놓고 이토록 열광하는 모습을 보고 놀랄 뿐이었다. 그는 세르게이 이바노비치가 나중에 설명해준 삼단논법을 잊고 있었던 것이다. 즉 공공의 복지를 위해서는 귀족 단장을 낙선시켜야 하고, 귀족 단장을 낙선시키기 위해서는 과반수의 표가 필요하고, 과반수의 표를 획득하기 위해서는 플레로프에게 투표권을 줘야 한다. 그런데 플레로프의 자격을 인정하기 위해서는 법조항을 어떻게 해석할 것인지를 분명히 설명할 필요가 있었다.

"한 표가 모든 일을 결정할 수 있기 때문에 공공의 복지를 위해 봉사하고 싶으면 진지하고 온당한 절차를 거쳐야만 하는 거야." 세르게이 이바노비치는 이렇게 말을 맺었다.

그러나 레빈은 그런 말을 잊었기에 자기가 존경하는 훌륭한 사람들이 이 같은 불쾌하고 악의적인 흥분 상태에 있는 광경을 보는 것이 매우 괴로웠다. 그는 이 괴로운 심정에서 벗어나기 위해 논쟁이 끝나기를 기다리지 않고, 식기장 옆에서 일하고 있는 하인들 외에는 아무도 없는 홀로 나왔다. 레빈은 그곳에서 식기를 닦고 접시나 술잔을 배치하며 분주히 오가는 하인들을 보고, 그들의 차분하면서도 생기 있는 얼굴들을 보면서 뜻밖에도 악취가 풍기는 방에서 신선한 대기 속으로 나온 것과 똑같은 안정감을 느꼈다. 그는 기분 좋은 마음으로 하인들을 바라보며 이리저리 거닐기 시작했다. 그는 구레나룻이 허연 한 하인이 자기를 놀려대는 다른 젊은이들에게 멸시하는 듯한 시선을 보내며 냅킨 접는 법을 가르치는 모습이 무척 마음에 들었다. 레빈이 막 그 늙은 하인과 얘기를 시작하려 하자, 마침 귀족 후원회의 서기인 한 노인이 그의 관심을 끌었다. 그는 현의 모든 귀족들의 이름과 부성을 아는 것으로 전문가 칭호를 받는 사람이었다.

"콘스탄틴 드미트리치." 노인이 말했다. "형님께서 찾고 계십니다. 투표를 한답니다."

홀로 들어간 레빈은 작은 흰 구슬을 받아들고는 형 세르게이 이바노비치의 뒤를 따라서 테이블로 다가갔다. 그 옆에는 스비야쥐스키가 턱수염을 한 손으로 모아 냄새를 맡으며 의미심장하고 빈정거리는 듯한 표정으로 서 있었다. 세르게이 이바노비치는 한 손을 상자에 넣고 어딘가에 구슬을 넣었다. 그리고 자리를 레빈에게 비켜주고 그대로 서 있었다. 레빈은 다가갔지만 어떻게 된 일인지 잊어버리고 당황해하면서 세르게이 이바노비치를 향해 "어느 쪽에 넣죠?" 하고 물었다. 그는 이런 질문이 들리지 않기를 바라면서 가까이 있는 사람들이 이야기를 하고 있을 때 조용히 물었다. 그런데 말하고 있던 사람들이 순간 말을 멈추는 바람에, 그 무례한 질문이 들리게 되었다. 세르게이 이바노비치는 눈살을 찌푸렸다.

"그건 각자의 신념에 달린 문제지." 그는 엄한 목소리로 말했다.

몇몇 사람들이 웃었다. 얼굴이 붉어진 레빈은 천 밑으로 서둘러 손을 넣고, 구슬이 오른쪽 손에 있었기 때문에 오른쪽 투표함에 구슬을 넣었다. 그는 구슬을 넣고 나서야 왼손도 함께 넣어야 한다는 것을 생각해 내고 왼손을 넣었지만 이미 때는 늦어버렸다. 그래서 그는 더욱 혼란스러워하며 서둘러 맨 뒷줄로 갔다.

"찬성 126표! 반대 98표!" '에르(P)' 자를 발음하지 않는 서기의 목소리가 울려 퍼지자 웃음소리가 들려왔다. 투표함에서 단추 한 개와 호두 두 알이 발견되었기 때문이다. 그 귀족의 투표권이 인정되었고, 신파가 승리를 거두었다.

그러나 구파도 자기들이 졌다고 여기지 않았다. 레빈은 사람들이 스네트코프에게 출마를 권유하는 소리를 들었고, 무언가 말하고 있는 현의 귀족 단장을 에워싸고 있는 귀족들의 무리를 보았다. 레빈은 가까이 다가갔다. 스네트코프는 자기를 향한 그들의 과분한 신뢰와 사랑에 대해 얘기하면서, 공적이라고는 귀족을 위해 12년간 근무한 충실함이 전부라고 귀족들에게 대답했다. 그는 수차례 같은 말을 반복했다. "나는 가능한 한 신념과 진실로 봉사해왔습니다. 여러분의 호의를 높이 평가하고, 그것에 대해 감사할 따름입니다." 그리고 그는 갑자기 눈물이 솟구쳐 하던 말을 멈추고 홀에서 나가버렸다. 그 눈물은 자신에 대한 사람들의 부당함을 의식했기 때문인지, 귀족 계급에 대한 애정 때문인지, 아니면 자신이 적에 둘러싸여 있는 듯한 느낌에서 오는 긴장감 때문인지 모를 일이었지만, 그의 흥분이 전해져서 대부분의 귀족들은 감동을 받았다. 레빈 역시 스네트코프에 대해 정겨움을 느꼈다.

귀족 단장은 출입구에서 레빈과 부딪쳤다.

"실례했습니다." 그는 모르는 사람에게 하듯 말했는데, 이내 레빈을 알아보고는 소심하게 미소를 지었다. 레빈은 그가 무슨 말을 하려다가 흥분 때문에 못하는 것 같아 보였다. 서둘러 가는 그의 표정, 제복과 십자 훈장과 금몰 장식이 달린 흰 바지에 가려진 그의 전체 모습은 레빈으로 하여금 궁지에 몰려 더 이상 빠져나갈 수 없다는 것을 깨달은 짐승의 모습을 연상케 했다. 귀족 단장의 얼굴에 나타난 이 표정은 특히 레빈에게는 더욱 안쓰럽게 느껴졌다. 왜냐하면 바로 어제 레빈은 후견 문제로 그의 저택을 방문했는데 그곳에서 그의 선량하고 가정적인 인간의 위엄 있는 모습을 보았기 때문이었다. 조상 대대로 내려오는 낡은 가구들이 있던 대저택, 세련되지 못하고 지저분한 느낌마저 들지만 예전의 농노제 시대부터 주인을 바꾸지 않고 계속 섬겨온 게 분명해 보이던 정중한 늙은 하인들, 레이스 장식의 실내 모자를 쓰고 터키풍의 숄을 두른 채 귀여운 손녀딸, 즉 딸의 딸을 어르던 통통하고 마음씨 좋은 아내, 학교에서 돌아와 아버지에게 인사를 하며 아버지의 그 큼직한 손에 입을 맞추던 중등학교 6학년생의 귀여운 아들, 아버지의 타이르는 부드러운 말과 태도, 이 모든 건 어제 레빈의 마음에 자신도 모르게 존경과 공감을 불러일으켰다. 레빈은 지금 이 노인이 가엾고 애처로웠다. 그래서 그는 이 노인에게 기분 좋은 말을 해주고 싶었다.

"그럼, 당신이 다시 우리의 귀족 단장이 되시겠군요." 그가 말했다.

"아닐 겁니다." 귀족 단장은 깜짝 놀라 뒤를 돌아보며 말했다. "나는 지쳤고, 이젠 늙어서 말이오. 나보다 더 젊고 훌륭한 사람들이 있으니 그 사람들이 일해야지요."

이렇게 말하고 귀족 단장은 옆문으로 사라졌다.

가장 엄숙한 순간이 다가왔다. 즉시 선거를 시작해야 했다. 양당의 지도자들은 셈을 하면서 정확하게 백과 흑을 세고 있었다.

플레로프에 관한 논쟁은 신당을 위해 플레로프의 한 표를 더 해주었을 뿐만 아니라 시간까지 벌어주었기 때문에 그들은 구당의 간계로 선거에 참여할 수 없었던 세 명의 귀족을 데려오는 데 성공했다. 술이 약한 두 귀족은 스네트코프 일당에 의해서 만취 상태가 돼버렸고, 나머지 한 귀족은 제복을 도둑맞은 것이었다.

그 모든 것을 알게 된 신당은 플레로프에 관한 논쟁이 벌어지는 동안에 그들을 삯마차에 태워 보내서 한 귀족에게는 제복을 입게 하고, 만취 상태의 두 사람 가운데 한 명을 회의장으로 데려올 수 있었다.

"한 사람은 데려왔습니다. 물을 끼얹었었지요." 그를 데리러 갔다 온 지주가 스비야쥐스키에게 다가서며 말했다. "괜찮아요. 도움이 될 겁니다."

"만취 상태는 아닌가요, 넘어지지는 않겠죠?" 스비야쥐스키가 고개를 저으며 말했다.

"아니요, 멀쩡합니다. 여기서 술만 더 먹이지 않으면……. 급사에게는 어떤 종류의 술도 주지 말라고 일러두었습니다."

29

사람들이 담배를 피우거나 가벼운 식사를 하던 좁은 홀은 귀족들로 가득 차 있었다. 흥분은 점점 더 고조되어 모두의 얼굴에 불안한 기운이 느껴졌다. 특히 공의 수를 비롯하여 모든 상황을 세세하게 알고 있는 지도자들의 흥분은 한층 더했다. 그들은 마치 눈앞에 닥친 전투의 지휘관들 같았다. 나머지 사람들은 전투 직전에 있는 병사들처럼 비록 전투태세는 갖추었지만 아직까지는 기분전환거리를 찾는 사람들 같았다. 어떤 사람은 앉거나 서서 뭔가 요기를 하고 있었고, 또 어떤 사람은 궐련을 피우거나 긴 방을 이리저리 거닐면서 오랫동안 만나지 못했던 친구들과 대화를 나누고 있었다.

레빈은 먹고 싶지도 않았고, 담배도 피우지 않았다. 그는 자기 사람들, 즉 세르게이 이바노비치, 스테판 아르카디치, 스비야쥐스키와도 어울리고 싶은 마음이 없었다. 왜냐하면 시종관의 제복을 입은 브론스키가 그들과 함께 서서 유쾌하게 이야기를 나누고 있었기 때문이었다. 레빈은 어제도 선거장에서 그를 보았지만 가능한 마주치고 싶지 않아 그를 피해 다녔었다. 그는 창가에 앉아 무리 지어 있는 사람들을 둘러보며 주변에서 하는 이야기를 듣고 있었다. 그는 갑자기 우울한 생각이 들었다. 그의 눈 안에 들어온 모든 사람들은 생동감 있고 뭔가를 걱정하며 분주했지만, 자기는 해군 제복 차림에 이가 빠져 오물거리는 늙어빠진 노인 옆에 앉아 아무런 흥미도 느끼지 못한 채 하는 일 없이 앉아 있었기 때문이었다.

"지독한 악당이에요! 나도 그자에게 말했는데, 듣지를 않아요. 그럴 줄 알았어요. 그자는 3년 안에 그걸 모을 수가 없다니까요." 포마드를 바른 머리카락을 금실로 장식한 예복의 깃까지 늘어뜨린 등이 굽은 자그마한 한 지주가 분명히 선거를 위해 신은 듯한 새 장화의 굽으로 바닥을 세차게 차며 활기찬 목소리로 말했다. 그 지주는 레빈에게 불만스러운 눈길을 던지더니 홱 돌아섰다.

"그런데 뭔가 개운하지가 않아요. 말해 뭐 하겠어요." 키 작은 지주는 가는 목소리로 말했다.

그 뒤로 한 무리의 지주들이 잰걸음으로 뚱뚱한 장군을 둘러싸며 레빈 쪽으로 다가왔다. 지주들은 분명히 남의 귀를 피해 얘기할 수 있는 곳을 찾는 듯했다.

"내가 저 사내의 바지를 훔치라고 지시했다니요! 어떻게 그런 말을 할 수 있는지. 저 사내는 틀림없이 그걸로 술을 마셔버렸을 텐데요! 공작이 뭐 대수랍니까! 어떻게 그 따위 말을 할 수 있는 건지. 더러운 놈 같으니!"

"내버려두세요! 저들은 조항을 들먹이고 있으니까요." 다른 그룹에서는 이렇게 얘기하고 있었다. "아내도 귀족으로 등록되어 있어야 해요."

"젠장, 조항하고 내가 무슨 상관입니까! 난 양심에 따라 말하는 겁니다. 우린 태생이 귀족이잖아요. 믿으세요. 각하, 코냑이나 한잔하러 가십시다."

다른 무리는 뭐라고 큰 소리를 치고 있는 한 귀족의 뒤를 따라다니고 있었다. 그는 만취 상태인 세 사람 가운데 한 사람이었다.

"나는 마리야 세묘노브나한테 토지를 빌려주는 게 좋다고 늘 조언했어요. 그녀는 돈 버는 방법을 모르거든요." 옛날 참모부의 대령 제복을 입은, 하얀 콧수염을 기른 지주가 기분 좋은 목소리로 말했다.

그는 레빈이 스비야쥐스키의 집에서 만났던 바로 그 지주였다. 레빈은 바로 그를 알아보았다. 그 지주도 레빈을 알아보았고, 그들은 인사를 나누었다.

"반갑습니다! 물론이죠! 기억하다 뿐이겠습니까. 작년에 니콜라이 이바노비치 귀족 단장님 댁에서 뵈었지요."

"그런데 댁의 농장은 어떻습니까?" 레빈이 물었다.

"여전히 그렇습니다, 손해지요." 그의 옆에 멈춰 선 채 공순한 미소를 지으며 대답하는 지주의 얼굴은 당연하다는 듯, 침착하고 확신에 차 있었다. "그런데 우리 현엔 어쩐 일이십니까?" 그가 물었다. "우리 쿠데타[48]에 참여하기 위해 오신 겁니까?" 그는 서툴긴 했지만 단호하게 프랑스어로 말했다. "온 러시아가 여기에 다 모여들었군요. 시종에 장관급 사람들까지 말입니다." 그는 흰 바지와 시종 제복 차림으로 장군과 함께 거닐고 있는 스테판 아르카디치의 당당한 모습을 가리키며 말했다.

"부끄럽게도 귀족 선거의 의미에 대해 제가 잘 모른다는 말씀을 드려야 할 것 같습니다." 레빈이 말했다.

지주는 레빈을 흘끗 바라보았다.

"거기에 이해할 게 뭐가 있겠습니까? 의미 같은 게 있어야 말이죠. 그냥 타성에 의해 유지되고 있는 구시대적 제도인걸요. 저 제복을 좀 보세요. 저 제복들이 대변하고 있잖아요. 이 회의는 치안판사, 상임위원 같은 사람들의 회의지, 귀족회의는 아니거든요."

"그럼 당신은 여기 왜 나오시는 겁니까?" 레빈이 물었다.

"그야 습관 때문이지요. 게다가 대인 관계도 유지해야 하니까요. 일종의 도덕적 의무겠지요. 솔직히 말씀드리면, 개인적인 관심도 있고요. 사위가 상임위원에 출마하려고 하거든요. 그런데 부자가 아니니 이렇게 데리고 다닐 수밖에요. 그런데 저기 사람들은 무엇 때문에 오는 걸까요?" 그는 귀족 단장의 탁자에서 이

---

48 coup d'état(프랑스어)

야기를 하고 있는 그 독설가 신사를 가리키며 말했다.

"신세대 귀족이라고 할 수 있겠죠."

"신세대는 신세대겠지만, 귀족 계급은 아니에요. 저 사람은 토지 소유자고 우리는 지주입니다. 저들도 귀족들처럼 자살행위를 하는 거나 마찬가지입니다."

"시대에 뒤처진 제도라면서요?"

"시대에 뒤처진 건 뒤처진 거지만, 그래도 좀 더 존경심을 갖고 대해야 한단 말이지요. 예를 들면 저 스네트코프만 해도……, 좋고 나쁘고를 떠나서 말입니다. 우리는 천년 동안 성장했습니다. 아시다시피, 앞마당에 작은 정원을 만들려면 계획을 세워야 하는데, 그 자리에 백 년 된 고목이 서 있다고 하면……. 설령 그것이 옹이투성이의 노목이라 할지라도, 작은 화단을 만들기 위해 그 고목을 베어버리지는 않겠지요. 오히려 그 고목을 사용하기 위해 화단 설계를 다시 해야 할 겁니다. 그런 나무는 1년 만에 자라날 수는 없으니까요." 그는 조심스럽게 말하고 곧 화제를 바꾸었다. "그런데, 당신의 농장은 어떻습니까?"

"별로 좋지 않습니다. 5퍼센트 정도예요."

"그렇군요. 그런데 당신은 자신을 셈에 넣지 않으시는군요. 당신도 뭔가 가치가 있지 않습니까? 제 경우를 말씀드리자면, 나도 농사짓기 전까지는 연봉 3천 루블을 받으며 직장생활을 했습니다. 지금은 직장에 다닐 때보다 일은 더 많이 하는데, 당신과 마찬가지로 5퍼센트의 수익밖에 얻지 못했습니다. 아니, 그것도 감사한 일이긴 해요. 그러니 내 노동은 공짜인 거죠."

"그럼 그 일은 왜 하시는 겁니까? 손해나는 게 명백하다면 말입니다."

"그냥 하는 거죠. 무슨 말을 하겠습니까? 습관이죠. 그렇게 하지 않으면 안 되기도 하고요. 좀 더 말씀드리면……." 창문에 팔꿈치를 대고 이야기하던 지주는 말을 계속했다. "농사에 전혀 관심 없는 아들놈은 학자가 되려는 것 같으니, 뒤를 이을 놈이 없는 거지요. 그래도 계속 하는 수밖에요. 올해는 과수원도 만들었어요."

"네, 그러셨군요." 레빈이 말했다. "완전히 공감합니다. 저만해도 제가 하는 농사에서 채산성을 기대하지 못하면서도, 역시 일을 계속하고 있으니까요……. 토지에 대한 일종의 의무감 같은 거라고 해야 할까요."

"제 얘기가 바로 그겁니다." 지주는 계속해서 말했다. "이웃 상인이 우리 집에 왔기에 밭과 과수원을 함께 거닌 적이 있어요. 그런데 그때 그 사내가 '아니, 스테판 바실리치, 댁에는 모든 게 다 잘 정리되어 있는데 정원은 손보지 않으셨군요.' 하고 말하는 겁니다. 그런데 우리 집 정원은 손질이 되어 있었거든요. 그는 '제 생각으로는 저런 보리수는 베어버리는 게 좋을 텐데요. 양분만 흡수할 뿐이거든요. 저기 보리수 천 그루를 베면 한 그루에서 수피가 두 장씩 나올걸요. 요즘 수피 가격이 좀 올랐어요. 보리수에서 목재도 얻을 수 있을 겁니다.' 하고 말하더군요."

"그는 그 돈으로 가축을 사거나 땅을 헐값에 사서 농민들에게 임대하겠죠." 이미 수차례 그와 비슷한 계산에 부딪힌 레빈은 미소를 지으며 이야기를 마무리했다. "그렇게 그는 재산을 만들어 가는 거죠. 당신이나 나 같은 사람은 오직 가진 것이라도 잘 지켜서 자식들에게 남겨주면 다행입니다."

"결혼하셨다는 말씀은 들었습니다." 지주가 말했다.

"네." 레빈은 자랑스러운 듯 만족한 표정으로 대답했다. "그건 왠지 이상하거든요." 그는 계속 말했다. "우리는 채산성도 생각하지 않고, 마치 고대 베스타 신녀들[49]이 어떤 불을 지키듯 그렇게 살아가고 있으니까요."

지주는 흰 콧수염 사이로 히죽 웃었다.

"우리들 중에도 그 같은 사람은 있어요. 저기 우리의 친구 니콜라이 이바니치나 이번에 여기에 정착한 브론스키 말입니다. 그들은 농산업을 이끌어 가고 싶어 하거든요. 지금까지는 자본만 들어갔을 뿐 아무런 성과를 내고 있지는 못하지만요."

"그런데 우리는 왜 장사꾼들처럼 못하는 거죠? 수피를 얻기 위해 어째서 정원수를 베지 않는 걸까요?" 레빈은 자신을 놀라게 한 얘기로 되돌아가서 말했다.

"그건 당신의 말처럼 불을 지키는 일이에요. 어쨌든 귀족이

---

49 고대 로마에서 가정의 부뚜막을 지키는 수호 여신 베스타의 신전에서
    불을 지키는 신녀들

할 일이 아니니까요. 우리 귀족의 일은 여기 선거장이 아니라 자기 영지에서 이루어집니다. 무엇을 해야 하고, 무엇을 하면 안 되는지는 확실히 계급적인 본능이 있어야 하거든요. 그건 농부도 마찬가지일 거예요. 그들을 늘 지켜보고 있는 거지요. 훌륭한 농부일수록 가능한 많은 토지를 빌리려고 해요. 그게 아무리 나쁜 토지라 해도 계속 경작을 하는 거죠. 채산성은 여전히 없고, 손해뿐이라는 것도 알지만 말이죠."

"우리와 똑같군요." 레빈이 말했다. "만나게 돼서 정말, 정말 반갑습니다." 그는 자기 쪽으로 다가오는 스비야쥐스키를 보고 덧붙여 말했다.

"댁에서 뵙고 오늘 처음입니다." 지주가 말했다. "얘기하느라 징신이 팔렸습니다."

"그래, 새 제도에 대해 험담하신 겁니까?" 스비야쥐스키는 미소를 지으며 말했다.

"그 얘기도 했지요."

"속이 다 시원하겠군요."

30

스비야쥐스키는 레빈의 팔짱을 끼고 자기 편 사람들에게로 그를 데려갔다.

레빈은 더 이상 브론스키를 피할 수 없었다. 브론스키는 스테판 아르카디치와 세르게이 이바노비치와 함께 서서 다가오는 레빈을 바라보고 있었다.

"반갑습니다. 예전에 당신을 뵌 기쁨을 가진 적이 있는 것 같은데……, 셰르바츠카야 공작 부인 댁에서요." 그는 레빈에게 손을 내밀며 말했다.

"네, 저도 잘 기억하고 있습니다." 레빈은 새빨갛게 얼굴을 붉히고는 이내 몸을 돌려 형과 이야기하기 시작했다.

가볍게 미소를 지은 브론스키는 스비야쥐스키와 하던 말을 계속했는데, 레빈과 얘기하고 싶은 마음은 전혀 없는 듯했다. 그러나 레빈은 형과 이야기를 나누면서도 조금 전의 무례한 행동을 보상하고 싶은 마음에 그와 어떤 이야기를 시작해야 할지 궁리하면서 브론스키 쪽을 끊임없이 바라보았다.

"지금 문제가 뭐죠?" 레빈은 스비야쥐스키와 브론스키 쪽으로 돌아보며 물었다.

"스네트코프에 관한 거예요. 그가 동의하든 거부하든 정해져야 하거든요." 스비야쥐스키가 대답했다.

"그래, 어떻게 됐어요? 동의한 건가요, 아닌가요?

"바로 그게 문제예요. 이도 저도 아니거든요." 브론스키가 말했다.

"그가 거부하면 누가 출마하는 거죠?" 레빈은 브론스키를 보며 말했다.

"하고 싶은 사람이겠지요." 스비야쥐스키가 말했다.

"당신이 나갈 건가요?" 레빈이 물었다.

"아니, 저는 아니지요." 당황한 스비야쥐스키는 세르게이 이바노비치 옆에 서 있는 그 독설가에게 놀란 시선을 던지며 말했다.

"그럼 누가 나가나요? 네베도프스키인가요?" 레빈은 자신이 헷갈리고 있다는 것을 느끼며 말했다.

그런데 그것으로 더욱 상황이 나빠졌다. 네베도프스키와 스비야쥐스키는 둘 다 입후보자였기 때문이었다.

"난 어떤 경우에도 사양입니다." 그 독설가가 대답했다.

그가 바로 네베도프스키였던 것이다. 스비야쥐스키는 그에게 레빈을 소개했다.

"왜, 자네 찔리는 건가?" 스테판 아르카디치가 브론스키에게 눈짓을 하며 말했다. "이것도 경마와 비슷하니 내기를 걸 수도 있겠지."

"그래, 찔리는군." 브론스키가 대답했다. "한번 시작하면 끝을 보고 싶어지니 전쟁이나 다름없지!" 그는 인상을 찡그리고 자신의 다부진 광대뼈를 죄며 말했다.

"스비야쥐스키는 대단한 수완가야! 그의 일은 모든 게 분명하거든."

"그래, 그렇지." 브론스키는 건성으로 대답했다.

그리고 침묵이 흐르자 브론스키는 눈을 어디다 두어야 할지 몰라 레빈을, 그의 발을, 그의 제복을 바라보았다. 그리고 순간 그의 얼굴을 보았을 때, 자기를 바라보는 그의 우울한 시선을 알아차리고는 어떤 말이라도 하기 위해 말을 꺼냈다.

"그런데 당신은 시골에서 내내 생활을 하시면서 어떻게 치안판사가 아니신 거죠? 치안판사의 제복 차림이 아니시군요."

"난 지방법원을 어리석은 제도라고 생각하거든요." 레빈은 우울한 얼굴로 대답했다. 그는 처음 만났을 때 저지른 무례한 행동을 보상하기 위해 브론스키에게 말을 붙일 기회를 엿보고 있었다.

"난 그렇게 생각하지 않아요. 오히려 그 반대지요." 브론스키는 놀란 표정으로 침착하게 말했다.

"그건 장난감에 불과합니다." 레빈은 그의 말을 가로막았다. "우리에게 치안판사는 필요 없습니다. 난 8년 동안 한 번도 소송

한 적이 없거든요. 한 건이 있었는데, 정반대의 판결이 났지요. 치안판사는 우리 집에서 40베르스타 떨어진 곳에 있습니다. 겨우 2루블의 사건을 위해 15루블을 주고 대리인을 보내야 하는 겁니다.”

그리고 그는 어느 농부가 방앗간에서 밀가루를 훔쳤던 이야기를 들려주었다. 내용인즉, 방앗간 주인이 그 사실을 말하자 그 농부는 비방죄로 소송을 제기했다는 것이다. 그건 상황에 어울리지 않는 엉터리 같은 이야기였다. 레빈 자신도 이야기를 하면서 그것을 느꼈다.

“오, 자넨 여전히 독특하군!” 스테판 아르카디치는 특유의 우아한 미소를 지으며 말했다. “자, 그럼 가십시다. 투표를 하는 것 같은데…….”

그래서 그들은 흩어졌다.

“이해가 안 돼.” 세르게이 이바노비치는 동생의 서투른 행동을 알아채고는 이렇게 말했다. “아니, 어떻게 그 정도로 정치적인 감각이 결여되었는지 말이다. 하기야 바로 그게 우리 러시아인들에게 없는 것이기도 하지만. 현의 귀족 단장은 우리들의 정적인데 넌 그 친구와 사이좋게[50] 지내기도 하고, 출마하라고 권하기까지 하는구나. 그런데 브론스키 백작 말이다……. 나도 그를 친구로 삼으려는 마음은 없어. 만찬에 초대했지만 가지는 않

을 거야. 하지만 그는 우리 편이니까 그를 적으로 만들 필요는 없어. 그리고 넌 네베도프스키가 출마하는지 물었는데, 그렇게 하면 안 되는 거야.”

“아, 난 아무것도 모르겠어요! 이 모든 게 하찮은 일이잖아요!” 레빈은 침울하게 대답했다.

“넌 모든 걸 하찮게 여기면서 뭐든지 다 엉망으로 만들어버리잖니.”

레빈은 잠자코 있었다. 그리고 그들은 함께 큰 홀로 들어갔다.

현의 귀족 단장은 자기를 향한 계략의 분위기를 느끼고 있었음에도 불구하고, 또 모든 사람이 자기에게 출마를 권유했던 것이 아니었음에도 불구하고 역시 출마하기로 결심했다. 큰 홀은 정적이 흘렀다. 서기는 큰 목소리로 근위대장 미하일 스테파노비치 스네트코프가 현의 귀족 단장 후보에 출마한다는 것을 선언했다.

군의 귀족 단장들은 작은 공이 담긴 접시를 들고 각자 자기 탁자에서 현 귀족 단장의 탁자로 걸어갔다. 드디어 선거가 시작되었다.

“오른쪽에 넣게.” 스테판 아르카디치는 형과 함께 현 귀족 단장의 뒤를 따라 탁자로 다가서서 레빈에게 속삭였다. 그런데 레빈은 사람들이 자신에게 설명해준 계획을 잊어버리고 스테판 아르카디치가 실수로 ‘오른쪽’이라고 한 건 아닌지 불안했다. 스네트코프는 적이잖아. 레빈은 투표함에 다가갔을 때 오른손에 공을 들고 있었는데 그것이 잘못된 것이라고 생각하고는 투표함 바로 앞에서 공을 왼손에 옮겨 들고 그것을 왼쪽에 집어넣었다. 팔꿈치의 움직임만 보고도 누가 어디에 넣었는지 알아보는 전문가는 투표함 옆에 서 있다가 무심결에 눈살을 찌푸렸다. 그는 자신의 통찰력을 연습할 수 없었기 때문이었다.

정적이 흐르고 공을 세는 소리만이 들렸다. 이윽고 한 목소리가 찬성과 반대의 수를 선언했다.

귀족 단장은 현저히 많은 표를 얻어 선출되었다. 모두들 웅성거리면서 출구 쪽으로 몰렸다. 스네트코프가 들어서자, 귀족들은 그에게 축하 인사를 건네며 그를 에워쌌다.

"그럼, 이제 끝난 거죠?" 레빈이 세르게이 이바노비치에게 물었다.

"이제 시작이지요." 세르게이 이바노비치를 대신해서 스비야쥐스키가 미소를 지으며 대답했다. "다른 후보가 더 많은 표를 얻을 수도 있지요."

레빈은 또다시 그것에 대해 완전히 잊고 있었다. 그는 이제 겨우 거기에는 어떤 미묘한 점이 있었다는 것을 기억해 냈지만, 그게 어떤 것이었는지 생각해 내는 건 귀찮은 일이었다. 그는 기분이 침울해져서 이런 군중 속에서 벗어나고 싶었다.

어느 누구도 자기에게 관심을 갖지 않고, 또 아무도 자기를 필요로 하지 않는다고 생각한 그는 사람들이 가벼운 식사를 하는 작은 홀 쪽으로 조용히 나갔다. 그리고 다시 하인들을 보자, 그는 마음이 한결 안정되는 것을 느꼈다. 늙은 하인이 그에게 음식을 권하자 레빈은 먹겠다고 말했다.

콩을 곁들인 커틀릿을 먹고 하인과 예전의 주인들에 대해 이야기를 하고 난 레빈은 심히 불쾌한 홀로 가고 싶지 않아서 청중석으로 나가보았다.

청중석에는 화려하게 차려입은 부인들로 가득했다. 그들은 아래층에서 하는 말을 하나로 놓치지 않으려는 듯 난간 너머로 몸을 내밀고 있었다. 부인들 주위에는 우아한 변호사와 안경을 쓴 중등학교 교사들과 장교들이 앉아 있거나 서 있었다. 온통 선거 얘기뿐이었다. 귀족 단장이 얼마나 괴로워했는지, 논쟁이 얼마나 멋졌는지에 대한 얘기가 오갔다. 레빈은 어느 한 무리에서 형에 대한 칭찬을 들었다. 어느 부인이 변호사에게 이렇게 말했다.

"코즈니셰프의 연설을 듣게 되어 얼마나 기쁜지 몰라요! 저런 연설이라면 굶어도 좋아요. 너무 멋져요! 명쾌하고, 모든 것이 분명하게 잘 들리잖아요. 법정에서도 저렇게 말을 잘하는 사람은 없어요. 한 사람, 마이델 정도 있겠네요. 하지만 그 사람 역시 저 정도로 화술이 좋은 건 아니죠."

난간 옆에 빈자리를 발견한 레빈은 몸을 내민 채 보고 듣기 시작했다.

귀족들은 모두들 군 단위로 나뉜 칸막이 너머에 앉아 있었다. 홀의 한가운데에 제복 차림의 남자가 서서 가늘고 큰 목소리로 선포했다.

"기병 이등대위 예브게니 이바노비치 오푸흐틴이 현 귀족 단장 후보로 출마합니다!"

죽음 같은 침묵이 흘렀다. 한 노인의 힘없는 목소리가 들려왔다.

"기권합니다!"

"칠등 문관 표트르 페트로비치 볼이 출마합니다." 목소리가 다시 말했다.

"기권합니다!" 젊은이의 날카로운 목소리가 울려 퍼졌다.

또다시 같은 상황이 반복되었다. 또다시 '기권합니다.' 하는 소리가 들려왔다. 이런 일이 한 시간쯤 이어졌다. 레빈은 난간에 팔을 괸 채 듣고 보고 있었다. 처음에는 놀라서 그게 무슨 의미인지 이해해보려고 애쓰다가 도저히 이해할 수 없을 거라는 확신이 서자 그만 지겨워지기 시작했다. 그리고 모든 사람들의 얼굴에서 보았던 흥분과 분노의 빛을 떠올리자 그는 우울함에 휩싸였다. 그는 떠나야겠다고 생각하고 아래로 내려갔다. 그는 청중석 입구를 지나다가 눈이 충혈되고 우울해 보이는 중학생이 이리저리 오가는 것을 보았다. 그리고 계단에서 한 쌍의 남녀와 부딪쳤다. 그들은 하이힐을 신고 서둘러 뛰어오는 부인과 걸음이 가벼워 보이는 검사보였다.

"늦지 않을 거라고 했잖아요." 레빈이 부인에게 길을 내주려고 비켜섰을 때 검사보가 말했다.

레빈이 출구 계단까지 나와 조끼 호주머니에서 외투의 번호표를 꺼냈을 때 서기가 그를 잡혔다. "콘스탄틴 드미트리치, 투표가 진행 중입니다."

출마에 나가지 않겠다고 그토록 단호한 입장을 취하던 네베도프스키가 후보로 출마에 나섰다.

레빈은 홀 입구로 다가갔다. 문은 닫혀 있었다. 서기가 노크를 하자 문이 열리고 두 지주가 발갛게 달아오른 얼굴로 레빈 곁을 지나갔다.

"더 이상 못하겠군." 일굴이 발갛게 달아오른 지주 중 한 사람이 말했다.

그 지주의 뒤로 현 귀족 단장의 얼굴이 보였다. 그의 얼굴은 심한 피로와 두려움으로 끔찍한 지경이었다.

"아무도 내보내지 말라고 했을 텐데!" 그는 경비에게 소리쳤다.

"안으로 들인 겁니다, 각하!"

"하느님 맙소사!" 현 귀족 단장은 무겁게 한숨을 내쉬었다. 그는 하얀 바지를 입은 다리를 힘겹게 끌면서 고개를 숙인 채 홀 한가운데 있는 커다란 탁자 쪽으로 갔다.

예상대로 네베도프스키는 다수의 표를 얻어 현의 귀족 단장이 되었다. 많은 이들이 즐거워했고, 많은 이들이 만족스럽고 행복해했으며, 많은 이들이 열광했다. 반면 많은 사람들이 또한 불만스럽기도 하고, 불행하기도 했다. 현 귀족 단장은 숨길 수 없

을 만큼 큰 절망감에 빠졌다. 네베도프스키가 홀에서 나가자, 군
중들은 그를 에워싸고 환호하면서 그의 뒤를 따라갔다. 첫날 선
거를 개회한 주지사의 뒤를 따라가던 때와 같이, 스네트코프가
귀족 단장 후보에 선출되었을 때 그의 뒤를 따라가던 때와 같
이…….

31

새로 선출된 귀족 단장과 승리를 거둔 신당의 많은 인사들이 그날 브론스키의 저택에서 만찬을 가졌다.

브론스키가 선거에 온 것은 시골 생활의 따분함 때문도 있었지만, 안나에게 자신의 자유에 대한 권리를 확실히 보여주기 위한 것이기도 했고, 지방자치회의 선거에서 브론스키를 위해 애써준 스비야쥐스키의 노고에 대한 보답이기도 했다. 그래도 가장 큰 이유는 자기 스스로 선택한 귀족과 지주로서의 모든 의무를 엄격히 수행하기 위해서였다. 그러나 브론스키는 이 선거가 이토록 흥미롭고 자신을 자극하리라고는, 자기가 이토록 훌륭하게 해내리라고는 생각지도 못했다. 그는 이곳 귀족 사회에서는 완전히 새로운 얼굴이었지만 분명히 성공을 거두었고, 귀족들 사이에서 어떤 영향력을 획득했다고 생각해도 착각이 아니었다. 그가 이 같은 영향력을 갖게 된 이유는 그의 재산과 가문, 카신에서 번성하고 있는 은행의 창설자이자 재정을 맡아보고 있는 오랜 지인 시르코프가 그에게 양도한 시내의 훌륭한 저택, 마을에서 데리고 온 브론스키 집안의 뛰어난 요리사, 한때 브론스키의 도움을 받은 현지사와의 단순한 동료 이상의 친분 때문이기도 했다. 그러나 무엇보다 도움이 된 건 사람에 대해 예외 없이 소탈하고 진솔한 그의 태도 때문이었는데, 그것은 그에 대해 대다수 귀족들이 생각하는 오만하다는 생각을 일축시켜주었다. 그는 자신에게 이런저런 이유도 없이[51] 터무니없는 악의를 품고 상황에 어울리지 않는 어리석은 소리를 해대는, 키티 셰르바츠카야와 결혼한 우스꽝스러운 신사를 제외하면, 자신과 인사를 나눈 귀족들이 모두 자기편이 된 것을 느꼈다. 그는 네베도프스키의 성공에 대해서도 자신의 영향이 지대했다는 것을 알고 있었고 많은 사람들도 그것을 인정하고 있었다. 그는 지금도 자기 집의 식탁에 앉아 있으면서 자기가 선출한 당선자로 인해 기분 좋은 승리감을 느끼고 있었다. 선거 자체에 흥미를 느낀 그는 앞으로 3년 안에 정식으로 결혼을 한다면 자기가 직접 출마해 봐야겠다고 생각했다. 그건 마치 기수의 활약으로 상을 탄 후에 자기가 직접 경마에 참가하고 싶은 마음이 생기는 것과 같은 것이었다.

어쨌든 지금은 기수의 승리를 축하하고 있었다. 브론스키는 식탁의 상석에 앉아 있었고, 그 오른쪽에는 시종 장관인 젊은 지

사가 앉아 있었다. 브론스키가 본 바로, 그 젊은 지사는 선거에서 장엄하게 개회를 선언하고 연설하여 모든 사람에게 존경과 경외심을 불러일으킨 이 현의 주인이었다. 그러나 브론스키에게는 자기 앞에서 안절부절못하는, 그래서 자신이 용기를 북돋아 주는 마슬로프 카트카―그건 유년학교 시절 그의 별명이었다―에 불과했던 것이다. 왼쪽에는 젊고 완고하며 독기에 찬 표정으로 네베도프스키가 앉아 있었다. 브론스키는 그에게 진솔하고도 존경 어린 태도를 취했다.

스비야쥐스키는 자신의 실패를 즐겁게 견뎌 내고 있었다. 그건 그 자신도 말했듯이 실패가 아니었다. 그는 샴페인 잔을 들고 네베도프스키를 향해 귀족 계급이 나아가야 할 새로운 방향의 대표자로서 더 나은 인물을 찾을 수 없을 거라고 말했다. 따라서 그가 말한 것처럼 모든 정직한 사람들은 오늘의 성공을 지지하며 그것을 축하했다.

스테판 아르카디치도 역시 유쾌한 시간을 보낸 것에 대해, 모두들 만족한 것에 대해 기뻤다. 훌륭한 만찬이 진행되는 동안 선거에 대한 에피소드가 계속 터져 나왔다. 스비야쥐스키는 전임 귀족 단장의 눈물 어린 연설을 재미있게 흉내 내어 보이고는, 네베도프스키를 향해 각하께서는 회계 감사를 할 때 눈물보다 좀 더 복잡한 방법을 선택해야 할 거라고 말했다. 그러자 농담을 잘하는 다른 귀족이 현 귀족 단장의 무도회를 위해 스타킹을 신은 하인들이 불려왔다고 하면서, 이제 신임 귀족 단장이 스타킹을

신은 하인들과 무도회를 열지 않으면 그들을 되돌려 보내야 한다고 말했다.

만찬이 진행되는 동안 사람들은 네베도프스키에게 끊임없이 '우리 현의 귀족 단장'이라느니, '각하'라고들 불렀다.

이것은 젊은 부인을 남편의 성에 따라 부르거나 '마님'이라고 부르는 것과도 같은 만족감을 주었다. 네베도프스키는 그렇게 부르는 것에 대해 무관심했을 뿐만 아니라 오히려 그것을 혐오하는 듯 보였다. 그래도 마음속으로는 행복했으며 모두가 속한 이 새로운 자유주의적인 분위기와 어울리지 않는 감동을 드러내지 않으려고 자제하고 있는 게 분명했다.

만찬이 진행되는 동안 선거의 경과에 관심 있는 사람들에게 몇 통의 전보가 보내졌다. 기분이 한껏 들뜬 스테판 아르카디치도 다리야 알렉산드로브나에게 다음과 같은 전보를 쳤다. '네베도프스키, 20표차로 당선. 축하함. 전해주기 바람.' 그는 "그들도 기뻐야 할 테니까." 하고 말하고는 그것을 받아 적게 했다. 그러나 전보를 받은 다리야 알렉산드로브나는 전보료 1루블로 한숨을 쉬었을 뿐이었다. 그녀는 그 전보가 만찬이 끝날 무렵에 친 것이라는 걸 알고 있었다. 그녀는 만찬이 끝날 무렵에 전보를 남발하는[52] 스티바의 습관을 알고 있었기 때문이었다.

---

52 faire jouer le télégraphe(프랑스어)

훌륭한 음식과 곁들여, 러시아 상점에서가 아닌 외국에서 직접 가져온 술을 비롯해 모두 다 매우 고급스럽고 담백하고 즐거웠다. 이 모임의 스무 명 정도 되는 사람들은 스비야쥐스키가 선택한 사람들로 모두들 같은 자유주의적 성향을 지닌 새로운 활동가들이었고, 더불어 기지가 넘치고 정직한 사람들이었다. 반 농담처럼 새로운 현 귀족 단장을 위해, 지사를 위해, 은행장을 위해, 그리고 '우리의 친절한 주인을 위해' 축배를 들었다.

브론스키도 만족해하고 있었다. 그는 시골에서 이처럼 유쾌한 분위기를 전혀 예상하지 못했었다.

만찬이 끝나갈 즈음, 분위기는 더욱 쾌활해졌다. 지사는 자기 아내가 주최하는 **형제들**[53]을 위한 자선 음악회에 참석해달라고 브론스키에게 부탁했다. 그리고 지사는 자기 아내도 그와 인사를 나누고 싶어 한다고 덧붙였다.

"거기에서 무도회도 열릴 거예요. 우리 마을의 미인들을 보시게 될 겁니다. 정말 재미있어요."

"제 분야가 아닌데요."[54] 이 표현을 좋아하는 브론스키가 대답했다. 하지만 미소를 지으며 참석하겠다고 약속했다.

다들 식탁을 떠나려고 하면서 담배를 피우기 시작했을 때, 브론스키의 시종이 편지를 담은 쟁반을 들고 그에게 다가왔다.

---

53 슬라브족 형제들을 말한다.

54 Not in my line.(영어)

"보즈드비젠스코예에서 급사가 전갈을 갖고 왔습니다." 의미 심장한 표정으로 시종이 말했다.

"놀랍군. 저 친구는 검사보 스벤치스키를 닮았는걸." 한 손님이 프랑스어로 시종에 대해 말했고, 그때 편지를 읽던 브론스키가 얼굴을 찡그렸다.

편지는 안나가 보낸 것이었다. 그는 편지를 다 읽기도 전에 이미 그 내용을 알고 있었다. 그는 선거가 닷새 정도면 끝날 것이라 예상하고 금요일에 돌아가겠다고 약속했던 것이다. 오늘이 토요일이기 때문에 편지에는 그가 제시간에 돌아오지 않는 것에 대한 비난의 내용이 있을 것임이 분명했다. 그가 어젯밤에 보낸 편지는 아마도 아직 도착하지 않았을 것이었다.

내용은 그가 예상했던 대로였지만, 그 문투는 뜻밖에도 유달리 불쾌감을 자아냈다. '아니가 많이 아파요. 의사는 염증일 수도 있다고 해요. 나 혼자 어떻게 해야 할지 모르겠어요. 바르바라 공작 영애는 도움은커녕 오히려 방해만 되고 있어요. 난 그제도, 어제도, 3일째 당신을 기다리고 있어요. 당신이 어디서 뭘 하고 있는지 알아보려고 사람을 보냅니다. 내가 직접 갈까 하다가, 당신의 기분이 상할 것 같아서 그만두었어요. 어떻게 해야 할지 답신을 주세요.'

아이가 아픈데, 그녀는 직접 오려고 했다. 딸이 아픈데, 이 적의에 가득 찬 문투라니.

선거를 축하하는 이 순수한 즐거움과 그가 돌아가야만 하는

그 우울하고 괴로운 사랑이 서로 극명한 차이를 보이며 브론스
키에게 큰 충격을 주었다. 그러나 그는 가야만 했다. 그래서 그
는 그날 밤 첫 기차를 타고 집으로 떠났다.

32

브론스키가 선거를 위해 떠나기 바로 직전, 그가 떠날 때마다 반복되는 말다툼은 그의 사랑을 식게 만들 뿐 그의 마음을 잡지 못한다고 생각한 안나는 그와 헤어지는 것을 침착하게 받아들이기 위해 가능한 노력하려고 마음먹었다. 그런데 그가 자신의 출발을 알리러 왔을 때 그녀를 바라보던 그 차갑고도 엄숙한 시선은 그녀에게 모욕감을 주었다. 그래서 그가 떠나기도 전에 그녀의 평정심은 흔들리고 있었다.

그 후 혼자 남게 된 안나는 자유의 권리를 주장하던 그 시선을 곰곰이 생각하면서 늘 그랬던 것처럼 한 가지 결론, 즉 자신을 멸시했다는 생각에 이르렀다. '그이는 원하는 곳이면 어디든 언제나 갈 수 있는 권리를 가지고 있어. 떠날 수 있을 뿐만 아니라 나를 두고 갈 권리도 있지. 그는 모든 권리를 가지고 있는데, 나에게는 아무것도 없어. 그것을 아는 그이는 그렇게 하면 안 되는 거야. 그런데 그이는 도대체 무슨 짓을 했지……? 그이는 나를 무섭고 차가운 시선으로 바라보았어. 물론 그것은 애매하고 불분명하지만, 이전에는 없었던 일이잖아. 그러니까 그 시선에는 많은 의미가 있는 거야.' 그녀는 생각했다. '그건 사랑이 식고 있다는 것을 보여주는 거겠지.'

그렇게 그녀는 사랑이 식어가고 있다고 확신하면서도 여전히 할 수 있는 일이 아무것도 없었다. 그렇다고 그에 대한 자신의 그 어떤 태도도 바꿀 수 없었기 때문에 그녀로서는 다만 전처럼 자신의 사랑과 매력으로 그를 묶어 둘 수밖에 없었다. 그리고 이전과 마찬가지로 낮에는 일을 하고, 밤에는 모르핀으로, 그의 사랑이 식을지도 모른다는 무서운 생각에서 벗어날 수 있었다. 한 가지 방법이 있기는 했다. 그를 잡아 두는 게 아니라—그러기 위해서 그녀는 그의 사랑 외에는 다른 아무것도 바라는 게 없었다—그와 가까이 지내며 그가 그녀를 떠나지 않도록 만드는 것이다. 그 방법은 이혼하고 정식으로 결혼하는 것이었다. 그래서 그녀도 그것을 바라게 되었고, 그나 스티바가 그것에 대해 말을 꺼내면 곧바로 동의하리라고 결심했다.

그런 생각 속에서 그녀는 그가 집을 비워야 했던 그 닷새를 그 없이 보냈던 것이다.

산책, 바르바라 공작 영애와의 대화, 병원 방문, 그리고 무엇보다 독서, 쉴 새 없이 독서하면서 그녀는 시간을 보냈다. 그런데 엿새째에 마부가 혼자 돌아오자, 그녀는 이제 그 무엇으로도 그에 대한 생각, 그가 그곳에서 무엇을 하고 있는지 생각하는 것을 억제할 힘이 없다는 것을 깨달았다. 때마침 딸이 아프기 시작했다. 안나는 딸아이를 간호하기 시작했지만 그래도 그녀의 기분을 달래주지는 못했다. 더욱이 위험한 병도 아니었다. 그녀는 아무리 애를 써도 딸아이를 사랑할 수도, 사랑하는 척할 수도 없었다. 그날 밤, 혼자 남게 된 안나는 그에 대해 너무도 불안한 마음이 들어서 시내로 가볼 마음을 먹었다가 곰곰이 생각한 끝에, 브론스키가 받은 그 모순투성이의 편지를 써서는 다시 읽어보지도 않고 급사에게 전갈을 들려 보냈던 것이다. 다음 날 아침 그녀는 그의 편지를 받고서야 자기가 한 짓을 후회했다. 안나는 특히 그가 딸아이가 심각하게 아픈 게 아니라는 사실을 알게 되면, 출발하면서 던졌던 그 차가운 시선으로 다시 자신을 바라볼 것이 예상되자 너무도 두려웠다. 그러면서도 그녀는 그에게 편지 쓴 것을 기쁘게 생각했다. 지금 안나는 그에게 자기가 무거운 짐으로 느껴질 것이고, 그가 자유를 버리고 집으로 돌아오는 것을 유감스럽게 여기고 있을 거라는 사실도 인정하고 있었지만, 그래도 그가 돌아오는 게 기뻤다. 비록 그가 무거운 짐으로 느낀다고 해도, 그녀가 볼 수 있고 그의 행동 하나하나를 알 수 있도록 그녀와 함께 그곳에 있게 될 것이다.

안나는 응접실의 램프 밑에 앉아 텐[55]의 신간을 읽으면서 바

---

55 프랑스의 역사가이자 비평가 작가인 이폴리트 텐(1828~1893)은 심리학 방법론인 『지성론』을 출간하였다.

깥의 바람 소리에 귀를 기울이며 마차의 도착만을 기다리고 있었다. 그녀는 마차의 바퀴 구르는 소리를 여러 번 들은 듯했으나, 그것은 착각이었다. 그리고 마침내 마차의 바퀴 소리뿐만 아니라 마부의 외침 소리와 지붕 덮인 현관의 둔탁한 소리가 들렸다. 트럼프로 점을 치던 바르바라 공작 영애도 그것을 확인해주었기 때문에 안나는 상기된 얼굴로 자리에서 일어났다. 그러나 이미 두 번이나 아래층에 다녀왔기 때문에, 이번에는 아래층으로 내려가지 않고 그 자리에 멈춰 서 있었다. 그녀는 갑자기 자신의 거짓말이 부끄럽게 느껴졌지만, 그래도 무엇보다 두려운 건 그가 자기를 어떻게 대할 것인가 하는 것이었다. 자신이 당했다고 느꼈던 모욕감은 사라지고 오직 그의 불만스러운 표정을 볼 것이 두려웠다. 그녀는 딸아이의 병세가 둘째 날부터 완전히 좋아진 것을 생각해 내고는, 편지를 보내자마자 딸아이가 회복된 것이 심지어 짜증이 났다. 그리고 그녀는 그를 떠올렸다. 그가 이곳에, 그의 손도 그 눈도 모두 이곳에 있었다. 그의 목소리를 들은 그녀는 순간 모든 걸 다 잊고 기쁨에 가득 차 그를 맞이하러 달려갔다.

"아니는 어때요?" 그는 자기에게로 달려오는 안나를 밑에서 올려다보며 조심스럽게 물었다.

그는 의자에 앉아 있었고, 하인이 그의 방한용 부츠를 벗기고 있었다.

"괜찮아요. 좋아졌어요."

"당신은요?" 그는 몸을 흔들며 말했다.

그녀는 그의 얼굴에서 눈을 떼지 않고 양손으로 그의 손을 잡아 자기의 허리로 끌어당겼다.

"정말 잘됐군요." 그는 그녀를, 그녀의 머리 모양을, 그녀가 자기를 위해 갈아입은 것임을 알고 있는 바로 그 옷차림을, 차가운 시선으로 바라보며 말했다.

그는 그 모든 것을 좋아했지만, 이미 얼마나 많이 좋아했던가! 그때 그녀가 그토록 두려워했던 그 엄하고 차가운 표정이 그의 얼굴에 떠올랐다.

"그거 정말 잘됐어요. 당신 건강은요?" 그는 손수건으로 젖은 턱수염을 닦고 그녀의 손에 키스하며 말했다.

'상관없어.' 안나는 생각했다. '그이만 여기 있으면 돼. 여기에 있으면, 나를 사랑하지 않을 수 없어. 사랑하지 않고는 못 배길 테니까.'

이날 밤 모두들 즐겁고 행복한 시간을 보냈다. 바르바라 공작 영애는 그가 없는 동안 안나가 모르핀을 복용했다고 그에게 불만을 얘기했다.

"그럼 어떻게 해요? 잠을 잘 수 없었는걸요……. 생각이 많아서요. 그런데 이이가 있으면 절대 복용하지 않아요. 거의 복용하지 않는다고요."

그는 선거에 대해 이야기했다. 안나는 그를 즐겁게 한, 바로 그 성공에 대한 질문으로 화제를 끌어냈다. 그녀는 그가 흥미를 느낄 만한 집안의 일들을 전부 들려주었다. 그녀가 전해준 이야기는 지극히 유쾌한 것들이었다.

그러나 밤늦게 단둘이 남게 되자, 안나는 자신이 다시 그를 완전히 지배하고 있다는 것을 확인하고는, 그 편지로 인해 생긴 듯한 안 좋은 인상을 씻어버리고 싶었다. 그래서 안나는 이렇게 말했다.

"솔직히 말해 봐요. 그 편지를 받고 화났죠? 내 말을 믿지 않았죠?"

이렇게 말한 순간, 그녀는 지금 그가 아무리 사랑의 감정에 빠져 있다 해도 그것에 대해서만은 그녀를 용서하지 않았다는 것을 깨달았다.

"그래요." 그는 말했다. "정말로 이상한 편지였어요. 아니가 병이 났다고 하면서 당신이 직접 오고 싶었다고 적혀 있었으니 말이에요."

"모두 사실이었는걸요."

"그야 나도 의심하지는 않아요."

"아니요, 당신은 의심하고 있어요. 당신이 불만스러워하는 게 보여요."

"한순간도 의심한 적은 없어요. 단지 불만스럽다면, 마치 당신은 인간의 의무를 허용하고 싶어 하지 않는 것 같다는 거예요……."

"음악회에 가는 것도 의무로군요……."

“아니, 그만둡시다.” 그가 말했다.

“그만두다니요?” 그녀가 말했다.

“내가 말하고 싶은 건, 꼭 필요한 용건이 생길 수 있다는 거예요. 난 당장 모스크바에도 다녀와야만 해요. 집안일 때문에요……. 아, 안나, 당신은 왜 그토록 초조해하는 거예요? 당신은 정말 내가 당신 없이 살 수 없다는 걸 모르는 건가요?”

“만일 그렇다면…….” 안나는 갑자기 바뀐 목소리로 말했다. “그런데 당신은 이 생활을 괴로워하고 있잖아요……. 당신은 하루 돌아와 있다가 또 떠나려고 하잖아요. 사람들이 그러는 것처럼 말이에요…….”

“안나, 그건 너무 심한 말이군요. 난 당신을 위해 평생을 바칠 각오를 하고 있는데…….”

그러나 안나는 그의 말을 듣고 있지 않았다.

“만약 당신이 모스크바에 갈 거라면, 나도 같이 가겠어요. 나도 여기 남아 있기 싫어요. 헤어지든지, 함께 있든지 선택해야만 해요.”

“그게 유일한 내 바람이라는 걸 당신도 알고 있지 않아요? 하지만 그러기 위해선…….”

“이혼이 필요한 거군요? 그 사람에게 편지를 쓰겠어요. 나도 당신과 이렇게 살 수 없다는 생각이 들어요……. 당신과 함께 모스크바로 가겠어요.”

“날 협박하는 것 같군요. 나도 당신과 떨어지지 않는 것 말고는 아무것도 바라는 게 없어요." 브론스키는 미소를 지으며 말했다.

그러나 그가 이 부드러운 말을 하는 동안, 그 눈 속에는 차가운 눈빛 이상의 쫓기느라 잔인해진 악의적인 인간의 눈빛이 반짝였다.

그녀는 그 눈동자를 보고 그 의미를 올바로 짐작했다.

'만약 그렇게 된다면 그건 진정한 불행이야!' 그의 표정은 그렇게 말하고 있었다. 그것은 순간적인 인상이었지만, 그녀는 결코 그것을 잊지 않았다.

안나는 남편에게 이혼을 요청하는 편지를 썼다. 그리고 11월 말에 페테르부르크에 가야만 하는 바르바라 공작 영애와 헤어져 브론스키와 함께 모스크바로 거처를 옮겼다. 매일같이 알렉세이 알렉산드로비치의 답장과 그 뒤를 이을 이혼을 생각하며, 그들은 이제 부부가 된 기분으로 함께 살았다.

7부

1

　레빈 부부는 벌써 석 달째 모스크바에서 지내고 있었다. 키티의 해산 예정일은, 그 분야에 정확한 계산에 따르면, 이미 오래 전에 지났다. 키티는 해산을 해야 했지만 여전히 임신 중이었고, 두 달 전보다 해산이 가까워진 기색이 보이지 않았다. 의사도, 조산원도, 돌리도, 어머니도, 특히 눈앞에 닥친 상황을 두려움 없이는 생각할 수 없는 레빈은 초조하고 불안하기 시작했다. 오직 키티 한 사람만이 지극히 평온하고 행복했다.

　그녀는 자신의 안에서 미래의, 어느 정도는 현실에 존재하는 아기에 대한 새로운 사랑의 감정이 움트는 것을 확실히 의식하며 즐거운 마음으로 그 감정에 순응하고 있었다. 아이는 이제 그녀의 일부분이 아니었고, 때때로 그녀로부터 독립된 생활을 하고 있었다. 그 때문에 그녀는 자주 고통을 느꼈는데, 그와 동시에 기이하고 새로운 기쁨으로 웃고 싶어지기도 했다.

　그녀는 자기가 사랑하는 모든 사람과 함께 있었다. 모두들 그녀에게 호의적이었고, 그녀가 모든 일에서 기분 좋은 생각만 하도록 그녀를 돌봐주고 있었다. 그래서 만약 이것도 곧 끝나리라는 것을 그녀가 알지 못하고 느끼지 않았다면, 그녀는 그보다 더 기분 좋은 즐거운 생활은 바라지 않았을 것이다. 단 한 가지, 그녀의 이런 생활의 매력을 망치고 있는 건 남편이, 그녀가 사랑했던 그 남자가, 시골에서 살던 그 남자가 아니라는 점이었다.

그녀는 시골에서 살 때의 그 침착하고 친절하고 손님을 좋아하던 그 모습을 좋아했다. 그런데 도시로 온 이후로 그는 항상 불안하고 긴장되어 보였다. 그는 마치 누군가가 자신을, 무엇보다 그녀를 노엽게 하지는 않을까 두려워하고 있는 것 같았다. 시골에서 그는 분명히 자기의 분수를 알았고 어디를 가든 서두르는 일이 없었으며 일하지 않는 날이 없었다. 그런데 여기 도시에서는 뭔가 빠뜨리기라도 한 것처럼 조바심을 내면서도, 정작 하는 일은 아무것도 없었다. 그녀는 남편이 안타깝게 여겨졌다. 다른 사람에게는 그가 불쌍한 사람으로 보이지 않는다는 것을 그녀도 알고 있었다. 오히려 그 반대로 사람들이 때때로 사랑하는 사람을 바라보듯, 키티는 사교계에서 자기가 사랑하는 사람이 다른 사람에게 어떤 인상을 주는지 확인하고 싶은 마음에 그를 마치 타인을 바라보는 시선으로 보려고 애쓴 적이 있었다. 그런데 그때 그녀는 그가 가여워 보이기는커녕 그 성실성과 부인들을 대할 때의 다소 고지식해 보이기까지 한 수줍은 듯한 태도와 그 늠름한 풍채와, 그녀의 생각에, 그만의 특이하고 풍부한 표정에서 나타나는 그의 매력으로 오히려 질투심이 일어나 두려움을 느끼며 그를 바라보았다. 그러나 키티는 그의 겉모습이 아니라 내면을 보고 있었다. 그녀가 보기에 그곳에 있는 남편은 진정한 그가 아니었기 때문에 그녀로서는 달리 그의 상태를 확신할 수 없었다. 그녀는 그가 도시 생활에 적응하지 못하는 것을 때때로 마음속으로 비난했지만, 이곳에서 만족하며 살아가는 게 그에게 얼마나 어려운 일인지 인정하곤 했다.

사실 그가 무엇을 할 수 있었겠는가? 그는 카드놀이도 좋아하지 않았고, 클럽도 다니지 않았다. 오블론스키 같은 쾌활한 남자들과 다니는 게 무슨 의미인지 그녀는 이제 알고 있었다……. 그것은 술을 마시고 난 뒤 어디론가 가는 일이었다. 그런 경우 남자들이 어디를 몰려다니는지 생각하면, 그녀는 끔찍한 생각이 들었다. 사교계에 다니는 건? 그러나 그렇게 되면 젊은 여성들과 가까이 보내며 만족을 찾게 될 것이다……. 그런 건 그녀로서 바랄 수 없었다. 그렇다면 자기나 어머니나 자매들과 함께 집에 있는 건? 아무리 즐겁고 기분 좋은 얘기더라도 늘 똑같은, 다시 말해 노공작이 자매들 간의 대화를 그렇게 부르는 '알리나와 나지나' 얘기는 그에게 분명히 따분하게 여겨지리라는 것을 알고 있었다. 그럼 그가 할 수 있는 게 뭐가 남았지? 집필 작업을 계속한다면? 처음에 그는 그것을 해보려고 발췌와 조사를 위해 도서관에 다녔었다. 그러나 그녀에게 말한 바에 의하면, 그가 아무 일도 하지 않으면 않을수록 점점 더 시간이 줄어든다는 것이었다. 게다가 그는 여기에 온 이후 자기의 저술에 대해 너무 많은 얘기를 한 바람에 머릿속에서 생각이 뒤엉켜 흥미를 잃어버렸다고 그녀에게 불평했었다.

이 도시 생활에서의 유일한 이점이라면, 여기에 온 이후로 그들 사이에서 부부 싸움이 단 한 번도 없다는 사실이었다. 도시 생활의 조건이 달라서인지, 아니면 그들 둘 다 조심스러워지고 분별력이 생겨서인지, 도시로 거처를 옮기면서 걱정했던 질투로 인한 두 사람 사이의 다툼은 모스크바에 온 후로는 한 번도 일어나지 않았다.

이와 관련하여 이들 부부 사이에 한 가지 매우 중요한 사건이 일어났다. 그건 다름 아닌 키티와 브론스키와의 만남이었다.

키티의 대모이며 평소 그녀를 몹시 사랑하던 마리야 보리소브나 노공작 부인이 그녀를 꼭 만나고 싶어 했던 것이다. 자신의 몸 상태 때문에 밖의 출입을 삼가던 키티가 아버지와 함께 이 존경하는 노부인을 방문했는데, 거기에서 브론스키를 만났다.

키티가 이 만남에서 자신을 나무랄 일이 있다면, 그건 이전에 그녀에게 그토록 친근하던 평상복 차림의 그를 알아본 순간 자신도 모르게 숨이 막히면서 피가 심장으로 몰려들어 스스로 느낄 정도로 얼굴이 빨개졌다는 것뿐이었다. 그것도 단 몇 초에 불과했다. 일부러 큰 소리로 브론스키와 이야기를 시작했던 아버지가 대화를 끝내기도 전에, 그녀는 그를 똑바로 쳐다보고 필요하다면 마리야 보리소브나 공작 부인과 얘기할 때와 똑같이 그와 얘기할 수 있을 만큼 마음의 준비가 되어 있었다. 중요한 건 어조나 미소까지, 그녀가 그 순간 자기 위에 있는 것처럼 느낀, 보이지 않게 존재하는 남편에게 인정받을 수 있는 태도를 취할 자신이 있었다.

그녀는 그와 몇 마디 대화를 나누고, 그가 '우리 의회'라고 부른 선거에 관한 농담을 하자 차분하게 미소까지 지어 보였다(그 농담을 이해했다는 것을 표시하기 위해 미소를 지어 보여야 했다). 그러나 그녀는 이내 마리야 보리소브나 공작 부인에게 얼굴을 돌리고 그가 일어나 작별 인사를 할 때까지 한 번도 그를 쳐다보지 않았다. 작별 인사를 할 때 그의 얼굴을 보았는데, 그건 고개 숙여 인사하는 사람을 보지 않는 건 예의에 어긋나는 일이었기 때문이다.

그녀는 브론스키와의 만남에 대해 아무런 말도 하지 않는 아버지가 고마웠다. 그러나 방문 후에 평소 때처럼 산책을 했는데, 그때 아버지가 자기를 대하던 유달리 다정한 모습에서 그가 딸에게 만족스러워한다는 것을 깨달았다. 그녀 자신도 스스로에게 만족했다. 그녀는 마음속 깊숙이 자리 잡고 있던 브론스키에 대한 옛 감정의 모든 기억을 억누를 수 있을 힘이 자기에게 있으리라고는, 더욱이 그에 대해 완전히 무관심하고 침착한 태도를 취할 수 있으리라고는 전혀 예상치 못했다.

그녀가 마리야 보리소브나 공작 부인의 저택에서 브론스키를 만났다는 얘기를 했을 때, 레빈은 그녀보다도 더 얼굴을 붉혔다.

그녀로서는 이 얘기를 남편에게 하는 것도 상당히 어려웠지만, 그보다 더 괴로웠던 건 남편이 아무것도 묻지 않고 인상을 찡그리며 그녀를 바라보고 있었기 때문에 그 만남에 관해 자세히 얘기할 수 없다는 것이었다.

"당신이 없는 게 정말 유감이었어요." 그녀가 말했다. "당신이 그 방에 없었던 걸 얘기하는 게 아니라……, 당신이 옆에 있었다면 난 그처럼 자연스럽게 행동하지는 못했을 거예요……. 난 지금이 훨씬 더, 더 많이 얼굴이 빨개지네요." 그녀는 눈물이 나올 것처럼 얼굴을 붉히며 말했다. "당신이 문틈으로라도 볼 수 없었던 게 유감이에요."

그녀의 진실한 눈빛은 그녀가 스스로 만족하고 있다는 걸 말해주고 있었기 때문에 그는 그녀가 얼굴을 붉혔음에도 불구하고, 이내 마음을 놓고 그녀가 기다리던 질문을 던지기 시작했다. 레빈은 그녀가 브론스키를 만났을 때 한순간 얼굴을 붉히지 않을 수 없었지만 처음 만난 사람을 대하듯 소탈하고 가벼운 기분이 되었다는 그녀의 얘기를 세세한 부분까지 듣고 무척 쾌활해져서는, 자기는 그렇게 되어 대단히 기쁘고 이젠 선거 때처럼 어리석은 짓은 하지 않을 것이며 다음에 브론스키를 만나면 친절히 대하도록 노력해야겠다고 말했다.

"내게 만나는 것조차 괴로운, 거의 원수 같은 사람이 있다고 생각하는 건 너무나 큰 고통이거든." 레빈은 말했다. "난 정말 대단히 기쁘오."

2

"그럼 볼 백작 댁에 들러주세요." 레빈이 11시경 외출하려고 키티 방에 들렀을 때, 그녀는 남편에게 이렇게 말했다. "클럽에서 식사하신다면서요. 아버지가 등록하셨어요. 그런데 아침에는 뭘 하실 거예요?"

"카타바소프한테 다녀와야지." 레빈이 대답했다.

"어머, 이렇게 일찍요?"

"나를 메트로프에게 소개해주겠다고 했거든. 내 일에 관해 그와 얘기하고 싶은 게 있어서. 그는 페테르부르크의 유명한 학자잖소." 레빈이 말했다.

"맞아요. 당신은 그분의 논문을 굉장히 칭찬했었지요. 그다음은요?" 키티가 물었다.

"어쩌면 누님 일로 법원에 들를지도 모르겠소."

"그럼 음악회는요?" 키티가 물었다.

"혼자 가서 뭐 하겠소?"

“아니요, 다녀오세요. 오늘은 새 곡을 연주한다던데……. 흥미로워하시면서. 저라면 꼭 가 봤을 거예요.”

“어쨌든 식사 전에 집에 들르겠소.” 레빈은 시계를 보며 말했다.

“곧장 볼 백작 부인 댁에 들를 수 있도록 아예 프록코트를 입고 가세요.”

“정말 꼭 필요한 건가?”

“그럼요, 당연하죠! 그분도 우리 집에 다녀가셨잖아요. 별일도 아니잖아요. 들러서 한 5분쯤 앉아서 날씨에 대해 이야기하다 일어나서 나오면 되죠.”

“당신은 못 믿겠지만, 난 이제 그런 걸 하지 않다 보니 쑥스러워서 말이오. 그게 뭐야? 낯선 사람이 찾아와 아무 일도 없이 앉아 있으면서 주인에게도 방해되고, 자신도 불편해하다가 돌아오는 거 말이오.”

키티는 웃기 시작했다.

“그런데 혼자일 때는 방문했었잖아요.” 키티가 말했다.

“다녔었지. 그때도 부끄럽기는 마찬가지였는데 뭘. 그런데 요즘에는 다니질 않다 보니 더욱 그러오. 그런 방문 대신 차라리한 이틀 굶으라고 하는 편이 낫겠소. 정말 부끄럽거든! 그들이 화를 내며 볼일도 없는데 왜 왔느냐고 말할 것 같은 느낌이란 말이지.”

“말도 안 돼요. 화내지 않을 거예요 그건 내가 보증할게요.” 키티는 미소를 머금고 남편의 얼굴을 보며 말했다. 그러고는 남편의 손을 잡았다. "어서 다녀오세요……. 꼭 들러야 해요."

그가 아내의 손에 입을 맞추고 나가려고 하자, 그녀가 불러 세웠다.

"코스챠, 저기요, 내게 50루블밖에 남아 있지 않아요."

"그럼 은행에 들러 찾아와야지. 얼마나 찾아야 할까?" 그는 그녀에게 낯익은 불만스러운 표정을 지으며 말했다.

"아니, 잠깐 기다려요." 그녀는 남편의 손을 잡고 말렸다. "얘기 좀 해요. 마음이 불편해서요. 난 낭비하지 않는데 돈이 그냥 나가버려요. 우리가 뭔가 잘못하고 있나 봐요."

"전혀 그렇지 않소." 그는 헛기침을 하고 그녀를 힐끗 보며 말했다.

그녀는 그 헛기침의 의미를 알고 있었다. 그건 그가 그녀에 대해서가 아니라 그 자신에 대해서 매우 불만스럽게 생각한다는 징후였다. 그는 실제로 불만스러웠는데, 지출이 많기 때문이 아니라, 거기에는 뭔가 이상한 게 있다는 걸 알면서 잊어버리고 싶었던 일이 떠올랐기 때문이었다.

"소콜로프에게 밀을 팔고 방앗간 삯을 선금으로 받으라고 지시해 두었소. 어떤 경우든 돈이 들어올 거요."

"아니, 정말 걱정이에요. 전체적으로 돈이 너무 많이……."

"절대로, 절대 아니오." 그는 되풀이했다. "여보, 그럼 다녀오겠소."

"아니, 사실은요, 어머니 말씀을 들은 걸 가끔 후회하고 있어
요. 시골에 있었으면 좋았을 텐데요! 난 모두를 괴롭히면서 돈
만 쓰고 있어요……."

"절대, 절대 그건 아니오. 난 결혼한 이후로 지금과 달랐다면
하고 생각해 본 적이 단 한 번도 없소……."

"정말요?" 키티는 남편의 눈을 쳐다보며 말했다.

그는 오직 아내를 위로하기 위해 생각하지도 않고 이렇게 말
했다. 그러나 아내의 얼굴을 바라보다가 그 진실되고 사랑스러
운 아내의 시선이 뭔가 묻는 듯 자기를 향해 쏟아지는 것을 보자
진심으로 다시 반복해 말했다. '난 정말 그녀를 완전히 잊고 있
었구나.' 그는 생각했다. 그리고 그는 그들에게 곧 다가올 일을
생각했다.

"임박하지 않았나? 몸은 어떻소?" 그는 아내의 두 손을 잡고
속삭였다.

"생각을 너무 많이 해서 지금은 아무것도 생각나지 않고, 모
르겠어요."

"두렵지 않소?"

키티는 비웃듯 웃었다.

"조금도요." 그녀가 말했다.

"그럼 무슨 일이 있으면, 나는 카타바소프의 집에 가 있을 거
요."

"아니에요. 아무 일도 없을 거예요. 걱정 말아요. 난 아버지와

같이 가로수 길로 산책할 거예요. 돌리한테도 들르고요. 식사 전까지 기다릴게요. 아, 참! 돌리의 집안 사정이 손쓸 수 없을 만큼 어려워졌다는 거 아세요? 온통 빚인데 수중에 돈이 없다는 거예요. 어제 엄마하고 아르세니(그녀는 언니 르보바의 남편인 르보프를 그렇게 불렀다)와 의논을 했는데, 당신과 형부를 스티바에게 보내기로 했어요. 형편이 말이 아닌가 봐요. 아버지에게는 그런 말을 하면 안 되고……. 하지만 당신과 형부라면……."

"그런데 우리가 뭘 할 수 있겠소?" 레빈이 말했다.

"그래도 아르세니한테 가서 의논해보세요. 우리가 무슨 결정을 내렸는지 그가 말해줄 거예요."

"그래. 아르세니라면, 듣지 않아도 다 찬성이지. 그에게도 들렀다 와야겠군. 그리고 음악회에 가게 되면 나탈리와 같이 갈 거요. 그럼, 다녀오겠소."

레빈이 결혼하기 전부터 함께 지냈고, 지금은 그의 모스크바 생활을 관리해주고 있는 늙은 하인 쿠지마가 현관에서 그를 불러 세웠다.

"크라사프칙(그것은 시골에서 끌고 온, 왼쪽 채에 묶는 말의 이름이었다)의 편자를 고쳐주었는데도 계속 절뚝거립니다." 그가 말했다. "어떻게 할까요?"

모스크바에서 처음 얼마 동안 레빈은 시골에서 끌고 온 말들에게 관심을 쏟았다. 가능한 더 좋고 싸게 그 부분을 해결하고 싶었기 때문이다. 그러나 자기 말을 이용하는 게 삯마차를 쓰는 것보다 비싸다는 것을 알고 삯마차를 빌리곤 했다.

"수의사에게 보여주게. 어쩌면 발굽에 염증이 생긴 건지도 모르니까."

"그럼 카테리나 알렉산드로브나의 말은 어떡할까요?" 쿠지마가 물었다.

모스크바 생활 초기에 레빈은 보즈드비젠카에서 시프체프 브라제크까지 이동하는 데, 튼튼한 말 두 필이 끄는 사륜마차로 눈이 내린 진창길을 4분의 1베르스타 정도 가서 그곳에서 4시간을 서 있으면서 5루블을 지불하고는 상당히 놀랐었다. 그러나 지금은 그때처럼 놀라지도 않았고, 이제 그건 그에게 자연스럽게 여겨졌다.

"마부에게 말 두 필을 끌고 와서 우리 마차에 매라고 하게." 그가 말했다.

"알겠습니다."

시골에서라면 개인적인 노동과 주의를 기울여야만 할 어려운 일을 도시 생활 덕택에 매우 간단하고 쉽게 해결한 레빈은 현관 계단으로 나가 삯마차의 마부를 불러 니키츠카야 거리를 향해 달렸다. 가는 도중에 그는 이미 돈에 관한 문제는 생각하지도 않고, 사회학을 연구하는 페테르부르크의 학자와 어떻게 인사를 하고 자신의 책에 관해 이야기할 것인가를 곰곰이 생각하고 있었다.

레빈은 모스크바에서 막 생활을 시작하면서 시골 사람에게는 이상한, 사방에서 요구되는 불가피한 비생산적인 지출로 기겁을 했었다. 그러나 이제는 그런 것에도 익숙해져 있었다. 이러한 면에서 그에게 일어난 일은 술 취한 사람들에게 일어난다고들 하는 그런 일이었다. 첫 잔은 말뚝처럼 넘어가고, 두 번째 잔은 매가 나는 것처럼 넘어가고, 세 번째 잔부터는 작은 새들처럼 넘어간다는 것이다. 레빈이 하인과 문지기의 세복을 구입하기 위해 처음 100루블짜리 지폐를 헐면서 무심코 든 생각은, 아무에게도 필요 없는 이 제복은 없어도 되는 게 아닌가 하고 슬쩍 암시를 히지 공작 부인괴 키티가 꽤나 놀란 모양이었지만, 이 제복은 여름철 일꾼 두 명의 품삯, 즉, 부활절부터 사순절까지 300일 동안 이른 아침부터 늦은 밤까지 매일 노동하는 품삯과 같다는 것이었다. 그래서 그 100루블짜리 지폐는 말뚝처럼 목에 걸렸었다. 그러나 그 후에 친척들을 만찬에 초대하기 위해 식료품 구입비로 28루블을 지불하려고 100루블짜리 지폐를 헐었을 때, 레빈은 28루불이 비록 9체트베르티[56]의 귀리 값으로 그것을 거두기 위해서는 땀을 빼고 끙끙거리며 베고 묶고 타작하고 까부르고 체로 쳐서 부대에 담아야 한다는 생각이 떠올랐지만, 어쨌든 전보다 쉽게 넘어갔다. 그런데 이제는 헐어 쓰는 지폐에 대해 그런 생각도 일어나지 않았고, 돈은 작은 새처럼 날아가 버렸다. 돈을 벌기 위한 노동이 그 돈으로 구입된 것이 가져다주는 만족

---

56 곡물량을 재는 단위로 1체트베르티는 약 209.21리터이다.

에 상응하는가 하는 생각은 이미 오래전에 사라졌다. 그는 일정량의 곡물은 일정한 가격 밑으로 팔면 안 된다는 농장 경영상의 계산법도 잊어버리고 있었다. 그가 오랫동안 고집해오던 호밀 가격도 한 달 전 시세보다 1체트베르티 당 50코페이카나 싸게 팔렸다. 이런 식의 지출을 하면 빚을 내지 않고는 1년도 살기 힘들다는 생각조차 아무런 의미가 없었다. 오직 한 가지만이 요구되었다. 어디서 생긴 돈이든 내일 소고기를 살 돈이 은행에 있어야 한다는 것이었다. 그리고 이제까지는 이 계산이 지켜졌다. 그에게는 늘 은행에 예금이 있었다. 그런데 이젠 은행에도 돈이 없었고, 어디서 돈을 구해야 할지도 몰랐다. 그래서 키티가 돈 얘기를 했을 때 그는 순간 기분이 상했던 것이다. 그러나 이제 그는 그런 생각을 할 여유가 없었다. 그는 마차를 타고 가면서 카타바소프와 눈앞에 다가온 메트로프와의 만남을 골똘히 생각하고 있었기 때문이다.

3

레빈은 이번 모스크비에 와서, 결혼하면서 만나지 못했던 대학 시절의 옛 친구인 카타바소프 교수와 다시 가까이 지내고 있었다. 그는 카타바소프의 단순하고도 명확한 세계관을 좋아했다. 레빈은 카타바소프의 세계관이 명확한 건 그가 근본적으로 배움이 부족하기 때문이라고 생각한 반면, 카타바소프는 레빈의 모순된 성격은 그의 지성 훈련이 부족한 것에 기인한다고 생각했다. 그러나 카타바소프의 명쾌한 성격은 레빈의 마음에 들었고, 레빈의 무질서하고도 넘치는 생각들은 카타바소프에게 즐거움을 주었다. 그래서 그들은 만나서 토론하는 것을 좋아했다.

레빈은 자기 저술 가운데 몇 군데를 카타바소프에게 읽어주었는데, 그는 그것이 마음에 들었다. 그래서 어제 공개 강의에서 레빈을 만났을 때, 카타바소프는 레빈이 무척 마음에 들어 했던 논문의 저자인 유명한 메트로프가 지금 모스크바에 와 있는데 자기가 그에게 레빈의 저술에 대해 얘기하자 무척 흥미로워했다는 말을 전하면서 그가 내일 11시에 자기네 집에 오기로 되어 있으니 그와 인사를 나누면 매우 기뻐할 것이라고 말했다.

"자네, 확실히 좋아졌는걸. 어서 오게." 카타바소프는 조그만 응접실에서 레빈을 맞으며 말했다. "초인종 소리를 들으면서 생각했는데. 설마 자네가 제시간에 왔을 리가……. 그런데 몬테네그로 사람들을 어떻게 생각하나? 타고난 전사들이지."

"그게 무슨 말인가?" 레빈이 물었다.

카타바소프는 최근 소식을 짧게 들려주고, 서재로 들어가서 그다지 크지 않고 건장하고 상당히 인상 좋은 사람에게 레빈을 소개했다. 그 사람이 바로 메트로프였다. 잠시 정치 얘기와 페테르부르크의 상류 사회에서 일어난 최근 사건을 어떻게 보는지에 관한 얘기가 오갔다. 메트로프는 이 사건에 대해 황제와 대신 중 한 사람에 의해 언급된 것 같은, 신뢰할 만한 소식통에게서 나온 얘기를 그에게 전해주었다. 그런데 카타바소프는 황제가 전혀 다른 말을 한 것을, 믿을 만한 소식통에 의해 들었다고 말했다. 레빈이 서로 다른 얘기가 나올 수 있는 상황을 생각해 내려고 애쓰는 사이, 그 주제에 대한 대화가 중단되었다.

"그건 그렇고, 이 친구가 토지에 대한 농민들의 자연적 조건과 관련하여 거의 책 한 권의 분량을 저술했습니다." 카타바소프가 말했다. "난 그 분야의 전문가는 아닙니다만, 자연과학자로서 이 친구가 인간을 동물학적인 법칙의 바깥에 있는 것으로 보지 않고, 오히려 그 반대로 환경에 대한 인간의 의존성을 보고 그 의존성 속에서 발전의 법칙을 찾고자 하는 게 마음에 듭니다.”

“그거 정말 흥미롭군요.”

“난 사실 농경에 관한 책을 쓰기 시작했습니다. 그런데 농경의 중요한 수단인 농민을 연구하다 보니 나도 모르게…….” 레빈은 얼굴을 붉히며 말했다. “전혀 예상치 못한 결론에 이르게 된 겁니다.”

레빈은 마치 조심스럽게 땅을 더듬어 밟듯이 자신의 견해를 설명하기 시작했다. 그는 메트로프가 일반에 통용되는 정치경제 학설에 반박하는 논문을 쓴 것을 알고 있었지만, 자신의 새로운 견해에 대해 이 학자에게 어느 정도까지 공감을 기대할 수 있을지 몰랐다. 이 학자의 총명하고 침착한 표정으로는 그걸 짐작할 수 없었다.

“그런데 당신은 러시아 농민의 특성이 어디에 있다고 봅니까?” 메트로프가 물었다. “이를 테면 동물학적 특성에 있습니까, 아니면 그들이 처한 조건에 있습니까?”

레빈은 이미 이 질문 속에 자기가 동의하지 못하는 생각이 담겨 있다는 것을 알았다. 그러나 그는 자기 생각을 계속 이어 나갔다. 그건 러시아 농민은 토지에 대해 다른 민족과 완전히 다른 독특한 시각을 가지고 있다는 것이었다. 그리고 그는 그 논리를 입증하기 위해, 그는 자신이 생각하기에 러시아 민족의 이런 시각은 동방에 펼쳐진 사람이 살지 않는 광활한 대지에 이주해야 한다는 소명을 스스로 인식한 데에서 나온 것이라고 서둘러 덧붙였다.

"일반적인 민중의 소명에 대해 결론을 내리면 오류에 빠지기 쉽습니다." 메트로프는 레빈의 말을 자르며 말했다. "농민의 상황은 언제나 그들의 토지와 자본에 대한 관계에 의존하게 될 테니까요."

메트로프는 레빈이 자신의 사상을 끝까지 말하도록 두지 않고 자기 학설의 특징을 레빈에게 설명하기 시작했다.

그의 학설의 특징이 무엇인지 레빈은 이해할 수 없었다. 왜냐하면 이해하려고 노력하지 않았기 때문이었다. 레빈은 메트로프가 논문에서 경제학자들의 학설을 반박하고 있음에도 불구하고 다른 학자들과 마찬가지로 러시아 농민의 상황을 자본, 임금, 지대라는 관점에서만 보고 있다는 것을 깨달았다. 그는 러시아의 가장 큰 지역인 동부에서는 지대라는 게 아직 없다는 것, 8천만 러시아 인구의 10분의 9인 사람들이 받는 임금이 겨우 생계를 유지하는 정도에 불과하다는 것, 자본도 아직 원시적인 형태외에는 존재하지 않는다는 것을 인정해야만 했지만, 오직 그 관점에서만 모든 농민을 바라보고 있었다.

레빈은 마지못해 들으며 처음에는 반박했다. 그는 메트로프의 말을 가로막고, 자신의 생각을 말하고 싶었다. 그의 생각에, 그렇게 하면 더 이상의 설명은 불필요할 것 같았다. 그런데 두 사람이 사안을 바라보는 시각이 너무나 달라서 결코 서로를 이해할 수 없을 것이라는 확신이 들자, 그는 더 이상 반박하지 않고 이야기를 듣고 있었다. 이젠 메트로프의 이야기가 아무런 흥미도 주지 못했지만, 그럼에도 그는 메트로프의 이야기를 들으면서 어느 정도 만족감을 느끼고 있었다. 이토록 훌륭한 학자가 레빈이 연구한 지식에 대해 대단한 관심과 신뢰를 보이면서, 때로는 오직 암시만으로 문제의 전체적인 면을 지적하고 그에게 자신의 사상을 설명한다는 것이 레빈의 자존심을 충족시켜준 것이다. 그는 메트로프가 이미 가까운 모든 사람들과 토론하고 특히 새로운 사람과 이 주제에 대해 기꺼이 이야기를 한다는 것, 아니, 일반적으로 관심이 끌리기는 하지만 아직은 자기 자신도 분명하지 않은 주제에 대해 이야기하는 것을 좋아한다는 사실을 모르고, 이를 자신의 가치 때문이라고 생각했다.

"그런데 늦겠는데요." 카타바소프는 메트로프가 설명을 끝내자마자 시계를 보며 말했다.

"그렇군. 오늘 스빈티치의 50세 생일을 축하하기 위한 모임이 있어." 카타바소프는 레빈의 질문에 이렇게 대답했다. "나도 표트르 이바니치와 같이 가려고 하네. 동물학 분야에 대한 그의 업적에 대해 내가 강연하기로 되어 있거든. 같이 가지. 무척 흥미로울 걸세."

"그래요, 정말 갈 시간이 됐네요." 메트로프가 말했다. "함께 가시죠. 그리고 괜찮으시면 우리 집에 들르시죠. 당신 저술에 관해 꼭 듣고 싶군요."

"아니, 별말씀을요. 완성된 게 아니어서요. 그래도 모임에 동행하는 건 정말 기쁩니다."

"그래, 들으셨어요? 개별적인 의견을 제출했다는군." 다른 방에서 프록코트를 입고 나온 카타바소프가 말했다.

그렇게 대학 문제에 대한 얘기가 시작되었다.

대학 문제는 그해 겨울 모스크바에서 중요한 문제였다. 세 명의 노교수가 교수 회의에서 젊은 교수들의 의견을 받아들이지 않아서 젊은 교수들이 개별적인 의견서를 제출했던 것이다. 그 의견은 어떤 사람들의 판단에 따르면 아주 끔찍했고, 어떤 사람들의 판단에 따르면 지극히 단순하고 정당했기에, 결국 교수들은 두 파로 나뉘었다.

카타바소프가 속한 편은 상대편의 비열한 무고와 기만에 대해 비난하고 나섰고, 다른 편은 상대편에게서 치기와 권위에 대한 무례함을 비난했다. 대학과 관계를 맺고 있지 않던 레빈도 모스크바에 있으면서 이미 수차례 이야기를 듣고 자신의 의견을 말했던 터라, 이번 사건에 관해서는 자기 의견을 가지고 있었다. 그래서 그는 거리에서도 계속된 대화에 끼었고, 세 사람이 오래된 대학의 건물에 도착할 때까지 대화가 이어졌다.

모임은 이미 시작되어 있었다. 카타바소프와 메트로프가 앉은, 보를 씌운 테이블에는 여섯 명이 앉아 있었는데, 그중 한 사람이 원고 가까이 몸을 구부린 채 뭔가를 읽고 있었다. 레빈은 테이블 주변의 빈 의자에 앉아 옆에 앉아 있는 학생에게 무엇을 읽고 있느냐고 속삭이듯 물었다. 학생은 불만스러운 듯 레빈을 돌아보며 말했다.

"전기傳記입니다."

레빈은 학자의 전기에 관심이 없었지만, 무심코 듣다가 이 저명한 학자에 관한 어떤 흥미롭고 새로운 사실을 알게 되었다.

낭독자가 읽기를 끝내자, 사회자는 그에게 감사를 표한 후 이 기념일을 맞아 시인 멘트가 보내온 시를 낭독하고 시인에게 몇 마디 감사의 말을 전했다. 그러고 나서 카타바소프가 크고 날카로운 목소리로 기념제의 주인공인 학자의 학문적인 업적에 대해 자기가 써온 원고를 읽었다.

카타바소프가 다 읽었을 때, 레빈은 시계를 보았다. 이미 1시가 지난 것을 알게 된 그는 음악회가 시작하기 전까지 자신의 저술을 메트로프에게 다 읽어주기는 틀렸다고 생각했고, 이제 그렇게 하고 싶은 마음도 없어졌다. 그는 강연 중에 조금 전의 이야기에 대해 여전히 생각하고 있었다. 메트로프의 사상도 어쩌면 의미를 갖고 있겠지만, 자신의 사상 역시 분명히 의미가 있는 것이었다. 그런 생각들은 각자 선택한 방법으로 따로 연구할 때만 그 사상들이 명료해지고 어떤 결론에 도달할 수 있는 것이지, 서로 생각을 나누는 것으로 얻어지는 건 없다는 것이 명백해졌다. 그래서 레빈은 메트로프의 초대를 거절하기로 마음먹고, 모임이 끝나갈 즈음 그에게로 갔다. 메트로프는 정치 뉴스에 대해 이야기를 나누던 의장에게 레빈을 소개했다. 그때 메트로프는 레빈에게 했던 똑같은 이야기를 의장에게도 했고 레빈도 그날 아침에 했던 똑같은 의견을 말했는데, 그는 이야기에 변화를 주기 위해 문득 머릿속에 떠오른 새로운 생각도 말했다. 그러고는 대학 문제에 관한 이야기로 화제가 다시 바뀌었다. 레빈은 이미 모두 들은 터라 메트로프에게 초대에 응할 수 없어서 유감이라는 말을 서둘러 남기고 작별 인사를 한 뒤 르보프에게로 향했다.

4

키티의 언니 나탈리와 결혼한 르보프는 평생 두 수도[57]와 외국에서 살면서 그곳에서 교육을 받고 외교관 생활을 했다.

지난해 그는 외교관직을 그만두었는데, 불미스러운 일 때문이 아니라(그는 그 누구와도 불쾌한 일이 없었다) 두 아들에게 가장 훌륭한 교육을 시키기 위해 모스크바 궁내부로 근무지를 옮겼기 때문이었다.

습관과 사고방식에서 극명한 차이가 있었고 르보프가 레빈보다 나이가 많았지만, 그들은 이번 겨울 매우 가까워져서 서로를 좋아하게 되었다.

르보프가 집에 있어서, 레빈은 알리지 않고 그의 서재로 들어갔다.

허리띠가 달린 긴 프록코트에 양피 구두를 신은 르보프는 안

---

57 모스크바와 상트페테르부르크를 말한다.

락의자에 앉아서 반쯤 핀 시가를 든 아름다운 손을 조심스럽게 몸에서 떨어트린 채 파란 렌즈의 코안경을 쓰고 독서대에 놓인 책을 읽고 있었다.

반짝이는 은발의 곱슬머리가 섬세하고 아름답고 아직은 젊어 보이는 그의 얼굴에 한층 더 귀족적 분위기를 더해주었다. 그는 레빈을 보자 환하게 미소 지었다.

"잘 왔네! 그렇잖아도 사람을 보내려고 했는데. 그래, 키티는 좀 어떤가? 이리로 와서 앉게. 좀 더 편하게……." 그는 일어나서 그에게 흔들의자를 권했다. "『상트페테르부르크 저널』에 실린 최근의 평론을 읽었나? 훌륭하던걸." 그는 다소 프랑스 악센트가 섞인 어투로 말했다.

레빈은 카타바소프에게서 들은 페테르부르크에서 돌고 있는 이야기와 정치에 관한 이야기를 하고 난 뒤, 메트로프와 인사를 나눈 일과 기념회에 다녀온 일을 말해주었다. 르보프는 그 이야기에 무척 흥미를 느꼈다.

"그토록 흥미로운 학자들의 세계에 드나드는 자네가 정말 부럽군." 그가 말했다. 그리고 평소와 다름없는 대화가 오가고 난 후에 그는 이내 자기가 말하기 편한 프랑스어로 말했다. "사실 난 그럴 시간이 없어. 근무도 그렇고, 아이들도 돌봐야 하니 여유 시간이 없단 말이지. 게다가 배움이 너무 부족해서 말이야."

"그렇지 않아요." 레빈은 그의 겸손한 태도에 늘 그렇듯 감동받으며 말했다. 그것은 결코 체하려고 한다든지 겸손하려고 애쓰는 태도가 아니라 진심에서 우러나온 것이었다.

"아니, 사실인걸! 난 요즘 더 배워야 한다는 생각이 들어. 아이들의 교육을 위해라도 기억을 꾸준히 환기시키고 무조건 배워야 하지. 그건 자네의 농장에 농부와 감독관이 필요한 것과 마찬가지로, 교사만으로는 부족하기에 감독관이 필요하기 때문이네. 보게, 난 이걸 읽고 있어." 그는 독서대 위에 놓인 부슬라예프[58]의 문법책을 가리켰다. "미샤에게 필요한데, 너무 어렵군……. 자, 이 부분 좀 설명해주게. 여기서 그가 말하는 건……."

레빈은 그에게 그건 이해가 불가능하기 때문에 암기해야만 한다고 이해시키려고 했지만, 르보프는 그의 말에 동의하지 않았다.

"그것 봐. 자네는 이런 걸 무시하고 있지 않은가!"

"오히려 반대예요! 형님은 내가 형님을 보면서 내 앞에 닥친 일들, 다시 말해 아이들의 교육 같은 일들에 대해 항상 배우고 있다는 걸 생각지도 못하실 거예요."

"아니, 배울 게 뭐가 있다고?" 르보프가 말했다.

"내가 알고 있는 건……." 레빈이 말했다. "난 형님의 아이들 만큼 훌륭하게 자란 아이들을 본 적이 없어요. 그 이상은 바랄

---

58 표도르 부슬라예프(Фёдор Иванович Буслаев 1818~1897)는 러시아 언어학자로 역사문법서를 저술했다.

수도 없을 거예요.”

르보프는 기쁨을 드러내지 않으려고 참는 듯했으나 얼굴에 환한 미소가 번졌다.

“뭐, 나보다 나은 사람이 되면 좋겠다는 거지. 그밖에 바랄 게 있겠나. 자네는 아직 그 온갖 노력을 모를 걸세.” 그는 말했다. “우리 집 아이들 같이 외국에서 고삐 풀린 망아지처럼 살던 아이들은 다루기가 힘들거든.”

“전부 따라잡게 될 거예요. 아이들 모두 재능이 있으니까요. 가장 중요한 건 도덕적인 교육이에요. 난 형님의 아이들을 보면서 그걸 배워요.”

“자네는 도덕적인 교육을 말하지만, 그게 얼마나 어려운 일인지 상상도 못할 걸세! 한 가지 문제를 해결하고 막 돌아서면 또 다른 문제들이 생기지. 그럼 또다시 씨름하고. 종교적인 신념이 없다면, 기억하지, 어느 아버지도 자신의 힘만으로는 아이들을 교육할 수 없을 거네.”

레빈에게 늘 흥미로움을 주는 그 얘기는 외출복 차림으로 들어온 아름다운 나탈리야 알렉산드로브나 때문에 중단되었다.

“어머, 제부가 와 계시는지 몰랐어요.” 그녀는 이미 오래전부터 잘 알고 있는, 따분할 정도로 익숙한 그들의 대화를 중단시킨 것에 대해 유감스럽게 생각하기는커녕 오히려 즐거운 듯 말했다. “그런데 키티는 좀 어때요? 전 오늘 제부의 집에서 식사를 하기로 했어요. 저기, 아르세니⋯⋯.” 그녀는 남편을 향해 말했다. "당신은 마차로 가실 거죠……."

그리고 이들 부부는 하루를 어떻게 보낼 것인지에 대해 의논하기 시작했다. 남편은 직장 일로 누군가를 만날 약속이 있었고, 아내는 음악회와 남동부 지역 위원회의 공개회의에 참석해야 했기 때문에 잘 생각해서 결정을 내려야 할 일이 많았다. 레빈도 가족으로서 그들의 계획에 동참했다. 결국 레빈이 나탈리야와 함께 음악회와 공개회의에 가고, 거기서 아르세니를 데려오기 위해 사무실로 마차를 보내면, 아르세니가 아내를 데리러 와서 키티의 집으로 데리고 가거나, 아니면 그가 일을 끝내지 못했을 경우 마차를 보내주면 레빈이 나탈리야와 함께 가는 것으로 결정되었다.

"저 사람이 날 망친다니까." 르보프가 아내에게 말했다. "우리 아이들이 훌륭하다는 거야. 내가 우리 아이들의 좋지 않은 점을 좀 많이 알아야지."

"제가 늘 하는 말이지만, 당신은 극단적이에요." 아내가 말했다. "완벽함을 찾는다면 절대로 만족할 수 없어요. 아버지의 말씀이 옳아요. 한 가지 극단적인 게 있었어요. 아이들은 다락방에서 지내도록 하고, 부모님은 2층의 가장 좋은 방에서 지내셨는데, 지금은 완전히 그 반대로 부모가 창고 방에서 지내고 아이들은 2층의 가장 좋은 방에서 지낸다는 말씀 말이에요. 부모는 이제 자기 생활을 가져서는 안 되고, 아이들을 위해 살아가야 해요."

"뭐, 그게 좋으면 괜찮지 않겠소?" 르보프는 특유의 아름다운 미소를 머금고 아내의 손을 만지며 말했다. "당신을 모르는 사람은 당신이 친모가 아니라 계모라고 생각하겠소."

"아니, 극단적인 건 좋은 게 없다는 걸 말하는 거예요." 나탈리야가 남편의 페이퍼 나이프를 테이블의 제자리에 놓으며 침착한 목소리로 말했다.

"자, 이리 오너라, 완벽한 녀석들." 르보프는 레빈에게 인사하며 들어오는 잘생긴 사내아이들에게 말했다. 아이들은 아버지에게 무언가 말하려는 듯 다가갔다.

레빈은 아이들과 이야기도 나누고 그들이 아버지에게 무슨 말을 하는지 듣고도 싶었지만, 나탈리야가 그에게 말을 걸어온 데다 마침 르보프의 직장 동료인 마호틴이 그와 함께 누군가를 만나러 가려고 궁정 제복 차림으로 방에 들어와서 헤르체고비아 사태에 관해, 코르진스카야 공작 영애에 관해, 의회에 관해, 아프락시나 부인이 돌연사에 관해 쉴 새 없이 이야기가 시작되면서 결국 듣지 못했다.

레빈은 부탁받고 온 일을 잊고 있다가 현관에 나와서야 그 일이 생각났다.

"참, 키티가 오블론스키와 관련해서 형님과 의논해보라고 하던데요." 그는 그와 아내를 배웅하려고 계단에 나와 서 있던 르보프에게 말했다.

"그래, 맞아, 장모님은 우리 동서들이 그 사람을 혼내주길 바라시거든." 그는 미소를 지으며 얼굴을 붉혔다. "그런데 왜 나지?"

"그럼 내가 혼내야겠군요." 하얀 개가죽 민소매 외투를 입은 르보바는 대화가 끝나기를 기다리고 있다가 웃으며 말했다. "자, 가세요."

5

오전 음악회에서는 매우 흥미로운 두 곡이 연주되었다.

하나는 「광야의 리어왕」이었고, 다른 하나는 바흐를 기념하기 위한 사중주곡이었다. 두 곡 모두 신곡으로 새로운 정신을 담고 있었기 때문에 레빈은 그것에 대해 자신의 견해를 정립시키고 싶었다. 그는 처형을 자리로 안내하고, 자기는 기둥 옆에 서서 가능한 집중하여 진지하게 들으려고 했다. 그는 언제나 불쾌하게 음악에 대한 집중력을 분산시키는 흰 넥타이를 맨 지휘자의 손동작, 음악회를 위해 정성스레 귀에 리본을 매고 모자를 쓴 귀부인들, 그 무엇에도 관심이 없거나 음악보다는 여러 다른 흥밋거리에 마음을 빼앗기고 있는 모든 사람들을 보면서 자신이 받은 인상을 망치지 않고 정신을 흐트러뜨리지 않으려고 애썼다. 그는 음악 전문가나 말 많은 사람들과 만나지 않기 위해 정면 아래쪽을 바라보며 듣고 있었다.

그러나 그는 리어왕 환상곡을 들으면 들을수록 어떤 견해를 정립할 수 있는 가능성에서 멀어지는 듯한 느낌이 들었다. 음악적 감정 표현이 끊임없이 떠오르는가 싶다가도 이내 음악적 표현의 새로운 단편들로, 때로는 단지 작곡가의 변덕 외에는 아무런 연관성 없는 지나치게 복잡한 소리들로 허물어져버렸다. 이런 음악적 표현의 단편 그 자체만으로도 때로는 아름다운 것이었지만 불쾌하기도 했다. 왜냐하면 전혀 예상 밖이었고 그 어떤 준비도 되어 있지 않았기 때문이었다. 기쁨도, 슬픔도, 절망도, 부드러움도, 승리감도 마치 미치광이의 감정처럼 아무런 필연성도 없이 나타났기 때문이었다. 마치 미치광이처럼, 이런 감정들이 불현듯 지나갔다.

레빈은 연주 내내 춤추고 있는 사람들을 바라보고 있는 귀머거리의 감정을 느꼈다. 연주가 끝났을 때, 그는 너무도 의아했다. 아무런 보상도 받지 못한 긴장된 집중으로 극심한 피로가 밀려왔다. 사방에서 우레와 같은 박수 소리가 들려왔다. 모두들 일어나 웅성거리기 시작했다. 레빈은 다른 사람의 인상을 통해 자신의 의혹을 풀기 위해 음악 전문가들을 찾으러 다녔다. 그리고 그는 마침 페스초프와 이야기를 나누고 있는 유명한 음악 전문가 중 한 사람을 발견하고는 기뻐했다.

"놀라워요!" 페스초프는 굵직한 베이스 목소리로 말했다. "안녕하십니까, 콘스탄틴 드미트리치! 코델리아가 다가오는 게 느껴지는 부분 말입니다. 여인이, 'das ewig Weibliche'[59]이 운명과

대결을 시작하는 부분이 특히 사실적이고 조형적이라고나 할까
요. 색채도 풍부하더군요. 그렇죠?”

“그런데 코델리아가 왜 거기서 나오는 거죠?” 레빈은 그 환상
곡이 광야의 리어왕을 표현한 것임을 까맣게 잊고 소심하게 물
었다.

“코델리아가 나타나는 것은……. 여기를 보세요!” 페스초프는
손에 쥐고 있던 공단처럼 매끄러운 팸플릿을 손가락으로 두드
리고 그것을 레빈에게 건네주며 말했다.

그제야 레빈은 환상곡의 제목을 기억해 내고는 얼른 팸플릿
뒤쪽에 러시아어로 번역되어 인쇄된 셰익스피어의 시를 읽어보
았다.

“이것 없이는 따라갈 수 없다니까요.” 페스초프는 지금까지의
대화 상대가 가버려 말할 상대가 아무도 없었기 때문에 레빈을
향해 말했다.

막간에 레빈과 페스초프는 바그너파 음악의 장단점에 대해
토론을 벌였다. 레빈은 바그너 및 그의 추종자들의 오류는 음악
으로 다른 예술의 영역을 넘으려고 하는 것이라고 지적했다. 그
건 시 분야에서처럼 미술이 해야 하는 인물 묘사를 시로 표현하
는 오류와 같은 것이라고 주장했다. 그는 받침돌 위에 있는 시인
의 像 주위에서 느껴지는 시적 형상의 그림자를 대리석에 새
겨 넣으려고 시도한 조각가를 그런 오류의 예로 들었다. “이런
형상의 그림자들은 조각가로서는 표현해 내기 어려운 일입니

다. 그러니 이런 그림자는 층계에 붙어 있는 모양새인 겁니다."
레빈은 말했다. 그는 이 문구가 마음에 들었는데, 이전에 이와
같은 문구를 페스초프에게 말한 적이 있는지 없는지 확실히 기
억나지 않았기에 이렇게 말하고는 당황했다.

그러나 페스초프는 예술은 하나이고, 예술은 모든 종류의 결
합체에서만 최고의 표현이 발현될 수 있다고 주장했다.

레빈은 이제 공연의 다음 순서를 들을 수 없었다. 페스초프가
그의 옆에 서서 곡이 지나치게 감상적이고 부자연스러운 단순
성을 비난하고 회화에서 라파엘 전파의 간결성과 그것을 비교
하며 거의 내내 레빈에게 말을 했기 때문이다. 레빈은 나오면서
수많은 지인들을 만나 정치며, 음악이며, 공통으로 아는 지인들
에 관해 이야기를 나누었다. 그러는 동안 레빈은 볼 백작을 만났
는데, 레빈은 그를 방문하기로 한 것을 까맣게 잊고 있었다.

"그럼, 지금 가세요." 레빈이 르보바에게 이 일을 말하자, 그녀
는 이렇게 말했다. "어쩌면 만날 수 없을지도 몰라요. 그러면 모
임에 날 데리러 오세요. 거기에 있을 거예요."

6

"혹시 손님을 접견하지 않으시나?" 레빈은 볼 백작 댁의 현관으로 들어서며 말했다.

"접견하십니다. 어서 오십시오." 문지기가 손님의 외투를 벗기며 말했다.

'이거 실망스럽군.' 레빈은 한숨을 짓고는 한쪽 장갑을 벗고 모자를 고쳐 쓰며 생각했다. '대체 난 여기 왜 온 거지? 그들과 무슨 말을 하라는 거야?'

첫 번째 응접실을 지나가다 레빈은 문가에서 걱정스러우면서도 엄한 기색이 역력한 표정으로 하인에게 무언가를 지시하고 있는 볼 백작 부인을 만났다. 레빈을 알아본 부인은 미소를 지으며 사람들의 말소리가 들려오는 다음 방인 작은 응접실로 안내했다. 응접실에는 백작 부인의 두 딸과, 레빈도 알고 있는 모스크바의 대령이 안락의자에 앉아 있었다. 레빈은 그들에게 다가가서 인사를 하고 소파 옆에 앉아 모자를 무릎 위에 올려놓았다.

"부인의 건강은 어떠세요? 음악회에 다녀오셨나요? 우린 갈 수가 없었어요. 어머니가 추도식에 다녀오셔야 했거든요."

"네, 저도 들었습니다……. 어떻게 그렇게까지 갑작스럽게 돌아가셨는지." 레빈이 말했다.

백작 부인이 들어와 소파 옆에 앉더니 역시 레빈의 아내와 음악회에 대해 물었다.

레빈은 그렇게 대답하고 아프락시나의 돌연사에 대해 반복해 물었다.

"그녀는 늘 몸이 약했어요."

"어제 오페라에 다녀오셨어요?"

"네, 갔었습니다."

"루카의 공연이 너무 좋았지요?"

"네, 참으로 훌륭했습니다." 그는 말했다. 그리고 사람들이 자신에 대해 어떻게 생각하든 전혀 상관없었기에, 그는 사람들로부터 수백 번 들은 그 여가수의 특별한 재능에 대해 되풀이하기 시작했다. 볼 백작 부인은 그 말을 듣고 있는 척했다. 한참 동안 말을 늘어놓던 레빈이 입을 다물자, 그때까지 잠자코 있던 대령이 입을 열었다. 대령도 역시 오페라와 조명에 관한 이야기를 시작했다. 대령은 마침내 튜린 가에서 열릴 정신 나간 하루[60]에 대해 말하고는 큰 소리로 웃기 시작하더니 소란스럽게 일어서서

가버렸다. 레빈도 일어났으나, 백작 부인의 표정에서 아직 돌아갈 시간이 아니라는 것을 알아채고는 2분 정도 더 있을 생각에 다시 자리에 앉았다.

그런데 레빈은 이런 게 얼마나 어리석은지를 생각하느라 이야깃거리를 찾지 못하고 말없이 앉아 있었다.

"당신은 공개회의에 가지 않으세요? 무척 재미있다고들 하던데요." 백작 부인이 말을 시작했다.

"아뇨, 처형을 데리러 가기로 약속했습니다." 레빈이 말했다.

침묵이 흘렀다. 어머니는 딸과 다시 한 번 눈빛을 주고받았다.

'자, 이제 가도 괜찮은 것 같군.' 레빈은 이렇게 생각하고 자리에서 일어났다. 부인들은 그의 손을 잡고 부인에게 mille choses[61]를 전해달라고 말했다.

문지기가 그에게 외투를 건네며 물었다.

"어디에 계신가요?" 그리고 그는 곧 장정이 잘된 커다란 책자에 기입을 했다.

'물론 상관은 없지만, 그래도 역시 부끄럽고 너무 바보같이 느껴지는군.' 레빈은 이렇게 생각했지만 모두가 다 하는 일이라고 스스로를 달래며 공개회의가 열리고 있는 곳으로 마차를 몰게 했다. 그곳에서 처형을 만나 함께 집에 가야만 했기 때문이었다.

위원회의 공개회의에는 많은 사람들과 거의 모든 인사들이

---

61 '천 번의 인사'(프랑스어), '안부'를 의미한다.

있었다. 레빈은 아직 개관 보고가 진행 중일 때 도착했는데, 사람들 말로는 상당히 재미있는 보고였다고 했다. 보고서의 낭독이 끝나자 위원들이 한자리에 모였다. 레빈은 거기에서 스비야쥐스키를 만났는데, 그는 오늘 밤 농업 협회에서 유명한 강연이 있을 예정이니 꼭 와달라고 초대했다. 레빈은 경마에서 방금 막 서둘러 도착한 스테판 아르카디치와 다른 많은 지인들을 만나 또다시 회의, 신곡, 소송과 관련된 다양한 의견을 듣고 대화를 나누었다. 그런데 자기도 느끼기 시작한 집중력 저하 때문이었는지, 그는 소송 얘기를 하면서 그만 실언을 하고 말았다. 그리고 나중에 이 실수가 떠오르는 바람에 여러 번 화가 났었다. 러시아에서 재판 중인 어느 외국인에게 곧 내려질 판결과 그에게 국외로 추방하는 판결이 내려지는 것이 얼마나 부당한지를 논하면서, 레빈은 어제 한 지인과 대화 중에 들었던 이야기를 그대로 되풀이한 것이었다.

"난 그를 국외로 추방하는 것이 꼬치고기를 처벌한다면서 물속에 놓아주는 것과 마찬가지라는 생각이 듭니다." 레빈은 말했다. 그리고 나중에 가서야 그는 자기의 의견인 양했던 말, 즉 한 지인으로부터 들었던 말이 크릴로프의 우화에서 가져온 것이며 그 지인도 신문의 칼럼에서 빌어다 말한 것임을 생각해 냈다.

레빈은 처형과 함께 집에 들러 쾌활하고 별일 없는 키티를 보고는 클럽으로 마차를 몰았다.

레빈은 가장 알맞은 시간에 클럽에 도착했다. 그의 도착과 함께 손님들과 회원들이 잇달아 마차를 타고 도착했다. 레빈은 모스크바에 살면서 대학을 졸업하고 이내 사교계에 드나들곤 했었는데 그 후로 상당히 오랜만에 클럽에 온 것이었다. 그는 클럽이나 그 외관은 사소한 것까지 기억하고 있었지만, 자기가 예전에 클럽에서 느꼈던 인상은 완전히 잊고 있었다. 그가 넓은 반원형 뜰로 들어가 마차에서 내린 후 현관 층계에 올라서자, 장식띠를 두른 문지기가 나와 소리도 없이 문을 열고 인사를 했다. 그리고 위층까지 신고 가는 것보다 덜 힘들 거라고 생각하고 아래층에 벗어놓고 간 손님들의 덧신과 모피 외투를 문지기 방에서 보았을 때, 도착을 알리는 신비스러운 초인종 소리를 들으며 양탄자를 깔아놓은 완만한 층계를 올라가면서 층계참에 놓여있는 조각상을 보았을 때, 2층 문가에서 꽤나 늙었지만 눈에 익은 세 번째 문지기가 클럽 복장으로 서두르지 않으면서도 늑장

부리지 않고 문을 열며 손님들을 바라보는 모습을 보았을 때, 레빈은 오래전에 경험했던 클럽에 대한 기억, 휴식과 만족과 예의에 대한 기억이 마음속에 찾아드는 것이 느껴졌다.

"모자는 이리 주십시오." 문지기가 말했다. 레빈은 모자를 문지기실에 둔다는 클럽의 규칙을 잊고 있었다. "오랜만에 뵙겠습니다. 스테판 아르카디치 공작께서 어제 예약하셨는데 아직 오지 않으셨습니다."

문지기는 레빈뿐만 아니라 그의 모든 친인척까지 알고 있어서 금방 그의 가까운 사람들에 대해 언급했다.

레빈은 병풍을 쳐놓은 첫 번째 통로 방과 과일장수가 앉아 있는 칸막이 친 오른쪽 방을 지나 천천히 걸어가고 있는 노인을 앞질러 수많은 사람들로 웅성거리는 식당으로 들어갔다.

그는 손님들을 둘러보며 이미 거의 다 찬 테이블을 따라 걸어갔다. 그곳에는 온갖 다양한 사람들, 늙은이, 젊은이, 거의 안면만 있는 사람들, 친한 사람들의 얼굴이 보였다. 화가 났거나 수심에 찬 표정은 보이지 않았다. 모두들 근심과 걱정은 문지기의 방에 놓아두고 세상의 물질적 행복을 천천히 즐기기라도 하는 듯 보였다. 그곳에는 스비야쥐스키, 셰르바츠키, 네베도프스키, 노공작, 그리고 브론스키와 세르게이 이바노비치도 있었다.

"오, 왜 늦었나?" 공작은 미소를 머금고 어깨 너머로 그에게 손을 내밀며 말했다. "키티는 어떤가?" 공작은 조끼의 단추 사이에 끼운 냅킨을 바로잡으며 이렇게 덧붙였다.

"괜찮습니다, 건강합니다. 세 자매가 함께 집에서 식사한답니다."

"아, 알리나-나지나 말이군. 그래, 여기에는 자리가 없으니 저쪽 테이블로 가서 어서 자리를 잡게." 이렇게 말한 공작은 몸을 돌리고 생선 수프가 담긴 접시를 조심스럽게 받아 들었다.

"레빈, 여기예요." 조금 떨어진 곳에서 선량한 목소리가 들려왔다. 그는 투로프친이었다. 그는 젊은 군인과 함께 앉아 있었고, 그들 옆에는 의자 두 개가 거꾸로 놓여 있었다. 레빈은 기꺼이 그들에게로 다가갔다. 그는 평소 선량한 방탕아 투로프친을 좋아했다. 그는 키티를 향했던 레빈의 사랑 고백의 추억과 연결되어 있었다. 오늘은 앞서 지적인 대화로 긴장되어 있었던 터라 지금은 투로프친의 선량한 얼굴을 보는 게 특히 즐거웠다.

"여긴 당신과 오블론스키를 위해서 잡아 둔 자리예요. 그도 곧 올 겁니다."

몸을 반듯이 세우고 항상 쾌활하게 웃는 듯한 눈매를 가진 군인은 페테르부르크 출신의 가긴이었다. 투로프친은 그들을 인사시켰다.

"오블론스키는 언제나 늦는군요."

"아, 저기 나타났군요."

"자네도 지금 방금 왔나?" 오블론스키는 그들에게 서둘러 다가오며 말했다. "잘 있었나? 보드카는 마셨나? 그럼, 가지."

레빈은 일어서서 그와 함께 보드카와 온갖 다양한 안줏거리가 차려진 큰 테이블로 다가갔다. 스무 가지나 되는 안줏거리 중에서 취향에 따라 고르면 될 것 같았지만, 스테판 아르카디치는 뭔가 특별한 것을 요구했다. 그러자 제복 차림으로 서 있던 하인들 중 한 사람이 금방 그가 요구한 것을 가지고 왔다. 그들은 한 잔씩 마시고 테이블로 돌아왔다.

하인이 아직 생선 수프를 먹고 있던 가긴에게 샴페인을 가져오자, 그는 샴페인을 네 개의 잔에 따르라고 지시했다. 레빈은 권하는 술을 다 마시고 다시 한 병을 더 시켰다. 그는 몹시 시장했기 때문에 매우 즐겁게 먹고 마시며 친구들의 유쾌하고 진솔한 대화에 기쁘게 동참했다. 가긴은 목소리를 낮춰 페테르부르크에서 떠도는 새로운 일화를 들려주었는데, 그 이야기는 비록 무례하고 어리석기는 했지만 얼마나 우스운지 레빈이 너무 크게 웃어서 옆 테이블에서 쳐다볼 정도였다.

"이 얘기는 '난 그건 참을 수가 없어!' 하는 그런 유類의 이야기야." 스테판 아르카디치가 물었다. "아, 정말 멋진 이야기야! 한 병 더 가져오게!" 그는 하인에게 이렇게 말하고, 이야기를 시작했다.

"표트르 일리이치 비노프스키께서 권하시는 겁니다." 늙은 하인이 아직 거품이 이는 샴페인이 든 가느다란 잔 두 개를 스테판 아르카디치와 레빈에게 내밀며 말을 전함으로써 스테판 아르카디치가 하던 말이 끊겼다. 스테판 아르카디치는 잔을 받아 들고, 테이블 맞은편 끝자락에 앉아 있는 붉은 콧수염을 한 대머리 남자와 서로 시선을 교환한 뒤 미소를 지으며 고개를 끄덕여 보였다.

"저 사람은 누구야?" 레빈이 물었다.

"자네도 우리 집에서 한 번 본 적이 있는데, 기억 안 나? 좋은 사람이야."

레빈은 스테판 아르카디치가 했던 동작과 똑같이 잔을 집어 들었다.

스테판 아르카디치가 들려준 일화도 대단히 재미있었다. 레빈도 자신의 얘기를 들려주었는데, 그것 역시 재미있었다. 그리고 이야기는 말에 대한 것으로, 오늘 경마에서 브론스키의 아틀라스가 얼마나 훌륭하게 일등상을 탔는지에 대한 것으로 옮겨갔다. 레빈은 어떻게 식사 시간이 지나갔는지 모를 정도였다.

"아, 저기 오는군!" 식사가 끝날 무렵, 스테판 아르카디치가 의자 등받이 너머로 몸을 젖히고는 키 큰 근위 대령과 함께 자기 쪽으로 걸어오는 브론스키에게 손을 내밀며 말했다. 브론스키의 얼굴에도 클럽 전체에 흐르고 있는 즐거움과 선량함이 엿보였다. 그는 스테판 아르카디치의 어깨에 유쾌하게 팔꿈치를 대고 뭔가 속삭이더니 레빈에게도 마찬가지로 즐거운 미소를 띤 채 손을 내밀었다.

"만나서 정말 반갑습니다." 그는 말했다. "지난번 선거 때 당신을 찾았는데 벌써 떠나셨다고 하더군요." 그가 레빈에게 말했다.

“네, 그날 바로 떠났어요. 지금 막 당신의 말에 대해 얘기하고 있었습니다. 축하합니다.” 레빈이 말했다. “굉장히 빨랐다고 하더군요.”

“당신도 말이 있으시죠?”

“아니오, 아버지께서 가지고 계셨지요. 하지만 말에 대한 기억도 있고, 알기도 합니다.”

“자넨 어디에서 식사를 했나?” 스테판 아르카디치가 물었다.

“기둥 뒤의 두 번째 테이블에서.”

“이 사람을 축하하고 있었지요.” 키 큰 대령이 말했다. “두 번째로 받는 황제 상이지요. 이 사람의 말에서와 같은 행운이 내 카드 게임에 왔으면 좋을 텐데요.”

“자, 황금 같은 시간을 낭비하지 말아야지. 난 지옥으로 가 봐야겠군.” 대령은 이렇게 말하고 테이블을 떠났다.

“저 사람이 야시빈이네.” 브론스키는 투로프친에게 대답하고 그들 옆의 빈자리에 앉았다. 그는 권하는 샴페인을 다 마시고는 다시 한 병을 주문했다. 클럽의 분위기에 영향을 받은 탓인지, 술을 마신 탓인지 레빈은 말의 좋은 혈통에 대해 브론스키와 이야기를 나누면서 이제는 그에게 아무런 적대감도 느끼지 않고 마냥 즐거운 기분이었다. 그는 내친김에 자기 아내가 마리야 보리소브나 공작 부인의 집에서 그를 만났다고 하더라는 이야기까지 했다.

“아, 마리야 보리소브나 공작 부인, 참 매력적인 분이시지!”

스테판 아르카디치는 이렇게 말하며 그녀와 관련된 일화를 말해 모두를 웃게 했다. 특히 브론스키가 너무도 선량하게 소리를 내어 웃어, 레빈은 그와도 완전히 화해한 느낌을 받았다.

"그래, 다 끝났나?" 스테판 아르카디치는 일어나 미소를 지으며 말했다. "그럼, 가지!"

8

테이블에서 일어난 레빈은 걸을 때마다 양손이 유난히 규칙적이고 경쾌하게 흔들리고 있는 것을 느끼면서 가긴과 함께 천장이 높은 방들을 지나 당구장 쪽으로 갔다. 그는 큰 홀을 지나가다 장인과 마주쳤다.

"그래, 어떤가? 우리의 무위無爲의 전당이 마음에 드나?" 노공작은 그의 팔짱을 끼며 말했다. "가세, 좀 걸어볼까?"

"저도 둘러보면서 좀 걸을까 했습니다. 재미있어 보여요."

"그래, 자네에게는 재미있을 거야. 하지만 나에게는 자네와 다른 재미가 있다네. 저기, 노인들을 보면 말이야." 노공작은 부드러운 장화를 신고 그들을 향해 간신히 걸어오는 등이 굽고 입술이 처진 회원을 가리키며 말했다. "자넨 저들이 저런 슬류픽으로 태어났다고 생각하겠지만 말이야."

"슬류픽이 뭐예요?"

"허, 자넨 그 말을 모르는군. 그건 우리 클럽만의 은어라네. 자네도 알겠지만, 달걀을 너무 많이 굴리면 금이 가서 슬류픽이 되는 거야. 우리의 형제들도 그렇게 자주 클럽에 들락거리는 동안 슬류픽이 되어버리는 거지. 지금은 자네도 웃고 있지만, 우리 형제들은 자신이 언제 슬류픽이 되는지 이미 지켜보고 있다네. 자네, 체첸스키 공작을 알고 있겠지?" 노공작이 물었다. 레빈은 그의 표정을 보고 그가 뭔가 우스꽝스러운 이야기를 하려 한다는 것을 알아차렸다.

"아니요, 모릅니다."

"저런, 어떻게 몰라! 그 유명한 체첸스키 공작을 말이야. 어쨌든 상관없어. 그는 늘 당구를 치는데, 3년 전까지만 해도 그는 아직 슬류픽이 아니어서 잘난 체를 좀 하고 다녔지. 다른 사람들을 슬류픽이라고 부르면서 말이야. 하루는 클럽에 와서 우리 문지기, 자네도 알 거야, 바실리 말이야. 그래, 그 뚱뚱이. 그 친구가 상당한 익살꾼이거든. 그런데 체첸스키 공작이 그 친구한테 '어이, 바실리, 누구누구 와 있지? 슬류픽들도 있나?' 하고 물었는데 그 친구 왈 '공작님이 세 번째이십니다.' 하고 말했다는 거야. 그래, 그 친구도 그렇게 되어버린 거야!"

그렇게 이야기도 나누고 만나는 지인들과 인사도 나누면서, 레빈은 노공작과 함께 온 방을 둘러보았다. 이미 테이블들이 준비된 커다란 방에는 늘 모이는 패거리들이 내기를 하고 있었다. 소파가 놓인 방에서는 체스를 하고 있었고, 세르게이 이바노비치는 누군가와 앉아서 이야기를 나누고 있었다. 당구장에는 구석에 놓인 소파 옆에서 가긴을 비롯한 한 무리가 즐겁게 샴페인을 마시고 있었다. 그들은 지옥에도 기웃거려 보았는데, 야시빈이 이미 자리를 잡고 앉아 있는 테이블 옆에는 많은 노름꾼들이 포진하고 있었다. 그들은 소리를 내지 않으려고 애쓰면서 어스름한 독서실에도 들어가 보았다. 그곳에는 한 젊은이가 갓을 씌운 램프 밑에 앉아서 성난 표정으로 잡지를 뒤적이고 있었고, 머리가 벗겨진 장군은 독서에 열중하고 있었다. 노공작은 지혜의 방이라고 부르는 방에도 들어가 보았다. 그 방에는 세 명의 신사가 최근의 정치 뉴스에 대해서 열띤 토론을 벌이고 있었다.

"공작님, 어서 오십시오. 준비됐습니다." 그때 노름꾼 중 한 사람이 공작을 보며 말했다. 그러자 노공작은 가고, 레빈은 앉아서 그들의 토론을 들었다. 그러나 오늘 아침의 대화 내용들이 떠오르자, 문득 그는 못 견디게 지루해졌다. 그는 서둘러 일어나 오블론스키와 투로프친을 찾으러 갔다. 그는 그들과 함께 있으면 기분이 좋았다.

투로프친은 커다란 컵을 들고 당구장의 높은 소파에 앉아 있었다. 스테판 아르카디치와 브론스키는 방에서 떨어진 문가 옆 구석에서 무언가를 이야기하고 있었다.

"레빈!" 스테판 아르카디치가 말했다. 레빈은 그의 눈가에 눈물까지는 아니지만 촉촉한 것이 어려 있음을 알아차렸다. 그건 술을 마셨거나 몹시 감동받았을 때 나타나곤 하는 것이었다. 오늘은 양쪽 모두에 해당되었다. "레빈, 잠깐 기다리게." 그는 이렇게 말하고, 무슨 일이 있어도 놓아주지 않겠다는 듯 레빈의 팔꿈치를 꽉 잡았다.

"이 사람은 내 진실한, 거의 최고의 친구지." 그는 브론스키에게 말했다. "자네 또한 내게 그 누구보다 가깝고 소중한 친구야. 그러니 난 자네 둘이 친하게 지내길 바라고, 또 그렇게 되리라는 걸 알고 있네. 왜냐하면 자네 두 사람은 모두 훌륭한 사람들이니까."

"그럼, 우리에게 남은 건 입맞춤뿐이군." 브론스키가 농담조로 선량하게 말하며 손을 내밀었다.

레빈은 내민 손을 얼른 붙잡고 꼭 쥐었다.

"정말로 매우 기쁩니다." 레빈이 그의 손을 쥐며 말했다.

"여기 샴페인 한 병!" 스테판 아르카디치가 말했다.

"나도 정말 기쁩니다." 브론스키가 말했다.

그런데 스테판 아르카디치의 희망과 그들 두 사람 모두의 바람에도 불구하고 정작 두 사람은 할 얘기가 없었고, 그들도 그것을 느끼고 있었다.

"이봐, 레빈은 아직 안나와 인사를 나눈 적이 없네." 스테판 아르카디치가 브론스키에게 말했다. "그러니 이 친구를 안나에게 꼭 데려가고 싶네. 가겠나, 레빈?"

"정말인가?" 브론스키가 말했다. "그 사람이 무척 기뻐할 걸세. 나도 이제 집에 가면 좋겠는데." 그는 덧붙였다. "야시빈이 걱정이라서. 저 친구가 끝낼 때까지 여기 있어야겠네."

"왜 그래, 상황이 안 좋은가?"

"계속 지고 있어. 저 친구를 자제시킬 수 있는 유일한 사람이 나거든."

"그럼 피라미드[62]라도 할까? 레빈, 자네도 하겠나? 그래 좋아." 스테판 아르카디치가 말했다. "피라미드를 준비해주게." 그는 당구 계수원에게 말했다.

"벌써 준비해놓았습니다." 이미 공을 삼각형으로 쌓아놓고 재미삼아 붉은 공을 이리저리 굴리던 당구 계수원이 대답했다.

"그럼, 하지!"

게임을 끝내고 브론스키와 레빈은 가긴의 자리 옆에 앉았다. 그리고 레빈은 스테판 아르카디치의 제안으로 카드 게임을 하기 시작했다. 브론스키는 때론 끊임없이 찾아오는 친지들에게 둘러싸여 테이블에 앉아 있기도 하고, 때론 야시빈을 살피러 지옥에 다녀오기도 했다. 레빈은 오전의 정신적 피로감에서 벗어나 마음속에서 기분 좋은 휴식을 느꼈다. 브론스키에 대한 자신의 적의가 사라진 것이 그를 기쁘게 했고, 거기서 느낀 평온함과 예의와 만족스러운 기분이 그를 떠나질 않았다.

게임이 끝나자, 스테판 아르카디치는 레빈의 팔짱을 끼었다.

"그럼 이제 안나에게 가세. 지금, 어때? 안나는 집에 있다네. 난 오래전부터 자네를 데려가겠다고 약속했거든. 자네, 저녁에 어디 갈 데 있나?”

“특별히 갈 데는 없네만. 농업 협회에 가겠다고 스비야쥐스키에게 약속한 게 있긴 하지. 그냥, 가세.” 레빈이 말했다.

“좋아. 가지! 내 마차가 왔는지 알아봐주게.” 스테판 아르카디치는 하인에게 말했다.

레빈은 테이블로 다가가서 게임에서 진 40루블을 내고, 문가에 서 있던 늙은 하인에게 뭔가 비밀스러운 방식으로 클럽 비용을 지불하고는 양손을 유난히 흔들며 여러 홀을 지나 출구를 향해 걸었다.

9

"오블론스키 나리의 마차!" 문지기는 화난 듯한 저음으로 소리쳤다. 마차가 다가오자 두 사람은 올라탔다. 레빈은 마차가 클럽의 문을 빠져나가는 그 잠시 동안, 클럽에서 느낀 평안함과 만족감과 주변에서 느껴지던 의심할 여지없는 고상했던 인상들을 음미했다. 그러나 마차가 한길로 나오자마자 그는 평평하지 않은 길을 달리는 마차의 진동을 느끼고, 마주쳐 지나가는 마차의 마부가 지르는 성난 목소리를 듣고, 흐릿한 등불 속에서 비추는 선술집과 작은 가게의 붉은 간판을 보고는 그 인상이 깨져버렸다. 그는 자신의 행동을 곰곰이 생각하면서 지금 안나에게 가는 게 잘하는 행동인지 자문해보았다. 키티가 뭐라고 할까? 그런데 스테판 아르카디치는 레빈이 깊은 생각에 빠지도록 가만두지를 않았다. 마치 그의 의혹을 짐작이라도 한 것처럼 그의 생각들을 흩어놓았다.

"난 정말 기쁘네." 그는 말했다. "자네가 그 애를 만나게 돼서 말이야. 자네도 알다시피, 돌리도 오래전부터 이렇게 되길 바라고 있었어. 르보프도 그 애에게 다녀온 적이 있고, 지금도 왕래를 한다고 하더군. 비록 안나가 내 여동생이긴 하지만……." 스테판 아르카디치는 계속 말했다. "그 애가 훌륭한 여자라는 걸 감히 난 단언하네. 이제 곧 알게 될 걸세. 그 애는 매우 힘든 시기를 겪고 있거든. 지금은 특히 그렇지."

"대체 왜 지금 특히 그런데?"

"지금 남편과 이혼을 협의하고 있거든. 저쪽에서도 동의했지만, 아들과 관련된 문제가 힘든 법이지. 벌써 오래전에 끝났어야 하는 얘기를, 벌써 석 달째 끌고 있어서 말이야. 이혼이 결정되면 안나는 즉시 브론스키와 결혼식을 올릴 예정이라네. '이사야, 기뻐하라'[63]는 옛 관습을 답습하는 정말 어리석은 짓이야! 아무도 그걸 믿지 않을 뿐만 아니라 인간의 행복을 방해한단 말일세." 스테판 아르카디치는 덧붙였다. "그렇게 되면 자네나 나처럼 그들 두 사람의 처지도 정상이 되는 거겠지."

"어려울 게 뭐가 있단 말인가?" 레빈이 말했다.

"아, 그건 길고도 지루한 얘기라네. 이 모든 게 우리 나라에서는 너무도 불분명해. 그런데 문제는 그 애가 모두 자기를 알고, 자기 남편도 아는 여기 모스크바에서 이혼을 기다리면서 석 달째 지내고 있다는 거야. 아무 데도 나가지 않을 뿐만 아니라 여

---

63 교회에서 행하는 결혼식을 말한다.

자들 가운데에는 돌리를 빼고는 아무도 만나지 않거든. 자네가
이해할 수 있을지 모르겠지만, 그녀는 예의상 찾아오는 걸 바라
지 않아. 그 바보 같은 바르바라 공작 영애도, 그런 여자도 그걸
부적절하다고 떠나버렸으니 말이야. 그러니 다른 여자가 그런
상황에 놓였다면 아무런 힘도 쓰지 못했을 거네. 그런데도 그 애
는, 이제 곧 알게 되겠지만, 얼마나 자기 생활을 차분히 품위 있
게 해 나가는지 말이야. 왼쪽으로, 골목으로, 교회 반대편이야!"
스테판 아르카디치는 마차의 창으로 몸을 내밀고 소리쳤다. "휴
우, 정말 덥군!" 그는 영하 12도의 추위에도 불구하고 얼어 헤친
모피 앞자락을 더욱 젖혔다.

"그런데 그녀에게는 딸이 있지 않나? 분명히 아이를 돌보느
라 바쁠 텐데?" 레빈이 말했다.

"자네는 모든 여자를 그저 알을 품은 암탉으로만 생각하는 것
같군." 스테판 아르카디치가 말했다. "바쁘면 필시 어린애 때문
이라는 거지. 하긴 그녀가 딸아이를 훌륭히 키우고 있기는 한데,
난 딸아이 얘기를 들은 적이 없어. 그 애는 무엇보다도 글을 쓰
는 데 열중하고 있거든. 자네가 조롱할지도 모르지만, 그건 그렇
지 않아. 그 애는 어린이를 위한 책을 쓰고 있거든. 사실은 아무
한테도 말하지 않았지만 내게는 읽어주었네. 그래서 내가 그 원
고를 보르쿠예프에게 줬어. 자네도 알잖아, 그 출판사 사장 말이
야. 그 자신도 작가거든. 그가 그런 일에 대해서는 잘 아는데, 대
단한 작품이라고 하더군. 하지만 그 애가 여류 작가라고 생각하

지는 말게. 전혀 아니니까. 그 애는 무엇보다 따뜻한 마음을 지닌 여자야. 자네도 곧 알게 될 걸세. 지금 그 애의 집에는 영국인 소녀와 그 일가가 사는데, 그들 때문에 바쁜 거라네.”

“그럼, 무슨 자선사업 같은 건가?”

“허허, 자네는 이제 모든 걸 나쁘게만 보려고 하는 것 같군. 자선사업 같은 게 아니고 따뜻한 마음인 거지. 그들 집에, 그러니까 브론스키 집에 영국인 조마사가 있어. 그 사람은 자신의 일에는 대가인데 엄청난 술꾼이거든. 술로 인한 섬망譫妄 상태에 있어. 가족은 뒷전이니까 어쩔 수 없이 그 애가 그걸 보고 도와주다가 이젠 가족처럼 되어서, 지금은 그 가족 전체가 그녀의 보호하에 있단 말일세. 그것도 단순히 돈으로 오만하게 처세하는 게 아니라, 아이들을 중학교에 입학시키려고 그 애가 직접 사내아이에게 러시아어를 가르쳐주고 있고, 여자아이는 자기가 데리고 있어. 뭐, 보게 될 테지만 말이네.”

마차가 저택 뜰로 들어갔다. 스테판 아르카디치는 썰매 한 대가 서 있는 현관 앞에서 요란하게 초인종을 울렸다. 그러고는 문을 열어준 하인에게 주인이 집에 있는지 물어보지도 않고 안으로 들어갔다. 레빈은 자기의 행동이 옳은지 그른지 점점 더 의혹을 품으며 그의 뒤를 따라갔다.

거울을 들여다본 레빈은 자신의 얼굴이 붉어진 것을 알았다. 그러나 취한 건 아니라는 확신이 있었기에 스테판 아르카디치의 뒤를 따라 양탄자가 깔린 층계로 올라갔다. 위로 올라간 스테판 아르카디치는 가까운 사람을 대하는 태도로 인사하는 하인에게 안나 아르카디예브나에게 방문객이 있는지 물었고, 보르쿠예프가 와 있다는 대답을 들었다.

"어디 계시나?"

"서재에 계십니다."

스테판 아르카디치와 레빈은 어두운 나무 벽으로 둘러싸인 자그마한 식당을 지나, 부드러운 양탄자를 밟으며 크고 어두운 색깔의 갓을 씌운 램프의 불빛만이 비치고 있는 어두컴컴한 서재로 들어갔다. 벽에 걸린 반사경이 달린 다른 램프가 여인의 커다란 전신 초상화를 비추고 있었다. 레빈은 자기도 모르게 그것에 눈길을 주었다. 그건 이탈리아에서 미하일로프가 그린 안나의 초상화였다. 스테판 아르카디치가 트렐야쥐[64] 뒤로 사라지고 말하던 남자의 목소리가 멈췄을 때도, 레빈은 환한 램프의 불빛 아래 액자에서 두드러져 보이는 그 초상화를 바라보며 눈을 떼지 못했다. 그는 자신이 어디에 있는지조차 잊고 말하는 소리도 듣지 못한 채, 그 놀라운 초상화에 정신이 빼앗겨 바라보고 있었다. 그건 이미 그림이 아니라 곱슬곱슬한 검은 머리에 드러난 어깨와 팔, 부드러운 솜털로 덮인 입가에 생각에 잠긴 듯 반쯤 미소를 띤, 살아있는 매혹적인 여인이었다. 그 여인은 그를 혼란스럽게 하는 눈빛으로 압도하는 듯하면서도, 부드럽게 그를 바라

---

64 거울이 세 개 달린 여성용 화장대

보고 있었다. 그녀가 살아 있는 여인이 아니라는 유일한 증거는 현실 속의 여인보다 아름답다는 것뿐이었다.

"대단히 반가워요." 문득 그는 옆에서 분명히 자기를 향한 목소리를 들었다. 그건 그가 넋을 잃고 바라보고 있던 초상화 속의 바로 그 여인의 목소리였다. 안나가 레빈을 맞이하러 트렐야쥐 뒤에서 나온 것이었다. 레빈은 서재의 어슴푸레한 불빛 아래서 다양하고 어두운 푸른빛이 감도는 옷을 입은, 초상화 속의 여인과 똑같은 여인을 보았다. 그 자세나 표정은 초상화의 모습과는 달랐지만, 화가가 초상화 속에서 포착한 그 아름다움은 그대로였다. 현실 속의 그녀는 그림만큼 눈부시지는 않았지만, 그 대신 살아 있는 그녀에게는 초상화에서 느낄 수 없는 어떤 새로운 매력이 있었다.

10

그녀는 그를 만난 기쁨을 감추려 하지 않고 그를 맞이하기 위해 일어섰다. 그녀가 그에게 힘이 넘치는 조그만 손을 내밀며 보르쿠예프를 소개하고, 앉아서 뜨개질을 하고 있는 빨강 머리의 귀여운 소녀를 자기의 학생이라고 가리킬 때의 그 침착한 속에는 레빈에게 익숙하고 기분 좋은, 상류층 부인이 갖는 늘 침착하고 자연스러운 태도가 있었다.

"정말, 진심으로 기뻐요." 안나는 반복해서 말했는데 이런 단순한 말조차도 그녀의 입을 통해 나오니, 레빈에게는 어쩐지 특별한 의미를 지니는 듯한 느낌이었다. "저는 오래전부터 당신을 알고 존경했어요. 스티바와의 친분도 그렇고, 또 당신의 부인 때문에……. 제가 부인을 알고 지낸 건 아주 잠깐이지만, 그녀는 제게 꽃과 같은, 아름다운 꽃과 같은 인상을 남겨주었어요. 그녀도 곧 어머니가 된다고요!"

안나는 이따금 레빈에게서 오라버니 쪽으로 시선을 옮기면서 서두르지 않고 자연스럽게 말했다. 레빈은 자기가 그녀에게 좋은 인상을 주었다고 느끼면서, 마치 어린 시절부터 그녀를 알고 있었던 것처럼 단순하고 편안한 느낌이 들어 기분이 좋았다.

"제가 이반 페트로비치와 알렉세이의 서재에 들어가 있었던 건 말이죠," 그녀는 담배를 피워도 되냐는 스테판 아르카디치의 물음에 대한 대답으로 이렇게 말했다. "바로 담배를 피우기 위해서예요." 그러고는 레빈을 바라보며 담배를 피우냐고 물어보는 대신에 거북이 등껍질로 만든 담뱃갑을 자기 쪽으로 끌어당겨 궐련 한 개비를 뽑아들었다.

"요즘 건강은 어떠니?" 오라버니가 동생에게 물었다.

"괜찮아요. 신경과민이야 늘 그렇죠."

"대단히 훌륭해, 그렇지 않나?" 레빈이 초상화를 쳐다보는 것을 눈치챈 스테판 아르카디치가 말했다.

"저것보다 훌륭한 초상화는 본 적이 없네."

"게다가 희한하게 꼭 닮았잖아요, 안 그래요?" 보르쿠예프가 말했다.

레빈은 초상화에서 실물로 눈길을 돌렸다. 그의 시선을 느낀 안나의 얼굴이 유난히 환하게 빛났다. 레빈은 얼굴을 붉혔다. 그는 당황하는 기색을 감추려고 다리야 알렉산드로브나를 만난 지 오래되었냐고 물으려고 했는데, 그때 안나가 먼저 말을 꺼냈다.

"저는 방금 이반 페트로비치와 바셴코프의 최근 그림들에 대해 이야기를 나누고 있었어요. 당신도 보신 적이 있으신가요?"

"네, 본 적이 있습니다." 레빈이 대답했다.

"죄송해요, 제가 말을 끊었지요. 방금 무슨 말씀을 하시려고 했는데……."

레빈은 돌리를 만난 지 오래되었냐고 물었다.

"어제 다녀갔어요. 중학교 문제로 그리샤 때문에 몹시 화가 났더군요. 라틴어 선생이 그 아이를 부당하게 대했다는 것 같아요."

"그렇군요. 저도 그 그림은 보았는데, 별로던데요." 레빈은 그녀가 시작한 대화로 돌아가 말했다.

이제 레빈은 오늘 아침에 이야기하던 그 사무적인 태도와는 전혀 다른 투로 말하고 있었다. 안나와의 대화에서는 그 어떤 말도 특별한 의미를 띠게 되는 것 같았다. 안나와 이야기하는 것도 좋았지만, 안나의 이야기를 듣는 게 더욱 기분이 좋았다.

안나의 말하는 모습은 자연스럽고도 지적일 뿐만 아니라 거침없고 부드러웠다. 그녀는 자기의 생각에는 전혀 가치를 부여하지 않으면서도, 상대의 생각에는 커다란 가치를 부여하는 듯했다.

대화는 예술의 새로운 경향과 한 프랑스 화가가 보여준 성서의 새로운 삽화로 넘어갔다. 보르쿠예프는 조잡한 지경에 이르렀다며 그 화가의 리얼리즘을 비난했다. 레빈은 프랑스인들이 그 누구도 시도하지 않은 예술의 제약성을 도입했기 때문에 그들은 리얼리즘의 복귀에 특별한 공적을 발견하고 있다고, 그들은 이미 거짓말을 하지 않는다는 것에서 시를 보고 있는 것이라고 말했다.

레빈은 자기가 한 말 중에 그 어떤 재치 있는 말도 자기가 지금 한 말만큼 만족감을 준 적이 없다고 생각했다. 그리고 문득 그 생각의 진가를 깨달은 안나의 얼굴이 갑자기 환하게 빛났다. 안나는 웃기 시작했다.

"웃음이 나는군요." 그녀가 말했다. "너무 닮은 초상화를 보았을 때 웃음이 나는 것처럼 말이에요. 지금 당신이 말씀하신 건 프랑스 예술의 특징을 완벽하게 표현하신 거예요. 심지어 문학에서 졸라와 도데[65]까지도 말이에요. 하지만 그건 어쩌면 항상 있는 일인지도 모르죠. 머릿속으로 만들어 낸 가상의 형상들로부터 '개념'을 세우고, 그런 다음 모든 '결합'이 만들어지고, 그 가상의 형상에 싫증나면 다시 좀 더 자연스럽고 알맞은 형상을 고안해 내기 시작하는 거란 말이지요."

"정말 맞는 말씀입니다!" 보르쿠예프가 말했다.

"그런데 클럽에 다녀들 오셨어요?" 그녀가 오라버니에게 말했다.

'그래, 여기 진짜 여성이 있군!' 레빈은 자신을 잊고 표정이 풍부한 그녀의 아름다운 얼굴을, 갑자기 순간 변해버린 그 얼굴을

---

65 에밀 졸라(Emile Zola 1840~1902)와 알퐁스 도데(Alphonse Daudet 1840~1897)

유심히 바라보며 생각했다. 그녀가 오라버니 쪽으로 허리를 구부리고 하는 말이 들리지는 않았지만, 그녀의 표정 변화는 그에게 놀라움을 안겨주었다. 조금 전까지만 해도 차분한 아름다움이 엿보이던 그녀의 얼굴에 돌연히 기이한 호기심과 분노와 교만한 기색이 나타났기 때문이었다. 그러나 그 표정은 한순간에 사라졌다. 그녀는 뭔가 기억을 떠올리며 눈을 가늘게 떴다.

"그건 그렇죠. 아무튼 그건 누구에게도 재미없을 거예요." 이렇게 말한 그녀는 영국인 소녀를 돌아보며 말했다.

"응접실에 차를 내오도록 일러줘."[66]

소녀는 일어나서 나갔다.

"그런데, 저 애는 시험에 합격했나?" 스테판 아르카디치가 물었다.

"훌륭하게요. 아주 재능 있고 사랑스러워요."

"네 딸보다 저 아이가 더 사랑스러워지겠구나."

"남자들은 그렇게 말하죠. 사랑에 더하고 덜한 게 어디 있겠어요. 딸과 저 아이를 사랑하는 방식이 다를 뿐이지요."

"나는 안나 아르카디예브나에게 이런 말씀을 드리고 싶습니다만……." 보르쿠예프가 말했다. "만약 저 영국 소녀에게 쏟고 계시는 정력의 백분의 일이라도 러시아 아이들의 교육을 위한 공공사업에 쏟으신다면, 안나 아르카디예브나는 상당히 유익한

66　Please order the tea in the drawing-room.(영어)

일을 하시는 게 될 거라는 말씀입니다."

"그러고 싶어도, 할 수 없어요. 알렉세이 키릴로비치 백작이
(**알렉세이 키릴로비치 백작**이라는 말을 꺼내면서 안나는 마치 수줍게 양해를
구하는 듯한 표정으로 레빈의 얼굴을 보았고, 레빈은 자기도 모르게 공손하
고도 긍정적인 눈빛으로 그녀에게 대답했다) 시골에서 학교 일을 하라
고 권유하면서 격려를 아끼지 않았었어요. 그래서 저도 몇 번 다
니기도 했고요. 물론 아이들은 너무도 사랑스러웠지만 저는 그
일에 애착을 가질 수가 없었어요. 보르쿠예프, 당신은 정력이라
고 말씀하셨지요. 그 정력은 사랑에 바탕을 두고 있잖아요. 그런
데 그 사랑은 어디서 가져오는 것도 아니고 명령할 수도 없는 거
잖아요. 보시다시피 저는 저 애를 사랑하게 되었어요. 그런데 저
도 그 이유가 뭔지는 모르겠어요."

그리고 그녀는 또다시 레빈을 바라보았다. 그녀의 미소와 눈
길, 그 모든 것들은 마치 자기가 한 말은 오로지 그를 향한 것이
고 자기는 그의 의견을 소중히 여기면서 그와 함께 서로가 이해
하는 것을 이미 알고 있다고 그에게 말하고 있었다.

"난 전적으로 이해합니다." 레빈이 대답했다. "학교든, 그와
비슷한 기관이든 마음을 쏟을 수가 없습니다. 그렇기 때문에
그런 자선사업이 가져다주는 효과는 늘 별게 아니라고 생각합
니다."

안나는 잠자코 있다가 미소를 지었다.

"그래요, 옳은 말씀이에요." 안나는 맞장구를 쳤다. "전 도무

지 할 수 없었어요. 더러운 여자애들이 넘쳐 나는 고아원 전체를 사랑하기에는 내 마음이 그만큼 넓지 못해요.[67] 전 그 일에서 한 번도 성공한 적이 없어요.[68] 그런 일로 사회적 지위[69]를 만드는 여자들도 많긴 하지만 말이죠. 더구나 요즘……." 안나는 겉으로는 오라버니를 향해 말하는 것 같았지만, 분명히 레빈만을 향해 서글프면서도 신뢰가 가득 담긴 표정으로 말했다. "요즘 같은 경우에는 무슨 일이든 해야 하는데 전 할 수가 없어요." 이렇게 말한 그녀는 갑자기 눈살을 찌푸리더니(레빈은 그녀가 그녀 자신에 관한 이야기를 한 것 때문에 스스로에 대해 눈살을 찌푸린 것임을 알았다) 화제를 바꿨다. "저는 당신에 대해 알고 있었어요." 그녀는 레빈에게 말했다. "당신은 훌륭한 시민이 아니시죠. 그래도 전 할 수 있는 한 당신을 변호했어요."

"어떻게 변호하셨습니까?"

"그건 공격에 따라 다르지요. 그건 그렇고, 차 드릴까요?" 안나는 일어나서 모로코가죽으로 제본한 책을 집어 들었다.

"이리로 주시겠어요, 안나 아르카디예브나?" 보르쿠예프가 책을 가리키며 말했다. "그럴만한 가치가 상당한 책이에요."

"오, 안 돼요. 아직 마무리 작업이 너무 부족해요."

"이 사람한테도 얘기했어." 스테판 아르카디치는 레빈을 가리

---

67 Je n'ai pas le coeur assez large.(프랑스어)

68 Cela ne m'a jamais réussi.(프랑스어)

69 position sociale(프랑스어)

키며 동생에게 말했다.

"괜한 말을 했군요. 제 글은 리자 메르칼로바가 이따금 감방에서 가져와 저한테 팔곤 하던, 죄수들이 조각으로 만든 바구니 같은 거예요. 그분은 그 단체에서 감옥 일을 맡아 했어요." 그녀는 레빈에게 말했다. "그 불행한 사람들은 인내의 기적을 만들어 내고 있어요."

레빈은 드물게 자기의 마음에 드는 이 여인에게서 또 다른 새로운 특징을 발견했다. 그녀에게는 지성과 우아함과 아름다움 외에도 진실성이 있었다. 그녀는 자기가 처한 괴로운 상황을 그에게 숨기려고 하지 않았다. 그런 얘기를 하고 한숨을 내쉬던 그녀의 얼굴이 갑자기 돌처럼 엄숙하게 변했다. 그녀의 얼굴에 나타난 그와 같은 표정은 전보다 더욱 아름다웠다. 그런 표정은 새로운 것이었다. 그것은 초상화에서 화가에 의해 포착된, 행복으로 빛나고 행복을 나눠주는 그런 표정과는 달랐다. 레빈은 초상화를 다시 한 번 쳐다보고, 또 오라버니의 손을 잡고 높은 문을 지나가는 그녀의 모습을 번갈아 보면서 그녀를 향해 느끼는 자신의 연민과 다정함에 그 스스로도 놀랐다.

그녀는 레빈과 보르쿠예프에게 응접실에 가 있도록 부탁한 후에 자신은 오라버니와 뭔가 의논하기 위해 뒤에 남았다. '이혼에 관해서, 브론스키가 클럽에서 뭘 하는지에 관해서, 아니면 나에 관해서일까?' 레빈은 생각했다. 그리고 그녀가 스테판 아르카디치와 무슨 이야기를 하는지에 대한 의문이 생기자, 그는 안나 아르카디예브나가 집필한 어린이를 위한 소설의 가치에 대해 늘어놓는 보르쿠예프의 이야기 소리가 거의 귀에 들어오지 않았다.

차를 마시는 동안에도 내용이 알찬 즐거운 이야기가 지속되었다. 얘깃거리를 찾기 위한 시간은 1분도 걸리지 않았을 뿐만 아니라 오히려 그 반대로 하고 싶은 이야기를 미처 다 말할 시간이 없어서 기꺼이 스스로를 자제하며 다른 사람의 말을 들을 정도였다. 그리고 누가 무슨 말을 하든지 그녀 자신만이 아니라 보르쿠예프의 이야기도, 스테판 아르카디치의 이야기도 모두 다 그녀의 관심과 말 덕분에 특별한 의미를 띠게 되는 것처럼 레빈에게 느껴졌다.

레빈은 흥미로운 대화에 몰입하면서 내내 그녀에게, 다시 말해 그녀의 아름다움과 지성과 교양뿐만 아니라 그녀의 소탈함과 진정성에 매료되어 있었다. 그는 듣고 말하면서도 그녀의 감정을 읽으려고 애쓰며 줄곧 그녀에 대해, 그녀의 내면에 대해 생각했다. 그리고 이전에는 그토록 냉혹하게 그녀를 비난했던 그가 이제는 어떤 기괴한 사고의 흐름 속에서 그녀를 정당화하고 그와 동시에 가엾게 여기면서 브론스키가 그녀를 완전히 이해하지 못하면 어쩌나 하는 염려까지 하게 되었다. 10시가 넘어 스테판 아르카디치가 떠나기 위해 자리에서 일어서자(보르쿠예프는 벌써 전에 떠났다), 레빈은 마치 방금 도착한 기분이 들었다. 레빈은 서운해하며 일어섰다.

"안녕히 가세요." 그녀는 그의 손을 잡고 잡아끄는 듯한 눈길로 그의 눈을 바라보며 말했다. "전 정말 기뻐요. 얼음이 깨져서요.[70]"

그녀는 그의 손을 놓고 눈을 가늘게 떴다.

"당신의 아내에게 제가 변함없이 사랑한다고 전해주세요. 그리고 만약 그녀가 제 처지를 용서할 수 없다면, 절대 절 용서하지 말라고 전해주세요. 용서하기 위해서는 제가 겪은 일을 겪어야만 하니까요. 하느님이 그녀를 그런 것으로부터 지켜주시길!"

"네, 알겠습니다. 꼭 전하겠습니다……." 레빈은 얼굴을 붉히며 말했다.

---

70 Que la glace est rompue.(프랑스어)

'너무도 놀랍고, 사랑스럽고, 가엾은 여인이구나!' 그는 스테판 아르카디치와 함께 얼어붙은 차디찬 바깥으로 나오며 생각했다.

"그래, 어떤가? 자네에게 말한 대로지." 스테판 아르카디치는 레빈이 완전히 굴복당한 모습을 보고 그에게 말했다.

"그래." 레빈은 생각에 잠겨 대답했다. "정말 흔치 않은 여인이야! 현명할 뿐만 아니라 놀라울 정도로 마음도 따뜻하던걸. 그녀가 너무도 가엾군!"

"이제 하느님이 모든 걸 제대로 정리해주실 거야. 그러니 너무 앞서 판단하지 말게." 스테판 아르카디치는 마차의 문을 열며 말했다. "잘 가게나, 우린 갈 길이 달라."

레빈은 안나에 대해, 그녀와 함께 나누었던 진솔한 대화에 대해 생각하면서, 대화할 때 그녀의 표정까지 세세히 떠올렸다. 그리고 그녀의 상황에 점점 더 빠져들면서, 그녀에 대한 연민의 감정을 느끼며 집에 도착했다.

집에 도착하자 쿠지마가 카테리나 알렉산드로브나는 건강하고 언니들이 불과 얼마 전에 떠났다고 전하면서 두 통의 편지를 건네주었다. 레빈은 나중에 편지 읽는 것을 잊어버릴까 봐 현관에서 바로 편지를 읽었다. 한 통은 집사인 소콜로프에게서 온 편지였다. 소콜로프는 밀의 가격이 고작 5루블 50코페이카밖에 되지 않아 팔 수도 없는데, 돈을 빌릴 데도 없다고 적었다. 다른 하나는 누이에게서 온 편지였다. 그녀는 자기의 일을 아직 처리되지 않은 것에 대해 그를 질책하고 있었다.

'그래, 더 이상 주지 않으면 5루블 반이라도 받아야지.' 레빈은 이전에는 그토록 어렵게만 여겨졌던 첫 번째 문제를 그 자리에서 너무도 가볍게 해결했다. '여긴 항상 바쁘니, 정말 놀라운 일이야.' 그는 두 번째 편지에 대해 생각했다. 그는 누이가 부탁한 일을 아직까지 처리하지 못한 것에 대해 누이에게 미안한 마음이 들었다. '오늘은 법원에 또 못 가겠군. 오늘은 정말 시간이 없었잖아.' 그는 내일 그 일을 필히 해결해야겠다고 마음먹고 아내에게로 갔다. 아내에게로 가는 동안 그는 온종일 있었던 일들을 빠르게 떠올려보았다. 오늘 있었던 일들은 모두 다 대화뿐이었다. 대화를 듣거나 그 대화에 참여하는 일이었다. 모든 대화는 그가 시골에 혼자 있었다면 결코 관심을 갖지 않았을 그런 내용이었지만, 이곳에서는 무척 흥미로웠다. 그리고 그 모든 대화들은 훌륭했다. 오직 두 가지만은 그다지 좋지 않았다. 그 하나는 자기가 꼬치고기에 대해 말한 것이었고, 다른 하나는 안나에 대해 자기가 느낀 부드러운 연민 속에 뭔가 '부적절한' 것이 있었다는 것이었다.

레빈이 들어갔을 때, 아내는 우울하고 따분해 보였다. 세 자매의 식사는 매우 유쾌했지만 나중에 그를 기다리고 기다리다 지루해졌고, 언니들이 떠나자 그녀 혼자 남게 되었던 것이다.

"그래, 당신은 뭘 했어요?" 이렇게 묻고 그녀는 유난히 의심스러울 정도로 빛나는 그의 눈을 바라보았다. 그러나 그가 모든 걸 말하도록 내버려두기 위해, 그녀는 자신의 관심을 숨기고 저녁을 어떻게 보냈는지 털어놓는 남편의 얘기를 격려하는 듯한 미소를 머금은 채 듣고 있었다.

"브론스키를 만나서 정말 기뻤다오. 그와 함께 있는 게 편안하고 격의 없이 느껴지더군. 이젠 그를 더 이상 보려고 하지는 않겠지만 불편한 마음은 끝난 것 같소." 그는 **더 이상 보려고 하지 않겠다고 하면서도** 이내 안나에게 갔던 것을 떠올리고는 얼굴을 붉혔다. "우리는 농민들이 술을 마신다고 말하지만 농민과 우리 계층 중에 누가 더 마시는지 모르겠어. 농민들은 축제 때나 마시지만……."

그러나 키티는 농민이 술을 마시는 얘기에 대해서는 흥미가 없었다. 그녀는 그가 얼굴을 붉히는 것을 보고 그 이유가 무엇인지 알고 싶었다.

"그런 다음에는 어디에 갔어요?"

"스티바가 안나 아르카디예브나에게 가자고 어찌나 졸라대던
지 말이야."

그렇게 말한 레빈의 얼굴이 한층 더 붉어짐으로써, 안나에게
다녀온 행동이 옳은 것인지 그른 것인지에 대한 의심이 풀린
격이었다. 그는 안나에게 가서는 안 되었다는 것을 비로소 깨
달았다.

안나의 이름을 들은 키티의 눈이 휘둥그레지면서 빛났다. 그
녀는 온 힘을 다해 자신의 흥분을 감추고 그를 속였다.

"아!" 그녀는 그렇게만 말했다.

"당신, 혹시 내가 거기에 간 것 때문에 화내는 건 아니겠지. 스
티바가 부탁하기도 했고, 돌리도 그걸 원했고." 레빈은 계속 말
했다.

"오, 아니에요." 그녀는 이렇게 말했지만 그녀의 눈빛에는 그
녀가 자제하고 있는 기색이 역력했고, 그것을 본 그는 결코 좋은
징조가 아니라는 것을 알았다.

"그녀는 매우 사랑스럽고, 정말로 너무 불쌍한 여인이더군."
그는 그렇게 말했다. 그리고 안나에 대해, 그녀가 하고 있는 일
에 대해, 그녀가 전해달라고 부탁한 말까지 들려주었다.

"그래요, 물론 그녀는 무척 가여워요." 그가 말을 끝내자 키티
는 이렇게 말했다. "편지는 누구에게 받은 거예요?"

그는 그녀에게 말했고, 그녀의 침착한 어투에 마음을 놓고는
옷을 갈아입으러 갔다.

그가 다시 돌아왔을 때 키티는 안락의자에 그대로 앉아 있었다. 그리고 그가 그녀의 곁으로 다가가자, 그녀는 그를 보고는 흐느끼기 시작했다.

"왜 그래? 무슨 일이요?" 그는 이미 '그 이유'를 알았지만 이렇게 물었다.

"당신은 그런 혐오스러운 여자에게 반해버렸군요. 그녀가 당신을 홀렸어요. 당신의 눈을 보면 알아요. 그래요, 그래! 이제 어떻게 될까요. 당신은 클럽에서 마시고, 또 마시고, 카드도 치고, 그리고 간 거죠……. 누구한테 갔다고요? 아니에요, 우리 떠나요……. 난 내일 떠나겠어요."

레빈은 오랫동안 아내를 진정시킬 수 없었다. 결국 그는 연민의 감정이 술과 결합하여 자신의 정신을 혼란스럽게 만드는 바람에 안나의 교묘한 영향력에 지배를 받았고 앞으로는 그녀를 피하겠다고 고백하고 나서야 겨우 아내를 진정시킬 수 있었다. 그가 무엇보다 진심으로 고백한 한 가지는, 모스크바에 그토록 오랫동안 지내면서 말하고 먹고 마시는 것으로 정신이 나갔었다고 말한 것이었다. 그들 두 사람은 새벽 3시까지 이야기를 나누었다. 그리고 3시가 되어서야 겨우 화해를 하고 잠을 잘 수 있었다.

12

손님들을 배웅한 안나는 자리에 앉지 않고 방 안을 이리저리 서성이기 시작했다. 그녀는 무의식적이라고 해도(최근에 그녀가 젊은 남자를 대할 때면 그랬던 것처럼) 자신에 대한 레빈의 사랑을 일깨우기 위해 저녁 내내 온갖 노력을 기울였고, 성실한 유부남에 대해 그녀가 하룻저녁에 할 수 있는 만큼 충분히 그것을 성취했다는 것도 알았지만, 또 그녀는 그가 마음에 들었지만(남성의 관점에서 보면 브론스키와 레빈은 현격한 차이가 있었음에도 불구하고 여자로서 그녀는 이들 두 남자에게서, 키티가 브론스키와 레빈 이들 모두를 사랑할 수밖에 없었던 공통점을 발견했다) 그가 방을 나가자마자 그를 더 이상 생각하지 않았다.

오직 한 가지 생각만이 다양한 형태로 끈질기게 그녀를 따라다녔다. '나는 다른 사람에게, 사랑하는 가족이 있는 사람에게까지 영향을 줄 수 있는데 어째서 그이는 내게 그토록 냉담한 걸까……? 아니, 냉담한 건 아니지. 그이는 나를 사랑하고 있으니까. 그건 알아. 하지만 지금 새로운 무언가가 우리 사이를 갈라 놓고 있어. 어째서 그이는 저녁 내내 집을 비우는 걸까? 그이는 야시빈을 혼자 남겨 둘 수 없어서 그가 노름하는 걸 지켜봐야 한 다는 전갈을 스티바를 통해 보냈어. 야시빈이 어린애라도 된단 말인가? 그건 사실이겠지. 그이는 절대 거짓말하는 사람이 아니 니까. 그런데 그 사실 속에는 다른 게 있어. 그이는 자기에게 다 른 의무가 있다는 것을 내게 보여줄 기회를 얻어 기뻐하는 거야. 난 그걸 알고 있고, 또 그 점에 대해서는 인정해. 그런데 어째서 그걸 내게 증명하려는 걸까? 그이는 나에 대한 그의 사랑이 그 자신의 자유를 방해해서는 안 된다는 것을 증명하려는 거야. 하 지만 내게 증명하는 건 필요 없어. 사랑이 필요할 뿐이지. 그는 내게 있어서 여기 모스크바의 생활이 얼마나 힘겨운 일인지 이 해해줘야만 해. 내가 살아 있다고 할 수 있을까? 나는 사는 게 아 니라 계속 늘어지고만 있는 결말을 기다리고 있을 뿐이야. 회답 은 이번에도 없어! 스티바조차 알렉세이 알렉산드로비치에게 갈 수 없다고 말하고 있고, 나 역시 또다시 편지를 쓸 수는 없어. 난 아무것도 할 수 없어. 그 어느 것도 시작할 수도, 변화를 줄 수 도 없어. 난 오직 스스로 마음을 다잡으면서 저 영국인 가족을 돌본다든지, 소설을 쓴다든지, 책을 읽는 것 같은 소일거리를 생 각해 내면서 기다리고 있어야 해. 하지만 그 모든 건 거짓일 뿐 이야. 모두 다 모르핀과 다를 바 없어. 그이는 나를 가엾게 여겨 야만 해.' 그녀는 자신에 대한 연민의 눈물이 고이는 것을 느끼며 혼잣말을 했다.

그녀는 브론스키가 울리는 갑작스러운 초인종 소리를 듣고 얼른 눈물을 닦았다. 그녀는 눈물을 닦았을 뿐만 아니라 램프 아래 앉아서 아무 일도 없었다는 듯 책을 펼쳤다. 그가 약속한 대로 돌아오지 않은 것에 대해 불만을 드러내 보여야만 했다. 그러나 그건 오직 불만일 뿐, 자신에 대한 슬픔, 특히 자신에 대한 연민만은 결코 보여서는 안 된다. 그녀가 자신을 가엾게 여긴다 해도, 그에게까지 가엾게 여겨지고 싶지는 않았다. 그녀는 싸움을 원하지 않았고 그가 싸우려 한다며 그를 비난했었지만, 지금은 자신도 모르게 싸울 준비를 하고 있었다.

"그래, 따분하지는 않았어요?" 그는 활기차고 쾌활하게 그녀에게 다가오며 말했다. "정말 끔찍한 열정이에요, 도박 말이에요!"

"아니요, 지루하긴요. 오래전에 따분함을 물리치는 법을 배웠거든요. 스티바가 다녀갔어요. 레빈도요."

"그래요, 그들이 당신한테 가고 싶다고 하더군요. 어때요, 레빈은 마음에 들었어요?" 그는 그녀 옆에 앉으며 말했다.

"대단히요. 두 분은 조금 전에 돌아갔어요. 야시빈은 어떻게 됐어요?"

"처음에는 1만 7천 루블을 땄거든요. 그리고 내가 불러서 그 친구도 마무리하고 갈 생각이었는데 다시 돌아가더니 지금은 잃고 있어요."

"그럼 당신은 왜 남아 있었어요?" 그녀는 갑자기 그를 향해 눈을 치켜뜨며 물었다. 그녀의 표정은 차갑고 적의에 차 있었다. "당신은 스티바에게 야시빈을 데리고 나오기 위해 남는다고 전해달라고 말했잖아요. 그런데 당신은 그 사람을 내버려두고 오셨네요."

그의 얼굴에도 그녀와 똑같은, 싸움을 각오한 차가운 표정이 나타났다.

"첫째, 나는 당신한테 전해달라고 그 친구에게 부탁한 적이 없어요. 둘째, 나는 절대 거짓말을 하지 않아요. 그리고 무엇보다 나는 남고 싶어서 남았던 거예요." 그는 인상을 찡그리며 말했다. "안나, 어째서, 어째서 이러는 거예요?" 그는 잠시 잠자코 있다가 안나에게 허리를 구부리고 자신의 손바닥을 폈다. 그녀가 자신의 손을 얹길 기대했던 것이다.

그녀는 다정함으로 초대하는 그 손길이 좋았다. 그런데 어떤 악의적인 기이한 힘이 그런 유혹에 굴복하지 못하게 막았다. 그것은 마치 싸움의 조건이 그녀에게 항복을 허용하지 않는 것과 같았다.

"물론 남고 싶었으니까 남았겠죠. 당신은 자신이 하고 싶은 일은 전부 다 하잖아요. 하지만 어째서 나한테 그런 말을 하는 거죠? 무엇 때문에요?" 그녀는 한층 더 격앙된 어조로 말했다. "누가 당신의 권리에 시비라도 걸던가요? 하긴, 당신은 당신만 옳으면 되잖아요. 그렇게 하세요."

그는 손을 접고 몸을 뒤로 뺐다. 그의 표정은 전보다도 더 완고했다.

"당신에게는 이 일이 고집으로 보이겠죠." 그녀는 그의 얼굴을 뚫어지게 바라보다가, 문득 자신을 자극하는 그 얼굴 표정에 알맞은 말을 찾아내곤 그렇게 말했다. "바로 고집 말이에요. 당신에게는 당신이 나를 상대로 승리자가 되느냐 마느냐 하는 문제겠지만, 나에게는……." 그녀는 또다시 자기 연민에 빠져서 울음을 터트릴 뻔했다. "나에게는 그 문제가 어떤 것인지 당신이 알아주면 좋을 텐데요! 당신이 지금처럼 적의를, 바로 그 적의를 가지고 나를 대하는 게 느껴질 때 그게 내게 어떤 의미를 갖는지, 지금 이 순간 내가 얼마나 불행에 가까이 서 있는지, 내가 얼마나 두려워하는지, 얼마나 나 자신을 두려워하는지, 당신이 안다면 얼마나 좋을까요!" 그리고 그녀는 흐느낌을 감추기 위해 얼굴을 옆으로 돌렸다.

"도대체 우리가 무슨 말을 하고 있는 거예요?" 그는 그녀의 절망적인 표정 앞에서 너무도 놀라 또다시 그녀에게 허리를 구부리고는 그녀의 손을 잡고 입을 맞추며 말했다. "왜 그러는 거예요? 내가 집 밖에서 향락을 찾기라도 한다는 말이에요? 내가 다른 여자들과의 교제를 피하고 있지 않다는 말이에요?"

"물론이지요!" 그녀는 말했다.

"당신을 안심시키기 위해 내가 어떻게 하면 되는지 말해 봐요. 당신이 행복할 수만 있다면 난 뭐든 할 준비가 되어 있어요."

그는 안나의 절망적인 모습에 충격을 받고 이렇게 말했다. "지금처럼 뭔지 모르는 슬픔에서 당신을 구해 낼 수만 있다면 무엇인들 못하겠어요, 안나!" 그는 말했다.

"괜찮아요, 됐어요!" 그녀가 말했다. "나도 모르겠어요. 고독한 생활 탓인지, 신경과민 탓인지……. 이런 얘기는 그만해요. 경마는 어땠어요? 아직 말해주지 않았어요." 그녀는 역시 자기 쪽에서 이룬 승리의 기쁨을 숨기려 애쓰며 물었다.

그는 저녁 식사를 준비시키고 그녀에게 경마 상황을 상세히 이야기하기 시작했다. 그러나 그녀는 점점 더 차가워져 가는 그의 어투와 그의 시선 속에서 자신의 승리가 그에게 용서되지 않았다는 것을 알아차렸다. 그리고 그녀가 싸웠던 그 고집이 또다시 그의 내면에 자리 잡고 있는 것이 느껴졌다. 그는 전보다 더 차갑게 그녀를 대했다. 그는 마치 자기가 굴복한 것에 대해 후회하고 있는 것 같았다. 그래서 그녀는 자기에게 승리를 가져다준 '내가 얼마나 불행에 가까이 서 있는지, 얼마나 나 자신을 두려워하는지'라고 한 말을 떠올리고는 그것은 위험한 무기이기 때문에 다시는 사용해서 안 된다는 것을 깨달았다. 그리고 그녀는 그들을 결합시킨 사랑과 함께 그들 두 사람 사이에 자리 잡고 있는 싸움의 악령을 그의 마음에서도, 그리고 자신의 마음에서도 몰아낼 수 없다는 것을 느꼈다.

13

어떤 환경이든 사람이 익숙해질 수 없는 환경은 없다. 특히 주변 사람들이 자기와 똑같이 살고 있는 모습을 볼 경우에는 더욱 그렇다. 레빈은 3개월 전까지만 해도 자기가 처한 지금과 같은 상황에서 편히 잠들 수 있을 것이라고는 믿지 않았을 것이다. 목적도 없고 의미도 없는 생활, 더욱이 수입을 초과하는 생활을 영위하면서, 술에 취해(그는 클럽에서 있었던 일에 대해 달리 표현할 수가 없었다) 이전에 아내가 사랑했던 남자와 어색한 우정을 나누고, 게다가 타락한 여자라는 말밖에는 달리 표현할 수 없는 여자를 엉뚱하게 방문하여 그 여자에게 매력을 느낌으로써 아내를 슬프게 한 그런 상황 속에서도 자기가 편히 잠들 수 있으리라고는 생각지도 못했을 일이다. 그러나 그는 피곤한 데다 잠도 못 잤고 술을 마신 탓이었는지 깊고 편안하게 잠에 빠져들었다.

5시 무렵, 열린 문이 삐걱거리는 소리에 그는 잠이 깼다. 그는 벌떡 일어나 주위를 둘러보았다. 키티는 옆 자리에 없었다. 그러나 칸막이 너머로 흔들리는 불빛이 보였고, 아내의 발소리가 들렸다.

"왜……? 무슨 일이야?" 그는 잠이 덜 깬 채 말했다. "키티! 무슨 일인데?"

"아무것도 아니에요." 키티는 손에 촛불을 들고 칸막이 뒤에서 나오며 말했다. "몸이 좀 안 좋아서요." 그녀는 유난히 사랑스럽고 의미심장한 미소를 지어 보이며 말했다.

"그럼 시작된 건가, 시작된 거요?" 그는 놀란 목소리로 말했다. "사람을 보내야지." 그는 서둘러 옷을 갈아입기 시작했다.

"아니, 아니에요." 그녀는 미소 띤 얼굴로 그의 손을 잡은 채 말했다. "아무것도 아닐 거예요. 그저 몸이 조금 안 좋았는데. 이젠 지나갔어요."

그리고 그녀는 침대로 다가가서 촛불을 끄고 자리에 눕더니 조용해졌다. 그녀의 절제된 숨소리도, 무엇보다 그녀가 칸막이 뒤에서 나오면서 "아무것도 아니에요" 하고 말했을 때의 유난히 부드럽고 흥분되었던 표정도 그로서는 의심스러웠지만, 그는 너무도 잠이 쏟아졌기 때문에 그대로 잠들어버리고 말았다. 나중에 가서야 그는 아내의 조용한 숨소리를 기억해 내고는, 그녀가 여자의 일생에서 가장 위대한 사건을 기다리면서 꼼짝도 하지 않고 자기 옆에 누워 있는 동안 그녀의 고귀하고도 사랑스러운 영혼 속에서 일어난 모든 일들을 이해하게 되었다. 7시 무렵, 그는 어깨를 만지는 아내의 손과 나직한 속삭임에 잠에서 깼다.

그녀는 그를 깨워야 하는 안타까움과 그에게 이야기를 해야 하는 생각 사이에서 갈등한 것 같았다.

"코스챠, 놀라지 말아요. 괜찮아요. 그런데 내 생각에……, 리자베타 페트로브나를 데려오라고 사람을 보내야겠어요.

촛불이 다시 켜져 있었다. 그녀는 침대에 앉아 있었고, 요즘 하고 있던 뜨개질감을 손에 들고 있었다.

"제발 놀라지 마세요. 괜찮아요. 난 조금도 안 무서워요." 키티는 그의 놀란 얼굴을 바라보고는 그의 손을 자기의 가슴에, 그리고 입술에 갖다 댔다.

그는 재빨리 일어나 정신없이, 그녀에게서 눈을 떼지 않은 채 가운을 입고는 계속 그녀를 바라보며 서 있었다. 그는 나가야 했지만 그녀에게서 눈을 뗄 수가 없었다. 그녀의 표정을 사랑하지 않은 것도 아니고, 그녀의 시선을 모르는 것도 아니었지만 그는 지금과 같은 표정을 한 번도 본 적이 없었다. 이런 상황에 처한 아내 앞에 서자 어젯밤 그녀를 슬프게 했던 것이 떠오르면서, 그는 자신이 혐오스럽고 끔찍한 생각이 들었다. 수면 모자 밖으로 흘러내린 보드라운 머리카락에 싸인 그녀의 발그레한 얼굴은 기쁨과 결의로 빛나고 있었다.

일반적으로 키티의 성격에는 부자연스럽거나 허식적인 면은 적었지만 그래도 갑자기 모든 꺼풀이 벗겨지고 그녀의 영혼의 핵심 자체가 그녀의 눈 속에서 빛나는 그 순간, 그는 비로소 자기 앞에 드러난 것에 감동받지 않을 수 없었다. 이 단순하고 숨

김없는 모습 속에서 자신이 사랑하는 그녀는 더욱 선명하게 보였다. 그녀는 웃으며 그를 바라보고 있었다. 그러다 갑자기 그녀의 눈썹이 떨리더니, 그녀는 고개를 쳐들고 재빨리 그에게 다가와 그의 손을 잡고 뜨거운 입김을 내뿜으며 온몸을 그에게 밀착시켰다. 그녀는 괴로워했고, 마치 자신의 고통을 그에게 호소하는 듯했다. 처음에 그는 습관대로 자신의 잘못이라고 생각했다. 그러나 그녀의 시선 속에는 다정함이 깃들어 있었다. 그 시선은 그를 질책하는 게 아닐 뿐만 아니라 그 고통 때문에 그를 사랑한다고 말하고 있었다. '만약 내 잘못이 아니라면 대체 누구의 잘못이란 말인가?' 그는 자기도 모르게 이런 생각을 하고는 그 고통의 책임자를 찾아 그 자를 벌하려고 했지만 잘못한 사람은 없었다. 그녀는 고통스러워했고, 그것을 호소하면서 그 고통에 대해 의기양양했고, 그것을 기뻐하면서 사랑하고 있었다. 그녀의 영혼 속에서 뭔가 아름다운 것이 완성되고 있는 게 보였다. 그러나 그것이 무엇인지는 이해할 수 없었다. 그것은 그의 이해를 뛰어넘는 것이었다.

"어머니에게는 사람을 보냈어요. 그러니까 당신은 어서 리자베타 페트로브나를 데려오라고 하세요……. 코스챠……! 괜찮아요, 지나갔어요."

그녀는 그에게서 떨어져 벨을 울렸다.

"자, 이제 가세요. 파샤가 오고 있어요. 난 괜찮아요."

레빈은 그녀가 밤에 가져온 뜨개질감을 집어 들고 뜨개질을 시작하자 놀란 눈으로 그녀를 바라보았다.

레빈이 한쪽 문으로 막 나가려는데 다른 문에서 하녀가 들어오는 소리가 들렸다. 그는 문가에 멈춰 서서 키티가 하녀에게 자세한 지시를 내리고 하녀와 함께 직접 침대를 옮기는 소리를 들었다.

그는 옷을 갈아입고, 아직 삯마차가 오지 않아서 말에 마구를 채우는 동안 또다시 아내의 침실로 달려갔는데, 까치발로 뛰어간다기보다는 날아가는 것 같은 모습이었다. 침실에서는 두 하녀가 걱정스러운 표정으로 무언가를 옮겨놓고 있었다. 키티는 왔다 갔다 하며 빠르게 뜨개질을 하면서 지시를 내리고 있었다.

"난 이제 의사를 부르러 가겠소. 리자베타 페트로브나를 데려올 사람은 떠났는데, 나도 들러보겠소. 필요한 건 더 없소? 그렇지, 돌리한테는?"

그녀는 그의 얼굴을 쳐다보았으나 그의 말을 듣고 있는 것 같지는 않았다.

"네, 네, 가세요, 가세요." 그녀는 눈살을 찌푸리고 손을 흔들며 재빨리 말했다.

그가 응접실로 나왔을 때, 침실에서 갑자기 호소하는 듯한 신음 소리가 들려오더니 곧바로 잦아들었다. 그는 발걸음을 멈췄다. 오랫동안 무슨 일인지 이해할 수 없었다.

'맞아, 저건 키티의 목소리야.' 그는 혼자 중얼거리고는 머리를 감싸고 아래층으로 달려 내려갔다.

"하느님, 불쌍히 여기소서! 용서해주소서! 도와주소서!" 그는 뜻하지 않게 문득 입에서 튀어나온 말을 반복해 말하고 있었다. 그러나 신앙이 없는 그가 이런 말을 입으로만 되풀이하고 있는 게 아니었다. 지금 이 순간 그는 자신이 품고 있던 모든 의혹뿐만 아니라 이성에 의한 믿음이 불가능하다는 자신의 생각까지도 신에게 매달리려고 하는 자신을 조금도 방해하지 않는다는 것을 알았다. 그러한 모든 것들이 이제는 그의 영혼 속에서 먼지처럼 날아가 버리고 말았다. 그가 지금 자신의 영혼도, 자신의 사랑도, 모두 그 손아귀에 움켜쥐고 있는 것처럼 느껴지는 것에 매달리지 않는다면 대체 누구에게 매달린단 말인가?

말은 아직 준비되지 않았다. 그러나 그는 자기 안에서 육체적인 힘과 이제부터 해야 할 일을 해내려고 하는 정신적인 힘이 유달리 긴장되는 것을 느끼며, 한순간도 헛되이 보내지 않기 위해 기다리지 않고 걸어가면서 쿠지마에게는 뒤따라오라고 일렀다.

그는 길모퉁이에서 빠르게 달려오는 야간 삯마차를 만났다. 작은 썰매에는 벨벳 망토를 입고 머리에 숄을 두른 리자베타 페트로브나가 타고 있었다.

"감사합니다! 하느님, 감사합니다!" 그는 그녀를 알아보고는 너무 기뻐 이렇게 말했다. 금발인 그녀의 작은 얼굴에 나타난 표정은 유난히 심각하고 엄숙하기까지 했다. 그는 마차를 세우지도 않고 걸어온 길을 되돌아 그녀 옆에서 나란히 달리기 시작했다.

"그럼 두 시간 정도 되었군요. 넘지는 않았지요?" 그녀가 물었다. "표트르 드미트리치 댁에 가시면 그를 만나실 거예요. 재촉하지 않으셔도 됩니다. 그리고 약국에 가셔서 아편을 사다주세요."

"그럼 순조로울 거라고 생각하는 거죠? 하느님, 불쌍히 여기시고 도와주소서!" 레빈은 대문에서 나오는 자기 말을 보면서 이렇게 말했다. 쿠지마와 나란히 썰매에 올라탄 그는 의사에게 가라고 지시했다.

14

의사는 아직 일어나지 않았다. 하인은 "늦게 잠자리에 드시면서 깨우지 말라고 분부하셨습니다. 곧 일어나실 겁니다." 하고 말했다. 하인은 램프의 유리를 닦고 있었으며 그 일로 바쁜 것처럼 보였다. 처음에 레빈은 이 하인이 유리 닦기에 열중하여 레빈의 집에서 일어나고 있는 일에 대해 무심한 것에 대해 몹시 놀랐다. 그러나 그는 이내 생각을 바꾸고, 아무도 그의 감정을 모르며 알 의무도 없기 때문에 이 무관심의 벽을 뚫고 자기의 목적을 달성하기 위해서 더욱 침착하게 잘 생각해서 단호하게 처신해야 한다는 것을 깨달았다. '서두르지 말고 빠뜨리는 게 없도록 해야 한다.' 레빈은 육체적인 힘과 자기가 해야만 하는 일들에 대한 정신적인 힘이 점점 더 상승하는 것을 느끼며 혼자 중얼거렸다.

의사가 아직 일어나지 않았다는 것을 알게 된 레빈은 머릿속에 떠오른 다양한 계획 가운데 다음 방법을 써보기로 했다. 편지를 들려 쿠지마를 다른 의사에게 보내고, 자신은 직접 아편을 사러 약국에 갔다 돌아온다. 만약 그때도 의사가 일어나지 않았으면 하인을 매수하든지, 만약 하인이 불응하면 무슨 일이 있어도 강제로라도 의사를 깨우도록 한다.

약국에서는 깡마른 약사가 하인이 유리를 닦을 때와 같은 무심한 태도로 먼저 와서 기다리고 있던 마부를 위해 가루약을 오블라토[71]로 싸면서 아편을 팔 수 없다고 말했다. 레빈은 서두르거나 흥분하지 않으려고 애쓰면서 의사와 산파의 이름을 거명하고, 아편이 필요한 이유를 설명하며 약사를 설득하기 시작했다. 약사는 칸막이 너머로 아편을 팔아도 되는지 독일어로 동의를 얻고는 약병과 깔때기를 꺼내 큰 병에서 작은 병으로 천천히 옮겨 따랐다. 그리고 그렇게 하지 않아도 괜찮다는 레빈의 요청에도 불구하고 상표를 붙이고 병을 봉인한 뒤 포장까지 하려고 했다. 그러자 레빈은 더 이상 참지 못하고 결심했다는 듯 그의 손에서 약병을 낚아채서는 커다란 유리문 밖으로 뛰쳐나왔다. 의사는 아직 일어나지 않았고, 이번에는 양탄자를 깔고 있던 하인은 여전히 의사를 깨울 수 없다고 말했다. 레빈은 서두르지 않고 10루블짜리 지폐 한 장을 꺼내서, 천천히 말하면서도 시간을 낭비하지 않기 위해 재빨리 지폐를 하인에게 건넸다. 그러면서 표트르 드미트리치(이전에는 그토록 중요하지 않던 표트르 드미트리치

---

71 가루약 등을 포장하는 데 사용하는, 주로 전분으로 만든 얇은 막

가 지금 레빈에게는 얼마나 위대하고 커다란 의미를 갖는 인물로 여겨지는 지!)가 언제든지 와주겠다고 약속했으므로 화를 내지 않을 거라고 말하며 당장 그를 깨워달라고 부탁했다.

하인은 그제야 그의 말을 받아들이고 2층으로 올라가면서 레빈에게 대기실에서 기다리라고 말했다.

문 너머로 의사의 기침 소리, 오가는 소리, 세수하는 소리, 뭔가 말하는 소리가 레빈에게 들려왔다. 3분이 지났지만 레빈에게는 한 시간도 넘은 듯한 느낌이 들었다. 그는 이제 더 이상 기다릴 수가 없었다.

"표트르 드미트리치, 표트르 드미트리치!" 그는 열려 있는 문으로 애원하는 듯한 목소리로 말했다. "제발 부탁입니다. 그대로도 괜찮으니 잠깐 만나주십시오. 벌써 두 시간도 더 기다렸습니다."

"곧, 곧 갑니다!" 목소리가 이렇게 대답했다. 그런데 그 의사의 목소리에 웃음이 섞여 있는 것을 듣고 레빈은 어이가 없었다.

"잠시만이라도……."

"지금 갑니다."

의사가 부츠를 신는 동안 2분이 흘렀고, 옷을 입고 머리를 빗는 동안 또 2분이 흘렀다.

"표트르 드미트리치!" 레빈이 애원하는 목소리로 다시 말하기 시작했을 때, 마침내 옷을 갈아입고 머리를 빗은 의사가 밖으로 나왔다.

‘양심도 없는 사람들!’ 레빈은 생각했다. ‘사람이 죽어가는데 머리를 빗고 있다니!’

“안녕하세요!” 의사는 그에게 손을 내밀면서 마치 약을 올리는 듯한 침착한 태도로 말했다. “서두를 필요는 없습니다. 그래, 상태가⋯⋯?”

레빈은 가능한 상세히 설명하려고 애쓰면서 아내의 상태에 대해 필요도 없는 말까지 늘어놓기 시작했다. 그러다가 계속해서 말을 멈추며 의사에게 당장 자기와 함께 가자고 부탁했다.

“아니, 서두를 것 없습니다. 당신이 몰라서 그래요. 어쩌면 내가 필요 없을지도 모르지만, 약속했으니까 가보기는 하겠습니다. 하지만 서두를 필요 없어요. 좀 앉으십시오. 커피라도 한 잔 드릴까요?”

레빈은 자신을 조롱하고 있느냐고 묻는 듯한 시선으로 의사를 바라보았다. 그러나 의사는 그를 조롱할 생각이 추호도 없었다.

“알겠습니다, 알겠어요.” 의사는 미소를 지으며 말했다. “저 역시 가정이 있습니다. 하지만 이럴 때 우리 남편들은 가장 불쌍한 사람들입니다. 제 환자 한 분은 해산할 때마다 남편이 마구간으로 도망친다고 하더군요.”

“그런데 표트르 드미트리치, 어떻게 생각하십니까? 순산하겠지요?”

“지금까지의 상황으로 봐서는 순산하실 겁니다.”

"그럼, 지금 가시는 거죠?" 레빈은 커피를 가져온 하인을 성난 얼굴로 쳐다보며 말했다.

"한 시간 후나 가시죠."

"안 돼요. 제발 부탁입니다."

"그럼, 커피 한 잔만 마시고요."

의사는 커피를 마시기 시작했다. 두 사람은 한동안 말이 없었다.

"그런데 터키가 엄청나게 당하더군요. 어제 전보를 읽으셨습니까?"

의사는 흰 빵을 씹으며 말했다.

"아니, 도저히 안 되겠어요!" 레빈은 벌떡 일어나며 말했다. "그럼 15분 뒤에는 오시겠지요?"

"30분 후에요."

"틀림없겠죠?"

집으로 돌아온 레빈은 공작 부인과 마주쳤다. 그들은 함께 침실 문으로 다가갔다. 공작 부인은 눈에 눈물을 글썽이며 양손을 떨고 있었다. 레빈을 본 그녀는 그를 끌어안고 울음을 터뜨렸다.

"그래, 어떤가, 리자베타 페트로브나?" 공작 부인은 걱정과 기대가 뒤섞인 환한 표정으로 안에서 나온 리자베타 페트로브나의 손을 붙잡고 말했다.

"순조롭게 진행되고 있습니다." 그녀가 대답했다. "누우라고 말씀 좀 해주세요. 그러는 편이 더 편할 거예요."

레빈은 아침에 깨어 무슨 일이 벌어지고 있는지 깨달은 순간 부터, 이젠 무슨 일이든 깊이 생각하거나 추측하지 않고 모든 생각과 감정의 문을 닫아버린 채 아내가 산만해지지 않게 오히려 아내의 마음을 안정시키고 용기를 북돋아주면서 눈앞에 닥친 상황을 견뎌 낼 것이라고 굳게 마음먹고 있었다. 심지어 그는 무슨 일이 생길지, 이 일이 어떻게 끝날 것인지 생각하는 것조차 하지 않았고, 이 일이 보통 얼마나 걸리는지를 물어서 판단한 결과에 따라 다섯 시간쯤 참고 견디기로 마음먹었다. 그는 그럴 수 있을 것 같았다. 그런데 의사에게 다녀온 후 고통스러워하는 그녀의 모습을 다시 보게 되자, 그는 '하느님, 용서하시고 도와주소서!'를 더욱더 자주 반복해 말하면서, 한숨을 쉬기도 하고 위를 올려다보기도 했다. 그리고 공포가 밀려오면서 이젠 더 이상 견딜 수 없을 것 같은 생각에 도망가거나 울음을 터트릴 것만 같은 느낌이었다. 그에게는 너무나 고통스러운 시간이 흐르고 있었지만, 시간은 고작 한 시간이 지났을 뿐이었다.

그러나 그 한 시간이 지나고, 또 한 시간, 두 시간, 세 시간이 지나고, 그가 인내할 수 있는 최대한의 시간으로 정한 다섯 시간이 지났지만 상황은 여전했다. 그는 참는 것 외에는 달리 할 수 있는 일이 없었기 때문에 계속 견디고 있었다. 매 순간 마지막 인내심이 한계에 도달했다고 생각하면서, 이제 금방이라도 고통으로 심장이 터질 것 같은 기분이었다.

그런데 다시 몇 분, 몇 시간, 그리고 또 몇 시간이 흐르고 있었다. 그리고 그의 고통과 공포는 점점 더 커져가면서 긴장감도 고조되고 있었다.

그것 없이는 아무것도 생각할 수 없던 일상생활의 조건들이 이제 레빈에게는 더 이상 존재하지 않았다. 그는 시간에 대한 인식을 잃어버렸다. 때로는 몇 분이—그녀가 그를 자기 곁으로 불러서 땀에 젖은 그녀의 손을, 때로는 엄청난 힘으로 그의 손을 꼭 쥐기도 하고 밀쳐버리기도 하는 그녀의 손을 꼭 쥐던 그 몇 분이—몇 시간처럼 느껴지기도 했고, 몇 시간이 불과 몇 분으로 느껴지기도 했다. 리자베타 페트로브나가 칸막이 뒤에서 촛불을 켜달라고 부탁했을 때, 그는 벌써 저녁 5시라는 것을 알고는 무척 놀랐다. 만약 그에게 지금 겨우 아침 10시라고 말했어도 그보다 더 놀라진 않았을 것이다. 그는 언제 무슨 일이 있었는지 모르는 것과 마찬가지로 자기가 지금 어디에 있는지를 거의 알지 못했다. 그는 때론 의혹이 가득한 고통스러운 표정으로, 때론 웃음을 지으며 그를 안심시키려는 듯한 표정으로 달아오른 그녀의 얼굴을 보았다. 그는 또한 긴장한 모습으로, 말아 올린 희끗희끗한 머리카락이 흘러내려 헝클어진 채 얼굴이 붉어진 공작 부인이 눈물을 애써 삼키는 모습을 보았다. 그리고 그는 돌리도, 굵은 궐련을 피우고 있는 의사도, 확고하고 결연한 태도로 사람들의 마음을 안정시키고 있는 리자베타 페트로브나도, 얼굴을 잔뜩 찌푸린 채 홀을 서성이고 있는 노공작도 보았다. 그러나 그들이 언제 들어왔고 언제 나갔는지, 그들이 어디에 있었는지 그는 알지 못했다. 공작 부인은 의사와 함께 때론 침실에, 때론 식사가 준비된 서재에 있었다. 그러다 어떤 때는 그녀는 공작 부인이 아니라 돌리였다. 나중에 레빈은 자기가 어디로 심부름을 다녀왔는지 기억해 냈다. 한번은 사람들이 그에게 탁자와 소파를 옮겨달라고 부탁을 했다. 그는 아내에게 필요한 일이라고 생각하고 열심히 옮겼는데, 나중에 가서야 그는 그게 자신의 잠자리를 마련하기 위한 일이었다는 사실을 알았다. 그다음 그는 의사에게 뭔가를 물어보라는 부탁을 받고 서재로 갔다. 의사는 물음에 대답하고 국회에서의 분규에 대해 이야기하기 시작했다. 그런 다음 그는 금과 은으로 장식된 성상을 가지러 공작 부인이 있는 침실로 갔다. 그는 공작 부인의 늙은 하녀와 함께 성상을 꺼내려고 장롱 위로 기어올랐다가 램프를 부수고 말았다. 공작 부인의 늙은 하녀는 그의 아내와 램프에 대해 걱정하지 말라며 그를 위로했고, 그는 성상을 가지고 와서 그것을 키티의 베개 밑에 열심히 밀어 넣었다. 그러나 그 모든 일을 어디서, 언제, 왜 했는지 그는 알지 못했다. 왜 공작 부인이 그의 손을 잡고 애처롭게 그를 바라보며 마음을 편히 가지라고 말했는지, 돌리가 왜 식사를 조금이라고 하라고 설득하며 그를 방에서 데리고 나갔는지, 왜 의사마저도 심각하게 동정 어린 시선으로 그를 바라보며 물약을 마시라고 권했는지, 그로서는 알 수가 없었다.

그는 지금의 상황이 1년 전 현청 소재지의 한 호텔에서 형인 니콜라이가 임종하던 때와 비슷한 상황이라는 것을 알았고 느졌을 뿐이었다. 그러나 그때는 슬픔이었고, 지금은 기쁨이었다. 그러나 그 슬픔도, 이 기쁨도 모두 일상생활의 조건 밖에 있었고, 그것은 마치 어떤 숭고한 것이 엿보이는 일상생활 속의 틈과 같았다. 그리고 지금 일어나고 있는 일들 역시 힘겹고 괴롭게 다가왔고, 어느 경우에나 영혼은 그 숭고한 것을 관조할 때와 마찬가지로 현묘하게, 예전에는 결코 이해할 수 없고 이성이 따라갈 수 없는 높은 경지까지 올라갔다.

'하느님, 용서하소서! 도와주소서!' 그는 그토록 오랫동안 완전히 단절되었다고 여겼음에도 불구하고, 유년 시절이나 청년 시절처럼 신실하고 단순하게 신을 향하고 있는 자신을 느끼며 끊임없이 이렇게 반복해 중얼거렸다.

그러는 동안 그는 내내 각각 다른 두 가지 기분을 느끼고 있었다. 한 가지는 그녀에게서 떨어져, 굵직한 궐련을 연거푸 피우며 재가 가득한 재떨이의 가장자리에 연신 그것을 비벼 끄는 의사와 돌리와 공작과 함께 식사나 정치나 마리야 페트로브나의 병에 대해 이야기를 나누다 보면, 레빈은 갑자기 한순간 무슨 일이 일어나고 있는지를 완전히 잊어버리고 마치 꿈에서 깨어난 듯한 기분이 드는 것이었다. 다른 하나는 키티의 베갯머리에 있을 때 느끼는 기분이었다. 그때는 그녀에 대한 괴로움으로 심장이 터질 것 같으면서도 터지지 않는 가슴으로 끊임없이 하느님께 기도를 드렸다. 그리고 매번 침실에서 새어 나오는 비명소리가 그를 망각의 한순간에서 끌어낼 때, 그는 처음 순간에 느꼈던 것과 똑같은 이상한 착각에 빠져들곤 했다. 그는 비명을 들을 때마다 벌떡 일어나 변명하려고 달려갔다가는, 가는 도중에 자기 잘못이 아니라는 사실을 떠올리고는 그녀를 보호하고 도와주고 싶다는 생각이 간절히 들었다. 그러나 그는 그녀를 보면서 도와줄 수 없다는 사실을 또다시 깨닫고는 두려움에 떨면서 이렇게 중얼거렸다. '하느님, 용서하소서! 도와주소서!' 그리고 시간이 지나면 지날수록, 이 두 가지 감정은 더욱더 심화되었다. 그녀의 곁을 떠나 있으면 그는 그녀를 완전히 잊고 더욱더 침착해졌으나, 그녀의 곁에 있으면 그녀의 고통 그 자체에 대해 도울 수 없다는 무력감으로 더욱 괴로움을 느꼈다. 그는 벌떡 일어나 어디론가 도망치고 싶었으나, 결국은 아내 곁으로 달려가곤 했다.

때때로 그녀가 너무 자주 그를 불러댈 때면 그도 그녀를 비난하곤 했다. 그러나 미소 띤 그녀의 온순한 얼굴을 보고 "내가 당신을 괴롭히고 있군요."라는 그녀의 말을 들으면, 그는 이번에는 하느님을 비난했다. 그러다가도 하느님을 떠올리면, 그는 금방 용서와 자비를 구했다.

15

그는 이른 시간인지 늦은 시간인지 알 수 없었다. 촛불들은 이미 거의 다 타들어가고 있었다. 돌리는 방금 막 서재로 들어가 의사에게 잠시 누울 것을 권유했다. 레빈은 앉아서 사기꾼 최면술사에 관한 의사의 이야기를 들으며 그가 피우는 궐련의 재를 응시하고 있었다. 진통이 잠시 잦아들었고, 그는 멍하니 아무 생각이 없었다. 그는 지금 일어나고 있는 일들을 완전히 잊어버리고 있었다. 그는 의사의 이야기를 들으며 그것을 이해하고 있었다. 그런데 갑자기 뭐라고 형용할 수 없는 비명소리가 들려왔다. 그 비명소리는 너무도 끔찍해서 레빈은 벌떡 일어설 수조차 없었다. 그는 숨을 죽인 채 묻는 듯한 겁먹은 시선으로 의사를 쳐다보았다. 의사는 고개를 옆으로 기울여 주의 깊게 들으며 다 되었다는 듯한 미소를 지었다. 모든 게 너무도 특별하여 레빈은 그어떤 일에도 놀라지 않았다. '아마 이렇게 되어야 하나 봐.' 그는 이렇게 생각하며 그대로 앉아 있었다. 누구의 비명소리였지? 그는 벌떡 일어나 발꿈치를 들고 침실로 달려 들어가 리자베타 페트로브나와 공작 부인을 돌아서 그녀의 머리맡 옆의 자기 자리에 섰다. 비명은 그쳤으나 이번에는 뭔가 달랐다. 그게 무엇인지 그는 보지도 못했고 알지도 못했으며 보고 싶지도, 알고 싶지도 않았다. 그러나 리자베타 페트로브나의 표정으로 그는 알 수 있었다. 리자베타 페트로브나의 얼굴은 창백하고 엄숙했으며, 비록 그녀의 턱이 살짝 떨리고는 있었지만 여전히 결연한 모습이었다. 그녀의 눈은 키티를 응시하고 있었다. 땀에 흠뻑 젖어 머리카락이 온통 달라붙은 채로 피곤한 기색이 역력한, 붉게 상기된 키티의 얼굴은 그를 향한 채 그의 시선을 찾고 있었다. 치켜든 그녀의 두 손은 그의 손을 잡으려고 했다. 그녀는 땀에 젖은 두 손으로 그의 차가운 손을 붙잡고 자신의 얼굴에 갖다 댔다.

"가지 마세요, 가지 말아요! 무섭지 않아요, 두렵지 않아요!" 키티는 빠르게 말했다. "어머니, 귀걸이 떼어주세요. 거치적거려요. 당신은 두렵지 않지요? 이제 금방이에요, 곧이요. 리자베타 페트로브나……"

그녀는 빠르게 말하고는 미소를 지어 보이려고 했다. 그러나 갑자기 그녀의 얼굴이 일그러지더니 그를 자기 곁에서 밀어냈다.

"아니에요, 무서워요! 죽겠어요, 죽을 것 같아요! 가요, 가!" 키티는 소리쳤다. 그리고 또다시 그 형언할 수 없는 비명소리가 들려왔다.

레빈은 머리를 감싸고 방에서 뛰쳐나갔다.

"괜찮아요, 괜찮아. 다 잘되고 있어요!" 돌리가 뒤에서 그에게 말했다.

그러나 그는 사람들이 뭐라고 말하든, 이제 모든 게 끝이라고 생각했다. 그는 옆방에서 벽의 기둥에 머리를 기대고 서서, 이제껏 한 번도 들어본 적이 없는 누군가의 비명소리와 울부짖는 소리를 듣고 있었다. 그는 그것이 이전에 키티였던 사람이 울부짖는 소리라는 걸 알고 있었다. 그에게 아기는 이미 기대의 대상에서 떠난 지 오래였다. 오히려 지금은 그 갓난아기를 미워하고 있었다. 그뿐만 아니라 이젠 그녀의 생명도 바라지 않았고, 그는 오직 이 무서운 고통이 멈추기만을 바라고 있었다.

"선생님! 대체 이게 어떻게 된 겁니까? 무슨 일입니까? 하느님, 맙소사!" 그는 들어온 의사의 손을 움켜쥐며 말했다.

"끝나가고 있습니다." 의사는 말했다. 의사의 표정이 너무도 진지했기 때문에 레빈은 끝나간다는 말을 죽어간다는 의미로 받아들였다.

그는 정신없이 침실로 뛰어 들어갔다. 맨 처음 그는 리자베타 페트로브나의 얼굴을 보았다. 그녀의 얼굴은 보다 더 찡그리고 있었고, 더욱 엄숙해 보였다. 키티의 얼굴은 보이지 않았다. 조금 전까지만 해도 그녀의 모습이 보이던 자리에는 긴장감이 감돌고, 거기서 들려오는 소리로 보아 무언가 무서운 것이 있었다. 그는 곧 심장이 터질 것만 같은 느낌에 침대의 나무틀에 고개를 숙였다. 공포의 비명소리는 멈추지 않고 더욱 강해졌다. 그리고 그 공포가 한계에 다다랐을 때 갑자기 잠잠해졌다. 레빈은 자신의 귀를 믿을 수 없었지만 의심할 수도 없었다. 비명이 가라앉고 고요한 웅성거림과 옷자락 스치는 소리와 가쁜 숨소리가 들렸다. 그리고 중간중간 끊기는, 생기 있고 부드러우면서도 행복이 가득한 목소리가 조용히 말했다. "끝났어요."

그는 고개를 들었다. 그러자 그 어느 때보다도 아름답고 고요한 그녀가 힘없이 팔을 이불 위에 늘어뜨린 채 말없이 그를 바라보고 있었다. 그녀는 미소를 지어 보이고 싶었지만 그럴 수 없는 것 같았다.

레빈은 지난 스물 두 시간 동안 살아온 비밀스럽고도 무서운 신비의 세상에서 갑자기 이전의 평범한 세계로 순간 옮겨온 듯한 느낌이 들었고, 그 세계는 그가 견딜 수 없는 새로운 행복의 빛으로 찬란했다. 팽팽하게 당겨졌던 시위는 끊어졌다. 전혀 예상하지 못했던 기쁨의 흐느낌과 눈물이 세차게 솟구쳐 올라와 온몸이 들썩이는 바람에 그는 오랫동안 제대로 말을 할 수 없었다.

그는 침상에 무릎을 꿇고 엎드려 아내의 손을 잡고 입을 맞추었다. 그러자 손가락의 가는 움직임으로 그녀는 그의 입맞춤에 답했다. 그러는 동안 침대의 발치에서는 리자베타 페트로브나의 민첩한 손 안에서 마치 촛대 위의 작은 불꽃처럼 인간의 한 생명이 꿈틀거리고 있었다. 이전에는 존재하지 않았던, 다른 존재들과 동등한 권리와 동등한 가치를 가지고 살아가며 자신과 똑같은 인간을 낳을 그런 존재였다.

"건강해요! 아주 건강해요! 게다가 도련님이에요! 이제 걱정하실 거 없어요." 레빈은 리자베타 페트로브나가 떨리는 손으로 아기의 등을 가볍게 두드리며 말하는 소리를 들었다.

"어머니, 정말이에요?" 키티가 말했다.

공작 부인의 흐느끼는 소리만이 그녀의 말에 대답했다.

그런데 침묵 가운데에서 어머니의 물음에 마치 의심할 여지 없는 대답으로, 방 안에서 절제된 이야기 소리와는 전혀 다른 목소리가 들려왔다. 그건 어디서 나타난 건지 이해할 수 없는 새로운 인간의 용감하고 거침없는, 아무것도 신경 쓰지 않는 그런 외침이었다.

만약 조금 전에 사람들이 레빈에게 키티는 죽었고 그도 그녀와 함께 죽었고 그들의 아기는 천사이고 그들 앞에 하느님이 계신다는 말을 했다 해도, 그는 전혀 놀라지 않았을 터였다. 그러나 이제 현실 세계로 돌아온 그는 아내가 살아 있고 건강하며, 절망적으로 울어대는 존재가 자기 아들이라는 것을 이해하기 위해 엄청난 사고력을 동원해야만 했다. 키티는 살아 있고, 고통은 끝났다. 그리고 그는 형언할 수 없을 만큼 행복했다. 그는 그것을 이해했고, 그것으로 인해 충분히 행복했다. 그러나 갓난아기는? 어디서, 무엇 때문에 왔으며, 누구일까……? 그는 도무지 이해할 수 없었고 그 생각에 익숙해질 수가 없었다. 그에게 그것은 오랫동안 익숙해질 수 없는 불필요한 여분의 무엇처럼 여겨졌다.

16

9시가 지나서, 노공작과 세르게이 이바노비치와 스테판 아르카디치는 레빈의 집에 모여 앉아 산모에 대해 잠시 이야기한 후 다른 주제에 대해 이야기를 주고받았다. 레빈은 그들의 이야기를 듣는 중에 자기도 모르게 오늘 아침까지 일어난 일들을 떠올리면서, 어제의 사건이 일어나기 전까지 자신의 모습이 어땠는지 생각해보았다. 그러자 그때부터 100년이나 흐른 듯한 느낌이었다. 그는 도달할 수 없는 어떤 높은 경지에 올라와 있는 느낌이 들면서도, 대화하고 있는 사람들을 노엽게 하지 않기 위해 그곳에서 내려오려고 애썼다. 그는 이야기를 나누면서도 아내에 대해, 세부적인 그녀의 현재 상태에 대해, 아들에 대해 끊임없이 생각하고 있었다. 그리고 아들이 있다는 생각에 익숙해지려고 애쓰고 있었다. 결혼한 후 그에게 새로운 미지의 의미를 안겨준 여성의 세계 전부가 이제 그의 이해 속에서 너무도 높아져서 그의 상상으로는 수용할 수 없을 정도가 되어버렸다. 그는 어제 클럽에서 있었던 식사 얘기를 들으며 생각했다. '아내는 지금 무얼 하고 있을까? 잠이 들었을까? 그녀의 상태는 어떨까? 그녀는 무슨 생각을 하고 있을까? 우리 아들 드미트리가 울고 있지는 않을까?' 그리고 그는 대화 도중에, 말 중간에 벌떡 일어나 방에서 나갔다.

"그 애한테 가 봐도 되는지 사람을 시켜 알려주게." 공작이 말했다.

"알겠습니다. 당장 그렇게 하겠습니다." 레빈은 이렇게 대답하고는 지체하지 않고 그녀에게 갔다.

키티는 자고 있지 않았다. 장차 있을 세례에 대해 계획을 세우며 어머니와 조용히 이야기를 나누고 있었다.

몸단장을 하고 잘 빗은 머리에 푸른색 계통의 화려한 모자를 쓴 그녀는 이불 위에 양손을 내놓은 채 반듯이 누워서 눈길로 남편을 맞이하더니 역시 눈길로 그를 자기 곁으로 불렀다. 그녀의 밝은 시선은 그녀에게 가까이 다가갈수록 더욱더 밝게 빛났다. 그녀의 얼굴에는 죽은 자의 얼굴에서 엿보이는, 지상으로부터 천상으로의 변화가 나타나 있었다. 그러나 그곳은 이별을 의미했고, 이곳은 만남을 의미했다. 또다시 분만의 순간에 경험했던 것과 똑같은 흥분이 그의 가슴에 솟구쳤다. 그녀는 그의 손을 잡고 잠을 잤는지 물었다. 그는 대답을 할 수 없어서 자신의 나약함을 인정하며 고개를 옆으로 돌렸다.

"난 잠깐 잤어요, 코스챠!" 키티가 말했다. "지금은 기분이 너무 좋아요.”

그를 바라보던 그녀의 표정이 갑자기 변했다.

“아기를 이리 주세요.” 그녀는 갓난아기의 울음소리를 듣고 말했다. “리자베타 페트로브나, 이리 주세요. 아빠도 봐야지요.”

“자, 여기요. 아빠도 보셔야지요.” 리자베타 페트로브나는 꿈틀거리는 뭔가 붉고 이상한 것을 들어 올려 가져오며 말했다. “잠깐만요. 우린 먼저 몸단장 좀 할게요.” 리자베타 페트로브나는 이렇게 말하고 꿈틀거리는 붉은 것을 침대 위에 내려놓은 후 손가락만으로 들어 올렸다 뒤집었다 하고 풀어 헤쳤다 뭔가 뿌린 다음 다시 감쌌다.

레빈은 그 조그맣고 애처로운 존재를 바라보면서 자신의 마음속에 있는 아버지로서 느껴지는 감정의 징표를 찾으려고 헛되이 노력하고 있었다. 그의 마음속에는 오직 아이에 대해 혐오감만 있을 뿐이었다. 그러나 아기가 발가벗겨져 있는 모습과 손가락과 발가락이 달린, 심지어 다른 손가락이나 발가락과 구분되는 샤프란 색의 엄지손가락과 엄지발가락을 언뜻 보았을 때, 리자베타 페트로브나가 쫙 핀 조그만 손을 마치 부드러운 용수철을 다루듯 눌러 아마천으로 만든 배내옷 속으로 집어넣는 것을 보았을 때, 그는 이 조그만 생명에 대한 강한 애틋함이 밀려오면서 산파가 아기를 다치게 하지는 않을까 하는 두려움으로 그녀의 손을 제지했다.

리자베타 페트로브나는 웃기 시작했다.

“걱정하실 것 없어요! 걱정 마세요!”

아기의 몸단장이 끝나고 단단한 인형 같은 모습으로 바뀌자, 리자베타 페트로브나는 자기가 한 일을 자랑하기라도 하듯 아기를 한 번 어르고 나서, 레빈이 아들의 잘생긴 모습을 자세히 볼 수 있도록 옆으로 물러났다.

키티는 눈을 떼지 못하고 곁눈질로 같은 쪽을 바라보고 있었다.

“주세요, 이리 주세요!” 그녀는 이렇게 말하고 몸을 일으키려 했다.

“어머, 카테리나 알렉산드로브나, 그렇게 움직이시면 안 돼요! 기다리세요. 안아다 드릴게요. 먼저 아빠에게 아드님이 얼마나 잘생겼는지 보여드리고요.”

그리고 리자베타 페트로브나는 포대기의 가장자리에 흔들거리는 머리가 가려져 있는 이 이상하고 붉은 존재를 한 손으로(다른 손은 흔들거리는 아기의 뒤통수를 손가락만으로 떠받치고 있었다) 안아 올려 레빈에게 보여주었다. 그런데 거기에는 코도, 곁눈질 하는 눈도, 쪽쪽 소리를 내는 입술도 있었다.

“귀여운 아기예요!” 리자베타 페트로브나가 말했다.

레빈은 슬프게 한숨을 쉬었다. 이 예쁜 아기는 그에게 오직 혐오감과 애틋한 감정만을 안겨줄 뿐이었다. 그건 그가 기대했던 감정과 전혀 달랐다.

그는 리자베타 페트로브나가 아직 아기에게 익숙하지 않은 키티의 젖을 물리려고 애쓰는 동안 고개를 돌려 외면했다.

그는 갑작스러운 웃음소리에 고개를 들었다. 키티의 웃음소리였다. 아기가 젖을 빨기 시작했던 것이다.

"자, 됐어요, 충분해요!" 리자베타 페트로브나가 말했다. 그러나 키티는 아기를 떼놓지 않았다. 아기가 그녀의 품속에서 잠이 든 것이다.

"이제 보세요." 키티는 남편이 볼 수 있도록 아기를 남편 쪽으로 돌리며 말했다. 노인처럼 주름진 아기의 작은 얼굴이 갑자기 더욱 쪼글쪼글해지더니, 아기가 재채기를 했다.

레빈은 미소를 머금고 감동의 눈물을 간신히 참으며 아내에게 입을 맞추고는 어두침침한 방을 나왔다.

그가 이 작은 생명에게서 기대했던 감정은 전혀 다른 것이었다. 그 감정 속에는 즐거움도 기쁨도 전혀 없었다. 오히려 그 반대로 그것은 새롭고도 고통스러운 두려움이었다. 그것은 상처 받기 쉬운 새로운 영역이 생겨났다는 의식이었다. 그리고 처음에는 그러한 의식이 너무도 괴로웠다. 그 의지할 데 없는 존재가 고통을 겪게 될까 봐 너무도 두려워, 그는 아기가 재채기를 했을 때 경험하는 기쁨조차 알아채지 못했다.

17

스테판 아르카디치는 좋지 못한 상황에 처해 있었다.

산림을 매도한 금액의 3분의 2는 이미 다 써버렸고, 나머지 3분의 1도 10퍼센트를 할인해주고 상인으로부터 미리 거의 다 받은 상태였다. 상인은 더 이상 돈을 내놓으려 하지 않았다. 게다가 이번 겨울에는 다리야 알렉산드로브나가 처음으로 직접 재산에 대한 자신의 권리를 주장하며 산림의 나머지 3분의 1에 대한 대금의 수령 계약서에 서명하는 것을 거부했던 것이다. 봉급은 전부 생활비와 소소한 빚을 청산하는 데 지출하였기 때문에 이젠 돈이 한 푼도 없었다.

스테판 아르카디치의 생각에 이런 상황은 불쾌하고도 불편했기 때문에 이런 상태가 지속되어서는 안 되는 일이었다. 그리고 그는 그 원인을 자신의 봉급이 지나치게 적기 때문이라고 생각했다. 그가 일하는 자리도 5년 전에는 분명히 꽤나 괜찮은 자리였지만 지금은 그다지 좋지 못했다. 은행장인 페트로프는 1만 2

천 루블을 받고 있었고, 회사 중역인 스벤치츠키는 1만 7천 루블을 받고 있었으며, 은행을 설립한 미틴은 5만 루블이나 받고 있었다. '나는 잠을 자다가 잊혀버린 거야.' 스테판 아르카디치는 혼자 생각했다. 그래서 그는 주위에 귀를 기울이고 살펴보다가 마침내 겨울이 끝날 무렵에 상당히 괜찮은 자리를 발견했다. 처음에는 모스크바에서 친척 아주머니와 친척 아저씨들과 지인들을 통해 그 자리를 공략했고, 일이 어느 정도 무르익자 봄에는 직접 페테르부르크로 갔다. 그 자리는 1천 루블에서 5만 루블까지 연봉을 받고 뇌물도 더 많이 들어오는, 예전보다 요즘에 더 많아진 자리들 중 하나였다. 그것은 남부 철도 상호신용금고를 위한 연합 회사 위원회의 위원직이었다. 그 자리는 그와 같은 종류의 자리와 마찬가지로 한 사람이 갖추기 어려울 만큼의 방대한 지식과 활동을 요구했다. 그러나 그와 같은 자질을 갖춘 사람이 없었기 때문에, 그래도 정직하지 못한 사람보다는 정직한 사람이 그 자리에 앉는 게 나았다. 그런데 스테판 아르카디치는 일반적인 의미(강조되지 않은 의미)로도 정직한 사람이었을 뿐만 아니라 모스크바에서 정직한 활동가, 정직한 작가, 정직한 잡지, 정직한 회사, 정직한 경향이라고 말할 때처럼 특별한 의미(강조된 의미)에서 정직한 사람이기도 했다. 그것은 사람이나 기관이 정직하다는 것을 의미할 뿐만 아니라 경우에 따라 정부를 비판할 수 있는 능력이 있다는 것을 의미하기도 했다. 스테판 아르카디치는 모스크바에서 그 말에 합당한 클럽에 출입했으며 그곳에서 정직한 사람으로 여겨지고 있었기 때문에 다른 사람들보다 더 그 자리에 대한 권리를 내세울 수 있었던 셈이었다.

그 자리는 연봉 7천 루블에서 1만 루블을 받는 자리였고, 오블론스키는 관직을 떠나지 않고도 그 자리에 앉을 수 있었다. 그 자리를 차지하는 것은 두 명의 장관과 한 명의 귀부인과 두 명의 유대인에게 달려 있었다. 스테판 아르카디치는 이미 그들에게 물밑 작업을 해놓았으나, 페테르부르크에 가서 그들을 직접 만나볼 필요가 있었다. 게다가 스테판 아르카디치는 이혼에 대한 확실한 대답을 카레닌으로부터 받아다 주겠노라고 누이동생인 안나에게 약속했던 것이다. 그래서 그는 돌리에게 50루블을 받아 페테르부르크로 떠났다.

스테판 아르카디치는 카레닌의 서재에 앉아 러시아의 재정 상태가 악화된 원인에 대한 의안을 들으면서, 자신의 일과 안나에 대한 얘기를 꺼내기 위해 그의 낭독이 끝나기만을 기다리고 있었다.

"그래, 맞는 말이야." 그는 알렉세이 알렉산드로비치가 이젠 그것 없이는 글자를 읽을 수 없게 된 코안경을 벗고 예전의 처남 얼굴을 미심쩍은 듯한 표정으로 바라보았을 때, 이렇게 말했다. "세부적인 부분에서는 전적으로 맞는 얘기지만 지금 우리 시대의 원칙은 역시 자유거든."

"그렇죠, 하지만 난 자유 원칙을 포괄하는 다른 원칙을 제시하는 겁니다." 알렉세이 알렉산드로비치는 '포괄하는'이라는 말을 강조하며 말했다. 그리고 언급된 대목을 다시 읽어주려고 또 다시 코안경을 썼다.

알렉세이 알렉산드로비치는 여백을 넓게 두고 잘 적힌 원고를 넘기며 설득력 있는 부분을 다시 읽었다.

"내가 보호무역 정책을 원하지 않는 이유는 개인의 이익 때문이 아니라 공공의 복지를 위해서예요. 하층민을 위해서나 상류계급을 위해서나 모두 마찬가지예요." 그는 코안경 너머로 오블론스키를 바라보며 말했다. "하지만 그 사람들은 이걸 이해할 수 없을 거예요. 오직 개인적인 이익에만 급급해하면서 문구에만 정신을 쏟고 있거든요."

스테판 아르카디치는 카레닌이 자신의 계획안을 채택하지 않고 러시아에 해악의 원인이 되고 있는 그들이 어떤 생각을 하고 어떤 일을 하는지 이야기하기 시작했을 때, 이미 이야기가 마무리되어가고 있다는 것을 알았다. 그래서 그는 이제 기꺼이 자유의 원칙을 포기하고 그의 의견에 전적으로 동의했다. 알렉세이 알렉산드로비치는 깊은 생각에 잠긴 듯 원고를 넘기며 아무 말도 하지 않았다.

"아, 사실은 말이네." 스테판 아르카디치가 말했다. "자네에게 한 가지 부탁이 있어. 포모르스키를 만나게 되면 내가 이번에 공석으로 있는 남부 철도 상호신용금고를 위한 연합 회사 위원회의 위원직을 무척 바라고 있다는 말 한마디만 해주었으면 해서."

스테판 아르카디치는 그 자리를 마음에 깊이 새기고 있었기 때문에 그 명칭에도 이미 익숙해져 있어서 실수하지 않고 빠르게 막힘없이 말했다.

알렉세이 알렉산드로비치는 이 새로운 위원회의 활동이 무엇인지 상세히 물어보고는 깊은 생각에 잠겼다. 그는 이 위원회의 활동이 무언가 자신의 계획안과 대립되는 점이 있는 건 아닌지 생각해보았던 것이다. 그러나 이 새로운 기관의 활동은 그 범위가 매우 복잡한 데다 그의 계획안도 매우 광범한 분야를 포함하고 있었기 때문에 당장 그것을 판단할 수는 없었다. 그래서 그는 코안경을 벗으며 말했다.

"물론 말해줄 수는 있지만, 왜 그런 자리를 원하는 겁니까?"

"봉급이 괜찮거든. 9천 루블까지 받을 수 있어. 내 재정 형편이 좀……."

"9천 루블이라." 알렉세이 알렉산드로비치는 인상을 찡그리며 반복해 말했다. 그 봉급의 높은 숫자는 그에게 스테판 아르카디치의 예상되는 활동이 절약을 추구하는 자신의 계획안에 근본적인 의미에서 대립된다는 점을 상기시켜주었다.

"난 그 문제에 대해 보고서를 쓴 적이 있어요. 오늘날 그와 같은 거액의 봉급은 우리 정부의 그릇된 경제 정책을 보여주는 징후라는 겁니다."

"그럼 자네는 어떤 걸 바라는데?" 스테판 아르카디치가 말했다. "그래, 은행장이 1만 루블을 받는다고 치세. 그건 그 사람이 그만한 가치가 있기 때문이 아닌가? 또 기사는 2만 루블을 받기도 하지. 어쨌든 그건 현실적인 문제야!"

"내 생각에 봉급은 상품에 대한 대가이므로 수요와 공급의 법칙을 따라야 마땅합니다. 만일 봉급 액수를 책정할 때 이 법칙에서 벗어나면, 예를 들어 대학을 나온 두 기사가 똑같은 지식과 똑같은 재능을 가지고 한 사람은 4만 루블을 받고, 다른 한 사람은 2천 루블에 만족해야 한다든지, 혹은 그 어떤 특별한 전문 지식이 없는 법률가나 경기병을 엄청난 봉급을 지불하면서 은행장으로 임명하는 것을 보게 되면, 나는 봉급이 수요와 공급의 법칙에 따라 결정된 게 아니라 편파적인 방법으로 정해진 것이라는 결론을 내리게 됩니다. 그리고 거기에는 그 자체로도 중대하고 그와 동시에 국정에도 악영향을 끼치는 권력 남용이 있다는 겁니다. 내 생각으로는……."

스테판 아르카디치는 서둘러 매제의 말을 막았다.

"그렇군. 하지만 자네도 유용하고 확실한 기관이 개설되는 데는 동의하지 않나? 어쨌든 현실적인 문제니까! 특히 업무를 정직하게 이끌어가는 게 중요하게 여겨지거든." 스테판 아르카디치는 **정직하게**라는 말을 강조하며 말했다.

그러나 **정직하게**라는 말의 모스크바적인 의미를 알렉세이 알렉산드로비치는 이해하지 못했다.

"하지만 정직하다는 건 단지 소극적인 자질에 불과하지요." 그가 말했다.

"아무튼 자네는 내게 큰 호의를 베푸는 것이네." 스테판 아르카디치가 말했다. "포모르스키에게 한마디만이라도 해준다면, 둘이 대화할 때라도……."

"그 일은 볼가리노프에 의해 더 좌우될 것 같단 생각이 드네요." 알렉세이 알렉산드로비치가 말했다.

"볼가리노프는 전적으로 동의했네." 스테판 아르카디치는 얼굴을 붉히며 말했다.

스테판 아르카디치가 볼가리노프를 언급하며 얼굴을 붉힌 이유는 그날 아침 그가 유대인 볼가리노프를 방문했을 때 기분 나쁜 인상을 받았기 때문이었다. 스테판 아르카디치는 자기가 하고자 하는 업무가 새롭고도 살아있는 정직한 일이라고 확신하고 있었다. 그런데 오늘 아침 볼가리노프가 분명히 일부러 그를 다른 청원자들과 함께 두 시간이나 응접실에서 기다리게 했을 때, 그는 문득 언짢은 기분이 들기 시작했다.

그가 언짢은 느낌을 받은 이유는 류릭의 후손인 오블론스키 공작이 유대인의 응접실에서 두 시간이나 기다렸기 때문이었는지, 아니면 나라에 봉사해온 조상의 뒤를 잇지 않고 난생 처음으로 새로운 무대로 진출하려고 하는 마음 때문이었는지, 아무튼 그는 몹시 언짢게 느껴졌다. 볼가리노프의 집에서 기다리던 그 두 시간 동안 스테판 아르카디치는 응접실 안을 활기차게 돌아다니며 구레나룻을 매만지기도 하고 다른 청원자들과 어울려 얘기도 하고 자기가 유대인의 집에서 어떻게 기다렸는지에 대해 다른 사람들에게 들려줄 익살을 궁리하기도 하면서 자기가 느끼고 있는 감정을 다른 사람뿐만 아니라 자신에게조차 애써 숨겼다.

그러나 그는 그 시간 내내 언짢고 화가 났다. '유대인과 관련된 일이라서 마냥 기다렸어.'라는 익살에서 아무것도 얻어내지 못했기 때문인지, 아니면 다른 이유 탓인지 그 자신도 알 수가 없었다. 그리고 마침내 만난 볼가리노프로가 그의 비굴한 태도에 분명히 의기양양하게 지나칠 정도로 정중하게 그를 맞이하고는 거의 거절에 가까운 대답을 했을 때, 스테판 아르카디치는 가능한 빨리 그것을 잊어버리려고 했다. 그래서 지금은 그 일을 떠올리는 것만으로도 얼굴이 붉어졌던 것이다.

18

"볼일이 하나 더 있네. 무슨 일인지 자네도 알 거야. 안나에 내한 거네." 잠시 침묵하고 있던 스테판 아르카디치는 그 불쾌한 인상을 떨쳐버리고 말했다.

오블론스키가 안나의 이름을 거론하자마자, 알렉세이 알렉산드로비치의 표정이 완전히 변했다. 조금 전의 생기 있던 표정이 지치고 굳은 표정으로 바뀌었던 것이다.

"그래, 원하는 게 대체 뭡니까?" 그는 안락의자에서 몸을 돌려 코안경을 접으며 말했다.

"해결이지. 어떤 해결이든 말이야, 알렉세이 알렉산드로비치. 난 지금 자네에게('모욕당한 남편이 아닌'이라고 스테판 아르카디치는 말하고 싶었으나, 일을 그르치는 게 걱정되어 말을 바꾸었다) 정치가로서가 아닌(이 말은 상황에 맞지 않았다) 그저 한 인간에게, 선한 인간에게, 기독교인인 자네에게 말하고 있는 거네. 자네는 그 애를 가엾게 여겨야만 하네." 그는 말했다.

"그건 대체 무엇 때문입니까?" 카레닌이 조용히 말했다.

"그냥 그 애를 가엾게 여기게. 자네가 나처럼 그 애를 봤더라면, 난 그 애와 온 겨울을 함께 지냈네. 자네도 그 애를 가엾게 여겼을 걸세. 그 애의 처지가 말이 아니야. 정말 끔찍하지."

"내 생각에는……." 알렉세이 알렉산드로비치는 한층 더 날카로운 목소리로 대답했다. "안나 아르카디예브나는 자신이 원하던 모든 걸 가지고 있잖아요."

"아, 알렉세이 알렉산드로비치, 제발 부탁이네. 이제 비난하는 건 그만두기로 하세! 과거 일은 과거 일이고. 자네는 그 애가 뭘 바라며 기다리는지 알고 있지 않은가, 이혼 말이네."

"하지만 난 아들을 내게 두고 가는 조건을 요구할 경우 안나 아르카디예브나가 이혼을 포기하는 것으로 생각했습니다. 난 그렇게 대답했고, 그것으로 끝났다고 생각했습니다. 내게는 이미 끝난 문제입니다." 알렉세이 알렉산드로비치는 날카롭게 말했다.

"제발 흥분하지 말게." 스테판 아르카디치는 매제의 무릎을 만지며 말했다. "이 문제는 아직도 끝난 게 아니야. 내가 상황을 정리해도 된다면, 문제는 이런 걸세. 두 사람이 헤어지면서 자네는 대단히 훌륭했네. 정말로 관대했지. 자넨 그 애에게 모든 걸 주었네, 자유, 이혼까지도 말이야. 그 애는 정말로 고맙게 생각했어. 아니야, 그렇게 생각 말게. 진심으로 고맙게 여겼다네. 너무나 고마워서 처음에는 자네 앞에서 자신의 죄를 느끼면서 아무 생각도 하지 못했고, 또 생각할 수도 없었지. 그 애는 모든 걸 포기했던 거야. 하지만 현실과 시간이 그 애의 처지가 얼마나 참을 수 없을 만큼 고통스러운지 확인시켜주었다네."

"난 안나 아르카디예브나의 생활에는 아무런 흥미가 없습니다." 알렉세이 알렉산드로비치는 눈썹을 치켜 올리며 말을 끊었다.

"믿을 수가 없네." 스테판 아르카디치는 부드럽게 반박했다. "그 애가 자기의 처지 때문에 고통받는 건 누구에게든 전혀 득이 될 게 없어. 물론 자네는 그 애의 자업자득이라고 말할 걸세. 그건 그 애도 알고 있으니 자네에게 부탁하지 않는 거야. 그 애는 자네한테는 감히 아무것도 부탁할 수 없다고 말하곤 해. 하지만 나도, 우리 집안사람들도, 그 애를 사랑하는 모든 이들이 자네에게 부탁하네. 이렇게 애원하고 있네. 무엇 때문에 그 애가 괴로워해야 하나? 대체 그게 누구에게 득이 된단 말인가?"

"잠깐만요. 형님은 나를 피고인으로 만드시는 것 같군요." 알렉세이 알렉산드로비치가 말했다.

"아니, 천만에! 무슨 그런 말을, 절대 아니야. 이해 좀 해달라는 거네." 스테판 아르카디치는 마치 자신의 손길에 매제의 마음이 누그러질 거라고 확신하는 것처럼 그의 손을 만지며 말했다. "내가 말하고 싶은 한 가지는, 그 애의 처지가 고통스럽고, 그걸 자네가 덜어줄 수 있다는 거네. 더욱이 자네는 전혀 잃는 게 없다는 걸세. 내가 모든 걸 처리해주겠네. 자네가 신경 쓰지 않아도 되게 말이야. 자네도 약속한 바가 있지 않은가?"

"그건 전에 약속한 거지요. 나는 아들 문제가 이 일을 해결했다고 생각했습니다. 게다가 난 안나 아르카디예브나가 관대한 마음을 갖길 바랐습니다." 창백해진 알렉세이 알렉산드로비치는 떨리는 입술로 힘겹게 말을 꺼냈다.

"그 애야말로 자네의 관대한 마음에 모든 걸 맡기고 있네. 그 애가 자네에게 바라고 간청하는 오직 한 가지는, 지금 자신이 처한 견딜 수 없는 힘겨운 상황에서 자기를 구해달라는 것이네. 그 애는 이젠 아들을 달라고도 하지 않아. 알렉세이 알렉산드로비치, 자넨 선량한 사람이지 않은가. 한순간만이라도 그 애의 입장이 되어주게. 그 애와 같은 처지에 있는 사람에게 이혼 문제는 삶과 죽음의 문제나 마찬가지니까. 만약 자네가 이전에 약속하지 않았더라면 그 애도 자신의 처지와 타협하고 시골에서 살았을 거야. 하지만 자네가 약속한 게 있으니 그 애도 자네한테 편지를 썼고, 모스크바로 거처를 옮긴 것이지. 지금은 사람을 만날 때마다 마치 심장에 칼을 맞는 듯한 느낌을 받으면서, 매일같이 자네의 결정을 기다리며 모스크바에서 6개월째 살고 있다네. 이건 사형선고가 내려진 사람을 몇 달째 목에 올가미를 씌운 채, 어쩌면 자비를 받을 수도 있다고 말하는 것과 똑같은 모양 아닌가? 그 애를 가엾게 여겨주게나. 그럼 내가 알아서 모든 걸 정리할 테니……. 자네의 민감한…….'[72]"

---

72 Vos scrupules…….(프랑스어)

"난 그걸, 그런 걸 얘기하는 게 아닙니다." 알렉산드르 알렉산드로비치는 증오심이 가득한 어투로 그의 말을 끊었다. "어쩌면 나에겐 약속할 권리가 없는데 약속했는지도 모르겠습니다."

"그럼 자네는 약속한 것을 거절하는 건가?"

"난 이행 가능한 일을 거절한 적이 결코 없습니다. 단지 그 약속이 얼마큼 가능한 일인지 시간을 갖고 생각해보고 싶습니다."

"안 되네, 알렉세이 알렉산드로비치." 오블론스키는 펄쩍 뛰며 말했다. "그런 말은 믿고 싶지 않네! 그 애는 여자로서는 더할 수 없는 불행을 겪고 있단 말일세. 자넨 그걸 거절할 수 없을 거야……."

"얼마만큼 실행 가능한 약속인지 말입니다. 당신은 자유사상가로 알려져 있잖아요.[73] 하지만 믿음을 가진 자로서 이런 중대한 문제에서 기독교적인 율법에 반하는 행동을 할 수는 없습니다."

"하지만 기독교 사회에서도, 우리 나라에서도 내가 아는 한 이혼은 허용되고 있네." 스테판 아르카디치가 말했다. "이혼은 우리 교회에서도 허용되고 있단 말이거든. 그리고 우리는 그런 경우를 보기도……."

"허용하지만 그런 의미에서가 아닙니다."

"알렉세이 알렉산드로비치, 난 자넬 모르겠군." 한동안 말이

---

73 Vous professez d'être un libre penseur.(프랑스어)

없던 오블론스키가 말했다. "자네, 모든 걸 용서한 게 아니었나? (그리고 우리는 그것을 높이 평가하지 않았나?) 바로 기독교적인 정신으로 그 모든 걸 희생할 마음이 아니었나? 자네가 한 말이잖아. 속옷을 빼앗는 사람에게 카프탄까지 주라고 말이야. 그런데 이제 와서……."

"부탁입니다." 알렉세이 알렉산드로비치는 갑자기 일어나서 창백한 얼굴로 턱에 경련을 일으키며 날카로운 목소리로 말했다. "제발 이젠 그만하십시오. 그런 얘기는 그만……."

"아, 이게 아닌데! 하지만 내가 자넬 실망시켰다면 용서하게, 날 용서해주게." 스테판 아르카디치는 손을 내밀고 난처한 듯 미소를 지으며 말했다. "난 심부름꾼 자격으로 오직 임무를 수행할 뿐이라네."

알렉세이 알렉산드로비치는 손을 내밀고 깊이 생각하더니 말했다.

"여러모로 생각한 후에 지침을 찾아야겠지요. 모레까지 확실한 대답을 드리겠습니다." 그는 뭔가 생각하고는 이렇게 말했다.

19

스테판 이르카디치가 막 나가려던 참에 코르네이가 보고하려고 들어왔다.

"세르게이 알렉세이치가 오셨습니다."

"세르게이 알렉세이치가 누구더라?" 스테판 아르카디치는 말하려던 순간 기억이 났다.

"아, 세료쟈 말인가?" 그가 말했다. '세르게이 알렉세이치라, 난 국장을 말하는 줄 알았지. 안나도 그 애를 만나보라고 했지.' 그는 생각해 냈다.

그리고 그는 안나가 자기를 떠나보내면서 "오라버니는 어쨌든 그 애를 보실 거 아니에요. 그럼 자세히 물어보세요, 그 애가 어디에 있고, 누구와 함께 있는지 말이에요. 스티바……, 가능하다면 말이에요! 가능한 일이겠지요?"라고 말하던 소심하고 가여운 표정이 떠올랐다. 스테판 아르카디치는 '가능하다면'이 무엇을 의미하는지 알았다. 그건 '만약 가능하다면 아들을 자기가 데려갈 수 있도록 이혼이 이루어질 수 있다면'을 의미하는 것이었다. 이제 스테판 아르카디치는 그런 생각을 할 수도 없었지만, 그래도 조카를 만나게 되어 기뻤다.

알렉세이 알렉산드로비치는 그 누구도 아들에게 어머니에 대해 말하지 않으니 그녀에 관해서는 한마디도 말하지 말라고 처남에게 부탁했다.

"저 애는 어머니를 만난 뒤 심하게 앓았어요. 우리는 그녀가 올 줄 몰랐거든요." 알렉세이 알렉산드로비치는 말했다. "우리는 아이의 생명을 걱정해야 했으니까요. 다행히 합리적인 치료와 여름철 해수욕으로 건강이 회복되어 이제는 의사의 조언대로 학교에 보냈어요. 실제로 친구들의 영향 덕분에 건강도 완전히 회복되고 공부도 잘하고 있어요."

"훌륭한 청년이 되었구나! 아니, 이건 세료쟈가 아니라 영락없는 세르게이 알렉세이치군?" 스테판 아르카디치는 푸른색 재킷에 긴 바지를 입고 씩씩하고 당당하게 들어온, 어깨가 벌어진 잘생긴 소년을 보며 웃음을 머금고 말했다. 소년은 건강하고 쾌활해 보였다. 소년은 낯선 사람에게 인사하듯 그렇게 외삼촌에게 인사를 했으나, 그가 누군지 알아보고는 얼굴을 붉히더니 마치 모욕이라도 당하고 뭔가에 화가 난 사람처럼 서둘러 고개를 돌렸다. 소년은 아버지 곁으로 다가가서 학교에서 받은 성적표를 내밀었다.

"잘했구나." 아버지는 말했다. "이젠 나가 봐도 된다."

"좀 마르긴 했는데 키가 컸군. 이젠 아기가 아니라 소년이야. 마음에 드는데." 스테판 아르카디치는가 말했다. "그래, 날 기억하겠니?"

소년은 얼른 아버지 쪽을 돌아보았다.

"기억해요, 외삼촌이시죠." 소년은 외삼촌의 얼굴을 힐끗 보고는 대답한 뒤 다시 고개를 숙였다.

외삼촌은 소년을 가까이 불러 그의 손을 잡았다.

"그래, 어떻게 지냈니?" 그는 얘기를 하고 싶었으나 무슨 말을 해야 할지 몰라 이렇게 말했다.

소년은 대답 없이 얼굴을 붉히며 외삼촌의 손에서 자기의 손을 빼려고 했다. 스테판 아르카디치가 그의 손을 놓아주자마자, 그는 무언가를 묻는 듯한 표정으로 아버지를 힐끗 보고는 마치 풀려난 새처럼 잰걸음으로 서재에서 나가버렸다.

세료쟈가 어머니를 마지막으로 본 지도 벌써 일 년이 지났다. 그 이후로 그는 어머니에 대한 소식은 더 이상 듣지 못했다. 그리고 같은 해, 그는 학교에 입학하면서 친구들을 알게 되고 그들에게 애정을 느꼈다. 어머니와의 만남 이후에 어머니에 대한 기억과 공상은 병이 날 정도로 그의 마음을 사로잡았다. 그런 생각이 머리에 떠오를 때마다, 그는 그것들이 여자애들에게나 있을 법한 것이지 사내아이나 학우에게는 부끄러운 태도라고 여기며 마음속에서 몰아내려고 애썼다. 그는 아버지와 어머니 사이에 그들 두 사람을 헤어지게 한 다툼이 있었다는 걸 알고 있었고,

자기는 아버지와 함께 살아야 한다는 것도 알고 있었다. 그래서 그런 생각에 익숙해지려고 노력했다.

그는 어머니를 닮은 외삼촌을 보는 게 불쾌했다. 왜냐하면 그것은 자신이 수치스럽다고 생각하는 기억을 떠올리게 했기 때문이다. 게다가 그가 더욱 불쾌하게 느꼈던 건, 서재 문가에서 기다리며 듣게 된 몇 마디와 아버지와 외삼촌의 표정으로 보아 그들 사이에 어머니에 관한 대화가 있었다는 걸 짐작했기 때문이었다. 그래서 세료쟈는 자신이 함께 살고 의지하고 있는 아버지를 비난하지 않기 위해, 특히 자신이 스스로 모욕적으로 느끼는 생각에 빠지지 않기 위해, 자기 마음의 평온을 깨트리지 않도록 애쓰며 외삼촌이 상기시켜 준 기억을 떠올리지 않으려고 노력했다.

그런데 그의 뒤를 따라 나온 스테판 아르카디치가 계단에서 소년을 보고는 자기 곁으로 불러 학교에서 쉬는 시간에는 뭘 하는지 묻자, 세료쟈는 아버지가 없는 자리에서 외삼촌과 이야기를 나누게 되었다.

"요즘 우리는 기차놀이를 해요." 소년은 외삼촌의 질문에 대답하며 말했다. "보셨는지 모르겠지만, 그 놀이는 긴 의자에 두 사람이 앉아요. 그 애들이 승객이에요. 그리고 한 사람이 그 의자 위에 올라서요. 그러면 모두들 그 애한테 매달리는 거예요. 손으로 해도 되고, 허리띠로도 괜찮아요. 그렇게 온 교실을 돌아다니는 거예요. 문은 이미 열려 있어요. 이 놀이에서는 차장이 굉장히 힘들어요.”

“서 있는 애 말이지?” 스테판 아르카디치는 웃으며 물었다.

“네, 거기서는 용감하고 민첩해야 하거든요. 왜냐하면 갑자기 기차가 멈춰 서거나 누군가가 떨어지기도 하니까요.”

“정말, 그거 장난 아니겠는걸.” 스테판 아르카디치는 어머니를 닮아 생기발랄한 눈을, 이제는 어린아이 같지도, 천진난만하지도 않은 그 눈을 슬프게 바라보며 말했다. 그리고 알렉세이 알렉산드로비치에게 안나에 대해서는 말하지 않겠다고 약속했지만 그는 참을 수가 없었다.

“엄마를 기억하고 있니?” 그는 갑자기 물었다.

“아니요, 기억 안 나요.” 세료쟈는 재빨리 말하고는 얼굴을 붉히며 시선을 떨어뜨렸다. 그렇게 외삼촌은 더 이상 아무것도 그에게 물을 수가 없었다.

슬라브인 가정교사는 30분이 지나 계단에서 자기의 학생을 발견했으나, 그가 우는 것인지 화가 난 것인지 오랫동안 분간할 수 없었다.

“왜 그래요? 넘어지면서 다친 건가요?” 가정교사가 말했다. “그 놀이는 위험하다고 말했잖아요. 교장 선생님께 말씀드려야겠어요.”

“다쳤다고 해도 아무도 눈치 못 챘을걸요, 정말이에요.”

“그럼 도대체 뭐예요?”

“내버려두세요! 기억하든 못 하든요……. 그게 무슨 상관이

야! 왜 내가 기억해야 해요? 날 가만히 둬요!" 그는 이미 가정교
사가 아니라 세상을 향해 말하고 있었다.

20

스테판 아르카디치는 늘 그렇듯, 페테르부르크에서 시간을 헛되이 보내지 않았다. 페테르부르크에서는 여동생의 이혼 문제와 취직 문제를 제외하고도, 여느 때처럼 자기가 말한 대로 모스크바의 곰팡내를 씻어 내고 산뜻해질 필요가 있었다.

모스크바는 음악 카페와 삯마차가 있는 곳이었지만 그래도 물이 고인 늪이었다. 스테판 아르카디치는 늘 그걸 느끼고 있었다. 모스크바에 살면서, 특히 가족 곁에서는 기력이 떨어지는 게 느껴졌다. 아무 데도 나가지 않고 오랫동안 모스크바에서만 살다 보니 아내의 우울한 기분과 잔소리, 아이들의 건강과 교육, 업무적인 사소한 이해관계에 이르기까지 걱정되기 시작했다. 심지어 빚을 지고 있는 것조차 그를 힘들게 했다. 하지만 페테르부르크에 와서, 특히 그가 드나들고 있는 사회에서 모스크바의 사람들처럼 의미 없이 사는 게 아니라 생활하는 곳에서, 다시 말해 삶이 있는 곳에서 지내는 것만으로도 그에겐 가치가 있었으므로 그런 생각은 불 앞에 놓인 초처럼 이내 녹아 사라져버렸다.

'아내는……?' 그와 관련된 문제에 대해 그는 오늘 체첸스키 공작과 이야기를 나누었다. 체첸스키 공작에게는 아내와 가족이, 귀족유년학교 학생인 다 큰 아이들이 있었다. 그리고 그에게는 법외 가정이 하나 더 있었는데, 거기에도 아이들이 있었다. 첫 번째 가정도 훌륭했지만, 체첸스키 공작은 두 번째 가정에서 더욱 행복을 느낀다고 했다. 그는 큰아들을 두 번째 가정에 데려가곤 했는데, 그는 그것이 아들을 성장시키는 유익한 일이라고 스테판 아르카디치에게 말했다. 이런 일에 대해 모스크바 사람들은 뭐라고 말했을까?

아이들은? 페테르부르크에서 아이들은 아버지의 생활을 방해하지 않았다. 아이들은 학교에서 교육을 받았다. 이곳에서는 모스크바에서 퍼져 나가고 있는, 예를 들어 르보프 집처럼 아이들에게는 온갖 사치스러운 생활을 시키면서 부모는 오직 일과 걱정만 해야 하는 그런 야만적인 사고는 없었다. 여기서는 교양 있는 사람이라면 마땅히 그러하듯 인간은 반드시 자신을 위해 살아야 한다고 이해하고 있었다.

근무는? 여기서 근무는 모스크바에서처럼 희망 없이 끈기로 버티는 고역이 아니었다. 이곳의 근무는 재미가 있었다. 사람들과의 만남, 봉사, 재치 있는 말, 사람들 앞에서 다양한 농담을 할 수 있는 능숙함, 이런 것들이 있으면 어제 스테판 아르카디치가 만났던, 현재 최고위층 고관인 브랸세프처럼 불현듯 출세를 할 수 있는 것이다. 이런 근무는 흥미로운 것이었다.

특히 금전과 관련된 문제를 바라보는 페테르부르크의 견해는 스테판 아르카디치의 마음을 편안하게 해주었다. 생활하는 형태로 보아 적어도 5만 루블을 쓰며 살아가는 바르트냔스키는 어제 이 문제와 관련하여 그에게 재미있는 얘기를 들려주었다.

식사 전에 대화를 하던 중, 스테판 아르카디치가 바르트냔스키에게 말했다.

"자네는 모르드빈스키와 가까운 사이인 듯한데, 나 좀 도와주게. 그 사람에게 날 위해 한마디만 해주게. 내가 바라는 자리가 있어. 위원 자리……."

"난 어차피 기억을 못 하는데……. 그런데 자넨 무슨 마음으로 그 유대인과 철도 사업을 하려는 건가? 어쨌든 그건 역시 역겨운 일이네."

스테판 아르카디치는 그건 현실에 당면한 문제라고 말하지 않았다. 어차피 바르트냔스키는 그걸 이해하지 못했을 것이다.

"돈이 필요해. 생활할 돈이 없네."

"살고 있지 않은가?"

"살고는 있지만, 빚 때문에……."

"뭐? 빚이 많은가?" 바르트냔스키는 동정하는 표정으로 물었다.

"상당히 많지. 2만 루블 정도 되네."

바르트냔스키는 쾌활하게 웃었다.

"아, 자넨 정말 행복한 사람이군!" 그는 말했다. "난 빚이 150만 루블이나 되는데 가진 건 아무것도 없어. 그래도 보시다시피 살아간다네."

스테판 아르카디치는 말로만 그런 게 아니라 실제로 그렇다는 것을 알았다. 지바호프는 30만 루블의 빚이 있는데 수중에는 1코페이카도 없으면서 잘 살고 있었다. 그것도 얼마나 잘 살고 있는지! 크리프초프 백작은 이미 오래전에 사회에서 매장되었는데도 여자를 둘이나 두고 있었다. 페트로프스키는 500만 루블이나 날렸는데도 여전히 똑같은 생활을 하면서, 심지어 재무성에 근무하여 2만 루블의 봉급까지 받고 있었다. 그 외에도 페테르부르크는 육체적으로도 스테판 아르카디치에게 좋은 영향을 주고 있었다. 페테르부르크는 그를 젊어지게 했다. 모스크바에서 그는 때때로 흰머리를 찾아내기도 하고, 식사 후에는 한숨 자다가 기지개를 켜기도 하고, 힘겹게 숨을 쉬며 계단을 올라가기도 하고, 젊은 여자들과 있어도 권태로움을 느끼기도 하고, 무도회에서 춤을 추지 않기도 했다. 그런데 페테르부르크에서는 언제나 10년은 더 젊어진 느낌이 들었다.

그는 외국에서 막 돌아온 예순 살의 표트르 오블론스키 공작이 어제 말했던 바로 그 기분을 페테르부르크에서 느꼈던 것이다.

"우린 여기서 살고 있는 게 아니야." 표트르 오블론스키가 말했다. "자네가 믿을지 모르겠지만, 난 여름을 바덴에서 보냈는데, 정말 완전히 젊어진 느낌이 들더군. 젊은 여자를 보니까 생각이……. 식사를 하고 한잔만 해도 기운과 활력이 넘치는 거야. 그런데 러시아에 돌아와서는 아내한테도, 시골에도 가야 했어. 믿기지 않겠지만, 2주정도 지나니 가운만 입은 채 식사 때도 옷을 갈아입지 않게 되는 거야. 젊은 여성을 생각하기는 뭘! 완전히 노인이 돼버리는 거지. 영혼을 구하는 일만 남은 거야. 그래서 파리로 갔더니 다시 모든 게 회복되었다네."

스테판 아르카디치도 표트르 오블론스키와 똑같은 차이를 느꼈다. 모스크바에서는 정신적으로 너무 해이해져서 정말로 그렇게 오래 살다보면 영혼의 구원을 비는 지경에 이르렀을 것이다. 그런데 페테르부르크에 오면 또다시 자신이 정직한 사람이 된 느낌이 들었다.

벳시 트베르스카야 공작 부인과 스테판 아르카디치와의 사이에는 오래된 기묘한 관계가 형성되어 있었다. 스테판 아르카디치는 늘 반 농담으로 부인의 비위를 맞췄고, 역시 반 농담으로 상당히 무례한 말을 지껄여대곤 했다. 그는 부인이 그런 걸 좋아한다는 사실을 알고 있었다. 카레닌과 그런 대화가 있었던 다음 날, 스테판 아르카디치는 그녀에게 들렀다가 아주 젊어진 느낌이 들어 반 농담 식으로 비위를 맞춰가며 거짓말을 하다가 본의 아니게 거짓말이 도를 넘는 바람에 불행히도 그가 그녀를 좋아하지 않게 되었을 뿐만 아니라 그녀에게 혐오감마저 느끼게 되어, 이로 인해 되돌릴 수 없는 지경에 이르고 말았다. 이런 상황이 벌어진 것은 그녀가 그를 좋아했기 때문이었다. 그래서 그때 마침 먀흐카야 공작 부인의 등장으로 단둘이 있던 상황이 중단되어 그는 굉장히 기뻤다.

"어머, 당신도 계셨군요." 먀흐카야 공작 부인은 그를 보며 말했다. "그런데 당신의 가엾은 여동생은 어때요? 그렇게 쳐다보지 마세요." 그녀는 덧붙였다. "그녀보다 천만 배 못된 인간들까지 그녀를 공격하면서부터 난 그녀가 훌륭한 일을 했다고 생각하고 있어요. 그녀가 페테르부르크에 왔을 때 브론스키가 알려주지 않은 걸 용서할 수 없어요. 알았다면, 그녀를 방문해서 어디든 같이 다녔을 거예요. 그녀에게 내 마음을 전해주세요. 그럼, 이제 그녀에 대해 말해주세요."

"그렇죠, 괴로운 상황이지요. 그 애는……." 스테판 아르카디치는 '당신의 여동생에 관해 말해주세요.'라는 먀흐카야 공작 부인의 말을 단순한 마음에 있는 그대로 받아들여 막 이야기를 시작하려고 했다. 그러나 먀흐카야 공작 부인은 평소의 습관대로 곧바로 그의 말을 자르고 자신의 이야기를 시작했다.

"그녀는 나를 제외한 모든 사람들이 숨어서 하고 있는 일을 했을 뿐이에요. 그녀는 남을 속이고 싶지 않았던 거예요. 훌륭한 행동이죠. 게다가 반미치광이인 당신 매제를 버린 건 더욱 잘한 일이예요. 이런 말씀을 드려 죄송해요. 모두들 그를 똑똑하기 그지없다고 말하지만, 오직 나만 그를 멍청이라고 말하곤 했어요. 그런데 이제 와서 모두들 그가 리디야 이바노브나 백작 부인이

나 랑도와 교류하는 것을 보고 그를 반미치광이라고 말하고 있는 거예요. 난 그들에게 동의하고 싶지 않지만, 이번만은 어쩔 수가 없군요."

"그게 무슨 말인지 설명 좀 해주십시오." 스테판 아르카디치가 말했다. "그게 대체 무슨 말입니까? 어제 동생에 관한 일로 그 사람을 찾아가 확실한 답변을 요구했지만 답변은 주지 않고 생각해보겠다고 하더군요. 그런데 오늘 아침 대답 대신에 리디야 이바노브나 백작 부인 댁에 오늘 저녁에 와달라고 날 초대했습니다."

"그래, 그래요, 그럼요!" 먀흐카야 공작 부인은 기쁜 듯 말을 이었다. "그들은 랑도가 하는 말을 듣는 거예요."

"랑도요? 어째서요? 도대체 그 랑도가 뭐 하는 사람입니까?"

"어머나, 당신은 어떻게 쥘 랑도를 모르세요? 쥘 랑도, 천리안을 가졌다는 그 유명한 쥘 랑도를?[74] 그 사람도 역시 반미치광이지만, 당신의 여동생의 운명이 그에게 달렸다는 거예요. 이게 시골에서 벌어지고 있는 일이에요. 당신은 아무것도 모르지요. 그 랑도라는 사람이 파리에서 점원 일을 할 때였다는데, 하루는 의사를 찾아갔다가 그 병원 대기실에서 깜박 졸았다는군요. 그런데 꿈속에서 모든 환자들에게 조언을 해주었는데, 그게 놀랄만한 조언이었다는 거예요. 그 후에 유리 멜레진스키, 아시죠, 병

---

74 Le fameux Jules Landau, le clair-voyant?(프랑스어)

환 중이잖아요, 그의 부인이 그 랑도 얘기를 듣고는 그를 자기 남편에게 데려왔거든요. 그리고 지금 그를 치료하고 있는데, 내가 보기에는 별다른 효과가 없어요. 여전히 쇠약해 보이는걸요. 하지만 그들은 그를 믿고 여기저기 데리고 다녀요. 그리고 러시아까지 데려온 거지요. 여기서는 모두들 그에게 달려들어서, 결국 그는 그들을 치료해주기 시작했어요. 그는 베주보바 백작 부인을 치료해주었고, 그녀는 그에게 반한 나머지 그를 양자로 삼았다니까요."

"어떻게 양자로 삼아요?"

"아무튼 양자로 삼았어요. 그는 이제 랑도가 아니라 베주보프 백작이 된 거예요. 하지만 문제는 그게 아니에요. 그 리디야, 난 그녀를 정말 좋아하지만, 제정신이 아니에요. 두말할 것도 없이 그녀는 이제 랑도에게 매달려 있거든요. 그러니 그녀도, 알렉세이 알렉산드로비치도 그 남자 없이는 아무런 결정도 내리지 못해요. 이제 당신의 여동생의 운명도 그 랑도, 달리 말하면 베주보프 백작의 손에 달려 있다는 말이 되는 거예요."

21

　바르트냔스키의 집에서 멋진 만찬을 즐기고 상당량의 코냑을 마신 후, 스테판 아르카디치는 약속 시각보다 조금 늦게 리디야 이바노브나 백작 부인의 집에 도착했다.

　"백작 부인 댁에 또 누가 계시지? 프랑스 사람인가?" 스테판 아르카디치는 알렉세이 알렉산드로비치의 눈에 익은 외투와 후크가 달린 기묘하고 단순한 느낌의 다른 외투를 보며 문지기에게 물어보았다.

　"알렉세이 알렉산드로비치 카레닌과 베주보프 백작님께서 계십니다." 문지기가 엄숙하게 대답했다.

　'먀흐카야 공작 부인이 짐작한 대로군.' 스테판 아르카디치는 계단을 올라가며 생각했다. '이상하군! 그런데 그녀와 가까이 지내는 것도 나쁘진 않겠는걸. 그녀는 대단한 영향력을 지녔으니까. 만약 그녀가 포모르스키에게 한마디만 해준다면 확실할 텐데 말이야.'

바깥은 아직 환했지만 리디야 이바노브나 백작 부인의 조그만 응접실에는 이미 커튼이 내려지고 램프가 켜져 있었다.

백작 부인과 알렉세이 알렉산드로비치가 램프 아래 둥근 탁자에 둘러앉아 뭔가 조용히 얘기를 나누고 있었다. 반대편 끝에는 여자 같은 골반에 안짱다리의 그다지 크지 않은, 프록코트의 깃까지 긴 머리를 늘어뜨리고 반짝이는 아름다운 눈의 창백하지만 잘생긴 한 남자가 초상화들이 걸려 있는 벽을 바라보며 서 있었다. 스테판 아르카디치는 여주인과 알렉세이 알렉산드로비치에게 인사를 하고 나서, 자기도 모르게 다시 한 번 그 낯선 남자를 쳐다보았다.

"랑도 씨!" 백작 부인은 오블론스키가 놀랄 정도로 부드럽고 조심스럽게 그를 불렀다. 그리고 그녀는 두 사람을 서로에게 인사시켰다.

랑도는 얼른 돌아보며 다가와서는 웃으며 땀에 젖은 자신의 손을 별 움직임 없이 스테판 아르카디치가 내민 손에 올려놓더니 이내 물러나 다시 초상화들을 보기 시작했다. 백작 부인과 알렉세이 알렉산드로비치는 의미심장하게 눈길을 주고받았다.

"뵙게 되어 무척 반갑습니다. 특히 오늘 같은 날은요." 리디야 이바노브나 백작 부인은 스테판 아르카디치에게 카레닌의 옆자리를 권하며 말했다.

"그를 랑도라고 소개했지만……." 그녀는 프랑스인과 알렉세이 알렉산드로비치를 번갈아 쳐다보고는 낮은 목소리로 말했다. "사실 아실 것으로 생각합니다만, 그는 베주보프 백작이십니다. 하지만 그는 그 칭호를 좋아하지 않아요.

"네, 들었습니다." 스테판 아르카디치가 대답했다. "저분이 베주보바 백작 부인의 병을 완전히 낫게 했다고 하더군요."

"그 부인도 오늘 우리 집에 다녀가셨는데 정말 가엾어요." 백작 부인은 알렉세이 알렉산드로비치를 보고 말했다. "그녀에게 이번 이별은 대단히 가슴 아픈 일이에요. 그녀에게는 심한 충격이지요!"

"그럼 저분은 정말로 떠나는 건가요?" 알렉세이 알렉산드로비치가 물었다.

"네, 파리로 돌아가는 거예요. 어제 그분의 목소리를 들었다는군요." 리디야 이바노브나 백작 부인은 스테판 아르카디치를 보며 말했다.

"아, 목소리!" 오블론스키는 이렇게 반복해 말했다. 그는 자신이 아직 해결할 열쇠도 없는, 뭔가 특별한 일이 벌어지고 있고 앞으로 벌어질 이 공동체에서 되도록 신중한 태도를 취해야 한다는 것을 느끼고 있었다.

잠시 정적이 흘렀다. 그런 뒤 리디야 이바노브나 백작 부인은 마치 이야기의 본론을 시작하려는 사람처럼 가늘게 웃으며 오블론스키에게 말했다.

"난 당신을 오래전부터 알고 있어요. 당신을 가까이서 알게 되어 기쁩니다. 우리 친구의 친구는 곧 우리의 친구지요.[75] 하지만 친구가 되기 위해서는 친구의 영혼을 들여다봐야 하는데, 난 당신이 알렉세이 알렉산드로비치와의 관계에서 그렇게 하지 않으시는 것 같단 생각이 조심스럽게 듭니다. 내가 무슨 말을 하는지 당신은 이해하시겠죠?" 그녀는 생각에 잠긴 듯한 아름다운 눈을 치켜뜨며 말했다.

"어느 정도는 이해할 수 있습니다, 백작 부인. 알렉세이 알렉산드로비치가 처한 상황이……." 오블론스키는 무슨 말을 하는지 확실히 이해하지 못했기 때문에 원론적으로 대답하기 위해 이렇게 말했다.

"외적인 상황의 변화는 없어요." 리디야 이바노브나 백작 부인은 엄숙하게 말하는 동시에, 일어나서 랑도에게로 자리를 옮겨간 알렉세이 알렉산드로비치를 사랑이 가득한 눈으로 좇았다. "그의 마음이 변했어요. 새로운 마음이 찾아온 거예요. 당신은 그의 내면에서 일어난 그 변화를 살피지 못한 게 아닐까 하는 생각이 드는군요."

"난 그 변화를 대체적으로 상상할 수 있습니다. 우린 항상 친했고, 지금도……." 스테판 아르카디치는 백작 부인의 시선에 부드러운 시선으로 응대하면서, 두 장관 가운데 누구에게 한 마디 해달라고 부탁할지, 그녀가 누구와 더 가까운지를 생각하며 말

---

75 Les amis de nos amis sont nos amis.(프랑스어)

했다.

"그의 내면에서 일어나고 있는 변화는 가까운 사람들에 대한 그의 사랑의 감정을 약화시킬 수 없어요. 오히려 그 반대로 그의 내면의 변화는 사랑을 더욱 견고하게 만들 거예요. 그런데 당신은 이해하지 못하고 계시는 것 같아 걱정이군요. 차를 드시겠어요?" 그녀는 쟁반에 차를 가져온 하인을 눈으로 가리키며 말했다.

"완전히 이해하는 건 아닙니다, 백작 부인. 물론 그의 불행은……."

"그래요, 그 불행은 마음이 새로워지고 행복으로 채워졌을 때 최고의 행복이 되는 겁니다."

'두 사람 모두에게 한마디 해달라고 부탁해도 되겠어.' 스테판 아르카디치는 생각했다.

"오, 물론입니다, 백작 부인." 그가 말했다. "하지만 내 생각에 그 변화가 너무도 은밀해서 누구도, 심지어 가까운 사람조차도 말하는 걸 꺼려할 거라는 생각이 드는군요."

"그 반대예요! 우리는 대화를 해서 서로 도와야만 합니다."

"네, 물론 그렇지요. 하지만 신념의 차이도 있고, 게다가……." 오블론스키는 부드러운 미소를 지으며 말했다.

"신성한 진리에 차이가 있을 수는 없지요."

"오, 네, 물론이지요. 하지만……." 스테판 아르카디치는 당황하여 입을 다물었다. 그는 그들이 종교 얘기를 하고 있다는 사실을 그제야 깨달았다.

"저 사람은 곧 잠들 것 같군요." 알렉세이 알렉산드로비치는 리디야 이바노브나의 곁에 와서 의미심장하게 속삭였다.

스테판 아르카디치는 돌아보았다. 랑도는 창가의 안락의자에 앉아 등받이에 기대어 팔꿈치를 괴고 고개를 숙인 채 있었다. 그는 자기를 향한 시선을 눈치채고 고개를 들어 아이 같은 천진난만한 미소를 지어 보였다.

"신경 쓰지 마세요." 리디야 이바노브나는 이렇게 말하고 알렉세이 알렉산드로비치에게 의자를 살짝 밀어주었다. "내가 알기로⋯⋯." 그녀가 무슨 말을 하기 시작했을 때, 하인이 편지를 들고 방 안으로 들어왔다. 리디야 이바노브나 백작 부인은 빠른 속도로 편지를 읽어 내려가더니 잠시 양해를 구한 후, 놀라운 속도로 답장을 적어주고는 테이블로 되돌아왔다. "내가 알기로⋯⋯." 그녀는 자신이 시작했던 얘기를 계속했다. "모스크바 사람들은, 특히 남자들은 종교에 정말 냉담하더군요."

"오, 아닙니다, 백작 부인. 내 생각에 모스크바 사람들은 신실하기로 정평이 나 있는걸요." 스테판 아르카디치가 대답했다.

"그래요. 그런데 내가 아는 한, 형님은 유감스럽게도 냉담한 쪽에 속하는 것 같아요." 알렉세이 알렉산드로비치가 지친 듯한 미소를 지으며 그에게 말했다.

"어떻게 냉담할 수 있죠!" 리디야 이바노브나가 말했다.

"난 그 부분에 대해서는 냉담한 게 아니라 기다리고 있는 거예요." 스테판 아르카디치는 그 특유의 온화한 미소를 지으며 말했다. "난 아직 그 문제와 관련해서 내게 시기가 도래했다고 생각하지 않는 겁니다."

알렉세이 알렉산드로비치와 리디야 이바노브나 백작 부인은 서로 눈빛을 주고받았다.

"우리는 자신을 위한 그런 시기가 도래했는지 아닌지 결코 알 수 없습니다." 알렉세이 알렉산드로비치가 엄숙하게 말했다. "우리는 스스로 준비가 되었는지 아닌지 생각할 필요가 없다는 겁니다. 하느님의 은총은 인간의 생각으로 통제되는 게 아니기 때문에 때로는 열심히 노력하는 사람에게 내려지지 않고, 사울[76] 처럼 준비되지 않은 사람에게 내려지기도 하지요."

"아니, 아직 아닌가 봐요." 줄곧 프랑스인의 움직임을 좇던 리디야 이바노브나 백작 부인이 말했다.

랑도는 일어나서 그들 곁으로 다가왔다.

"말씀하시는 것을 들어도 괜찮습니까?" 그가 물었다.

"그럼, 물론이지요. 난 당신을 방해하지 않으려 했을 뿐이에요." 리디야 이바노브나는 부드러운 눈빛으로 그를 바라보며 말했다. "옆에 와서 앉으세요."

"빛을 잃지 않기 위해서는 오직 눈을 감지 않으면 됩니다." 알렉세이 알렉산드로비치는 말을 계속 이었다.

---

76 열렬한 유대교였던 사울은 기독교도를 박해하러 가다가 다메섹에서 예수의 음성을 듣고 회심하여, 전 생애 전도에 힘쓰며 기독교 최초로 이방인에게 복음을 전한다. 사울은 사도 바울로 개종하기 전의 이름이다.

"아, 당신이 우리들이 느끼는 행복을 안다면 좋을 텐데요. 우리들은 우리의 영혼 속에 하느님이 늘 존재하심을 느끼고 있으니까요." 리디야 이바노브나 백작 부인은 행복한 미소를 지으며 말했다.

"하지만 인간은 때로 그런 높은 경지에 오를 능력이 없다는 것을 스스로 느끼지 않을까요?" 스테판 아르카디치는 양심에 어긋나는 것을 느끼며 말했다. 그는 종교적인 숭고함은 인정했지만, 그와 동시에 포모르스키에게 한마디 하는 것으로 그에게 원하는 자리를 얻어줄 수 있는 특별한 사람 앞에서 자기의 자유사상을 표명하는 게 망설여졌다.

"그러니까 당신은 죄가 인간을 방해한다고 말씀하시는 거군요?" 리디야 이바노브나 백작 부인이 말했다. "하지만 그건 그릇된 생각입니다. 믿는 사람에게는 죄는 없어요. 죄는 이미 사해졌거든요. 실례합니다." 그녀는 다른 편지를 들고 다시 들어온 하인을 보고 덧붙였다. 그녀는 편지를 다 읽은 후 "내일 대공비 저택에서라고 전해주게."라며 말로 회답했다. "믿는 사람에게는 죄가 없어요." 그녀는 얘기를 계속했다.

"그렇죠, 하지만 행동이 따르지 않은 믿음은 죽은 믿음이에요." 스테판 아르카디치는 교리문답 중의 한 구절을 떠올리고는 오직 입가의 미소만으로 자신의 자주성을 고수하며 말했다.

"아, 그건 야고보서에 나온 구절이군요." 알렉세이 알렉산드로비치는 다소 비난하는 어투로 리디야 이바노브나 백작 부인을 향해 말했다. 분명히 그들 두 사람 사이에 수차례 이야기되었던 문제인 듯했다. "그 구절의 그릇된 해석이 얼마나 해악을 끼쳤는지 몰라요! 그 해석만큼 사람을 믿음에서 멀어지게 하는 건 없어요. '내게는 행할 일이 없다. 그래서 믿을 수 없다.'라고 합니다만, 그런 건 어디에도 적혀 있지 않아요. 오히려 정반대로 적혀 있죠."

"하느님을 위해 일하고, 노동이나 단식과 금욕으로 영혼을 구원받는 건……." 리디야 이바노브나 백작 부인은 혐오감과 경멸의 빛을 드러내며 밀했다. "그건 우리 나라 사제들의 조잡한 해석이에요……. 그런 말은 어디에도 없거든요. 그건 훨씬 단순하고 쉬운 일이지요." 그녀는 궁정에서 익숙하지 않은 환경에 당황해하는 젊은 여관들을 격려할 때 보이는 그런 미소를 머금고 오블론스키를 바라보며 덧붙였다.

"우린 우리를 위해 고난 받으신 그리스도에 의해 구원을 받습니다." 알렉세이 알렉산드로비치는 그녀의 말에 눈빛으로 동의하며 맞장구를 쳤다.

"당신은 영어를 할 줄 아세요?"[77] 리디야 이바노브나는 그렇게 물은 뒤, 궁정의 대답을 듣고는 일어나 책장에 꽂힌 책들을 뒤적이기 시작했다. " 난 『구원과 행복』[78]이나 『날개 아래서』[79]를

77　Vous comprenez l'anglais?(프랑스어)

78　『Safe and Happy』(영어)

79　『Under the wing』(영어)

읽어보고 싶어요." 그녀는 묻는 듯한 시선으로 카레닌의 얼굴을 힐끗 쳐다보곤 말했다. 그리고 책을 찾아내 다시 제자리로 돌아와 앉아서 책을 펼쳤다. "이건 정말 짧은 내용이에요. 여기에는 믿음을 얻는 길과 이 세상의 모든 것을 초월한 행복, 즉 영혼을 채우는 행복에 대해 적혀 있어요. 믿음이 있는 사람은 불행할 수가 없어요. 왜냐하면 그는 혼자가 아니니까요. 당신도 곧 알게 될 거예요." 그녀가 책을 읽으려고 했을 때, 다시 하인이 들어왔다. "보로지나? 내일 2시라고 말해주게." 그녀는 책장 사이에 손가락을 끼운 채 한숨을 쉬며 생각에 잠긴 아름다운 시선으로 자기 앞을 응시하며 말했다. "진정한 믿음은 이렇게 영향을 주는군요, 당신은 마리 사니나를 아시나요? 그분의 불행을 들으셨나요? 그녀는 유일한 갓난아기를 잃었어요. 그래서 절망에 빠져 있었거든요. 그런데 어떻게 됐는지 아세요? 그녀에게 친구가 생겼지 뭐예요. 지금 그녀는 갓난아기의 죽음에 대해 하느님께 감사하고 있어요. 이런 게 믿음이 가져다주는 행복이겠지요."

"오, 그래요. 그건 정말⋯⋯." 스테판 아르카디치는 그들이 책을 읽어, 잠시나마 생각을 정리할 시간이 생기는 것에 만족하며 이렇게 말했다. '아니야, 오늘은 아무것도 부탁하지 않는 편이 낫겠군.' 그는 생각했다. '그냥 복잡하게 얽히지 말고 여기서 빠져나가기만 하면 좋겠는데.'

"당신은 지루하실 거예요." 리디야 이바노브나 백작 부인은 랑도를 향해 말했다. "당신은 영어를 모르니 말이에요. 하지만 이건 짧아요."

"아니, 저도 이해할 수 있어요." 랑도는 똑같은 미소를 지으며 이렇게 말하고는 눈을 감았다.

알렉세이 알렉산드로비치와 리디야 이바노브나 백작 부인은 의미심장하게 서로 눈빛을 주고받았고, 읽기가 다시 시작되었다.

22

스테판 아르카디치는 자기가 듣기에는 새롭고도 기이한 이 말들을 들으면서 완전히 어리둥절했다. 페테르부르크 생활의 복잡성은 모스크바 생활의 침체에서 그를 끌어내며 대체로 그에게 자극적인 영향을 주었다. 그러나 그도 자기에게 가깝고 익숙한 환경에서는 이런 복잡성을 이해하고 사랑했지만, 이런 낯선 환경에서는 어리둥절하고 아연하여 도무지 그 모든 걸 포용할 수가 없었다. 리디야 이바노브나 백작 부인이 읽는 것을 들으며, 그리고 자신에게 쏠린 랑도의 아름답고 순진한, 어쩌면 교활한—그 자신도 알지 못했다—시선을 느끼며, 스테판 아르카디치는 머릿속이 어쩐지 유난히 무거워지는 것을 느꼈다.

그의 머릿속은 온갖 생각으로 뒤죽박죽이 되어 있었다. '마리 사니나는 자기 아이가 죽은 걸 기뻐한다고 하고……, 지금 담배를 피울 수 있으면 좋을 텐데……, 구원받기 위해서는 오직 믿기만 하면 되고, 수도사들은 그걸 어떻게 해야 할지 모르는데 리디야 백작 부인은 알고 있다……. 그런데 머리가 왜 이렇게 무겁지? 코냑 때문인가, 아니면 이 모든 게 너무 기이해서인가? 난 지금까지 예의에 벗어난 짓은 분명히 하지 않았어. 그래도 그녀에게 부탁하는 건 안 되겠어. 사람들은 저들이 기도를 하도록 시킨다고 말하잖아. 나한테는 시키지 말아야 할 텐데. 그건 너무 어리석은 짓이야. 그리고 저 부인은 무슨 저런 쓸데없는 걸 읽고 있는 거야. 그래도 읽는 건 훌륭하군. 랑도가 베주보프라고 했지. 그런데 그가 어째서 베주보프지?' 갑자기 스테판 아르카디치는 아래턱이 하품 때문에 참을 수 없이 움직이기 시작하는 것을 느꼈다. 그는 하품을 감추려고 구레나룻을 쓰다듬으며 몸을 털어 흔들었다. 그러나 그 뒤를 이어 그는 벌써 잠이 들어 코를 골 것만 같은 느낌이 들었다. 그 순간 "저 사람은 잠들었네요."라고 말하는 리디야 이바노브나 백작 부인의 목소리에 놀라 정신을 차렸다.

스테판 아르카디치는 마치 잘못을 저지르다 들킨 기분이 되어 깜짝 놀라 정신을 차렸다. 그러나 그는 "저 사람은 잠들었네요."라고 한 것이 자기를 향해 한 말이 아니라 랑도를 보고 한 말임을 알고는 이내 마음을 놓았다. 프랑스인도 스테판 아르카디치처럼 잠들었던 것이다. 그러나 스테판 아르카디치의 졸음은 그가 생각한 것처럼 그들에게 모욕감을 주었을지도 모르지만(그렇지만 그는 그것에 대해 생각하지는 않았다. 그 모든 게 너무도 기이하게 여겨졌을 뿐이었다), 랑도의 졸음은 그들을, 특히 리디야 이바노브나 백작 부인을 몹시 기쁘게 했다.

"나의 친구여!"[80] 리디야 이바노브나는 소음을 내지 않기 위해 자신의 비단 드레스 주름을 잡아들고는, 흥분하여 카레닌을 '알렉세이 알렉산드로비치'가 아니라 '나의 친구여'라고 부르며 말했다. "그에게 손을 내어주세요.[81] 쉿!" 부인은 또다시 들어온 하인에게 '쉿' 하고 조용히 시켰다. "지금은 안 돼."

프랑스인은 자고 있는 건지, 아니면 자는 척하는 건지 안락의자의 등받이에 머리를 기대고 자고 있었다. 무릎 위에 올려놓은 땀에 젖은 그의 한 손이 마치 뭔가를 붙잡으려고 하는 듯 희미하게 꼼지락거렸다. 알렉세이 알렉산드로비치는 일어나 조심하려고 하다가 테이블에 걸리는 바람에 프랑스인의 곁으로 다가가서 그의 손에 자신의 손을 올려놓고 말았다. 스테판 아르카디치도 일어나서, 만약 자기가 아직도 졸고 있는 거라면 정신을 차려야겠다고 생각하고는 눈을 크게 뜨고 두 사람을 번갈아 쳐다보았다. 그 모든 것은 현실 속에서 일어나고 있었다. 스테판 아르카디치는 머리가 한층 더 무거워지는 느낌이 들었다.

"맨 나중에 온 사람, 뭔가를 요구하는 사람, 그 사람을 내보내세요, 내보내세요!"[82] 프랑스인은 눈을 감은 채 말했다.

---

80 Mon ami!(프랑스어)

81 Donnez lui la main. Vous voyez?(프랑스어)

82 Que la personne qui est arrivée la dernière, celle qui demande, qu'elle sorte! Qu'elle sorte!(프랑스어)

"죄송합니다만, 보시다시피……. 10시에 와주세요. 내일 오시면 더욱 좋고요."[83]

"내보내세요!"[84] 프랑스인은 재촉하며 되풀이해 말했다.

"그건 나를 두고 하는 말이지요, 그렇죠?"[85]

그렇다는 대답을 듣자, 스테판 아르카디치는 리디야 이바노브나에게 부탁하려고 했던 것도, 여동생에 관한 것도 모두 잊어버린 채 가능한 빨리 그 자리를 벗어나고 싶다는 한 가지 생각만으로 발뒤꿈치를 들고 방에서 나온 뒤, 마치 전염병 환자의 집에서 도망쳐 나오듯 거리로 뛰쳐나왔다. 그리고 빨리 제정신을 찾으려는 마음에 오랫동안 마부와 얘기하며 농담을 주고받았다.

프랑스 극장에서 간신히 마지막 막을 보고난 스테판 아르카디치는 타타르인의 식당에 가서 샴페인 잔을 기울이며, 비로소 익숙한 분위기에 젖어 다소 마음을 가다듬게 되었다. 그래도 이 날 저녁은 여전히 기분이 좋지 않았다.

페테르부르크에 있는 동안 자기가 머물고 있던 표트르 오블론스키의 저택으로 돌아온 스테판 아르카디치는 벳시로부터 온 편지를 보았다. 그녀는 시작했던 얘기를 끝내고 싶으니 내일 와 달라고 적어 보냈다. 그가 편지를 다 읽고 얼굴을 찌푸린 순간,

---

[83] Vous m'excuserez, mais vous voyez⋯ Revenez vers dix heures, encore mieux demain.(프랑스어)

[84] Qu'elle sorte!(프랑스어)

[85] C'est moi, n'est ce pas?(프랑스어)

아래층에서 뭔가 무거운 것을 옮기는 사람들의 육중한 발자국 소리가 들렸다.

스테판 아르카디치는 살펴보러 아래층으로 내려갔다. 그것은 젊음을 되찾은 표트르 오블론스키였다. 그는 너무 취해서 계단을 오르지 못하고 있었다. 그러나 스테판 아르카디치의 모습을 보고는 자기를 바로 세워달라고 하더니 그의 몸에 매달려 그와 함께 방으로 들어갔다. 그리고 그는 그날 밤을 어떻게 보냈는지 이야기하는가 싶더니 이내 잠이 들어버렸다.

스테판 아르카디치는 침울해져서 오랫동안 잠을 이룰 수가 없었다. 그에게는 드문 일이었다. 그는 기억나는 모든 게 혐오스러웠다. 그중에서도 가장 혐오스럽고 수치스러웠던 건, 리디야 이바노브나 백작 부인의 저택에서 지낸 그날 저녁의 일이었다.

다음 날 그는 알렉세이 알렉산드로비치로부터 안나와의 이혼을 확실히 거절한다는 통보를 받았다. 그리고 이런 결정이 어제 그 프랑스인이 진짜 잠들었던 것인지 아니면 잠든 척했던 것인지 알 수 없는 상태에서 한 말에 근거를 두고 있다는 것을 깨달았다.

23

가정생활에서 뭔가 실행하기 위해서는 부부 사이에 완벽한 불화가 있든지 아니면 애정 어린 화합이 필요하다. 그런데 부부 사이가 이것도 저것도 아닌 불분명한 관계에서는 어떤 일도 실행될 수 없다.

많은 가정은 완벽한 불화도 화합도 없다는 이유로 남편과 아내 모두 지겨운 옛 자리에 그대로 남아서 해마다 살아간다.

태양은 이미 봄이 아닌 여름의 열기로 내리쬐고 있었다. 가로수에는 이미 오래전부터 나뭇잎이 무성하고 나뭇잎들에 수북이 먼지가 쌓여버린 이때에, 무더위와 먼지 속에서 보내는 모스크바의 생활은 브론스키와 안나에게 힘겨운 일이었다. 그러나 그들은 오래전에 결정한 보즈드비젠스코예로의 이사를 미루고 그들 두 사람 모두에게 지겨워진 모스크바에서 계속 생활하고 있었다. 그건 최근에 두 사람 사이에 화합이라는 것이 없었기 때문이었다.

그들을 갈라놓은 분노는 외적인 원인이 전혀 없었다. 그래서 이를 해소하려고 했던 모든 시도는 그 분노를 제거하기는커녕 오히려 증폭시킬 뿐이었다. 이건 내적인 분노였다. 안나로서는 브론스키의 사랑이 식은 것이 원인이었고, 브론스키로서는 안 나를 위해 자기 자신을 괴로운 상황에 몰아넣은 것에 대한 후회 가 근본적인 원인이었다. 그런데 그녀는 이런 상황을 진정시키 기는커녕 오히려 더욱 힘들게 만들고 있었다. 두 사람은 모두 자 기가 화를 내는 이유를 말하지 않았다. 하지만 그들은 서로가 옳 지 않다고 생각하며 구실이 생길 때마다 상대방에게 그것을 입 증해 보이려고 애썼다.

그녀에게 있어 그의 모든 것, 즉 그의 습관과 생각과 희망, 그 의 정신적 특징과 육체적 특징은 모두 오직 한 가지, 그건 여성에 대한 사랑을 의미했다. 그녀가 생각하기에 그 사랑은 오직 그녀 한 사람에게로 집중되어야만 했지만, 그 사랑이 식어버린 것이 다. 따라서 그녀는 자기 판단으로 그 사랑의 일부가 다른 여성들 에게, 혹은 다른 한 여성에게 옮겨간 것이라고 생각하며 질투하 고 있었다. 그녀는 어떤 여성을 대상으로 질투한 게 아니라 그의 사랑이 식었기 때문에 질투한 것이었다. 그녀는 아직 질투의 대 상이 없었기 때문에 그것을 찾아내려고 했다. 약간의 기색만 보 여도 그녀는 하나의 대상에서 또 다른 대상으로 옮겨 질투를 했 다. 그녀는 때로 그의 독신 생활 덕분에 가볍게 교류할 수 있는 천한 여성들에 대해 질투하기도 했고, 때론 그가 만날 수 있는 사 교계의 여성들에 대해서도 질투하기도 했고, 때로는 그가 자기와의 관계를 끊고 결혼하고 싶어 하는 가상의 여자에 대해서도 질투했다. 그리고 그녀를 가장 괴롭힌 건 이 마지막 질투 때문이었다. 그건 특히 그가 자신의 생각을 털어놓으면서 경솔하게도, 어머니가 자기를 너무 이해하지 못하고 소로키나 공작 영애와 결혼하라고 설득했다는 이야기를 안나에게 말해버린 것이다.

그래서 안나는 질투하면서 그에게 격분했고, 모든 것에서 격분할 구실을 찾아내려 했다. 그녀는 자신이 처한 모든 괴로운 상황에 대해 그의 탓이라며 그를 비난했다. 그녀는 모스크바의 하늘과 땅 사이에서 보내는 힘겨운 기다림도, 알렉세이 알렉산드로비치가 결단을 내리지 못하고 지체하는 것도, 자신의 고립된 상태도, 모두 다 그의 탓으로 돌렸다. 만약 그가 그녀를 사랑했다면 그녀의 힘든 상황을 이해하고 거기서 그녀를 구해주었을 것이다. 그녀가 시골이 아니라 모스크바에서 지내는 것도 역시 그의 탓이었다. 그는 그녀가 바라는 것처럼 시골에 묻혀 지낼 수 없었다. 그에게는 사교계가 필요했다. 그래서 그녀를 이런 끔찍한 상황에 놓아두고는 그 괴로움을 이해하려고 하지 않는 것이다. 그리고 그녀가 아들과 영원히 헤어지게 된 것도 역시 그의 잘못 때문이었다.

심지어 그들 사이에 드물게 찾아오는 다정한 분위기에서조차 그녀는 마음을 놓을 수가 없었다. 그녀는 그의 다정함에서 이전에는 없었던 안정감과 자신감의 기색을 보고는 그로 인해 안달을 부렸다.

벌써 해가 저물었다. 안나는 독신자 파티에 간 그가 돌아오기를 혼자 기다리며 그의 서재(그 방은 거리의 소음이 덜 들리는 방이었다)를 왔다갔다 거닐었다. 그녀는 어제의 다툼에서 나온 말들을 하나하나 상세히 되씹었다. 그녀는 다투면서 내뱉은 모욕적인 말들로부터 그 다툼의 원인이 된 것으로 거꾸로 거슬러 오르다 결국 말다툼의 발단에까지 이르렀다. 그러자 그녀는 누구의 마음과도 상관없는 아무런 악의 없는 얘기에서 그 같은 다툼이 일어났다는 것을 오랫동안 믿을 수 없었다. 그런데 그건 사실이었다. 말다툼의 발단은 그가 여학교를 불필요한 것으로 여기며 비웃었을 때 그녀가 변호한 데서부터 시작되었다. 그는 여성 교육에 대해 전반적으로 무시하는 태도를 보이며, 안나가 보살피고 있는 영국인 딸아이 한나에게도 물리적 지식이 전혀 필요 없다고 말했던 것이다.

그것이 안나의 신경을 건드렸다. 그녀는 그 말 속에서 자신의 일에 대해 무시하는 암시를 느꼈다. 그래서 그녀는 자기에게 준 상처에 대해 되갚을 표현을 생각해 냈고 그것을 말해버렸다.

"나는 사랑하는 사람이 기억하듯 당신이 나와 내 감정을 기억하리라고는 기대하지 않아요. 하지만 그래도 정중함 정도는 기대했어요." 그녀가 말했다.

그러자 그는 노여움으로 얼굴을 붉히며 뭔가 불쾌한 말을 했다. 그녀는 그 말에 대해 자신이 뭐라고 대답했는지 기억나지 않았지만, 그가 그녀에게 마음을 아프게 할 요량으로 이렇게 말한 것은 바로 기억했다.

"난 사실 당신이 저 아이에게 쏟는 열정에는 관심이 없어요. 그게 부자연스러워 보이거든."

그녀가 자신의 괴로운 생활을 견디기 위해 겨우 쌓아올린 세계를 무너트리는 그 잔혹함, 위선적이고 부자연스럽다며 그녀를 꾸짖는 그의 부당함이 그녀를 격분시키고 말았다.

"당신에게는 오직 조야하고 물질적인 것만이 이해되고 자연스러운 것 같아서 정말 유감이네요." 그녀는 이렇게 말하고 방에서 나가버렸다.

어제 저녁 그가 그녀에게 왔을 때, 그들은 서로 지난 말다툼에 대해 언급하지 않았다. 그러나 두 사람은 그 말다툼이 가라앉았을 뿐 아직 지나간 게 아니라는 것을 느끼고 있었다.

오늘 그는 온종일 집에 있지 않았다. 그녀는 그와의 다툼이 너무나 외롭고 괴롭게 느껴져서 모든 걸 잊고 그를 용서하고 화해하고 싶었다. 자신을 탓하고 그를 변호하고 싶은 마음이었다.

'내 탓이야. 짜증만 내고, 아무 의미도 없이 질투하잖아. 그이와 화해하고 시골로 내려갈래. 거기서는 마음이 편안해질 거야.' 그녀는 혼잣말을 했다.

그때 갑자기 그녀는 '부자연스러워 보이거든'이란 모욕적이었던 말, 그 말 자체보다 더욱 그녀에게 상처를 준 그 말의 의도가 생각났다.

'그이가 무슨 말을 하려고 했는지 알고 있어. 그는 자기 딸을

사랑하지 않고 남의 딸을 사랑하는 걸 부자연스러워 보인다고
말하고 싶었던 거겠지. 그이가 자식에 대한 사랑에 대해 뭘 안다
고, 자기 때문에 희생시킨 세료쟈에 대한 내 사랑을 이해할 수
있을까! 그 말은 단지 내 마음을 아프게 하려고 한 말이야! 아니,
그이는 다른 여자를 사랑하고 있는 거야. 그렇지 않고서야 그럴
리가 없어.'

그리고 그녀는 자신을 달래려 하면서도 이미 수없이 지나온
생각을 또다시 돌고는 결국 이전의 불안한 기분으로 되돌아온
것을 깨닫고 자기 자신에게 섬뜩한 느낌이 들었다. '정말 안 되
는 걸까? 정말 내 탓이라고 할 수 없는 것일까?' 그녀는 혼자 중
얼거리다가 다시 처음부터 시작했다. '그이는 올바르고 정직해.
나를 사랑하지. 나도 그이를 사랑하고, 조만간 남편과 이혼할 거
야. 그 외에 또 뭐가 필요하겠어? 오직 평온함과 신뢰만 있으면
되는 거지. 내가 책임질 거야. 그래, 이제 그이가 오면 내 탓이라
고 말해야지. 물론 내 탓이라고는 할 수 없지만……. 우리 둘이
서 떠나는 거야.'

그리고 더 이상 생각하거나 초조해하지 않기 위해 그녀는 초인
종을 눌러 시골로 내려갈 짐을 쌀 트렁크를 가져오라고 일렀다.

브론스키는 10시에 돌아왔다.

24

"그래, 재미있었어요?" 그녀는 그를 향해 나가면서 미안해하는 듯한 부드러운 얼굴로 물었다.

"뭐, 늘 그렇죠." 그는 그녀의 표정만 보고도 그녀가 기분이 좋다는 것을 알아채고 이렇게 대답했다. 그는 이미 이런 변화에 익숙했고, 그도 최상의 기분이었기 때문에 오늘은 유난히 즐거웠다.

"이게 뭐에요? 정말 잘했군요!" 그는 현관에 있는 트렁크들을 가리키며 말했다.

"네, 이제 가야겠어요. 마차를 타고 돌아다녔더니 기분이 좋아져서 시골로 돌아가고 싶어졌어요. 당신도 지체할 만한 이유는 없는 거죠?"

"바라는 건 오직 하나뿐이에요. 금방 올 테니 얘기해봅시다. 옷만 갈아입고 올게요. 차를 준비하라고 해요."

그리고 그는 서재로 들어갔다.

그의 '잘했군요!'라는 말 속에는 투정을 멈춘 아이에게 말하는 듯한 모욕적인 뭔가가 느껴졌는데, 더욱 모욕적인 건 미안해하는 듯한 그녀의 어투와 자신감에 찬 그의 어투와의 대조 때문이었다. 그녀는 순간 싸우고 싶은 욕구가 치솟는 것을 느꼈지만, 그것을 애써 억누르고 여전히 쾌활한 모습으로 브론스키를 맞이했다.

그가 나왔을 때 그녀는 미리 준비해 둔 말을 일부분 반복하면서, 자신이 보낸 하루와 출발 계획에 대해 그에게 말했다.

"있잖아요, 내게 영감 같은 게 떠올랐어요." 그녀가 말했다. "왜 여기서 이혼을 기다려야 하는 거죠? 시골에서도 마찬가지잖이요. 난 더 이상 기다릴 수 없어요. 이혼에 대해서는 기대하지도, 듣고 싶지도 않아요. 난 이혼이 더 이상 내 인생에 영향을 끼쳐서는 안 될 거라고 판단했어요. 당신도 동의하지요?"

"오, 그럼요!" 그는 그녀의 흥분된 얼굴을 걱정스럽게 바라보며 말했다.

"당신은 거기서 뭘 했어요? 누가 왔어요?" 그녀는 잠시 말을 멈추었다가 물었다.

브론스키는 손님들의 이름을 말해주었다.

"식사도 훌륭했어요. 보트 경주도 그렇고. 모든 게 상당히 좋았어요. 그런데 모스크바에는 우스꽝스러운 일이 없으면 안 되는 모양이에요. 스웨덴 왕비의 수영 교사라는 어떤 부인이 나타나서 자신의 기술을 보여주었어요."

"어떻게요? 수영을 했어요?" 안나는 눈살을 찌푸리며 물었다.

"무슨 붉은색 수영복 차림에, 늙고 추한 여자였어요. 그런데 언제 출발하죠?"

"어머, 멍청한 짓이군요! 그래서 그녀가 특별하게 수영하던가요?" 안나는 그의 말에 대답하지 않고 말했다.

"특별할 것도 없던데요. 그러니 내가 멍청하고 끔찍했다고 말하는 거죠. 그래, 당신은 언제 출발할 생각이에요?"

안나는 불쾌한 생각을 몰아내기라도 하려는 듯 머리를 흔들어 털었다.

"언제 출발하냐고요? 빠를수록 좋지요. 내일까지는 시간이 안 될 테니, 모레 떠나요."

"그래요……, 아니, 잠깐만요. 모레는 일요일이고, 어머니에게 다녀와야 해요." 브론스키는 당황하며 말했다. 왜냐하면 그가 어머니란 말을 꺼내자마자 자신에게 쏠린 의혹의 시선을 느꼈기 때문이었다. 그의 당황하는 모습은 그녀의 의심을 더욱 확실하게 했다. 그녀는 얼굴을 붉히고 그에게서 물러섰다. 이제 안나의 머릿속에는 스웨덴 왕비의 수영 교사가 아니라 브론스카야 백작 부인과 함께 모스크바 근교 마을에서 살고 있는 소로키나 공작 영애가 떠올랐다.

"내일이라도 다녀올 수 있잖아요?" 그녀가 말했다.

"안 된다니까요! 내가 처리해야 하는 일의 위임장과 돈 문제를 내일까지 해결할 수 없어요." 그가 대답했다.

"그렇다면 우리 아예 시골에 가지 말아요."

"아니, 그건 왜요?"

"난 더 늦어지면 가지 않겠어요. 월요일이 아니면 영원히 안 갈 거예요."

"도대체 왜요?" 브론스키는 놀라며 물었다. "그게 무슨 의미가 있다고요?"

"당신에게는 아무 의미 없겠죠. 당신에게 내가 무슨 상관이겠어요. 당신은 내 인생에 대해 이해하고 싶어 하지 않잖아요. 여기서 유일하게 내 마음을 끄는 일이 한나인 거예요. 당신은 그걸 위선이라고 말해요. 어제 당신이 말했잖아요. 난 내 딸을 사랑하지 않고 저기 영국인 여자아이를 사랑하는 척한다고 말이에요. 그리고 그게 부자연스럽다고 했어요. 알고 싶군요. 여기서 어떤 생활이 내게 자연스러운지!"

순간 정신을 차린 그녀는 자신의 의도와 다른 것에 경악을 금치 못했다. 그러나 그녀는 자신을 파멸시키고 있다는 것을 알면서도 스스로 억제할 수 없었고, 그가 옳지 않다고 말하지 않을 수 없었다. 그녀는 그에게 굴복할 수 없었다.

"난 그런 말을 한 적이 없어요. 단지 그런 갑작스러운 사랑에는 공감하지 않는다고 말했던 거예요."

"당신은 어째서 자신의 솔직함에 대해서는 자만하면서 진실을 말하지 않는 거예요?"

"난 자만한 적도 없고, 진실하지 않은 말을 한 적도 없어요."

그는 치밀어 오르는 분노를 억누르며 조용히 말했다. "당신이 존중하지 않는다면, 참으로 유감스럽군요……."

"존중은 사랑이 있어야만 하는 빈자리를 감추기 위해 생각해 낸 거예요. 만약 당신이 날 더 이상 사랑하지 않는다면 솔직히 말해주는 게 더 정직해요."

"이젠 정말 참을 수 없는 지경이군!" 브론스키는 의자에서 일어나며 소리쳤다. 그러고 그녀 앞에 서서 천천히 말했다. "어째서 당신은 내 인내심을 시험하는 거예요!" 그는 더 많은 말을 할 수 있지만 참는 듯한 표정으로 말했다. "인내심에도 한계가 있는 법이에요."

"무슨 말을 하고 싶은 건데요?" 그녀는 그의 얼굴에, 특히 잔인하고도 위협적인 눈 속에 선명하게 나타난 증오의 빛을 바라보고는 깜짝 놀라 소리쳤다.

"내가 하고 싶은 말은……." 그는 말을 시작하다 멈췄다. "당신이 내게 바라는 게 무엇인지 물어야겠군요."

"내가 뭘 바랄 수 있겠어요? 당신이 생각하는 것처럼 오직 당신이 떠나지 않길 바라는 거겠죠." 그녀는 그가 다하지 못한 말을 알아채고 말했다. "하지만 내가 원하는 건 그게 아니에요. 그건 부차적인 거죠. 내가 원하는 건 사랑인데, 그게 없어요. 모든 게 끝나버렸어요."

안나는 문 쪽으로 향했다.

"잠깐만, 잠깐!" 브론스키는 미간의 우울한 주름을 펴지 않은 채 그녀의 손을 잡아 세우며 말했다. "대체 무슨 일이에요? 출발을 사흘 연기하자는 말에, 당신은 내가 거짓말을 한다느니 정직하지 못한 사람이라고 말하잖아요."

"그래요, 다시 한 번 말하죠. 나를 위해 모든 걸 희생했다며 나를 비난하는 사람은……." 그녀는 이전에 다투면서 했던 말을 떠올리며 말했다. "정직하지 못한 사람보다 더 나빠요. 심장이 없는 사람이에요."

"아니, 인내심에도 한계가 있어요!" 그는 그렇게 소리를 치고는 그녀의 손을 확 놓아버렸다.

'저이는 나를 증오하고 있어, 분명해.' 안나는 생각했다. 그러고는 돌아보지도 않고 말없이 위태로운 걸음으로 조용히 방에서 나왔다.

'저이는 다른 여자를 사랑하고 있어. 그건 더욱 분명해졌어.' 그녀는 자기 방으로 들어가며 혼자 중얼거렸다. '나는 사랑을 원하는데, 그게 없어. 이젠 모든 게 끝나버린 거야.' 안나는 했던 말을 반복했다. '끝내야만 해.'

'하지만 어떻게 끝내지?' 그녀는 스스로에게 묻고는 거울 앞의 안락의자에 앉았다.

이제 어디로 가야 할지, 온갖 생각들이 머릿속에 떠올랐다. 키워준 숙모에게 갈까, 돌리에게 갈까, 아니면 혼자 외국으로 떠나버릴까, 저이는 지금 혼자 서재에서 무엇을 하고 있을까, 이 말다툼으로 모든 게 끝나는 걸까, 아니면 아직 화해의 가능성이 있는 걸까, 페테르부르크의 옛 지인들은 나에 대해 뭐라고 말할까, 알렉세이 알렉산드로비치는 뭐라고 할까, 이제 헤어지면 어떻게 될까 하는 많은 다른 생각들로 머릿속이 분주했다. 하지만 그녀는 그런 생각에 온 마음을 기울이는 건 아니었다. 그녀의 마음속에는 그녀의 흥미를 끄는, 어떤 분명하지 않은 한 가지 생각이 있었지만 그녀는 그것을 인식할 수 없었다. 다시 알렉세이 알렉산드로비치에 대한 기억이 떠오른 그녀는 산후병을 앓았던 때 그녀를 떠나지 않았던 감정을 떠올렸다. '왜 나는 죽지 않았을까?' 하고 당시 자신의 말과 감정이 떠올랐다. 그리고 그녀는 문득 자기 마음속에 있는 한 가지 생각이 무엇인지 깨달았다. 그렇다. 그건 모든 걸 해결해줄 유일한 생각이었다. '그래, 죽는 거야……!'

'알렉세이 알렉산드로비치나 세료자의 수치와 망신도, 나의 끔찍한 수치도, 모두 죽음으로 구원되는 거야. 죽음으로써, 그이도 후회하고 날 가엾게 여기며 사랑하겠지. 나 때문에 괴로워할 거야.' 그녀는 자신을 향한 동정의 미소를 머금은 채 안락의자에 앉아 왼손의 반지를 뺐다 꼈다 하며 자신의 죽음 뒤에 그가 겪게 될 감정을 다방면으로 상상해보았다.

가까이 다가오는 발소리, 그의 발소리가 그녀의 주의를 분산시켰다. 그녀는 자신의 반지를 놓는 데 열중하기라도 한 듯 그가 있는 쪽을 돌아보지도 않았다.

그는 그녀에게 다가가서 그녀의 손을 잡고 조용히 말했다.

“안나, 당신이 원한다면 모레 떠나요. 난 하자는 대로 하겠어요.”

안나는 아무런 말이 없었다.

“어때요?” 그가 물었다.

“당신 자신이 알잖아요.” 그녀는 말했다. 그 순간 그녀는 더 이상 억제하지 못하고 흐느끼기 시작했다.

“날 버려요, 버리세요!” 그녀는 흐느끼며 말했다. “나는 내일 떠날 거예요⋯⋯. 난 더한 일도 할 거예요. 내가 누구죠? 방탕한 여자예요. 난 당신의 목을 누르는 돌이에요. 당신을 괴롭히고 싶지 않아요. 그러고 싶지 않아요! 당신을 놓아줄게요. 당신은 날 사랑하지 않아요. 다른 여자를 사랑하잖아요.”

브론스키는 그녀에게 진정하라고 애원하면서 그녀의 질투는 전혀 근거가 없는 것이고, 그녀를 사랑하는 마음은 절대 변한 적이 없고 앞으로도 변하지 않을 것이며 전보다 더 사랑한다고 말했다.

“안나, 당신은 왜 당신 자신과 나를 괴롭히는 거예요?” 그는 그녀의 손에 입을 맞추며 말했다. 그의 얼굴에는 이제 온화함이 번지고 있었다. 그녀의 귓가에는 그의 울먹임이 들리는 듯하였고, 손에는 그의 눈물이 느껴지는 기분이었다. 그러자 안나의 절망적인 질투는 순간 절망적이고 열정적인 사랑으로 변했다. 그녀는 그를 안고, 그의 머리와 목과 손에 키스를 퍼부었다.

25

완전히 화해했다고 느끼며, 안나는 아침부터 활기차게 출발 준비를 시작했다. 비록, 간밤에 서로 양보하느라 월요일에 떠날지 화요일에 떠날지 결정하지는 못했지만, 안나는 이제 하루 일찍 떠나든 늦게 떠나든 상관없이 열심히 출발 준비를 하고 있었다. 그가 벌써 옷을 차려입고 평소보다 일찍 그녀의 방에 들어왔을 때, 그녀는 트렁크를 열어놓고 정리하고 있었다.

"난 지금 어머니에게 다녀올게요. 어머니가 예고르를 통해 나에게 돈을 보낼 수 있을 거예요. 그러면 내일이라도 떠날 수 있어요." 그가 말했다.

안나는 기분이 좋았음에도 불구하고 어머니의 별장에 다녀오겠다는 그의 말은 그녀의 가슴을 찌르는 듯했다.

"그래요, 나도 준비를 다 끝낼 것 같지 않아요." 이렇게 말하고 그녀는 곧바로 '그럼 내가 하자는 대로 했어도 됐던 거잖아.' 하고 생각했다. "아니요, 당신이 원하는 대로 하세요. 식당에 가 계

세요. 곧 따라갈게요. 필요 없는 물건들 좀 정리하구요." 그녀는
이미 산더미처럼 쌓인 옷가지들을 안고 있는 안누쉬카의 팔에
다시 뭔가를 얹으며 말했다.

그녀가 식당으로 들어갔을 때, 브론스키는 비프스테이크를
먹고 있었다.

"당신은 내가 이 방들에 얼마나 싫증이 났는지 믿을 수 없을
거예요." 그녀는 그의 옆에 자기의 커피가 놓인 자리에 앉으며
말했다. "이렇게 가구 딸린 셋방만큼 끔찍한 것도 없다니까요.
이런 방에는 표정도 영혼도 없어요. 저 시계도, 커튼도, 무엇보
다 이 벽지는 정말 악몽이에요. 난 보즈드비젠스코예가 약속의
땅처럼 생각돼요. 아직 말은 안 보낼 거예요?"

"아니, 우리 뒤에 출발할 거예요. 어딜 다녀오려고요?"

"윌슨한테 다녀오려고요. 옷을 가져다줘야 해서요. 그럼, 내일
떠나는 거죠?" 그녀는 명랑한 목소리로 말했다. 그러다 갑자기
그녀의 표정이 바뀌었다.

브론스키의 시종이 페테르부르크에서 온 전보의 수령증을 받
으러 들어왔기 때문이었다. 브론스키가 전보를 받는 게 특별히
이상할 것도 없었는데, 그는 마치 그녀에게 뭔가 숨기는 것이라
도 있는 듯 수령증이 서재에 있다고 말하곤 재빨리 안나를 향해
말했다.

"반드시 내일까지 모든 걸 끝낼게요."

"누구한테서 온 전보예요?" 그녀는 그의 말은 듣지 않고 이렇

게 물었다.

"스티바에게서요." 그는 마지못해 대답했다.

"나에게 왜 보여주지 않았어요? 스티바와 나 사이에 무슨 비밀이 있을 수 있겠어요?"

브론스키는 시종을 불러 전보를 가져오라고 일렀다.

"스티바는 워낙 전보 치는 걸 좋아하니까요. 아무것도 결정된 게 없는데 전보가 무슨 의미가 있겠어요. 그래서 당신에게 보여주지 않은 거예요."

"이혼 얘기예요?"

"그래요. 편지에는 아직 아무런 수확이 없다고 적혀 있어요. 조만간 확답을 주겠다고 했어요. 자, 여기 읽어 봐요."

안나는 떨리는 손으로 전보를 받아 들고는 브론스키가 말한 그 내용을 읽었다. 마지막에는 '희망은 적지만 가능하든 불가능하든 모든 다 해보겠네.' 라는 문구가 덧붙여 있었다.

"어제 말했잖아요. 언제 이혼할지, 정말로 이혼하게 될지 아닐지, 이젠 상관없어요." 그녀는 얼굴을 붉히며 말했다. "내게 숨길 필요가 전혀 없어요." '저이는 이런 식으로 여자한테 받은 편지도 숨길 수 있겠어. 숨길 거야.' 그녀는 생각했다.

"참, 야시빈이 오늘 오전에 보이토프와 같이 오겠다고 했어요." 브론스키가 말했다. "그가 페스초프의 돈을 전부 다 딴 모양이에요. 페스초프가 갚을 수 있는 능력을 벗어날 수도 있어요. 한 6만 루블 정도 될 거예요."

"아니요." 그녀는 그가 화제를 바꿈으로써 그녀가 화가 나 있는 것을 스스로 느끼게 하려는 것에 화가 나서 말했다. "당신은 어째서 내게 숨겨야 할 만큼 이 소식에 대해 내가 관심이 있어 할 거라고 생각해요? 난 그것에 대해 생각하고 싶지 않다고 말했어요. 그러니 당신도 나처럼 이 일에 관심을 적게 가졌으면 좋겠어요."

"난 분명한 게 좋기 때문에 신경 쓰는 거예요." 그가 말했다.

"분명한 건 형식에 있는 게 아니라 사랑에 있는 거예요." 그녀는 그의 말 때문이 아니라 그가 말할 때 취하는 냉정하고 침착한 태도 때문에 더욱더 신경이 날카로워지며 말했다. "당신은 무엇 때문에 그걸 바라는 거예요?"

'맙소사! 또 사랑 얘기군.' 그는 얼굴을 찡그리며 생각했다.

"당신도 무엇 때문인지 알잖아요. 당신과 아이들을 위해서죠." 그가 말했다.

"아이는 더 이상 없을 거예요."

"대단히 유감이군요." 그가 말했다.

"당신은 아이들을 위해서라고 하면서, 내 생각은 하지 않는군요." 그녀는 그가 '당신과 아이들을 위해서'라고 한 말을 완전히 잊었는지, 아니면 듣지 못했는지 이렇게 말했다.

아이를 더 갖는 문제는 이미 오래된 다툼거리였고 그녀를 예민하게 만들었다. 그녀는 자식을 더 갖고 싶어 하는 그의 바람을 그가 그녀의 아름다움을 존중하지 않기 때문이라고 혼자 생각하고 있었다.

"아, 당신을 위해서라고 했잖아요. 무엇보다 당신을 위해서요." 그는 통증을 느끼는 것처럼 얼굴을 찌푸리며 반복해 말했다. "난 당신이 예민해지는 이유가 상당 부분 불확실한 당신의 처지 때문이라고 확신하고 있어요."

'그래, 저이도 이제야 위선을 버렸어. 나에 대한 차가운 증오가 전부 보이는군.' 그녀는 그의 말을 듣지 않고 그의 눈을 통해 그녀를 자극하며 보고 있는 그 차갑고 잔혹한 심판자를 두려운 마음으로 쳐나보았다.

"원인은 그게 아니에요." 안나가 말했다. "내가 완전히 당신의 지배 아래 있는 게 어째서 당신이 말하는 예민해지는 원인이 되는지 도무지 이해할 수 없어요. 거기에 어떤 불확실한 처지가 있다는 거예요? 오히려 그 반대예요."

"당신이 이해하려고 하지 않는 게 정말 유감이군요." 그는 자기의 생각을 고집스럽게 피력하려고 하면서 그녀의 말을 가로막았다. "불확실함은 당신에게 내가 자유로워 보인다는 데 있어요."

"그것에 관한 일이라면 당신은 마음 푹 놓으셔도 돼요." 그녀는 이렇게 말하고는 그에게서 등을 돌리고 커피를 마시기 시작했다.

그녀는 새끼손가락을 떼고 나머지 손가락으로 찻잔을 들어 입으로 가져갔다. 그녀는 몇 모금 마시고 그를 힐끗 돌아보았다.

그러자 그녀는 자기의 손놀림도, 몸짓도, 커피 마실 때 입술로 낸 소리도 그에게 혐오스럽게 느껴진다는 사실을 분명히 느낄 수 있었다.

"난 당신의 어머니가 어떤 생각을 하시든, 당신을 어떻게 결혼시키려고 하시든 전혀 상관없어요." 그녀는 떨리는 손으로 찻잔을 내려놓으며 말했다.

"하지만 우리는 지금 그 애길 하고 있는 게 아니잖아요."

"아니요, 바로 그 애길 하는 거예요. 정말 말하는데요, 나에게 심장이 없는 여자는 늙었든 늙지 않았든, 당신 어머니든 다른 여자든 관심의 대상이 아니에요. 그런 여자는 알고 싶지도 않아요."

"안나, 부탁이에요, 내 어머니에 대해 무례한 말은 제발 하지 말아요."

"자기 아들의 행복과 명예가 어디에 있는지, 마음으로 헤아리지 못하는 여자에게는 심장이 없어요."

"다시 한 번 부탁할게요. 내가 존경하는 어머니에 대해 그런 무례한 말은 그만둬요." 그는 엄한 표정으로 그녀를 쳐다보며 격앙된 어조로 말했다.

그녀는 대답하지 않았다. 그녀는 그를, 그의 얼굴을, 그의 손을 뚫어지게 바라보면서 어제 있었던 화해의 장면과 그의 열정적인 애무를 상세히 떠올려보았다. '어제와 똑같은 그런 애무를 다른 여자들에게도 했겠지. 그리고 그렇게 할 거고, 그렇게 하고 싶을 거야!' 안나는 생각했다.

"당신도 어머니를 사랑하지 않잖아요. 그건 모두 말뿐이에요. 말, 말뿐이에요!" 그녀는 증오에 찬 눈길로 그를 바라보며 말했다.

"만일 그렇다면 난……."

"결심해야만 하겠죠. 그래서 나도 결심했어요." 이렇게 말하고 그녀는 나가려고 했다. 그런데 그때 야시빈이 들어온 바람에 안나는 인사를 하고 멈춰 섰다.

왜, 마음속에 폭풍이 일고 끔찍한 결과를 가져올지도 모르는 인생의 전환기에 서 있음을 느낄 때, 왜 조만간 모든 것을 알게 될 다른 사람 앞에서 아무 일도 없는 척해야만 하는지 그녀는 알 수 없었다. 그러나 그녀는 이내 자기 내면의 폭풍을 가라앉힌 후, 자리에 앉아 손님과 대화를 시작했다.

"당신의 일은 어때요? 빚은 받으셨어요?" 그녀는 야시빈에게 물었다.

"뭐, 그저 그렇죠. 전부 받을 수는 없을 것 같습니다. 수요일에는 떠나야 하니까요. 그런데 당신들은 언제 떠나나요?" 야시빈은 방금 말다툼이 있었음을 분명히 눈치챈 듯 눈을 가늘게 뜨며 브론스키에게 물었다.

"아마 모레쯤 떠날 거네." 브론스키가 대답했다.

"그런데 이미 오래전부터 떠나려고 하지 않았나?"

"하지만 이번은 정말이에요." 안나는 화해할 가능성은 생각도 하지 말라는 듯한 시선으로 브론스키의 눈을 똑바로 바라보며 말했다.

"당신은 정말 저 불행한 페스초프를 가엾다고 생각하지 않으세요?" 그녀는 야시빈과 계속 이야기를 나눴다.

"불쌍한지 아닌지 한 번도 생각해 본 적이 없습니다, 안나 아르카디예브나. 내 전 재산이 여기 있으니까요." 그는 옆 주머니를 가리켜 보였다. "하지만 지금은 내가 부자라고 해도 오늘 클럽에 가면 거지로 나올지도 모르지요. 나하고 함께 앉은 자도 나를 빈털터리로 만들고 싶어 할 테니까요. 나 역시 마찬가지죠. 우리는 싸우면서 거기서 만족감을 느끼는 것이지요."

"당신이 만약 결혼했다면요……." 안나가 말했다. "부인의 마음은 어떨까요?"

야시빈은 웃음을 터뜨렸다.

"그래서 내가 결혼하지 않고 결혼할 생각도 하지 않는 겁니다."

"그럼 헬싱포르스는?" 브론스키가 대화에 끼어들며 말했다. 그러고는 미소 짓는 안나의 얼굴을 힐끗 보았다.

그와 눈길이 마주친 안나의 얼굴은 갑자기 차갑고 엄한 표정을 지으며, 마치 '잊지 않고 있어요. 그대로예요.'라고 말하는 것 같았다.

"당신도 정말 사랑에 빠져본 적 있어요?" 그녀는 야시빈에게 물었다.

"오, 맙소사! 여러 번 있지요. 하지만 말이에요, 어떤 사람은 카드를 하고 있다가도 밀회 시간이 되면 언제든 자리에서 일어설 수 있어요. 하지만 난 사랑에 빠져 있어도 저녁이면 노름에 늦지 않게 가는 쪽이에요. 난 그렇게 합니다."

"아니, 내가 물어본 건 그게 아니라 현재……." 그녀는 '헬싱 포르스'라고 말하려고 했지만 브론스키가 한 말은 하고 싶지 않았다.

종마를 구입하려는 보이토프가 도착하자, 안나는 일어나 방에서 나왔다.

집에서 나가기 전에 브론스키는 그녀의 방에 들어왔다. 그녀는 테이블 위에서 뭔가 찾는 척하고 싶었지만 그런 꾸민 행동이 창피스럽게 생각되어 그저 차가운 시선으로 그의 얼굴을 똑바로 쳐다보았다.

"무슨 일이에요?" 그녀는 그에게 프랑스어로 물었다.

"감베타의 혈통 증명서를 가지러 왔어요. 그걸 팔았거든요." 이렇게 말한 그의 어투는 '설명할 시간이 없어. 그래 봤자 아무 소용도 없을 테니.'라고 하는 말보다 더욱 그 의미가 분명했다.

'난 그녀 앞에서 아무런 잘못된 행동을 한 적이 없어.' 그는 생각했다. '만약 그녀가 자신을 벌하려고 한다면, 그녀 자신에게 더욱 나쁠 뿐이야.[86]' 그러나 방에서 나가려고 했을 때, 그녀가

뭔가 말한 것 같은 느낌이 들었다. 그러자 그의 마음이 그녀에 대한 연민으로 갑자기 떨렸다.

"뭐라고요, 안나?" 그가 물었다.

"아무 말 안 했어요." 그녀는 여전히 차갑고 침착한 목소리로 대답했다.

'아무 말도 안 했다니, 그녀에게 더욱 나쁘지.[87]' 그는 이렇게 생각하고, 다시 냉담해져서는 돌아서서 나갔다. 방에서 나가면서 그는 거울 속에서 입술이 떨리는 그녀의 창백한 얼굴을 보았다. 그는 걸음을 멈추고 위로의 말을 해주고 싶었지만 그가 무슨 말을 할지 생각해 내기도 전에 그의 두 다리가 이미 방에서 그를 데리고 나왔다. 그날 그는 온종일 집 밖에서 시간을 보냈다. 그리고 밤늦게 집으로 돌아왔을 때, 하녀는 안나 아르카디예브나가 머리가 아프니 방에 아무도 들이지 말라고 지시했다고 그에게 전해주었다.

87　tant pis. (프랑스어)

<h1 style="text-align:center">26</h1>

지금까지 다툼이 하루 이상 간 적은 단 한 번도 없었다. 오늘이 처음 있는 일이었고, 그건 이미 단순한 다툼이 아니었다. 사랑이 완전히 식었다는 것을 명백히 인정하는 것이었다. '어떻게 혈통 증명서를 가지러 방에 들어왔을 때와 같은 눈빛으로 나를 쳐다볼 수 있을까? 어떻게 나를 바라보고, 내 심장이 절망으로 찢어지는 것을 보면서도 침착하고 싸늘한 표정으로 말없이 지나칠 수 있을까? 그는 사랑이 식은 정도가 아니라 나를 증오하고 있는 거야. 그건 다른 여자를 사랑하고 있기 때문이야. 그건 분명해.'

안나는 그가 한 잔인한 말들을 모두 다 떠올리며, 그가 분명히 말하려고 했고 말할 수도 있었던 말들을 생각해 내고는 점점 더 격분했다.

'당신을 붙잡지는 않겠어요.' 그는 이렇게 말할 수 있었어. '어디든 당신이 원하는 곳으로 가도 좋아요. 당신은 남편에게 돌아가려고 남편과 이혼하고 싶지 않은 게 분명하니, 돌아가요. 돈이 필요하면 내가 줄게요. 얼마나 주면 되나요?'

그녀의 상상 속에서 그는 무례한 사람만이 표현할 수 있는 더 없이 잔인한 말들을 그녀에게 쏟아 내고 있었다. 게다가 그녀는 마치 그가 실제로 그렇게 말한 양 그를 용서하지 않았다.

'그가, 그 정직하고 올바른 사람이, 사랑을 맹세한 게 어제가 아니었던가? 나는 이미 수차례 헛되이 절망 속을 헤매지 않았던가?' 그녀는 뒤이어 스스로에게 이렇게 말하고 있었다.

안나는 윌슨에게 다녀온 두 시간을 제외하고는 이날 온종일 모든 게 끝나버린 건 아닌지, 아직도 화해의 여지가 있는 건지, 지금 당장 떠나야 하는 건지, 아니면 그를 한 번 더 만나야 하는 건지 하는 갈등 속에서 시간을 보냈다. 그녀는 온종일 그를 기다렸다. 그리고 밤이 되자, 그녀는 자기 방으로 가면서 그에게 자기의 머리가 아프다는 말을 전하라고 일러두고는 생각했다. '만약 하녀의 전갈에도 불구하고 그이가 내게 온다면 그건 아직 날 사랑한다는 증거야. 하지만 만약 그렇지 않는다면, 그건 모든 게 끝났다는 말이지. 그때는 내가 어떻게 해야 할지 결정해야 해!'

저녁에 그녀는 그의 마차가 멎는 소리도, 그가 울리는 초인종 소리도, 그의 발소리도, 하녀와 얘기하는 소리도 들었다. 그런데 그는 자기에게 전달된 말을 그대로 믿고는 더 이상 알아보려고도 하지 않고 자기 방으로 가버렸다. 결국 모든 게 끝난 것이다.

그러자 그의 마음에 그녀에 대한 사랑을 되살리고, 그를 벌하고, 그녀의 마음에 자리 잡은 사악한 영혼이 그와 싸워 승리를 거둘 수 있는 유일한 수단인 죽음이 선명하고도 생생하게 그녀의 머릿속에 떠올랐다.

이제 아무래도 상관없었다. 보즈드비젠스코예로 가든 말든, 남편으로부터 이혼 동의를 얻든 말든, 아무것도 필요하지 않았다. 필요한 건 오직 하나, 그를 벌하는 것뿐이었다.

그녀는 평소와 같은 분량의 아편을 따르며 죽기 위해서는 한 병을 전부 마셔버리면 된다고 생각하자, 그건 너무 쉽고 간단하다는 생각이 들었다. 그녀는 이미 모든 게 늦어버렸을 때 그가 얼마나 괴로워하고 후회하고 자신에 대한 추억을 사랑하게 될지에 대해 쾌감마저 느끼며 생각하기 시작했다. 그녀는 눈을 뜨고 침대에 누워 거의 다 타버린 초 한 자루의 불빛에 비친 천장의 코니스와 천장의 일부에 드리워진 칸막이 그림자를 바라보면서, 자기가 이미 사라지고 그에게 오직 하나의 추억으로만 남게 되었을 때 그가 어떤 기분을 느낄지 마음속으로 생생하게 그려보았다. '난 어떻게 그런 잔인한 말을 그녀에게 했을까?' 그는 그렇게 말하겠지. '난 어떻게 그녀에게 한마디 말도 없이 방을 나갈 수 있었을까? 이제 그녀는 없다. 그녀는 영원히 우리를 떠나버린 것이다. 그녀는 저 세상에……' 그러자 갑자기 칸막이의 그림자가 흔들리더니 코니스와 천장 전체를 뒤덮어버렸다. 그러고는 반대쪽에서 다른 그림자가 밀려왔다가 순간 사라져버렸고, 이내 그림자는 다시 빠르게 달려들더니 흔들리면서 하나로 모였다. 그리고 모든 게 깜깜해졌다. '죽음이다!' 그녀는 생각했다. 그러자 극심한 공포감이 밀려와서 그녀는 오랫동안 자기가 어디에 있는지 분간하지 못했고, 손이 떨려서 성냥을 찾을 수도, 다 타버린 초 대신에 다른 초를 켤 수도 없었다. '아니야, 살아야만 해! 난 그이를 사랑해! 그이도 날 사랑하잖아! 이런 일은 이전에도 있었으니 지나갈 거야.' 그녀는 삶을 되찾은 기쁨의 눈물이 뺨을 타고 흐르는 것을 느끼며 말했다. 그리고 공포감에서 벗어나기 위해 그녀는 서둘러 그의 서재로 갔다.

그는 서재에서 깊이 잠들어 있었다. 그녀는 그에게로 다가가 위에서 그의 얼굴을 등불로 비추며 오랫동안 내려다보았다. 그가 잠들어 있는 지금, 그녀는 그를 너무도 사랑한 나머지 그를 보고 있으려니 사랑의 눈물을 참을 수가 없었다. 그러나 만약 그가 잠에서 깬다면 그 자신의 정당성을 인식하는 듯한 그 차가운 시선으로 그녀를 바라볼 것이고, 그녀는 그에 대한 자신의 사랑을 표현하기도 전에 그가 자기에게 얼마나 잘못했는지를 입증하려 들리라는 사실을 알고 있었다. 그녀는 그를 깨우지 않고 자기 방으로 되돌아와서 또다시 아편을 복용한 뒤 아침녘이 되어서야 힘겨운 선잠에 들었다. 그러나 그녀는 잠을 자는 내내 계속 자기 자신을 의식하고 있었다.

아침에는 브론스키와 인연을 맺기 전부터 이미 수차례 반복되었던 꿈속에서의 악몽이 또다시 찾아와 그녀의 잠을 깨웠다. 수염이 헝클어진 작은 노인이 쇳덩어리 위로 몸을 구부리고 무

언가 의미 없는 프랑스어를 중얼거렸다. 그러자 그녀는 이런 악
몽을 꿀 때마다 늘 그랬듯이(이 꿈의 공포가 바로 이것이었다), 그 늙
은이는 그녀에게 아무런 관심도 갖지 않으면서도 그녀 위에서
쇳덩어리로 뭔가 무서운 일을 하고 있다고 느꼈다. 그리고 그녀
는 식은땀을 흘리며 잠에서 깼다.

잠에서 깨어났을 때, 그녀는 어제 하루가 마치 안개에 싸인 듯
어렴풋이 떠올랐다.

'다퉜지. 이미 수차례 있었던 일이야. 난 머리가 아프다고 말
했는데, 그는 보러 오지 않았어. 내일은 우리가 떠나니까 그를
보고 떠날 준비를 해야 해.' 그녀는 혼잣말을 했다. 그녀는 그가
서재에 있다는 것을 알고 그에게로 갔다. 응접실을 지나면서 그
녀는 마차 한 대가 입구에 멈추는 소리를 들었다. 창밖을 보니
마차가 보였고, 그 속에서 보라색 모자를 쓴 젊은 여자가 몸을
내밀며 초인종을 누르는 하인에게 뭔가 지시하는 소리가 들렸
다. 그리고 현관에서 이야기를 나눈 뒤 누군가가 위층으로 올라
갔고, 곧이어 응접실 옆에서 브론스키의 발소리가 들려왔다. 그
는 잰걸음으로 아래층으로 내려갔다. 안나는 다시 창가로 다가
갔다. 그는 모자도 쓰지 않고 현관 밖으로 나가 마차 옆으로 다
가갔다. 보라색 모자를 쓴 젊은 여자는 그에게 꾸러미를 건네주
었다. 브론스키는 미소를 지으며 그녀에게 무언가 말을 건넸다.
그리고 마차가 출발하자 그는 다시 잰걸음으로 계단을 뛰어 올
라왔다.

그녀의 마음을 뒤덮고 있던 안개가 갑자기 걷혔다. 어제의 감정이 새로운 고통과 함께 가슴을 아프게 옥죄었다. 그녀는 이제 자신이 어떻게 그의 집에서 그와 함께 하룻밤을 지낼 수 있을 정도로 비굴할 수 있었는지 도저히 이해할 수가 없었다. 그녀는 자기의 결심을 알리려고 그의 서재로 들어갔다.

"방금 소로키나 부인이 따님과 함께 어머니가 보낸 편지와 돈을 가지고 왔어요. 내가 어제 받지 못했거든요. 당신 머리는 어때요, 나아졌어요?" 그는 우울하면서도 엄숙한 그녀의 표정을 보려고도, 이해하려고도 하지 않으며 침착하게 말했다.

그녀는 방 한가운데에 서서 그의 얼굴을 말없이 뚫어지게 바라보았다. 그는 힐끗 그녀의 얼굴을 보고는 순간 눈살을 찌푸리는가 싶더니 편지를 계속 읽어 내려갔다. 그녀는 돌아서서 천천히 방을 걸어 나갔다. 그는 그녀를 불러 세울 수도 있었지만 그녀가 문가까지 걸어가도록 아무런 말도 하지 않았다. 오직 종잇장을 넘기는 소리만이 들릴 뿐이었다.

"아, 그런데……." 그는 그녀가 이미 문지방을 넘어섰을 때 말했다. "내일은 확실히 떠나는 거예요, 그렇죠?"

"당신은 가세요. 난 아니에요." 그녀는 그를 돌아보며 말했다.

"안나, 이렇게는 도저히 살 수가 없잖아……." 브론스키가 말했다.

"당신이나 가세요. 난 아니에요." 그녀는 반복해 말했다.

"도저히 참을 수가 없군!"

“당신……, 당신은 이 일을 분명히 후회하게 될 거예요…….”
그녀는 이렇게 말하고 나가버렸다.

그는 그녀가 이 말을 할 때의 그 절망적인 표정에 자기도 모르게 너무 놀라 의자에서 벌떡 일어나 그녀를 쫓아가려고 했다. 그러나 그는 정신을 가다듬고 다시 의자에 앉아서 굳게 이를 악물고 눈살을 찌푸렸다. 그 무례한, 그가 생각하기에, 협박과 같은 말은 그를 짜증나게 했다. ‘난 모든 걸 다했어.’ 그는 생각했다. ‘남은 건 단 하나, 신경을 쓰지 않는 거야.’ 그리고 그는 어머니로부터 위임장에 서명을 받아야 했기 때문에 시내로 가서 다시 어머니를 방문할 준비를 했다.

그녀는 서재와 식당을 오가는 그의 발자국 소리를 들었다. 그는 응접실 앞에서 멈춰 섰다. 그러나 그는 그녀의 방에 들르지 않고, 자기가 집에 없더라도 보이토프에게 종마를 내어주라고 지시만 했다. 그러고는 마차가 들어오고 문이 열리더니 그가 다시 나가는 소리가 들렸다. 그러나 그가 다시 현관으로 들어오는 소리와 함께 누군가 위층으로 뛰어 올라갔다. 그건 시종이 그가 잊고 나간 장갑을 가지러 들어왔다 나간 것이었다. 그녀는 창가로 다가갔다. 그는 보지도 않고 장갑을 받더니 한 손으로 마부의 등을 치고는 무언가 말했다. 그런 다음 그는 창문 쪽은 쳐다보지도 않은 채 평소와 같이 다리를 꼬고 마차에 앉아서 장갑을 끼며 길모퉁이로 사라져갔다.

27

'가버렸어! 끝난 거야!' 안나는 창가에 서서 혼자 중얼거렸다. 그러자 그 말에 대한 대답인 듯 촛불이 꺼진 순간의 어둠과 끔찍한 꿈의 인상이 하나로 합쳐지면서 서늘한 공포가 그녀의 가슴을 가득 채웠다.

"아니야, 그럴 리 없어!" 이렇게 외친 그녀는 방을 가로질러 초인종을 요란스럽게 울렸다. 이제 혼자 있기가 너무도 두려워진 그녀는 사람이 오는 것을 기다리지 않고 그를 맞으러 직접 나갔다.

"백작이 어디에 가셨는지 알아봐줘." 그녀가 말했다.

하인은 백작이 마구간에 갔다고 대답했다.

"만약 마님께서 외출할 계획이시면 마차는 즉시 돌려보내겠다는 말씀을 전해드리라고 지시하셨습니다."

"알겠어. 잠깐 기다려. 지금 편지를 쓸 테니까. 그것을 미하일에게 들려 마구간으로 보내. 가능한 빨리."

그녀는 앉아서 편지를 썼다.

'내가 잘못했어요. 집으로 돌아오세요. 우린 함께 이야기해야만 해요. 제발요. 돌아오세요. 무서워요.'

안나는 봉인한 뒤 하인에게 건네주었다.

그녀는 이제 혼자 있기가 무서워 하인의 뒤를 따라 방에서 나와 아이의 방으로 갔다.

'어머, 이게 아닌데. 이 애가 아니야! 그 아이의 푸른 눈은, 사랑스럽고 수줍은 미소는 어디에 있는 걸까?' 그녀는 머릿속이 뒤엉켜서 아이의 방에서 보게 될 것이라고 기대했던 세료자 대신 검은색 곱슬머리에 붉은 뺨을 가진 통통한 여자아이를 본 순간 그런 생각을 했다. 여자아이는 탁자 옆에 앉아 코르크로 탁자를 세차게 연신 두드리며 구스베리 같은 검은 눈동자로 무심히 엄마를 바라보고 있었다. 안나는 건강이 좋아져서 내일 시골로 떠날 것이라고 영국 부인에게 대답하고는 아이 옆에 앉아 코르크 병마개를 그 앞에서 빙그르 돌리기 시작했다. 그러나 아이의 우렁차고 날카로운 웃음소리와 한쪽 눈썹을 움찔거리는 모습이 너무도 생생하게 브론스키를 연상시켰기 때문에 그녀는 차오르는 눈물을 억누르며 서둘러 일어나 방을 나왔다. '정말 모든 게 끝났단 말인가? 아니야, 그럴 리 없어.' 그녀는 생각했다. '그는 돌아올 거야. 하지만 그녀와 이야기하고 난 후의 그 생기 넘치던 모습과 웃음을 그는 어떻게 설명할까? 아니, 그가 변명하지 않는다 해도 난 그래도 믿을 거야. 만약 믿지 않는다면 내게 남는

건 오직 하나인데, 난 그러고 싶지 않아.'

그녀는 시계를 보았다. 12분이 지났다.

'지금쯤 그는 편지를 받고 돌아오고 있겠지? 오래 걸리지는 않을 거야. 10분만 더 있으면……. 그런데 오지 않으면 어쩌지? 아니야, 그럴 리가 없어. 울어서 부어오른 눈을 보여주면 안 되지. 얼굴을 씻어야겠네. 그래, 그런데 난 머리를 빗었나? 아닌가?' 그녀는 스스로에게 물었으나 기억이 나지 않았다. 그녀는 손으로 머리를 만져보았다. '그래, 빗었구나. 그런데 언제 빗었지? 정확히 기억이 안 나네.' 자신의 손조차 믿을 수 없었던 그녀는 정말로 머리를 빗었는지 확인하기 위해 거울 쪽으로 다가갔다. 머리는 빗겨져 있었지만 언제 빗었는지는 기억해 낼 수 없었다. '저건 누구지?' 그녀는 거울 속에 이상하게 빛나는 눈동자로 놀란 듯이 자신을 바라보고 있는 달아오른 얼굴을 보며 생각했다. '나잖아.' 그녀는 문득 깨달았다. 그리고 자신의 온몸을 훑어보면서 그녀는 갑자기 온몸에 와 닿는 듯한 그의 키스를 느끼고는 몸을 떨며 어깨를 움츠렸다. 그러고는 한 손을 입술에 대고 키스를 했다.

'이게 뭐야, 내가 미쳐가는 건가?' 그녀는 안누쉬카가 청소하고 있는 침실로 갔다.

"안누쉬카!" 그녀는 하녀 앞에 멈춰 서서 자기 스스로도 무슨 말을 해야 할지 모른 채 그녀를 바라보며 말했다.

"마님께서는 다리야 알렉산드로브나 댁에 가시려고 했어요."

하녀는 그녀를 이해한 듯 그렇게 말했다.

"다리야 알렉산드로브나 댁에? 맞아, 다녀올게."

'가는 데 15분, 돌아오는 데 15분. 그이는 이미 오고 있을 거야. 이제 도착하겠지.' 그녀는 시계를 꺼내 들여다보았다. '그런데 그이는 어떻게 나를 이런 상황에 남겨 두고 떠날 수 있었을까? 어떻게 나와 화해도 하지 않은 채 지낼 수 있는 걸까?' 그녀는 창가로 다가가서 거리를 내다보았다. 시간상으로는 그가 돌아오기 충분했지만 계산이 틀렸는지도 모를 일이었다. 그녀는 그가 나간 시간을 다시 떠올리며 시간을 계산하기 시작했다.

그녀가 자기 시계를 점검하기 위해 큰 시계 쪽으로 다가가고 있을 때, 누군가의 마차가 도착했다. 창에서 내다 보니 그의 마차였다. 그런데 아무도 계단으로 올라오지 않고 아래층에서 목소리가 들려왔다. 그것은 마차를 타고 돌아온 심부름꾼의 목소리였다. 그녀는 아래로 내려갔다.

"백작님을 만나지 못했습니다. 이미 니제고로드선線으로 떠나셨습니다."

"뭐라고, 뭐?" 그녀는 자기가 건넸던 편지를 되돌려주는, 얼굴이 붉고 쾌활한 미하일에게 말했다.

'그럼, 그이가 편지를 받지 못했구나.' 그녀는 생각했다.

"그럼, 이 편지를 가지고 시골의 브론스카야 백작 부인 댁에 다녀오게. 알겠나? 답장은 그 자리에서 받아오고." 그녀는 심부름꾼에게 말했다.

‘그럼, 나는 대체 뭘 해야 하지?’ 그녀는 생각했다. ‘그래, 돌리한테 가야겠다. 맞아. 그렇지 않으면 난 미쳐버릴 거야. 또 전보를 칠 수도 있지.’ 이렇게 생각하고 그녀는 전보를 쳤다.

‘해야 할 얘기가 있어요. 당장 돌아오세요.’

전보를 보낸 뒤 그녀는 옷을 갈아입으러 갔다. 옷을 다 갈아입고 모자를 쓴 그녀는 통통하고 얌전한 안누쉬카의 눈을 다시 바라보았다. 그 작고 선한 잿빛 눈동자 속에 동정하는 기색이 역력히 나타나 있었다.

“안누쉬카, 난 어떻게 해야 하지?” 안나는 안락의자에 힘없이 주저앉아 흐느끼며 말했다.

“뭘 그렇게 걱정하세요, 안나 아르카디예브나! 이건 종종 있는 일인걸요. 다녀오세요. 기분도 풀리실 거예요.” 하녀가 말했다.

“그래, 나가야지.” 안나는 정신을 차리고 일어서며 말했다. “내가 없을 때 전보가 오면 다리야 알렉산드로브나 댁으로 보내도록 해……. 아니야, 내가 집으로 돌아오지.”

‘그래, 생각하지 말자. 뭔가 해야 해. 나가야지. 중요한 건 이 집에서 나가는 거야.’ 그녀는 가슴속에서 일어나고 있는 들끓는 끔찍한 소리에 귀를 기울이며 말했다. 그리고 서둘러 밖으로 나가 마차에 올라탔다.

“어디로 모실까요?” 표트르가 마부석에 앉기 전에 물었다.

“즈나멘카에 있는 오블론스키 댁으로.”

28

화칭한 날이었다. 오전 내내 가랑비가 오든 듯 마는 듯하더니 이제 완전히 개었다. 양철지붕도, 도로의 포석도, 포장도로의 자갈도, 바퀴와 가죽도, 마차의 놋쇠와 철제 장식도, 모두 다 5월의 태양 아래 빛나고 있었다. 오후 3시였다. 거리는 활기로 넘쳐흘렀다.

잿빛 말의 빠른 속도에도 불구하고 탄력 좋은 스프링 덕분에 거의 흔들리지 않는 편안한 마차의 구석에 앉아 끊임없는 마차의 바퀴 소리와 맑은 공기 속에서 빠르게 바뀌는 풍경을 바라보며, 안나는 또다시 지난 며칠 동안에 있었던 일들을 되새겨보았다. 그러자 자신의 처지가 집에서 느껴졌던 것과는 전혀 다르다는 것을 깨달았다. 이제는 죽음에 대한 생각도 그토록 두렵거나 분명하게 느껴지지 않았고, 죽음도 피하기 어려운 것으로 여겨지지 않았다. 이제야 그녀는 자신을 그 지경에까지 낮춘 자신의 비굴함을 질책했다. '난 그이에게 용서해달라고 애원하고 있어. 그이 앞에서 난 굴복한 거야. 난 잘못을 인정한 거야. 어째서? 정말로 난 그이 없이는 살아갈 수 없는 걸까?' 그리고 그녀는 그이 없이 살아갈 수 있는 걸까 하는 물음에는 대답하지 않고 간판들을 읽기 시작했다. '사무소와 창고, 치과. 그래, 돌리에게 모든 걸 말해버리자. 그녀는 브론스키를 좋아하지 않아. 창피스럽고 마음은 아프겠지만 그래도 그녀에게 모든 걸 말해버리는 거야. 그녀는 나를 좋아하니까 그녀가 충고하는 대로 해야지. 난 그에게 승복하지 않을 거야. 그가 날 가르치도록 두지 않을 거야. 필립포프, 흰 빵. 이 가게에서는 페테르부르크로 반죽을 실어 나른다고 하던데. 모스크바의 물이 그만큼 좋은가 보네. 그런데 미티쉬치 우물과 블린[88].' 그리고 그녀는 아주 오래전, 그녀가 아직 열일곱 살밖에 안 되었을 때 친척 아주머니와 트로이차 대수도원에 갔었던 일을 떠올렸다. '그때도 마치를 타고 갔었지. 그 빨간 손을 가진 소녀가 정말 나였을까? 당시에는 그토록 아름답고 접근할 수 없을 것처럼 여겨졌던 것들 중에 많은 것들이 하찮게 되었고, 그 시절에 있었던 것들은 이제 영원히 잡을 수 없어. 내가 이렇게까지 비굴한 처지가 될 거라고 그때는 생각도 못했을 테지. 내 편지를 받고 그가 얼마나 오만해하고 만족해할까! 하지만 나는 그이에게 보여줄 거야⋯⋯. 저 페인트는 냄새가 너무 고약하군. 사람들은 왜 페인트칠을 하고 집을 짓는 거지? 의상과 장식.' 그녀는

---

88 러시아식 팬케이크의 일종

간판을 읽었다. 한 남자가 안나에게 인사를 했다. 그는 안누쉬카의 남편이었다. '우리 집의 식객.' 그녀는 브론스키가 한 말이 기억났다. '우리? 어째서 우리야? 과거의 뿌리를 파헤치지 못하는 건 정말 무서운 일이야. 파헤치지는 못해도 그 기억을 숨길 수는 있지. 그래서 나도 숨길 거야.' 그때 그녀는 카레닌과의 과거와 그것을 자신의 기억에서 어떻게 지웠는지 회상했다. '돌리는 내가 두 번째 남편까지 버린다고 생각할 거야. 그러니 내가 옳지 않다고 하겠지. 난 올바른 사람이 되고 싶었어. 그런데 그럴 수가 없잖아.' 그녀는 이렇게 중얼거리자 갑자기 울고 싶어졌다. 그러나 그녀는 이내 두 소녀를 보고 어떻게 저렇게 미소를 지을 수 있는지 생각하기 시작했다. '분명히 사랑 이야기를 하고 있을 거야. 저들은 사랑이 즐거운 게 아니고 사람을 비굴하게 만든다는 걸 모를 테지……. 어머, 가로수 길. 아이들 좀 봐. 남자아이 셋이서 뛰어다니네. 말놀이를 하는 건가 봐. 세료쟈! 난 모든 걸 잃을 테고, 아이도 데려올 수 없을 거야. 그래, 만약 그가 돌아오지 않는다면 난 전부를 잃는 거야. 그이는 기차를 놓쳐서 지금쯤 돌아와 있을지도 몰라. 난 또다시 비굴하고 싶은 걸까?' 그녀는 스스로에게 말했다. '아니야, 돌리에게 가서 말할 거야. 난 불행하고, 잘못은 내게 있지만, 그래도 나는 불행하니 도와줘요, 하고 말할 거야. 이런 말들, 이런 마차, 이 마차에 타고 있는 나 자신이 역겹군. 모든 게 그의 것이잖아. 난 더 이상 이런 것들을 보지 않게 될 거야.'

돌리에게 털어놓을 모든 말들을 생각해 내면서, 그녀는 일부러 자기 마음을 아프게 하며 계단을 올라갔다.

"누가 와 계시나?" 그녀는 현관에서 물었다.

"카테리나 알렉산드로브나 레비나께서 와 계십니다." 하인이 대답했다.

'키티가! 브론스키가 사랑했던 키티!' 안나는 생각했다. '그이가 애정 어린 마음으로 떠올리는 바로 그녀다. 그이는 그녀와 결혼하지 않은 걸 후회하고 있어. 나에 대해서는 증오하는 마음을 품으며 나와 결합한 것을 후회할 테지.'

안나가 도착했을 때, 자매는 갓난아기의 수유에 대해 이야기하고 있었다. 돌리는 마침 그들의 대화를 방해한 여자 손님을 맞으러 혼자 밖으로 나왔다.

"어머, 아직 떠나지 않았어요? 내가 먼저 가보려고 했는데." 그녀가 말했다. "오늘 스티바에게 편지를 받았어요."

"우리도 받았어요." 안나는 키티를 보려고 주위를 둘러보며 대답했다.

"스티바는 알렉세이 알렉산드로비치가 무엇을 원하는지 정확히 모르겠다면서 답장 없이는 돌아오지 않겠다고 적었더군요."

"다른 손님이 와 계시는 것 같네요. 편지를 읽어볼 수 있을까요?"

"네, 키티가 와 있어요." 돌리는 당황해하며 말했다. "그 애는 아이들 방에 있는데 건강이 많이 안 좋아요."

"들었어요. 편지를 읽어 봐도 괜찮아요?"

"지금 가져올게요. 그런데 거절한 건 아닌가 봐요. 오히려 스티바는 희망을 걸고 있어요." 돌리는 문가에 멈춰 서서 말했다.

"난 희망을 걸지 않아요. 그리고 이제 바라지도 않아요." 안나가 말했다.

'이건 뭐지, 키티는 나와 만나는 걸 굴욕적이라고 생각하는 걸까?' 안나는 혼자 남아서 생각했다. '어쩌면 그녀가 맞는지도 몰라. 하지만 설령 그렇다고 해도 그녀가, 브론스키를 사랑한 적이 있는 그녀가 내게 그런 태도를 보여서는 안 되지. 점잖은 여자라면 누구도 나 같은 처지에 있는 여자와 교제하지 않는다는 걸 난 알아. 난 처음부터 그이를 위해 모든 걸 희생했어. 그런데 이게 그 보답인가! 난 정말 그이를 증오해! 난 왜 여길 온 걸까? 오히려 기분이 더 나쁘고 더 괴로워.' 옆방에서 나누는 자매의 대화 소리가 들렸다. '난 이제 돌리에게 무슨 얘길 하지? 나의 불행으로 키티를 위로하고 그녀의 인정에 호소해야 하는 걸까? 아니, 돌리도 전혀 이해하지 못할 거야. 그녀에게 할 말이 아무것도 없네. 단지 키티에게 내가 모든 사람과 모든 것을 경멸하고 있고, 이제 아무래도 상관없다는 걸 보여주는 건 재미있을 것 같은데.'

돌리가 편지를 들고 들어왔다. 안나는 편지를 읽은 뒤 말없이 돌려줬다.

"다 알고 있는 얘기예요." 그녀가 말했다. "이젠 전혀 흥미 없어요."

"그게 무슨 말이에요? 난 그 반대로 희망을 걸고 있어요." 돌리는 호기심 가득한 눈길로 안나를 바라보며 말했다. 돌리는 그녀가 이렇게 이상할 정도로 초조해하는 모습을 본 적이 없었다. "그런데 언제 떠나요?" 돌리가 물었다.

안나는 실눈을 뜨고 자기 앞을 바라볼 뿐 대답하지 않았다.

"키티는요? 나를 피해 숨은 건가요?" 그녀는 문 쪽을 쳐다보고 얼굴을 붉히며 말했다.

"그게 무슨 말이에요? 그 애는 지금 젖을 먹이고 있어요. 그게 잘 되지 않네요. 내가 조언을 해주고 있었어요……. 그 애는 무척 기뻐하고 있어요. 이제 올 거예요." 돌리는 거짓말이 서툴러 어색한 표정을 지으며 말했다. "저기 그 애가 오네요."

"뵙게 되어 정말 반갑습니다." 키티는 떨리는 목소리로 말했다.

키티는 이 부정한 여자에 대한 적의와 그런 여자에 대해 관대해야 한다는 내면의 감정 사이에 갈등을 겪고 있었기 때문에 당황했다. 그러나 안나의 매력적이고 아름다운 얼굴을 보자 이내 모든 적대감이 사라져버렸다.

"당신이 나를 만나고 싶지 않았다 해도 놀랄 일은 아니에요. 난 모든 것에 익숙해졌거든요. 아프셨다면서요? 정말 당신도 변하셨군요." 안나가 말했다.

키티는 안나가 적의를 품고 바라보는 것을 느꼈다. 키티는 그녀의 그런 적의를 이전에는 자기를 비호해주던 입장에 있던 안나가 지금은 자기 앞에서 거북한 상황에 놓여 있기 때문이라고 생각했다. 그러자 그녀가 안쓰러웠다.

그들은 질병과 갓난아기와 스티바에 대해 이야기했지만, 안나는 그 무엇에도 관심을 갖지 못했다.

"작별 인사를 하러 들렀어요." 안나는 일어서며 말했다.

"언제 떠나는데요?"

그러나 안나는 대답하지 않고 다시 키티에게 말했다.

"당신을 보게 돼서 정말 기뻤어요." 그녀는 웃으며 말했다. "당신에 대해서는 사방에서 듣고 있었어요. 댁의 남편에게조차 말이에요. 남편께서 우리 집에 오신 적이 있으세요. 정말 마음에 드는 분이세요." 그녀는 분명히 악의적인 의도를 가지고 덧붙였다. "어디 계세요?"

"시골에 가셨어요." 키티는 얼굴을 붉히며 대답했다.

"그분에게 안부를 전해주세요, 꼭이요."

"꼭 전할게요!" 키티는 동정 어린 눈빛으로 그녀의 눈을 바라보며 순진하게 되풀이했다.

"그럼 잘 있어요, 돌리." 그리고 안나는 돌리에게 입을 맞추고 키티와 악수를 한 뒤 서둘러 나갔다.

"옛날 그대로야. 여전히 매력적이고, 정말로 아름다워!" 키티는 언니와 단둘이 남게 되자 이렇게 말했다. "그런데 왠지 모르게 가엾어요! 정말 가엾어 보여요."

"아니야, 오늘은 뭔가 특별한 일이 있나 봐." 돌리가 말했다. "현관까지 배웅했을 때 표정을 보니까 울고 싶은 것 같았어."

29

안나는 집을 나설 때보다도 훨씬 더 안 좋은 상태로 마차에 올랐다. 이제까지의 고통에 더해 키티와의 만남으로 분명하게 느끼게 된, 모욕감과 따돌림을 당한 듯한 느낌마저 들었기 때문이었다.

"어디로 모실까요? 집으로 갈까요?" 표트르가 물었다.

"그래, 집으로 가줘." 그녀는 어디로 갈지 이제 생각하지 않고 말했다.

'그들은 이해할 수 없는, 무섭고 진기한 무언가를 보듯이 나를 바라보고 있었어. 저 남자는 다른 남자에게 대체 무슨 얘길 저렇게 열심히 하는 걸까?' 안나는 걸어가는 두 사람을 보며 생각했다. '자기가 느끼는 것을 다른 사람에게 얘기하는 게 가능할까? 나도 돌리에게 말하려고 했지만, 말하지 않기를 잘했어. 그녀는 나의 불행을 놓고 얼마나 기뻐했을까! 그녀는 그런 감정을 숨겼을 테지. 하지만 그녀가 내게 부러워했던 만족감 때문에 내가 벌을 받는다는 걸 기뻐했을 거야. 키티는 더욱 기뻐했겠지. 난 그녀의 속을 훤히 들여다보고 있는걸. 그녀는 내가 자기 남편에게 다른 사람들보다 더 친절하게 대했다는 걸 알고 있으니까, 나를 질투하면서 증오 정도가 아니라 경멸하기까지 하겠지. 그녀의 눈에 난 부도덕한 여자로 보이겠지. 하지만 내가 정말 부도덕한 여자였다면, 그녀의 남편이 나를 사랑하도록 할 수도 있었어⋯⋯. 만약 내가 그럴 마음이 있었다면. 그래, 나도 그러고 싶었어. 저기 저 남자는 혼자 좋아 난리군.' 그녀는 맞은편에서 마차를 타고 오는 살찌고 얼굴이 붉은 남자를 보며 생각했다. 그는 안나를 아는 여자로 착각하여 반들거리는 대머리에 썼던 모자를 들어 올렸다가 잘못 본 것을 깨달은 것 같았다. '저 남자는 나를 아는 사람이라고 생각했나보군. 세상 어느 누구도 날 잘 모르듯, 저 남자도 날 잘 알지 못해. 나 스스로도 모르는데. 난 프랑스인들이 말하는 것처럼 자신의 욕구는 알지. 저 아이들은 저런 불결한 아이스크림을 먹고 싶어 하는구나.' 안나는 머리에서 통을 내려놓고 수건 끝자락으로 땀에 젖은 얼굴을 닦고 있는 아이스크림 장수를 불러 세운 두 소년을 바라보며 생각했다. '우리 모두는 달고 맛있는 것을 원하지. 사탕이 없으면, 불결한 아이스크림이라도. 키티도 마찬가지야. 브론스키가 아니라면 레빈인 것이지. 그녀는 나를 부러워하면서도 증오하고 있는 거야. 우리는 서로를 증오하고 있어. 나는 키티를, 키티는 나를. 이건 사실이야. 튜트킨⋯⋯, 튜트킨[89]에서

머리를 손질해야겠다……. 그이가 돌아오면 얘기해줘야지.' 그녀는 이렇게 생각하고 웃었다. 그러자 그 순간 그녀는 우스꽝스러운 이야기를 할 사람이 없다는 사실을 깨달았다. '이젠 우스꽝스러운 것도, 즐거운 것도 없어. 모든 게 역겨워. 저녁 예배를 알리는 종이 울리네. 저 상인은 정확하게도 성호를 긋는군. 뭔가를 떨어뜨릴까 봐 두려워하는 사람 같네. 저 교회들, 저 종소리들, 저 거짓은 왜 필요한 거지? 단지 서로를 향한 증오심을 숨기기 위해서일까? 마치 악의적으로 욕설을 퍼붓는 마부들처럼, 오직 서로를 향한 증오심을 숨기기 위해서일 뿐이야. 야시빈도 말하잖아. 상대는 그를 속옷까지 벗겨 먹으려고 하고, 그도 역시 상대를 그렇게 하려고 한다잖아. 그게 진실이야!'

그녀가 그런 생각에 빠져 자신의 처지에 대해 생각조차 하지 않고 있을 때, 어느덧 마차는 그녀의 집 현관 앞에 멈춰 섰다. 그녀는 자기를 맞으러 나온 문지기를 보자 비로소 자기가 편지와 전보를 보냈다는 사실이 떠올랐다.

"답장은 왔나?" 안나가 물었다.

"지금 보겠습니다." 이렇게 대답한 문지기는 탁자를 살핀 후 네모난 얇은 전보 봉투를 꺼내 그녀에게 건넸다. '10시 전에는 돌아갈 수 없어요. 브론스키.' 그녀는 그것을 읽었다.

"그런데 심부름을 간 사람은 아직 안 돌아왔나?"

"아직 안 왔습니다." 문지기가 대답했다.

'아, 만약 그렇다면 내가 무엇을 해야 할지 알고 있어.' 그녀는 마음속에서 치밀어 오르는 막연한 분노와 복수의 욕구를 느끼며 2층으로 뛰어 올라갔다. '내가 직접 그이에게 가야겠어. 영원히 떠나기 전에 모든 말을 할 거야. 난 이제껏 이 인간만큼 누군가를 증오해 본 적이 없어!' 그녀는 생각했다. 옷걸이에 걸려 있는 그의 모자를 보자, 그녀는 혐오감으로 몸서리를 쳤다. 그녀는 그의 전보가 자기 전보에 대한 답장이며, 자기 편지는 아직 받지 못했을 거라는 생각은 하지 못했다. 그녀의 상상 속에 그는 지금 자기 어머니와 소로키나와 함께 조용히 대화하며 그녀의 고통을 기뻐하고 있었다. '그래, 한시바삐 가야 해.' 그녀는 어디로 가야 할지 아직 모른 채 혼자 중얼거렸다. 단지 이 끔찍한 집에서 느껴지는 감정으로부터 가능한 빨리 벗어나고 싶었다. 이 집의 하인도, 벽도, 물건에 이르기까지 모든 게 그녀에게 혐오감과 증오심을 불러일으켰으며 그 중압감으로 그녀를 짓눌렀다.

'맞아, 기차역으로 가자. 만약 없으면, 그곳으로 가서 그를 잡아야 해.' 안나는 신문에서 기차 시간표를 보았다. 저녁 8시 2분에 떠나는 기차가 있었다. '그래, 이걸 타면 되겠어.' 그녀는 마차에 다른 말을 매라고 지시하고, 며칠간 필요한 물건을 여행 가방에 챙겨 넣기 시작했다. 그녀는 자신이 다시 이곳으로 돌아오지 않으리라는 것을 알고 있었다. 그녀는 머릿속에 떠오르는 여러 계획 중에서 기차역이나 백작 부인의 영지에서 무슨 일이 일어나든 그 후에는 니제고로드선 기차를 타고 첫 번째 도시까지 가서 거기에 머물기로 막연히 결정했던 것이다.

식탁에는 식사 준비가 되어 있었다. 그녀는 식탁으로 다가가 빵과 치즈 냄새를 맡았다. 모든 음식 냄새가 역겹게 느껴졌다. 그녀는 마차를 준비하라고 지시하고 밖으로 나갔다. 집들은 이미 거리에 온통 그림자를 드리우고 있었다. 아직 따뜻하고 화창한 햇살을 품은 저녁이었다. 그녀를 배웅하러 짐을 들고 온 안누쉬카도, 마차에 짐을 싣고 있는 표트르도, 불만스러운 듯한 표정을 짓고 있는 마부도 모두 다 그녀에게는 혐오스럽게 느껴졌으며, 그들의 말과 행동이 그녀를 자극했다.

"자네는 같이 갈 필요 없네, 표트르."

"그럼, 기차표는 어떻게 하시려고요?"

"그럼, 맘대로 하게. 아무래도 상관없으니." 그녀는 짜증을 내며 말했다.

표트르는 마부석에 뛰어올라 몸을 뒤로 젖히고 양손을 허리춤에 댄 채 기차역으로 가라고 지시했다.

30

'아휴, 또 마차구나! 또다시 모든 걸 알겠어!' 안나는 마차가 막 움직이고 바퀴 소리와 함께 자갈길을 따라 흔들리기 시작하자, 또다시 연이어 바뀌는 바깥 풍경을 보며 혼자서 중얼거렸다.

'맞다, 내가 마지막으로 열심히 생각하던 게 뭐였더라?' 그녀는 생각해 내려고 애썼다. '튜트킨? 아닌데, 그게 아니야. 맞아, 야시빈이 한 말이었어. 생존 투쟁과 증오, 그게 사람을 연결시키는 유일한 것이라고 말했지. 아니, 당신들은 쓸데없이 가는 거야.' 안나는 교외로 놀러 나가는 것 같은, 사두마차 속의 일행을 향해 속으로 말했다. '당신들이 데려가는 개도 당신들을 돕지는 못할걸. 자기 자신으로부터 떠날 수 없을 테니까.' 표트르가 돌아본 쪽으로 시선을 돌린 그녀는 술에 취해 머리도 가누지 못하는 빈사 상태의 한 직공을 경관이 어디론가 데려가는 것을 보았다. '그래, 저게 더 빠르지.' 그녀는 생각했다. '나와 브론스키 백작도 만족할 거라고 많이 기대하고 있었지만 만족할 만한 발견은 하지 못했지.' 그리고 안나는 이제야 처음으로 자기가 모든 걸 볼 수 있도록 해준 그 선명한 빛을 이전에는 생각하는 것조차 회피했던 그와 자신의 관계로 돌려 비춰보았다. '그이는 내게서 무엇을 찾고 있었을까? 사랑보다는 허영심의 만족이 더욱 컸던 거야.' 그녀는 두 사람이 처음 인연을 맺었을 때 그의 말과 순종적인 사냥개를 연상시키던 그의 얼굴 표정을 떠올렸다. 그러자 이제 모든 것이 그녀의 생각에 확신을 주고 있었다. '그래, 그이의 내면에는 허영심의 충족에 대한 승리감이 있었어. 물론 사랑도 있었겠지. 하지만 성공으로 얻는 오만함이 큰 부분을 차지했어. 그이는 나를 차지한 걸 자랑스럽게 여겼는데, 이젠 그것도 지나가버렸어. 이제 자랑할 게 아무것도 없어. 자랑은 고사하고 부끄럽게 된 거야. 그이는 내게서 가져갈 수 있는 건 전부 다 가져가버렸어. 그리고 이제 내가 필요 없어진 거야. 그이는 내가 부담스러우면서도 나와의 관계에서 불명예스러운 인간이 되지 않으려고 애를 쓰고 있어. 어제 그이가 무심코 말했었지. 배수진을 치기 위해 이혼하고 정식 결혼을 원한다고 말이야. 그이는 나를 사랑해. 하지만 어떻게? 열정은 사라졌어. 저 사내는 모두를 놀라게 하려는 것 같은데, 스스로에게 무척 만족하고 있네.' 그녀는 승마 연습장의 말을 타고 가는 발그레한 얼굴의 점원을 보며 생각했다. '그이는 내게서 아무런 흥미도 느끼지 못하는 거야. 만약 내가 그이를 떠난다면, 그이는 마음 깊이 기뻐할 거야.'

그건 가정이 아니었다. 그녀는 이제 자신에게 삶과 인간관계의 의미를 보여준 저 날카로운 빛 속에서 선명하게 볼 수 있었다.

'나의 사랑은 점점 더 열정적이고 이기적으로 변해 가는데, 그이의 사랑은 점점 더 식어가고 있으니. 우리는 서로에게서 멀어져 갈 수밖에 없는 거야.' 그녀는 계속 생각했다. '어떻게 할 수가 없어. 나의 전부가 오직 *그*에게 있으니, 나는 그가 내게 더욱 더 마음을 쏟아주길 바라는 거지. 그런데 그이는 나로부터 점점 떠나고 싶어 해. 우리들은 관계를 맺기 전까지는 서로를 향해 다가갔었는데, 그 후부터는 어쩔 수 없는 힘에 의해 각자 다른 방향으로 서로에게서 멀어져 가고 있어. 그런데 이제는 그걸 바꿀 수가 없어. 그이는 나에게 쓸데없이 질투한다고 말하고, 나도 내가 아무런 의미 없이 질투하고 있다는 걸 알고 있어. 그린데 그건 사실이 아닌걸. 난 질투하고 있는 게 아니라 불만을 느끼는 건데. 하지만⋯⋯.' 그녀는 문득 떠오른 생각에 불안한 듯 입을 벌린 채 마차 안에서 자리를 옮겨 앉았다. '만약 내가 그이의 애무만을 갈망하는 정부 외에 다른 무언가가 될 수 있다면 말이야. 하지만 난 그렇게 될 수도 없고 되고 싶지도 않아. 나의 그런 바람이 그이에게 혐오감을 불러일으키고 있고, 그이는 내게 증오감을 주는 거야. 어쩔 도리가 없는걸. 그이가 날 속이지 않는 것도, 소로키나에게 눈길을 주지 않는 것도, 키티에게 반한 게 아니라는 것도, 나를 배반하지 않으리라는 것도 내가 모르는 바는 아니야. 난 그 모든 걸 다 알고 있지만, 그렇다고 내 마음이 좀 더 편해지는 건 아니야. 만약 그이가 날 사랑하지도 않으면서 오직 의무감 때문에 내게 다정하고 친절하게 대하는 것이라면, 또 내가 바라는 것을 얻을 수 없는 것이라면, 그건 증오보다 천 배는 더 나쁜 일이야! 그건 지옥이야! 그런데 지금은 그렇게 됐잖아. 그이는 이미 오래전부터 나를 사랑하지 않아. 게다가 사랑이 끝난 곳에서 증오가 시작되는 거지. 이 길은 내가 전혀 모르는 길인데. 무슨 언덕이 있고 집에 또 집에……. 집 안에는 사람들, 사람들……. 사람들로 끊이질 않는군. 저들도 모두 서로를 증오하겠지. 그럼, 난 행복해지기 위해 무엇을 바라는지 어디 생각해보자. 그러니까, 내가 이혼 승낙을 받고 알렉세이 알렉산드로비치가 세료쟈를 내주고 브론스키와 결혼을 하는 거야.' 그녀가 알렉세이 알렉산드로비치를 떠올리자, 이내 그녀 앞에 살아 있는 듯 너무도 생생한 그의 모습이 나타났다. 온순하고 생기 없는 흐릿한 눈, 하얀 손 위로 불거져 나온 푸른 핏줄, 억양, 손마디를 꺾는 소리. 안나는 그들 사이에 역시 사랑이라고 불렸던 감정을 떠올리고는 혐오감으로 몸서리를 쳤다. '그럼, 이혼 승낙을 받아서 브론스키의 아내가 된다고 치자. 그러면 키티가 오늘 나를 본 것처럼 그렇게 쳐다보지 않게 될까? 아니야. 그럼 세료쟈는 나의 두 남편에 대해 묻거나 생각하지 않을까? 브론스키와 나 사이에는 어떤 새로운 감정을 생각할 수 있을까? 행복하지 않은 게 문제가 아니라, 괴롭지나 않으면 좋겠는데. 아니, 아니야!' 그녀는 잠시의 망설임도 없이 스스로에게 대답했다. '불가능해! 우리의 삶이 서로를 갈라놓을 거야. 난 그이를 불행하게 만들고, 그이는 날 불행하게 만들겠지. 그이도 나도 변하는 건 불가능해. 온갖 시도를 다 해보았지만 엉망이 되고 말았지. 아기를 안은 거지가 있네. 저 여자는 자기를 불쌍히 여길 거라고 생각하겠지. 하지만 우리 모두는 서로를 증오하고 자기 자신과 다른 사람에게 고통을 주기 위해 이 세상에 내던져진 게 아닐까? 중학생들이 걸어가면서 웃고 있네. 세료쟈는?' 그녀는 생각했다. '나 역시 그 아이를 사랑한다고 생각했고, 내 사랑에 대해 감동했었어. 하지만 난 그 아이 없이도 살았고, 그 아이에 대한 사랑을 다른 사람에 대한 사랑으로 바꿨어. 그리고 그 사랑에 만족하고 있는 동안에는 불평하지 않았어.' 그녀는 그 사랑이라고 부른 것을 떠올리자 혐오스러움이 느껴졌다. 그러자 이제 그녀 자신과 모든 사람의 삶을 바라볼 수 있게 한 그 선명함이 그녀를 기쁘게 했다. '나도, 표트르도, 마부인 표도르도, 저 상인도, 저 광고 속에서 오라고 초대하는 볼가 강 유역에서 살고 있는 사람들도 모두 다 마찬가지야. 어디든, 언제든.' 그녀가 이런 생각을 하고 있는 동안 마차는 이미 니제고로드 역의 나직한 건물로 다가가고 있었고, 짐꾼들이 마차를 향해 달려 나왔다.

"오비랄로프카까지 가는 표를 사올까요?" 표트르가 말했다.

그녀는 어디로, 왜 가는 것인지 완전히 잊고 있었기 때문에 그 질문을 이해하는 데 꽤나 어려움을 겪었다.

"그래." 이렇게 말한 그녀는 돈지갑을 건네주고는 한 손으로 붉은색 작은 가방을 들고 마차에서 내렸다.

군중을 헤치고 일등석 대합실로 가면서, 그녀는 자기 처지에 대한 온갖 사소한 부분과 자신이 갈피를 못 잡고 있는 여러 결심들을 조금씩 떠올렸다. 그러자 또다시 때론 희망이, 때론 절망이 몹시 떨리고 지친 마음의 지난 상처를 찔러댔다. 별 모양으로 생긴 긴 의자에 앉아 기차를 기다리는 동안, 그녀는 드나드는 사람들(그들 모두가 그녀에게 혐오감을 주었다)을 혐오스럽다는 듯 바라보며 역에 도착하면 그에게 편지를 쓸 것과 뭐라고 쓸 건지, 그가 지금 자신의 처지에 대해(그녀의 고통을 이해하지 못하면서) 자기 어머니에게 불평하고 있을지, 그의 방에 어떻게 들어가고 무슨 말을 할 것인지에 대해 생각했다. 그리고 또 그녀는 인생이 더 행복해질 수 있는지, 사기가 얼마나 고봉스러운 마음으로 그를 사랑하고 증오하고 있는지, 자기의 심장이 얼마나 무섭게 고동치고 있는지에 대해 생각하고 있었다.

31

종이 울리자, 못생기고 뻔뻔하고 성마른 젊은이들이 자기들이
불러온 인상에 신경을 쓰면서 지나갔다. 그리고 하얀 제복에 각반
을 찬 표트르가 그녀를 객차까지 배웅하기 위해 둔한 동물 같은 표
정을 지으며 대합실을 가로질러 그녀 곁으로 다가왔다. 그녀가 플
랫폼을 따라 떠들어대는 사람들의 곁을 지나자 그들이 갑자기 입
을 다물었다. 한 사내가 다른 사내에게 뭔가 소곤거렸는데, 물론 무
슨 역겨운 말이었다. 그녀는 높은 발판을 올라 전에는 희고 깨끗했
으나 지금은 온통 더럽혀진, 스프링을 댄 객차의 긴 의자에 혼자 앉
았다. 그녀의 가방은 스프링 때문에 한 번 튀어 오르는가 싶더니 제
자리로 돌아왔다. 창밖에서 표트르가 바보 같은 미소를 지으며 작
별 인사의 표시로 금몰 장식이 달린 모자를 살짝 들어 올려 보였다.
불손한 차장이 문을 요란스럽게 닫고는 걸쇠를 걸었다. 투르뉘르[90]

---

90 1870-1880년대에 유행하던 여성용품으로 여성들이 스커트 속에 넣어

를 입은 못생긴 부인(안나는 머릿속으로 이 부인을 벗겨보고는 그 추한 모습에 경악했다)과 어린소녀가 부자연스럽게 웃으며 창문 아래 쪽에서 달려갔다.

"카테리나 안드레예브나에게, 그녀에게 다 있어요, 아줌마." 소녀가 소리쳤다.

'저 못생긴 아이가 교태를 부리고 있네.' 안나는 생각했다. 그 녀는 아무도 보지 않기 위해 얼른 자리에서 일어나 빈 객차의 건 너편 창가에 앉았다. 모자 밑으로 헝클어진 머리가 빠져나온 못 생기고 더러운 사내가 열차의 바퀴 쪽으로 몸을 굽히며 창가를 지나갔다. '저 못생긴 사내에게 어딘지 익숙한 구석이 있는데.' 그녀는 생각했다. 그러나 그녀는 자신의 꿈을 떠올리고는 두려 움에 떨며 반대쪽 출입문 쪽으로 물러났다. 차장이 출입문을 열 고 한 부부를 들여보냈다.

"나가실 겁니까?"

안나는 대답하지 않았다. 차장과 들어온 승객들은 베일에 가 려진 그녀의 얼굴에 나타난 공포를 눈치채지 못했다. 그녀는 자 기 자리로 돌아와 앉았다. 부부는 유심히, 몰래 그녀의 옷을 훑 어보며 맞은편 자리에 앉았다. 그 남편도 아내도 모두 안나에게 는 불쾌하게 여겨졌다. 남편이 그녀에게 담배를 피워도 괜찮겠 냐고 물었는데, 그건 담배를 피우기 위해서가 아니라 그녀와 애

뒤쪽을 풍성하게 보이도록 했던 허리받이

기를 하고 싶은 게 분명했다. 승낙을 받은 후, 그는 아내와 프랑스어로 대화하기 시작했는데 그건 담배를 피우는 일보다도 훨씬 더 불필요한 얘기였다. 그들은 오직 그녀가 듣게 하기 위해 점잖은 척하면서 어리석은 이야기를 하고 있었다. 안나는 그들이 얼마나 서로를 따분해하고 증오하는지 분명히 보았다. 그리고 그 불쌍하고 추한 인간들을 증오하지 않을 수 없었다.

두 번째 종이 울리자 그 뒤를 이어 수하물 운반 소리, 웅성거리는 소리, 외침, 웃음소리가 들렸다. 안나에게는 그 누구에게도 기뻐할 일이 전혀 없다는 게 너무도 분명했기 때문에, 그 웃음소리는 그녀의 고통을 부추겼다. 그녀는 그것을 듣지 않기 위해 귀를 막아버리고 싶었다. 마침내 세 번째 종이 울리고, 호각 소리와 기적 소리가 나자 열차의 연결부가 당겨졌다. 그러자 맞은편의 그 남편이 성호를 그었다. '그가 무슨 의미로 저런 행동을 하는지 그에게 물어보고 싶군.' 안나는 증오심이 가득한 시선으로 그를 쳐다보며 생각했다. 그녀는 부인 옆의 창 너머로 마치 뒤로 지나가고 있는 것처럼 보이는, 플랫폼에 서서 열차를 전송하는 사람들을 보고 있었다. 안나가 타고 있는 열차는 레일의 이음새마다 규칙적으로 덜커덕 흔들리며 플랫폼, 돌담, 신호판을 지나, 다른 열차들 옆을 지나갔다. 그러자 열차 바퀴는 더욱 매끄럽고 더욱 부드럽게 경쾌한 소리를 내며 레일 위를 달렸다. 선명한 저녁 햇살에 차창은 환히 비치고, 커튼은 산들바람에 나풀거렸다. 안나는 객차에 있는 승객들을 잊어버리고 열차의 경쾌한 움직임에 몸을 맡긴 채 신선한 공기를 들이마시며 또다시 생각에 빠져들었다.

'그래, 내가 어디까지 생각했지? 인생에서 고통스럽지 않은 상태는 없다는 것, 우리 모두는 고통 받기 위해 창조되었다는 것, 우리는 누구나 그것을 알고 있고 자신을 속일 그런 방법을 고안해 내고 있다는 것까지였어. 하지만 진실을 보게 되면 어떻게 하지?'

"자기 자신을 불안하게 하는 것으로부터 벗어나기 위해서 인간에게 이성이 주어진 거예요." 부인이 프랑스어로 말했다. 그녀는 자기가 한 말에 만족해하며 혀 꼬부라진 소리로 말했다.

그 말은 마치 안나의 생각에 대해 대답하는 것 같았다.

'불안하게 하는 것으로부터 벗어난다고?' 안나는 되풀이했다. 그리고 그녀는 뺨이 불그스름한 남편과 야윈 아내를 바라보고 나서, 병든 아내가 스스로를 이해할 수 없는 여자로 생각하고 있으며 남편은 그런 아내를 속이고 아내가 스스로에 대해 이런 의견을 갖는 것을 지지하고 있다는 것을 알았다. 안나는 마치 그들에게로 빛을 옮겨 그들의 삶과 그들 영혼의 구석구석을 들여다본 느낌이었다. 그러나 거기에는 흥미로운 게 아무것도 없었기 때문에 그녀는 자기의 생각을 계속 이어 나갔다.

'그래, 정말 불안해. 그래, 벗어나기 위해 이성이 주어졌으니 어떻게든 벗어나야만 해. 더 이상 아무것도 볼 게 없고 이 모든 걸 보는 것도 역겨운데, 어째서 불을 끄지 않는 걸까? 하지만 어떻게? 저 차장은 왜 저렇게 발판 위를 뛰어가는 거야? 저 사람들은, 저 객차의 젊은이들은 왜 소리를 지르는 걸까? 저들은 왜 떠들어대고, 왜 웃고 있는 거야? 모두 다 틀렸어, 모든 게 거짓이고, 모든 게 기만이고, 모두 다 악이야……!'

열차가 역에 다다르자, 안나는 다른 승객들과 섞여 기치에서 내렸다. 그녀는 마치 나병 환자를 피하기라도 하듯 사람들에게서 물러나 플랫폼에 멈춰 서서 왜 여기에 왔는지, 무엇을 할 계획이었는지 기억해 내려고 애썼다. 그리고 이전에는 그녀에게 가능하게 여겨졌던 모든 것들이 지금은 너무도 판단하기가 어려웠으며, 특히 그녀를 가만히 내버려두지 않는 추악한 사람들의 떠들썩한 군중 속에서는 더욱 그랬다. 짐꾼이 짐을 나르겠다며 그녀에게 달려들기도 하고, 젊은이들은 구두 뒤꿈치로 플랫폼의 나무 바닥을 두드리며 큰 소리로 떠들어대면서 그녀를 쳐다보기도 하고, 마주 오던 사람이 엉뚱한 방향으로 몸을 피하기도 했다. 그녀는 브론스키에게 답장이 없으면 좀 더 멀리 열차를 타고 갈 계획이었음을 기억하고는, 짐꾼 한 사람을 불러 세워 이곳에 브론스키 백작에게 편지를 가지고 간 마부가 있는지 물었다.

"브론스키 백작 말씀이에요? 방금 그 저택에서 온 사람이 있었는데요. 소로키나 공작 부인과 따님을 마중하려고요. 마부는 어떻게 생겼어요?"

그녀가 짐꾼과 이야기하고 있을 때, 생기 있고 유쾌한 마부 미하일이 푸른색의 소매 없는 세련된 외투에 시곗줄을 늘어뜨리고는 자기가 수행한 임무에 대해 자랑스러워하는 듯한 모습으로 그녀에게 다가와서 편지를 건넸다. 봉함을 뜯은 그녀는 편지를 다 읽기도 전에 심장이 죄어오는 것을 느꼈다.

'편지를 늦게 받게 되어 매우 유감이요. 10시에 가겠소.' 브론스키는 적당히 몇 자 적어 보냈다.

'그렇지! 예상했던 대로야!' 그녀는 악의적인 미소를 머금고 중얼거렸다.

"좋아. 집으로 돌아가." 그녀는 미하일에게 조용히 말했다. 심장의 고동이 너무 빨라 숨을 쉴 수 없었기 때문에 그녀는 조용히 말했던 것이다. '아니, 난 네가 나를 고통스럽게 하도록 두지 않을 거야.' 그녀는 그도, 그녀 자신도 아닌, 그녀를 고통스럽게 하는 누군가를 향해 위협이라도 하듯 속으로 생각했다. 그녀는 역사 옆의 플랫폼을 따라 걸었다.

플랫폼을 따라 걸어가던 두 하녀가 고개를 돌려 그녀를 보면서 그녀의 옷차림에 대해 큰 소리로 뭐라 말했다. "저건 진짜야." 그들은 그녀가 입은 옷의 레이스를 보며 말했다. 젊은이들은 그녀를 가만히 내버려두지 않았다. 그들은 그녀의 얼굴을 힐끔거리면서 어딘지 부자연스러운 목소리로 웃고 소리치며 옆을 지나갔다. 역장은 옆을 지나가면서 그녀에게 기차를 탈 건지 물었다. 크바스를 파는 소년은 그녀에게서 눈을 떼지 못했다. '맙소사, 난 어디로 가야 하지?' 그녀는 플랫폼을 따라 계속 앞으로 걸으며 생각했다. 플랫폼 끝에서 그녀는 멈춰 섰다. 안경 쓴 신사를 마중 나와 크게 웃고 떠들던 부인들과 아이들은 그녀가 그들 옆으로 지나가자 하던 말을 멈추고 그녀를 훑어보았다. 그녀는 걸음을 빨리하여 그들에게서 떨어져 플랫폼의 끝으로 갔다. 그때 화물 열차가 들어왔다. 플랫폼이 흔들리기 시작하자 그녀는 다시 열차를 탄 느낌이었다.

그때 문득 브론스키를 처음 만났던 날 기차에 치인 사람이 떠올랐다. 그녀는 자신이 무엇을 해야 할지 깨달았다. 그녀는 빠르고 경쾌한 걸음으로 급수탑에서 선로로 난 계단을 내려가서 그녀의 옆을 지나가는 열차에 바짝 가까이 붙어 섰다. 그녀는 열차의 아래쪽을 바라보았다. 볼트, 연결부, 천천히 굴러가는 첫 번째 객차의 높은 쇠바퀴를 바라보면서 앞바퀴와 뒷바퀴의 중간지점을 눈짐작으로 가늠해놓고 그 중간지점이 자기 앞에 올 때를 짐작하려고 애썼다.

'저기야!' 그녀는 객차의 그림자와 침목 위에 석탄과 모래가 섞여 뿌려져 있는 것을 바라보며 중얼거렸다. '저기야, 저 한가운데야. 그리고 그이에게 벌을 주고, 모든 사람에게서, 나 자신에게서 벗어날 거야.'

그녀는 첫 번째 객차의 중간지점이 자신의 정면에 온 순간 그 아래로 몸을 던지려 했다. 그러나 손에서 내려놓으려 한 빨간 가방이 그녀를 제지하는 바람에 순간을 놓치고 말았다. 중간지점이 지나가고 말았다. 다음 차량을 기다려야만 했다. 그녀는 물에 들어가려고 준비하다가 막상 물속에 들어갈 때와 흡사한 감정에 사로잡혀 성호를 그었다. 그러자 성호를 긋는 익숙한 동작은 그녀의 마음속에 있던 처녀 시절과 어린 시절의 온갖 기억을 끌어냈다. 그리고 갑자기 온통 그녀를 뒤덮고 있던 암흑이 흩어지더니, 한순간 삶이 온갖 밝은 과거의 기쁨과 함께 그녀의 눈앞에 떠올랐다. 그러나 그녀는 다가오고 있는 두 번째 차량의 바퀴에서 눈을 떼지 않았다. 그리고 바퀴와 바퀴 사이의 중간지점이 그녀와 마주한 순간, 그녀는 빨간 가방을 던지고는 어깨 사이로 머리를 집어넣고 열차 밑으로 손을 짚으며 쓰러졌다. 그리고 마치 곧바로 일어날 준비를 하려는 듯 가벼운 동작으로 무릎을 꿇었다. 그리고 바로 그 순간 그녀는 자기가 한 행동에 스스로 경악했다. '내가 어디에 있는 거지? 무슨 짓을 하고 있는 거야? 무엇 때문에?' 그녀는 몸을 일으켜 뒤로 물러서려고 했다. 그러나 거대한 무언가가 가차없이 그녀의 머리를 치고 등을 끌고 갔다. '하느님, 나의 모든 걸 용서하소서!' 그녀는 저항이 불가능하다는 것을 느끼며 중얼거렸다. 한 사내가 뭐라고 말하면서 쇳덩이 위에서 작업을 하고 있었다. 그리고 그녀가 불안과 기만과 슬픔과 악으로 가득 찬 책을 읽을 수 있게 해주던 촛불이 어느 때보다도 더욱 밝은 빛으로 타오르더니, 이전에 암흑 속에 있던 모든 것을 비춰주고는 톡톡 소리를 내며 어두워지다가 영원히 꺼져버리고 말았다.

8부

1

거의 두 달이 흘렀다. 그리고 여름도 절반이 지나서야 세르게이 이바노비치는 모스크바를 떠날 준비를 했다.

세르게이 이바노비치의 생활에는 그동안 나름대로의 여러 가지 사건이 있었다. 그는 이미 1년 전에 6년간 작업한 『유럽과 러시아 국가체제에 대한 원리와 형식 개관 시도』라는 책을 완성했다. 이 책의 서론과 몇몇 장은 정기간행물에 게재되기도 하였고, 다른 부분도 세르게이 이바노비치가 주변 사람들에게 읽어주었기 때문에 그 저서의 사상은 이미 독자들에게 완전히 새로운 것은 아니었다. 그러나 세르게이 이바노비치는 자기 저서의 출현이 사회에 진지한 영향을 미치고 학문적인 혁명은 아닐지라도 모든 면에서 학계에 강한 동요를 불러일으키리라고 기대했다.

그 책은 꼼꼼한 마무리를 거친 후 작년에 출판되어 서점에 배포되었다.

세르게이 이바노비치는 그 책에 대해 누구에게도 묻지 않고, 책이 잘 나가냐고 묻는 친구들의 질문에 내키지 않는다는 듯 짐짓 무심하게 대답했고, 책이 어떻게 팔리는지에 대해 서점에 문의조차 하지 않았다. 그러나 세르게이 이바노비치는 자기 책이 사회나 학계에 어떤 첫인상을 주었는지 신경을 곤두세우고 예리하게 지켜보고 있었다.

그런데 한 주가 지나고 두 주, 세 주가 지나도 사회에서는 눈에 띄는 반응이 전혀 없었다. 물론 전문가들, 학자들, 그의 친구들은 틀림없이 예의상 때때로 이 책에 관한 얘기를 꺼내기도 했다. 나머지 지인들은 학문적인 내용이 담긴 책에 대해 흥미가 없었으므로 그 책에 대해서는 전혀 얘기하지 않았다. 사회에서는, 특히 지금 다른 것에 정신을 빼앗기고 있었기에 이 책에 대해 전혀 무관심했으며 학계에서도 한 달 내내 이 책에 대한 언급은 한마디도 없었다.

세르게이 이바노비치는 서평을 쓰는 데 필요한 시간까지 세밀히 계산해 두고 있었으나 한 달이 지나고 또 한 달이 지나도 아무런 소식이 없었다.

단지 《북방의 딱정벌레》라는 잡지에서 목소리가 망가진 가수 드라반티에 관한 이야기가 있는 풍자 칼럼에 코즈니셰프의 책이 이미 오래전부터 모든 이들의 비난거리가 되고 있으며 세상 사람들의 비웃음을 사고 있다고 적고 있었다.

마침내 석 달째에 진지한 잡지에 비평 기사가 나왔다. 세르게이 이바노비치는 그 기사의 필자를 알고 있었다. 골루프초프의 집에서 한 번 그를 만난 적이 있었다.

그 기사를 쓴 사람은 젊고 병약한 잡문가로, 작가와 같은 글재간을 가지고 있었으나 교양이 지극히 부족하고 사적인 관계에서 소심한 사람이었다.

세르게이 이바노비치는 그 필자를 상당히 멸시하고 있었지만 그의 기사에 대해서는 확실히 존중하는 마음으로 비평을 읽어 내려갔다. 비평은 혹독했다.

분명히 그 필자는 그 책의 전체를 도저히 이해할 수 없는 방식으로 해석한 듯했다. 그러나 그가 너무도 교묘하게 내용을 인용하였기 때문에 그 책을 읽지 않은 사람들(거의 아무도 읽지 않은 게 틀림없었다)은 그 책이 과장된 표현의 일색이고, 부적절하게 사용된 말들(의문 부호들을 표시해 두고 있었다)로 인해 책의 저자를 완전히 무식한 사람으로 생각할 게 분명했다. 게다가 그 모든 비평이 얼마나 재치가 넘치는지 세르게이 이바노비치 자신도 그 재치를 거부할 수 없을 정도였다. 하지만 바로 그것이 소름끼치는 점이었다.

세르게이 이바노비치는 비평가의 논증의 정당성을 지극히 양심적으로 살폈지만 조롱당한 결점과 오류에 대해서는 조금도 주의를 기울이지 않았다. 그 모든 게 일부러 선별되었다는 것이 너무도 분명해 보였기 때문이었다. 그러자 곧 자기도 모르게 그 기사의 필자와 만나서 주고받았던 대화 내용을 상세히 떠올리기 시작했다.

'내가 뭔가 그를 화나게 했었나?' 세르게이 이바노비치는 스스로에게 물었다.

세르게이 이바노비치는 젊은이를 만났을 때, 무지를 드러낸 그의 말을 자신이 고쳐준 일을 떠올렸다. 그러자 그는 그 비평이 무엇을 의미하는지 이해했다.

그 기사가 나온 뒤로, 활자로든 구두로든 그 책에 대해 죽음과도 같은 침묵이 찾아왔다. 그렇게 세르게이 이바노비치는 애정과 수고를 아끼지 않고 6년 동안 작업한 저술이 흔적도 없이 사라지는 것을 지켜보았다.

세르게이 이바노비치의 상황은 저술을 끝낸 후 이전에 하루의 대부분을 서재에서 보내던 생활을 더 이상 하지 않게 되자 더욱 힘들어졌다.

세르게이 이바노비치는 총명하고 교양 있고 건강하고 활동적인 사람이었기 때문에 자신의 활동력을 어디에 사용해야 할지 몰랐다. 그는 응접실, 집회, 모임, 위원회까지 이야기할 수 있는 곳이면 어디든지 나갔지만 그건 자기 시간의 일부를 보내는 것에 지나지 않았다. 더욱이 오랫동안 도시 생활을 한 그로서는 능숙하지 못한 동생이 모스크바에 올 때면 그러는 것처럼 사람들과 얘기하는 것으로 온 시간을 보낼 수는 없었다. 그러기에는 아직 너무 많은 여가와 지적 능력이 남아 있었다.

저서의 실패로 인해 그가 힘겨워했던 시기에 다행히 이교도 문제, 미국의 친선 문제[91], 사마라의 기근 문제[92], 전람회와 강신술 같은 문제를 대신하여 예전에는 사회의 음지에 있던 슬라브 문제가 주목받게 되었다. 그래서 이전에 그 문제를 제기했던 사람들 가운데 한 사람으로서 세르게이 이바노비치는 거기에 전력을 기울였다.

세르게이 이바노비치가 속한 환경에서는 그 당시 슬라브 문제와 세르비아 전쟁 이외의 문제에 대해서는 말을 하거나 글을 쓰지 않았다. 평소 한가한 대중이 시간을 죽이기 위해 했던 모든 것들이 지금은 슬라브 민족을 위해 행해졌다. 무도회, 음악회, 만찬회, 연설회, 부인들의 화려한 의상, 맥주와 선술집까지도 모두 슬라브 민족에 대한 공감을 표시하고 있었다.

사람들이 이 문제에 관해 말하고 쓰는 것들 가운데 많은 부분 세세한 점에서 세르게이 이바노비치는 동의할 수 없었다. 그는 슬라브 문제가 항상 바뀌어가면서 사회에 관심의 대상을 제공해주는 역할을 수행하는 유행열 가운데 하나임을 알았다. 그리

---

91 1866년 카라코조프의 암살 기도 후 미국 외교 사절단이 페테르부르크를 방문하여 미국의 전 국민을 대표하여 '동정과 존경'을 황제에게 표했다. 《모스크바 신문, 1866》 미국의 친구들은 수도에서 떠들썩한 환영과 만찬으로 영접을 받았다.

92 1871년~1872년에 사마라 지역에 가뭄이 들어 1873년의 기근이 시작되었다. 그런 이유로 톨스토이는 《모스크바 신문》에 「기근에 대한 서한」을 게재하였고, 기부금 모집을 위한 위원회가 조직되었다. 그 조직을 통해 2백만 루블과 2만 6천 푸드(1푸드≒16.38킬로그램)의 식량이 모아졌다.

고 이 문제에 관계하고 있는 사람들 가운데 많은 이들이 허영과 이해타산에 목적을 두고 있다는 사실도 알아차렸다. 그는 또한 신문이 오직 자기 신문으로 독자들의 주위를 끌고, 다른 신문을 앞지르기 위해 불필요하고 과장된 기사를 싣는다는 사실도 깨달았다. 그리고 사회의 이런 전반적인 고양된 분위기를 빌미로 누구보다 앞으로 뛰어나와 큰 소리로 외치는 사람들은 성공하지 못했거나 소외된 사람들, 즉 군대 없는 총사령관, 부서가 없는 장관들, 잡지 없는 기자들, 당원 없는 당수들이라는 것을 알았다. 그리고 거기에는 경박하고 우스꽝스러운 일이 많다는 것도 알았다. 그러나 모든 사회 계층을 하나로 결합시키는, 의심할 여지없이 점점 확대되어 가고 있는 열정을 보았고, 그것을 인정했고, 그것에 동감하지 않을 수 없었다. 같은 신앙을 가진 슬라브 형제들에 대한 학살은 피해자들에 대한 동정과 박해자들에 대한 분노를 불러일으켰다. 그리고 위대한 일을 위해 싸우고 있는 세르비아인과 몬테네그로인의 영웅적인 행위는 말로만이 아닌 행동으로 형제를 돕고 싶다는 열망을 모든 국민의 마음에 심어주었다.

그 외에도 세르게이 이바노비치를 기쁘게 하는 또 하나의 현상이 있었다. 그건 여론의 출현이었다. 사회가 분명하게 자신의 바람을 표현했던 것이다. 세르게이 이바노비치의 말에 따르면 국민의 정신이 표현을 얻게 된 것이다. 그래서 그는 이 일에 몰두하면 할수록 그것이 거대한 규모가 되고, 한 시대의 획을 그을 것임이 더욱 분명하게 느껴졌다.

그는 이 위대한 사업에 전력투구하는 바람에 자신의 저서에 대해 생각하는 걸 잊어버리고 말았다.

그는 이제 이 사업에 몰두하고 있었기 때문에 자신에게 오는 편지와 청원에 전부 답장을 쓸 시간조차 없었다.

그는 봄과 초여름 내내 일을 한 뒤, 7월이 되어서야 겨우 시골에 있는 동생을 방문할 준비를 했다.

그는 민중의 신성한 안식처인 시골 벽지에서 그와 모든 도시민들이 확신하는 국민 정신의 고양을 보고 즐기기 위해 2주 예정으로 휴식을 떠났다. 오래전부터 레빈을 방문하겠다던 약속을 지키기 위해 카타바소프도 그와 함께 출발했다.

2

세르게이 이바노비치와 카타바소프는 그날따라 유난히 군중들이 붐비는 쿠르스크 기차역에 간신히 도착하여 마차에서 내린 뒤 마차에 짐을 싣고 뒤따라온 하인을 돌아본 순간, 네 대의 삯마차를 나눠 탄 의용군들이 도착했다. 꽃다발을 안은 부인들이 그들을 맞이했고, 그들은 뒤에 밀어닥친 군중과 함께 역 안으로 들어갔다.

의용군을 맞이하러 나온 부인들 가운데 한 사람이 대합실에서 나오다 세르게이 이바노비치를 향해 말했다.

"당신도 전송하러 나오셨나요?" 그녀는 프랑스어로 물었다.

"아니오, 제가 떠나는 겁니다, 공작 부인. 동생의 집에서 잠시 쉬려고 갑니다. 부인께서는 늘 전송하러 나오십니까?" 세르게이 이바노비치는 옅은 미소를 지으며 말했다.

"네, 그렇게 하지 않을 수 없잖아요." 공작 부인은 대답했다. "우리 나라에서 벌써 800명이 보내진 게 사실이죠? 말빈스키가 제 말을 믿지 않잖아요.”

“800명이 더 되지요. 모스크바에서 직접 출정하지 않은 인원까지 계산하면 이미 1000명이 넘을 겁니다.” 세르게이 이바노비치가 말했다.

“그것 보세요. 저도 그렇게 말씀드렸는데!” 부인은 기쁜 듯 맞장구를 쳤다. “그럼 기부금이 이제 백만 루블 정도라는 건 사실인가요?”

“그보다 더 많습니다, 공작 부인.”

“그런데 오늘 전보는 어떤가요? 또다시 터키를 격파했다면서요.”

“네, 저도 읽었습니다.” 세르게이 이바노비치가 대답했다. 그들은 터키인들이 각지에서 사흘 동안 계속 격파를 당해 도망쳤고 내일도 결정적인 전투가 예상된다고 한 최신 전보에 대해 이야기를 나누었다.

“아, 네. 그런데 있잖아요, 한 훌륭한 청년이 지원을 했어요. 왜 일을 어렵게 만드는지 전 잘 모르겠어요. 당신에게 부탁을 드리려고요. 저도 그 청년을 잘 알아요. 편지 좀 써주시겠어요? 그는 리디야 이바노브나 백작 부인이 보낸 사람이에요.”

세르게이 이바노비치는 지원을 부탁한 청년에 대해 공작 부인이 알고 있는 내용을 상세히 물은 뒤, 일등석 대합실로 가서 그 문제를 쥐고 있는 사람에게 편지 한 통을 써서 공작 부인에게 건네주었다.

"브론스키 백작 아시죠? 그 유명한……, 그분도 이 기차로 가신다는군요." 그가 그녀를 찾아 편지를 건네주었을 때 공작 부인은 의미심장하고도 의기양양한 미소를 지으며 말했다.

"저도 그가 출정한다는 말은 들었지만, 언제인지는 몰랐습니다. 이 기차로 떠나는 겁니까?"

"그분을 보았어요. 지금 여기 계세요. 어머니 혼자서 전송하러 나오셨더군요. 그래도 그게 그가 할 수 있는 최선이지요."

"오, 그럼요, 물론입니다."

그들이 이야기를 나누고 있는 동안 군중이 그들 옆을 지나 식당 쪽으로 몰려갔다. 그들도 그쪽으로 걸어가다가, 한 손에 술잔을 들고 의용군을 향해 연설하는 한 신사의 우렁찬 목소리를 들었다. "신앙을 위해, 인류를 위해, 우리 형제를 위해 헌신하는……." 그 신사는 더욱 목청을 높이며 말했다. "그 위대한 업적에 대해 어머니 모스크바는 당신들을 축복합니다. 만세!" 그는 울먹이며 우렁찬 목소리로 연설을 마쳤다.

모두들 '만세!'를 외쳤다. 그러자 또다시 새로운 군중이 대합실로 몰려들어 하마터면 공작 부인이 넘어질 뻔했다.

"아, 공작 부인, 안녕하십니까!" 갑자기 군중 속에서 스테판 아르카디치가 환하게 기쁨의 미소를 지으며 말했다. "정말 멋있고 따뜻한 연설이었지요? 브라보! 아, 세르게이 이바노비치! 당신도 저렇게 몇 마디 하시면……, 격려의 말을 해주시면 좋을 텐데요. 당신은 이런 것을 잘하시니까요." 그는 부드럽고 존경을 담은 조심스러운 미소를 머금고 세르게이 이바노비치의 손을 가볍게 잡아끌며 덧붙였다.

"아닙니다, 난 지금 가야 합니다."

"어디로요?"

"시골 동생의 집에요." 세르게이 이바노비치가 대답했다.

"그럼 당신은 내 아내를 보시겠군요. 편지를 쓰긴 했는데, 당신이 내 아내를 먼저 보시겠는걸요. 나를 만났다고, 모든 일이 잘됐다고 전해주시겠습니까? 그러면 알 겁니다. 그리고 참, 내가 합동 위원회의 위원으로 임명되었다는 말씀도 전해주십시오……. 그러면 역시 알아들을 겁니다! 사실은요, 인생의 자질구레한 불쾌함이지요.[93]" 그는 마치 변명이라도 하듯 공작 부인을 돌아보았다. "그런데 먀흐카야가요, 리자가 아니라 비비쉬 마흐카야가 말이에요. 소총 천 자루와 간호사 열두 명을 보낸다는군요. 제가 말씀드렸던가요?"

"네, 들었습니다." 코즈니셰프는 마지못해 대답했다.

"당신이 떠나신다니 유감스럽군요." 스테판 아르카디치가 말했다. "내일 우리는 떠나는 두 사람을 위해 만찬을 베풀 예정입니다. 페테르부르크에서 온 지메르 바르트냔스키와 우리의 베슬로프스키, 그리샤 말이에요. 두 사람 모두 출정합니다. 베슬로프스키는 얼마 전에 결혼했는데, 정말 훌륭한 젊은이에요! 그렇

---

93 Les petites misères de la vie humaine.(프랑스어)

죠, 공작 부인?" 그는 부인에게 말했다.

공작 부인은 대답하지 않고 코즈니셰프를 쳐다보았다. 그러나 스테판 아르카디치는 자기로부터 벗어나고 싶어 하는 듯한 세르게이 이바노비치와 공작 부인의 모습에도 조금도 당황하는 기색이 없었다. 그는 웃으면서 공작 부인의 모자에 달린 깃을 바라보기도 하고, 무언가 떠올리려고 하는 듯 주변을 둘러보기도 했다. 그는 모금함을 들고 지나가는 부인을 보고는 그녀를 자기에게로 불러 5루블짜리 지폐를 넣어주었다.

"내 수중에 돈이 있을 땐 모금함을 보고 그냥 지나칠 수가 없어요." 그는 말했다. "그런데 오늘 전보는 어떻습니까? 몬테네그로인은 정말 훌륭해요!"

"무슨 말씀이세요?" 공작 부인이 그에게 브론스키가 이 기차로 떠난다고 말하자 그는 이렇게 외쳤다. 그 순간 스테판 아르카디치의 얼굴에는 슬픈 빛이 역력했다. 그러나 이내 걸을 때마다 몸을 조금씩 흔들고 구레나룻을 쓰다듬으며 브론스키가 있는 대합실로 들어갔을 때, 스테판 아르카디치는 여동생의 시체 위에서 절망적으로 통곡하던 일을 완전히 잊어버리고 브론스키를 단지 영웅이자 옛 친구로 바라보고 있었다.

"그 모든 결점에도 불구하고 저분의 정의로움은 인정하지 않을 수 없군요." 공작 부인은 오블론스키가 그들에게서 물러가자 세르게이 이바노비치에게 말했다. "그게 바로 완전히 러시아적이고 슬라브적인 기질이지요! 단지 브론스키가 저분을 보는 게 불쾌하지나 않을까 염려스럽군요. 당신이 무슨 말씀을 하시든 그분의 인생이 감동스러워요. 가시는 동안에 그분과 이야기를 나눠보세요." 공작 부인이 말했다.

"네, 어쩌면요, 기회가 생기면 말입니다."

"물론 저는 그분을 좋아한 적이 없어요. 하지만 이번 일로 많은 게 속죄되겠지요. 그분은 혼자만 가는 게 아니라 사비로 기병 중대를 이끈다는군요."

"네, 저도 들었습니다."

초인종이 울렸다. 모두들 문으로 몰리기 시작했다.

"저기 그분이에요!" 공작 부인은 긴 외투에 차양이 넓은 검은 모자를 쓰고 어머니와 팔짱을 끼고 걸어가는 브론스키를 가리키며 말했다. 오블론스키는 그의 옆에서 걸으며 뭔가 활기차게 이야기하고 있었다.

브론스키는 마치 스테판 아르카디치의 말을 듣고 있지 않은 듯 얼굴을 찌푸린 채 정면을 바라보고 있었다.

아마도 오블론스키가 방향을 가리켰던 탓인지 그는 공작 부인과 세르게이 이바노비치가 서 있는 쪽을 돌아보고는 말없이 모자를 살짝 들어 올렸다. 늙고 고뇌에 찬 그의 얼굴이 돌처럼 굳은 것 같았다.

플랫폼에 나온 브론스키는 말없이 어머니를 들여보내고 자신도 열차 안으로 모습을 감추었다.

플랫폼에는 '하느님, 황제를 지켜주소서'[94]가 울려 퍼진 뒤, 곧 '만세!' '만세!'를 외치는 소리가 들려왔다. 의용군 가운데 키가 크고 가슴이 푹 꺼진, 상당히 젊은 한 청년이 펠트 모자와 꽃다발을 머리 위로 흔들면서 유난히 남의 시선을 끌며 인사를 했다. 그의 뒤에서 장교 두 명과 턱수염이 덥수룩하고 기름때로 찌든 군모를 쓴 중년의 남자도 인사를 하며 창밖으로 얼굴을 내밀고 있었다.

---

94 제정 러시아의 국가

3

　세르게이 이바노비치가 공작 부인과 작별 인사를 하고 옆으로 다가온 카타바소프와 함께 사람들로 들어찬 객차에 오르자 열차가 움직이기 시작했다.

　차리친 역에서 열차는 '찬양받으소서!'를 노래하는 젊은이들의 정연한 합창으로 환영을 받았다. 의용군들은 또다시 인사를 하며 창밖으로 몸을 내밀었지만, 세르게이 이바노비치는 그들에겐 관심이 없었다. 그는 의용군들과 많은 일을 해서 그들의 공통된 성향을 이미 알고 있었기 때문에 그런 일에는 흥미를 갖지 않았다. 그러나 학문적인 연구에 바빠 의용군들을 관찰할 기회를 갖지 못했던 카타바소프는 그들에게 매우 큰 관심을 느끼며 세르게이 이바노비치에게 그들에 관해 이것저것 물어보았다.

　세르게이 이바노비치는 그에게 이등칸으로 가서 그들과 직접 이야기해보라고 충고했다. 다음 역에서 카타바소프는 이 충고를 실행에 옮겼다.

그는 첫 번째 정차에서 이등칸으로 옮겨 의용군들과 인사를 나누었다. 그들은 승객들과 들어온 카타바소프의 시선에 관심을 기울이며 찻간의 구석에 앉아 큰 소리로 이야기하고 있었다. 그 가운데에서 키가 크고 가슴이 푹 꺼진 청년이 가장 큰 소리로 말하고 있었다. 그는 술에 취한 듯 보였는데, 자기 학교에서 일어난 어떤 사건에 대해 이야기하고 있었다. 그 맞은편에는 오스트리아 근위병 군복 차림의 이미 그다지 젊지 않은 장교가 앉아 있었다. 그는 미소를 띤 채 청년의 얘기를 들으면서 이따금 그의 말을 가로막았다. 세 번째 포병 군복 차림의 한 남자는 그들 옆의 트렁크에 앉아 있었다. 그리고 네 번째 사람은 잠들어 있었다.

카타바소프는 청년과 대화를 나누면서 그가 스물두 살이 되기 전에 엄청난 재산을 탕진해버린 모스크바의 부유한 상인이라는 사실을 알았다. 카타바소프는 응석받이로 자란 데다 몸도 허약해 보이는 그가 별로 마음에 들지 않았다. 게다가 그는 특히 술까지 마신 지금, 자기가 영웅적인 행동을 하는 거라고 확신하며 매우 불쾌하게 거들먹거리고 있었다.

퇴역 장교인 다른 사내도 카타바소프에게 역시 불쾌한 인상을 주었다. 그도 온갖 일을 다 경험해 본 사람 같았다. 철도에서도 근무를 했었고, 관리인으로도 일했으며, 자기 공장을 운영한 적도 있다고 말했다. 그는 쓸데없이, 또 맞지도 않는 학술 용어를 사용하며 온갖 이야기를 다했다.

세 번째 남자인 포병은 상당히 카타바소프의 마음에 들었다. 그는 겸손하고 조용한 남자였는데, 퇴역 근위 장교의 지식과 상인의 영웅적인 자기희생에 대해 감탄하는 듯 보였으나 자기 자신에 대해서는 아무런 말도 하지 않았다. 카타바소프가 무슨 동기로 세르비아에 가게 되었냐고 묻자, 그는 겸손한 태도로 대답했다.

"그야 모두들 가니까요. 세르비아인도 도와야 하고, 불쌍하기도 하고요."

"그렇죠. 특히 거기에는 당신 같은 포병이 부족하지요." 카타바소프가 말했다.

"전 포병대에 그다지 오래 근무한 게 아니라서 아마 보병이나 기병으로 배치될 겁니다."

"지금은 무엇보다 포병이 가장 필요한데 보병에 배치되겠습니까?" 카타바소프는 그 포병의 나이로 보아 그가 상당한 지위에 올라 있으리라고 짐작하며 말했다.

"저는 포병대에서 오래 근무하지 않았습니다. 사관생도로 제대했거든요." 그렇게 말한 그는 자기가 시험에 합격하지 못한 이유를 설명하기 시작했다.

이 모든 것이 함께 뒤섞여 카타바소프에게 불쾌한 인상을 주었다. 그래서 의용군들이 술을 마시러 역으로 나갔을 때, 카타바소프는 자기의 불쾌한 인상이 근거가 있는 것인지 확인해보기 위해 누군가와 이야기를 나누고 싶었다. 군용 외투를 입은 한 노인이 줄곧 카타바소프와 의용군들의 대화에 귀를 기울이고 있었는데, 카타바소프는 노인과 단 둘이 남게 되자 먼저 말을 꺼냈다. "정말 그곳으로 출정하는 사람들의 처지가 다양하기도 하군요." 카타바소프는 자신의 의견을 말하는 동시에 노인의 의견을 듣기 위해 모호하게 말했다.

노인은 두 번의 전쟁을 겪은 군인이었다. 그는 군인이란 무엇인지 잘 알고 있었기 때문에 그들의 겉모습, 대화, 가는 내내 술을 마시는 객기를 보며 그들이 바람직한 군인이 아닐 거라는 생각을 하고 있었다. 게다가 군청 소재지의 주민인 그는 그 도시에서 아무도 고용하지 않는 술주정뱅이에다 도둑놈이 종신병으로 출정했다는 얘기를 하려고 했다. 그러나 현재 사회적인 분위기에서 여론에 반하는 말을 하는 것은, 특히 의용군을 비난하는 말을 하는 것은 위험한 태도라는 것을 경험을 통해 알고 있었기 때문에 그도 카타바소프의 눈치를 살피고 있었다.

"아무튼 그곳에는 사람이 필요하니까요." 그는 눈웃음을 치며 말했다. 그리고 그들은 최근의 전황에 대해 이야기하기 시작했다. 최근 소식에 따르면, 터키인들이 모든 전장에서 격파되고 있는 상황에서 내일은 누구와 교전을 할 것인지에 대한 의문을 서로에게 숨겼다. 그리고 그렇게 말하지 않은 채로 두 사람은 헤어졌다.

자신의 객차로 돌아온 카타바소프는 무의식중에 자신의 감정을 왜곡하여 의용군들에 대한 자신의 관찰을 세르게이 이바

노비치에게 이야기하면서 그들이 훌륭한 젊은이들인 것 같다고
말했다.

　어느 도시의 큰 역에서, 또다시 노랫소리와 함성이 의용군들
을 맞이했고 또다시 모금함을 든 남녀 모금원들이 나타났다. 그
리고 현의 부인들이 꽃다발을 의용군들에게 안겨주고 그들 뒤
를 따라 식당으로 들어갔다. 그러나 그 모든 것은 모스크바에 비
해 훨씬 빈약하고 조출했다.

4

현청 소재지에 정착하고 있는 동안 세르게이 이바노비치는 식당에 가지 않고 플랫폼을 이리저리 거닐었다.

그는 브론스키가 탄 객차 옆을 처음 지날 때, 창문에 커튼이 쳐져 있는 것을 보았으나 다음번에 지날 때는 노백작 부인이 차창 옆에 서 있는 것을 보았다. 부인은 코즈니셰프를 자기 쪽으로 불렀다.

"쿠르스크까지 저 애를 배웅하려고 가는 중이에요." 부인이 말했다.

"네, 저도 들었습니다." 세르게이 이바노비치는 그녀의 창가에 멈춰 서서 찻간 안을 들여다보며 말했다. "아드님은 정말 훌륭하십니다!" 브론스키가 찻간에 없다는 것을 확인하고 그는 이렇게 덧붙였다.

"그런 비극을 격은 뒤, 저 애가 대체 뭘 할 수 있었겠어요?"

"정말 끔찍한 사건이었지요!" 세르게이 이바노비치가 말했다.

"아휴, 정말 내가 그런 일까지 겪어야 하다니! 좀 들어오세요……. 아휴, 대체 내가 무슨 일을 겪은 건지!" 세르게이 이바노비치가 안으로 들어와 그녀 옆에 나란히 긴 의자에 앉자 그녀는 되풀이해 말했다. "상상도 할 수 없을 거예요! 6주 동안 그 애는 누구와도 얘기하지 않고, 내가 시정을 해야 겨우 먹었다니까요. 게다가 한순간도 그 애를 혼자 둘 수가 없었어요. 그 애가 자살할 만한 물건을 전부 치워버렸지요. 우리는 아래층에서 살았지만, 무슨 일이 일어날지 전혀 예측할 수 없었으니까요. 당신도 아시겠지만, 그 애는 이미 한 번 그녀 때문에 권총 자살을 시도한 적이 있잖아요." 그녀는 이렇게 말하고는 그 기억을 떠올리며 눈썹을 찌푸렸다. "그녀는 그런 여자가 죽어야 하는 방법으로 죽은 거예요. 죽음조차 그렇게 비열하고 저질스러운 방법을 택하다니."

"우리가 판단할 일이 아닙니다, 백작 부인." 세르게이 이바노비치는 한숨을 쉬며 말했다. "물론 그 일로 부인이 받았을 고통은 충분히 이해합니다만."

"아, 말도 마세요! 당시 내가 영지에서 지내는 바람에 그 애가 내게 다니러 와 있었거든요. 그때 편지를 보내온 거예요. 그 애가 답장을 써서 보내더군요. 우리는 그녀가 거기 정거장에 와 있다는 건 전혀 몰랐어요. 저녁에 막 방으로 돌아왔는데, 메리가 내게 기차역에서 어떤 부인이 열차에 뛰어들었다는 거예요. 순간 뭔가에 얻어맞은 것 같은 기분이 들더군요. 난 그 사람이 그 여자일 거라고 직감했어요. 그래서 난 제일 먼저 그 애한테 말하지 말고 일렀는데, 벌써 말해버렸지 뭐예요. 그 애의 마부가 거기 현장에 있다가 모든 걸 본 모양이에요. 내가 그 애의 방으로 달려갔을 때 그 애는 보기에도 무서울 정도로 이미 제정신이 아니었어요. 그 애는 한 마디도 하지 않고 현장으로 달려갔어요. 난 그곳에서 무슨 일이 있었는지 모르지만 그 애가 산송장이 돼서 실려 왔더라고요. 그 애를 알아볼 수 없을 정도였지요. 의사는 완전히 쇠약한 상태라고 말했어요. 그 뒤로 거의 광적인 상태가 시작된 거예요.”

“아, 말해서 뭐 하겠어요!” 백작 부인은 한 손으로 손사래를 치며 말했다. “무서운 세상이에요. 아뇨, 당신이 무슨 말씀을 해도 그녀는 나쁜 여자예요. 그 무슨 절망적인 열정인지! 그 모든 게 뭔기 특별한 것을 증명해 보이기 위한 것이었어요. 결국 증명한 셈이죠. 그녀는 자기 자신과 훌륭한 두 남자를 파멸시켰어요. 자기 남편과 불쌍한 내 아들 말이에요.”

“그녀의 남편은 어떻습니까?” 세르게이 이바노비치가 물었다.

“그녀의 딸을 데려갔어요. 처음에는 알료샤도 모든 것에 다 동의했는데, 지금은 자기 딸을 남의 손에 넘겨준 것에 대해 몹시 괴로워하고 있어요. 그렇다고 이미 내뱉은 말을 거둘 수도 없는 일이잖아요. 장례식에 카레닌도 왔더군요. 우리는 그가 알료샤와 만나지 못하도록 애를 썼지요. 남편으로서, 그는 역시 마음이 좀 홀가분했을 테죠. 그녀는 그를 속박에서 풀어준 거예요. 그런데 불쌍한 내 아들은 그녀에게 전부 다 바쳤잖아요. 출세도, 나

도, 모든 걸 다 버렸는데 그녀는 불쌍한 마음도 없이 일부러 그
애를 완전히 파멸시켰어요. 그러니 당신이 무슨 말을 해도, 그녀
의 죽음 자체는 종교도 없는 역겨운 여자의 죽음일 뿐이에요. 하
느님, 용서하소서! 하지만 아들의 파멸을 지켜보면서 그 여자에
대한 기억을 증오하지 않을 수가 없어요.”

“그런데 지금 아드님은 어떤가요?”

“하느님이 우리를 도우신 것 같아요, 이번 세르비아 전쟁 말이
에요. 난 늙은 사람이라서 그런 건 잘 모르지만, 그건 하느님이
그 애에게 내려주신 거예요. 물론 어미로서 두려운 마음은 있지
요. 게다가 사람들 말로는 페테르부르크에서는 이 일에 대해서
좋지 않게 본다더군요.[95] 하지만 달리 어쩌겠어요! 이게 그 애를
일으킬 수 있는 유일한 것이니 말이에요. 그 애의 친구인 야시빈
이 도박으로 돈을 다 잃고 세르비아에 가기로 했거든요. 그가 우
리 아들을 찾아와 설득한 거예요. 지금 그 애는 온통 그 일에 몰
두하고 있어요. 제발 당신이 그 애와 얘기 좀 나누세요. 난 그 애
의 기분이 좀 좋아졌으면 해요. 너무 침울해 있어서요. 게다가 치
통까지 앓고 있거든요. 그래도 당신을 보면 무척 기뻐할 거예요.
제발 그 애와 얘기 좀 해 봐요. 그 애는 저쪽에서 거닐고 있어요.”

세르게이 이바노비치는 자기도 매우 기쁜 일이라고 말하고
열차의 맞은편으로 갔다.

---

95 ce n'est pas très bien vu à Petersbourg.(프랑스어)

5

플랫폼에 쌓아 놓은 가마니들의 비스듬한 저녁 그림자 속에서, 긴 외투 차림에 모자를 푹 눌러쓴 브론스키가 두 손을 호주머니에 넣은 채 마치 우리 속에 갇힌 짐승처럼 스무 걸음쯤 걷다가 얼른 돌아서길 반복하며 이리저리 걷고 있었다. 그의 곁으로 다가간 세르게이 이바노비치는 브론스키가 자기를 보고도 못본 체한다는 느낌을 받았다. 세르게이 이바노비치에게 그런 행동은 상관없었다. 그는 브론스키에게 어떠한 사적인 감정도 없었기 때문이었다.

그 순간 세르게이 이바노비치의 눈에 브론스키는 위대한 사업을 위한 중요한 인물로 보였다. 그래서 코즈니셰프는 그를 고무하고 격려하는 게 자신의 의무라고 생각했다. 그는 브론스키에게 다가갔다.

브론스키는 걸음을 멈추고 찬찬히 보고 나서 그를 알아본 뒤에야 세르게이 이바노비치를 향해 몇 걸음 다가가 그의 손을 굳게 잡았다.

"어쩌면 나와 마주하는 걸 바라지 않을지도 모르겠습니다만."
세르게이 이바노비치가 말했다. "당신에게 뭔가 도움이 될 일이
있을까 해서요."

"어느 누구를 만나도 당신을 만나는 것만큼 덜 불편하지는 않
을 겁니다." 브론스키는 말했다. "용서하십시오. 내 인생에 기쁜
일은 없으니까요."

"그 심정을 이해합니다. 그래서 당신에게 도움이 되었으면 합
니다." 세르게이 이바노비치는 고뇌의 빛이 역력한 브론스키의
얼굴을 들여다보며 말했다. "리스티치나 밀란[96]에게 가지고 갈
편지가 필요하지 않습니까?"

"오, 아닙니다." 브론스키는 겨우 그의 말뜻을 이해한 듯 말했
다. "만약 괜찮으시면 함께 걸으시겠습니까? 찻간은 너무 답답
하군요. 편지요? 괜찮습니다. 말씀만으로도 감사합니다. 죽으러
가는데 소개장은 필요 없지요. 터키군에게 가지고 갈 소개장이
라면야……." 그는 단지 입가에 미소를 머금고 말했다. 그의 눈
에는 여전히 분노와 고뇌의 빛이 서려 있었다.

"그래도 사람들과의 교제는 필수적인 것이니 준비된 사람과

---

96 밀란 오브레노비치(1852-1901)는 세르비아의 왕이었다. 1873년 러시아
황제 알렉산드르 2세를 만나기 위해 리바디야로 왔고, 러시아의 지원을
확신한 그는 1876년 터키에 전쟁을 선포했다. 오랜 전쟁을 마치고 세르비
아의 독립이 인정되었으며 1882년에 밀란 오브레노비치는 왕이 되었다.

는 좀 더 수월할지도 모릅니다. 하지만 원하는 대로 하십시오. 난 당신의 결심을 듣고 매우 기뻤습니다. 더욱이 의용군에 대한 비난의 소리가 높은 상황에서 당신 같은 분이 출정하는 건 여론에서 그들의 위상을 높이는 셈이 될 테니까요."

"내가 인간으로서……." 브론스키는 말했다. "좋은 점은 내게 생명은 아무런 가치가 없다는 겁니다. 하지만 적진으로 들어가 적군을 쳐부수든 아니면 내가 쓰러지든 내 안에 육체적 에너지가 충분히 남아 있다는 것을 난 압니다. 게다가 생명이라는 건 내게 필요 없다기보다는 역겨운 것이기 때문에 생명을 바칠 수 있는 목표가 있다는 게 나로서는 무척 기쁜 일입니다. 누군가에게 쓸모가 있으면 되는 거지요." 이렇게 말한 그는 집요하게 계속되는 치통 때문에 자기가 원하는 표정으로조차 말하지 못하고 신경질적으로 광대뼈를 실룩거렸다.

"당신이 새롭게 태어날 거라고 확신합니다." 세르게이 이바노비치는 자신이 감동하고 있다는 것을 느끼며 말했다. "형제를 압제로부터 구하는 것은 생사를 걸 만큼 가치 있는 목표입니다. 하느님께서 당신에게 외적인 성공과 내적인 평화를 주시길 기원합니다." 그는 이렇게 덧붙이고 손을 내밀었다.

브론스키는 세르게이 이바노비치가 내민 손을 힘껏 잡았다.

"네, 나는 무기로서 무언가에 도움이 될 겁니다. 하지만 인간으로서 난, 폐인입니다." 그는 말 사이에 간격을 두면서 말했다.

단단한 이가 쑤시는 통증으로 입 안 가득 침이 고이는 바람에 그는 말하는 게 자유롭지 않았다. 그는 천천히 부드럽게 선로를 따라 구르는 탄수차의 바퀴를 말없이 바라보았다.

그리고 문득 전혀 다른, 통증이 아닌, 전반적인 내면의 고통스러운 거북함이 한순간 그로 하여금 치통을 잊게 했다. 탄수차와 선로를 본 순간, 그 불행한 사건 이후 만나지 않았던 지인과의 대화에 영향을 받아 갑자기 **그녀**가, 다시 말해 그가 마치 미친 사람처럼 역의 막사로 뛰어 들어갔을 때 아직 그녀에게 남아 있었던 것이 떠올랐다. 막사의 탁자 위에 낯선 사람들에게 둘러싸여 부끄러움도 없이 길게 누워 있던, 조금 전까지만 해도 완전한 생명체였던 피투성이의 육신, 무겁게 땋아 내린 머리채와 관자놀이 위로 곱슬곱슬하게 감겨 있던 머리카락과 함께 아무런 상처도 없이 뒤로 젖혀진 머리, 매력적인 얼굴에 반쯤 벌어진 붉은 입술과 입가에 감도는 기이하고 애처로운 굳은 표정, 뜬 채로 고정된 눈 속에 감돌던 끔찍한 표정은 마치 말다툼을 할 때 그녀가 그에게 했던 그 끔찍한 말, 즉 그가 후회하게 될 거라고 한 말을 내뱉는 듯했다.

그래서 그는 마지막 순간에 자신의 기억에 남은 잔인한 복수심에 불타는 그녀가 아니라, 역에서 처음 만났을 때처럼 사랑이 가득하고 행복을 구하고 행복을 주던 신비롭고 매력적인 그녀를 떠올리려고 애썼다. 그는 그녀와 가장 좋았던 기억을 떠올리려고 애썼다. 그러나 이제 그 순간은 영원히 파괴되어버렸다. 그는 이미 누구에게도 필요치 않은, 돌이킬 수 없는 후회를 남기고 실현되어버린 의기양양한 그녀의 위협만을 기억하고 있었다. 그는 더 이상 치통을 느끼지 않았다. 흐느낌이 그의 얼굴을 일그러뜨렸다.

그는 가마니 옆을 말없이 두어 번 오가며 자신의 감정을 억제한 뒤 세르게이 이바노비치를 향해 침착한 어조로 말했다.

"어제 이후로 전보를 접하셨나요? 그들은 세 번이나 격파를 당했지만 내일은 결전이 있을 것으로 예상됩니다."

그러고는 밀란의 왕위 선포와 그 일이 가져올 엄청난 파장에 관해 이야기를 나눈 뒤, 그들은 두 번째 종소리를 듣고 각자 자신의 찻간으로 돌아갔다.

6

　세르게이 이바노비치는 언제 모스크바에서 출발하게 될지 몰라 동생에게 마중을 나오라는 전보를 치지 않았다. 카타바소프와 세르게이 이바노비치가 역에서 빌린 마차를 타고 흑인처럼 먼지를 뒤집어쓴 채 낮 12시경 포크로프스코예 저택의 현관 앞에 도착했을 때, 레빈은 집에 없었다. 키티가 아버지와 언니와 함께 발코니에 앉아 있다가 시아주버니를 알아보고는 그를 맞으러 2층에서 뛰어 내려왔다.

　"기별이라도 좀 주시지 그러셨어요." 그녀는 세르게이 이바노비치에게 손을 내밀고 그가 입을 맞추도록 이마를 내밀며 말했다.

　"이렇게 잘 도착했고 폐를 끼치지 않았으면 된 거지요." 세르게이 이바노비치가 대답했다. "먼지를 어찌나 많이 뒤집어썼는지 남을 건드리는 것조차 두려울 지경이에요. 난 너무 바빠서 언제 출발할 수 있을지도 몰랐어요. 그런데 이곳 분들은 여전하시네요.” 그는 웃으며 말했다. “세상 밖의 고요한 벽지에서 조용한 행복을 즐기고 계시는군요. 여기 우리의 친구 표도르 바실리치도 마침내 함께 왔습니다.”

“그런데 난 흑인이 아니에요. 씻고 나면 사람 같아 보일 거예요.” 카타바소프는 손을 내밀고 새까만 얼굴에서 유달리 빛나는 이를 드러내며 미소를 머금고 평소와 같은 농담조로 말했다.

“코스챠도 기뻐할 거예요. 농장에 갔는데 이제 돌아올 시간이 됐어요.”

“여전히 농사일로 바쁘군요. 이런 벽지에서 말입니다.” 카타바소프가 말했다. “우리 같은 도시인들은 세르비아 전쟁 말고는 아무것도 보이는 게 없어요. 그런데 우리 친구는 그걸 어떻게 생각하고 있나요? 분명히 일반 사람들과는 생각이 다르겠지요?”

“글쎄, 별반 다르지 않아요. 다른 사람들과 같은걸요.” 키티는 조금 당황한 표정으로 세르게이 이바노비치를 돌아보며 대답했다. “그럼 그를 부르러 사람을 보내야겠어요. 저의 아버지도 이곳에 와 계세요. 얼마 전에 외국에서 오셨거든요.”

키티는 레빈을 데려오도록 사람을 보냈다. 그리고 먼지투성이 손님들이 씻을 수 있도록 한 사람은 서재로, 다른 한 사람은 돌리가 있던 커다란 방으로 안내하고 손님들에게 식사를 차리도록 지시한 후, 임신 했을 때는 그럴 수 없었던 민첩한 동작으로 발코니로 뛰어 올라갔다.

“세르게이 이바노비치와 카타바소프 교수님이 오셨어요.” 키티가 말했다.

"아, 이 더위에 힘들게 됐구나!" 공작이 말했다.

"아니에요, 아버지, 그는 상당히 좋은 분이에요. 코스챠가 그를 얼마나 좋아하는데요." 키티는 아버지의 얼굴에서 비웃는 듯한 표정을 보고는 뭔가 애원하는 듯한 어조로 미소를 지으며 말했다.

"그래, 난 괜찮다."

"언니, 저분들에게 가 봐." 키티는 돌리에게 말했다. "저분들을 좀 맡아줘. 저분들이 역에서 스티바를 만났는데, 건강하대. 난 미챠한테 빨리 다녀올게. 가엾게도 차를 마실 때부터 젖을 안 먹였거든. 분명히 지금쯤 그 애는 잠에서 깨어 울고 있을 거야." 그리고 그녀는 젖이 차오른 것을 느끼며 잰걸음으로 아기 방으로 갔다.

사실 그녀는 단순히 짐작만 한 게 아니었다(그녀와 아기의 연결고리는 아직 끊어지지 않았다). 그녀는 자신의 젖이 차오르는 것을 보고 아기가 배고프리라는 것을 알았던 것이다.

그녀는 아기 방으로 다가가기도 전에 갓난아기가 울고 있는 것을 알았다. 그리고 정말로 아기는 울고 있었다. 울음소리를 들은 그녀는 더욱 빨리 걸었다. 그런데 그녀가 걸음을 재촉하면 할수록 아기는 더 큰 소리로 울어댔다. 생기 있고 건강하게 들렸으나 배고픔을 참지 못해 조급한 목소리였다.

"오래됐어요, 보모? 오래된 거예요?" 키티는 의자에 앉아 젖먹일 준비를 하며 급히 물었다. "자, 그 애를 이리 줘요. 아, 보모, 답답하네요. 모자는 나중에 씌워요!"

아기는 너무 울어서 지쳐버린 것 같았다.

"저런, 안 돼요, 마님." 거의 항상 아기의 방에서 시간을 보내고 있는 아가피야 미하일로브나가 말했다. "옷을 제대로 입혀야 해요. 까꿍! 까꿍!" 그녀는 엄마에게는 신경도 쓰지 않고 아기 위로 몸을 구부리고 노래하듯 말했다.

보모는 아기를 엄마에게 데려갔다. 아가피야 미하일로브나는 부드러움으로 느슨해진 표정을 지으며 그 뒤를 따랐다.

"알아보네요, 알아봐요. 이것 보세요, 카테리나 알렉산드로브나, 저를 알아봐요!" 아가피야 미하일로브나는 아기보다 더 큰 소리로 외쳤다.

그러나 키티는 그녀의 말을 듣지 않았다. 그녀의 조바심은 아기가 배고파서 조바심치는 마음 같이 점점 더 커졌다.

조바심 때문에 수유가 오랫동안 잘 되질 않았다. 아기는 엉뚱한 곳을 물고는 신경질을 부렸다.

결국 목이 멜 정도로 울어 젖힌 뒤에야 아기는 간신히 젖을 물고 빨았다. 어머니도 아기도 동시에 마음이 편안해져서 두 사람 모두 조용해졌다.

"아휴, 가엾어라. 애가 온통 땀범벅이네." 키티는 아기의 몸을 만지며 속삭였다. "어째서 아기가 보모의 얼굴을 알아본다고 생각하는 거예요?" 키티는 눌러 씌운 모자 아래에서 능청스럽게 자기를 보고 있는 듯한 아기의 눈망울과 규칙적으로 볼록해지는 볼과 동그란 원을 그리듯이 움직이는, 손바닥이 붉은 손을 바라보며 아가피야 미하일로브나에게 이렇게 덧붙였다.

"말도 안 돼! 만약 알아봤다면 내 얼굴을 알아볼 거예요." 키티는 아가피야 미하일로브나의 주장에 미소를 지으며 말했다.

키티가 미소를 지은 이유는 아기가 알아볼 리 만무하다고 말했지만 마음속으로는 아기가 아가피야 미하일로브나뿐만 아니라 모든 걸 다 알고 있고 이해하고 있으며, 게다가 아직 아무도 모르는 많은 것들을, 어머니인 자기 자신도 아기 덕분에 비로소 깨닫고 이해하기 시작한 것들을 이미 이해하고 있다고 생각했기 때문이었다. 아가피야 미하일로브나에게도, 보모에게도, 할아버지에게도, 그리고 아버지에게조차 미챠는 단지 물질적인 보살핌을 필요로 하는 생명체에 불과했다. 그러나 어머니에게 아기는 이미 오래전부터 완전한 영적인 관계로 맺어진 정신적인 존재였다.

"잠에서 깨면 직접 보시게 될 거예요. 제가 이렇게 하면 도련님이 환하게 웃거든요. 맑은 대낮처럼 환하게 웃어요." 아가피야 미하일로브나가 말했다.

"네, 알았어요, 알았어. 그때 보면 알겠죠." 키티는 속삭이며 말했다. "이제 가요, 아기가 잠들려고 해요."

7

아가피야 미하일로브나는 뒤꿈치를 들고 방에서 나갔다. 보모는 커튼을 내리고 아기 침대에 쳐놓은 휘장 안의 파리와 창문에 부딪쳐 윙윙거리는 말벌을 쫓은 뒤, 자리에 앉아 자작나무 가지로 모자母子에게 부채질을 해주었다.

"아휴, 더워라. 너무 더워요! 비라도 내리면 좋으련만." 그녀가 말했다.

"그래, 그래. 쉬……!" 키티는 가볍게 몸을 흔들면서 실로 손목을 묶은 듯 포동포동하게 살이 오른 아기의 손을 부드럽게 꼭 쥐며 대답했다. 미챠는 눈을 감았다 떴다 하며 계속해서 손을 희미하게 움직였다. 그 작은 손이 키티의 마음을 불안하게 했다. 그녀는 아기의 손에 입을 맞추고 싶었지만 아기가 잠에서 깨지 않을까 걱정스러웠다. 마침내 손은 움직임을 멈추고 눈도 감겼다. 단지 이따금 젖을 빨며, 아기는 길고 위로 말린 속눈썹을 조금 들어 올리고 희미한 어둠속에서 새까맣고 촉촉해 보이는 눈동자로 어머니를 쳐다보았다. 보모는 부채질을 멈추고 졸고 있었다. 2층에서는 노공작의 쩌렁쩌렁한 목소리와 카타바소프의 웃음소리가 들려왔다.

'나 없이도 얘기가 잘 되고 있나보군.' 키티는 생각했다. '그래도 코스챠가 없는 건 유감이야. 양봉장에 들른 게 분명해. 너무 자주 그곳에 있는 게 슬프긴 하지만 그래도 기뻐. 그 일이 그이의 기분을 전환시켜주니까. 봄에 비해 요즘에는 그이의 기분이 좋아지고 쾌활해졌거든.'

'그이가 얼마나 우울하고 괴로워하던지, 그 때문에 난 두렵기까지 했었잖아. 정말 우스꽝스러운 사람이야!' 키티는 미소를 지으며 속삭였다.

그녀는 남편이 왜 괴로워하는지 알고 있었다. 그건 그에게 신앙이 없었기 때문이었다. 만약 그녀에게 그가 신앙인이 아니기 때문에 내세에서 멸망하지 않겠느냐고 누가 물어본다면, 그녀는 멸망할 거라는 데 동의할 수밖에 없었을 것이다. 그러나 남편이 무신론자라는 게 그녀를 불행하게 만들진 않았다. 그녀는 신앙이 없는 자는 구원을 받을 수 없다는 것을 인정하면서도 세상에서 남편의 영혼을 가장 사랑하고 있었고, 미소를 지으며 그가 신앙을 가지고 있지 않는 것에 대해 그가 우스꽝스러운 사람이라고 혼자서 말하곤 했다.

'그이는 어째서 일 년 내내 무슨 철학책만 읽는 걸까?' 그녀는 생각했다. '만약 그 책 속에 그 모든 게 다 적혀 있다면 그이는 모든 걸 이해할 수 있을 거야. 하지만 만약 책 속에 옳지 않은 게 적혀 있다면, 어째서 책을 읽는 걸까? 그이는 자기 스스로 신앙을 가지고 싶다고 말하지. 그런데 어째서 믿지 않는 걸까? 너무 많이 생각해서 그런 게 틀림없어. 그런데 많은 걸 생각하는 것도 고독 때문일 텐데. 그이는 늘 혼자, 혼자잖아. 그이가 우리와 모든 얘길 나눌 수는 없는 일일 테니까. 그이는 저 손님들의 방문이 기쁠 거야. 카타바소프라면 더욱 그렇지. 저분과 토론하는 걸 좋아하니까.' 이렇게 생각하자, 순간 그녀의 머릿속에는 카타바소프의 잠자리를 어디에 좀 더 편하게 두어야 하는지, 방을 따로 마련해야 하는지, 아니면 세르게이 이바노비치와 함께 방을 쓰도록 해야 하는지에 대한 문제로 생각이 옮겨갔다. 그러자 그녀는 문득 어떤 생각이 떠올라서 흥분으로 몸서리를 치는 바람에 미챠조차 놀라서 어머니를 엄하게 쳐다보았다. '빨래하는 아줌마가 빨랫감을 가져오지 않은 것 같은데. 그럼 손님용 시트는 이제 여분이 없단 말이잖아. 만약 내가 지시하지 않으면 아가피야 미하일로브나는 사용했던 시트를 세르게이 이바노비치에게 내놓을 거야.' 이런 생각을 하는 것만으로도 키티는 얼굴이 화끈거렸다.

'그래, 내가 지시해야겠어.' 그녀는 이렇게 마음먹고 조금 전의 생각으로 돌아가 정신적으로 중대한 어떤 것에 대해 아직 생각을 정리하지 못했다는 것을 상기하고는 그것을 떠올리기 시작했다. '그래, 코스챠에게 신앙이 없다는 거였지.' 그녀는 다시 미소를 지으며 생각했다.

'그래, 그이에겐 신앙이 없어! 하지만 슈탈 부인처럼 되거나 외국 있을 때 내가 원했던 모습으로 있는 것보다는 항상 지금 모습 그대로가 나아. 아니, 그는 이제 가식적으로 살지 않을 거야.'

그리고 얼마 전 그가 보여준 선량한 모습이 그녀의 눈앞에 생생하게 떠올랐다. 2주 전 즈음, 돌리는 스테판 아르카디치로부터 잘못을 뉘우치는 편지를 받았다. 그는 그녀에게 자신의 빚을 갚아 명예를 지키도록 영지를 팔아달라고 애원했다. 돌리는 절망에 빠져서 남편을 증오하고 경멸하며 애석해하다가, 이혼하는 한이 있어도 그의 청을 거절할 거라고 마음먹었지만 결국 자신의 영지 일부를 파는 데 동의했다. 그 뒤로 키티는 남편의 혼란스러워하던 모습, 그가 마음 쓰이던 문제에 대해 여러 차례 거북해하며 접근하던 모습, 그리고 마침내 그가 돌리에게 모욕감을 주지 않으면서 도와줄 수 있는 유일한 한 가지 방법을 생각해내곤 키티가 자신의 영지 일부를 돌리에게 주도록 제안하던 모습을 떠올리며 자기도 모르게 미소를 지었다. 예전에 키티는 그것에 대해 생각도 못했다.

'그이가 어떻게 신앙이 없는 사람이야! 그런 따뜻한 마음을 가지고 누구에게도, 아기한테조차 마음 상하게 하지 않으려고 하는데 말이야! 모든 게 남을 위한 것이고, 자신을 위해서는 아무것도 하지 않아. 세르게이 이바노비치는 관리인 노릇을 하는 게 코스챠의 의무인 것처럼 생각하지. 언니도 마찬가지야. 지금은 돌리도 아이들과 함께 그이의 보호 하에 있잖아. 그리고 그이에게 매일 오가는 사람 모두가 마치 그이에게 자기들을 보살펴야 하는 의무라도 있다고 생각하는 거 같아.'

"그래, 꼭 아빠 같은 사람이 되렴. 제발, 그런 사람이 되어야 해." 그녀는 미챠를 보모에게 건네며 아기의 뺨에 입술을 대고 말했다.

8

레빈은 사랑하는 형이 죽어가는 모습을 지켜보면서 스무 살부터 서른네 살까지 어린 시절과 청년 시절의 믿음을 대신했던, 새로운 신념을 통해 처음으로 생사 문제를 바라보게 되었다. 그러자 그는 죽음이 두려운 것보다는 생명이 어디서 왔고, 무엇을 위해, 왜 왔는지, 또 그게 무엇인지에 대한 지식이 전혀 없는 생명이 더욱 두렵게 느껴졌다. 유기체, 그것의 파괴, 물질의 불멸, 에너지 보존의 법칙, 진화, 이런 단어들은 이전의 그의 믿음을 대신한 말이었다. 그런 단어들과 그와 관련된 개념들은 지적인 목적을 위해 대단히 훌륭했다. 그러나 그런 것들은 인생을 위해 아무런 도움도 주지 못했다. 그러자 레빈은 갑자기 자신이 따뜻한 모피 외투를 모슬린 옷으로 바꿔 입은 사람과 같은 느낌이 들었고, 처음으로 추위 속에서 벌거벗은 채 피할 수 없는 고통스러운 죽음을 맞이해야 한다는 것을 이성으로가 아니라 자신의 온 존재를 통해 확신한 사람과 같은 느낌이 들었다.

그때부터 레빈은 비록 그것을 분명히 깨닫지 못하고 이전과 같은 삶을 지속했지만 자신의 무지에 대한 이 같은 공포를 느끼지 않을 수 없었다.

게다가 그는 자기가 신념이라고 부르는 것이 단지 무지에 불과할 뿐만 아니라 자신에게 필요한 것을 깨닫지 못하게 하는 사고방식이라는 것을 어렴풋이 느끼고 있었다.

결혼 초, 레빈은 자기가 알게 된 새로운 기쁨과 의무로 인해 이런 생각을 완전히 잊고 있었다. 그러나 최근 아내의 출산 후 하는 일 없이 모스크바에서 지내고 있을 때, 레빈에게는 해결을 요구하는 문제가 점점 더 자주, 더욱더 집요하게 떠오르기 시작했디.

그의 문제는 다음과 같은 것이었다. '만약 내가 내 생명에 대해 기독교에서 제시하는 그런 해답을 인정하지 않는다면, 난 어떤 해답을 인정하는 것일까?' 그는 자기 신념의 모든 저장고를 뒤져보아도 해답은커녕 해답 비슷한 것도 발견할 수 없었다.

그는 장난감 상점과 총기류 상점에서 음식을 찾는 사람과 같은 처지에 놓이게 되었다.

그는 이제 자기도 모르게 모든 책에서, 모든 대화에서, 모든 사람들에게서 그 문제와의 관련성과 그 해답을 찾으려 했다.

이때 가장 그를 놀라게 하고 실망시킨 것은, 그가 속한 사회와 그의 동년배 대다수가 그와 마찬가지로 이전의 신앙을 새로운 신념으로 바꾸었지만 거기에서 어떤 괴로움도 없이 전적으로 만족하며 평안하다는 것이었다. 그래서 그 주된 문제 말고도 레빈은 다른 문제들로 괴로워했다. 즉, '저 사람들은 진실한 걸까? 저들은 일부러 꾸미는 건 아닐까? 아니면 신경 쓰이는 문제에 대해 과학이 제시하는 해답을 저들이 뭔가 다른 방법으로 좀 더 확실하게 이해하고 있는 건 아닐까?' 하는 것이었다. 그래서 그는 그런 사람들의 견해와 그 해답을 언급하고 있는 책들을 열심히 연구했다.

그런 문제들이 그의 마음에 자리 잡은 이후부터 그가 발견한 한 가지는, 그가 젊은 대학 시절을 회상하며 종교는 이미 자기의 시간을 다 살았고 더 이상 존재하지 않는다는 생각이 잘못되었다는 것이었다. 그와 가까이 있는 선량한 사람들은 신앙을 가지고 있었다. 노공작도, 그가 좋아하는 리보프도, 세르게이 이바니치도 그리고 모든 부인들도 신앙을 가지고 있었다. 그의 아내는 그가 어린 시절에 믿었던 것과 똑같은 신앙을 가지고 있었다. 생활에 있어 그에게 가장 큰 존경심을 심어준 농민의 99퍼센트가, 아니 그들 모두가 신앙을 가지고 있었다.

많은 책을 읽으면서 확신한 다른 한 가지는, 그와 똑같은 견해를 가지고 있는 사람들이 그 견해로는 다른 어떤 것도 암시하거나 설명하지 않고 그로서는 그 해답 없이 살 수 없다고 느껴지는 문제들에 대해 단지 부정하기만 하면서 그에게 아무런 흥미를 줄 수 없는 전혀 다른 문제들, 즉 유기체 진화라든지 영혼에 대한 기계적 설명 등을 해결하려고 애쓰고 있다는 것이었다.

게다가 아내가 출산하는 동안 그에게 예사롭지 않은 사건이
일어났다. 무신론자인 그가 기도하기 시작했고, 기도하고 있는
순간에는 하느님을 믿었던 것이다. 그러나 그 순간이 지나자 그
에게는 생활 어디에도 그때의 기분을 내맡길 곳이 없었다.

그는 그때는 진리를 알았지만 지금에 와서 잘못되었다고 인
정할 수가 없었다. 왜냐하면 차분히 그것을 생각하기 시작하자
이내 모든 게 산산이 부서져버렸기 때문이었다. 그렇다고 그때
잘못된 것이라고 인정할 수 없었다. 왜냐하면 그때의 정신적 기
분을 소중히 여기고 있는 데다, 그것을 단지 인간적인 약점으로
인정해버리면 그 순간을 욕되게 하는 것일 수 있기 때문이었다.
그는 자기 자신과의 갈등 속에서 괴로워하며 그것으로부터 빠
져나오기 위해 온 정신을 긴장시켰다.

9

그런 생각들은 때로는 약하게, 때로는 강하게 그를 괴롭히면서 결코 그를 떠나지 않았다. 그는 읽고 생각했다. 그러자 읽으면 읽을수록, 생각하면 생각할수록 자신이 추구하는 목적에서 더욱 멀어져 가는 느낌이 들었다.

최근 모스크바에서도, 시골에서도 그는 유물론자들 가운데에서는 해답을 찾을 수 없음을 확신하고 플라톤, 스피노자, 칸트, 셸링, 헤겔, 쇼펜하우어 등 인생을 유물론적으로 설명하지 않은 철학자들의 책을 다시 읽어보거나 새롭게 읽었다.

그에게 그런 사상들은 그가 책을 읽거나 다른 학설, 특히 유물론적 사상에 반박하는 생각을 도출해 낼 때 유용한 것처럼 여겨졌다. 그런데 그가 문제의 해답을 읽거나 스스로 찾아내려 할 때마다, 이내 똑같은 일이 언제나 반복됐다. **영혼, 의지, 자유, 본질** 같은 모호한 말들의 정의를 따르며, 철학자들이나 그 자신이 그에게 만들어놓은 말의 덫에 일부러 빠져들며, 그는 마치 뭔가 이해한 것 같은 느낌이 들기 시작했다. 그러나 그런 인위적인 사고 과정을 잊고 삶 속의 실을 따라 생각하다 보면 자신에게 만족을 준 것으로 되돌아가는 것이었다. 그러다 문득 그 모든 인위적인 구조물이 마치 카드로 만든 집처럼 무너져버리고, 그 구조물은 삶에서 이성보다 더 중요한 무언가와 관계없이 단지 재배치된 말들로 만들어진 것에 불과하다는 게 분명해지곤 했다.

언젠가 그는 쇼펜하우어를 읽으면서 **의지**라는 말 대신에 **사랑**을 넣어보았다. 그러자 이 새로운 철학은 그가 그것에서 벗어나기까지 이틀 동안 그에게 위안을 주었다. 그러나 나중에 그가 생활 속에서 그것을 바라보았을 때는 그것도 마찬가지로 무너져버리며 몸을 따뜻하게 해주지 못하는 모슬린 옷이라는 게 판명되었다.

형 세르게이 이바노비치는 그에게 호먀코프의 신학 저서를 읽어보라고 권했다. 레빈은 호먀코프 전집의 제2권을 읽었다. 그리고 처음에는 논쟁적이고 우아하고 재치 있는 어투에 거부감이 느껴졌지만, 그 속에 언급된 교회에 관한 교리에는 감명을 받았다. 우선 그는 신의 진리에 대한 깨달음이란 개인에게 주어진 게 아니라 사랑으로 결합된 사람들의 모임, 즉 교회에 주어진 사상이라는 데 감동을 받았다. 현재 존재하며 사람들의 모든 믿음이 있는 살아 있는 교회, 하느님을 머리에 두기 때문에 성스럽고 순결한 교회, 그 교회를 믿는 것과 그것으로부터 하느님과 창조와 타락과 속죄를 받아들이는 것이 아주 먼 신비로운 곳의 하느님, 창조 등등에서 시작하는 것보다는 훨씬 더 수월하다는 생각이 그를 기쁘게 했다. 그러나 그 후 가톨릭 필자의 교회사와 슬라브 정교 필자의 교회사를 읽고 본질적으로 완전무결한 두 교회가 서로를 부인하는 것을 발견한 후, 교회에 관한 호먀코프의 교리에도 실망한 나머지 그 구조물 역시 철학적 구조물들과 마찬가지로 재가 되어 사라져버렸다.

그는 올봄 내내 자기를 잃은 상태로 끔찍한 순간들을 겪었다.

'난 대체 무엇이고, 왜 이곳에 있는지 알지 못한 채 살아갈 수는 없어. 그런데 난 그것을 알 수 없어. 따라서 살 수가 없어.' 레빈은 혼잣말을 했다.

'무한한 시간 속에서, 무한한 물질 속에서, 무한한 공간 속에서 물거품 같은 유기체가 분리된다. 그리고 그 물거품은 잠시 그 상태를 유지하다 터져버린다. 그 물거품이 나로구나.'

그것은 괴로운 거짓이었다. 그러나 그것은 그 방향에서 인간 사유의 수세기 동안 이어져온 마지막이면서도 유일한 결과물이었다.

그것은 거의 모든 분야에서 인간 사유의 탐구의 기반이 되는 마지막 믿음이었다. 그것은 지배적인 신념이었다. 레빈은 다른 모든 설명들 가운데 그 자신도 언제, 어떻게 된 건지 모른 채 그것을 무의식중에 신념으로 받아들였다.

그러나 그것은 단순한 거짓이 아니라 어떤 사악한 힘, 사악하고도 혐오스럽고 절대 굴복해서는 안 되는 힘의 잔인한 조소였다.

그 힘으로부터 벗어나야만 했고, 벗어날 수 있는 방법은 각자에게 달려 있었다. 사악한 힘에 대한 종속을 끊어야만 했다. 그리고 그 한 가지 방법은 죽음이었다.

그렇게 행복한 가정이 있는 건강한 인간 레빈도 여러 번 자살 직전까지 가서 자신이 목을 맬까 봐 끈을 숨기고, 권총 자살을 할까 봐 총을 가지고 다니는 것을 무서워하기도 했다.

그러나 레빈은 총으로 자살하지도, 목을 매지도 않고 살아가고 있었다.

10

레빈은 난 무엇이고, 무엇을 위해 살고 있는지를 생각할 때면 해답을 찾지 못하고 절망에 빠지곤 했다. 그러나 그것에 대해 자문하기를 멈추자 그는 자기가 무엇이고, 무엇을 위해 살고 있는지를 알고 있는 듯한 느낌이 들었다. 왜냐하면 그는 확고하고 분명하게 행동하며 살아갔기 때문이다. 심지어 최근에도 그는 이전에 비해 훨씬 더 확고하고 분명하게 생활하고 있었다.

6월 초순에 시골로 돌아온 후, 그는 이전과 같은 평범한 생활로 돌아갔다. 농사 경영, 농민들과 이웃 사람들과의 관계, 가정생활, 그의 손에 맡겨진 누나와 형의 문제, 아내와 친척들과의 관계, 아기에 대한 염려, 그리고 올봄부터 매달리고 있는 새로운 양봉업이 그의 모든 시간을 차지하고 있었다.

그가 그런 일에 매달린 것은 예전에 그랬듯 어떤 일반적인 견해로 자신을 위해 그것을 정당화시켰기 때문이 아니었다. 그 반대로 이제는 공공복지를 위한 이전 계획들의 실패로 실망하기도 했고, 다른 한편으로는 자기의 생각들과 사방에서 쏟아지는 많은 일들로 정신없었기 때문에 그는 공공복지에 관한 모든 생각을 완전히 그만두었던 것이다. 그래서 그가 그런 일에 몰두한 것은 단지 자기가 해왔던 일을 해야만 할 것 같고, 또한 달리 어쩔 수 없을 것 같은 생각에서였다.

이전에(그건 거의 어린 시절부터 시작되어 성인이 될 때까지 계속 자랐다) 그가 모든 사람들을 위해, 인류를 위해, 러시아를 위해, 마을 전체를 위해 무언가 좋은 일을 하려고 노력했을 때의 그런 생각은 기분 좋은 일이라는 것을 알고 있었다. 그러나 그 행위 자체는 언제나 어설프고, 그 일이 반드시 필요한 것인지 확신이 서질 않았다. 그래서 처음에는 아주 크게 보이던 행위 자체도 점점 작아지고 또 작아지더니 사라져버리고 말았다. 이제 결혼을 한 뒤 자신을 위한 생활이 점점 더 제한되면서, 그는 비록 자신의 행위에 대해 생각할 때 어떤 기쁨도 느끼지 못했지만 자신의 일이 반드시 필요하다는 확신을 느꼈고 이전보다 훨씬 잘 진행되어 점점 커져 가는 것을 보고 있었다.

이제 그는 자신의 의지에 반하여 마치 쟁기처럼 점점 더 깊숙이 땅 속으로 파고들어서, 밭고랑을 뒤집지 않고는 그곳에서 빠져나올 수 없게 되었다.

아버지나 할아버지가 살아왔던 것처럼 가정생활을 한다는 건, 즉 똑같은 교양 속에서 똑같이 아이들을 교육한다는 것은 의심할 여지없이 필요한 것이었다. 그것은 먹고 싶을 때 식사하는 것과 마찬가지로 꼭 필요한 것이었다. 그리고 그러기 위해서는, 식사 준비가 필요한 것과 마찬가지로, 포크로프스코예마을에서의 농사 경영도 소득을 얻도록 운영해야만 했다. 또한 빚은 갚아야만 마땅한 것처럼, 할아버지가 세우고 심어놓은 것에 대해 레빈이 감사했듯이 그의 아들도 땅을 유산으로 물려받을 때 아버지에게 감사할 수 있도록 조상으로부터 내려온 땅을 유지해야만 했다. 그리고 그러기 위해서는 땅을 빌려주지 말고 스스로 농사를 짓고 가축을 기르며 밭에 거름을 주고 숲을 조성해야 했다.

세르게 이바노비치와 누이의 일도, 그에게 조언을 구하며 익숙하게 오가는 농부들의 일도 도와야만 했다. 그건 마치 품에 안고 있는 아기를 버릴 수 없는 것과 같았다. 게다가 초대를 받아 아이들과 함께 온 처형과 아기가 있는 아내도 돌봐야만 했기 때문에 잠시라도 매일 그들과 함께 지내야만 했다.

이 모든 일들은 사냥과 새로운 양봉 일과 더불어 레빈의 모든 생활을 채우고 있었다. 그러나 그가 깊은 생각을 할 때면 그런 생활은 그에게 아무런 의미가 없는 것으로 되어버리곤 했다.

그러나 레빈은 자기가 무엇을 해야 하는지 알고 있는 것 외에도 이 모든 일을 어떻게 해야 하는지, 어떤 일이 더 중요한지 확실히 알고 있었다.

그는 노동자들을 가능한 값싸게 고용해야 한다는 것을 알고 있었다. 그러나 그들의 가치보다 싸게 선금을 주어 그들을 잡아

두는 건 안 되었다. 비록 그것이 유리하다 해도 그건 안 될 말이었다. 사료가 부족할 때는 불쌍하기는 하지만 농부들에게 짚을 팔아도 되었다. 그러나 여인숙과 선술집은 혹여 수익을 낸다 해도 없애야 했다. 벌목은 가능한 엄중히 단속해야 하지만 쇠약해진 가축에 벌금을 부과하지 않아야 했다. 설령 그 일로 파수꾼들을 화나게 하고, 농부들의 두려움을 없앤다 해도 쇠약해진 가축을 잡아두어서는 안 되었다.

월 10퍼센트의 이자를 고리대금업자에게 지불하고 있는 표트르에게 빚을 갚도록 돈을 빌려주어야 한다. 그러나 소작료를 내지 않는 농부들에게는 그것을 감해주거나 기한을 연장해줄 수 없다. 목초지의 풀을 베지 않아 풀을 엉망으로 만든 관리인은 그대로 둘 수 없으나 묘목을 심은 80데샤티나의 목초지를 베어서는 안 된다. 그리고 부친상을 당했다는 이유로 농번기에 집으로 돌아간 농부는 아무리 사정이 딱해도 용서해서는 안 된다. 귀중한 몇 달을 쉰 데 대해서는 임금을 삭감하고 지불해야 한다. 그러나 아무 데도 필요치 않은 늙은 하인일지라도 월급을 주지 않으면 안 된다.

레빈은 집에 돌아오면 건강이 좋지 않은 아내에게 가장 먼저 가야 하고, 이미 3시간 동안 그를 기다린 농부들은 좀 더 기다려도 된다는 것을 또한 알고 있었다. 그리고 분봉할 때 느끼는 만족감에도 불구하고, 그는 때로 그 만족감을 버리고 분봉은 늙은 이에게 맡긴 채 양봉장으로 자기를 찾아온 농부들과 얘기하러 가야 한다는 것도 알고 있었다.

그는 자기 행동이 옳은 건지 아닌지 알지 못했다. 그리고 이제는 그런 것에 대해 증명하려고 하지 않을 뿐만 아니라 그것에 대해 이야기하거나 생각하는 것도 피했다.

판단하는 것은 오히려 그를 의혹으로 이끌었고, 그로 하여금 해야 할 일과 해서는 안 될 일을 제대로 보는 걸 방해했다. 그런데 생각하지 않고 생활하다 보면, 그는 자기의 내면에 두 가지 가능한 행위 가운데 어느 게 더 좋고 어느 게 더 나쁜지 판단해 주는 틀림없는 재판관이 존재하고 있음을 끊임없이 느끼고 있었다. 그리고 그가 잘못된 행동을 할 때면 이내 그것을 느꼈다.

그렇게 그는 자신이 무엇인지, 무엇 때문에 이 세상에 살고 있는지 깨달을 수 있는 가능성을 알지도 보지도 못한 채, 자살을 두려워하는 지경에까지 이르러 자신의 무지를 괴로워하면서도, 그와 동시에 자기 특유의 정해진 인생길을 굳건히 살아가고 있었다.

11

세르게이 이바노비치가 포크로프스코예 마을에 도착한 날은
레빈에게 가장 괴로운 날 중의 하루였다.

농민들 모두 그 어떤 다른 생활 조건에서도 발휘되지 않는 자
기희생적인 비범한 집중력을 노동에서 발휘하는 가장 바쁜 시
기였다. 만약 그 능력을 발휘한 사람들 스스로 그것에 가치를 두
었다면, 그것이 매년 되풀이되는 게 아니고 그 긴장의 결과가 그
렇게 단순한 것이 아니었다면, 그 집중력은 높이 평가되었을 것
이다.

호밀과 귀리를 베어 다발로 묶어 나르고, 목초지의 풀을 베고,
휴경지를 갈아엎고, 타작을 하고 가을 파종을 하고, 이 모든 일
들은 단순하고 늘 있는 일처럼 여겨졌다. 그러나 이 모든 일들을
성공적으로 끝내기 위해서는 서너 주 동안 노인부터 젊은이까
지 온 마을 사람들이 크바스와 양파와 흑빵을 먹으며 밤마다 타
작을 하고 곡식 다발을 나르면서 하루에 두세 시간도 못 자고 평

소의 세 배 이상 일을 해야 했다. 그리고 그것은 해마다 러시아 전역에서 일어나는 일이었다.

삶의 대부분을 시골에서 농민들과 가까운 관계를 유지해온 레빈은 농번기에는 언제나 공통된 농민의 흥분이 자기에게도 전해지는 느낌을 받았다.

아침부터 그는 말을 타고 첫 파종하는 호밀밭과 낟가리를 쌓는 귀리를 둘러보러 다니다가 아내와 처형이 일어날 즈음 집으로 돌아와서 그들과 함께 커피를 마신 뒤, 씨앗을 준비하기 위해 새로 설치한 탈곡기를 가동해 봐야 하는 농장으로 걸어갔다.

레빈은 그날 온종일 관리인과 농부들과 이야기를 나누고 집에서는 아내와 돌리와 조카들과 장인과 이야기를 나누면서도, 농사일 걱정 외에 끊임없이 그의 마음을 차지하고 있는 오직 한 가지 일만을 생각하고 있었다. 모든 현상 속에서 '나는 도대체 무엇인가? 나는 어디에 있는 것인가? 나는 무엇 때문에 여기에 있는가?'라는 자신에 대한 의문과의 연관성을 찾고 있었던 것이다.

아직 향기를 품고 있는 잎이 달린 개암나무 윗가지에 갓 껍질을 벗긴 사시나무로 서까래를 받치고 새로 지붕을 이은 곡창의 서늘한 곳에 서서, 레빈은 때론 탈곡할 때 생기는 건조하고 매캐한 먼지가 날리는 열린 문을 통해 뜨거운 햇볕에 비추인 탈곡장의 풀과 이제 막 헛간에서 가져온 새 짚을 보기도 하고, 때론 지저귀면서 지붕 밑으로 날아와 날갯짓을 하며 출입문의 창가에 앉아 있는 머리가 알록달록하고 가슴이 하얀 제비를 바라보기도 하고, 때론 어두침침한 먼지투성이인 곡창에서 일하고 있는 농민들을 바라보기도 하면서 이상한 생각을 하고 있었다.

'무엇 때문에 이 모든 일이 일어나고 있는 걸까?' 그는 생각했다. '나는 무엇 때문에 여기에 서서 저들에게 일을 시키고 있는 걸까? 저들은 어째서 분주히 일하고 내 앞에서 열심히 일하는 모습을 보이려고 노력하는 것일까? 어째서 저 마트료나 할멈은 저렇게까지 일하는 것일까(불이 나서 들보가 저 할멈에게 떨어졌을 때 내가 치료해주었지)?' 그는 고르지 않은 거친 바닥을 검고 탄 맨발로 내디디면서 갈퀴로 알곡을 긁어모으고 있는 깡마른 할멈을 바라보며 생각했다. '그때 할멈은 건강해졌지만 오늘이나 내일이 아니더라도 10년 후에는 할멈도 땅에 묻힐 거야. 그렇게 되면 할멈에게서도, 붉은색 치마 차림으로 민첩하고도 부드러운 움직임으로 왕겨에서 이삭을 털고 있는 저 멋진 여자에게서도 아무것도 남지 않겠지. 그녀도 묻힐 테고, 저 얼룩 거세마도 머지않아 묻힐 거야.' 그는 배를 불룩거리고 콧구멍을 벌름거리며 숨을 헐떡이는, 자기 밑에서 기울어져 움직이고 있는 수레를 끌면서 걸음을 옮겨 놓는 말을 바라보며 생각했다. '저 말도 묻히고, 곱슬곱슬한 턱수염에 왕겨를 잔뜩 붙이고 찢어진 셔츠 틈으로 어깨를 허옇게 드러낸 일꾼 표도르도 땅에 묻힐 거야. 그럼에도 그는 곡식 다발을 풀기도 하고, 뭔가 지시하기도 하고, 아낙네들에게 소리를 지르기도 하고, 재빠른 동작으로 플라이휠의 벨트를 고치기도 하지. 그리고 중요한 건 저 사람들뿐만 아니라 나 자신도 묻히게 될 것이고, 결국 아무것도 남지 않게 된다는 사실이야. 무엇 때문에 그럴까?'

그는 그런 생각을 하면서 동시에 한 시간 동안 얼마나 탈곡되는지 계산하기 위해 시계를 들여다보았다. 하루 일을 정하기 위해 알아 둘 필요가 있었다.

'벌써 한 시간이 다 되어 가는데, 겨우 세 번째 다발을 시작하다니.' 이렇게 생각한 레빈은 일꾼 곁으로 다가가 기계의 굉음보다 더 크게 소리를 지르며 좀 더 천천히 넣으라고 말했다.

"좀 많이 넣는군, 표도르! 이것 봐, 잔뜩 있잖나. 그래서 잘 진행되지 않는 거야. 고르게 넣게!"

땀과 먼지로 뒤범벅되어 까맣게 된 표도르가 뭐라고 소리쳐 대답했으나, 여전히 레빈이 바라는 대로 하지 않았다.

레빈은 탈곡기로 다가가 표도르를 밀어내고 자기가 직접 곡물을 집어넣기 시작했다.

그는 얼마 남지 않은 농부들의 점심시간까지 일을 한 후, 일꾼과 함께 곡창에서 나와 종자용으로 탈곡장에 쌓아 둔 가지런하고 누런 호밀 낟가리 옆에 멈춰 서서 이야기를 나누었다.

그 일꾼은 레빈이 전에 토지를 조합 형식으로 준 적이 있는 먼 마을에서 온 사람이었다. 지금 그 토지는 가옥 관리인에게 임대해주고 있었다.

레빈은 일꾼인 표도르와 그 토지에 대해 이야기를 나누면서 내년에는 그 토지를 그 마을의 부자이며 훌륭한 농부인 플라톤이 빌리지는 않을까 물었다.

"지대가 비싸서 플라톤에게는 이득이 안 될 겁니다, 콘스탄틴 드미트리치." 표도르는 땀에 젖은 품에서 이삭을 떼어 내며 대답했다.

"그럼 키릴로프는 어떻게 해나가는 건가?"

"미튜하(그는 가옥 관리인을 경멸하듯 그렇게 불렀다)에게 지대가 문제될 리 없지 않습니까, 콘스탄틴 드미트리치! 그 인간은 쥐어짜서라도 자기 것을 챙기거든요. 그 인간은 기독교 신자조차도 불쌍히 여기지 않을 겁니다. 하지만 포카니치 아저씨(그는 플라톤 노인을 그렇게 불렀다)가 사람의 가죽을 벗기는 짓을 하겠어요? 그분은 빌려주기도 하고 그냥 주기도 합니다. 전부 거둘 수는 없거든요. 같은 사람이니까요."

"그럼 대체 왜 그냥 주는 거지?"

"그야 뭐, 사람도 다양하니까요. 어떤 사람은 자기 잇속만 생각하지요. 미튜하처럼 자기 배만 부르면 되는 놈들 말입니다. 포카니치 같은 정직한 노인도 있어요. 그분은 영혼을 위해 살고 있어요. 하느님을 기억하고 있거든요."

"어떻게 하느님을 기억한다는 건가? 어떻게 영혼을 위해 산다는 거야?" 레빈은 거의 소리치듯 말했다.

"모두들 아는 것처럼 정직하게 하느님의 뜻대로 사는 거지요. 사람도 여러 종류예요. 나리만 해도 남을 노엽게 하는 일은 안

하시니까요.”

“그래, 그렇지. 그럼 잘 가게!” 레빈은 흥분하여 숨 가쁘게 말하고는 돌아서서 자기 지팡이를 들고 잰걸음으로 집을 향해 걷기 시작했다.

새로운 기쁨이 레빈을 감쌌다. 포카니치가 영혼을 위해 정직하게 하느님의 뜻대로 살고 있다는 농부의 말을 듣고, 분명하지는 않지만 의미 깊은 생각들이 마치 닫혀 있다가 어디에선가 뛰어나온 것처럼 하나의 목적을 향하여 돌진했다. 그리고 그 빛으로 눈부시게 하며 그의 머릿속에서 맴돌기 시작했다.

12

레빈은 자기 생각이라기보다(그는 아직도 그것을 이해할 수 없었다) 이전에는 한 번도 경험한 적이 없는 정신 상태에 마음을 쏟으며 큰길을 성큼성큼 걸었다.

농부가 한 말은 그의 마음에 전기의 불꽃같은 작용을 일으켜, 그의 마음을 줄곧 붙잡고 있는 산만하고 무력하고 단편적인 온갖 생각들을 갑자기 변화시켜 하나로 결합시켰다. 그런 생각들은 그가 토지 임대에 관해 이야기할 때에도 무의식중에 그의 마음을 사로잡고 있었다.

그는 마음속에 새로운 뭔가를 느끼고, 아직 그것이 무엇인지 알지는 못했지만 그 새로운 것을 기쁜 마음으로 더듬어보았다.

'자신의 필요를 위해서가 아니라 하느님을 위해 살아간다고? 어떤 하느님을 위해서? 그가 말한 것보다 더 무의미한 말이 있을까? 그는 자신의 필요만을 위해 살아서는 안 된다고 했어. 다시 말해, 우리가 이해하는 것, 우리를 유혹하는 것, 우리가 원하는 것을 위해 살아서는 안 되고, 뭔가 이해할 수 없는 것, 그 누구도 이해할 수도 정의할 수도 없는 신을 위해 살아야 한다는 거야. 그럼, 그건 무슨 말이지? 표도르의 그 무의미한 말을 내가 이해하지 못하는 것일까? 아니면 이해하면서도 그 말의 정당성을 의심했던 것일까? 그 말을 어리석고 불분명하고 부정확하다고 생각하는 것일까?

아니야. 나는 그 말을 이해했어. 그가 이해하고 있는 것과 똑같이 전적으로 이해했어. 인생에서 내가 이해한 그 무엇보다 더 분명하게 이해했고, 지금까지 그것을 한 번도 의심한 적도, 또 의심할 수도 없었어. 그리고 나뿐만 아니라 모든 사람이, 온 세상이 그것 한 가지는 확실히 이해하고 있고 그 한 가지에서 만큼은 의심할 여지없이 언제나 한마음이었어.

표도르는 가옥 관리인 키릴로프가 자신의 배를 채우기 위해 산다고 말했어. 그건 두말할 것도 없이 당연한 말이야. 우리는 모두 이성을 가진 존재이므로 배를 채우지 않고는 달리 살아갈 수 없어. 그런데 갑자기 표도르는 불현듯 자기 배를 채우며 사는 건 좋지 않고, 진리를 위해, 하느님을 위해 살아야 한다고 말했어. 그리고 난 암시만으로 그것을 이해한 거야! 나도, 수세기 전에 살았던 수백만 사람들과 현재 살고 있는 사람들도, 농부들도, 마음이 가난한 사람들도, 그 문제에 대해 생각하고 글로 적으며 자신의 모호한 말로 그와 같은 말을 하고 있는 현자들도, 우리 모두는 무엇 때문에 살아야 하는지, 무엇이 옳은지에 대한 한 가지 점에서는 마음이 일치하는 거야. 나 역시 다른 모든 사람들처럼 오직 한 가지 확고하고, 의심할 여지없는 분명한 지식을 가지고 있어. 그 지식은 이성으로 설명할 수 없는, 이성을 초월한 것으로 어떤 원인도 어떤 결과도 가질 수 없는 거야.

만약 선이 원인을 가지고 있다면 그것은 이미 선이 아니야. 만약 그것이 결과라는 보상을 받는다면 그것 또한 선이 아니야. 선은 원인과 결과의 고리 너머에 존재하는 거야.

나는 그것을 알고 있고, 우리 모두가 그것을 알고 있어.

그런데도 나는 기적을 찾고 있어. 그리고 나를 납득시킬 만한 기적을 보지 못한 것을 안타까워했어. 그런데 지금 여기에 그 유일하고 가능한 기적이 있어. 늘 존재하고, 사방에서 나를 둘러싸고 있는데도 나는 그 기적을 알아보지 못했던 거야!

이보다 더한 기적이 있을 수 있을까?

정말 나는 모든 해답을 찾아낸 것일까? 내 고뇌는 이제 정말 끝난 것일까?' 레빈은 더위도 피로도 느끼지 않고 오래된 고뇌에서 벗어난 기분으로 먼지가 펄렁거리는 길을 걸으며 생각했다. 너무도 기쁜 나머지 도무지 사실로 여겨지지 않았다. 그는 흥분으로 숨이 가빠서 앞으로 걸어갈 힘이 없었기 때문에 길을 벗어나 숲속으로 들어가서 사시나무 그늘 아래 아직 베지 않은 풀밭 위에 앉았다. 그는 땀에 젖은 머리에서 모자를 벗고 한쪽 팔을 괴고는 물기를 머금은 잎이 넓은 풀밭에 누웠다.

'그래, 면밀히 생각하고 마음에 새겨 둬야 해.' 그는 자기 앞에

있는, 아직 사람이 밟지 않은 풀을 물끄러미 바라보다, 개밀 줄
기를 기어오르다가 방풍 잎에 길이 막혀 망설이고 있는 푸른 딱
정벌레의 움직임을 눈으로 좇으며 생각했다. '모든 것을 처음부
터 하자.' 그는 딱정벌레를 방해하지 못하도록 방풍 잎을 치우고
딱정벌레가 나아갈 수 있도록 다른 풀을 구부리며 혼자 중얼거
렸다. '무엇이 나를 기쁘게 하는가? 난 무엇을 깨달은 것인가?

이전에 나는 내 몸속에도, 이 풀잎과 딱정벌레의 몸속에도(딱
정벌레는 그 풀로 가는 게 싫었는지 날개를 펴고 날아가 버렸다) 물리적,
화학적, 생리적인 법칙에 따라 물질의 교환이 일어난다고 말했
어. 우리 모두 안에서 사시나무와 구름과 성운과 함께 진화가 일
어나고 있어. 무엇에서 진화하는 걸까? 무엇으로? 무한한 진화
와 투쟁은……? 무한 속에서 어떤 방향과 투쟁이 있을 수 있는
거야! 나는 그 길을 따라 최대한의 사고력을 집중했는데도 여전
히 인생의 의미도, 욕구와 노력의 의미도 보이지 않은 것에 대해
경악했지. 그러나 내 안의 욕구의 의미가 분명해져서 나는 그것
에 따라 살고 있었어. 그래서 그 농부가 하느님을 위해, 영혼을
위해 살아야 한다고 말했을 때 나는 놀라면서도 기뻤던 거야.

난 아무것도 새롭게 발견한 게 없어. 난 단지 나 자신이 알고
있던 것을 깨달았을 뿐이야. 나는 생명이 과거에만이 아니라 지
금도 내게 주고 있는 그 힘을 깨달았어. 나는 기만에서 해방되어
주인을 알게 된 거야.'

그리고 그는 최근 2년간 생각의 전체 흐름을 간단하게 더듬어

보았다. 그것의 시작은 희망 없는 병에 걸린 형의 모습에서 떠오른 죽음이라는 선명하고도 명확한 생각이었다.

그때 처음으로 그는 자신과 모든 사람의 앞에는 고뇌와 죽음과 영원한 망각 외에는 아무것도 존재하지 않는다는 것을 확실히 깨닫고는, 이렇게 살아갈 수는 없고, 인생이 어떤 악마의 악의적인 조소가 아니라는 것을 설명할 수 있든지, 아니면 권총으로 자살하는 수밖에 없다고 결심했다.

그러나 그는 어느 것도 하지 않고, 여전히 살면서 생각하고 느꼈다. 심지어 그런 상태에 있을 때 결혼하여 수많은 기쁨을 경험했고, 인생의 의미를 생각하지 않을 때조차 행복을 느꼈다.

그건 도대체 무엇을 의미하는가? 그건 그가 잘 살아왔지만, 잘못된 생각을 했다는 것을 의미했다.

그는 어머니의 젖과 함께 흡수한 영적인 진리에 의해 살아가고 있었지만(스스로 그것을 의식하지 못한 채), 생각할 때는 그 진리를 인정하지 않았을 뿐만 아니라 피하려고 애썼다.

이제 그는 오직 신앙 덕분에 자기가 양육되고, 살아올 수 있었다는 사실을 분명히 깨달았다.

'만약 내가 이 신앙을 갖지 않고, 자신의 필요를 위해서가 아니라 하느님을 위해 살아야 한다는 것을 알지 못했다면, 나는 어떤 인간이 되어 있고 어떤 인생을 살고 있었을까? 난 도둑질과 거짓말을 하고 살인을 했을지도 모르지. 내 인생의 주된 기쁨이 되는 것들이 내게 하나도 존재하지 않았을 거야.' 그래서 그는 온갖 상상력을 전부 동원하여 만약 자기가 무엇 때문에 살아야 하는지 몰랐다면 자신이 그렇게 되었을지도 모르는 짐승 같은 존재를 상상해보려고 했으나 역시 떠올릴 수가 없었다.

'난 내 의문에 대한 해답을 찾아다녔어. 그러나 사색은 그 의문에 대한 해답을 내게 주지 않았지. 그 사색은 의문과 공통점을 가지고 있지 않아. 그 해답은 삶 자체로 무엇이 옳고, 그른지에 대한 나의 지식 속에 있었어. 그런데 난 그 지식을 그 무엇으로 얻은 게 아니라, 나와 모든 사람들에게 주어진 것이었어. 그것이 내게 주어진 건, 내가 어디서도 얻을 수 없었기 때문이야.

난 어디서 그것을 얻은 것일까? 나는 이웃을 사랑하고 괴롭히지 말라는 것을 이성으로 깨달은 것일까? 어린 시절에 내게 그런 말을 들려주었고, 내 마음속에 있는 말을 했기 때문에 난 기쁜 마음으로 그 말을 믿었어. 그럼 누가 그것을 발견한 걸까? 이성은 아니야. 이성은 생존 투쟁과 내 욕망을 충족시키는 데 방해되는 모든 사람을 억압하도록 요구하는 법칙을 발견했어. 그게 이성의 결론이야. 다른 사람을 사랑하는 것을 이성이 발견할 수는 없어. 왜냐하면 그건 비이성적이기 때문이야.'

'맞아, 오만이야.' 그는 배를 깔고 엎드려 줄기가 부러지지 않도록 조심스럽게 풀줄기를 매듭지으며 혼잣말을 했다.

'지혜의 오만일 뿐만 아니라 지혜의 어리석음이지. 그래도 가장 중요한 것은 기만, 즉 지혜의 기만이야. 바로 지혜의 사기이지.' 그는 되풀이해 말했다.

13

레빈은 얼마 전 돌리와 그녀의 아이들 사이에서 있었던 장면을 떠올렸다. 자기들끼리 남은 아이들은 촛불에 딸기를 굽기도 하고 우유를 입에 분수처럼 붓기도 하면서 놀기 시작했다. 그 모습을 본 아이들의 어머니는 레빈이 있는 앞에서 아이들이 망가뜨린 것을 위해 얼마나 큰 수고를 필요로 하는지, 그 수고는 그들을 위해서이며, 만약 그들이 잔을 깨뜨리면 차를 마실 수 없고, 만약 우유를 쏟아버리면 아무것도 먹을 게 없어서 굶어 죽게 될 거라고 아이들을 타이르고 있었다.

그때 레빈은 어머니의 말을 듣는 아이들의 차분하고도 침울한 불신의 표정을 보고 놀랐다. 그들은 단지 자기들의 재미있는 놀이가 중단된 것에 대해 실망했을 뿐이며 어머니가 하는 말은 한마디도 믿고 있지 않았다. 아이들은 그 말을 믿을 수가 없었다. 왜냐하면 아이들로서는 자기들이 사용하고 있는 사물의 전체 크기를 상상할 수 없었고, 그래서 자기들이 망가뜨린 것이 살아가는 데 필요한 것이라는 사실도 상상할 수 없었던 것이다.

'그건 당연한 거잖아요.' 그들은 생각했다. '거기에는 재미있는 것도 없고 중요한 것도 없어요. 왜냐하면 그런 건 늘 있는 것이고, 앞으로도 있을 거잖아요. 언제나 모든 게 똑같아요. 그것에 대해 우리는 전혀 생각할 게 없어요. 그건 언제나 준비되어 있거든요. 우리는 뭔가 우리들만의 새로운 것을 고안해 내고 싶어요. 그래서 딸기를 찻잔에 넣고 촛불에 굽는 것과 우유를 분수처럼 서로의 입 안에 직접 부어 넣는 것을 생각해 냈던 거예요. 그건 새롭고, 즐겁고, 찻잔으로 마시는 것보다 전혀 나쁘지 않아요.'

'우리 모두, 나 역시도, 이성으로 자연의 힘의 의미와 인생의 의미를 탐구하는 것도 그와 똑같은 일을 하는 게 아닌가?' 그는 계속 생각했다.

'모든 철학적인 이론은 인간에게 어울리지 않는 기이한 사고 방법을 통해 인간이 오래전부터 알고 있는 사실, 그것 없이는 살아갈 수 없다는 것을 그만큼 분명히 알고 있는 사실로 인간을 이끌면서, 결국 그와 똑같은 짓을 하는 것은 아닐까? 어느 철학자들의 이론의 발전을 보면 그들이 농부 표도르와 마찬가지로 확실하게, 아니 그보다 더 분명할 것도 없이 인생의 중요한 의미를 이미 알고 있으면서, 다만 의심스러운 지적 경로를 통해 모두가 아는 사실로 돌아가고자 하는 게 분명히 보이지 않은가?

가령, 스스로 얻어서 직접 그릇을 만들고 우유를 짜도록 아이들만 내버려두면 어떨까? 아이들은 장난을 칠까? 그들은 굶어 죽을지도 몰라. 가령, 우리에게 유일한 하느님과 창조주에 대한 이해 없이 우리의 열정과 생각대로만 내버려진다면? 또한 선에 대한 이해 없이, 도덕적인 악에 대한 설명 없이 남겨진다면 어떻게 될 것인가?

그럼, 어디 그런 이해 없이 무언가를 건설해 봐!

우리는 단지 파괴할 뿐이야. 왜냐하면 우리는 정신적으로 배가 부르거든. 바로 아이들과 마찬가지인 거야! 나는 내 영혼의 평안을 가져다주는 저 농부와 공통된 기쁜 지식을 어디서 얻은 것일까? 나는 그걸 어디서 가져왔을까?

난 기독교인으로서 하느님이라는 개념 속에서 길러졌어. 그리고 기독교가 내게 주는 영적인 행복으로 내 온 삶을 채우고 그런 행복으로 가득 채우며 살아가면서도, 마치 어린애처럼 그것을 이해하지 못하면서 파괴하고 있어. 즉, 나를 살게 해주는 것을 파괴하고 있는 것이지. 그런데 인생에서 중대한 위기가 찾아오자마자 춥고 굶주릴 때의 아이들처럼 난 하느님에게로 향하며 장난치다가 어머니에게 꾸중을 듣는 아이들보다도, 난 내 마음대로 하려던 나의 어린애 같은 시도를 심각하게 느끼지 않는 것 같아.

그래, 내가 아는 건 이성으로 알게 된 게 아니라 내게 주어지고 계시된 것이야. 난 그것을 마음으로 이해하고, 교회에서 가르치는 중요한 것을 믿게 된 거야.'

‘교회? 교회다!’ 레빈은 그렇게 되뇌었다. 그리고 돌아누워 한쪽 팔을 괴고는 멀리 저쪽에서 강가로 내려가는 가축 떼를 바라보았다.

‘하지만 난 교회가 가르치는 모든 걸 믿을 수 있을까?’ 그는 지금 자신의 평안을 무너트릴 수 있는 모든 것을 되짚어보고 자신을 시험하면서 생각했다. 그리고 그는 항상 가장 기이하게 느껴지고 유혹에 빠트렸던 교회의 가르침들을 일부러 떠올렸다. ‘창조? 도대체 난 무엇으로 존재를 설명했던가? 존재로써? 무無로써? 악마와 죄는? 그럼 난 악을 무엇으로 설명할 것인가? 속죄자는?

하지만 난 아무것도, 아무것도 몰라. 다만 모든 사람들과 함께 내게 얘기된 것 외에는 몰라.’

그리고 그에게는 이제 가장 중요한 것, 즉 인간의 유일한 사명인 하느님에 대한, 선에 대한 믿음을 파괴할 수 있는 건 교회의 교리 중에 하나도 없는 것처럼 여겨졌다.

교회의 모든 교리 아래에서는 개개인의 필요 대신에 진리에 봉사한다는 믿음이 놓일 수 있었다. 그리고 각각의 교리는 그것을 파괴하지 않을 뿐만 아니라 지상에서 꾸준히 발현되는 중요한 기적이 행해지기 위해 필요했다. 그리고 그 기적은 개개의 사람이 다양한 부류의 사람들, 즉 현자, 어리석은 자들, 아이들, 노인들, 농부, 리보프, 키티, 가난한 자들과 왕들과 함께 똑같은 것을 의심할 여지없이 이해하고, 살아갈 가치를 만들어주고, 높게

평가하는 그런 영적인 삶을 만들어 가는 일이었다.

레빈은 똑바로 누워 구름 한 점 없는 높은 하늘을 바라보고 있었다. '난 저 하늘이 둥근 천장이 아니고 무한한 공간이라는 것을 알고 있어. 하지만 내가 실눈을 뜨고 아무리 열심히 주시해도 둥글지 않고 유한하지 않은 것으로 볼 수는 없어. 그리고 무한한 공간에 대한 지식이 있음에도 불구하고 푸르고 단단한 둥근 천장이 보이는 내가 당연히 옳아. 그건 내가 멀리 무한한 공간을 보려고 시선을 긴장하여 애쓰는 것보다 오히려 더 옳다는 거야.'

레빈은 이제 생각을 멈추고 무언가 자기들끼리 관심을 갖고 즐겁게 대화를 나누는 신비스러운 목소리에 귀를 기울이는 듯했다.

'이것이야말로 신앙이 아닐까?' 그는 자신의 행복을 믿기 두려웠다. '하느님, 감사합니다!' 그는 복받쳐 오르는 흐느낌을 삼키며 두 손으로 눈물이 가득 고인 두 눈을 닦았다.

14

레빈은 정면을 응시하며 가축 떼를 바라보고 있었다. 그때 검정말이 끄는 자신의 짐마차와 가축 떼 옆으로 다가가 목동과 무언가 이야기를 나누고 있는 마부를 보았다. 그리고 어느새 마차의 바퀴 소리와 살진 말이 콧김을 내뿜는 소리가 가까이에서 들려왔다. 그러나 그는 자신의 생각에 너무 몰입해 있었기 때문에 마부가 자기를 찾아온 이유는 생각하지 않았다.

그는 마부가 곁에 바싹 다가와 소리쳐 부르자 그제야 정신을 차렸다.

"마님이 보내셨습니다. 형님과 또 어떤 나리께서 오셨습니다."

레빈은 짐마차에 올라타고 말의 고삐를 잡았다.

레빈은 잠에서 깬 사람처럼 오랫동안 정신을 차릴 수가 없었다. 그는 넓적다리 사이와 고삐가 스치는 목덜미에 땀범벅이 된 살진 말을 쳐다보기도 하고 옆에 앉아 있는 마부 이반을 바라보기도 하면서, 자기가 형을 기다리고 있었다는 것과 자기가 금방 돌아오지 않아서 아내가 분명히 걱정하고 있으리라는 것을 떠올리고는 형과 함께 온 손님이 누구일지 짐작해보려고 애썼다. 이제 그에게는 형과 아내와 미지의 손님이 이전과 다르게 느껴졌다. 모든 사람들과의 관계가 이제 그에게 달라질 것 같은 느낌이 들었다.

'형과의 사이에서도 언제나 존재했던 서먹함이 없어질 것이고, 논쟁도 하지 않을 것이다. 키티와도 결코 싸우지 않을 것이고, 손님과도, 그 손님이 누가 되었든 다정하고 친절하게 대해줄 것이다. 다른 모든 사람들에 대해서도, 이반에 대해서도 모든 게 달라질 것이다.'

레빈은 참지 못하고 콧김을 뿜으며 달리고 싶어 하는 순한 말을 고삐로 죄어 당기며, 옆에 앉아 놀리고 있는 손을 어디에 두어야 할지 몰라 셔츠를 계속 잡아당기고 있는 이반을 돌아보면서 그와 얘기할 구실을 찾고 있었다. 그는 이반에게 말의 배띠를 너무 높이 죄었다고 말하려고 했으나, 그런 말이 잔소리처럼 들릴 것 같았기 때문에 다정한 이야기를 하고 싶었다. 그의 머릿속에는 다른 말이 아무것도 떠오르지 않았다.

"오른쪽으로 방향을 잡으십시오, 그루터기가 있거든요." 마부는 레빈의 고삐를 바로잡아주며 말했다.

"부탁이네, 건드리지도 말고 가르치려 하지도 말게." 레빈은 마부의 간섭에 불현듯 화를 내며 말했다. 여느 때와 마찬가지로 간섭은 역시 그를 화나게 했고, 순간 그는 현재의 정신 상태로 현실과 대면했을 때 즉시 변할 것이라는 추측이 얼마나 잘못된 것인지 이내 깨닫게 되어 씁쓸했다.

집에서 4분의 1베르스타 즈음에 다다르자, 레빈은 자기를 향해 달려오는 그리샤와 타냐를 알아보았다.

"코스챠 이모부! 엄마랑 할아버지랑 세르게이 이바노비치가 오고 계셔요. 그리고 또 누군가도 있어요." 아이들은 짐마차에 기어오르며 말했다.

"그래, 누구지?"

"굉장히 무서운 사람이에요! 그리고 두 손으로 이렇게 해요." 타냐는 마차 안에서 일어나더니 카타바소프의 흉내를 내며 말했다.

"그럼 늙은 사람이야, 젊은 사람이야?" 레빈은 타냐의 몸짓에 누군가를 연상하고는 웃으며 물었다.

'아, 불쾌한 사람만 아니었으면 좋겠군!' 레빈은 생각했다.

길모퉁이를 돌자마자 걸어오고 있는 사람들을 본 순간, 레빈은 밀짚모자를 쓴 채 타냐가 방금 흉내 낸 대로 두 팔을 흔들며 걸어오는 카타바소프를 금방 알아보았다.

카타바소프는 철학에 관한 얘기를 무척 좋아했는데 그는 한 번도 철학을 공부한 적이 없는 자연과학자들에게서 그것에 대한 개념을 가지고 있었다. 최근 모스크바에서 레빈은 그와 꽤나 많은 논쟁을 벌였었다.

그리고 그러한 논쟁 중 하나, 레빈이 그를 본 순간 제일 먼저 떠오른 것은 카타바소프가 자신이 이겼다고 생각한 듯했던 어느 논쟁이었다.

'아니, 이젠 무슨 일이 있어도 논쟁을 하거나 경솔하게 내 의견을 말하지 않을 거야.' 그는 생각했다.

짐마차에서 내려 형님과 카타바소프와 인사를 나누고 레빈은 아내에 대해 물었다.

"그 애는 미챠를 콜록(그건 집 옆의 숲이었다)으로 데리고 갔어요. 집 안이 너무 더우니까 거기서 아기를 보려나 봐요." 돌리가 말했다.

레빈은 항상 아내에게 갓난아기를 숲으로 데려가는 건 위험하다고 말렸기 때문에 이런 소식은 그로서는 불쾌했다.

"그 애는 갓난이기를 데리고 이리저리 장소를 옮기고 있다네." 노공작이 웃으며 말했다. "난 그 애에게 갓난아기를 냉장실로 데려가는 게 어떠냐고 권했을 정도라네."

"그 애는 양봉장에 가려고 했어요. 당신이 거기에 계실 거라고 생각해서 우리도 지금 그곳으로 가는 길이에요." 돌리가 말했다.

"그래, 뭘 하고 지내니?" 세르게이 이바노비치는 다른 사람들로부터 떨어져서 동생과 나란히 걸으며 말했다.

"글쎄, 특별한 건 없어요. 늘 하던 대로 농사일을 하는 거지요." 레빈이 대답했다. "형님은 어떠세요, 오래 계실 거예요? 우리가 얼마나 오랫동안 형님을 기다렸는데요."

"2주일 정도 있을까 해. 모스크바에 엄청난 일들이 쌓여 있거든."

이렇게 말하는 동안 형제의 눈이 마주쳤다. 그러자 레빈은 언제나, 특히 지금은 강렬하게 형과 우애를 나누고, 무엇보다 편안한 관계를 맺고 싶은 바람을 가지고 있음에도 불구하고 형을 바라보는 게 어색했다. 그는 눈을 내리깔고 무슨 말을 해야 할지 몰랐다.

레빈은 세르게이 이바노비치가 좋아할 만한 화젯거리를 생각하고 있었다. 그가 모스크바에 일이 많다며 슬쩍 암시한 세르비아 전쟁이나 슬라브 문제에서 그를 벗어나게 할 수 있을 화제를 생각하면서 레빈은 세르게이 이바노비치의 저서에 관한 얘기를 시작했다.

"그래, 형님의 책에 대한 서평은 나왔어요?" 그가 물었다.

세르게이 이바노비치는 질문의 고의성에 미소를 지었다.

"아무도 그것에 신경 쓰지 않아. 난 다른 사람들보다 더 신경 안 쓰고." 그는 말했다. "다리야 알렉산드로브나, 저것 좀 봐요. 비가 올 것 같은데요." 그는 사시나무 우듬지에 나타난 비구름을 우산으로 가리키며 덧붙였다.

그런 말들은 레빈이 그토록 피하고 싶었던 관계, 적대적이지는 않지만 서로에게 냉정한 관계를 형제들 사이에 다시 유지시켜주기에 충분했다.

레빈은 카타바소프에게로 갔다.

"올 마음을 먹다니 정말 잘했네." 그는 말했다.

"이미 오래전에 오려고 했는데. 이번에는 제대로 얘기 좀 해 보세. 스펜서는 읽었나?"

"아니, 아직 다 읽지 못했네." 레빈이 대답했다. "그런데 이제 그 스펜서가 내게 필요 없어졌다네."

"그게 무슨 말인가? 이거 재미있는 말이군. 어째서?"

"요컨대 내가 관심을 갖고 있는 의문에 대한 해답은 스펜서나 그와 유사한 사람들에게서 찾을 수 없다는 결정적 확신이 들었기 때문이네. 이제는……."

그런데 카타바소프의 침착하고 즐거운 표정은 문득 그를 놀라게 했다. 그는 분명히 이 대화로 자기의 기분이 상한 것이 매우 유감스러웠기에 자신의 결심을 떠올리고는 입을 다물었다.

"그건 나중에 얘기하기로 하세." 그는 덧붙였다. "만약 양봉장에 가려거든 이쪽으로, 이 오솔길로 가야 합니다." 그는 모두에게 말했다.

좁은 오솔길을 따라 한쪽에는 선명한 오랑캐꽃으로 만발하고 그 가운데에는 암녹색의 높은 미나리아재비 덤불이 우거진, 아직 베지 않은 초원에 다다르자, 레빈은 울창한 어린 사시나무의 시원한 그늘에 있는 벤치와 그루터기에 손님들을 앉게 했다. 그것은 벌을 두려워하는 양봉장의 손님들을 위해 마련된 것이었다. 그리고 그는 아이들과 어른들에게 빵과 오이와 신선한 벌꿀을 가져다주기 위해 울짱으로 걸어갔다.

레빈은 되도록 빠른 동작을 취하지 않으려고 하면서 점점 더 빈번히 자기 옆을 스쳐 날아가는 벌의 소리에 귀를 기울이며 오솔길을 따라 오두막에 이르렀다. 현관 옆에서 벌 한 마리가 그의 수염에 엉켜 붕붕 소리를 냈으나, 그는 조심스럽게 그것을 떼어 놓았다. 어두운 현관에 들어서자, 그는 벽의 못에 걸린 망을 내려 입고 두 손을 호주머니에 넣은 채 울타리를 둘러친 양봉장으로 들어갔다. 풀을 벤 자리 한가운데에는 그에게 친숙한, 저마다 역사를 가진 낡은 벌집이 보리수 껍질로 말뚝에 매여 줄을 맞춰 있었고, 바자울의 벽을 따라 올해 분봉한 새 벌집이 있었다. 벌집 입구에는 놀고 있는 꿀벌들과 수벌들이 한곳을 빙글빙글 돌며 눈을 어지럽게 했고, 그 가운데 일벌들은 꽃이 만발한 숲속의 보리수와 벌집 사이를 일정한 방향으로 오가며 꿀을 나르고 있었다.

양쪽 귀에는 바삐 일하느라 날아다니는 일벌의 소리, 빈둥거리며 나팔을 불어대는 듯한 수벌의 소리, 적으로부터 자신의 재산을 지키기 위해 불안한 듯 언제라도 침을 쏠 준비를 하고 있는 호위 벌들의 다양한 소리가 끊임없이 들려왔다. 울타리 반대편에는 한 노인이 벌통 테를 깎고 있었는데, 레빈을 알아채지 못했다. 레빈도 굳이 그를 부르지 않고 양봉장 한가운데로 가서 걸음을 멈췄다.

그는 자기의 기분을 무시해버린 현실로부터 벗어나 마음을 가다듬을 수 있도록 혼자 있게 된 것이 기뻤다.

그는 자신이 이미 이반에게 화를 냈고 형에게도 냉담한 태도를 보였으며 카타바소프와 경솔하게 대화를 나눈 것을 떠올렸다.

'그것은 정말 단지 순간적인 기분이었을까? 아무런 흔적도 남기지 않고 지나가버린 것일까?' 그는 생각했다.

그러나 그 순간 조금 전의 기분으로 돌아온 그는 자기의 내면에서 뭔가 새롭고 중요한 일이 일어난 것을 느끼고 기뻤다. 현실은 그가 발견한 정신적 평온을 단지 일시적으로 가리고 있었을 뿐이며 그것은 그의 마음에 온전히 남아 있었던 것이다.

그것은 꿀벌이 그의 주위를 날아다니면서 그를 위협하거나 그의 정신을 분산시켜 그의 완전한 육체적 평안을 빼앗고 그가 그것을 피하기 위해 몸을 웅크리게 만드는 것과 같이, 그가 짐마차에 올라탄 그 순간부터 그를 에워싼 걱정들은 그의 정신적 자유를 앗아가버렸다. 그러나 그것은 그가 그들 사이에 있을 동안만 지속되었을 뿐이다. 꿀벌의 위협에도 그의 육체적 힘이 그의 안에서 온전히 남아 있었던 것처럼, 그가 새롭게 인식한 정신적 힘도 온전히 남아 있었던 것이다.

15

　"참, 코스챠, 세르게이 이바노비치가 누구와 함께 기차를 타고 왔는지 알아요?" 돌리는 아이들에게 오이와 벌꿀을 나눠주며 말했다. "브론스키요! 그가 세르비아로 간다나 봐요."

　"그렇다네, 그것도 혼자가 아니라 자비로 기병 중대를 인솔해서 간다는군!" 카타바소프가 말했다.

　"그 사람에게 어울리는군요." 레빈은 대답했다. "그런데 의용군도 여전히 나가고 있습니까?" 그는 세르게이 이바노비치를 힐긋 쳐다보며 덧붙였다.

　세르게이 이바노비치는 아무 대답 없이 하얀 봉방이 들어 있는 찻잔에서 꿀에 붙어 살아 있는 꿀벌을 날이 무딘 칼로 조심스럽게 꺼내고 있었다.

　"나가다 뿐이겠나, 엄청나지! 어제 기차역의 광경을 자네가 보았어야 했는데!" 카타바소프는 소리 내어 오이를 씹으며 말했다.

"그걸 어떻게 이해해야 하는 건가? 세르게이 이바노비치, 제발 설명 좀 해보게나. 의용군들은 어디로 가서 누구와 싸운다는 건가?" 노공작이 물었다. 분명히 레빈이 없는 동안에 시작된 대화를 계속하고 있는 듯했다.

"터키인들과 싸우는 거지요." 세르게이 이바노비치는 꿀 때문에 까맣게 되어 힘없이 다리를 움직이고 있는 벌을 구해 칼에서 사시나무의 튼튼한 잎사귀 위에 내려놓으며 온화한 미소를 머금고 말했다.

"그럼 누가 터키에 선전포고를 한 거예요? 이반 이바니치 라고조프와 리디야 이바노브나 백작 부인과 슈탈 부인인가?"

"선전포고를 한 사람은 아무도 없습니다. 가까운 이들의 고통에 공감하며 그들을 도와주려는 것뿐입니다." 세르게이 이바노비치가 대답했다.

"하지만 공작께서는 그런 원조에 대해 말씀하시는 게 아니라……." 레빈은 장인을 편을 들며 말했다. "전쟁에 대해서 말씀하시는 거예요. 공작께서는 정부의 허락 없이 개인이 전쟁에 참여할 수 없다고 말씀하시는 겁니다."

"코스챠, 봐요. 벌이에요! 정말 우리를 쏘려고 해요!" 돌리는 말벌을 쫓으며 말했다.

"그래요, 이건 꿀벌이 아니라 말벌이군요! 레빈이 말했다.

"자, 그럼 자네의 생각은 어떤가?" 카타바소프는 분명히 논쟁에 끌어들이려는 듯한 어조로 웃으며 레빈에게 물었다. "어째서 개인에게는 그런 권리가 없다는 건가?"

"내 생각은 말이야, 전쟁은 한편으로는 너무나 동물적이고 잔인하고 끔찍한 일이기 때문에 그 누구도, 기독교인을 말하는 건 아니네, 전쟁 발발의 책임을 떠맡을 수는 없는 일이고, 오직 불가피하게 전쟁에 끼어든 정부만이 할 수 있다는 것이네. 또 다른 한편으로는 학문적으로도 상식적으로도 국가 정책에서, 특히 전쟁에서 국민은 자기 개인의 의지를 포기하게 된다는 거야."

세르게이 이바노비치도, 카타바소프도 준비되어 있는 반론으로 동시에 입을 열었다.

"바로 거기에 문제가 있는 것이네. 정부가 국민의 의지를 수행하지 않는 경우가 있을 수 있거든. 그때는 사회가 자신의 의지를 표명해야 한다는 거네." 카타바소프가 말했다.

그런데 세르게이 이바노비치도 이 반박에는 동의할 수 없는 게 분명했다. 그는 카타바소프의 말에 눈살을 찌푸리고 다른 말을 했다.

"그건 문제의 제기가 잘못되었네. 거기에 선전포고는 없어. 단순히 인간적이고, 기독교적인 감정 표현만이 있을 뿐이네. 같은 피를 나눈 형제들과 같은 신앙을 가진 형제들이 살육당하고 있어. 가령 그것이 같은 신앙을 가진 형제들이 아니고, 단순한 아이들이나 부녀자들이나 노인들이었다면 말이야. 러시아 사람들은 격분하여 그 끔찍한 행위를 중단시키는 것을 돕기 위해 나설 거야. 한번 상상해보게! 자네가 길을 걷다가 술주정뱅이가 여자와 아이를 때리고 있는 장면을 목격한다면, 자네는 그자에게 선전포고를 했는지 안 했는지 물어볼 겨를도 없이 그자에게 달려들어 피해자를 보호하지 않겠나?"

"하지만 죽이지는 않을걸요." 레빈이 말했다.

"아니, 넌 죽일 거야."

"모르겠어요. 그런 장면을 목격하면 나도 직접적인 감정에 몸을 맡길 수도 있겠지요. 하지만 앞서 뭐라 말할 수는 없겠어요. 게다가 슬라브 민족의 박해에 대한 직접적인 감정이 없기도 하고, 그런 건 있을 수도 없잖아요."

"어쩌면 네게 없는 건지도 모르지. 하지만 다른 사람들에겐 그것이 있으니까." 세르게이 이바노비치는 자기도 모르게 눈살을 찌푸리며 말했다. "민중에게는 '이교도 아라비아인'의 압제 아래 고통을 받고 있는 러시아 정교회 교도들에 대한 전설이 살아 있거든. 민중은 형제의 고난에 대한 이야기를 듣고 말하기 시작한 거야."

"그럴지도 모르죠." 레빈은 애매하게 말했다. "하지만 난 그렇게 생각하지 않아요. 나 자신도 민중의 한 사람이지만 난 그걸 못 느끼겠어요."

"사실 나도……." 공작이 말했다. "외국에 살 때 신문을 읽으면서, 솔직히 말해서, 불가리아에서의 끔찍한 사건 발생 전에는 어째서 모든 러시아인들이 갑자기 그토록 슬라브 형제를 좋아하게 되었는지, 어째서 난 그 형제들에 대해 아무런 애정을 느끼

지 못하는지 도무지 이해가 가지 않았네. 그래서 난 내가 비정
상적인 건 아닌지, 아니면 카를스바트의 광천수가 그 정도로 내
게 영향을 끼친 건가 하는 생각으로 상당히 실망했는데 여기에
와서 안심했다네. 나 외에도 슬라브 형제에 대해서는 관심 없고,
오직 러시아에 관해서만 흥미를 가지고 있는 사람도 있다는 걸
알았거든. 여기 콘스탄틴도 그렇고."

"여기에서 개인적인 의견은 아무런 의미가 없습니다." 세르게
이 이바노비치가 말했다. "온 러시아가, 즉 민중이 자신의 의지
를 표명할 때 개인적인 의견은 문제되지 않습니다."

"미안하네만, 난 그런 생각이 들지 않는군. 민중은 아무것도
모르거든." 공작이 말했다.

"아니에요, 아버지……, 어떻게 모르겠어요? 그럼, 일요일에
교회에서는요?" 돌리는 대화에 귀를 기울이다 이렇게 말했다.
"수건 좀 주실래요?" 그녀는 미소를 지으며 아이들을 바라보고
있는 노인에게 말했다. "그건 있을 수 없어요. 모두들……."

"도대체 일요일에 교회에서 무슨 일이 있었다는 거냐? 사제
는 읽어달라는 부탁을 받고 그걸 읽었고, 사람들은 아무것도 모
른 채 평소 설교 때와 마찬가지로 한숨만 쉬고 있었지." 공작은
계속해서 말했다. "그 후에 교회에서 영혼을 구원하기 위해 모
금을 한다고 하니, 사람들은 1코페이카씩 냈던 거지. 하지만 무
엇을 위해서인지는 그들 자신도 모르고 있다는 거야."

"민중이 모를 리 없습니다. 자신의 운명을 의식하는 것은 민

중의 내부에 있으니까요. 현재와 같은 그런 순간에도 그런 의식
은 자각되어지는 겁니다." 세르게이 이바노비치는 양봉장의 노
인을 흘깃 쳐다보며 말했다.

숱 많은 은발 머리에 검은 수염 사이로 희끗희끗한 턱수염을
기른 인물 좋은 노인은 벌꿀이 든 찻잔을 들고, 키가 큰 탓에 나
리들을 부드럽고 점잖게 위에서 내려다보며 분명히 아무것도
이해하지도, 또 이해하고 싶어 하지도 않은 모습으로 꼼짝 않고
서 있었다.

"그건 물론 그렇지요." 그는 세르게이 이바노비치의 말에 의
미심장하게 고개를 끄덕이며 말했다.

"그럼, 저기 노인에게 물어보세요. 아무것도 모르고, 아무것도
생각하지 않을 겁니다." 레빈이 말했다. "미하일리치, 자네는 전
쟁에 대해 들었나?" 그는 노인을 향해 말했다. "교회에서 읽었지
않나. 자네는 어떻게 생각하나? 우리는 기독교를 위해 전쟁을
해야만 가는 건가?"

"우리가 무슨 생각을 하겠어요? 알렉산드르 니콜라예비치 황
제 폐하께서 생각해주시겠죠. 그분은 뭐든 다 우리를 위해 생각
해주시지요. 그분이 더 잘 알고 계셔요. 빵을 더 가져올까요? 도
련님에게 더 갖다 드릴까요?" 그는 껍질째 먹고 있는 그리샤를
가리키며 돌리에게 말했다.

"난 물어볼 필요 없어." 세르게이 이바노비치가 말했다. "우리
는 정의를 위해 모든 일을 버리고 러시아 전역에서 찾아와 자신

의 생각과 목적을 분명하고도 직접적으로 밝히는 수백의, 그 이상의 사람들을 봐왔고 또 현재도 보고 있어. 그들은 자신의 돈을 기부하거나 직접 전쟁에 나가기도 하거든. 그리고 무엇 때문인지를 분명히 밝힌다는 거야. 그건 도대체 무엇을 의미하겠니?”

“내 생각에 그건…….” 레빈은 조금씩 흥분하며 말했다. “물론 8천만의 민중들 속에는 사회적 지위를 잃고, 푸가쵸프[97] 도당이든, 히바든 세르비아든 언제라도 달려갈 준비가 되어 있는 무분별한 사람들이 지금처럼 수백 명이 아니라 수만 명이 존재한다는 겁니다.”

“너에게 분명히 말하지만, 그들은 무분별한 수백 명의 사람들이 아니라 민중의 최고 대표자들이야!” 세르게이 이바노비치는 마치 마지막 재산을 지키기라도 하는 사람처럼 격앙된 어조로 말했다. “그럼 기부금은? 그건 민중 전체가 이미 자신의 의지를 직접 표현하고 있는 거란 말이지.”

“그 ‘민중’이란 말은 너무나 불분명해요.” 레빈이 대답했다. “면사무소 서기들, 학교 교사들, 천 명의 농부들 가운데 한 사람은 이 문제가 무엇에 관한 것인지 알고 있을지도 모르지요. 하지만 나머지 8천만 명의 미하일리치 같은 사람들은 자신의 의지를 표현하지 않지 않을 뿐만 아니라 무엇에 대해 자신의 의지를 표

---

97 예카테리나 2세 치하의 러시아에서 일어난 대농민 반란(1773~1775)을 주도한 인물. 푸가쵸프는 스스로를 표트르 3세라 부르며 농민 반란을 일으켰으나 실패하여 1775년에 사형되었다.

현해야 하는지조차 아무런 개념을 갖고 있지 않습니다. 그렇다면 과연 우리가 그것을 민중의 의지라고 말할 권리가 있냐는 겁니다."

16

토론에 경험이 많은 세르게이 이바노비치는 그 말에 반박하지 않고 즉시 화제를 다른 분야로 돌렸다.

"그래, 네가 정말로 수학적인 방법으로 민중의 정신을 알려고 한다면, 물론 그 목적을 달성하는 건 매우 어려울 거야. 우리나라에는 투표 제도가 도입되지 않았고, 도입될 수도 없으니까. 그것으로 민중의 의지는 표현할 수 없는 거지. 하지만 그걸 위한 다른 방법이 있어. 그건 사회적 분위기에서 느껴지거든. 마음으로 느껴지는 거지. 난 민중이라는 정체된 바다 속을 흐르는 저류, 편견 없는 사람이라면 누구나 분명히 알 수 있는 저류에 대해서는 얘기하지 않겠어. 하지만 좁은 의미에서 사회를 들여다보는 거야. 이전에는 그토록 적대적이던 지식인들의 다양한 당파가 모두 하나로 모이는 거야. 모든 반목은 끝났고. 모든 사회 기관은 똑같은 말들을 하지. 모두들 자기들을 붙잡고 한 방향으로 이끌고 가는 자연적인 힘을 느끼고 있는 거야."

“정말 신문들은 전부 다 똑같은 말만 하고 있어.” 공작이 말했다. “그건 맞는 말이네. 얼마나 똑같은지, 천둥치기 전의 개구리 소리 같다니까. 그것들 때문에 다른 건 아무것도 들을 수가 없어.”

“개구리든 아니든, 난 신문 발행자도 아니고 그들을 변호하고 싶은 마음도 없어. 난 지식인들 세계에서의 의견 일치를 말하는 거야.” 세르게이 이바노비치는 동생을 보며 말했다.

레빈이 그 말에 대답하려고 하자 노공작이 말을 가로막았다.

“그 의견 일치에 대해서도 역시 다른 말을 할 수 있지.” 공작이 말했다. “자네들도 알겠지만, 내 사위 스테판 아르카디치라고 있지. 그 사람이 이번에 무슨 위원회인지, 잘 기억나지는 않네만, 아무든 위원이 되었다네. 그런데 거기에서 할 일이 아무것도 없다는 거야. 돌리, 뭐가 어때서, 비밀도 아닌데 그러는구나. 그런데도 봉급은 8천 루블이라고 하더군. 그에게 한번 물어보게. 그가 하는 일이 사회적으로 유익한 일인지, 그는 자기가 하는 일이 얼마나 필요한 일인지 증명해 보일 걸세. 그는 진실한 사람이니까 말이야. 하지만 자기 일이 8천만큼의 유용한 일이라는 것을 믿지 않으면 안 될 거야.”

“참, 그 사람이 취직자리가 확정되었다는 말을 다리야 알렉산드로브나에게 전해달라고 부탁했습니다.” 세르게이 이바노비치는 공작이 엉뚱한 말을 하고 있다고 생각하며 불만스러운 듯 말했다.

“신문의 논조가 일치하는 것도 같은 맥락이지요. 전쟁이 일어나면 신문의 수입이 두 배가 된다는 말을 들었어요. 그러니 민중의 운명이든 슬라브인들의 운명이든……, 그 모든 걸 어떻게 계산하지 않을 수 있겠어요?"

"나도 신문을 좋아하지 않습니다만, 그 말씀은 부당하다는 생각이 드는군요." 세르게이 이바노비치가 말했다.

"난 한 가지 조건을 붙이고 싶군." 공작이 계속 말을 이었다. "알퐁스 카는 프로이센과의 전쟁을 앞두고 이런 멋진 글을 썼지. '당신은 전쟁이 불가피하다고 생각하는가? 좋다. 그렇다면 전쟁을 설교하는 사람은 특수 전위부대에 배치시켜 돌격과 공격 시에 맨 앞으로 보내시오.'"

"편집자들은 훌륭히 해낼 겁니다!" 카타바소프는 자기가 아는 편집자들이 선발대에 편입된 모습을 상상하고는 큰 소리로 웃음을 터트리며 말했다.

"말도 안 돼요. 도망칠 텐데요." 돌리가 말했다. "방해만 될 거예요."

"도망치면 뒤에서 산탄을 쏘든지 카자흐인들에게 채찍을 들려주어 지키게 하면 되겠군." 공작이 말했다.

"농담이시겠죠. 죄송하지만, 공작님, 좋은 농담은 아니군요." 세르게이 이바노비치가 말했다.

"난 농담이라고 생각지 않아요. 그건……." 레빈이 말을 시작했으나, 세르게이 이바노비치는 그의 말을 가로막았다.

"사회의 모든 구성원은 천성에 맞는 일을 해야 할 사명이 있습니다." 그는 말했다. "그렇기 때문에 생각하는 사람들은 여론을 표현하며 자신의 임무를 수행합니다. 여론의 일치와 그것의 완전한 표현은 언론의 공적인 동시에 기뻐해야 할 현상입니다. 20년 전이라면 침묵을 지켰을지도 모르지만, 지금은 한 인간으로서 깨어나 박해받고 있는 형제를 위해 자신을 희생할 준비가 되어 있는 러시아 민중의 목소리가 들린다는 겁니다. 이것은 위대한 진일보進一步이며 힘의 증거입니다."

"하지만 단지 자신을 희생하는 것만이 아니라 터키인들을 죽이니까 말입니다." 레빈은 소심하게 말했다. "민중이 희생하거나 희생할 각오가 되어 있는 것은 자신의 영혼을 위함이지 살인을 위해서는 아니잖아요." 그는 자신의 마음을 분주하게 하던 그 생각들과 대화를 무의식중에 연결시켜 덧붙였다.

"뭐, 영혼을 위해서라고? 이건 자연과학자로서는 곤란한 표현이로군. 그 영혼이라는 건 도대체 어떤 것인가?" 카타바소프가 웃으며 말했다.

"아니, 자네도 잘 알지 않나!"

"아니, 전혀 개념이 서지 않네." 카타바소프는 큰 소리로 웃으며 말했다.

"'나는 평화가 아니라 칼을 주러 왔노라.'[98] 그리스도의 말씀

____

98 '내가 세상에 화평을 주러 온 줄로 생각하지 말라 화평이 아니요 검을 주러 왔노라'(마태복음 10:34, 개역개정)

이 있지 않나." 세르게이 이바노비치는 언제나 레빈을 가장 당황스럽게 만들었던 복음서의 한 구절을 마치 지극히 당연한 것을 말하듯 인용하며 자기 입장에서 간단히 반박했다.

"그야 당연히 그렇지요." 그들 옆에 서 있던 노인이 우연히 자신에게 쏠린 시선에 답하며 다시 반복해 말했다.

"아니, 자네 한방 먹었군, 한방 먹었어, 완전히 당했네!" 카타바소프는 유쾌한 듯 소리쳤다.

레빈은 화가 나서 얼굴을 붉혔다. 그런데 그것은 자신이 한방 먹었기 때문이 아니라 참지 못하고 논쟁을 시작했기 때문이었다.

'나는 저들과 논쟁을 해서는 안 돼.' 그는 생각했다. '저들은 뚫리지 않는 갑옷을 입고 있고, 난 맨몸으로 있으니까 말이야.'

그는 형과 카타바소프를 설득할 수도 없었지만, 자기가 그들에게 동의할 수 있는 가능성은 그보다 더욱 적다는 것을 알고 있었다. 그들은 그를 거의 파멸시킬 뻔했던 바로 그 지혜의 오만함에 대해 주장하고 있는 것이었다. 그는 형을 포함한 수십 명의 사람들이, 수도에 몰려든 말 잘하는 수백 명의 의용군들이 한 말을 바탕으로 신문과 함께 민중의 의지와 사상을, 그것도 복수와 살인으로 표현되어지는 사상을 말할 권리를 가지고 있다는 데 동의할 수 없었다. 그가 그것에 동의할 수 없는 이유는, 주위의 민중들에게서 그런 사상의 표현을 보지 못한 데다 자기 자신에게서도 그런 사상을 발견하지 못했기 때문이었다(그는 자기 자신을 러시아 민중을 구성하는 사람 중 한 사람이라는 것 말고는 달리 생각할 수 없었다). 무엇보다 중요한 이유는 그도 민중과 함께 공공복지가 무엇으로 이루어져 있는지 모르고, 알 수도 없었기 때문이었다. 그러나 공공복지의 달성은 각자에게 계시된 선의 법칙을 엄격히 수행할 때에만 가능하다는 것은 확실히 알고 있었다. 그렇기 때문에 그 어떤 공공의 목적을 위한 것이라고 해도 전쟁은 바랄 수도, 선전할 수도 없었다. 그는 바랴크인들의 부름에 관한 전설 속에서 자신의 사상을 표현한 민중과 미하일리치와 함께 이런 대화를 했었다. "대공이 되어 우리들을 다스리소서. 우리는 기쁜 마음으로 완전한 복종을 맹세합니다. 모든 노고와 모든 굴욕과 모든 희생은 우리가 짊어지겠습니다. 하지만 심판과 결정은 우리의 몫이 아닙니다." 그런데 이제 민중은, 세르게이 이바노비치의 말에 따르면, 그토록 비싼 값을 치른 그 권리를 포기한 것이다.

그는 만약 여론이 올바른 심판자라면 어째서 혁명이나 코뮌은 슬라브인들을 위한 운동과 마찬가지로 그토록 합법적이지 못한 것인지 말하고 싶었다. 그러나 그 모든 것들은 아무것도 해결할 수 없는 사상에 불과했다. 한 가지 의심할 여지없이 알 수 있었던 건, 지금 이 논쟁이 세르게이 이바노비치를 자극하고 있기 때문에 더 이상 논쟁을 벌이는 건 좋지 않다는 것이었다. 그래서 레빈은 입을 다물고 비구름이 몰려오고 있으니 비가 오기 전에 집으로 돌아가는 게 좋겠다고 손님들의 주의를 돌렸다.

17

공작과 세르게이 이바노비치는 짐마차에 올라타고 출발했다. 나머지 사람들은 걸음을 재촉하여 걸어서 집으로 향했다.

그러나 비구름은 하얗게 되었다 검게 되었다 하면서 빠르게 이동했기 때문에 비가 내리기 전에 집에 도착하려면 더욱 빨리 걸어야만 했다. 앞쪽에 낮게 깔린 검게 그을린 연기 같은 구름은 엄청난 속도로 하늘 길을 달리고 있었다. 집까지 200걸음 정도 남았는데, 벌써 바람이 일더니 금방이라도 소나기가 퍼부을 것 같았다.

아이들은 놀라움과 즐거움이 뒤섞인 함성을 지르며 앞에서 달려갔다. 다리야 알렉산드로브나는 다리를 휘감는 치마와 힘겹게 씨름하면서도 아이들에게서 눈을 떼지 못하고 뛰었다. 남자들은 모자를 꽉 붙잡고 보폭을 크게 걸었다. 그들이 현관에 다다랐을 때 굵은 빗방울이 양철 물받이의 가장자리를 때리며 흩어졌다. 아이들과 그 뒤를 따르던 어른들은 유쾌하게 떠들며 지붕 밑으로 달려 들어갔다.

"카테리나 알렉산드로브나는?" 레빈은 숄과 덮개를 들고 현관 입구에서 그들을 맞이한 아가피야 미하일로브나에게 물었다.

"우리는 주인님과 함께 오시는 걸로 생각했는데요." 그녀가 말했다.

"그럼 미챠는?"

"콜록에 있을 거예요, 보모와 함께요."

레빈은 덮개를 잡아채고는 콜록을 향해 달려갔다.

그 짧은 시간 동안 비구름은 이미 그 중심으로 태양을 가려서 마치 일식 때처럼 어두워지고 있었다. 바람은 자신의 뜻을 고집하듯 끊임없이 레빈을 멈춰 세웠다. 또한 바람은 보리수 꽃과 잎을 찢어놓고, 자작나무의 흰 가지를 흉하고 기이하게 벗기고, 아카시아, 꽃들, 우엉, 풀잎들과 나무의 우듬지를 전부 다 한쪽으로 구부렸다. 정원에서 일하고 있던 처녀들은 비명을 지르며 하인방 처마 밑으로 뛰어 들어갔다. 소나기의 하얀 장막이 이미 멀리 있는 숲과 가까운 들판의 반을 덮치면서 빠르게 콜록을 향해 움직이고 있었다. 작은 물방울로 부서지는 빗줄기의 습기가 공기 속에서 느껴졌다.

앞으로 머리를 숙이고 숄을 벗겨 내리려고 하는 바람과 맞서 싸우며 콜록 가까이 접근했을 때, 레빈은 참나무 너머로 무언가 하얀 것을 보았다. 그리고 갑자기 주위의 모든 게 번쩍하고 터지는가 싶더니 대지 전체가 타오르기 시작하고 마치 머리 위에서 하늘이 갈라지는 것 같았다. 부신 눈을 뜨자 레빈은 콜록과 자신을 나누고 있던 두터운 비의 장막 사이로 가장 먼저 숲 한가운데 있던 낯익은 참나무의 푸른 우듬지가 기이하게 그 위치를 바꾼 것을 보고 두려움을 느꼈다. '정말 벼락을 맞은 거야?' 레빈이 간신히 이런 생각을 한 순간, 참나무 우듬지는 속도를 더하면서 다른 나무들 뒤로 사라져버렸다. 그리고 거목이 다른 나무들 위로 꽝 음을 내며 넘어지는 소리가 들렸다. 번개와 천둥, 순간적으로 한기가 온몸에 덮치는 듯한 느낌이 하나의 끔찍한 인상으로 레빈에게 스며들었다.

"아, 하느님! 제발 저들을 덮치지 않게 하소서!" 그는 말했다.

그리고 그는 곧 넘어진 참나무 밑에 그들이 깔려 죽지 않았기를 기원하는 게 얼마나 무의미한 것인지를 깨달았으나, 그 무의미한 기도보다 더 나은 어떤 일도 할 수 없다는 것을 알고 있었기 때문에 그 말을 반복할 뿐이었다.

그는 평소 그들이 잘 가던 장소로 달려가 보았으나 그들을 찾을 수 없었다.

그들은 숲의 반대편 끝에 있는 늙은 보리수 아래에서 그를 부르고 있었다. 어두운 빛깔의 옷(그것은 조금 전만 해도 밝은 빛깔이었다)을 입은 두 사람의 형체가 허리를 구부린 채 무언가 위에 서 있었다. 그것은 키티와 보모였다. 레빈이 그들 곁으로 달려갔을 때 비는 이미 그치고 하늘이 맑게 개이고 있었다. 보모의 옷자락은 젖지 않았으나, 키티의 옷은 비에 흠뻑 젖어 그녀의 몸에 달라붙어 있었다. 비는 벌써 그쳤는데도 그들 두 사람은 벼락이 쳤을 때와 같은 자세로 그대로 서 있었다. 두 사람은 녹색 파라솔이 씌워진 유모차 위로 허리를 굽히고 서 있었다.

"괜찮소? 다친 데는 없소? 하느님, 감사합니다!" 그는 물이 차서 벗겨지려고 하는 장화를 그대로 신은 채 웅덩이를 철벅거리며 그들 곁으로 달려갔다.

키티의 발그레한 젖은 얼굴이 비에 젖어 모양이 변한 모자 밑에서 수줍게 그를 향해 미소를 짓고 있었다.

"정말, 당신은 부끄럽지 않소. 이런 부주의한 행동을 어떻게 할 수 있는지. 참으로 이해할 수 없군!" 그는 화가 나서 아내를 공격했다.

"사실은 내 잘못이 아니에요. 막 돌아가려고 하는데 아기가 보채서 기저귀를 갈아주는 바람에 그랬어요. 우리는 막……." 키티는 변명하기 시작했다.

미챠는 무사했다. 젖지도 않고 여전히 잠을 자고 있었다.

"아무튼 다행이오! 내가 지금 무슨 말을 하고 있는지도 모르겠소."

젖은 기저귀를 주워 담고, 보모는 아기를 들어 올려 품에 안고 걸었다. 화낸 것이 미안했던 레빈은 아내의 옆에서 보모가 모르게 슬며시 아내의 손을 잡고 걸었다.

18

이날 온종일 레빈은 온갖 다양한 대화에 건성으로 참여하며 자기 내면에서 일어나야만 했을 변화에 대해 실망했음에도 불구하고, 자기 마음의 충만함을 여전히 느끼며 기뻤다.

비가 온 뒤라 산책하기에 길이 너무 질퍽거렸다. 게다가 먹구름은 지평선 너머로 사라지지 않고, 여기저기에서 천둥소리를 내기도 하고 시꺼멓게 되기도 하며 하늘의 가장자리를 떠다녔다. 모두들 남은 시간을 집에서 보냈다.

논쟁은 더 이상 없었다. 오히려 식사 후에는 모두들 기분이 좋았다.

처음에는 카타바소프가 그와 처음 만난 사람들이 좋아하는 그만의 특유한 농담으로 부인들을 웃겼다. 그러고 나서 세르게이 이바노비치의 부추김으로 암컷 집파리와 수컷 집파리의 특성과 그 생김새의 차이에 대해, 집파리의 생태에 대해 상당히 흥미로운 자신의 관찰을 얘기해주었다. 세르게이 이바노비치도 역시 기분이 좋아서는 차를 마시는 동안 동생의 부추김으로 동방 문제의 전망에 관한 자신의 견해를 피력했다. 그것은 너무도 진술하고 훌륭해서 모두들 그의 이야기에 정신을 빼앗길 정도였다.

오직 키티만이 그 이야기를 끝까지 들을 수 없었다. 그녀는 미챠를 목욕시키기 위해 불려갔기 때문이었다.

키티가 나가고 몇 분이 지나서 레빈도 아기 방으로 불려갔다.

마시던 차를 그대로 남겨 두고 재미있는 얘기를 들을 수 없는 아쉬움을 뒤로 한 채, 그와 동시에 중대한 일일 경우에만 그를 불렀기 때문에 무슨 일이 일어난 게 아닐까 하는 불안한 생각을 가지고 레빈은 아기 방으로 갔다.

끝까지 듣지 못한 세르게이 이바노비치의 계획, 즉 해방된 4천만 슬라브 민족의 세계는 러시아와 함께 역사의 새로운 시대를 열어야만 한다는 계획은 그에게는 완전히 새로운 무엇으로 레빈의 흥미를 끌었지만, 그리고 어째서 자신을 부르는지에 대한 궁금증과 걱정은 그를 불안하게 했지만, 그는 응접실에서 나와 혼자 있게 되자 곧바로 아침에 머릿속을 오갔던 생각들을 떠올렸다. 그러자 세계 역사에서 슬라브적 요소의 의미에 대한 그 모든 생각들이 자신의 마음속에서 일어나고 있는 것에 비해 너무도 하찮은 것으로 여겨지면서, 순간 그 모든 것을 잊고 오늘 아침과 같은 기분에 젖어들었다.

그는 이제 이전처럼 사고의 전 과정을 떠올리지 않았다(그는 그럴 필요가 없었다). 그는 자신을 통제하고 있는 감정, 그런 생각들과 결합되어 있는 감정 속으로 빠져들면서 그 감정이 자신의 내면에서 이전보다 더욱 강하고 명확하게 되었음을 발견했다. 이제 그에게는 이전에 어떤 감정을 발견하기 위해 사고의 전 과정을 복원해야만 했을 때, 의도적인 평안 상태에서 일어나곤 했던 일들은 없었다. 지금은 그와 반대로 기쁨과 평안의 감정이 이전보다 더욱 생생하게 가득하여 사고가 감정을 따라가지 못했다.

그는 테라스를 지나면서 이미 어두워진 하늘에 나타난 두 개의 별을 보고 문득 생각했다. '맞아, 난 하늘을 보며 내가 보고 있는 창공은 거짓이 아니라고 생각했었지. 게다가 난 끝까지 생각하지 않은 나 자신에게 숨긴 무언가가 있었어!' 그는 생각했다. '하지만 거기에 무엇이 있든 반박은 있을 수 없어. 조금 더 생각해야만 해. 그러면 모든 게 명백해지겠지!'

아기의 방으로 들어서려고 하는데, 그는 자신에게 숨기고 있던 것이 무엇인지 떠올랐다. 그것은 만약 하느님의 존재에 대한 중요한 증거가 선이 존재한다는 하느님의 계시라고 한다면, 어째서 그 계시는 기독교 하나에만 국한되어 있는가 하는 것이었다. 마찬가지로 선을 믿고 실천하고 있는 불교나 마호메트교는 그러한 계시와 어떤 관계를 가지고 있는 것일까?

그는 이 의문에 대한 해답이 자기에게 있는 듯한 느낌이 들었다. 그러나 그는 미처 그것을 스스로에게 표현하기도 전에 아기의 방으로 들어가 버렸다.

키티는 양 소매를 걷어붙이고 욕조에서 철썩거리고 있는 아기를 내려다보고 서 있다가, 남편의 발소리가 들리자 그쪽으로 얼굴을 돌리고는 웃으며 그를 자기 곁으로 불렀다. 그녀는 물속에 반듯이 누워 다리를 버둥거리는 통통하게 살찐 갓난아기의 머리를 한 손으로 받치고, 다른 손으로는 근육을 일정하게 긴장시키며 스펀지에 물을 적셔 아기의 몸을 씻기고 있었다.

"자, 이것 보세요! 이것 좀 보세요!" 그녀는 남편이 자기 곁으로 다가오자 말했다. "아가피야 미하일로브나가 한 말이 맞았어요. 알아보잖아요."

미챠가 오늘부터 분명히 집안사람 모두를 알아보고 있다는 것이었다.

레빈이 욕소에 가까이 다가서자 곧바로 실험이 실행되었고, 그 실험은 완전히 성공적이었다. 일부러 실험을 위해 불려온 식모가 아기 위로 몸을 구부리자 아기는 얼굴을 찡그리며 싫다는 듯 고개를 흔들었다. 그러나 키티가 몸을 구부리자 아기는 환하게 웃음을 짓고 양손으로 스펀지에 매달려 만족스러운 듯 입술로 이상한 소리를 냈다. 그 모습을 보며 키티와 보모뿐만 아니라 레빈도 뜻밖의 즐거움에 어쩔 줄 몰랐다.

보모는 아기를 한 손에 안아 욕조에서 꺼내고는 물을 끼얹고 홑이불로 감싸 닦아주었다. 아기는 날카로운 비명을 한바탕 지른 뒤에야 어머니에게로 넘겨졌다.

"당신이 아기를 사랑하기 시작해서 정말 기뻐요." 키티는 아기를 가슴에 안고 평소 앉는 자리에 편안히 앉은 후 남편에게 말했다. "정말 기뻐요. 당신이 아기에 대해 아무런 감정을 느끼지 못한다고 해서 난 슬퍼지려고 했어요."

"정말 내가 아무런 감정이 느껴지지 않는다고 말했단 말이오? 난 단지 실망했다는 말을 했을 뿐이었는데."

"어떻게 아기에게 실망을 해요?"

"아니, 아기에게 실망했다는 게 아니라 내 감정에 대해 그렇다는 말이었소. 나는 더 큰 걸 기대했었지. 마치 뜻밖의 선물처럼 내 안에서 새롭고 기분 좋은 감정이 피어날 거라고 기대했거든. 그런데 갑자기 그런 감정 대신에 꺼림직하고 불쌍한 느낌이 들어서……."

그녀는 미챠를 씻기기 위해 빼놓았던 반지를 가느다란 손가락에 끼며 아기 너머로 남편의 이야기에 귀를 기울이고 있었다.

"중요한 건 만족감보다는 두려움과 불쌍한 마음이 더 컸다는 거요. 그런데 오늘 천둥이 칠 때 그 공포를 느낀 후, 나는 내가 이 애를 얼마나 사랑하는지 깨달았소."

키티의 얼굴에 환하게 미소가 번졌다.

"그렇게 놀랐어요?" 키티가 말했다. "나도 그랬어요. 그런데 난 그 일이 지나간 지금이 더 무서워요. 그 참나무를 보러 갈 거예요. 그런데 카타바소프는 정말 좋은 분이에요! 아무튼 오늘 하루는 무척 즐거웠어요. 그리고 당신이 마음만 먹으면 당신도 세르게이 이바노비치와 잘 지낼 수 있어요……. 자, 사람들에게 가보세요. 목욕 시킨 후에 여기는 늘 덥고 수증기가……."

19

아기 방에서 나와 혼자 남은 레빈은 이내 뭔가 분명하지 않았 던 생각을 다시금 떠올렸다.

그는 이야기 소리가 들려오는 응접실로 가는 대신 테라스에 멈춰 서서 난간에 팔꿈치를 괴고 하늘을 바라보기 시작했다.

이제 주위는 완전히 어두워졌다. 그리고 그가 바라보는 남쪽 하늘에는 이미 비구름이 없었다. 비구름은 반대편에 있었다. 그 쪽에서 번개가 번쩍거리고 멀리 천둥소리가 들려왔다. 레빈은 보리수에서 정원으로 규칙적으로 떨어지는 물방울 소리에 귀를 기울이며 눈에 익은 세모꼴 별자리와 그 한가운데를 지나는 은 하수와 그 지류들을 보고 있었다. 번개가 칠 때마다 은하수뿐만 아니라 밝은 별들도 사라졌다가, 번개가 그치자마자 마치 정확 한 손에 의해 던져진 것처럼 다시 그 자리에 나타나곤 했다.

'그런데 무엇이 내 마음을 혼란스럽게 하는 거지?' 레빈은 아 직 자신의 의혹에 대한 해답을 알지 못했지만 그것이 자신의 마음속에 이미 준비되어 있다는 것을 예감하며 혼자 중얼거렸다.

'그래, 하느님의 존재에 대한 한 가지 의심할 여지없는 분명한 현상은 전 세계에 계시되어 있는 선의 율법이야. 그리고 나는 그 것을 내 안에서 느끼고 있어. 그리고 그 법칙의 인정 속에서 나는 교회라고 불리는 신앙인들의 공동체에 자진해서라기보다는 원하든 원하지 않든 다른 사람들과 결합되어 있어. 그렇다면 유대교도, 마호메트교도, 유교도, 불교도는 도대체 뭐지?' 그는 자기가 생각하기에도 위험한 바로 그 질문을 스스로에게 던졌다. '정말 그 수억 명의 사람들은 그것 없이는 삶의 의미를 갖지 못하는 최고의 행복을 상실한 것일까?' 그는 생각에 잠겼으나 곧바로 자신의 생각을 바로잡았다. '그런데 대체 난 무엇을 묻고 있는 거지?' 그는 혼잣말을 했다. '나는 전 인류의 모든 다양한 신앙이 하느님과 어떤 관계를 가지고 있는지에 대해 묻고 있어. 이 모든 모호한 점들이 있는 온 세계를 위한 공통된 하느님의 발현에 관해 묻고 있어. 도대체 난 무엇을 하고 있지? 나 개인에게, 내 마음에 이성으로는 이해하기 어려운 지식이 분명히 열려 있는데, 나는 고집스럽게 이성이나 언어로 그 지식을 표현하고 싶어 하는구나.

별이 움직이지 않는다는 것을 나도 알고 있지 않은가?' 그는 자작나무의 가장 높은 가지로 위치를 바꾼 밝은 행성을 바라보며 혼잣말을 했다. '하지만 별들의 움직임을 바라보며 난 지구의 자전을 상상할 수가 없어. 그러니 별들이 움직인다는 내 말은 맞는 거야.

 만약 천문학자들이 지구의 복잡하고 다양한 움직임을 모두 다 고려한다면 과연 무언가를 이해하고 계산할 수 있을까? 천체의 거리, 무게, 운행, 섭동에 관한 그들의 놀라운 결론은 오직 부동不動의 지구 주위에 둘러 있는 천체의 가시적인 운동에 기초를 두고 있어. 그 운동은 지금 내 앞에 있고, 수세기에 걸쳐 수백만의 사람들에게 그와 같이 있었고, 그것은 과거에도 앞으로도 언제나 똑같을 것이고 언제나 그렇게 믿어지겠지. 그래서 한 자오선과 한 지평선과 관련해서 가시적인 하늘을 관찰한 것에 기초를 두지 않은 천문학자들의 결론이 무익하고 불안정한 것처럼, 모든 사람에게 언제나 똑같이 존재했고 앞으로도 존재할, 기독교에 의해 내게 계시되었고 언제나 내 마음속에 믿음일 수 있는 선에 대한 이해에 기반을 두지 않은 나의 결론도 무익하고 불안정한 것이 될 거야. 나에게는 다른 종교들과 그들의 신에 대한 관계에 대해서는 결정할 권리도 없으며 그럴 가능성도 없어.'

 "아직도 안 가셨어요?" 같은 길을 통해 응접실로 가던 키티의 목소리가 갑자기 들렸다. "왜요? 무슨 언짢은 일 있어요?" 그녀는 별빛에 비친 그의 얼굴을 유심히 들여다보며 말했다.

 그러나 만약 그때 별빛을 가려 번갯불이 다시 그의 얼굴을 비추지 않았다면 그녀는 그의 얼굴을 자세히 보지 못했을 것이다. 번갯불로 그의 얼굴을 자세히 본 그녀는 그가 차분하고 기쁜 표정인 것을 확인하고는 그에게 미소를 지어 보였다.

'아내는 이해하고 있구나.' 그는 생각했다. '그녀는 내가 무슨 생각을 하는지 알고 있어. 그녀에게 얘기할까, 말까? 그래 얘기하자.' 그러나 그가 이야기를 시작하려고 했을 때 키티 역시 입을 열었다.

"참, 코스챠! 부탁이 있어요." 그녀가 말했다. "구석방에 가서서 세르게이 이바노비치를 위해 모든 게 잘 준비되었는지 봐주세요. 난 좀 어색해서요. 새 세면대를 갖다놓았는지 모르겠네요."

"그럼, 가 봐야지." 레빈은 일어나 아내에게 입을 맞추며 말했다.

'아냐, 말할 필요는 없어.' 그는 아내가 자기 앞으로 지나가자 이렇게 생각했다. '이건 나 한 사람만을 위해 필요하고 중요한, 말로 표현할 수 없는 비밀이야.

이 새로운 감정은 내가 꿈꾸었던 것처럼 나를 변화시키거나 행복하게 하거나 갑자기 밝게 비춰준 것도 아니야. 아들에게 느꼈던 감정과 같아. 역시 뜻밖의 선물은 없었어. 그런데 이것이 신앙인지 아닌지, 그것이 무엇인지는 모르겠지만 이 감정은 나도 모르는 사이에 고통으로 들어와 내 마음속에 확고히 뿌리를 내렸어.

난 여전히 마부 이반에게 화를 낼 것이고, 여전히 논쟁을 할 것이고, 상황에 맞지 않은 내 생각을 말할 거야. 그리고 여전히 나의 가장 성스러운 영혼과 다른 사람들 사이에, 심지어 아내와의 사이에도 벽이 존재할 테고, 난 여전히 나의 두려움 때문에 아내를 비난했다가 그것을 후회하겠지. 나는 또 기도하면서도 여전히 내가 왜 기도를 하는지 이성으로 이해하지 못할 거야. 그러나 이제 나의 삶은, 내 모든 삶은, 내게 일어날 수 있는 모든 일과 상관없이, 매순간 이전과 같이 무의미하지 않을 뿐만 아니라 내가 나의 삶에 부여할 수 있는, 의심할 여지없는 선의 의미를 갖게 될 거야.'

　『안나 카레니나』는 톨스토이의 결작 중 하나로 세계적으로 많은 사랑을 받고 있는 최고의 고전이다.

　역자는 톨스토이의 여러 작품을 번역한 바 있다. 앞서 번역한 작품들은 대체로 단편이었는데, '인간은 어떻게 살아야 한다'라는 톨스토이의 도덕적 가르침이 분명히 드러나 있어 작가가 전하고자 하는 의도를 파악하고 이해하는 데 어려움이 덜하였다.

　그러나 『안나 카레니나』의 경우 완역하기까지 3년 이상의 시간이 소요되었다. 다른 연구 활동을 했다거나 원문으로 1000페이지에 가까운 방대한 분량을 번역했기 때문만은 아니다. 당초 번역을 시작했을 때는 장편 번역에 대한 시간적인 부담감은 있었으나, 여학교 시절 『안나 카레니나』를 필독서로 읽었던 터라 작품 이해에 대한 어려움이 생길 거라는 예측을 하지 못했다.

　작품 속에 등장하는 인물들 간의 섬세하고도 미묘한 심리적 갈등을 공감하고 이해하는 데 상당한 시간이 걸렸다. 특히 진정한 삶의 가치와 행복에 대한 레빈의 끊임없는 의문과 때때로 한 장에 걸쳐 길게 이어지는 레빈의 고뇌에 찬 독백은 톨스토이가 전달하고자 하는 행간의 의미를 이해하기 위해 온종일 책상 앞을 서성이게 했다.

톨스토이는 40대 후반의 중년 나이에 『안나 카레니나(1873~1877)』를 집필하였다. 이 시기 작가는 자기가 속한 러시아 귀족사회의 사회적 불평등과 부조리에 대해 깊은 절망에 빠진다. 그리고 이러한 고뇌는 '인간은 어떻게 살아야 하는가?', '인간에게 행복은 무엇인가?' 하는 삶과 죽음 그리고 행복과 불행에 대한 근원적인 질문을 던진다.

『안나 가레니나』를 읽고, 유명한 관리의 아내로 부유한 상류사회에서 살던 아름다운 유부녀 안나와 촉망받는 젊은 장교 브론스키의 위태로운 사랑 이야기, 사회가 용납하지 않는 불륜이라는 사랑 때문에 안나를 인과응보적인 자살로 몰아넣은 비극적인 이야기의 소설이라고 생각할 수도 있다.

그러나 톨스토이는 단순히 1870년대 러시아 대도시에서 벌어지고 있는 귀족들의 방탕한 생활에 대해 이야기하려고 했던 것만은 아닌 듯하다.

톨스토이는 『안나 카레니나』라는 작품 속에 설정된 세 가정의 모습과 그 주변 인물들을 통해 부유하고 학식 있는 대도시 귀족의 위선적이고 공허한 삶, 인간관계 속에 내재된 모순과 갈등, 사회적인 부조리를 이야기하고 있다.

『안나 카레니나』의 첫 문장 '행복한 가정은 모두 서로 비슷하고, 불행한 가정은 각기 달리 불행하다'에서 서술하고 있듯이, 톨스토이에게 행복은 탐구의 대상이었고 작품의 중심이었다. 행복은 현재까지도 모든 인간이 추구하는 절대적 가치이다. 그럼에도 불구하고 인간에게 내재된 선천적 불완전성은 온전한 행복을 허락하지 않는다.

앞서 언급했듯이 『안나 카레니나』에 묘사된 등장인물들의 섬세하고도 미묘한 심리적 갈등 속에서 삶과 죽음, 사랑 그리고 행복과 불행에 대한 문제의 의미와 가치를 공감하고 이해하는 데 어려운 부분이 많았다.

이에 때론 러시아 원어민 선생님들의 도움을 받기도 하고, 때론 기존의 번역문을 참고하거나 비교하면서 문장의 의미를 되짚어보면서 가능한 한 원작에 담긴 의미를 살리려고 노력했다.

『안나 카레니나』는 여러 시대를 걸쳐 영화뿐만 아니라 뮤지컬과 발레로도 제작되었고, 교육과 문화 수준이 다른 다양한 독자층을 가지고 있다. 이는 작품 속에 등장하는 인물들의 삶의 모습이 도덕적 기준조차 모호해진 행복을 찾아 도시를 서성이는 현대인의 모습과 닮았기 때문일지도 모르겠다.

이은연

작가 연보

1828년	8월 28일, 톨스토이 백작 집안의 넷째 아들로 야스나야 폴랴나에서 태어남.
1830년 (2세)	8월 7일, 어머니 마리야 니콜라예브나가 여동생 마리야를 낳은 후 사망함.
1836년 (8세)	톨스토이 집안이 모스크바로 이사함.
1837년 (9세)	6월 21일, 아버지가 거리에서 뇌출혈로 급사함. 그 후 숙모인 오스텐 사켄 부인이 아이들의 후견인이 됨.
1841년 (13세)	가을, 후견인인 숙모의 사망으로 톨스토이는 세 형들과 함께 카잔에 살고 있는 펠라게야 일리이치나 유시코바 고모 댁으로 감.
1844년 (16세)	9월 20일, 카잔 대학에 입학함.
1847년 (19세)	카잔 대학을 중퇴하고, 고향인 야스나야 폴랴나로 돌아가 새로운 농업 경영 및 소작인의 계몽과 생활 개선에 노력했으나, 농노 제도 사회에서 그의 이상은 실현되지 못함.
1848년 (20세)	페테르부르크 대학의 학사 시험에 합격하여, 법학사의 칭호를 받음. 이때부터 23세까지 주색에 빠져 방탕 생활을 계속함.

1851년 (23세)	5월, 맏형이 있는 포병대에 사관후보생으로 입대함.
1852년 (24세)	군무에 종사하면서 3월 17일 단편 『침입』을 쓰기 시작함. 6월, 『유년 시절』을 탈고함. 네크라소프의 인정을 받아 그가 주재하는 잡지 《현대인》에 익명으로 9월부터 연재, 작가로서 첫발을 내딛게 됨. 9월, 중편 『지주의 아침』을 쓰기 시작함. 12월, 『침입』을 완성 함. 중편 『카자흐 사람들』을 쓰기 시작함.
1853년 (25세)	『크리스마스의 밤』, 『소년 시절』, 『나무를 베다』, 『득점 계산자와 수기』를 쓰기 시작함.
1854년 (26세)	3월 다뉴브 파견군에 종군하고, 크리미아 군으로 옮겨 세바스토폴 전투에 참가함. 『소년 시대』, 『러시아 군인은 어떻게 죽는가』를 발표함.
1855년 (27세)	『청년 시절』을 쓰기 시작함. 11월 페테르부르크로 돌아가 투르게네프, 곤차로프 등 《현대인》 동인들의 환영을 받음. 『득점 계산자와 수기』, 『12월의 세바스토폴리 이야기』, 『5월의 세바스토폴리 이야기』, 『나무를 베다』를 완성함.
1856년 (28세)	3월, 셋째 형 사망함. 11월 제대함. 『1855년 3월의 세바스토폴리』, 『눈보라』, 『두 경기병』, 『지주의 아침』을 완성함.
1857년 (29세)	1월, 유럽으로 여행을 떠나 7월에 귀국함. 야스나야 폴랴나에서 농사를 지음. 『루체른』, 『알베르트』, 『청년 시대』를 씀.
1859년 (31세)	농민의 아이들을 위하여 야스나야 폴랴나에 학교를 설립함. 『세 죽음』, 『결혼의 행복』을 씀.
1860년 (32세)	교육에 깊은 관심을 갖고 『국민 교육론』을 기초함. 9월, 맏형이 사망하여 몹시 슬퍼함. 『폴리쿠시카』를 쓰기 시작함.

1861년(33세) 유럽 여러 나라의 교육 시설을 시찰하고 4월에 귀국함. 교육에 관한 많은 논문을 기초함. 이때 투르게네프와의 불화가 절정에 이름.

1862년(34세) 9월 시의(侍醫) 베르스의 둘째 딸 소피야 안드레예브나 (당시 18세)와 결혼함.『꿈』,『목가』를 씀.

1863년(35세) 6월, 맏아들이 태어남.『진보와 교육의 정의』,『카자흐』, 『폴리쿠시카』를 발표함.『12월당』을 집필하기 시작함. 『전쟁과 평화』 집필을 위해 나폴레옹 전쟁 시대에 대해 연구하기 시작함.

1864년(36세) 9월, 맏딸이 태어남.『전쟁과 평화』에 착수함.『톨스토 이 저작집』 제1·2권이 간행됨.

1865년(37세) 『전쟁과 평화』의 첫 부분이《러시아 통보》에 실림.

1866년(38세) 『니힐리스트』,『전쟁과 평화』 제2편을 발표함. 5월, 둘 째 아들이 태어남.

1867년(39세) 가을,『전쟁과 평화』의 집필을 위해 모스크바로 감.『전 쟁과 평화』 전 3권 초판을 간행함.

1872년(44세) 『초등 교과서』,『카프카스의 포로』,『신은 진실을 놓치 지 않는다』,『표트르 1세』를 씀. 농민 자녀들의 교육을 위한 사숙을 저택 안에 마련함.

1873년(45세) 3월,『안나 카레니나』에 착수함.『톨스토이 저작집』 제 1권부터 8권까지 출판함.

1875년(47세) 『안나 카레니나』를《러시아 통보》에 연재하기 시작함.

1877년(49세) 『안나 카레니나』를 완성함.

1878년(50세) 투르게네프와 화해함. 5월,『최초의 기억』을 쓰기 시작 함.『참회』를 집필함.

1879년(51세) 『참회』의 첫 부분을 발표하여 러시아 내에서는 금지 되 었으나 집필을 계속함. 장편『12월당』은 완성시키지 못한 채 단념함.

1880년 (52세) 『교의 신학 비판』을 씀.

1881년 (53세) 『사람은 무엇으로 사는가』,『요약 복음서』를 간행함.

1882년 (54세) 모스크바의 미세 조사에 참가하여 빈민들의 생활상을 보고 괴로워함.『참회』를 완성하여 《러시아 사상》에 발표했으나 발행이 금지됨.

1884년 (56세) 『나의 종교』를 발표했으나 발행이 금지됨.『광인의 수기』,『그러면 우리는 무엇을 할 것인가』를 쓰기 시작함.

1885년 (57세) 헨리 조지의『토지 국유론』을 읽고 깊은 감명을 받아 사유재산을 부정함으로써 아내와 의견이 대립됨. 그 결과 모든 저작권을 아내에게 양도함.『그러면 우리는 무엇을 할 것인가』를 출판함.『이반 일리치의 죽음』을 쓰기 시작함. 민화『악마의 행위는 아름답고 신의 행위는 견실하다』,『두 형제와 황금』,『소녀는 늙은이보다도 현명하다』,『불을 소홀히 하면』,『사랑이 있는 곳에 신이 있다』,『촛불』,『두 노인』,『바보 이반』을 씀.

1886년 (58세) 『인생론』을 쓰기 시작함. 10월, 희곡『어둠의 힘』이 발행 및 상연 금지됐으나 곧 금지가 취소됨.『이반 일리치의 죽음』을 출판함. 민화『작은 악마가 빵을 갚은 이야기』,『회개하는 죄인』,『인간에게 얼마나 많은 땅이 필요한가』,『세 은둔자』,『달걀만한 낟알』을 씀.

1887년 (59세) 『인생론』을 발간했으나 발행이 금지됨.『빛이 있는 동안에 빛 속을 걸어라』,『숲의 시작』,『예멜리얀과 북』,『세 아들』을 씀.

1888년 (60세) 막내아들이 태어남.『고골리론』에 착수함.

1889년 (61세) 희곡『문명의 열매』,『예술이란 무엇인가』를 쓰기 시작함.『크로이체르 소나타』,『악마』 등을 씀.

1890년 (62세)	『신을 섬겨야 하는가, 혹은 황금을 섬겨야 하는가』,『빵가게 주인 표트르』등을 쓰기 시작함.
1891년 (63세)	아내 소피야가 발행이 금지되었던 『크로이체르 소나타』의 출간 허가를 얻어냄. 『니콜라이 파르킨』을 제노바에서 출판함. 이해 중앙아시아와 동남아시아에 걸쳐 기근이 일어나자 농민 구제를 위해 활약함. 『신의 왕국은 그대들 속에 있다』를 쓰기 시작함.
1893년 (65세)	『무위』를 《러시아 통보》에 발표. 『노자』의 번역에 몰두함. 『기독교와 애국심』,『부끄러워하라』등을 씀.
1894년 (66세)	모스크바 심리학회의 명예회원으로 뽑힘. 『주인과 하인』을 쓰기 시작함.
1895년 (67세)	『주인과 하인』을 탈고함. 『세 우화』,『12사도에 의하여 전해진 왕의 가르침』을 씀.
1897년 (69세)	3월, 병상에 있는 모스크바의 체호프를 방문함. 『예술이란 무엇인가』를 출판함. 『하지 무라트』,『헨리 조지의 사상』,『국가와의 관계』를 씀.
1898년 (70세)	두호브로 교도를 돕기 위한 자금 마련을 위해 『부활』을 완성하기로 결심함. 『신부 세르게이』를 완성함. 『종교와 도덕』,『기근이란 무엇인가』등을 씀.
1899년 (71세)	『부활』을 발표하여 주목을 받음.
1890년 (72세)	1월, 아카데미 예술회원으로 뽑힘. 희곡『산송장』,『애국심과 정부』,『죽이지 말라』등을 씀.
1901년 (73세)	그리스 정교에서 파문됨. 9월, 크리미아에서 장티푸스와 폐렴으로 중태에 빠짐.
1902년 (74세)	『지옥의 부흥』,『종교론』을 씀.
1903년 (75세)	1월, 유년 시절의 추억』을 집필하기 시작함. 단편『무도회가 끝난 뒤』를 탈고함. 9월,『셰익스피어론』을 집필

함.『노동과 병과 죽음』,『아시리아 왕 아사르하돈』,『세 가지 의문』 등을 씀.

1904년 (76세) 6월,『유년 시절의 추억』을 탈고.『해리슨과 무저항』,『과 연 그렇지 않으면 안 되는가』,『하지 무라트』를 출판함.

1905년 (77세) 『알료샤 고르쇼크』,『기도』,『세기의 종말』 등을 씀.

1906년 (78세) 『셰익스피어론』을 《러시아의 말》에 실음.『유년 시절의 추억』,『신의 행위와 사람의 행위』,『러시아 혁명의 의 의』,『파스칼』 등을 씀.

1909년 (81세) 탄생 80주년 기념 톨스토이 박람회가 페테르부르크에 서 열림.『피하기 어려운 대변혁』,『세상에 죄인은 없 다』,『고골리론』 등을 발행함.

1910년 (82세) 10월 28일 새벽, 아내에게 마지막 글을 써 놓고 집을 나 감. 10월 31일 여행 중 병이 들어 랴잔 우랄선 중간의 시골 조그만 역 아스타포보에서 내림. 11월 7일 역장의 집에서 생을 마감함. 11월 9일 야스나야 폴랴나에 묻힘.